Martin Amis

London Fields

[英]
马丁·艾米斯
著

林红
译

伦敦场地

上海译文出版社

马丁·艾米斯和他的小说

瞿世镜

马丁·艾米斯1949年生于英国南威尔士，父亲金斯利·艾米斯是著名小说家，母亲希拉莉·巴德威尔是农业部一名公务员的女儿。马丁十二岁时，父母离异。继母伊丽莎白·简·霍华德也是一位小说家。马丁原来和其他同龄孩童一样，喜欢阅读连环漫画。继母引导他读简·奥斯丁的小说，这是他最早受到的文学启蒙熏陶。马丁曾经在英国、西班牙、美国十三所学校上学，然后在伦敦和布莱顿补习，为大学入学考试作准备。他考进牛津大学埃克塞特学院英语系，毕业时获一等荣誉奖。他写的第一部小说《雷切尔文件》1973年获毛姆奖。1975年，他担任伦敦《泰晤士报文学副刊》的助理编辑，出版了第二部小说《灵与魂的夭亡》。他还发表了许多书评和散文。于是他被《新政治家》编辑部录用，这时他才二十七岁。后面两部小说《成功》（1978）和《其他人：一个神秘的故事》（1981）出版之后，他成了专业作家，并且给《观察家》《泰晤士报文学副刊》《纽约时报》等报刊杂志写文学评论。他是一位多产作家，陆续发表了下列作品：《太空侵略者的入侵》（1982）、《金钱——绝命书》（以下简称《金钱》）（1984）、《白痴地狱》（1987）、《爱因斯坦的怪物》（1987）、《时间箭——罪行的本质》（1991年获曼·布克奖提名）、《访问纳博科夫夫人及其他游览杂记》（1993）、《经历》

（回忆录，2000年获詹姆斯·泰特·布莱克纪念奖）、《会面屋》（2006）、《第二平面》（2008，关于"9·11事件"及反恐战争的文集）、《黄狗》（2003年获布克奖提名）、《莱昂内尔·阿斯博：英格兰现状》（2012）。2007年至2011年，马丁在曼彻斯特大学新写作中心担任创意写作课程教授。2008年，《泰晤士报》将他评为1945年以来五十位最伟大的英国作家之一。马丁·艾米斯结过两次婚。他的第二位夫人伊莎贝尔·丰塞卡也是一位作家。马丁·艾米斯曾经住在伦敦肯辛顿区王后大道，他的小说时常以这个地区作背景。书中人物抱怨这里外国游客过多，商业气氛过浓，反映了伦敦市民丧失文化根底的异化感。他像狄更斯一样，喜欢从伦敦街头俚语、行业切口中吸收新鲜词汇，来丰富他的英语。这种植根于日常生活的通俗语言，被其他青年作家、记者、读者们纷纷仿效而流行一时。

在接受记者采访时，马丁·艾米斯阐明了他的文学观念：

"如果严肃地加以审视，我的作品当然是苍白的。然而要点在于：它们是讽刺作品。我并不把自己看作先知；我不是在写社会评论。我的书是游戏文章。我追求欢笑。

"我不相信文学曾经改变人们或改变社会发展的道路。难道你知道有什么书曾经起过这种作用吗？它的功能是推出观点，给人以兴奋和娱乐。

"小说家惩恶扬善的观念，再也支撑不住了。肮脏下流的事情，当然成为我的素材之一。我写那种题材，因为它更有趣。人人都对坏消息更感兴趣。只有一位作家，曾经令人信服地写过幸福，他就是托尔斯泰。似乎除他之外，再无别人能把幸福写得跃然纸上。

"我利用在自己周围所看到的所有荒诞可笑的、人们所熟悉的、凄惨可怜的事情……在这些日子里，到处存在着寒伧破旧、苦难悲惨的景象。

"阐明社会因果关系并非小说家的事业。他们必须对他们所具有的艺术效果非常敏感。"

马丁的处女作《雷切尔文件》被誉为青春期赞歌。这部小说的时间跨度只有一个晚上，但是通过记忆联想和闪回等意识流手法，扩展了它的容量。主人公查尔斯·海威在他二十岁生日之夜，回想他第一次爱情经历。他是一位聪明、敏感的青年，渴望成为作家。在几本笔记本里，他写满了描述女友雷切尔·诺伊斯的文字。通过这些笔记和其他回忆，第一人称叙述者查尔斯展示了一个引人入胜的故事，机智幽默地描述他的成长过程和初恋的惊喜感受。马丁·艾米斯认为，"在青春期，人人都感到创作的冲动——想要写诗、写戏剧、写短篇小说。作家不过是那些把这冲动继续坚持下去的人。"

我们发现，马丁·艾米斯的创作冲动继续坚持着，而且他有一种黑色幽默的灵感。他的第二部小说《灵与魂的夭亡》，把幽默讽刺、生活堕落、荒诞暴行混杂在一起。这部小说写六个年轻人在伦敦郊区一幢大房子里度周末。时间跨度从星期五早晨至星期六。作者仍然使用意识流闪回手法，来扩展六个人物的生活经历和心理深度。当这群青年星期五聚在一起过周末时，来了三位美国客人。他们激起了大家放荡的欲望，在酗酒、吸毒之余，男女混居，任意淫乱。然后是一连串暴行：殴打、虐待、谋杀、撞车。此书的平装本改名为《阴暗的秘密》，因为《灵与魂的夭亡》这个标题实在太触目惊心了。这部小说如实暴露了西方社会的阴暗面，然而它的色情、暴力内容却可能会引起我们东方读者的强烈反感。

1984年出版的《金钱》是一部非常独特的社会讽刺小说。此书采用第一人称叙述，主人公约翰·塞尔夫是位极端令人厌恶的反派角色，集粗野、好色、蛮横、奸诈等恶习于一身。他的职业是制作电视广告和色情影片。他坦言其所有的嗜好都具有色情倾向，包括"诅咒、斗殴、射击、玩女人、吸毒、酗酒、吃快餐、赌博、手淫"。塞尔夫（Self）的英文含义是"自我"，可见他是个以自我为中心的人物。然而他自我意识的核心元素是金钱。他用金钱来购买一切，包括爱情。他的情人塞琳娜·斯特里特是交际花。斯特里特（Street）的英文含义是街道，暗示塞琳娜是出卖色相的街头女郎。她所做的一切都是为了钱。她和塞尔夫上床，她拍三级影片，都是为了金钱。塞尔夫与她臭味相投。他说，"我爱她的堕落"。他们做爱时不是说我爱你，而是说钱。只有钱才能帮助塞尔夫达到完美的性高潮。他内心情绪很不稳定，是偏执狂。他认为塞琳娜应该有众多情夫，这才显得她更够劲，更有价值。他又总是怀疑塞琳娜对他不忠，突然间没来由的惊恐不安、汗流浃背。约翰的父亲巴里·塞尔夫离不开毒品、女人、黄色录像、高级餐馆。他的情妇维罗妮卡是有露阴癖的脱衣舞女。他用儿子的钱来购买性爱。人与人之间没有伦理亲情，只有金钱关系。故事发生在1981年，查尔斯亲王和戴安娜王妃成婚，举国欢庆。这是个势利社会，金钱可以购买一切，而高尚的文化毫无意义，因此塞尔夫追求金钱而不追求艺术。他的另一位情妇玛蒂娜·吐温是个有文化的知识分子。她试图引导塞尔夫欣赏高雅艺术，消减他的满身铜臭。但是在塞尔夫眼中，印象派画家莫奈的作品不是艺术品，而是金钱的等价物。他的心灵已被金钱彻底地占领和腐蚀！小说的主题是金钱：描述了主人公如何得到它、保存它、消耗它、丢失它。在这过程中，塞尔夫日益腐化堕落、丧失自我。作者所使用的语言相当独特，充满着俚语、行话，弥漫着市井色情文学的特殊气息。在字里行间，响彻着金钱以及金钱的呼声，令人寒心地感到这里有一种异化压抑的气氛。这是一个国际性毒品文化的世界，吸食各种毒品的瘾君子令人恶心，人际关系极其混杂。塞尔夫表面上是个文化人，暗地里是个奸商，频繁往返于纽约和伦敦之间，靠走私毒品牟利，小说的场景也就随之而变换。在纽约和伦敦各有一个马丁·艾米斯，他们似乎是作者的化身。这些知识分子是在金钱世界中仅存的批判性良知。艾米斯给塞尔夫打工，为他写电影剧本。塞尔夫强迫他在剧本《良币》中添加暴力色情场景。后来塞尔夫穷困潦倒，与艾米斯下象棋赌博。艾米斯不肯手下留情，要将塞尔夫置于死地。最后，塞尔夫撞地铁列车自杀，终于得到了应有的下场。他口袋里那本用来赚钱的剧本《良币》成了陪伴他走向死亡的绝命书。在撒切尔夫人统治下的英国，经济暂时复苏，贪得无厌的拜金主义成了流行一时的社会风尚和万恶之源。作者对于这种资本主义社会的弊端深恶痛疾。作者以"绝命书"作为副标题，发人深省。金钱的破坏性控制力笼罩一切，要想摆脱它的控制，除了死亡之外别无它途。这是何等触目惊心的警示！

　　马丁·艾米斯1989年出版的《伦敦场地》，题词所示是献给他父亲金斯利·艾米斯的。此书篇幅将近五百页，是他最长的小说，其中蕴含的黑色幽默甚至超过了《金钱》。故事发生在伦敦西区拉德布罗克丛林，时间是1999年。作品结构并不复杂。

男主人公基思·泰伦特是个精力充沛、容易激动的飞镖手。他非常迷恋他的女友妮古拉·西克斯，又怀疑她不忠于爱情。读者感到有一种不祥的预兆，最后果然发生了惨案，西克斯被残暴地谋杀了。结果发现是死者本人精心策划，诱骗凶手杀害了她。在人们期盼的"至福千年"前夕，伦敦场地上居然发生了如此惨剧，资本主义世界还有什么希望！此书在1989年布克奖评委会中引发了一场剧烈争辩。两位女性评委麦吉·琪和海伦·麦克奈尔实在难以容忍女主人公西克斯被残暴杀害的血腥场面。由于她们竭力抗辩，此书被否决了。另一位评委戴维·洛奇为此悔恨不已。他认为当时五位评委的意见是3∶2，此书应该入选。

1991年出版的《时间箭——罪行的本质》是一部简短的小说。马丁·艾米斯借鉴了库尔特·冯内古特1969年的小说《第五号屠宰场》和菲利普·迪克1967年作品《时光倒转的世界》中的叙事技巧。作者在此显示出他对自己所掌握的辉煌技巧的极端自信：整个故事用倒叙法从坟墓回溯到摇篮，读者必须仔细辨认那些轶事和对话，把它们颠倒的时序重新理顺。在作者的颠倒叙述中，穿插了许多插科打诨的笑话，其五花八门的内容包括吃饭、排泄、争吵、做爱等等；与此并行的书中人物的倒叙，涉及令叙述者苦恼的道德价值判断。叙述者是二次世界大战中的纳粹战犯，他在盖世太保集中营里当军医。他不是用其医术救死扶伤，而是用它来蓄意杀人。他在战后逃亡到美洲，把时光之箭倒转过来，从死亡到出生把人生之路重新走了一遍。于是死于纳粹屠刀之下的犹太难民自然也活了过来，纳粹集中营里出现了奇特的复苏景象。食物不是从嘴里吃进去，而是从胃里反刍出来。清洁工不扫垃圾，而是往地上倒垃圾。既然一切都颠倒了，双手沾满鲜血的纳粹战犯的罪行也就被漂白了。这种是非颠倒的态度和研制原子弹的科学家何等相似！这部黑色幽默作品，启发读者去思考一个极其严肃的问题。那就是本书的副标题：罪行的本质——是非颠倒，人性泯灭！

1997年出版的《夜车》也是一部简短的作品。叙述者是一位颇有男子汉气魄的美国女侦探麦克·胡里罕。小说情节围绕着她老板年轻美貌的女儿的自杀案件逐渐展开，总体气氛灰暗、凄凉而充满着不祥预感。作者炫耀他的语言天赋，随意穿插美国本地土话、切口。评论界对此书毁誉参半。

2003年出版的第十部小说《黄狗》与《夜车》相隔六年之久。主人公汉·米欧是演员和作家。他的父亲梅克·米欧是极其残暴的强盗，早已死在狱中。他生活在父亲的阴影中，唯恐遇见父亲生前的仇人或同伙，害怕他们对他报复。在沉重的精神压力下，他变得十分孤僻，甚至疏远了自己的妻子和女儿。一直想实施报复的科拉，指使色情演员卡拉把汉诱骗到加利福尼亚，想以色相破坏其婚姻，但未得逞。汉在加州意外地遇见了自己的生身父亲安德鲁斯。这个意外发现使科拉放弃了报复的念头，因为他并非米欧的真正后代。小说把梅克·米欧作为暴君的象征，表现了主人公如何摆脱暴君影响的过程。他渴望摆脱亡父的阴影，正如那条哀鸣的黄狗试图挣脱背负的锁链。小说家泰勃·费希尔写道："我在地铁里阅读此书，唯恐有人从我身后瞥见我在读什么……就像你喜爱的叔叔在学校操场上被当场逮住手淫一样。"马丁·艾米斯却说这是他最好的三部小说之一。此书入围当年布克奖候选小说之列，但最终未能获奖。

《怀孕的寡妇》原来打算在2008年问世，后来一再修订，拓展到四百八十页篇幅，到2010年才正式出版。此书的主题涉及1970年代欧美的性革命，西方世界两性关系的规范从此改观。然而，旧的道德伦理被摧毁了，新的道德伦理尚未诞生。亚历山大·赫征将这个过渡时期称为"怀孕的寡妇"，暗示逝者已去，新儿未生，尚在寡妇腹中。作者以此作为本书标题。故事发生在意大利凯潘尼亚一座城堡中，主人公基思·尼亚林是一位文学专业的英国大学生。1970年夏季，他与一群朋友到意大利度假。他们亲身体验了男女两性关系的变化。叙述者是处于2009年的基思本人的"超我"，即他的道德良心。与基思一起到意大利度假的有他若即若离的女友丽丽以及她那位富于魅力的闺蜜山鲁佐德（这位姑娘与《一千零一夜》传奇中的公主同名）。基思与山鲁佐德互有好感，丽丽因而开始折磨基思。小说下半部的情节发生出乎意料的转折，给基思后来的爱情生活留下了难以磨灭的痕迹。此书幽默、机智、感伤，是对于性革命浪潮中失去自控能力的年轻人的漫画写照。

2012年出版的《莱昂内尔·阿斯博：英格兰现状》是马丁·艾米斯的第十三部小说。此书似乎可以看作《金钱》的续篇，金钱魔力在此书中引发的闹剧甚至比前者更为夸张。故事发生在伦敦迪斯顿市镇。主人公德斯蒙德·佩珀代因住在大厦第三十三层。这位少年的同龄伙伴们在街头打架，他却在图书馆里看书。他的舅舅阿斯博是个贪得无厌的流氓无赖，臭名昭著的罪犯恶棍。他以独特的方式关怀外甥，对他谆谆告诫：男子汉必须刀不离身，与女朋友约会还不如色情挑逗管用，在斗狗场里赢钱的诀窍是用塔巴斯科辣酱拌肉片喂狗。然而德斯对此毫无兴趣，他在书本的浪漫天地中寻求慰藉，这种娘娘腔的行为使他舅舅火冒三丈。德斯学识增长，逐渐成熟，想要开始过一种更加健康的生活。这时阿斯博买的奖券突然中了一亿四千万英镑大奖。一位工于心计的诗人模特儿委身于阿斯博，成了他的情妇。阿斯博腰缠万贯而始终不改其流氓本色，然而舅甥俩的人生轨迹却从此发生了剧烈变化。有人认为作者是以轻蔑的目光审视大英帝国的沉沦。马丁·艾米斯辩称此书并非"皱着眉头对英国评头论足"，而是以"神话故事"为基础的一幕喜剧，并且坚持认为他"作为英国人，深感自豪"。

英国小说家、评论家Ａ·Ｓ·拜厄特认为，现代英国小说有两种传统。第一种传统是前现代的现实主义。菲尔丁是这种传统的鼻祖。这种传统侧重于小说模仿现实、记叙历史的功能，并且通过"情节"与"人物"之间的交织来表述，注重思维的逻辑性、时间的顺序性和文字的清晰性。第二种传统是现代的实验主义。其远祖可以追溯到斯特恩。这种传统侧重于小说的虚构功能，强调探索小说本身的形式结构，挖掘其象征内涵，并且认为叙述技巧与形式结构的标新立异比思维的逻辑性、时间的顺序性、文字的清晰性更为重要。

二十世纪八九十年代，英国小说出现了两种传统交汇合流的趋势。马丁·艾米斯正是这股潮流的代表人物。他在接受记者采访时曾经说过："我可以想象这样一部小说：它和罗伯-格里耶的那些小说一样复杂微妙、疏远异化、精心撰写，同时又能提供节奏、情节和幽默方面沉着而认真的满足感，这些品质使我联想起简·奥斯丁的作品。在某种程度上，我想这是我自己正在试图去做的事情。"马丁·艾米斯兼收并蓄的创作方式，不仅继承了英国小说的现实主义和实验主义传统，而且从法国罗伯-格里耶的新小说、爱尔兰乔伊斯的意识流小说和美国小说家冯内古特、索尔·贝娄、纳博科夫那里借鉴了不少新颖技巧。他的标新立异来源混杂而丰富多彩。在当今英国文坛，不少青年作家深受他的影响，威尔·塞尔夫和扎迪·史密斯便是其中的佼佼者。

虽然作者自嘲他的小说不过是游戏文章，我们千万不要被他那种令人眼花缭乱的叙事技巧所迷惑。他创作的那些"讽刺漫画"中所蕴含的社会批判和价值判断，表明他是具有社会责任感的严肃作家。1989年春，我在伦敦英国国家图书馆中初次阅读马丁·艾米斯的《金钱》时感到十分震惊。狄更斯《双城记》的场景在伦敦和巴黎两个城市展开，《金钱》的叙事线索也在伦敦和纽约两个城市之间交织。在西方的传统观念中，爱情是纯洁的、神圣的。《双城记》主人公席德尼·卡尔登是典型的英国绅士。他为自己心爱的女人献出了宝贵的生命。《金钱》的主人公塞尔夫简直是个卑鄙畜生，情妇是他用金钱购买的泄欲工具。摒弃了圣洁的光环，爱情异化为买卖，英雄堕落为反英雄。我原来以为英国是一个具有绅士之风的国度。彬彬有礼的英国绅士，怎么会变成塞尔夫那样猥琐卑鄙的恶棍？我简直无法接受这样的人物形象！

起初我觉得马丁·艾米斯的小说令人反感，难以卒读。后来我注意到，约翰·塞尔夫在小说中自称"六十年代的孩子"。我知道二十世纪六十年代欧美社会经历过一场激进自由主义社会风暴。正是这股强烈的右倾社会思潮，冲垮了西方传统道德的底线，英雄才会异化为反英雄，神圣的爱情才会异化为可用金钱交换的生物本能。

与英国著名小说家多丽丝·莱辛研讨当代英国小说发展，使我对此有了更深入的思考。她严肃地指出:"西方现代文明的发展,造就了整整一代文明的野蛮人。他们受过充分教育,掌握了现代科学知识,却用它来满足永无止境的物质欲望。西方现代文明的发展造成了野蛮的后果。虽然科学昌明、物质丰富、经济繁荣,但是精神空虚、传统断裂、道德沦丧、贫富悬殊、两极分化、民族冲突、性别歧视、国家对立、战争灾难、资源消耗、环境污染……中国现代化千万别蹈西方覆辙,必须另辟蹊径,走自己的路。"读到马丁·艾米斯小说中的色情暴力场景,莱辛关于"文明的野蛮人"这个振聋发聩的警句,就在我心中回响。也许这就是阅读马丁·艾米斯的价值所在吧。

献给我的父亲

目录

说明　　　　　　　　　　　　　　　1

第一章　谋杀者　　　　　　　　　　5
第二章　被谋杀者　　　　　　　　　21
第三章　陪衬者　　　　　　　　　　37

第四章　死胡同街　　　　　　　　　62
第五章　事界　　　　　　　　　　　92
第六章　欺骗之门　　　　　　　　　116

第七章　欺骗　　　　　　　　　　　145
第八章　跟上帝约会　　　　　　　　171
第九章　做真正的好事　　　　　　　197

第十章　基思·泰伦特公寓里的书　　233
第十一章　妮古拉·西克斯的各种吻　264
第十二章　盖伊·克林奇遵循的脚本　300

第十三章　他们未曾想到　　　　　　344

第十四章	对掐游戏	375
第十五章	纯粹的本能	406
第十六章	第三方	437
第十七章	丘比特学院	468
第十八章	这只是一次测试	500
第十九章	女厕所和男厕所	529
第二十章	玩紧张	559
第二十一章	以爱的速度	589
第二十二章	恐怖日	624
第二十三章	你要跟我回去	651
第二十四章	最后期限	662
卷尾		666

说明

说一下书名。有几个选择。有一阵子我倾向于《时间箭》。接着我想《千禧年》应该是个大胆的尝试（一种普遍的信仰：现如今什么都被称作千禧年）。夜深人静之际，我甚至想过用《爱情之死》。到最后最重要的竞争者就是《被谋杀者》了，那显得既凶险又吸引眼球。我犹豫来犹豫去，在《伦敦场地》和《被谋杀者：最终版本》之间举棋不定……

但是正如你所见，我对我的叙述者恪守一种具有反讽意味的承诺，毫无疑问，他应该会很乐意提醒我存在着两种书名——两种级别、两种秩序。第一种书名是为已经存在的事情命名。第二种书名自始至终都在：它在字里行间流淌、喘息，或者说它试图展现自己。我建议的书名（它们让我昏昏欲睡）都属于第一种。《伦敦场地》属于第二种。所以就让我们称之为《伦敦场地》吧。这本书就叫《伦敦场地》。《伦敦场地》……

马丁·艾米斯
伦敦

第一章　谋杀者

这是一个真实的故事,但我不能相信它真的发生了。

这也是一个关于谋杀的故事。我不能相信我有这样的好运气。

最奇怪的是,这还是一个爱情故事(我想),在这个世纪、在这该死的一天当中如此晚的时刻。

这是一个关于谋杀的故事。它还没有发生。但是它会发生。(它最好发生。)我知道谋杀者是谁,也知道被谋杀者是谁。我知道时间,也知道地点。我知道动机(她的动机),也知道方式。我知道谁会是那个陪衬者、傻瓜、不谙世事的可怜虫,他也被彻底毁了。我不能阻止,即便我想,我也不认为我能。那个女孩会死。那是她一直想要的结局。人们一旦开始,你就无法阻止。他们一旦开始策划,你就无法阻止他们。

真是机缘巧合。这一页几乎洒满了我感激的泪水。发生了一些真实的事情(情节连贯、戏剧性强又很有卖点),我只需把它们记下来。小说家通常没有这样的好运气,不是吗?

我必须保持冷静。可别忘了,我的交稿日期也快临近了。哦,怀孕的悸动。有人在用温柔的手指撩拨我的心。人们的心中想着死亡。

三天前(是吗?)我乘坐红眼航班从纽约飞来。那几乎是我一个人的专机。我伸开四肢,可怜兮兮地频繁跟空姐要可待因和冷水。但红眼就是红眼。哦,天哪,我看上去就像巴斯克维尔猎犬……凌晨一点半(我的时间)我被摇醒吃了一块黏糊糊的小圆面包,我移到了靠窗的位子,透过明亮的夜幕看下面成片的田野,它们像列队一样排得整整齐齐,可怜的郡县,英格兰看上去就像一支军队。接着是城市本身,伦敦,如同一张紧绷而缜密的蜘蛛网。这飞机为我一人独享,因为任何大脑正常的人都不会想来欧洲,不会在这个时候来,暂时不会来;每个人都想离开,正如希思罗机场所证实的那样。

一片死寂。沉睡之城。它既是沉睡之城,又弥漫着失眠的焦虑与不安,想逃却无处可逃。因为夜半时分我们都是诗人或者婴儿,都在与存在作着斗争。几乎没有到港的旅客,除了我。机场全是离港的航班。当我站在某个拥堵的通道上聆听航班取消通知的时候,透过清晨重重的雨幕我看到了下面形形色色的人和跑道:所有的鲨鱼都竖起了鱼鳍,长尾鲨、姥鲨、大白鲨——杀手。每个人都是杀手。

至于公寓——哦,它让我大吃一惊。我说的是实话。一走进门,我就嘻嘻嘻地笑了。这地方乐死我了。这一切都只因我在《纽约书评》上发了一则私人广告吗?我当然占便宜了。是的,我狠狠欺骗了马克·阿斯普雷。我在房间里踱来踱去,想着我在地狱厨房[1]那变形的小床,羞愧难当。我本来应该更加

---

[1] 原文为 Hell's Kitchen,美国曼哈顿下西部的别名,该地区一度曾以无法无天而臭名昭著。

开心的，即便不是绝对等同，也大致相似啊，毕竟，他和我同为作家。当然，连我也怀疑这里的陈设品味。马克·阿斯普雷是写什么的呢？音乐剧吗？他留下了可爱的便条。"亲爱的山姆：欢迎光临寒舍！"他开头写道。

这地方没有一件东西仅仅只是为了方便或实用的。马桶刷是大胡须状权杖，厨房的水龙头是扭动的滴水嘴。很显然，这里的主人每天清晨是在形如切尔克斯舞女的火焰上煮咖啡的。阿斯普雷先生是个单身汉：毫无疑问。比如说，墙上挂着很多签名照片——什么模特啦、女演员啦。从这方面来讲，他的卧室就像一家名为"两个来自意大利的家伙"的合作经营店。不过这家伙可是来自伦敦；人们称赞的也不是他的意大利面，而是他费尽心思写下的题词和签名：自我伤害，目标是柔弱、奇妙的喉咙。

最重要的是我还得用他的车，他的代步工具，那车乖乖地在车架上等着我呢。马克·阿斯普雷在便条里代它向我致歉，说他还有一辆更好的、一辆好得多的车，停在了他的乡间农舍、乡间别墅或是乡间宅邸什么的地方。昨天我晃出去看了一眼那车。是最新款，颜色是近乎看不见的石灰色。即便是我，也觉得它实在太过分了点，令人尴尬。特征包括掩人耳目的压痕，引擎盖上可拆卸的假铁锈，全身漆体上粘着的钥匙划痕。英国人的伎俩——为了免遭嫉妒。过去的十年，情况发生了变化，情况也没什么变化。伦敦的酒吧香味当然更浓了；烟雾和建筑工人的沙尘；厕所刺鼻的臭味；糟糕有如地毯般的街道。若是我举目四顾，无疑会有意外发现，但我总感觉我知道英格兰会何去何从。只需看看美国……

我爬进车内，旋转起来。我说旋转是为了更好地解释我回到公寓后十分钟的眩晕状态。我震撼于它的威力。眩晕加上又一阵的恶心，一种道德的恶心，发自肺腑，一切道德感都源于此（就像你从一种可耻的梦中醒来，惊恐地寻找手上的血迹一样）。在前排副驾的位子上，在一块优雅的白色丝巾下面，躺着一个笨重的修车工具。马克·阿斯普雷一定是害怕什么。他一定是害怕伦敦的穷人。

住进去三天，我就准备好了——准备好写作了。听听我咯吱作响的指关节吧。真实的生活来得如此之快，我不能再拖了。真是匪夷所思啊。二十年来我受尽折磨，二十年都不能下笔，突然间我却准备好了。哦，这注定会是有奇怪举动的一年。让我怀着应有的谦卑和谨慎向你们宣布，我有一个真正让人震撼的惊险故事。而且还是原创。不是推理小说，更胜似犯罪动机小说。我感觉精神恍惚、心花怒放。我有种新手的快感。我想，与其说我是小说家倒不如说我是个令人讨厌的神职人员，将真实生活的点点滴滴记录下来。严格说来，我还认为我是同谋呢，但现在让那一切都见鬼去吧。今天我醒来后，在想：假如伦敦是张蜘蛛网，那我又是什么呢？也许我是苍蝇吧。我是苍蝇。

快啊。我一直认为我会从被谋杀者，从她——妮古拉·西克斯，开始讲起。但不是，那样感觉不太对头。让我们从那个坏家伙开始吧。耶。基思。让我们从谋杀者开始讲起吧。

第一章 谋杀者

基思·泰伦特是个坏家伙。基思·泰伦特是个非常坏的家伙。你甚至可以说他是那个最坏的家伙。但他却不是最坏的，不是亘古以来最坏的。还有更坏的。在哪里呢？譬如说在灯火通明的荷斯特切克，他们拿着车钥匙，穿着米色汗衫，手提六瓶装的特殊佳酿，在门口扭打，满嘴污言秽语，用肘锁住痛哭流涕的女士的黑脖子，然后回到等待的金发女郎身边，开着锈巴巴的汽车扬长而去，去做下一件事，任何一件、任何一件必要的事。这些最坏的家伙的嘴巴——这些最坏的家伙的眼睛。那些人的眼睛里是个邪恶的小宇宙。不。基思没有那么坏。他还是有可取之处的。他不会无缘无故地憎恨别人。至少他还持有多种族和睦相处的观点——不假思索、不由自主地这么认为。跟有着奇怪肤色的女人的亲密接触多少让他变得和顺了。他的可取之处都与一些名字相关联。他结识了芬特娜布斯、菲迪玛、娜特齐斯、伊克芭拉、米绮珂丝、波葛斯拉娃、拉姆莎瓦娣、拉雅斯娃蕾丝——基思，从这种意义上说，是条汉子。这些都是他漆黑盔甲上的裂缝：上帝保佑她们所有人。

尽管基思对自己别的方面近乎满意，但他却痛恨自己的优点。在他看来，那是他唯一的主要弱点——他的一个悲剧性缺陷。那次，在布里斯托尔附近 M4 大街旁边的工厂，装卸区旁边的办公室里,他把大脸塞进扎人的尼龙里,那个傲慢的女人吓得瑟瑟发抖,拼命对他摇头,奇克·珀切斯和迪安·普利特两人在一旁尖叫:行动啊。行动啊(他依然记得他们套上尼龙后的嘴唇扭曲的样子),基思肯定没认识到自己的全部潜能。事实证明,他没办法用棍子把那个亚洲女人打得双膝跪地,也没办法一直打下去,直到穿制服的男人打开保险箱为止。他为什么失败了呢?为什么,基思,为什么?事实上,他感觉糟透了:半个夜晚同频频打嗝的罪犯坐在弥漫着他们脚臭味的小汽车里,沿着某个小巷晃悠;不吃早饭,不排便;而现在,最要命的是,他目光所到之处尽是绿草、嫩树、起伏的山脉。再说了,奇克·珀切斯已把第二个保安制服,迪安·普利特很快便从柜台上跳了回去,自以为是地对着那个女人就是一枪。所以基思的良心不安什么也没能改变——除了毁坏他持械抢劫的前途之外。(那真是从头到尾都棘手啊;基思从此名声扫地。)若是他能做到,他会满心欢喜地去做。他只是没有……他只是没有这方面的天赋呐。

自此以后,基思彻底告别了持械抢劫。他操起了敲诈勒索的勾当。在伦敦,泛泛说来,敲诈勒索就是跟人打架、抢毒品;在基思称之为家的西伦敦,敲诈勒索就意味着跟黑人打架、抢毒品——黑人比白人更擅长打架,原因之一便是他们全都打架(没一个文明人)。敲诈勒索是通过扩展势力范围进行的,扩展了势力范围就取得了支配地位:成功属于那些能以惊人的速度跳跃的人,属于那些能够定期以暴力制造奇观的人。几次被人打得四肢嘎吱作响以后(期间他初次意识到了自己喜欢医院的伙食),基思断定自己不是搞敲诈勒索的料。在一次康复期间,他常去哥彭路的沿街咖啡屋,心中老是想着一个谜。那即是:为什么常能见到黑人男子和白人女子(总是金发碧眼的那种,总是那种,大概是要制造最强烈的对比吧)在一起,而从不曾见过白人男子跟黑人女子在一起呢?难道黑人男子会痛打那些跟黑人女子约会的白人男子吗?不会,或者说不太会;不过,你不得不谨慎一些,就他过去的亲身经历而言,这种关系很难持久。那又是为何呢?他突然灵光一现。黑人男子会痛打那些跟白人男子约会的黑人女子嘛!当然。这样容易多了。他把玩个中蕴藏的智慧,吸取了一个教训,一个他早就心知肚明的教训。如果你想动粗,那就锁定女人。锁定弱者。基思放弃了敲诈勒索,翻开了全新的一页。放弃了暴力犯罪以后,基思的事业蒸蒸日上,稳步迈向新事业的巅峰:非暴力犯罪。

基思成了骗子。他跟三四个同事,三四个骗友站在街角;他们大笑,咳嗽(他们总是咳嗽),挥动臂膀取暖;他们看上去像是可怕的鸟……天气好的时候他早早起床,劳作很长时间,走入这个世界,走入这个社会,意图行骗。基思通过在机场和火车站提供豪华轿车接送服务骗人;他通过在牛津大街和主教门(他的两个主要系列是**丑闻**和**愤慨**)兜售冒牌香料和古龙香水骗人;他在短期租赁的商店密室用非色情的色情骗人;他随处在街上用朝上翻的硬纸板箱、牛奶箱以及三张弯曲的扑克牌骗人:找出女王!在这里,偶尔也在别的地方,暴力犯罪与它的小兄弟非暴力犯罪之间的界限常常很难界定。基思赚的钱是首相的三倍，但他总是一文不名，每日在波托贝洛路麦加赛马场的赌注登记处输得很惨。他从没赢过。有时他也会琢磨这事，在每隔周周四的午餐时间，他身穿羊皮大衣，一边低头看着报纸上的赛事，一边排队等着领失业救济金，然后驱车去波托贝洛路的赛马场赌注登记处。所以基思有可能年复一年便是这般度日。他绝没有成为谋杀者的条件，单靠他自己不行。他需要他的被谋杀者。直挺挺地站在硬纸板箱或牛奶箱边的外国人，身着格子衣服、长着狗牙的美国人，色眯眯的方脸日本人——他们从没有找到过女王。但是基思找到了。基思找到了她。

当然，他已经有了一个女人，小凯丝，最近给他怀了个宝宝。总体说来，基思对这次怀孕还是挺高兴的：他喜欢开玩笑说，这是把妻子送去住院的简便新办法。他已决定孩子生下来以后就叫基思——小基思。不料凯丝却另有想法。然而基思意志坚决，他只犹豫过一次，曾经有很短一段时间他想让宝宝随他的狗名，就叫克莱夫，那是一条年事已高、性情不定的大个头阿尔萨斯犬。后来他又改变了主意，还是叫基思吧……婴儿裹在蓝色的襁褓里同妈妈一起回到家中。基思亲自把她们从救护车上搀扶下来。凯丝开始吃饭的当儿，基思坐在偷来的炉火边，对着新来的小家伙皱眉蹙额。婴儿有点不对劲，很是不对劲。麻烦就在于她是个女孩。基思绞尽脑汁，想啊想啊。"基赛特，"凯丝跪在冰冷的亚麻油地毡上，听见他在小声嘀咕。"基思内。基萨。基思尼娅。"

"不，基思，"她说。

"基思娜贝,"基思说,仿佛后知后觉似的。"妮基思。"
"不,基思。"
"……她为什么他妈的这么黄啊?"

几天后,无论凯丝何时小心翼翼地称呼婴儿为"金"时,基思再也不对着她大吼大叫或者骂骂咧咧地把她往墙上撞了。毕竟,"金"是基思心目中一个英雄的名字,一个他所崇拜的神的名字。基思那个星期使劲行骗,好像骗了每个人,尤其是他的妻子。于是宝宝就取名为金·泰伦特了——金·泰伦特,小金。

这个男人有狼子野心。他的梦想是要出人头地;并不只是瞎混。基思无意、也不想余生只做个骗子。连他都觉得这事不道德。而且,仅靠行骗永远也不能让他得到想要的东西,他想要的物品同享受,只要赛马场赌注登记处的一系列决定性胜利继续与他无缘,他就永远得不到。他感到基思·泰伦特被安排在此是为了某种特殊使命。说句公道话,他没想过要杀人,目前还没有,或许除了在某种让人丧失一切理智和行动能力的诡异精神状态下吧……性格决定命运。以前总有形形色色的地方行政长官、女朋友和缓刑犯监视员说他"性格糟糕",他也总是乐于承认。但那是否意味着他命运也糟糕呢?……每当基思在凯丝笨拙地从床上挣扎下去照顾小金的当儿早早醒来时,抑或是遭遇每日必逢的交通阻塞时,他会在脑中盘算着另外一幅光景,一幅名利双收、光彩照人又超级合法的光景——在世界飞镖中找到一种可能的未来之轮辐。

一直以来，基思只是个漫不经心的飞镖手或射手，最近重新面对厨房门上光秃秃的镖盘，他变得认真起来。当然，他总是去他的酒吧，密切关注这项运动：在那些特殊的夜晚（一个星期三至四次），当基思把烟摆在躺椅臂上，准备好观看电视飞镖节目的时候，你几乎都能听到天使在唱歌了。但他现在向往的是屏幕的那端。让他暗暗称奇的是，他发现自己入围了**最后的十六名麻雀大师**，那是在酒吧之间举行的一年一度的比赛，六个月前他在形形色色的朋友和仰慕者的建议下胡乱参加的。在那条路的尽头存在着一种可能，包括一场电视直播决赛、一张五千英镑支票和一场同他心目中的英雄及掷镖模范、世界冠军金·特威姆娄对决的加时赛，那也会在电视上直播。在那以后，呃，在那以后，余下的就是电视了。

电视里尽是他没有的东西，充满了他不认识、永远也不可能认识的人。电视是个绝好的店面，轻轻通上电，基思把鼻子都栽上去了。现在在那团飞扬的尘土中，在那些不可能得到的奖品中，他看到了一个出口、一支飞镖或者说是一只召唤的手（手里拿着一支飞镖），一切都是关于——**飞镖**。**支持飞镖**。**世界飞镖**。他在他的地下车库，踟蹰了好几个小时，因为盯着那个无与伦比、美得让人心碎的全新镖盘，眼睛还在刺痛，那镖盘是当天偷来的。

匪夷所思的时代错误。基思藐视现代罪犯的理念和道德观。他没时间光顾健身房、出入豪华餐厅、享用丰满的当红妓女或去国外度假。他从来不运动（除非你把入室盗窃、逃跑或被打得半死也算上）；他从没特意喝过一杯红酒（抑或可以说他只在自暴自弃之时才喝）；他从没读过一本书（这里我们要把那本《飞镖：精通指南》排除在外）；他从没离开过伦敦。除了有一次，他去美国……

他是跟一位朋友同去的，那人也是个年轻的骗子，也是个飞镖手，也叫基思：基思·道布尔。订那趟航班的人为数太多，两位基思的座位相隔二十排之远。他们通过狂饮、向空姐和免税袋致意以及大约每十秒大叫一声"干杯，基思！"来消除恐惧。你可以想象，跟他们一起搭机的旅客会感觉多么可笑，七个小时的航程要听到上千次这样的叫喊。在纽约下机后，基思·泰伦特被送到长岛市的公立医院。三天后，当他跟跟跄跄地准备溜到楼梯井抽烟时，竟遇见了基思·道布尔。"干杯，基思！"强制性健康险中原来包含酒精中毒，所以每个人都很高兴，当两个基思及时康复，登上回程的飞机时，人们更是高兴极了。基思·道布尔现在从事广告业，常回美国。基思没有，他依然在伦敦的街道上行骗。

这个世界及其历史不可能按照能让基思明白的方式重新组合。在距马萨诸塞州的普利茅斯沙滩一定距离的地方，曾经躺着一块大卵石，据说那是清教徒踏足的第一块美国土地。到了十八世纪它被认出后，这块首个对外开放的美国不动产便不得不被移至离海岸更近的地方，以满足人们对历史的期待。要想让基思满足，要带基思去任何地方，你需要把整个星球定住——在他大脑中进行场景大挪移，大重组。如此一来，这个小小的星球表面也被弄得又褶又皱了。

基思看上去不像谋杀者。他看上去像谋杀者的狗。（这绝不是要对基思的狗克莱夫不敬，事实证明它是条好狗，基思一点也不像它。）基思看上去像谋杀者的狗，急于熟悉分尸者、掘墓盗尸者或探墓者。他的眼中闪烁着奇怪的光芒——它一时会让你想起健康，一种隐藏的、沉睡的或是神秘消逝的健康。那双眼睛尽管经常充血，看上去却目光如炬。事实上，有光从中射出。这种单向的光一点也不让人愉悦或者振奋。他的眼睛是电视。脸本身像狮子，一副贪婪饕餮的样子，犹如软毛般干燥。最让基思骄傲的是他的头发，又浓又密；但看上去总像刚刚被洗过，又冲洗得不甚干净，依旧还有廉价洗发剂的泡沫，在拥挤的酒吧里慢慢变干——被烈性酒的热气、灰黄色的烟气熏干。那双眼睛和个中透出的都市冷酷……就像资金不足的儿科医院里荒凉的欢快气氛（欢迎光临彼得·潘病房），又或是像一个罪犯黄昏时分停在地铁站与花店之间的奶油色劳斯莱斯，基思·泰伦特的眼睛里闪烁着一种为了赚钱而不择手段的神情。要谋杀？这双眼睛——这双眼睛够血腥吗？现在还不是，还没到时候。他拥有这种天赋，隐藏在某个地方，但他需要被谋杀者把它激发出来。很快，他会找到那位女士。

或者说她会找到他的。

奇克·珀切斯。奇克[1]。对于这样一位名声赫赫的彪形大汉和色情狂来说，这名字太不合适了。它是查尔斯的昵称。在美国被称为查克。在英格兰，很显然，是奇克。某个名字对应某个国家……当然，我是怀着敬畏之心默默写下第一章余下的这些文字的。我现在还不敢回头去看。不知将来是否会有勇气。

出于目前还不甚明了的原因，我好像采用了一种欢快的、带着老爷气派的语气。它显得陈旧、腐败：就像基思。不过你可要记着：基思是现代的，现代的，现代的。总之，我希望能写得更好一些。很快我就要面对被谋杀者了。

等了这么多年，现在终于坐下来，真正开始写小说了，把这种感觉好好记下来一定很美妙。但是，我们可不要好高骛远。这可是正在发生的真事哩。

比如说，我是如何知道基思是个骗子的呢？因为他试图骗过我，在从希思罗机场来城的路上。当时我已在有出租车标识的地方站了大约半个小时，那辆品蓝色骑士牌汽车兜了第二个圈，泊在站台处。他爬将出来。

"要出租车吗，先生？"他说着想当然地拿起我的包，一副很专业的样子。

"你那不是出租车。"

接着他说:"当然不是。你在这里是等不到出租车的,老兄。绝对不可能。"

我问多少钱,他说了一个古怪的数字。

"豪华轿车,不是吗,"他解释道。

"你那也不是豪华轿车。只是辆小汽车而已。"

"我们按计价器来算,如何?"他说。可是我已经爬进后座,车没启动之前就沉沉睡去了。

不多久,我醒过来。发现我们正靠近斯劳酒店,计价器显示的是 54.50 英镑。

"斯劳!"

他如炬的目光在后视镜里警觉地望着我。"等等,等等,"我叫起来。说一下我的疾病或身体状况。我从来没有如此勇敢过。它给了我力量——我能感觉到。就像是想找合适的词句,找到它们,就找到了力量。"听着。我认识周围的路。我可不是来参观哈罗斯、白金汉宫和埃文河畔斯特拉特福的[2]。我就不说二十英镑去特拉法尔加广场和巴尼特了。斯劳? 得了吧。如果你这是绑架或者谋杀,那我们就谈谈吧。如果不是,就按约定的数目把我送到伦敦。"

他不紧不慢地在路边停下来。哦,天哪,我当时想:果真

---

1 原文是 chick,该词有"少女、少妇"之意。
2 哈罗斯是伦敦旅游最值得一去的百货公司;白金汉宫是英国的王宫,国王和女王的居住地;埃文河畔斯特拉特福是著名文豪莎士比亚的出生地。

是谋杀。他转过身来,毫不掩饰地对我一声冷笑。

"事实是,"他说,"事实是——没事。见你睡着了。我就想:'他睡着了。好像会睡很长时间。我知道。那我去看看妈妈吧。'别去管它,"他说着猛地用手示意那计价器,动作极其粗鲁,那计价器的设计很是奇怪,可能是自制的,现在显示63.80英镑。"别介意,好吗,老兄?"他指着一排涂着小卵石灰浆的半独立住宅——我现在发现,我们是在某种宿舍楼区,绿荫片片,没有商店。"它好像病了。不会超过五分钟。可以吗?"

"那是什么?"我问。我指的是汽车音响发出的声音,先是坚实的铛铛声,接着便是在嬉闹声和尖叫声中高喊数字的声音。

"飞镖,"他说着把它关掉了。"我本想请你进去的,但是——我老妈。来,看看这个。"

于是在司机去看他妈妈期间,我就坐在骑士汽车的后座。事实上,他根本不是去看他妈妈的。他是去(他后来骄傲地跟我坦白)跟衣着飘逸的安娜莉丝·弗尼斯在起居室里做爱呢,因为她的现任监护人,上夜半正在楼上的房间酣睡呢。

我手里拿着一份四页纸的小册子,是谋杀者硬塞给我的(当然,那时他还没成为谋杀者呢。他有很长的路要走)。背面是一张女王的彩色照和一个印制粗糙的香水瓶:"'**愤慨**'——安布罗西奥制造。"正面是一张我的司机的黑白照,脸上挂着不靠谱的微笑。"**基思·泰伦特,**"那上面写道:

* 司机和快递服务
* 拥有豪华轿车
* 赌场顾问
* 奢侈品和名品买卖
* 教授飞镖课
* 米兰的安布罗西奥、香水和皮毛的伦敦代理商

接下来是更多关于香水的信息,**"丑闻"**、**"愤慨"**以及名为**幻想、伪装、欺骗、刺痛**等次要产品系列,下面用双括号括着一个地址和电话号码,所有格符号还放错了位置:基思是名字,香水是业务。小册子的中间两页是空白。我将之折起,漫不经心地放入中袋;但是此后它对我来说都一直弥足珍贵。

基思斜着步子从花园小径走了下来,还随意整了两下腰带。

当车停下的时候,我也再次醒了,那啪嗒啪啪嗒乱响的计价器上显示的是 143.10 英镑。我慢悠悠地从弥漫着拖车味道的车座上爬出来,仿佛又坐了一趟飞机。我立在那所房前——那房子超大,像个古老的航站楼。

"美国?喜欢那地儿,"基思在说,"纽约?也喜欢。麦迪逊广场。中央公园。喜欢那地儿。"他从后备厢拎出我的旅行包时,吃惊地顿了一下。"这是个教堂……"他诧异地说。

"它曾经是教区长住所,或者教区牧师住所,或者诸如此类的什么东西。"我指着这栋建筑高处的一块雕刻镶板说。公

元1876年。

"1876！"他说，"那就是说某个教区牧师拥有这一切了。"

从基思脸上的表情可以明显看出，他在思忖人们对牧师的需求在悲剧性地减少这一现象。哦，人们依然需要物品，各式各样的牧师曾经为此充当中间人。然而人们却不再需要牧师了。

基思对我大献殷勤，扛起我的旅行包穿过了围有篱笆的前花园。在我去跟楼下那位女士取钥匙的时候，他就站在那里等着。现如今，光速在日常生活中不常能感知到了：只有在雷击的时候。声速则更常见一些：就好比远处那个用锤头敲敲打打的男人。总之，二马赫事件是突然事件，把我和基思吓了一大跳：三架喷气式飞机一个接一个轰隆隆飞过屋顶。"上帝啊，"基思嚷道。我亦嚷起来。"那究竟是搞什么名堂？"我问。基思耸耸肩，很是平静，还带着点傲慢。"神秘兮兮的，不是吗？一切都笼罩在神秘之中。"

我们从第二个前门进入，爬了一段宽大的楼梯。我想我们差不多对公寓里面的富足与奢华表现出了同样的震惊。这是某个住所，我不得不承认。在这住上几周，连伟大的普雷斯利也会开始向往格雷斯兰[1]的优雅与纯朴的。基思用他的明眸扫了一眼这个地方，那是强盗特有的残忍而又专业的目光。那天早上我第二次不由得感觉到自己有被谋杀的可能。基思十分钟后就会离开这里，肩上扛着我的旅行包，里面鼓鼓囊囊装满工

---

[1] 格雷斯兰是猫王埃尔维斯·普雷斯利的故居。

具。未曾想，他却问我这房子的主人是谁，是做什么的。

我如数告知。基思看上去一脸狐疑。我感觉不对劲。"大都跟剧场和电视有关，"我说。现在真相大白了。"电视？"他冷冷地说。不知为何，我又补充道："我也在电视上呢。"

基思点点头，恍然大悟。也多少有点变乖了；不得不说，他那乖乖的表情，还真让我感动。当然（他是在想），电视人都相互认识，在大城市之间飞来飞去，互相借用对方的公寓。常识嘛。是的，在基思忙碌的眼神背后，他在想象一个天国精英，就像卫星电视一样交叉穿过对流层——高高在上，比一切都高。

"耶，呃，我自己也要上电视了。但愿如此。一两个月后。飞镖。"

"飞镖？"

"飞镖。"

然后谈话便开始了。他待了三个半小时。人是很奇怪的，不是吗？如果你给他们时间，他们就会对你敞开心扉。我一向是个好听众。我一向是个高明的听众。我的确想听——也不知为什么。当然，在那个阶段，我还是完全置身其外的；我不知道正在发生什么事，不知道前面等待我的会是什么。短短十五分钟，他就详细备至地跟我聊了安娜莉丝——还有伊克芭拉、特里什和黛碧。简短但毫不掩饰地谈到他的妻女。接着便是关于暴力犯罪和奇克·珀切斯的一切。还有纽约。没错，我给他喝了不少东西：啤酒或者贮藏啤酒，足量的贮藏啤酒像炮台上的炸弹一样堆在马克·阿斯普雷的冰箱里。结果他收了我二十五英镑车费（或许是电视特惠吧），还送了我一支形似飞镖的圆珠笔，我现在正是用它写下这些文字的。他还告诉我，每日午饭时间和每晚都能在波托贝洛路的一家名为黑十字的酒吧找到他。

我会在那里找到他，对极了。那位女士也会。

基思走后，我很快睡去。并不是说我对此事有多少发言权。二十二个小时之后，当我再次睁开眼睛，映入眼帘的却是一幅讨厌至极、令人沮丧的景象。我被映在天花板的镜子里了。床头板上也有一面镜子，对面墙上也有一面镜子。那是一间满是镜子的房间，简直就是镜子地狱……我看起来——看起来气色不好。我仿佛在哀求，在向我、我自己哀求。斯里扎德医生说我这样还会再持续三个月左右，然后一切都会改变。

在那以后我也出去转悠过；是的，我胆战心惊地溜达过几回。我在大街上看到的第一样东西（我还差点踩到它了）就具有典型的英国特色：一条被浸泡的白面包，仿佛比任何一只绵羊都蠢得多的动物的脑子。不过，到目前为止，它倒也不像有些人说的那么糟糕。至少它还能让人理解，或多或少能让人理解。我已经离开了十年，都发生过什么事呢？十年的**相对衰落**。

如果伦敦是个酒吧，你又想知道故事的始末，你会去哪里呢？去一家伦敦的酒吧嘛。黑十字的短短一瞬就启动了整个故事。基思已是我的囊中物。基思让我很满意。我现在正培养第三方呢，那个陪衬者、不谙世事的盖伊·克林奇，让我不安的是，他好像是个非常讨喜的人噢。我发现我极具溜须拍马之天赋。但要是缺了那个女孩，这一切都不会开始。没了那个女孩，这压根没有半点希望。妮古拉·西克斯就是那个奇迹，绝对的主角。她对我来说完美极了。现在她将主动操纵这一切。

英国人，感谢上帝，他们谈论天气。不过，现如今，地球人个个如是。就在此刻，天气是超大气的，因此，从某种意义上来说，也是超气象的（你果真能称之为天气吗？）。据说，这个夏天余下的日子它都将如此。我同意，但有一个条件。故事选错了年份：发生奇怪举动的年份。我留心观察。天气，若你还能称之为天气的话，常常很美，但它似乎更让我接近歇斯底里，实际上，现在事事皆然。

第二章 被谋杀者

黑出租会开走,一去不回头,被谋杀者支付了车费,又给了司机一笔可观的小费。她会沿着死胡同走过来。那辆笨重的小汽车会等在那里;它慢慢向她滑去时,车灯会打开。副驾车门打开时,车会停下来,发动机空转着。

他的脸会藏在黑暗之中,但她会看见副驾上的碎玻璃和他腿上准备好的汽车工具。

"进来。"

她会探身上前。"是你,"她会说,即刻认出是他,"一直就是你。"

"进来。"

她会爬进车去……

做一个被谋杀者是一种何等的运命或际遇呢?(或许,就像这个词的词尾一样,它倾向于阴性吧:阴性的结局),它是什么?又意味着什么呢?

对身材高挑、肤色黝黑、芳龄三十四岁的妮古拉·西克斯来说,它跟困扰她一生的幻觉密切相关,本身并非不可掌控。从一开始,从妮古拉开始有连贯思维起,她就知晓了两件怪事。第二件怪事则是她绝不能对任何人提及第一件怪事。第一件怪事就是她总是知道接下来会发生什么。不是每时每刻（她并不沉迷于此种禀赋），也并非每个细节；但她总是知道接下来会发生什么。从一开始她就有位朋友——伊诺拉，伊诺拉·盖。伊诺拉并不真实存在。她是妮古拉·西克斯的大脑杜撰出来的。妮古拉是个独生女，她知道自己一直会是。

你可以想象事情可能会如何发展。譬如说，妮古拉七岁时，父母带她去野餐，跟另外一家人一起野餐：哦，漂亮的多米尼克也去，一位朋友，或许是这个独生女现实生活中的朋友。但是小妮古拉却沉浸在浪漫的思绪之中，跟伊诺拉相处得非常愉快，她并不想去（看她哭闹得多厉害啊！）。她不想去，是因为她知道那个下午会以灾难收场，会见到鲜血、碘酒和眼泪。结果就是如此。在离大人一百码的地方（他们紧紧地挤在阳光下的那块方形帆布上），妮古拉和她的新朋友，漂亮的多米尼克，站在山坡顶上。妮古拉当然知道接下来会发生什么：那个女孩会跟跄或失足；妮古拉伸手去帮她的时候会不小心把她推下去，推至下面的岩石和荆棘丛中。而后她不得不一边奔跑一边呼喊，而后静静地坐在车里驶向某个地方，而后坐在医院的长凳上摇着腿，没精打采地要吃冰淇淋。结果就是如此。四岁的时候她在电视上看到了灾难预警，以伦敦为中心，向外围扩散。她知道那迟早会发生，只是早晚罢了。

妮古拉好的时候非常非常好。但她坏起来的时候……对于父母，她无论从哪方面来说都没有任何感情：这是她不愿道与外人的隐秘。总之，他们都死了，一起死的，她一直知道会如此。那为何要恨他们呢？又为何要爱他们呢？她接到电话之后，条件反射似的驱车去机场。汽车本身就像个吹着冷风的地道。一个机场工作人员把她带到贵宾休息室：内有一个酒吧和四五十个悲伤各异的人们。她喝了酒吧间男招待递上来的白兰地。"免费的，"他强调说。一台电视被推了进来。接着，不可思议的是（连妮古拉都惊愕不已），他们播报事故残骸的实况，装在袋中的尸体摆放在法国的田野里。贵宾休息室里有人在抗议和疯狂地拒绝什么。有个心神错乱的老人不停地在向一个身着制服的工作人员手里塞钱。妮古拉感觉很冷，又喝了一些白兰地，她在想，死亡为何竟这般趁人不备，夺人性命。那个夜晚，她跟某个不可饶恕的飞行员像表演特技一般疯狂做爱。那时她十九岁，早就离开家了。妮古拉有种强大的、神秘的、让人无法抗拒的魅力，然而却算不上漂亮。不过她已经养成了一股歪风邪气，做不出什么好事来了。

说得再笼统一些——当你在看到她身后的那些残肢破体，精神的崩溃，被粉碎的事业，自杀的企图，被毁掉的婚姻（更为糟糕的离婚）——妮古拉未卜先知的禀赋让她对一两件事情清清楚楚：没有人会足够爱她，而那些爱她的人又不值得她倾尽全力去爱。典型的妮古拉式浪漫会在她的阁楼门口画上句号。那个男人会从楼梯上全速冲下，裤子被卷至膝盖，被撕裂的茄克搭在被撕裂的衬衫外头，妮古拉本人则在后面穷追不舍（有时穿着睡衣，有时穿着内衣，有时则全裸，只披一块半遮半掩的浴巾），要么破口大骂或是娴熟地扔个烟灰缸过去，那反而让他跑得更快了；要么就是通过道歉、爱抚或者其他一切可能的手段去挽回他的爱。总之,那个男人总是要走的。她常常会冲到街上。有几次她拿着一块砖走向等在那里的小汽车。更多时候她是躺在汽车前面。当然,这一切全都无济于事。那辆车总是会以它能达到的最高速度逃离,不过,也得承认,有些时候情况相反。妮古拉的男人们以及他们逃离的神速……回到公寓后,妮古拉要么揉揉手腕,要么就在唇边放块冰(或在眼睛上放块肉),观察镜中的自己,看看还剩下些什么,想想这有多么奇怪——她竟然一直都安然无恙。她知道会是这样的结局。结果就是如此。所以她的日记不过是把预先知道的死亡记录下来罢了……

本该滴酒不沾的妮古拉狂喝滥饮。不过也要看具体情况。一个月会有两个早晨,因为吃了太多阿司匹林变得耳聋(再加上狂饮了太多血腥玛丽),妮古拉也会在自尊心的驱使下立志痛改前非,譬如:饭前只喝两大杯鸡尾酒,吃饭时最多喝半瓶红酒,睡觉前只喝一杯威士忌或者助消化饮料。这个新决定她通常会坚持至第二天,当然包括睡前喝一杯威士忌或助消化饮料。到那个时候,就寝时间就显得遥遥无期了。就寝时间之前总可以扯着嗓子喊一阵或用拳头乱打一气。那就寝时间之后呢,或者说第一次就寝时间之后呢?她还有这样或那样的事情要做呢。所以她总是失败。她能看到自己在走向失败(她显然失败了),于是她就失败了。妮古拉·西克斯是一个人喝酒吗?是的,她是一个人喝酒。说的没错。她为何一个人喝酒呢?因为她就是一个人呐。现如今,在夜里,与以往比起来,她更是一个人了。事实证明,永远难以忍受的是睡意来临前的最后一段时间，那是漫长的白昼转向更加漫长的黑夜的过渡期，一种小死亡，大脑依然活着、依然在思维。于是杯子砰的一声落到圆桌上；原本不该有气味的烟灰缸上飘浮着最后一缕微弱的烟气；而后她像学步的婴儿，踉跄着走向厌恶的床。不得不那样结束。

另外一种结束方式，真正的死亡，最后一件已经存在于将来的事情，随着她渐次向之靠近，现在正日益成形。她会在哪里见到谋杀者呢，会在哪里发现他呢——在公园？在图书馆？在那间伤心咖啡屋？抑或是他会在大街上肩扛一块厚木板半裸着从她身边走过？谋杀会有个地点，有个日期，甚至有个时间：在她三十五岁生日那天午夜过后几分钟。妮古拉会咔哒咔哒地走在漆黑的死胡同里。然后那辆车会一个急刹车，猛地打开车门，谋杀者（他的脸藏在黑暗之中，修车工具放在腿上，一只手伸过来扯她的头发）说道，进来。进来……她就爬了进去。

那是注定的。板上钉钉了。谋杀者还没有成为谋杀者，被谋杀者却一直都是被谋杀者了。

她会在哪里发现他呢？她会如何梦到他呢？她会何时召唤他呢？在那个性命攸关的早晨，她哭着从往日常做的噩梦中醒来，径直走向浴缸，在那里躺了很长时间，眼睛瞪得大大的，头发别起来。在意义重大的日子里，她总感觉自己是众人审视的焦点，下流而狂热的审视。跟在水下随着波纹起伏的巨大身躯相比，她的头现在看起来很小，抑或是被缩小了。她猛地从浴缸里站起,伸手拿毛巾前顿了一下,而后赤身裸体站在那间温暖的屋子中央。她的嘴巴极其丰满,异乎寻常的宽大。她妈妈过去总说那是一张妓女的嘴。嘴角两边仿佛都额外多出了半英寸,如同黄色刊物中的小丑女。但黄色刊物里的小丑女的脸会被涂得很白,比牙齿还白。妮古拉的脸一向是黑的,牙齿有种昏暗的光泽,朝里倾斜,仿佛为了平衡嘴唇的宽度,抑或只是贪婪的灵魂将之吸了进去。她的眼睛会在不同的光线之下随时随地、急切地变换着颜色,但在恒常状态下,它们是一种狂热的绿色。她在想着爱情之死……

那天她要去参加的那场葬礼、那个火化仪式,并不十分重要。妮古拉·西克斯几乎不认识或者说不太记得那个死去的女人,她不得不在打了半个小时冗长的电话后才得到对方的邀请。多年前,那个女人曾经短期雇用过妮古拉到她的古董店帮忙。当时有一两个月,被谋杀者就坐在富勒姆百老汇旁边的一个了无生趣的洞室里抽烟。而后她就不做了。妮古拉近些时日的工作全如此,她短期内找的工作数量可真是不少啊。接受某项工作以后,她常常早上迟到、午饭吃四个小时、下午早退,愈演愈烈,以至于到最后迟到、午饭和早退连在一起了,大家都觉得她太过让人失望(甚至都见不着她的人影),于是她就不再去了。妮古拉总是知道此刻会在何时到来,于是就选择从那一天开始不去。妮古拉知道事情会以什么方式收场,那给她的每一份工作都带去了极大的压力,从第一周、第一天、第一个早晨开始……在更遥远的过去,她曾做过出版商的试读、酒吧女、接线员、赌台主持人、导游、模特、图书管理员、带吻电报女、档案保管员和女演员。女演员——在那条路上她走得相当之远哩。二十岁出头之时，她参演过保留剧目、皇家莎士比亚剧、哑剧和一些电视剧。她依然有满满一箱子演出服和一些录像带呢（可怜的小富家女、欢快的新人、裸体美女被人隔着烟雾和面纱疯狂围观）。演出可以疗伤，尽管剧中的角色让她更加困惑了。出演喜剧、滑稽剧和打闹戏最让她开心。她成年生活中最稳定的时光便是在布莱顿的那一年，当时她在《杰克和魔豆》中担任主角。扮演一个男人看来很有帮助。她饰演杰克，身穿束腰外衣和黑色连裤袜，头发被束起。数以百万计的母亲不明白，为什么她们的儿子回到家时面色如此苍白，情绪如此激动，晚饭也不吃，就心事重重地爬上床去了。然而后来她的演艺生涯抛锚了，她转而游荡在现实生活中。

她腰间裹一块浴巾，坐在镜子前，镜子前面打着一排残酷的灯，那本身也是她演艺事业的纪念品。她再次感觉背后有着不友善的目光。她像艺术家一样打量着自己的脸，往上涂抹葬礼的颜色，黑色、浅褐色、血红色。她起身回到床边，审视着自己的丧服和粗制滥造的黑色貂皮。就连她精美的内衣都是黑色的；就连她吊袜带上的夹子都是黑色的，黑色的。她打开衣柜，露出全身镜，她侧身站着，一只手平放在肚子上，感受着一个女人此时此刻可能感受的一切。坐在床边穿上第一只黑色长袜的时候，她的思绪不由得回到了早先一些时候，那时她也是洗澡，自我检查，精心准备。跟某个新相识的男人出城度周末。周五中午他们饱餐一顿过后，下午坐在车内，慢腾腾地穿过"瑞士村"，来到高速公路上，或是蜿蜒穿过克拉彭、布里克斯顿和向外更远的地方（伦敦似乎总是不情愿放弃它的领地，总想据守这些地方，直至岩石、悬崖和水域之边界），妮古拉穿着最好的内裤，感觉到里面有一股压力，跟做爱正好相反，仿佛一个崭新的粉红处女膜正在形成似的。等他们抵达托特列治或图庭之时，妮古拉又是个处女了。她会转向身边的那个话匣子（他的手放在方向盘上），感觉无比困顿和失望，心中明白选择他是个错误。扫几眼黄昏时分的树木、教堂和一只惊慌失措的绵羊，妮古拉会在宾馆或是借来的农舍里喝上一点小酒，然后像圣女一般睡去，双手交叉放在胸前，一副不容侵犯的样子。那个男人会闷闷不乐地眯瞪过去，但醒来后会发现自己的大半个身子都被妮古拉含在口内；周六午饭时间从各个方面来讲都是放荡的时间。她很少把假日延伸到周日。周末总是在周六晚上就告罄：惊慌失措的妮古拉·西克斯要么搭乘单人豪华微型出租车一言不发地沿着高速公路返回，那车身长得诡异，车费又贵得要死；要么独自站在被雨打湿的火车站月台上，身子僵直，眼睛眨也不眨，手里提一个装满鞋子的手提箱。

但是有一点我们要搞清楚：她拥有巨大的力量——巨大的力量。所有脸蛋和身材多少符合当代审美标准的女人都对这些特权和魔力有一定的概念。在她们风华正茂之时，不管那有多么短暂、多么相对，她们都占据性爱的中心。有些人感到失落，有些人被重重包围，但她们都会在有限的空间里被人仰慕。在妮古拉·西克斯身上，性的渴望被转化了，被狂热地升华了：它以爱情的形式向她走来。她有能力激发爱情，几乎处处惹相思。让坚强的男人哭泣算得了什么呢。赛纹世通的和平主义者会在街头暴乱中硬是用肩膀挤出一条回家的路来，以防她来拜访。有家的男人不顾生病的孩子，冒雨等在她的公寓门口。半文盲的建筑工人和银行家也给她送来十四行组诗。她榨干小白脸的腰包，她把性欲极强的男子累得半死，她善待伤心人。他们再也回不去了，他们被爱情冲昏了头脑。对她来说（对她来说又如何呢？），对她来说，她只有接受这种爱，并以相反的方式回应，不仅仅是打消对方的念头，更是将之扼杀。性格决定命运；妮古拉自知命归何处。

十五分钟后，她穿好丧服，叫来黑出租，喝下两杯清咖，如饥似渴地尝了几口法国香烟的黑烟草。

在戈德斯格林，她打发掉出租车，车头也不回地开走了。她知道回来时可以搭辆便车：你参加完葬礼之后，总会这么做的。她走进去的那个红砖小屋上方的天空很是晦暗，一个人大可以平静地与之告别。如往日一般，她来得相当晚，但是众人注视的目光并没有让她感觉不快。她无意躲躲闪闪，而是平静地向后面走去，溜进一排空位，这里的空位可是不缺的。并没多少人来给这个死去的女人送行。所以这就是你能看到的全部：一个倦颜苍发、身着黑礼服的老泰德，还有俗世的葬礼。妮古拉既想抽根烟，又想去听你偶尔听到的告别辞：人生短暂，充满苦难。她总会被丧亲的老人（尤其是女人）深深打动——这也是她为何来参加葬礼的原因。可怜的羔羊，吓呆了的羔羊（连大自然都把它们吓呆了），像职业哭丧者一样可靠，但是又有点太过好了，太过煽情了，头发像羽毛掸子，身体因为极度的悲伤和自身的恐惧而微微发颤……妮古拉打着呵欠。周围的一切都让她想起了学校，什么半身像和牌匾，以及所有用木头固定住的面板。她几乎没有注意到那个被人小心翼翼地抬着的棺材，她知道里面是空的，尸体已被火化了。

后来，在疏散区（一只笨重的黑鸟低空飞翔，斜着掠过潮湿的草地），妮古拉·西克斯看上去和听上去都非常非常好，她在向各种感兴趣的人们解释自己姓甚名谁，为何来此。老人们看到相对年轻的人中还有这般孝顺的，心中感到莫大的安慰。她用未卜先知的目光审视在场的人们，心中感到些许失落。停车场有几个人请她搭便车；她随便接受了一个人的邀请。

司机是那个死去的女人的弟弟的妹夫，他按照指示在波托贝洛路把她放下。妮古拉优雅地跟他和他家人告别，伸出一只戴手套的手，接受他们对她出席葬礼所表达的感谢和赞扬。汽车走了很久之后，她站在街道上整理面纱的时候，那些话依然在她耳畔回荡。多好的女孩啊，能来真是太好了。看那皮肤！看那头发！回来的一路上妮古拉都在想，在黑黑的手指间夹上一根又白又圆的香烟该有多好啊。但是她已经没烟了，在去戈德斯格林的路上，她几乎一路都是吞云吐雾，烟不离口的。现在她走在波托贝洛路上，看见一个酒吧，非常喜欢它的名字。"电视与飞镖"给门上原本就很有吸引力的彩绘标志又增添了几分魅力，门上另有一块纸板，其上写着"还有弹球"。整个伦敦上空风起云涌，雷公马上就要发威了……

她走进黑十字。她走进酒吧，里面漆黑一片。门在她身后关上时，她感觉那地方跳动了一下，但那是她意料之中的。的确，她走进男厕所的那一天会是糟糕的一天（那一天永远不会到来），那是一个像这样人满为患的男厕所，但是没有人回头，没有人抱怨或私语。她径直走向吧台，像新娘一样用双手掀起面纱，环视一下在场的主角，即刻她就知道自己找到了他，她的谋杀者，几多心痛，几多狂喜，几多相识。

妮古拉最后回到公寓，把日记在圆桌上摊开。她记下一则日记，异乎寻常地条分缕析、详细备至：最后一则日记。她用的笔记本是意大利产的，封面饰以拉丁文……现在它们的使命已经完成，她在想如何处置它们。故事还没有结束，但生命已经结束了。她堆起那些笔记，伸手去拿丝带……"我找到他了。在波托贝洛路，一个叫做黑十字的地方，我找到他了。"

我想是蒙特朗说过，幸福是写不出来的：它不会呈现在纸上。我们都知悉这一点。从国外寄来的谈论宜人的天气、可口的食物和舒适的住宿的信件远没有那种抱怨腐烂的木屋、痢疾和阴雨连天的信件读起来或写起来那么有趣。除了托尔斯泰，还有谁真正把幸福惟妙惟肖地呈现在纸上了呢？写第三章的时候，写盖伊·克林奇的时候，我会不得不描述，呃，不是幸福，而是美德，总之。那会很难。

基思·泰伦特看见妮古拉·西克斯的那一瞬间，弄掉了第三支飞镖。他破口大骂。那个重达三十二克的钨制品刺进了他的大脚趾……我想此处我可以玩个绝妙的文字游戏。它是丘比特之箭，或是诸如此类的东西。欲望之箭？但妮古拉·西克斯激起的并非基思·泰伦特的欲望。主要不是欲望。我会说她激起的首先是贪婪和恐惧。决定在弹球桌上破釜沉舟的盖伊·克林奇半路僵住了：你能听见弹球咕噜咕噜滚到槽里。接下来一片寂静。

剧情展开之时，我，正如他们所说，融入了背景之中。当然，我全然不知在我眼前正在发生什么。全然不知吗？呃，或许知道一点点吧。酒吧的这一刻，酒吧的这一刻，我将来会频频提及。我在吧台边晃悠，只是作为一个爱看热闹的市民对之感兴趣而已——而且是兴趣盎然。每个酒吧都有它的超级明星、它的英雄、它的运动健将，基思便是黑十字的骑士：他不得不出来招呼王牌顾客。他不得不为了兄弟们这样做：为了韦恩、迪安、杜安，为了诺维斯、莎士比亚、胆小鬼，为了酒吧男招待戈弗雷，为了法克·伯克，为了巴塞木和曼吉特，为了波格丹、麦克和兹比格。

基思是出于大男子气概那样做的。当然，也是出于阶级观念。阶级！是的，它依然存在。可怕的力量，无论世事如何变迁，它都依然存在。这个古老的、古老的垃圾到底是什么呢？阶级制度就是不知道何时叫停。连核武器大屠杀，我想，都不能在上面留下多少痕迹。爬行在这个曾经被称作英格兰的碘化茅房里，人们依旧在意口音和跷起的小指、娘家姓氏和长沙发或沙发、在公共场合如何用正确的方式吃蟑螂什么的。得了。

你是在顾左右而言他吗？阶级从未困扰过基思；他从来没有"如此"想过；阶级作为过去时代的一部分，不管它是什么，基思从来不烦心。如果你告诉基思，是阶级在毒化他每一个清醒的时刻，他会非常惊讶的。总之，无意也好，有意也罢，是阶级促使基思在跟妮古拉·西克斯相处的过程中安置一个第三方的。是阶级促使基思选择了盖伊·克林奇的。又或许是被谋杀者所为吧。或许是她需要他吧。或许他俩都需要他吧，一种助燃剂。

我需要他吗？是的，显然需要。盖伊主动找上我的，跟另外两个人一样。

我四点左右离开黑十字。那是我第三次去。我需要他们的陪伴，尽管他们大都令人心惊胆战。在基思的庇护下，我还混得过去。他把我介绍给有波兰血统的人和兄弟们，或者带着我在他们面前晃悠。他让我玩弹球。他给我演示玩角子机[1]如何耍花招。我买了很多饮料，我为了买那些橙汁、苏打水和可口可乐，还忍受了诸多疯狂的谄媚。我壮着胆子，吃了一个猪肉派。迄今为止，我只见过一次正儿八经的打架。拳头和小圆饼像雨点一样落下，甚是不可思议；基思对着嵌在男厕所门口的那个倒地的身影，选好关键部位谨慎地踢了几脚，以此终止了这场骚乱；而后基思返回吧台，拿了一罐啤酒，又回去踢了几脚。原来那个罪人摆弄了迪安的飞镖。救护车来了，又走了，

---

[1] 角子机（fruit machine），是一种以不同水果形标志表示得分的赌具。

基思也平静了下来。"不要摆弄男人的飞镖,"基思说个不停,晃着脑袋,几乎快要落下泪来。有人给他拿来了白兰地。"你不要……摆弄他的飞镖。"

我四点左右离开黑十字。我回到公寓,坐在马克·阿斯普雷的那间带有凸窗的办公室的书桌旁,那里亦可以称作书房或藏书室。实际上,它更像一间战利品陈列室。事实上,这该死的地方整个就是一间战利品陈列室。从起居室走到卧室——我在想着那些签名照片和色情读物——你会纳闷,他为何不干脆就在墙上钉一堆闪闪亮的遮羞布呢。事实却不同。在这里你被奖杯和饰带、托尼奖和古格奖、镶框的奖品和荣誉证书所包围。同被评论界、媒体和学术圈看重和珍视的马克·阿斯普雷拥有诸多名誉学位、学位帽,以及三套分别来自牛津、剑桥和都柏林三一学院的学位服。我一定要看看他的书,他的书数量不菲,版本众多,多种语言兼备,有匈牙利语的,也有日语的。

我四点左右离开黑十字。我回到公寓,坐在那里思忖,我为什么就是做不了呢,我为什么就是写不出呢,我为什么就是什么也编不来呢。然后我看到了她。

马克·阿斯普雷藏书室的凸窗外是一块停车场大小的绿色广场,另有两片稀疏的花坛(档次低的花儿,全国公务员联合会那儿那种档次的花儿)和一张木制长凳,有时会有老人坐在那里,好像在风中摇摆。相当令人遗憾、相当令人失望的是(阿斯普雷何以忍受得了呢?)这片绿地上还有一个垃圾堆:不是什么骇人的东西,不是混合肥、浴缸或废弃的家具,只是一些被挑选出来的废弃物、杂志、破玩具、一只跑鞋、一个水壶。这就是伦敦的特色：绿化的努力好像本身就会招来垃圾。用来保护小树的金属圆筒像极了某种容器，所以人们往里面塞满了酒罐、用过的纸巾、昨天的报纸。在一个人们普遍迷失和焦虑的年代……但是我们可以回去，继续我们的故事。那个女孩就在那里：妮古拉，被谋杀者。

我坐在马克·阿斯普雷的大书桌旁——我想没准我甚至正在绞扭我自己的双手呢。哦，上帝啊，这些枷锁！我已经忍受了二十年，忍受不能写作带来的持续失望——或许马克·阿斯普雷在该领域的丰功伟绩更加加重了我的失望吧（我承认有这种可能）。看到她，我心头一惊：一种柔柔的心灵震颤，从内心深处涌起。她仍旧穿着丧服，戴着奔丧的帽子和面纱。戴着黑手套的手中拿着什么坚实的东西，用红丝带系着，那玩意紧紧偎依在她臀部，仿佛为了得到慰藉一般，颇像个孩子。接着，她掀起面纱，露出脸来。她看上去如此……引人注目。她看上去像是广告里的荡妇，就在直升机或者潜水艇的尾部随着洗浴香精块或者巧克力一起出现之前，背对着低矮的太阳，她能瞧见我吗？我无从知晓，但是我想：妮古拉会知道的。她会知道光是如何作用于窗户的。她会知道在一间没有窗帘的房中你会干着什么偷鸡摸狗的勾当，有什么奸情，有什么离奇的背叛……

妮古拉转过身来，犹豫了一下，而后拿定主意。她把那东西扔进垃圾堆里，抱着双臂，快步走开了。

我等了大约五分钟。然后走过去，捡起我的天赐之物。不知所得为何物，我于是坐在长凳上，拉开丝带。一只可爱的女人的胖手,天哪,一片混乱,一种颇具威胁的信号。它让我羞得满脸绯红,像是沾染了色情一般。我抬起头来,看见了妮古拉·西克斯的半个身影,在三十英尺开外,被一棵小树的树干分为两部分,她没有躲藏,而是在凝望。她的眼神中——只有清澈,非常清澈。我做了个手势,仿佛要把手里的东西还回去似的。但是一眨眼的工夫,她就在树影婆娑中匆匆走掉了。

真希望我能描绘出基思的发音呐。他总是邪恶地把 t 发得特别重。短促的喉部爆破音伴随着重读的 k,就像咳嗽或清嗓子前的那一毫微秒发出的声音似的。他说 chaotic 的时候(他经常说这个词),听起来像是死亡呓语。"Month"被说成了 mumf。他讲道理时,有时会说:"Im feory……""There"听起来就像 dare 或者 lair。你常常会觉得基思·泰伦特只有十八个月大。

事实上,我必须得留意我几个主人公的年龄。我以为盖伊·克林奇二十七岁左右。实际上他三十五岁了。我以为基思·泰伦特四十二岁左右。实际上他才二十九岁。我以为妮古拉·西克斯……不,我一直就知道她的底细。妮古拉·西克斯三十四岁了。我为他们担心,我的年轻人们。

与此同时,时间正在进行它的不朽杰作,它让每个人看上去和摸起来都糟透了。你明白了吗?与此同时,时间正在进行它的不朽杰作,它让每个人看上去和摸起来都糟透了。

第三章　陪衬者

盖伊·克林奇是个好人——或者可以说是个不错的人。他什么都不缺,又什么都缺。他非常有钱,身体倍儿棒,帅气,高大,还有一个不时冒出新奇想法的大脑;但他了无生机。他完全敞开。他拥有霍普·克林奇这样的妻子,聪明、能干(他们家的房子是件杰作)、典型的美国人(富有);他还有一个精力无比充沛的孩子……但他清晨醒来之际,却没有——没有生机。有的只是了无生机。

盖伊十五年婚姻中最快乐的时光是在霍普怀孕期间,那是相对较不久远的一段时日。她欣然把自己的智商减去一半,所以盖伊一度发现自己是在跟一个同等智商的人相处。突然之间,谈话的内容涉及房屋改善、婴儿名字、婴儿房改造、女孩的红色、男孩的蓝色——温柔的物质主义,一切皆是有的放矢。家里一向就没完全缺过建筑工人,现在更是人满为患,他们高声大语,骂着粗话,晃着步子。盖伊和霍普遵循荷尔蒙作息。窗帘荷尔蒙,地毯荷尔蒙。她已经过了恶心阶段,很想吃土豆泥。然后便是筑巢荷尔蒙:突然想缝缝补补、穿针引线。波托贝洛路上的手推车小商贩(没准基思·泰伦特就在其间)一见到她的身影,便招呼她去他们的小摊,严肃而又老练地说:"过来,亲爱的,我有你要的东西。"霍普会把潮湿的纸板箱翻个底朝天——天鹅绒碎布啦、缎子布条啦等等。怀孕第八个月,当家中开始重新摆放家具,而霍普像个女王似的坐在电视面前缝缝补补(有时还会嘀咕说:"我在做什么呢?")的时候,盖伊会思忖,抓耳挠头,自言自语(他所指并非婴儿),它快来了……已经在路上了。

哦,他原本多想要个女儿啊!在那个阴暗的、人影稀疏的私人诊所(那是他们能够找到的最最昂贵的诊所,霍普不相信任何一种消费加起来不足四位数的医疗护理:她喜欢成卷的缴费单,每一张纸巾和每一片吐司都丝毫不拉地记上;她没工夫去搭理地下室的廉价商品部和国民保健的疯狂热潮),盖伊一会儿踱来踱去,一会儿打个盹,一会儿焦躁不安,那些有头衔的专家在晚宴过后或者在去打高尔夫球的路上冲进来瞧上一眼。是个女孩,是个女孩,就是个普通的小女孩——玛丽、安娜、简。"是个女孩,"他仿佛听见自己在电话中说(对谁说的,他也不清楚)。"五磅十二盎司。是的,是个女孩。六磅差一点。"他想全程陪伴妻子,但是霍普却把他拒在产房之外——由于某种严肃而又无法辩驳的理由,性自尊。

三十六个小时之后,凌晨四点,婴儿降临人间。他重近一英石[1]。盖伊被允许到霍普的病房短暂探视。现在回想起来,他仿佛看到了一幅画面,母子二人面带扬扬得意的表情擦去脸上的汗水,似乎刚从某种有趣而又弱智的游戏中回过神来:比萨大战吧,从表情上看。另有两位专家在场。一位正盯着霍普

---

[1] 1英石相当于14磅。

两腿之间的部位，说道："是的，呃，很难说从什么地方会出来什么。"另一位正在难以置信地丈量婴儿的脑袋。哦，这个小男孩从各方面来说都完美极了。他块儿头可真大啊。

盖伊·克林奇什么都有。事实上他什么都有两份。两辆车、两套房、两个不相上下的保姆、两套真丝羊绒晚礼服、两副网球拍，等等等等，不一而足。但他只有一个孩子和一个女人。马默杜克出生后，情况发生了变化。为了寻找全新的灵感，他重读了《利己主义者》[1]以及沃尔海姆对英格雷斯和慈父的评论。育婴指南让他做好了改变的准备，文学在某种程度上亦是如此。但是没有什么能让他或任何人做好迎接马默杜克的准备呐……享誉世界的儿科医生对他的过度活动症惊叹不已，像东方三圣膜拜耶稣那样对他的腹绞痛能力顶礼膜拜。每半个小时，他就哄哄唧唧地吮干他妈妈剧痛的乳房；他常常会在半夜时分打个小盹；其余时间全都用来尖叫。只有父母、施刑者和大屠杀守卫者能忍受得了人类这么多痛苦的声音吧。待到情况有所好转，情况确实好转了，尽管只是暂时的（因为已经患有轻度哮喘的马默杜克，不久又要患湿疹），霍普大部分时间仍然躺在床上，有时有马默杜克，有时没有，但从来都没有盖伊。他整夜和衣躺在两间客房中的某一间，随时准备迎接灾难。他不知道自己的生活为什么突然变成了一部十分有趣、格调极高的恐怖片（一部以摄政时期为背景的恐怖片，或许）。他的日常室内活动也变成了蹑手蹑脚。每当霍普呼喊他

---

[1] 这是英国维多利亚时期小说家乔治·梅瑞狄斯（1828—1909）写的一部小说，发表于1879年。

的名字——"盖伊?"——他答道:"什么事?"下面就再没回音了,因为他的名字即意味着"过来"。他出现了,做完必要的差事,又消失了。现在,霍普要求他做的事情,第一次如同第二次,第二次如同第九次。盖伊把婴儿抱入怀中的次数越来越少了(在保姆、夜班护士或者其他一些高薪雇来的马默杜克的仰慕者怀疑的目光下),他难为情地说:"你好啊,小兔崽子。"马默杜克会停下来,琢磨该使什么招;盖伊那怯怯的、问询的表情不知怎的总是惹得他去抓他的眼睛,或是一阵呕吐,或是疯狂用指甲去挖,或者至少来个大喷嚏。盖伊怀疑霍普给婴儿留指甲是为了攻击他,他为此大为惊愕。他的脸上自然是伤痕累累;有时候他看上去就像个意志坚决但又缺乏本事的强奸犯。他感觉自己很多余。会面,约会,都还没有发生。

所以他每样东西都有两份,除了嘴唇、乳房、亲密之墙、交叉的双臂、交叉的双腿。但事实并非真的如此。本来应该走得更近的,却渐行渐远了。因此,生机活力会随时光顾他。他是完全敞开的。

孩子出生以后,盖伊和霍普在医生的建议下离开过两次:是他们的医生,而非马默杜克的医生。他们把他托付给五个保姆,外加一支耗资更大的医疗小队。把他丢在家中,感觉怪怪的;出租车在向希思罗机场方向驶去之时,盖伊完全跟霍普一样担惊受怕。随着时间的流逝,再加上每半个小时一个电话,恐惧才逐渐变淡。内耳做了调整,专门接收婴儿的恸哭声。若是你侧耳细听,每个声音都好像婴儿在啼哭。

第一次，威尼斯，二月，雾霭，冰冷而浑浊的水——还奇迹般的没有车。盖伊此生从未感觉距离太阳这么近过；就像是生活在云层中，高高的云海里。但是好几个早晨都是阴沉沉的，心情和天气皆然（潮湿，失败），那痛苦不堪、没有游客光顾的犹太区仿佛是这种情绪的最好表达；或者说，桥下面细微的波浪（苍白的浪花像是静止了一般，只有更阴暗的背景才间或凸显它的存在）也是阴霾最好的明证——或者说，当你迷失在中国套盒和美女堆里，本可以把自己比作莎翁笔下的恋人时，忽然附近办公室的窗口传来令人扫兴的喷嚏声，然后是贪婪地对着手帕擤鼻涕的声音，而后重又响起打字机或者加法器沉闷的噼里啪啦声。

第五日，太阳再次以不可阻挡之势钻将出来。他们臂挽臂沿着扎泰海滨长廊走向那家咖啡馆，他们已经习惯了上午十点左右去那里吃点心了。光线开始施展它在水上的魔力，太阳照得每个人都睁不开眼睛。盖伊抬头仰望：对他来说，这天空预示着某种启示，威尼斯式的启示。他开口道：

"我方才有个非常愉快的想法。你得把它写成诗句。"他清清嗓子，"就像这样：

太阳，太阳……涂鸦的太阳：
云彩是它掌心的裸体丘比特！"

他们继续前行。霍普的椭圆形脸蛋看上去很是坚决。她下巴上的口水表明她已经对烤芝士火腿三明治垂涎三尺了，很快她就能吃到了；另外还有留言簿、小爱美仕向导、奶油咖啡呢。"可怕的双关语，我想，"盖伊喃喃自语，"哦，上帝啊。"一群游客拥了过来。他们挤过人群之际，手臂被撞开，霍普走在前面，盖伊连忙赶上。

"这些游客，"他说。

"不要抱怨。那很傻。你以为你是什么？"

"是，但是——"

"是，但是没什么。"

盖伊欲言又止。他朝向大海，沮丧地伸长脖子。霍普忍耐地闭上眼睛等着。

"等等，霍普，"他说，"请你看一下。如果我移动头部，太阳在水上也随之移动。在水上，我的眼睛跟太阳可是同等重要的。"

"……知道了。"

"但是那意味着——对这里的每个人来说，水上的太阳都是不同的。没有任何两个人看到的是同一个太阳。"

"我想吃三明治。"

她继续前行。盖伊流连忘返，攥住自己的双手，说道："但是那样就没有希望了。你不觉得吗？……没有多少希望了。"

夜里他在宾馆也喃喃说着同样的话，甚至回到伦敦后，在睡梦中，在被马默杜克一巴掌拍醒前的几秒钟，他还在嘀咕。"但是那样就没有希望了……彻底没希望了。"

在他们离开期间神采奕奕、健健康康的马默杜克，却在他们回来后的几个钟头内戏剧性地病倒了。他不偏不倚地染上了那年早春所能孵化出来的每一种病毒。腮腺炎痊愈后，又患上灾难性的百日咳（他的最后一次百日咳）。流感一个接一个，没完没了。医生们现在主动来问诊，不收诊费，纯粹出于职业好奇。在这个节骨眼上，也不知是什么原因（奥利弗勋爵还询问自己能否就此写篇论文呢），马默杜克的健康状况却大大好转了。事实上，他像是蜕掉了病体，仿佛那是一张死皮或者没用的附属物：从被发烧缠身的旧马默杜克身上跳出一个肌肉结实的小神童，明亮的眼睛，粉红的舌头，（事实证明）还绝对恶毒。变化是在突然之间发生的。有一天盖伊和霍普出去了，任由这个一贯胃肠病缠身的梦魇在厨房地板上流口水；午饭归来后，他们发现马默杜克双手插在口袋里，在起居室里晃悠，几个保姆在旁目瞪口呆地看着。他还从未爬过呢。然而，他似乎已经搞明白了，在健健康康的状态下反而能制造更多麻烦、得到更多乐趣。他的第一步行动便是废除午夜小憩。克林奇夫妇雇来更多帮手或者说他们试图这么做。一个病快快的婴儿是一回事，一个身体健壮、一肚子坏水的学步孩子又是另外一回事了。到目前为止，盖伊和霍普之间的关系，以及他们同孩子的关系大都是辅助医疗的关系。马默杜克重生后，那就变成了，呃——你不会说是辅助军事的关系。你会说是军事关系。他们唯一能请到的、可以待下来超过一两个小时的帮手就是疯人院的男护士了。那些时日，他们家有一支壮汉组成的类似特别武器及战术小组，以及一些全身布满伤疤的保姆和互惠工。

盖伊估算，现在九个月大的马默杜克已经花掉他2500英镑了，为此他惊愕不已，但也没有怨言。他们再次出游了。

这一次，他们乘坐头等舱飞到马德里，在丽兹停留三晚，而后雇辆车，向南进发。那辆车似乎功率足够强大，足够豪华；无疑贵得令人咋舌。（霍普猛烈抨击车险。盖伊则细细研究那份金边文件：几乎在任何情况下，他们都会把你空运出来的。）然而，当他们一天晚上开着车、开着车穿越接近半岛最南端的稀疏丛林时，一个巨大的震颤或者创伤仿佛一下子就把发动机拆得四分五裂了——进气歧管坏了？连杆大头坏了？总之，那辆车显然已经成为历史。约莫在夜半时分，盖伊再也推不动它了。他们看到一些灯光：不是很多，不是很亮。

克林奇夫妇在一家简陋的乡村旅馆找到了落脚点。看着那只有电线连着的灯泡、潮湿的盥洗室、乱七八糟的床铺，霍普在女主人还没走出房间之前就大哭起来。整个夜晚，盖伊躺在服了安眠药的妻子身旁，侧耳细听。五点左右，过了大概马默杜克打个盹的时间，周末酒吧的喧闹、自动电唱机和打击乐器制造的声响筋疲力尽地让位于庭院之中的嘈杂声了——这里咯咯咯，那里吼吼吼，这里吱吱吱，那里哞哞哞，到处都是猪哼哼。最糟糕的或者说离得最近的，是一只傻不啦叽的报晓鸡，他在邻居的女低音的伴奏下，用男高音鸣着震耳欲聋的起床号。"喔—喔—喔"，盖伊觉得，这是世界上最伟大的婉转语之一。七点钟，经过一阵尤其让人难以忍受的男高音独奏（那只报晓鸡最后仿佛宣布了某个超级报晓鸡即将登场一般），霍普忽地坐起，流畅地骂着难听的三字经，服下安定，戴上眼罩，复又蜷身趴下，脸贴膝盖。盖伊无力地笑了笑。曾经有段时间，他能在沉睡的妻子身上读到爱意；即便是在毯子的轮廓上，他也曾经能读到爱意……

他走出房间，来至院中。那只公鸡，那只可笑的报晓鸡，立在鸡笼里——没错，就在他们枕边几英寸——以一种不容挑战的傲慢瞪着他。盖伊回瞪过去，慢慢摇了摇头。母鸡们在泥土和垃圾中侍奉着，一声不响，毫无疑问是他的后盾。至于那两头猪嘛，即便以这个院子为标准，也算是蠢货了。一只深色的半大阿尔萨斯牧羊犬在旧油桶里打着盹。感觉有人靠近，那狗噌地蹿将起来，因猛然惊醒，扑倒在地，沙子灌进它长长的鬃毛里，它朝他走了过来，本能地表示友好。是只母狗，他想：还被拴上了。他过去抚摸它时，他们搅在一处，搅在一处，仿佛正是因为那狗的友善：上蹿下跳、打圈转来转去的友善。

东西两边分布着新兴的富人住的彩色房子，但这个地方因为风吹，一直很穷。风吸干了它的血液，榨干了它的油水。如同那只公鸡，风也只是尽到自己的本分罢了，哪管什么缘由呢。热空气上升了，冷空气又将之填满了：因此，不知怎的，这个砂纸般的沙滩总是被撕扯、被拖曳、被疯狂地扯来扯去。盖伊身穿网球短裤，走下门廊，路过那辆汽车（那车避开他的目光），来至破败不堪的海滨道上。一辆摩托车，一头套在大车上的痛苦不堪的驴——除此别无他物。天空也是空荡荡的，被吹得干干净净，一种非洲般的彻头彻尾的蔚蓝。沙滩上的风就像工业清洁剂一样狂扫他的小腿肚；盖伊爬上一堆硬硬的湿沙，面向波澜壮阔的大海，陷入了沉思。大海对他并不友好。既没感觉有活力，也没感觉没活力，既没感觉距离生命更近，也没感觉距离死亡更近，只感觉到自己三十五岁，盖伊向前挺进，双腿跨过跟阴囊一般高度的围栏时，眼睛几乎眨都没眨一下；倒是海水好像退缩了，在人的触碰之下退缩了。他顺着斜坡往下冲，深呼吸，往前跃，像游泳者一样投入大海的怀抱……二十分钟过后，当他大步流星沿着沙滩往上走的时候，风把它能卷起的每样东西都往他身上掷去，沙子也带着疯狂的喜悦搜寻他的眼睛、他的牙齿、他那无毛的胸膛。离开海滨道一百码的地方，盖伊停了下来，想象着自己对它投降（可能过会我就走了），在冰冷的、如同大号铅弹般的气流下，他双膝跪倒，侧身蜷在一处。

他在苏醒的乡村旅馆排队买咖啡。那家的几个女儿正在拖地；两个男人在黑黑的房间里端肆无忌惮地搭讪着。盖伊站得直挺挺的，赤着脚板，皮肤和头发均密密匝匝地沾满了沙子。一个感兴趣的女人，只消半睁一只眼，没准就已经发现盖伊·克林奇体形优美、古典，最重要是健康；但是他的英俊之中含有一些没有意义或者没有必要的成分，仿佛长在他身上就是浪费了。盖伊知道这一点。身材矮胖、穿着垫肩服的安东尼奥斜靠在门边柱子上，一只手随意放在滚圆的肚子上——沾沾自喜地想着自己血红的腰带，还有垂到裆部的流苏——压根没有注意到盖伊，压根就没有。那几个女儿也只关注安东尼奥，吊儿郎当、嗜酒如命、鞭打驴子的安东尼奥和他的深红色霸王包……盖伊在砰砰响个不停的门廊上，喝下绝好的咖啡，吃了涂有橄榄油的面包。然后端个托盘进去给霍普,她扯下眼罩,仍闭目躺着。

"你做过什么事了?"

"我一直在游泳,"他说,"今天是我的生日。"

"……很多愉快的回忆。"

"这里的小安东尼奥显然擅长使用扳钳。"

"哦,是吗?汽车废了,盖伊。"

几分钟以前,在砰砰直响的门廊上,发生了一件可笑的事情。听到不远处有节奏的呜咽声,盖伊将手举至太阳穴,仿佛是为了留住脑中一闪而过的念头似的(他没有沉溺其中;他没有沉溺于黄色的念头)。那个念头是这样的:霍普伸开双腿,一丝不挂,被一个如狼似虎的安东尼奥粗鲁对待……盖伊然后拿着他的最后一片面包来至院中,给那只狗。(再次不可思议地看了一眼那只公鸡,那只愚蠢的报晓鸡)。那狗正在有节奏地呜咽着,但好像没什么胃口。脏兮兮的、一脸温柔相的母狗就只是想玩,想嬉耍,想交朋友,只是不停地绊在拴绳上。那根脏脏的长绳——长达六英尺——让盖伊很是伤心,西班牙式的残忍或漠不关心也从没让他如此伤心过。在这个院中,在被风吹得空空如也的沙滩边,唯一不用钱买而又阔绰的东西就是空间与距离——这只狗却一点也享用不到。所以它除了可怜,还是可怜,双倍的可怜,三倍的可怜,呈指数倍递增的可怜。我找到它了,盖伊想(尽管这话不会说出口,暂时不会)。它是……我找到它了,它是……它是——

"那么?"

"我们为何不在这儿待几天呢？待几天？这海很不错，一旦你下去的话，"他说，"直到我们把车修好。这很有趣。"

霍普正要对着烤面包的第一部分咬下去，在上面留下她惊人的咬痕。她停了下来。"我受不了。你不会是要糊弄我吧，盖伊？听着，我们要离开这里。我们已经离开了。"

于是那天就变成了给航空公司、领事馆和租车人员打电话，不得不忍受噩梦般糟糕的信号和蹩脚的西班牙语，当天晚上，在阿尔赫西拉斯的直升飞机场，霍普在二十四小时之内第一次给盖伊笑脸看。事实上几乎所有这一切都要归功于（在吃饭、喝酒和游泳之间）海岸再往下的一个六星级酒店指挥塔，那里充斥着富有的德国老人，他们过度的嬉闹和缺乏魅力的外表（盖伊不得不承认）让他很是强烈地想起了马默杜克。

那以后一切都相当容易了：不是很清晰，不是很有目标，但并不困难。盖伊·克林奇审视自己的生活，看看可不可以从哪个角度引进新事物。他的生活，他发现，已经缝合了，密不透风。它是封闭的。霍普隐隐感觉他开始想要把它打开，心中暗暗不快。盖伊有份工作。他为家族企业工作。那意味着他要坐在齐普赛街的一个小巧雅致的套房里，密切留意克林奇家族财富的九头蛇如何繁衍生息。（那也像马默杜克：它接下来会走到哪一步呢？）渐渐地，盖伊不再去了，就只在街上晃悠。

恐惧是他的向导。跟新月地区其他所有的房子一样，盖伊家的房子也是远离路边，房子非常好，非常漂亮、非常大；但是恐惧却把他带到了拥挤不堪的街道上，那里的商店和公寓就像围观熊坑的人群一般挤在一处，什么角子机游戏厅啦、糟糕的廉价小饭馆啦、买粥排成的长队啦、军人招待所啦，生活就在手推车上、乒乓球桌上和破败不堪的移动房里上演——伏都教[1]和饥饿，骇人的长发和亡命之徒，波托贝洛路上的基思和凯丝之流。当然，盖伊以前来过这里，来寻一只草鸡或一袋尼加拉瓜咖啡豆。但现在他是在寻找那个东西本身。

电视与飞镖，指示牌上写道。**还有弹球**。盖伊初次进入黑十字时，是个推开令他心生恐怖的黑暗之门的男人……他挨过来了。他活过来了。那地方在朝北的光线照耀下，破败不堪，没什么危险：一群在潮湿的弹球桌旁玩着弹球的花花公子和拉斯塔法里派成员、白镴器般病恹恹的白人（看上去像是战争镜头）、嘎吱作响的角子机、冒着烟的馅饼加热机。盖伊用他唯有的一种嗓音要杯喝的；他没弄乱头发，也没改变口音；腋下也没夹着一份翻至比赛页的小报。他端着一杯中等甜度的白葡萄酒来至弹球桌旁，那里有个老戈特利布和《一千零一夜》中的艺术画（妖妇、魔鬼、英雄、少女）——老虎的眼睛。老虎的眼睛……一个羸弱的爱尔兰小伙子站在几英寸开外的地方，一个劲地在盖伊耳边喃喃说着"谁是老板，谁是老板"，好像要直到他觉得说够了为止。无论盖伊何时抬头，都有一个可怕的酒吧常客愤愤地盯着他，就好比你在斑马线上停下来给一位老人让路，他缓缓走过，但怀疑并没有减少分毫：那儿没有原谅，丝毫也没有。一个浑身是汗的黑人女子不停地在指控什

---

[1] 由拉丁文 Voodoo 音译而来，源于非洲西部，是糅合祖先崇拜、万物有灵论、通灵术的原始宗教。

么，最终被一张 5 英镑的钞票堵住了嘴。盖伊待了半个小时就走了。他带走了太多的恐惧，以至于每次归来恐惧都必然减少一分。不过夜里去又是另外一回事了。

基思是核心人物：基思和他在酒吧的魅力。基思是酒吧的头头。要更多酒品饮料时，是他嗓门最高、嚷得最欢；骂角子机是他骂得最猛；飞镖是他玩得最好——他是黑十字的飞镖推动力量……现在，基思显然得对盖伊做点什么，盖伊太异类了，太没酒吧魅力了，不能撒手不管。基思不得不拦住他，不得不对他友好，不得不痛打他。杀了他。于是有一天他把飞镖装入袋中，走到吧台（酒吧常客一直在想，这一刻何时会到来呢），倚在弹球桌上，竖眉瞪眼，咬牙切齿：给盖伊买了杯喝的。裤子后面的口袋，卷起来的 10 英镑钞票。基思具有多面性。整个酒吧回荡着无声的掌声。

干杯，基思！自此以后，盖伊有了归属感。他近乎大摇大摆地晃进那个地方，直呼酒吧男招待的大名：戈德或彭果。自此以后，他不用非得再给黑姑娘买饮料了，也不用非得再从黑汉子那里买毒品了。什么海洛因、可卡因、羟基安定、双氢可待因，他一向是拒绝的，只买少量大麻敷衍他们。他常把这些大麻和药草带回家，扔进废物处理箱里；他没把它扔进排水沟，害怕被哪个小孩或者狗狗捡了去，这种谨慎是多余的，因为那大麻不是大麻，药草也只是普通的草儿罢了……现在盖伊可以坐在温暖酒吧的一个潮湿的角落，观察四周了。的确，这里的生活快得不可思议，人可以在短短一周之内长大、变老。就像二十世纪的地球，神奇地突然衰老。这里，在黑十字，时间如同一列地铁，司机笨重地趴在操纵杆上，呼啸闪过一站又一站。盖伊总以为他在寻找的东西是生命。然而，他要找的一定是死亡——或者死亡的意识。死亡的坦率。我找到它了，他想。它是顶呱呱的，它是严肃的，它是美丽的，它是可爱的；它完全配得上你能想得到的任何溢美之词。

因此，当妮古拉·西克斯在一个雷声轰鸣的雨天走进黑十字，站在吧台边，掀起面纱的那一刻——盖伊就已经准备好了。他完全敞开了。

"臭婊子，"基思弄掉第三支飞镖时骂了起来。

作为一支飞镖，一个由塑料和钨制成的小飞弹，它在重力的作用下，直冲地心。阻挡它前进的是基思的左脚，那脚只有廉价跑鞋严重磨损的鞋面庇护：你能看见带着状如小靶心的血迹。不过那天黑十字还有另外一名射手或曰飞镖手；或许这个面带微笑的丘比特就潜伏在弹球桌的艺术品中，藏在辛巴德和塞壬之间，藏在妖精和魔鬼之间。老虎的眼睛！看到她的绿眼睛和厚嘴巴时，盖伊紧紧抓住老虎机的两侧，像是要寻求安慰或者支撑。弹球弹到了槽里。而后是一片寂静。

她清清嗓子，向酒吧男招待戈弗雷打听什么，戈弗雷狐疑地歪着头。

正当她要转身离开，基思进来了，或者可以说，他一瘸一拐地进来了，带着不靠谱的微笑向吧台走来。盖伊好奇地看着。基思说道：

"绝不会。他们这里不卖法国烟，亲爱的。绝不会。这里？绝不会。卡莱尔！"

一个黑男孩应声出现，气喘吁吁，得意扬扬，仿佛已经跑完腿了。基思给出指示，一张破烂不堪的五英镑钞票，而后转过身来，同时在心中估算什么。死亡在黑十字并不新鲜，它是家常便饭，一便士可以打发十个；但是特意定制丧服、帽子、面纱就两说了？基思开动脑袋瓜子，似乎想找个合适的言语。最后他说："失去亲人了，是吗？戈德，给她一杯白兰地。她可以借酒消愁。不是特亲的人吧，我猜？"

"不，不是特亲的人。"

"你叫什么，甜心？"

她告诉了他。基思不敢相信自己的好运气。

"sex！"[1]

"S-i-x。事实上是 Six[2]。"

"Seeks[3]！放轻松点，妮基[4]。我们这里什么名字都有。嘿，小子。盖伊……"

盖伊现在步入她的气场。他强烈证实了她嘴唇上方有一缕黑黑的茸毛。你有时会见到这种女人，在戏院、音乐厅的吧台，在某些饭店里，在飞机上。在黑十字你可见不到哦。她看上去还像随时可能晕倒的样子。"你好吗？"他说着，对那只黑手套伸出一只手去（他用余光瞥见基思正在慢慢地点头）。"盖伊·克林奇。"他本来希望有种似曾相识的感觉，但却只

---

[1] 汉语意思是"性"。
[2] 作为人名，可译为"西克斯"，是女主人公妮古拉的姓。
[3] 这个词有"寻找"的意思。
[4] 妮古拉的昵称。

感到某种滑滑、软软的东西，一种潮湿的感觉，或许其他人对此早有心理准备吧。小卡莱尔从酒吧门口直闯进来。

"你必须让我付钱，"她说着脱掉一只手套。她那只现在撕扯香烟包装纸的手的五个指头全被咬破了。

"我请客，"基思说。

"我想，"盖伊说，"我想，你这是去守灵吧。"

"不是家里人吧？"基思问。

"只是我过去为她做过事的女人。"

"年轻吗？"

"不不。"

"不管怎么说。你做得不赖，"基思接着说，"表达敬意。尽管只是个老女人。这事我们都会遇到。"

他们继续聊着。盖伊突然感觉极度自责，买了更多饮品。基思探过身去，咕哝着，用拿着杯子的手要去给妮古拉点第二根烟。但这一招很快就结束了或者说流于破产，她放下面纱，说道：

"谢谢你们。你们真是太好了。再见。"

盖伊看着她离开，基思亦然：她轻移细步，摆动蛮腰，毫不扭捏；紧身黑裙下面露出完美的曲线，凹凸有致。

"太美了，"盖伊说。

"耶，她就可以，"基思说着，用手背擦了擦嘴（因为他也要离开）。

"你不会是——"

基思威胁地转过身来。他的视线落在那只手上，盖伊的那只轻轻拉着他前臂的手（那是他们初次的身体接触）。现在那只手松开，放下。

"得了，基思，"盖伊无力地笑着说，"她刚参加完葬礼。"

基思上下打量他一番。"生活还要继续，不是吗？"他带着一贯的欢快说道。他拉直防风大衣，男子汉似的吸了吸鼻子。"对此魂牵梦绕，"他说，像是对着外边的街道说似的。"为之祈求。为之祈祷。"

基思拖着步子穿过黑黑的门。盖伊犹豫了片刻，酒吧里的片刻，然后跟在后头。

那天晚上八点四十五分，在兰斯登克雷森特，距离与马默杜克的十二小时之约只剩几分钟了，盖伊坐在第二个起居室的第二张沙发上，一反常规地喝着第二杯酒，想了又想：在这种养尊处优、衣食无忧的情况下，我如何能对世事感知一二？我想像蹦床运动员那样感受在重力作用下落回大地的感觉。重重地接触大地——只是接触大地。上帝把我们赤条条地抛入人间，拿走了我们的衣服和房子。

我看着他们离开。

基思跟在妮古拉后面走出黑十字。盖伊跟在基思后面。

我真希望当时跟在了盖伊后面啊，但那时尚早，是在我真正介入之前。

一个大有希望的写作模式正在形成。我可以两天完成一章，甚至包括所有我必须得做的实地调查。现在，每隔两天，我都做更多实地调查，皱眉蹙额、心满意足地记在笔记本里。我写作。我是个作家……或许为了衬托出马克·阿斯普雷庞大的文集吧，我把我以前发表的两部著作也摆在这儿的书桌上了。《一位听者的回忆录》。《在葡萄架上》。作者是萨姆森·杨。是我。对，是你。一位备受珍视的文体学家，在我的祖国美国。我的回忆录，我的报刊文章，都以写真、写实而被称颂。我不是那种喜欢杜撰、喜欢美化现实的冲动型作家。我也能美化，也能杜撰一些。但是完全杜撰，譬如说，一个人的生活细节，远非我能力所及。

为什么呢？我想那也许跟我在本质上是个好人有一定关系吧。总之，现在事实正在以不可救药的方式发展，而且没有人会知晓。

我对前三章如此纠结，所以我能做的也就是没把他们快递或者甚至是传真给霍尼格·乌尔特拉森的哈特小姐。我还可以另寻别家。多家出版社时不时地询问我的第一部小说的进展情况。出版社盼星星盼月亮似的盼我的一部小说。我亦如此。我在变老，以一种独特的速度变老。当然，哈特小姐一直是最坚持的。也许我会打电话给她吧。我需要鼓励。我需要鞭策。我需要钱。

今早基思来过。我想他一定是来劝我打劫的，因为这里到处都是随手可以打走的小玩意。

他想使用录像机。当然，他也有自己的录像机；没准在什么地方还有几十个呢。但是这一部，他说，有点特别。接着，他拿出一盘塑料盒装的录像带。封面上是个男人赤裸的身体，其下的三分之一被两缕金黄色浓发遮掩住了。标签上写着189.99英镑。

录像带名为《当斯堪的纳维亚人的嘴发疯之时》。事实证明那名字很准确——甚至是恰如其分。我陪基思坐了一会，观看五个中年男人围坐桌边，不知讲的是丹麦语、瑞典语，还是挪威语，没有字幕，你时不时能听懂个把词。放射疗法。残疾人卫生间。"遥控器在哪里？"基思沉着脸问道。他需要用快进键和画面搜索键。我们找到了遥控器，但它似乎坏掉了。基思不得不从头至尾看个遍：那是部关于医院管理的教学短片，我想。我溜回书房。待我回来时，那五个家伙还在聊。一些演职员名单过后，片子结束了。基思看了看地板，骂道：

"杂种。"

为了取悦他（兼有其他目的），我请基思教我飞镖。他收的学费可不低呢。

我也需要用快进键。但我必须任由事情按照她的速度发展。第四章我可以凑合写写基思的性忏悔（邪恶，琐碎，没完没了），在这个阶段还是至为纯洁的。

拉盖伊·克林奇入伙，培养他、发展他不费吹灰之力。收那笔钱是种耻辱。而且也注定很容易。

知道基思会在别处（忙着行骗，骗一位老寡妇——那也是很好的写作素材），我去黑十字晃悠，希望盖伊会出现。我生平第一次注意到吧台后面有个可笑的告示："他妈的不准说脏话"。这种斥责能有何用？在这种地方斥责能有何用？我要了一份橙汁。其中一个黑汉子——他称自己为莎士比亚——注视着我，说不清是出于喜欢还是蔑视。莎士比亚，从某种程度上来说，是黑十字兄弟中混得最差的。那家伙的外套、塑料鞋、从来都不洗的骇人长发。他是当地的萨满教[1]僧人：负有某种宗教使命。他的头发看起来就像炸开的洋葱。"你是在努力戒酒吗，老兄？"他慢条斯理地问我。事实上我不得不让他重复了大概五遍才明白他的意思。他那树脂般的脸上没有显出一丝不耐烦。"我不喝酒，"我告诉他。他很是不解。当然，禁酒虽在美国很普遍，在这里却从来都是一时的潮流而已。"说实

---

[1] 萨满教是在原始信仰基础上发展起来的一种民间信仰。流传于中国东北到西北边疆地区操阿尔泰语系的众多民族中，因通古斯语称巫师为萨满，故得此教名。

话，"我说，"我是犹太人。"找抽呢，对着满满一吧台的黑人说那样的话。试想想在芝加哥或匹兹堡说那样的话吧。试想想在底特律说那样的话吧。"我们不喝酒，不怎么喝酒。"渐渐地，好像被钟表操纵了一般，莎士比亚的眼中充满了喜悦——在我看来，那双眼睛至少跟我的一样炽热和血腥。那是我境遇的一个令人尴尬之处：尽管它鼓励或者说强迫我过安静的生活，养成良好的习惯，但是过去沉重的一年却让我看起来像是暴帝卡里古拉。经我亲手处理的葡萄园、女奴和一切事情，所有那些千奇百怪的惩罚方式和干净利索的折磨……"全都写在眼睛里，老兄，"莎士比亚说，"全都写在眼睛里。"

他进来了——盖伊——一头浓密的金发，披一件长款雨衣。我见他要了一杯酒水，在弹球桌边坐下。我惊叹于他的透明，他那闪烁不定、畏首畏尾的透明，不禁扬扬得意。然后我悄悄挨近，把硬币放在玻璃上（这是弹球规矩），说道："我们玩个双人游戏吧。"他的脸上先是一贯的惊恐，而后是坦率，再后是喜悦。我的弹球知识让他对我刮目相看。不管怎么说，我们实际上是一伙的，都沐浴在基思的恩泽之下。况且，他绝望透顶，正如那时候我们当中的很多人一样。在一个现代都市，如果你无所事事（如果你没有破产，如果你在街头闲逛），你很难找到跟你一道无所事事的人。我们一同溜达出去，在波托贝洛路逛了一阵，然后——你难道不喜欢英国人吗——他邀我去他家喝茶。

一走进他那硕大无比的宅邸，我就看到了更多的出入大道。我还看到了滩头堡和桥头堡呢。他那个恐惧的妻子霍普，我很快就让她改变看法了；我可能刚开始看上去就像是盖伊从酒吧带回来的一坨屎吧（粘在他的鞋底上），但是聊了几句媒体和曼哈顿的人际关系网，很快就把她搞定了。我还见到了她的小妹妹莉齐布，把她打量了一个遍，看看有没有进一步发展的可能。不过现在的这个互惠工没准能更快满足我的需要呢：她长得像只鸭子，不是很年轻，表情呆滞，很有利用价值。至于女仆奥希利亚多拉，我丝毫也没有浪费时间，当即就雇她到公寓来帮忙……

我有点讨厌说出来，然而马克·阿斯普雷却是个中关键。当我不小心透露我与这位伟人的关系之后，所有人都难掩激动。霍普和莉齐布都看过他那本风靡西伦敦的最新畅销书，《高脚杯》，即便是现在，阿斯普雷还带着它去了百老汇呢。我傻乎乎地问莉齐布喜不喜欢那本书，她说："我哭了，真的。真的，我哭了两次。"盖伊不晓得阿斯普雷的书中所写何物，但是他惊讶地说，似乎是自言自语："做一名那样的作家。就只坐在那里，做你要做的事情。"我强压着提起自己那两本书的冲动（那两本没有一本找到英国出版商的。我为此很是受伤。是的，那依然让我心痛。那依然有种微妙的灼烧感）。

所以蹩脚的作家往往能够惺惺相惜。我们两个单独待在厨房之时，盖伊问我做过什么，我告诉了他，特别强调了我与各样文学期刊的联系，还说自己是霍尼格·乌尔特拉森的小说顾问，这可纯属杜撰。我会杜撰，我会说谎。我怎么可能不会杜撰呢？盖伊问："是真的吗？可真有趣。"我似乎对他传递了一种压力波；事实上，当他说"我写了几个故事……"的时候,我正在桌子下面用拇指和食指对搓呢。"没开玩笑吧。""几个故事。实际上是旅游笔记的扩充。""我当然很乐意看看,盖伊。""那算不上什么好东西,什么也算不上。""让我来评判吧。""那有相当程度的自传性质,我恐怕。""哦,"我说。"没事。别担心那一点。"

"前两天,"我继续道,"基思跟踪那个女孩了吗?"

"是的,他跟踪了,"盖伊立刻答道。说立刻,是因为妮古拉已经出现在他思绪之中了。因为爱是以光速行进的。"什么也没发生。他只是跟她说说话。"

我说:"基思可不是这么跟我说的。"

"他说了什么?"

"他说了什么并不重要。基思是个说谎大王,盖伊……发生了什么事?"

后来,我看了一眼那个孩子。天哪。

我就像个吸血鬼。我不能踏入那个门槛,除非受到邀请。不过一旦进去,我就赖着不走了。

无论何时,我想回来就回来。

现在,这是一种令人愉快的对称关系。书中的三个人物都给了我一些他们写过的东西。基思的宣传册,妮古拉的日记,盖伊的小说。各有不同的动机:自我吹嘘,自我审视,自我表达。一个是免费送我,一个是扔掉被我捡了来,一个是哄骗到手的。

纪实性的证据。那是我在写的东西吗?一部纪实小说?至于艺术天赋，至于对人生的想象性安排，妮古拉是赢家。她比我们几个写得都好。

我必须进入他们的寓所。在这件事上，基思会比较棘手，正如在其他方面一样。或许，或许有可能，他是为自己所住的地方感到羞耻。他会坚持自己的原则——基思，他的坚韧，他的傻礼仪，他的作案准则，他那疯狂而涕泪涟涟的品牌忠诚。基思自然会很棘手。

对于被谋杀者，我有个大胆的想法。那会是一个真实的举动，而我必须知道真相。盖伊尚可值得信赖；我可以原谅他如梦似幻似的过高估计和他选择性的视而不见。但基思是个说谎大王，他跟我说的一切，我都得一而再、再而三地核实。我必须知道真相。除了真相，我没有时间去过问别的。

我必须进入他们的寓所。我必须进入他们的大脑。我必须再往下深入——哦，再往下深入。

我们都知道那些艳阳高照、暴风骤雨的日子，它们让我们感觉到生活在一个星球上是什么样子。但是近来的动荡可以把这种感觉再往前推进一步。它让我们感觉到生活在一个太阳系、生活在一个银河系会是什么样子。它让我们感觉到——写下这些文字的时候，我都快吐了——生活在一个宇宙会是什么样子。

尤其是风。它呼哧呼哧掠过这个城市，呼哧呼哧掠过这个岛屿，仿佛是为了更猛烈的暴力做准备似的。过去的一周，风已经杀死了十九个人、摧毁了三千三百万棵树。

现在，近暮时分，在我的窗外，树木摇晃着脑袋，就像很久前的夜生活里频闪闪光灯之下跳着迪斯科的人一样。

第四章 死胡同街

"对此魂牵梦绕。为之祈求。为之祈祷。"

基思拨开人群,走出黑十字,站在石阶上做准备,就在写着"电视与飞镖"的指示牌之下。他左瞧瞧,右看看,咕哝着。她就在那里。妮古拉·西克斯就在那里。在摆满了各种杂物和各色颜料的市场街,她就像墨汁汇成的小溪一样显眼。她漫无目地地经过那些货摊,游荡着,游荡着。如果基思意识到了妮古拉是在等他或者说引诱他、他是她计划的一部分的话,他会打消这个念头的。可她那种信步由缰的悠闲,那穿着紧身黑裙缓缓移动的身姿,对他来说可真是莫大的诱惑。有那么一小会儿,基思有种奇怪的感觉,感觉妮古拉正在看他;但那不可能啊,因为基思正在看着妮古拉,而妮古拉并没有转身呐。有某种东西牵引着他。她在指引我呢,他想,于是开始跟着她。美,一种极度但又不知能否得手的美:这大体就是妮古拉走进黑十字给基思传递的信息。但是他不知道"得手"意味着什么——代表什么。基思打了个猛嗝。他要去探个明白。

现在妮古拉侧身停下,弯腰去细看一个顶上有盖的手推车上的廉价瓷器。她掀起面纱跟手推车主人说话,那是个基思熟知的骗子。她掀起面纱……她在酒吧里掀起面纱之际,基思当然是饶有兴趣地看着她的,但是并没带着欲望。不,压根就没有欲望；射在他脚上的飞镖尖让他没了欲望，剧烈的疼痛让他没了欲望。妮古拉很高——穿着高跟鞋比基思还高——而且，似乎体态轻盈柔美，脚踝的线条跟喉咙的线条很是协调。她看上去像个模特，但不是基思通常喜欢的那种模特。她看上去像个时装模特，而基思通常喜欢另外一种模特，勾魂摄魄的模特。勾魂摄魄型模特的行为举止表明，你想跟她怎样就可以怎样。时装模特的行为举止则表明，她想跟你怎样就可以怎样。况且，更根本的问题是，基思通常喜欢长着粗短腿、大乳房（理论上没有限制）和肥屁股的矮女人——特里什·舍特、佩姬·奥博斯、黛碧·肯西特（她很特别）和安娜莉丝·弗尼斯之流。腿似乎尤为重要。基思不禁会去留意那些他最经常强行分开的腿，那些最经常搭在他肩上的腿，那些腿的脚踝尤其粗，实际上都粗得没有脚踝了，小腿肚子就更粗了。他得出结论，自己一定是更喜欢粗腿。那一发现起初让基思喜悦，继而让他困惑，甚至烦忧，因为他从没想过自己竟还挑三拣四。妮古拉的脚踝：你会诧异它们竟能支撑起她那样的身高和躯体。也许她不是他喜欢的类型。哦，但她就是啊。有某种东西告诉他，她绝对是，是极了。

妮古拉继续前行。基思跟着。撇开其他的可能性不谈，那是因为她让基思感兴趣，正如盖伊·克林奇或老巴纳比勋爵夫人让他感兴趣一样。她可是他的首选对象呢。基思并不仇富。他喜欢有钱人的存在，这样一来，他便可以骗他们的钱了。基思很抱歉，可他不想生活在那种并无什么人值得去骗的社会。绝对不想。就这样，他跟在妮古拉后面穿过满是手推车的市场街时,想着她的屁股可能比看上去的要胖些,而且瘦女人的床上功夫通常都很了得,也就有了几丝慰藉。

他等待着,直至她靠近花铺,站在那里脱手套。而后他也走了进去。他对老奈杰尔点了点头,伸了伸一根指头(他欠基思钱,有充分的理由对他小心谨慎),迈着他一向自信而笨拙的步伐,过去从钉子上扯下一把牛皮纸,沿着手推车一边慢悠悠地挑选浸在塑料盆中的花儿,一边说道:"发现花的语言。让它抚慰的话语……"他顿了顿,试图回想整个广告词。"驱走你所有的烦恼。"没戴婚戒,他想。能看出来,即便是在黑十字里隔着手套也能看出来。"水仙。剑兰。这样来点。那样来点。真多。一次就这些吧。"他举起捆好的花束。"怎么,要走了吗?算我的吧。"她在咬指甲,但那双手很慵懒。甚是慵懒。"你是往这个方向吗?我的骑士汽车就在拐角处。"基思没怎么碰到她,只是用手勾勒了一下她肩膀的轮廓,敦促妮古拉沿着那条街向前走。昂贵的裙装。可不便宜哦。"我见过一个像你这样的女孩。算是个美人。也是这般心不在焉。你说过你有自己的住处的。"她点点头,微笑着说,"就到了。"看她那嘴。戴上面纱也能说话嘛。"我?我是好帮手安迪。修理工先生。你知道,什么保险丝坏掉啦,锅炉不管用啦,或是门铃不工作啦,你都需要个有些关系的人吧。"她的鞋子:得值五百镑。必须的。"因为我知道。我知道,妮基,现在想搞任何真正的服务都很困难。实话跟你讲,"他说着闭上眼睛,像是自尊心受到伤害一般。"我不知道这该死的国家会何去何从。我不知道。"她放慢脚步;轻快地取下帽子和固定她那假发髻的黑夹子。她晃了晃脖子，甩开秀发，天哪：价值不菲吧。他们继续前行。电视。"我只是说，我是一个可以解决问题的人。任何小问题，都可以喊基思来。明白吗？"

他们已经接近那条死胡同的入口了。

"我就住那里，"她说，"谢谢你为我做的这些。"

她放慢脚步，半转身子，继续向前走，复又放慢脚步，甩着个手套，给自己扇风。她面目绯红。她甚至把大拇指伸进黑茄克的V领里拉了拉。她也上钩了，他想。婊子。出乎意料的是，她最后的这个举动倒是让基思·泰伦特沮丧起来。因为十全十美对他可不是什么好事。他怅然若失地想象她或许在哪里有个大伤疤或者瑕疵，而他呢，没准很乐意将之忽略掉呢。要是没有的话，那他寄希望于她精神的反复无常。她指甲的状况让他感到些许慰藉，尽管只是不尽如人意的慰藉。按照基思的标准，那指甲还不算坏。指甲虽被咬了，但并没被咬掉。最后就只剩她的口音了，一定是外国口音（欧洲的，基思想，欧洲中部某个地方的），她故土上的人们或许会做些滑稽的事情呢。呃，试试又没害处，他想，尽管像他过去一两次的那种试法的确带来了诸多害处。

她说："天气很闷热，你没发现吗？"

"酷热，"基思说。

"天哪。"

"要多热有多热。"当他捏着低沉而雄厚的嗓音，补充问道，"你有什么需要帮忙的吗，亲爱的。什么都行"的时候，他的微笑又调侃又猥琐。

"呃,事实上,"她说,那声调是如此清晰和平常,以至于基思发现自己一度驻足倾听,"的确有一两样东西需要看看。譬如吸尘器。你真是太好了。"

"你的电话号码是多少,妮克,"基思一本正经地说。

她犹豫了一下;而后似乎突然对自己点了点头,"你有笔吗?"

"没那必要,"基思胆子又大了一些,"我这脑袋瓜子就是记数字用的。"他说着嘴巴圆张,大舌头放在下齿上,一双明亮的眼睛向下打量着她的身体。

她用颤抖的声音告诉了他七位数字。

"太好了,"基思说。

基思若有所思地回头往黑十字走。打算喝上几杯小酒,放松一下掷飞镖的臂膀,然后再认认真真地练几回飞镖。在波托贝洛路,他碰上了盖伊·克林奇,后者显然正在一个偷来的书摊上翻阅呢。对于书会带来财富一说,基思从来都是惊讶至极的。"呦,"他说,停下来寒暄了几句。他在心中思忖,自己的交际圈无疑在扩大。主要是通过盖伊,基思才得以结识巴纳比勋爵夫人的。事情是通过老朋友关系网办到的……当然,基思以前对待盖伊那样的人很是友好:在狱中。他们大都是因为诈骗,或贩毒,或没付赡养费而入狱的。都是白领。他们都还行(盖伊也还行);他们都有人性;他们对你很尊敬,不想一整天都挨揍。但盖伊并不在狱中。他住在兰斯登克雷森特的一幢大房子里。在基思看来,盖伊那样的人还羡慕甚至嫉妒劳动人民呢，像他自己那样的劳动人民，出于某种原因吧。或许是因劳动人民不论是工作还是玩乐，都更酣畅一些吧。现在当盖伊调侃地问他，"得手了吗？"——意思是说妮古拉——基思挥手制止了他，酣畅地笑了一声，说自己实际上拥有太多女人了。

他们各自走开。基思改变了计划。他去麦加，他在赛马场赌注登记处，待上昂贵的几分钟，然后匆忙赶去做点事情。

基思拍打沉重的门环。门慢慢地开了，露出一张恳求的脸，对着他眨巴眨巴眼睛。那双起初甚是警觉的淡蓝色眼睛现在仿佛被喜悦擦亮了。

"哦，哈里！下午好。"

"下午好，巴纳比勋爵夫人，"基思说着大踏步从她身边跨进屋去。

巴纳比勋爵夫人七十七岁了。她不是基思拥有的女人之一。绝不是。

基思还是单身汉的时候，常会拈花惹草的。他是个不折不扣的女性杀手。实际上，他的确是那样。即便是基思的狗克莱夫，在壮年时期，也不像他那样敏锐，那样不挑剔，那样一闻到女人的气味就不禁垂涎三尺，跟在后面，鼻子触地，把个舌头伸得老长，像条围巾似的耷拉在肩上。后来有了变化，来了责任：凯丝，他的妻子，和他们的女儿，小金。如今一切都不同了。这些天来，基思放荡不羁的天性有所收敛，他仅限于搞一些现代的年轻生意人在旅途中偶然遇到的、昙花一现的情事

（基思去东伦敦取香水时，跟某个骗子的妻子、姐妹、女儿或妈妈搞一把），再加上偶尔在离家较近的地方有个把轻率鲁莽的举动（伊克芭拉，隔壁公寓住的单身母亲），还有当命运之神眷顾年轻爱人时的一些奇遇（酒吧打烊的时候啦，酒吧的卫生间啦），还有三个关系稳定、长期相处的女朋友，特里什·舍特、黛碧·肯西特和安娜莉丝·弗尼斯。情况也就是这样。

最有趣、最有代表性、最现代的是一肚子花花肠子的安娜莉丝。她淘气，傲慢，耽于幻想，不堪信赖，动不动就受恐慌、昏厥、歇斯底里式的目盲的困扰，可在基思眼中，她有脑子。她读书、写诗。她给各行各业的名人写信。她在电视厅、音乐厅、当代艺术学院门外踟躅徘徊。给在电视或者报纸上看到的那些人写的信中，安娜莉丝通常会附上一张照片；结果，她常收到回信。并不是说那些照片有多下流、外露或者性感。哦，不是的。照片是由她的这个或那个男性保护者所拍（卑躬屈节、张口结舌、柏拉图式的侍从：她想，他们爱她是因为她有脑子，完全错了，典型地缺乏想象力）。照片中的安娜莉丝要么摆出一副沉思的表情，看向窗外；要么在一个草木茂盛的背景下，穿着连衣裙，俯身享受花儿的抚摸。然而却回信不断，小心翼翼的，软语温存的，试探性的。为什么？那些照片传递了何种信息呢？大大的眼睛表明了梦幻一般的生活；眉宇之间表明那是一个可以对之说谎的女人，而且谎可以撒得很成功；大嘴巴和热带指甲花颜色的头发则暗示，如果安娜莉丝委身于你，她会毫无保留的，或许还不会往你家里打电话。单就最后这一点来说，表象是会骗人的。安娜莉丝是会骗人的，但却不可事先得知。此外，她还长了一副散发着女人魅力与美丽的身材，除了那双腿（腿很胖，总是被隐藏到最后一刻。那双腿是她生命的缺憾）。你跟名人怎么样了并不是你的错。不同的境况有不同的规则。你被扫地出门了。当一切终结之时（通常终结得很快），呃，你只剩下你的影集和剪贴簿、你的诗、你的火车票根、你的记忆、你的梦、你给他妻儿打的电话、你给所有小报编辑写的信件，真正是讽刺啊。

基思是在大街上遇见安娜莉丝的。当时，她走到他面前，用沙哑而又做作的声音，问他是不是电视里的那个里克·普里斯特——里克·普里斯特，智力竞赛节目的名人。基思犹豫了。正如某个中世纪的隐士，在穷苦大众跌跌撞撞地穿过湿漉漉的森林来至他的小屋前，问他是不是弗雷德里克皇帝、鲍德温九世或佛兰德斯伯爵重返人间，来拯救他们，给他们庇护，引领他们脱离苦海的时候，可能也会犹豫一样。呃，那个衣衫褴褛的隐士一定会想：我是是呢，还是不是呢？那一时可能会很有趣。另一方面……基思盯着安娜莉丝一起一伏的胸脯，听从了直觉。他承认自己是：他是电视里的里克·普里斯特。因此他们的关系开始之初——他那含糊不清的"耶"——就是彻头彻尾的谎言。他接受了邀请，去她那位于西汉普斯特的卧室兼起居室喝茶。基思喝着雪利酒，她给他看大人物的纪念册，谈论灵魂的首要地位。二十五分钟之后，当基思怀着沉重的心情穿上裤子，向门口走去之时，回首看了看那个沙发床，深信自己再也不会见安娜莉丝了。但是一两个月过后的某个夜晚，他柔性大发，旧情复燃，半夜三点从黑十字给她打电话。她大声朗读一首她写的关于他的诗。总之，基思还是去了那里。一个月后，他翻开小报，看到一篇名为"与电视里的里克偷偷度过的时光"。上有一张安娜莉丝的照片，穿着连衣裙，正在闻一朵都市的鲜花。还有另外一张安娜莉丝的照片，没有花，也没穿连衣裙（从膝盖处被剪下）。还有一张里克·普里斯特的照片，一副困惑的表情：他看上去的确有点像基思。看到这样的铅字印刷，基思意识到他"很浪漫"，是个"极好的爱人"，而且是"为爱而生的"。里克·普里斯特否认了一切。里克的妻子特蕾西也站在他一边。基思的得意没有言语可表。他买下三十份这样的报纸，打算撒向黑十字。但又及时打住了，认识到那不是面对真正的好运时该有的反应。如往常一样被激起性欲的基思，那个星期就去找安娜莉丝了。她现在知道基思不是里克·普里斯特了，并为此付出了代价，感到了尴尬（抑或是小报的编辑们付出了代价、感到了尴尬）。但她不计前嫌，为他编造新的故事：基思是个不堪信赖的骗子、无名氏、化名之谜、多变的普罗特斯和海绿花。基思不解其意；但是他很喜欢。以前他的不靠谱和无情的怠慢从没被单独拎出来，作为他的核心魅力被称颂过。

显然，事情也有些许节外生枝：显然。有些时候，当他凌晨时分跌跌撞撞地闯入安娜莉丝的卧室兼起居室时，她并不是一个人。一个可爱的秃头或四眼——某个傻瓜、窝囊废、呆子或蠢货——或许正在椅子上或地板上睡觉呢，譬如一只狗，基思会边骂边（哦！）往其屁股上踢一脚，让它快点往外跑，然后自己两脚离地，上到安娜莉丝的沙发床上，享受她的温暖、乳房与笑声。另外一些时候,他撞见她和名人躺在床上。那并不常发生(基思不常去那里),那些名人也不再很有名了;但那的确发生过。某个古典音乐家啦、某个受惊的诗人啦:这类名人和非小报读者是安娜莉丝现在所能接触到的全部了。这样说并无恶意。实事求是而已。基思会随手抓起身边的饮料喝上几口,开几句玩笑,然后离开,通常转去特里什·舍特那儿。有一次他撞见她跟里克·普里斯特在床上。安娜莉丝在为自己给里克的婚姻造成的裂痕做补偿呢(她后来解释说)。床头灯亮了:基思和里克看上去很是相像。基思瞪大眼睛。他在电视上见过里克的!那是基思奇怪的一生中最为奇怪的一刻。他很快就离开了……那天晚上仿佛一切都结束了,真的。她现在住在斯劳;基思又是个大忙人。

黛碧呢?小黛碧呢?哦,黛碧很特别。黑黑的,圆圆的,鼓鼓的,周身上下都是浑圆的、卵形的。黛碧很"特别"。黛碧特别是因为基思从她十二岁起就一直跟她睡觉。另外还有几个人也是。一切都是干干净净,井井有条,因为她已经切除了输卵管,你只需给她妈妈七十五英镑的现金即可。她妈妈那人也不坏。基思对黛碧·肯西特开诚布公。尊重。关心。没有什么肮脏可言。自然而然的爱嘛。你离开她的时候会有一种空灵的感觉,在这张小床上,在这间小屋里,墙壁上模模糊糊地残留着童年时代的那些一去不复返的精灵、小矮人和少女们的故事;还有极其年轻的肌肤纯净的味道。丰满、拘谨(肥腿)的小黛碧躺在手工织造的床单上。令人吃惊的是,她赤身裸体:没用流苏遮挡,没有任何掩饰,也没穿校服。这种东西她最上层的抽屉里有的是呢；但黛碧总是赤裸裸地迎接她的基思，就像自然法则所要求的那样。她不会建议穿那些玩意——不，跟基思在一起不穿。基思也总是不好意思让她穿。去年秋天，黛碧庆祝十五岁生日。过去基思在经济能力允许的范围内尽可能频繁地去那里（抑或可以说，频繁得过了头：他有时会心照不宣地给肯西特太太开空头支票。）不过，从十一月起，他去得没那么频繁了。但黛碧对基思来说永远都会是特别的。她永远都会是特别的。至少在她十八岁以前。或者十六岁以前。

最后，总是排在最后，还有特里什·舍特。那个金发碧眼、面色苍白、现在有点衰老、形容偏瘦（但腿很健壮）的特里什，她不记得自己刚出道时芳龄几许、金发是何模样了，这么多年以前的事了。她住在拉德布罗克丛林的一个超市下面，那里很方便，甚至还很必要，因为她讨厌出去。特里什需要喝几杯伏特加才能面对那些线条灯光和柜台上的货物。基思给她带来了救济金，让她免遭两周一次的屈辱，她的酒钱也可以直接扣掉，因此让她免遭更为频繁的折磨。这大大地促进了基思影响力的稳步提升。基思对特里什来说就像个神。"我愿意为你做任何事，基思。任何事，"她说。基思为此保护着她。但是每当他手里攥着笨重的骑士汽车钥匙大踏步走出荷斯特切克的时候，或是一边看着她苍白的身体一边默默地穿上衣服（或者再次拉上拉链）的时候，基思总会发誓说这是最后一次。每一次他推开胶合板门、每一次特里什跪着过来迎接他的时候，他总是比上一次更生气一些。为此他会给特里什钱。上帝啊，他到底在做什么呢？既然他在跟小黛碧和一肚子花花肠子的安娜莉丝（还有佩姬、伊克芭拉、彼得罗妮拉和弗兰）寻欢作乐，那他为何还要来这里，跟她在一起，干那事呢？呃，没错，特里什是有可取之处的。特里什具有某种特质。她最亲近。

如何解释基思的这种与女人相处的方式呢？如何解释基思的天分呢？他有个诀窍。基思能洞察女人的心思。毫无疑问这从来都不是易事。但是跟那些女人，在那些时日，这可是相当大的本事哩。

再说了，基思对付女人，真正需要多少手段呢？一个是酒鬼，一个是傻瓜，一个十五岁。女性杀手。这些都是基思的女人。

滑稽的是，他最最接近爱情体验的却是跟奇克·珀切斯在一起。奇克曾经侵袭和占据他的思绪多年：基思恨他，饱含深情地恨他。基思本可以爱上那个家伙的……这都要追溯到那次业务上的分歧，在布里斯托尔附近M4大街旁边的工厂里。但也有一些流言蜚语，说到一次宴会上的偶发事件，一个涉及基思和奇克的妹妹夏洛特·珀切斯的偶发事件。一些人说他有些不得体的暗示；另外有些人则说他强奸未遂。不管真相如何，刚刚出院的基思（因为大胆突袭一个对手的贩毒酒吧）马上又被奇克打得住进了医院。现在带着事后诸葛亮的心态回首往事，基思说那种强奸未遂的说法纯属扯淡（他声称，那是不大成功的成功），两人不合的背后有更阴暗的内幕，某种男人难以启齿的内幕。在黑十字的吧台，大家普遍认为（胆战心惊地窃窃私语），那两个男人是因为对飞镖分数有争议才闹僵的。好吧，往事不能回头了。基思本可以爱上那个家伙的。

"你好吗，哈里？"好巴纳比勋爵夫人问道。

"很好，"基思说，"我很好，巴纳比勋爵夫人。一切都收拾妥当了吗？"

基思胡乱在屋中走了一圈，看了看翻修的锅炉，打着补丁、撒上沙子的厨房地板，移动了的家具，新的窗玻璃……那块旧的窗玻璃是几天前被基思·泰伦特亲手砸碎的，由此他加快了结识巴纳比勋爵夫人的进程。是盖伊·克林奇首先引起基思对这位老妇人的注意的，当时他指着拉德布罗克丛林里一个佝偻的身影，说道："我认识她丈夫……那房子如今对她来说可是太大了啊。"基思采取了他想结识异性时一贯采用的伎俩。他跟踪她回家。然后拿一块用脏兮兮的手绢包着的砖头。"打扰了，夫人，"当巴纳比勋爵夫人最终来至门口（透过邮筒往外看）的时候，基思气喘吁吁地说："几个黑人小孩刚刚对着你楼下的窗户扔了块砖头。我驱赶他们——但是那些小东西——但是他们都跑掉了。"她顿了好一会才请基思进去。可怜的老人惊魂未定；她方才正在离那窗户几英尺的地方哼着小曲插花呢。她伏在他肩上哭将起来。他们喝了半瓶科尼亚克白兰地。为了安慰她，基思把自己与黑人同胞相处的不愉快经历讲给她听……从那天起，基思就常去看望巴纳比勋爵夫人，去做些杂务活，或者毋宁说监督别人做。他对那种事可没半点概念，只是把活包给白城里他认识的各种各样的牛仔。巴纳比勋爵夫人对基思千恩万谢。她常说，看到还有他那样的人存在，让她那把老骨头心里暖洋洋的。

"呃,哈里?你觉得如何?"巴纳比勋爵夫人不安地问道。

基思不安地拍了拍锅炉,夸它是件杰作。事实上,即便是他也能看出,那锅炉很快就会出非常严重的问题的。与这个重型炸弹共处一室——或处在同一楼层——都让他感觉紧张。

"真正的好手艺,"他说。

"不过,你听听,哈里。那可怕的叮当声。那大声吐气的声音。"

"那只不过是排气口,在适应新排出的气流和增加的气流呢,巴纳比勋爵夫人。这——这镀层。这镀层就这样。"

"等等我!"

在厨房里,基思说,

"你要去南斯拉夫[1]痛痛快快地玩一趟,巴纳比勋爵夫人。什么?你确定!我可是发现你在看那个旅游小册子时口水都流出来了。有你自己的套房、私人游泳池、五星级饮食。那里如同天堂。哦,天堂呐。"基思一时想起了他和哈罗路上的投机商号里的伙伴编造出来的旅游套餐:宾馆建了一半,烂了一半;废弃工厂的影子;荒凉的海滩。"很难说,"他说,"没准你会遇上好人呢。"

"哈里!"

"不,好了。因为你是位漂亮的老太太,巴纳比勋爵夫人。你是。不像我妈妈。告诉你啊:星期五早上我会送你去机

---

[1] 指原南斯拉夫。

场。别说了。没有比这更简单的了。那到时见啦。如果你有任何问题，巴纳比勋爵夫人，你知道该怎么做。任何一件小事，大声喊基思。我是说哈里。"

基思很晚才在阿姆利则吃了午饭，然后返回黑十字，掷了十一个小时飞镖。

在大多数事情上都可以将就的基思，一谈起飞镖，可就是个众所周知的浪漫主义者了……情况大抵如此。在特威克南或者周边地区有栋房子。有个大型鸟悦园。安顿妻子和孩子。养几条灵缇犬。一个家喻户晓的人物。出现在英格兰经理人的计划里：身穿英格兰衬衫，全身心投入。这项运动的大使，为这项运动增光添彩。跟不列颠的每个酒吧女都搞上一次：地球上没有哪个光顾酒吧的女人抵挡得了一个掷镖名手、一个大人物的诱惑。去斯堪的纳维亚、澳大利亚、加拿大、美国旅游。建个私人图书馆，收集每次获胜的录像带。上电视，一张为亿万人熟知的脸。上电视，不是吗。电视。电视……

今夏早些时候，在填写杜歇尔麻雀大师——那些个引人注目的酒吧之间举行的掷镖比赛，他如今在里面表现得非常之好——的报名表时，基思为了"爱好"那一栏可是绞尽脑汁、极度痛苦了好几天。他就想填"飞镖"算了。但飞镖是工作呐。好像也可以说他的爱好是"欺骗、入室盗窃和接受馈赠"。另外，他也曾被英国飞镖组织授予过两个独立奖项——飞镖经费，或者说飞镖奖学金，以助他获得专业资格。他并不十分清楚这些（资助的现金每次只让他在赛马场赌注登记处自给自足了大约十五分钟),但在生意场上闯荡的小本生意人是不会告诉你他的"爱好"是"扩建木料场"或者"经营香烟店"的。现在他会吗?那什么才是基思的爱好呢?他总不能写"女人"吧。这表可能会落入凯丝之手。他也不能写"赌马、遛狗或逛酒吧"。"弹球和角子机",撇开别的不谈,倒还有点真实性……他玩味几个编造的谎言:"洞穴探险、汽车拉力赛、蔬菜种植。"但是自尊心不容许他扯谎。种蔬菜?你一定……临了,他最后一次反躬自问,紧握圆珠笔,写上了"电视"。

那无异于是事实。他看了很多很多电视,一向如此,年复一年,看很多很多电视。好家伙,基思点燃了那个显像管。那个显像管也点燃了他,彻底将他击败了,它的阴极像患了癌症一般痛苦地劈啪作响。"电视,"他想,或"现代的现实"或"这个世界"。是电视中的世界让他知道了这个世界是何模样的。电视是如何影响一个现代人的,一个像基思这样的现代人的呢?事实上,他会放弃参观卢浮宫或者上流社会散步场的机会,而是选择独自一人观看十分钟灯笼裤的产品目录——这有可能是个人喜好。然而电视对基思的攻击就如同它对其他人的攻击一样;他无力招架。他不能区别或者过滤。所以他以为电视是真实的……当然,有些是真实的。哈萨克斯坦的暴乱是真实的,关于古玩的介绍是真实的(基思以高度敬业的精神观看这些节目),太阳城的集体自杀是真实的,飞镖是真实的。但是对基思来说,《辛迪加》《埃德温·德鲁德:音乐剧》《伦敦圣玛丽·勒·博教堂的钟声》和《滴血的宿舍》也是真实的。

不像飞镖那样是硬生生的现实,被摄像头在有意或无意间忠实地捕捉下来的事实。不,它们是美化了的现实,一切都被美好、优雅地联系起来了,那里没什么会有致命的伤害,没人会变老。它是一个高高的吊杠,艺术家们全都穿着金光闪闪的亮片和芭蕾舞短裙(看那个女人!),高高地悬在锯末、花生壳和卷毛狗的粪便之上,在一个名曰金钱的紧绷而又砰然作响的安全网之上。

他们初次相遇后,妮古拉·西克斯的身影就开始在基思的脑海中徘徊了。那就像电视一样。他时常想起她——在牛津大街观看商店橱窗之时,在睡前的最后时刻整理纷乱的思绪之时,在跟特里什·舍特做爱结束之时。尽管,坦率地说,很多意念都是色情的(但却是经典色情,你知道吗?可不像你看到的那种垃圾),但也并非所有的意念都是。他还看到自己身穿系带泳裤,躺在私人瀑布水潭的浴床上,皱眉看一份负债表,妮古拉则穿着比基尼和高跟鞋走过来,递给他一杯饮料,温柔地抚摸他的头发。"当地的权威,不是吗?"他咕哝着。抑或是基思穿着晚礼服,在巴勒莫外边的一个露台上:玻璃桌和蜡烛,她穿着飘逸的长裙。有着广泛商业兴趣的国际型企业家。获得了救赎、脱离了痛苦。另一边则是飞镖可能带他去的地方。他所属的地方。

他停下来一会,给她打了个电话。

那天下午他从黑十字出去的时候竭力装作镇静。外面静悄悄的;基思向那辆笨重的骑士汽车走去时,喇叭裤腿优雅地摆动着。他双唇紧闭，嘴巴噘着，神情严肃，穿梭在与平时相比双倍拥挤的车流中。

事实上，基思不太高兴。他不是很喜欢她在电话里的声音。那微弱的声音或许只是在浪费他那宝贵的时间。又没准是在耍酷。不过那也无妨。没有哪个女人能比基思更会耍酷——基思和他那不为人着想的天才。譬如说迟到吧。基思约会总是迟到，尤其是初次约会。如果还有别的事情，那他压根就不会出现了。

"我马上过来，"基思之前说过。他现在把汽车并排停在卡思卡特路上的印第安叛乱餐厅外面。他坐在常坐的位子上，吃着印度薄饼和龙头鱼，餐厅工作人员则满怀深情地给他准备咖喱羊肉。"辛辣的凯郡酱，先生？"拉西德问。基思在这件事上意志坚决，正如在所有的事情上一样。"耶。辛辣的凯郡酱。"厨房里，他们正忙着应对基思专横的挑战：做一份辣得下不了口的咖喱菜。那道菜上桌了。几张可爱的面孔静静地透过上菜窗口瞪大眼睛观望。第一勺下去，基思的上嘴唇爬满了汗珠子，引得厨房里发出一阵激动的耳语。"有点不够劲，"基思在再次能够开口说话时说道。那天，印第安叛乱餐厅没别的顾客。基思细嚼慢咽。他那狮子一般的头发在阴影里看上去银光闪闪。眼泪顺着他干燥的脸颊缓缓滑落。"淡了，拉西德，"基思后来付账时说，他没给足小费。"你看什么？百分之五的小费。淡了。太淡了。"

"妮基吗？我是基思，"基思长长地按了一次蜂鸣器后，说道。

第二次嗞嗞嗞,门开了。他回头扫视了一下死胡同街。

基思打量着那些楼梯。咖喱羊肉又让他打了个惊人的饱嗝。他只稍稍停顿了一会,检查了一下门锁,把个棕色信封对光看了一眼,额头倚在手腕上,靠墙站了五分钟,而后就开始了艰难的攀登。

他爬到了楼梯顶,看见一扇门。他打开那门。"天哪,"他说。还有更多楼梯。

妮古拉站在这最顶层的边上,身穿一件柔软的暹罗猫色羊毛裙,它的九个扣子,它的九条生命,有三个已经解开了,祖母绿耳环像老虎的眼睛一样在她的黑发两侧闪烁,她项上戴着银圈,紧紧攥着双手,十指上都套着戒指。

"上来。"

"香槟,"基思说,"干杯,"他补充道,"上帝。"

他尾随她向下穿过走道,来至起居室,一根手指在她屁股后头几毫米的地方晃动。然后,他严肃地吸了吸鼻子,面对这个房间,心中开始盘算起来。妮古拉转身面向他,基思仍在盘算着。数目越来越大了。包括珠宝、花销、电视,他想。当她抬起一只手去摸喉咙的时候,基思绞尽脑汁,想找一个能代替窒息物的双关语。他没能找到。

他说:"气派。"

"……你想喝点什么吗?"

"先干活后享乐吧,亲爱的,"基思说,他已经醉得不轻了。总而言之,他真希望自己没醉,因为宿醉对一个人的飞镖有严重的影响。但是当时他似乎又需要那七品脱的贮藏啤酒

（吃那种东西，你必须喝酒）和一杯接一杯的白兰地才能吃得下去。基思不明白是为什么。那样很不合适，天还这么早。并不是说那就有多要紧，因为基思能够控制自己的酒量。没人知道个中差别。他无比谦虚地回想起自己闯开特里什·舍特的胶合板门、径直走向墙边、而她从没有一句怨言的日子。基思只是将之掩饰过去罢了。

"你已经醉得不轻了，不是吗，基思，"妮古拉问。

"小小庆祝了一下，"基思圆滑地说。但是——你别那么做，他在想。你别说。不，你别。那是你绝对不能做的……基思看了看自己的脚，有点惊慌失措，他感觉她的眼睛正在审视他的头发。他看到，妮古拉的双腿挑战似的叉开了，裙子的最后一颗扣子也已解开。妮古拉的裙子：在他们相遇之初，基思就想伸手去摸了。但是现在不行，他想。绝对不行。

她看了看表，说道："我想我们不如开始吧。"基思被领至厨房。他闷闷不乐、徒劳无益地摸了摸坏掉的吸尘器，向那个容易堵塞的废物处理器里面瞅了瞅，又拨弄了几下没有铰链的熨衣板。

"这个完全没戏了，"妮古拉说。

我是个大忙人，基思想。我不能丢下一切。我来这里……"我来这里，"他说，"我是个大忙人。我不能丢下一切。"

"有个咖啡研磨机。"

咖啡研磨机被找了出来。他们两个都盯着它。基思觉得它看上去还可以呀。

"你认为是保险丝的问题吗？"她悄悄问道。

"有可能。"研磨机,他想。现在开始。把她研磨了。一件好——

她递给他一个螺丝刀,饶有兴趣地在旁观看。"我修不了。螺丝太紧了。"

螺丝,基思想。太紧了。耶。他再次惊讶地发现,他慢慢微笑的唇边竟然讲不出笑话,来打破这沉闷。挺住:就来了。太紧了。螺丝。如果它是……你不能有……

他用蛮力操作那工具。刀片陷进划破的皮肤——滑进了基思大拇指的隆起部位。

"他妈的,"他说着扔下手中的一切。

我现在别无选择，只有就此结束那一章。我也得扔下一切。或许今后我可以回过头去，把过渡部分弄得柔和一些，如果有时间的话。

基思的讲述我连一秒钟也不能再信了。她在浴室里爱上他了？她提出付给他现金？不。不。我得行动起来了（邪恶的人无法休息）。我得从那里走出来。

到此为止，泰伦特的讲述污秽到让人羞愧的地步——在我看来，那一定是故意卖弄。他不是讲给我一个人听的，黑十字里还有迪安、塞隆尼斯、法克和波格丹。大家都心照不宣地认同基思讲得很好。

这是怎么一回事呢？要记住：现代的，现代的。因为那是献给冷漠的基思的礼物。献给那个对任何事情都不关心的基思的礼物。这会给在他性舞台上的更大胜利铺平道路，当然（在基思的讲述里），那更是谎话连篇。

今早我真是吓了一跳。一只蟑螂——在马克·阿斯普雷的公寓里。它不费吹灰之力就从厨房这头冲到那头了。它看上去就像一辆四匹马拉的小马车，一个极小的驾驶员，挥动着一根更小的马鞭。

现在我知道它们已经抵达这里了，这些又大又胖的黑家伙，把这个地方开拓成殖民地了。但竟是在马克·阿斯普雷的公寓里！克林奇家显然也有。我期待和希望第一次蟑螂潮能遵循当地的传统。我本来以为它们都会在基思家晃悠的。但是试图跟蟑螂讲阶级可是徒劳无用。蟑螂不了解英国人，不像我。我了解英国人。很羞愧地说，我还以此为荣呢。

我想去基思家逛逛。我渴望他邀请我去。飞镖课只是把我带进了基思的车库，结果还令人难以置信般可怕。那是哥彭路尽头的一座孤零零的塔楼：我从我卧室的窗户就能看到它。我现在正在观察它呢。

奥希利亚多拉这周就要过来了。我正为兰斯登克雷森特的邀请而烦恼呢。我看见自己站在主卧的门外，赤身裸体，衣服扎成一小捆，敲着门。

于是我用原来的丝带把日记捆好，来到了妮古拉的寓所。事情就是这样：我刚刚做了。不像盖伊·克林奇，我有妮古拉的地址和电话号码。我还有她过去所有的地址和电话号码呢。都在第一页上：她在这个城市的流浪历程。切尔西啦、黑修士啦、摄政公园啦、布卢姆斯伯里啦、汉普斯特啦，等等等等。现在是这条死胡同街。她之前从没住得这么偏西过。妮古拉·西克斯此生在意过很多很多人，但是他们并不怎么在意她，很快她就又搬走了。

"6：西克斯，"门牌上写道。"喂，谁呀？"声音中透着一股罪恶与挑衅。没人喜欢被打扰，在家中，在傍晚时分。没人喜欢被打扰。没准还以为我是基思呢。我说："我是萨姆森·杨。你好，我们在酒吧见过的，你还记得吗，在黑十字？那天晚些时候我们又在大街上见过？我有一些你的东西，想要还给你。""……我不想要。""不，你想要。""不，我不想要。""好吧。那我试试警察局吧。"

"上帝啊，"她说，"又是一个死脑筋。好吧，一个小时后再来。"

我凭预感行事。那就是写作，每一页都有一百个预感，一百个对你自信的挑战，一百个决定。我说："你没必要为我梳妆打扮了。我对那一切都不在意。我——不感兴趣。我不会待很长时间，我不在意你看起来如何。我不会劝阻你……"一阵沉默。而后她挂上对讲机。又是一阵沉默。而后蜂鸣器发出嗞嗞嗞的声音，我推门进去。

我至少花了跟基思一样长的时间才爬到楼梯顶。路遇一些平常的东西：藏藏掖掖的自行车、讨厌的棕色信封、镜子、盆景。在最后一段楼梯，穿过那个内门——你能感觉到她，在她真正出现在楼梯之前很久就能感觉到。我并不是追求者，我没坠入爱河，但我已经感觉到了这些强烈的女性气息，这些女性冲击波。但是，我从未有过这样的感觉，这样静静的或是一触即发的强烈感觉，随时可能会朝着某个方向发作。哦，完全准备好了。当她出现在楼梯顶的时候——身穿白色晨衣，头发散落在没有涂脂抹粉的脸上——我脑海中略过一种疯狂的想法，她刚刚同时接待了十五个情人。我跟随她进入低矮的房间。

"很有特色，"我说，"一种让人舒服的零乱。"我指的是那房间。我没法让她抬头看我。她的态度表明她是老大不情愿,甚或是生理上的恐惧。但第一次会面,很难知道真正会发生什么。

"你想喝点什么吗?"

"你有一瓶我想喝的东西。"窗边的桌子上有半瓶红酒。另一张桌子上是基思送的花儿,在花钵里已经枯萎了。妮古拉离开房间;我听见水龙头哗啦啦的流水声;而后她拿着冲洗过的杯子回来了。瓶塞已被默默拔去。在玻璃窗清晰的光线之下,酒杯上有两抹依稀可辨的红,杯底是红酒,杯口是口红。今日的红酒,昨日的口红。她现在没涂口红。她的晨衣最近也没洗过。其间蕴含着某种自豪感。毕竟,她身体的每一个角落都被肆无忌惮地欣赏过了。甚至是她的分泌物,甚至是她的排泄物(她或许这样觉得),甚至是她身上的灰尘都值得爱慕。她散发着一股悲剧性睡眠与烟草的味道。不是香烟,而是烟草——潮湿的黑烟草。

在那张小桌和桌灯旁,有两把面对面放着的藤椅。她坐在其中一把椅子上,脚则放在另一把上。电话就在一臂之外。这就是她打电话时的姿势了。我感觉有希望:她会跟我交流的。我看着她,可她不愿看我。看向其他任何地方,就是不看我。

"坐下吧,"她疲惫地说,指着一个长沙发。我把日记放在脚边的地板上。"如此说来,你看过了。""那可不难,"我说,"我欲罢不能。"她窃笑,于是我补充道:"你在驾驭语言方面很有一套呢,在其他很多事情上亦然。说实话,我真是羡慕嫉妒呢。""全部?你全都读了。""是的。"她的脸红了——这让她大为恼怒。那一时像是颜色秀，她橄榄色的皮肤变成了紫罗兰色。是的，她的黑皮肤上泛起了些许玫瑰色。她理了理晨衣的褶边，说道：

"那你知道我所有的性……"

"你的性……弱点？偏好？烦恼？"

"性变态。"

"哦，那很平常啊。"

"是吗？"

她现在看着我了，下嘴唇透着一股敌意。我最好把这次会面搞好，我想。否则一切就都完了。要想从她那里得知真相，我也得告诉她真相。我必须得到真相。

"你要去'警察局'告发吗？"她问。

"我们大部分人，"我说，"都处在某种痛苦之中。我不是来审判你的。"

"谢谢。那你是来干什么的？"

我差点就坦白了，然而我却说："我只是个旁观者。或者说一个倾听者。"

"对我又有什么意义呢？对我来说，你只是个不受欢迎的累赘，只会把事情弄复杂。"

"也许不呢。也许我会帮你把事情弄简单呢。我对你所说的爱情之死很是着迷……妮古拉，让我做你的日记吧。"

这个时候她一定是已经做出了决定。在我离开之前，我发现了促使她做出决定的原因了。我们从基思的来访开始谈起，谈了大约四十五分钟。她认真地回答了我所有的问题，甚至包括那些最鲁莽的问题，表达很清晰，回忆很卖力。我不得不强忍记笔记的诱惑。她还带我参观了她的寓所：穿过内部走道，进入卧室，然后再出来。

"我会遵守诺言，乖乖走掉的，"我说，"明天能给你打电话吗？哦——你是天蝎座的，是吗？你生日是哪天？"这很邪恶。我是怎么了？我以为我是老几？但她仿佛并不在意。"那不是盖伊·福克斯之夜[1]吗？"

"对，焰火之夜。"

"你知道那天也会发生日全食吗？"

"是，我知道。那很好，不是吗？"

我们都站了起来。接着我们做了一件人们在现实生活中很少会做的事情。我们彼此对视——二十秒、三十秒、四十秒。那对我来说尤其困难，对我的眼睛以及其他的一切都是。她的一个寒战让我发现，她的牙齿歪得厉害，上面还有因为疏于保养而留下的轻微污渍。牙齿脱色（纵向的，树脂状的）本身就是致命的。呃，那干吗还要费心呢？是那些污渍让我在那个下午第一次，也是唯一一次有了性的冲动，而这种性的冲动不是因为她乳房温暖的轮廓，也不是明确知道她香香的、脏脏的晨衣下面是赤裸着的。好久都没有人那样看我了，我心动了。当她换一种姿势问问题或讲话的时候，我看得出接下来会发生什么，我知道那完全是我应得的。

---

1 盖伊·福克斯之夜（Guy Fawkes' Night）是为纪念 1605 年 11 月 5 号的"火药阴谋"事件的。当时在盖伊·福克斯的领导下，一群天主教反叛分子密谋炸毁位于伦敦威斯敏斯特的英国国会大厦，但密谋泄露，国王詹姆士一世幸免于难，因此人们燃放焰火、焚人像来庆祝，这一习俗持续至今。

"你是——"

"别说!"我说（我把自己都吓到了），用双手捂住耳朵。"拜托了。还没到时候。请你别说。"

现在她伸出一只手来掩住笑容，她知道那是邪恶的笑容。"上帝呀，"她说，"你果真是。"

回去的路上，两个满嘴脏话的小孩送了我一把糖：小糖条或者聪明豆。听着那两个七岁的孩童用刺耳的声音不住地骂着脏话，我陷入了沉思。

我确实应该想一想我在做什么了，竟然接受陌生孩子送的糖。

我离开前，妮古拉把她的日记还给了我，让我把它扔在哪个垃圾桶里。我装作若无其事的样子。我不能告诉她，我已经花了半天时间把它全部复印下来了。马克·阿斯普雷有个复印机，一个漂亮的小东西。它正常运转的时候，像个烤面包机，但是现在它不工作了。我去王后大道上孟加拉国人开的文具店。那可真贵啊，让我陷入了财政恐慌。我当即就破产了，立马给霍尼格·乌尔特拉森的哈特小姐打了电话。当然，我并不是直接跟她通话的，而是跟她的助手珍妮特。也不完全对。我是跟哈特小姐的助手的助手巴布罗通话的：珍妮特的助手。哈特小姐显然会给我回电话的。

当然，现在就想要预付稿酬还为时尚早。或者说在那时，在几个小时前那样想为时尚早。但我看不出有什么阻碍因素，既然我都已经跟被谋杀者达成共识了。

在第四章，我对有关弗雷德里克皇帝、鲍德温九世和佛兰德斯伯爵的那一部分相当满意，感觉好笑。安娜莉丝在大街上向他走去之时，他不知是该俯称里克·普里斯特呢，还是坚持说自己是基思呢。我是从诺曼·寇恩的《追寻千禧年》中偷得这个创意的。跟其他任何人一样，我发现越来越难去拿起一本书来了，但我依然能同寇恩，同他那引人入胜、摄人魂魄的智慧做短暂的相约。而且，我也差不多看了一半休·布罗根的一卷本美国史了。很快我就得仰仗马克·阿斯普雷的书架（或者说马克·阿斯普雷的作品）了，那看上去可不怎么乐观。

这些假鲍德温和假弗雷德里克，中世纪的隐士（常常是中世纪的流浪汉）被绝望的人们和穷苦大众神圣化了。他们中有些人干得不错。他们领导了起义；他们在首都游行，在宫殿静坐。他们鬼混，聚众闹事，仿佛没了明天——闹了一段时间。但他们全都付出了代价——在火刑柱上被活活烧死。他们死后，又有更多的假弗雷德里克和假鲍德温接替他们，很快他们便死而复生。然后也被活活烧死。

连《旧约》都期待着**启示**"赶快"到来。在一个人们普遍丧失精神导向和焦虑的时代……但是我打算忽略世界局势。我希望它能走开。不是指世界。是指局势。我需要时间来写完这小小的、并无恶意的避世之作。我需要时间去伦敦场地。

有时我会想，我能否把世界局势拒于小说之外呢：危机，现在有时也被称作**危机**（不可能很严重）。也许就像天气。也许你不能将之拒在门外。

它能抵达它向往的结局吗——**危机**会有**结局**吗？抑或只是动物的天性？我们拭目以待吧。我当然希望它不会。我会失去很多潜在读者的，而且我所有的努力也就都白费了。那才真正是狗娘养的。

第五章 事 界[1]

如同一位流氓的多愁善感的母亲坟前的花儿一般，基思的花束斜靠在圆桌上的花钵里，消磨着光阴。妮古拉总是不可置信地看着这些花儿。那颜色让她想起了乳蛋糕、牛奶冻——用彩色碟子装的午后茶点，为某个专横的爷爷守灵的无产者干巴巴的身体，或者某个常逛酒吧的应声虫老奶奶，已经疯了三十年。

她发现，那花儿非但没像基思预料的那样会给这地方增光添彩，相反却让她的公寓变得多少有点不宜居住了。在印度（妮古拉曾经去过一次），不同的颜色对应不同的等级。这些花是低等级的花，无等级的花，不能触碰的花。但是妮古拉没有扔掉它们。她没有碰它们（你不会想去碰它们）。她在等待基思·泰伦特，这些花还要留着。妮古拉还不知道基思的那双蓝眼睛完全是花盲，或者具有抗花性。他有花的时候看不见，没花的时候也看不见。就像吸血鬼（另外一种不经邀请不会跨过你家门槛的生物）不会在玻璃或者镜子中留下影子一样，花儿给基思的蓝眼睛也传递不了任何信息，除了在常识层面（他知道鸟儿爱花，蜜蜂也爱花）。

花儿死掉的那天，他准时打来了电话。即便是在拿起听筒时，她就有了一种感觉——一种你在夜半时分听到门铃像警报一样响起时会有的感觉。一个让人不快的错误，或者真正的坏消息。她让自己平静下来。电话丁零零地响过一阵后（其间还夹杂着基思的脏话），她能听到黑十字里嘈杂的吵闹声，时值凌晨三点一刻。尽管现在酒吧差不多全天候营业（死胡同街的路口附近有一家），他们依然在旧日的打烊时间闹得炸开了锅：酒吧记忆深处的烙印……基思的语气亲密得令人作呕，就好像是对两人共同的负担（坏掉的家用电器；蹩脚的工艺；人生，人生）表示同情一般，仿佛他们已经相识多年——在一定意义上，她想，他们差不多算是了。

"到时候再告诉你，亲爱的，"他用那种忧伤而又轻快的语调说道，"耶，我会马上过来的。"

"甜心，"他在妮古拉说"是"的时候补充道。

她为基思的来访极其用心地装扮自己。

妮古拉还是个小女孩的时候，有个名叫伊诺拉·盖的小伙伴。伊诺拉参与了妮古拉所有的阴谋诡计，她的暴脾气与绝食，她的一切家庭恐怖主义活动。她也有预知事情如何发展的天赋或本领。伊诺拉并不存在，是妮古拉凭空创造的。青春期到来时，伊诺拉走了，去做了一件可怕的事情。此后她便有了一个可怕的秘密。伊诺拉生了一个可怕的孩子，一个名叫"小男孩"的小男孩。

"伊诺拉，"妮古拉会在黑暗中低语，"你做了什么，你

---

1 事界是一种时空的边界，事界所包住的时空对外界的观察者而言是黑的，由此出现"黑洞"的说法。

这个小恶魔？伊诺拉！伊诺拉·盖……"

尽管那孩子很可怕，伊诺拉却通过"小男孩"散发出多个太阳的光芒。妮古拉知道自己永远都不能发出那样的光芒。她生机勃勃；她神圣一般的明亮；走在街上的时候，她仿佛被自己的私人摄影师照亮了一般。但那跟伊诺拉通过小男孩散发的光芒不可同日而语。那种光来源于女性的原始力量：繁衍。如果妮古拉拥有那种光，她的力量会接近无限的。但是她没有，永远也不会有。

在她身上，光朝另外一个方向传播了……黑洞，理论上早有预言，现在，让妮古拉高兴的是，成了确定无疑的天文学事实：天鹅座 X-1。它是个二元系统；黑洞围绕一个体积是太阳三十倍的恒星旋转。黑洞有十个太阳系那么重，但宽度却与伦敦相当。它什么都不是，它只是一个洞，它跌出了时空，它坠入了自己的宇宙。它自身的性质使得任何人都无法知晓它是什么：不能靠近，不能照亮。没有什么东西能快到逃离它。对于大地母亲来说，逃逸速度是每秒 7 英里，木星是每秒 37 英里，太阳是每秒 383 英里。对于天狼星 B——他们发现的第一个白矮星——来说，逃逸速度是每秒 4900 英里。但是天鹅座 X-1，黑天鹅，却没有逃逸速度。即便是以每秒 186287 英里传播的光也不能逃离它。"那就是我，"她过去在做爱之后常常这般喃喃自语，"一个黑洞。没有什么东西能逃离我。"

肛交让妮古拉很痛苦，但并非字面所指的意思；是它在当地的流行程度让她如此痛苦的。那是她唯一不能理解、也不会原谅的事情。它大体有多流行呢（这是非同寻常的耻辱，从数量上找安全)？它不像手淫，每个人都秘密地知道每个人都秘密地为之，除了怪异的狂热分子、像鸵鸟般逃避现实之辈以及说谎者之外。三十岁之前，手淫是个公开的秘密。之后就是被封闭的秘密了。即便是现代文学也对三十岁以后的手淫三缄其口。妮古拉知道这种沉默要为当代色情业负一部分责任——色情读物，手淫是其唯一的主题。每个人一辈子都会手淫。总体说来，文学拒绝承担揭露这种真相的责任。所以色情读物就不得不接手。并不优雅也不宽慰。只是尽其所能罢了。

直觉告诉你，绝不可能人人这么干，但对此你亦可以存有疑虑。妮古拉记得读过一则报道（那让她面红耳赤，充满快感），说是足足有百分之七十五的男女离婚案都在这种或那种副标题下面提到了肛交，副标题从"肉体上的折磨"到"不合理的要求"，无所不包。有多不合理呢？有多残忍呢？如果女人要想这样又当如何？那充满诱惑的位置，离它的好姐妹如此之近……但是不管什么部位（腋窝也好，膝盖窝也罢），它总有它的魅力。说直白一点，看看人的嘴吧。嘴离得那么远。嘴也参与其中了。

文学确实对此有所描述，而且日渐增多。这让妮古拉·西克斯感到莫大的安慰。现在，如果她能把它当做二十世纪的一个主题……正如基思·泰伦特会自豪地身穿一件英格兰衬衫代表他的国家一样，妮古拉（身穿吊袜带、长筒袜并戴脚链）也会做好精心的准备，来代表她的世纪的。她认为那始于乔伊斯，他显然对此感兴趣：一种阴郁的怀旧。劳伦斯对此感兴趣：土地、热血、意志（是的，还有被迫的堕落）。贝克特对此感兴趣:纯粹是为了(妮古拉认为)让女性的私处不舒服,最好对之加以破坏与损伤。至于美国人,他们好像全都对此感兴趣:对约翰·厄普代克来说,那主要是人类能做的另一件事情,只要是关于人的事情厄普代克都感兴趣;对于诺曼·梅勒,你没必要去深度钻研(在没有更刺激的暴力之前那只是消磨时间的手段);菲利普·罗斯称之为"肛爱",他一定是带着戏谑的讽刺、卧室里的戏谑讽刺。对此深感兴趣的 V·S·奈保尔则称之为"性的黑团"。呃,总之是黑的。黑洞是一团,纯粹的一团,无限的一团。

不,并不是每个人都做这事的。但妮古拉做这事。在某个特定的时候(她总是发誓不再做了,但她总是知道自己还会再做)妮古拉会引导她的爱人,插入下面的那个二元体系……她倾向于使用左手的第三个手指做准备工作。戴婚戒的手指。这种赤裸裸的象征令人震惊:戴婚戒的手指,在一个不会有婴儿出来的地方寻找一种别样的戒指。这是她唯一失控的一次。不是在进行过程中(当然不是),而是在之后,在后来,她为此默默流下了沮丧的泪水。她为此哭了多少回?掉了多少眼泪?一年掉了多少英寸?

让她伤心和恼怒的是权力的放弃,如此懦弱,如此彻底的投降。权力是她这样做的目的。妮古拉活得很有滋味;但她习惯性滥交,以此作为解放、精神自由、挣脱男人束缚的标志。她相信自己没有欲望,并以在床上毫无激情的炫技为荣。但是后来微妙的调整和卑下的低语……那有点把一切全给毁了。这里也同样不是字面的意思。尽管妮古拉喜欢独树一格,尽管她喜欢冒险，但她却不喜欢那一种危险，那种蓄意破坏、没有任何形式的危险。她滥交，但她的情人可不危险（相反他们通常都有妻子）。一天晚上，当她尚有闲暇去关心这些无关紧要之事的时候，她的妇科医生跟她说，如果你最后做这事，就足够安全。呃，那你还能什么时候做这事呢——你会做最后一件事吗？这事本身就是最后一件事呗。它总是播下感情终结的种子。妮古拉从中得到些许慰藉：或许她只是以别样的方式送走爱情罢了。

除此以外的唯一补偿就是艺术补偿了。至少这跟她更大程度的痛苦相契合；至少肛交还能说得过去。大部分类型都有对立方。群体有群体的对立方。所有的男人都有与之配对的女人，反之亦然。专业人员有专业人员的对立方；满面愁容者有满面愁容者的对立方；沾沾自喜者、高声大语者、残酷无情者皆如此。所以自杀未遂者必须要找一个谋杀者。所以谋杀者一定要找到一个被谋杀者。

大约十五分钟过后，妮古拉确信基思要迟到了——要迟到很久。她改变了计划。她采用了B计划。她的人生有个B计划，或者说曾经有过：为了活下去。但是步入早中年这样的暗示已经解决了那个问题。伴随着这些暗示的还有其他暗示：后半生，自然死。这些暗示非常有用，饱含信息量——毫不领情！你在很快变老，就像这个星球。就像这个星球，你在现代医学制造的奇迹面前、在现代人能够做到的事情面前，只能俯首帖耳。但是"能够做"跟"已经做了"相比实在算不了什么。你不得不仰仗宇宙的运气。天体运行、整容、移植。圣雨。

她改变了眼下的计划。如果基思立刻赶来，他会"撞上"身着网球短裤和Ｔ恤、反戴网球帽的妮古拉，那是她心烦意乱地进行一周一次的大扫除时的穿着。但他迟到了。于是她脱下短裤，重新穿上牛仔服，背起帆布包，酷酷地逛商店去了。

妮古拉走在大街上的时候，被自己的私人摄影师照亮了，倒也不是故弄玄虚，只是众神授予的一盏聚光灯而已。她有一束蓝光，性爱或者悲伤的蓝色。所有投向死胡同街的目光都会注意到她：破房子里的建筑工人，廉价车内的疲惫小商贩，一个独自在家、脸贴着玻璃窗咆哮的男人。路口有三家商店：一家烟草店（兼邮政支局）；一家亚洲人开的杂货店（持有售酒执照）；还有一家不甚协调的旅行社——一家兜售旅游的商店。在第一家店里，妮古拉买了保险丝，取走她的法国香烟。柜台后面一个极小的老家伙（很难想象她也曾是个女人）特别订购的香烟；妮古拉预感到她会义务性地警告她戒烟：我可以告诉她，我已经戒了，她想。在杂货店，她买了柠檬、奎宁水、番茄酱和一塑料瓶洁厕剂，她相信那会是她此生的最后一瓶洁厕剂。烟草商收费过高，杂货商缺斤短两……路过旅行社，看到那一排排目的地目录时（平常是跳楼价的，现在疯狂上涨了：就连去阿姆斯特丹也要花费一大笔），妮古拉突然意识到她再也不会远行了。她还会吗？就连跟盖伊一道去普罗旺斯的艾克斯待上几天或者跟基思一道去伊尔弗勒科姆、泽西岛或其他什么免税天堂度个周末都不会了吗？是的。不会有时间了。

回来的路上,在死胡同街的入口,她被两个建筑工死死盯着,他们半裸着身子坐在拐角处房舍门廊的台阶上吃苏格兰煮蛋,喝啤酒,那房子他们仿佛正在漫不经心地修缮着。妮古拉以前注意过他们,这对经典组合。一个十六七岁,瘦瘦的,晒得黑黑的,为自己日渐增强的体魄感到由衷的高兴;另一个年长些,体态臃肿,三十岁年纪,长长的头发,稀疏的牙齿,差不多已经垮掉了,仿佛每两个月就要老一岁似的。妮古拉走近时,那个男孩忽地爬将起来。

"世界小姐!"他用颤抖的声音喊道。他脸上带着一种颇具讽刺意味的恳求。"给我们笑一个吧。拜托。啊,来呀——高兴点。也许永远都没机会了!"

妮古拉笑了。妮古拉经过时,转向他,美美地笑了。

她为基思的来访极其用心地装扮自己,尽管她或多或少地知道事情会如何发展。当然,她跟现实之间是一种滑稽的关系(尽管她从没怎么真正意识到),已经知道它是何种模样了——在某个地方,以某种奇幻的潜在方式存在——却还要努力让它变成那样……妮古拉只是做接下来该做的事情,冲一个所谓的妓女澡,面对着浴缸和镜子赤身裸体地站在一块浴巾上。她边洗边在脑中酝酿一个性爱计划。把那种事想得太过具体很是丢脸,也实在没必要;但你总得准备准备吧。就拿她漂亮的腋毛来说吧,那是如此清香,如此撩人性欲,常常如此引人赞誉和垂涎,显然很有价值——也许得把它们除去呢。他或许希望我把它们剪掉呢。还不知道,到时再说吧。

挑选内衣时她没有丝毫犹豫:吊袜带、长筒袜、文胸——但这次全是白色的,全是白色的。她坐在床上,向后倾倒,然后俯首站起,适当地调整调整。妮古拉诧异——妮古拉惊愕——地发现,真正懂内衣的女人竟是如此之少。这是一种耻辱。如果不费吹灰之力就能征服男人是你的目标,或者目标之一的话(谁还能有更好的目标呢?),为何要因为买衣服时的一个糟糕决定而让机会减半呢?旅游的时候,妮古拉经常坐在与别人共享的卧室、客舱、化妆间和客厅,观察初入社交界的女子、好色成性的离婚者、年轻的女主人,甚至是相当成功的妙龄女郎,她们身穿短裙或长舞裙,露出梦魇般的灯笼裤、紧身衣、长内衣和三角裤。她在米兰时与一个富有的妓女厮混过一段时日,她无一例外地穿着那种从质地到颜色都让妮古拉想起拇囊炎衬垫的内裤。对那些短期合住的室友、参加家庭派对的性感壁花[1]以及其他一些装备欠佳的竞争对手,妮古拉有时也会漫不经心地透露一些内衣知识。那大概也就耗时十秒。六个月后,会穿内衣的那些就会在皮姆利科拥有自己的房子了,看上去也年轻了十五岁。但是她们大都不会穿。要么太过花哨,要么不够自爱,要么就是纯粹缺乏天分;再加上一些小怪癖,就像那种以为黑色内衣总不会有问题的谬论,那正显示了她们的妓女本能,比平腿短裤和少女胸罩要好一些,但还是没有抓住要领。也许女人不能相信男人实际上有多简单吧——只

---

[1] 舞会上没有舞伴而坐着看的女子。

需在服装店花五分钟就能完全搞定。在这个世纪的这个末尾，他们想要看到的是紧身明亮的白色内衣，白色内衣。他们想要看到女人有型有塑的形体，穿着得体，打扮入时，就像漫画中的女子，他们在寻找虚幻的纯洁，至少是一瞬间。他们想要贞洁，哪怕只是善意的谎言。男人是如此简单。但那跟女人的想法，跟妮古拉·西克斯那样的女人的想法又有什么相干？

妮古拉一生从没果断地扔过一件衣服。公寓的第二间大卧室已经变成超级大衣柜了——那里好比一家时装店，什么套装啦、晚礼服啦、演出服啦、吊袜带啦、围巾啦、帽子啦，无所不有。伊梅尔达·马科斯[1]本人看到妮古拉那么多鞋子没准也会惊讶不已呢……现在如果是基思·泰伦特在为她穿衣，如果是基思在为她设计（她想），他会怎么做呢？他站在楼梯顶，想看到什么呢？妮古拉穿着粉红色过膝高筒靴、人造丝迷你裙和快要撑裂的衬衫。是，要么那样，要么就是妮古拉穿着低胸蛋白色蓬蓬裙，带着齐肘的乳白色手套，披一件貂皮镶边的女斗篷，头戴金光闪闪的发梳和羽饰。钻石女王，红心女王。但你当然不能穿成那样喽。

"上来，"她说。

当基思迈着沉重的脚步跟着她走进公寓的时候，妮古拉做了一件异乎寻常的事情：她诅咒自己的命运。然后转过身来，审视着他，从光秃秃的头顶到古巴式鞋跟，而他则用贼不溜秋

---

[1] 菲律宾前总统马科斯的夫人，生活奢华，据说拥有3000多双鞋子。

的蓝眼睛环视那间屋子：基思，全然没了他在酒吧里和大街上的魅力。问题不在于他的姿势、骨瘦如柴的小腿与屁股、难闻的体味（他闻起来就像是刚刚吃掉一只蘸满芥末的骆驼）和醉醺醺的眼神——尽管这些特征当然也不讨人喜欢。问题在于妮古拉当即就愕然地发现，他已经没了爱的能力（我一直都知道，她喃喃自语）。他从来都不会爱。基思不会为了爱去杀人。他不会为了爱去穿马路，不会为了爱去调转车头。当她想到这会让她卷入什么样的性爱中时，妮古拉仰天长叹。事实上，她一直都觉得，在她的死亡事件中会有某种形式的爱情出现的啊。

"呃，我们开始吧，"她说着引领基思走向厨房和那一堆坏掉的机器。一到那儿，妮古拉就抱着双臂，在旁观看，对基思同这个无生命世界之间的那种明显事态感到越来越震惊。他是那样手足无措，那样气急败坏，那样粗暴无礼。她自己在厨房里也是笨笨的；譬如说，她就从没用电炉做出一样哪怕是能吃一口的东西来，现在那电炉早已被弃之不用了。但是这种家电庸医的狂暴……试图修理熨衣板的基思就好似帆布躺椅笑话中的那个男人。胡佛电动吸尘器的管子在他手里就像发了疯的巨蟒。当他最后遭遇咖啡研磨机插头和螺丝起子之后，妮古拉递给他一张纸巾，让他擦擦弄破的拇指，然后不解地问道：

"但你完全手足无措呐。抑或只是因为喝醉了？"

"没事，没事，"基思赶紧说，"要知道，这些事我通常都不亲自做的。我在白城有一支小队。那才是真正的技工呢。

现在开始吧。"

费了九牛二虎之力——至此电木上又是血迹，又是汗渍，又是眼泪——基思终于把螺丝帽拧了下来。他们一道盯着插座里的三色结构。两张脸靠得很近，妮古拉能听到基思张开的嘴里传出的轻微喘息声。

"看起来还可以，"他主动说道。

"可能是保险丝的问题。"

"耶。有可能。"

"把它换掉，"她建议，然后从纸包里拿出一个新的保险给他。

又是弄破一个黄指甲，又是骂脏话，又是弄掉螺丝，又是弄错保险丝，基思终于完工。然后他把插座装回墙上，按下开关，连忙启动咖啡研磨机。什么反应也没有。

"呃，"过了一会，基思说，"不是保险丝的问题。"

"那你至少可以看看座便器嘛。"

洗手间出人意料的宽敞——铺了地毯，通风有点过于好了；大浴缸和红色躺椅的距离似乎太远了。这是一个多次见证过裸体、排便、洗浴和沉思的房间。阳光从浴缸上方的圆窗洒落下来。妮古拉关上身后的门时，基思的脸上闪烁着光芒或者说荡起涟漪。

"卫生间，"他粗鲁而又清晰地说道。他走近马桶，掀起木头盖。妮古拉突然紧张起来——她的腋窝紧张起来。她知道基思在看什么：那冷冷的白边上的粪迹。早先看到的时候，妮古拉就决定清洗马桶的。她知道如果她不马上做，那就压根不会做了。她没有马上做。所以她终究没有做。

"座便摇晃,"她说,"还打滑。"

当基思跪下来,狐疑地摆弄马桶盖时,妮古拉在那张红沙发上坐了下来。她摆了一个思想者的姿势,下颔抵在拳头上。基思往那边瞟了一眼,看到了那儿能够看到的一切:浅灰色开司米羊毛衫、白色长袜、跷起来的左腿下方褐色的皮肤。

"摇晃的座便,"基思咯咯笑着对她说,"不能要。没准会伤着你。没准会毁了你的婚姻生活。"

妮古拉瞪大眼睛看他。或许她的瞳孔有些微的放大。好几种答案急切地摆在了她的面前,就像男学生们急切地举起手来取悦漂亮的女教师一样。一个是"滚出去,你这个不靠谱的笨蛋";另一个则非同寻常(这会用一种单调的单音调说出来),是"你喜欢不洁性行为吗,基思?"但她还是保持了沉默。谁在乎呢?不会有什么婚姻生活了。她站起身来。

"你在流血。来。"她从架上取下一管药膏。她向他走过去的时候,光线也在变化。

现在她把药膏擦在基思微微颤抖的拇指肉上。离近看,那肉就像生殖器:密密匝匝的汗毛,密密匝匝的麻点。如果他的手看起来像生殖器的话,那他的生殖器离近看,则又如何呢?这种生理特征再次告诉她,他就是那个人。他们的手都放了下来。对着冷冰冰的马桶,他们在各自不同的眩晕状态下看到他的鲜血蜿蜒流过她那黑乎乎的排泄物。这可真是恶心,她想。但是现在为时太晚了。

"从这儿过去,"她说。

五秒钟后，基思站在过道上时，妮古拉热心地往他身上堆着熨衣板、熨斗、胡佛电动吸尘器、咖啡研磨机。她一边做还一边像对待低等人或者低等人的代表那样同他说话。如果你能。真帮了大忙。如果你还能。非常感谢……她高高在他之上。基思的古巴鞋跟开始沿着楼梯往下走。他吃力地向上回望着她。他看上去就像个卖艺的。他看上去就像个单人剧团。

她说："我最好给你一笔预付金，"然后伸手向边几上拿什么东西。她又靠近了一些。"黑十字里的那个男人。盖伊。"

"耶。盖伊，"基思说。

"他是个——他是个重要人物，对吗，基思。"

"绝对的。"

"哦，真的吗？"妮古拉本以为基思会对任何赞美盖伊·克林奇的提法加以回避的。然而他的语气却充满了敬意，甚至赞赏。在这个时候，他似乎需要所有他能得到的帮助和相关的魅力来助阵。

"绝对的。他在城里工作。他有头衔。我在他的支票簿上看到的。'尊敬的'，"基思颇有心机地说。

妮古拉走上前去，用手指把两张五十英镑的钞票卷在一处。基思扭过身来，准备去拿。"等等，"她说，"你会把所有的东西都弄掉的。"他身穿一件黑色网状衬衫，胸部缝了个口袋。但是里面却装着他的飞镖。于是她把钱卷得紧紧的，放在他嘴里。"他很富吗？"她问。

基思把卷起的钞票向嘴边移动，仿佛他的双唇习惯夹着钱似的。"绝对的。"

"好。有件事你我或许可以一起做。一件赚钱的事。让他给我打电话吧。你会吗？马上？"

他再次扭过身来，点了点头。

"另外就还只剩一件事了。"那是什么呢，这另外一件事是什么呢？她突然有种荒唐的冲动，想要把裙子掀到腰间，以此作为支撑点，弯下腰来——如同一个可怕的小女孩，同一位可怕的小爸爸在一起。她挺直身子说道：

"我的名字是妮古拉。不是妮基或者"——她微微一笑，合上双唇——"'妮克'。"

"好。"

"说一遍。"

他说了。

她的眼睛重又回到那件黑色网状衬衫上。她把手指放在其中一个宽宽的网格里。"这种东西，"她若有所思地说，"——应该穿在我的腿上。不该在你的胸脯上。再见，基思。"

"耶，再见。"

妮古拉回到起居室，点上一根烟。她听着他猛地冲下楼梯——嘴里含着钱的基思。有那么一分钟，她垂下脑袋，心无旁骛地抽着烟，然后走到过道里高高的窗边。她看见他在街对面，极其吃力地倒在打开的后备厢上。就是那辆车：谋杀者的车。基思抬头仰望夜晚的天空，像个孩子似的吓了一跳，像往常一样，那浅桃红色让人想到健康的反面，像是一个面色苍白的酒鬼的脸。他们的眼睛慢慢地透过玻璃窗相遇了。基思刚想打招呼，但是突然狂打起喷嚏来。那喷嚏——

嘎嘎声和唾沫飞溅声——以声速向妮古拉传去:基思狗一样的喷嚏声。他用一只手捂着嘴,爬进车内,缓缓地驶离死胡同街。

"像条狗似的打喷嚏,"妮古拉喃喃自语。

六点了。她贪婪地打着呵欠,去厨房取香槟。躺在沙发上策划接下来的几步行动,或者说她掀开拨号盘,显示已经出现在那里的轮廓。盖伊后天会打电话来。她会安排与他在公园见面。她会选一个冷天,那样她就可以穿那件淡黄色皮大衣了。至少,在那大衣下面,她可以保有某种有趣的秘密。她无声地笑了起来,肩膀也随之抖动。她笑起来的时候,整个身体都在抖动。她的整个身体都在笑。

在通俗读物中,当他们试图让你想象黑洞的时候,他们通常会举一个在附近游离的光子为例,或者(更受欢迎,更像生殖器的)是一个宇宙飞船中的宇航员:一个在火箭里的人。接近黑洞,旅行者会遭遇吸积盘,那是从邻近星球上剥落下来的环绕物质(或许,还包含其他人、其他火箭的残骸);然后,从概念上讲,就是施瓦茨席尔德半径,标志逃逸速度等于光速的地方。这就是事界,在那里时空瓦解,一切皆被遗忘,再往前就只有一种未来、一种可能的未来了。现在逃无可逃:在坠落的一瞬,所有的永恒都在外部滑过。人和火箭被卷在内爆的几何中进入黑洞。

或者可以换个角度。妮古拉·西克斯乘坐她的飞碟,非常不便,正接近事界。她还没有跨越事界。但是非常接近了。她需要使出全部的反推力,每一盎司,才能把自己推开……

不,那不管用。那不管用,因为她已经位于另一侧了。她一生都位于事界的另一侧,在放慢的时间里踩着重力。她就是这样。她是赤裸的独特存在。她超出了黑洞。

每十五分钟电话就响一次。我是洛杉矶的埃拉,我是里约热内卢的雷亚,我是摩洛哥的马罗卡。我不得不打断她们灼热的情话,告诉她们一个倒胃口的事实:我不是马克·阿斯普雷。他在纽约。我把我家的号码给她们。她们当即挂掉电话,仿佛我是那种怀着调戏的目的给人拨下流电话后只喘气不说话的下流坏子。

垫子上堆满了印着口红的芳香信笺。一直都有女孩子过来:她们实际上包围了这个地方。当我跟这些如画似梦的美人、小公爵夫人、令人目眩的女郎、高级野鸡们说马克·阿斯普雷不在的时候——她们都崩溃了。我不得不伸手去扶她们。一天早上,一个看上去慌里慌张的名叫阿纳斯塔西娅的可爱姑娘在周围徘徊良久,希望能见上马克几分钟。当我把这个消息告诉她的时候,我想我可能不得不叫救护车了。不,对一个在爱情或艺术上不那么幸运的家伙来说没有这样的好事,我站在走道里一边挠头苦思一边抬眼去看相框里那些梦中女王和她们喉咙处潦草的献词。献给我的阿波罗。没人能像你一样。哦,我完全属于你……

阿纳斯塔西娅表现得再好不过了(我给她一个温馨的拥抱,她踉踉跄跄地离开了,嘴里不住地致歉,脸上挂满了泪水）。但是，另外一些女人，一些更加时髦俗气的女人，却狐疑而又厌恶地看着我。我能责怪她们吗，尤其是在我正写到一章的一半，又是疲惫，又是得意，又是愧疚，又是不修边幅的时候？

昨晚有一个不同寻常的电话。是找我的。

当我听到那种声音，那种3000英里所制造出来的微妙噼噼啪啪声时，我还以为会是哈特小姐或珍妮特呢，或者怎么也得是巴布罗丽。结果却是斯里扎德。

我喜欢他这个人以及相关的一切，但是斯里扎德医生打来的电话不足以让我脉搏加快。他想让我去河南岸的某个研究所见见某些人。

"美国怎么样？"

"就像X射线激光器一样疯狂，"他说。

斯里扎德承认这次拜访并不是真的很有必要，但他还是想让我去。"给我寄些药丸来，"我说。但是我也说我会考虑的。

"告诉我，奥希利亚多拉，"我开口道，"你为克林奇夫妇——为霍普和盖伊——效劳多长时间了？"

奥希利亚多拉真是太棒了。她一边干活，一边在大约十五分钟的时间给我提供了至少可以写三章的素材。奥希也许是个很好的清洁工，但她肯定是个耸人听闻的长舌妇：看她如何造谣中伤、涂抹是非吧。她偷看他们的信件，偷听他们的电话；她用同样的法庭专业精神审视垃圾桶与洗衣篮。有关莉齐布的趣谈。有关马默杜克的好素材。我斗胆坐在马克·阿斯普雷的书桌前听着——不是书房里的工作台，而是起居室里的书桌（我想，他就是在这儿处理他的情书的）。我正在从写第五章的状态中恢复过来。重口味，其中一部分。我仿佛已经听到哈特小姐在对我说，美国人不想知道这些（尤其是如果我们是在晚春之际观看酒吧约会的话，到那时危机和有奇怪举动的一年都已经差不多结束了）。但妮古拉是重口味的。妮古拉是沉重的。我想我可以把它弄得柔和一些，如果时间允许的话。但是柔和成什么样子呢？我想我可以"编造点什么"，正如老话所说的那样。来点特别的。她在上面。爱痕。但我什么也编造不出来。我天生就不会。喂，我可是个可靠的叙述者呐……当我坐在书桌前胡乱写写画画（满腔热忱地展望第六章的那个宁静港湾、无可挑剔的舒适之家），而奥希则同样娴熟地打扫公寓、论人是非之时，传来一阵轻微的钥匙声和"砰"的关门声——另外一个女人气势汹汹地大踏步闯入门来。

她也是西班牙人。名叫因卡纳西翁。她是马克·阿斯普雷的清洁工。她用英语告诉我这些，并用安达卢西亚语连说带骂地对着奥希利亚多拉狂轰滥炸一通，无非是重复同样的内容。我马上找来马克的欢迎便条：的确，上面附带提了他的西班牙"宝贝"，说她正在家乡格拉纳达度假，不过很快就会回来。

这一切都太让人难堪了。事实上这一切都太可怕了。几周以来我都没有这么害怕了。我把奥希送至门口，道了歉，付清了工钱。然后跑去藏在书房里。因卡纳西翁把我赶出来之后，我又回到起居室，却发现那张核桃木做的大桌上——原先除了一碗混合香料，空空如也——现在摆满了新奖章、奖杯、方尖石塔（是因卡纳西翁从哪个深不见底的奖品箱子里翻出来的）和大约一打马克·阿斯普雷的照片：或是在发表获奖感言，或是被小明星围着，或是正跟毕恭毕敬的同行大牛们蹙眉长谈呢……他看上去就像安德鲁王子。或许他就是安德鲁王子吧：王子还是单身汉的时候，还没被菲姬的美食养得如此肥壮之前。眼睛都被肥嘟嘟的两颊挤得眯成一条缝了。牙齿的过分贪婪。

今晚要去兰斯登克雷森特赴宴。莉齐布会在那里。去的途中，我得在死胡同街稍作停留：跟妮古拉·西克斯喝上几杯鸡尾酒。

与之相比，我为进入基思的家门都几近崩溃了。我只有这么一种办法，这还是孤注一掷的办法：小金，那个孩子。那个小女孩。

基思的房子算不上家（也算不上房子）。那只是一个安顿妻女的地方，一个歇脚点，直到基思在赛马场或飞镖上获得成功为止。尽管他经常禁不住夸奖他的狗克莱夫，却从未提及女儿小金，除非他酩酊大醉的时候。那时他会说，我非常珍视那个小女孩，那个小女孩对我来说就是全世界。但是如果加以追问或诱导，他也会放下身段，谴责凯丝带孩子时又懒惰又缺乏耐力。

"我意思是，"他在黑十字或者他的饮酒俱乐部各各他

(各各他全天候营业。但黑十字也一样)跟我说,"她想怎样呢?牢骚满腹。婴儿这,婴儿那。没法睡觉。照看孩子可是娘们的本分啊。"

"那会很难的,基思,"我提醒他,"我照看过孩子——婴儿。他们崇拜他们的妈妈,但同样也折磨她们。他们用睡觉这个武器折磨她们。"

他若有所思地看着我。你无需多少移情天赋就能猜出基思在想什么。首先,他不怎么思考。思考的困难,肌肉常年不用,明明白白地写在他的额头上了。基思和那张看小报的脸。震惊。害怕。你只能看到他在犹豫或者皱眉。现在他的表情仿佛在说一个爷们照看婴儿做什么?他说:"耶,但那不像真正的工作。你有一半时间只是埋头沉浸在——写作中。你为何照看孩子呢?"

"两年前我失去了我的兄弟。"这是真的。也是不可原谅的。大卫。对不起。我欠你一个情。就是写作这种事情。"哦,没错。他们有个两岁的孩子,另一个刚刚出生。我一直陪着他们。"

基思的脸上写着"可怜"、"发生了"、"别再说了"。

但我确实多说了几句。我说:"凯丝需要的只不过是每天能有几个小时不被孩子缠着。那会让她有脱胎换骨的变化的。我很乐意去做。盖伊还雇男护士呢,"我随口说,"我带她去公园。我喜欢孩子。"

呃,他显然不太喜欢这个主意。(他开始谈论起飞镖。)不,我想——你已经丧失了这次机会。婴儿,小孩,小人儿:

他们都是玩物。唯一喜欢婴儿的男人是些异装癖者、荷尔蒙变异者和性变态。对基思来说，这些都非常混乱的。儿童性骚扰者——强奸犯、少年性骚扰者——是最最下流的，基思以前遇到过那种人。在监狱里。他随意谈起监狱里的事情。在监狱里基思有机会把儿童性骚扰者痛打一顿；他把握住了机会。在狱中就像在其他任何地方一样，每个人都需要一个他可以蔑视的人，某个绝对比自己更坏的人。连环老太杀手可以使用健身自行车，模仿狙击手周日早上可以多得一份香肠，但是少年性骚扰者……突然间基思告诉了我原因：隐藏的原因，在所有可见原因的背后。基思没有说出来；但那却写在他的额头上了。这个罪犯痛恨儿童性骚扰者，不仅仅因为他需要某个人来蔑视，也不仅仅出于低俗的感伤，而是因为这是一个可以让他表达父爱的地方。所以当你用走私的剃须刀宰割儿童性骚扰者的时候，你只不过是让那些小子看到，你是一位多好的父亲罢了。

为此我非常感谢基思。没错，我现在记起了：当时我们是在胡斯尼，一个穆斯林咖啡屋，基思有时会从各各他或黑十字出来去那里透透气。正在那时，一个不那么频繁光顾酒吧的常客从我们桌边经过。他俯过身来，对我说：

"喂。我知道你是什么人。一个四驱谢尔曼。"

对方吃力地做出解释。四驱＝四轮滑道＝犹太人。谢尔曼＝谢尔曼水箱＝美国佬。

"上帝啊，"基思说，"上帝啊，"他又说一遍，带着打破偶像崇拜的厌倦。"我讨厌那种蠢话。'你的杏仁连一半也没张开，'天哪。你能不再说那些无聊话了吗？你能不再说了吗?"

马克·阿斯普雷的公寓里的大部分东西都喜欢我。但是有些东西讨厌我。灯泡讨厌我。它们每十五分钟就熄灭一次。我来来回回去换。镜子也讨厌我。

马克·阿斯普雷的公寓里最最讨厌我的东西就是水管。它们对着我呻吟、尖叫。有时是在夜里。我甚至想过下下策,让基思过来看看。或者至少听听。

经过最近的一次暴风雨,最近的一次发飙、发怒或者疯癫,天空现在无可挑剔,一切甜美宁静,阳光普照大地,柏油碎石路无聊地闪着金光。万里长空飘着朵朵白云。

还是没有哈特小姐的消息。

第六章　欺骗之门

在梦中，盖伊·克林奇朝一个柔软的、无脸的女人赤裸的身体挨得更近了。在梦中，她一时变成了一个十三岁的孩子，微笑着，吟唱着，而后再次变成一个无脸的女人。连婴儿脸都没有。这不是性梦。这是爱之梦，一个关于爱的梦。他挨向一个渐行渐远的声音"是……"

事实上，在现实生活中，盖伊·克林奇正挨向一个不同的主体。离他手边几英寸的地方躺着霍普，身穿晨衣，完全清醒，而且也绝不是没有脸：健康的椭圆形脸蛋和长长的棕色眼睛。离他头部几英寸的地方，马默杜克正蜷缩在不计其数的枕头上面，双手交叉，向上举起。盖伊靠近她妻子身体的温暖地带时，马默杜克的两只小拳头猛地砸在他裸露的脸上。

"啊唷！"盖伊叫起来。脸像开了花。他抬起头，朦胧中看到马默杜克再次挥来的拳头。"啊唷！"他叫。他没好气地坐起来，把马默杜克摔在地板上。

"把他带走，"霍普用一种恍惚的声音说道。

"他很难搞吗？"

"快点吃早饭。"

"来，你这个小恶魔。"他抱起马默杜克，那小子不失时机地对着他的脖子一口咬下去。盖伊倒吸一口气，开始尝试掰开马默杜克的嘴巴。

霍普说:"他该换衣服了。他好像又把大部分尿布吃掉了。"

"是换下来的还是没换下来的?"

"没换下来的。捏住他的鼻子,他几分钟内就会松口的。"

盖伊捏住那黏糊糊的鼻孔。马默杜克的牙齿咬得更紧了。时间一秒一秒过去。他终于松开了嘴,试图从侧面发动更为猛烈的撕咬,两次对着爸爸的脸打喷嚏。盖伊像抱个橄榄球或一袋子钚似的把这个嚎啕大哭的孩子拎起来抱在胸前,快步向隔壁的洗手间走去。那使得马默杜克一时只有一种选择——向后踢他的腹股沟——现在他正试图这样做呢。盖伊把他脸朝下远远地放在洗手间地毯的角落里。在马默杜克起来扑向他之前闩上了门,坐在了马桶上……盖伊喜欢坐着的姿势,原因有二:其一是因为那样更方便他那醒来时勃起得不能再大的东西;其二是因为马默杜克有一次假装孩子气地对冲水柄感兴趣时,猛地将盖子盖上,速度之快、力气之大让人难以置信,盖伊眼睁睁地看着自己的小弟弟被砸得紫了一个半月。盖伊在用手纸给脖子止血时,马默杜克大叫着在屋里转来转去,寻找好砸的东西。

"牛来[1],"马默杜克说。"透司[2]。牛来。透司。牛来!透司!牛来!透司!牛来!透司!"

"来了!"盖伊大声嚷嚷。

---

1 2 原文是 milt 和 toce,意思是"牛奶""吐司",正确的英文是 milk 和 toast,马默杜克因为吐字不清,把 milk 说成了 milt,把 toast 说成了 toce。

牛奶吐司，盖伊想。美式点心，蘸上蜂蜜或糖浆。霍普喜欢吃，莉齐布也喜欢。喂，有东西不见了：过滤器。

马默杜克停下来，愤愤地看着他那忙忙碌碌的爸爸，那个有着两双手的男人。"透司，"他用更具威胁的口吻嚷道，"透司爸爸。爸爸。透司爸爸。爸爸透司。"

"是是。"他站在那里，娴熟地往吐司上涂着黄油，马默杜克则用手抓他的光腿。接着机会来了，马默杜克跳起来抓刀。经过桌子底下的一番激烈打斗，盖伊把武器夺下。他爬起来，用手捂着被马默杜克咬过的鼻子。又是刀。什么刀他都喜欢。一种召唤，但会从事何种职业呢？朋友和亲戚们，在鲜见而又提前结束的来访中，总说马默杜克长大会参军。连盖伊的老父亲，二战时的准将，也似乎没从这种前景中得到多少安慰。

现在他微笑着蹲在那里，往马默杜克流着口水的嘴里送了一片吐司。

"天哪，"他嘀咕道。

盖伊经常建议他们应该就马默杜克的饮食问题征求专家的意见。毕竟，他们对他其他所有的一切都征求过专家的意见了。这孩子自然是看过几个著名的营养学家，也试过几个意在抑制他过剩精力的方子。最近的这个方子，医生在柚木镶板的咨询室里说，只消几天时间就能让奥运短跑运动员变得衰弱无力。可对马默杜克却全然无效，附带说一句，他还天生就喜欢薯条、汉堡、味精和任何一种垃圾食品呢……盖伊以前也曾见过贪吃的婴儿——但从没见过这样的。如饿狼一般不顾一切，似乎要把脖子弄断似的狂吞猛咽,还滴着晶莹的涎水。第五片夹着蜂蜜与黄油的全麦面包吃到一半时,马默杜克吐了一大口,还用脚上的靴子把它往瓷砖里面踩:一种暂时满足的信号。盖伊塞给他一个瓶子,伸长两臂,将那孩子拎至楼上。把他锁在卧室里,而后回来取茶盘。

霍普躺在她那一堆如同驳船的枕头上。这才更像事情本来的模样嘛:茶盘啦、电话啦、邮包啦。周末的基干人员已经到了,正在楼上的育婴室逗马默杜克玩呢;你只能隐约听见他的尖叫声与他们的尖叫声,偶尔还有令人作呕的撞击声。盖伊躺在沙发上,看着报纸。霍普用冷冷的眼神扫着一个又一个金边镶嵌的邀请函。她说:

"我昨儿见到梅利莎·巴纳比了。外出回来的时候。"

"哦,是吗?"盖伊说。巴纳比勋爵夫人:善良的、伤心的巴纳比勋爵夫人,还有她那双迷离的眼睛。她昔日曾照看过马默杜克,一次或者两次。不。是一次。电话打到了餐厅,鸡尾酒就快上来了……

"她看上去气色很好。她说感觉年轻了十岁。她发现了这个绝好的年轻人。他把她的房子给修好了。现在她要去南斯拉夫玩一周。"

"多好啊。"

"我们也需要一个。"

"什么?去南斯拉夫的度假吗?"

"一个绝好的年轻人。"

"这里说建议游客们不要去**经互会**国家旅行。白痴。他们在搭建一面**无声墙**。亲爱的,"他说,"怎么样?你有没有睡一会儿?"

"睡了,我想,在五点和五点一刻之间。莉齐布接替了我一会。他很恐怖。"

在这个家里,霍普的睡眠是个神圣的话题——比马默杜克这个话题还要神圣,也许还蕴含着更多的诡异与关注呢。关于霍普在守护马默杜克的夜晚所睡的时间或者她声称自己所睡的时间,盖伊最近偶然看到一种科学的描述。那源于对早期宇宙所做的猜测,就在大爆炸之后几毫秒。光穿过质子所需时间的万亿分之一。的确不是很长……轮到盖伊看护马默杜克的那些夜晚,他通常一个小时能睡四十五分钟,孩子疲惫地痛打他或者把自己的头往软垫墙上撞的时候,他经常都能眯瞪过去。

"可怜的你。"

"可怜的我。盖伊,"霍普说。她手里拿一个密封的文件。"这是,"她问,"什么狗屁东西?"

盖伊继续看着报纸,或者至少可以说他的眼睛继续盯着报纸。上个月他捐了一万五千英镑给慈善事业,感觉超级内疚。

"一万五千英镑?"霍普说,"拯救孩子,呢?"她自己上个月也捐了差不多数目,不过是捐给画廊、歌剧院、管弦乐队以及其他有社会影响力的剧组了。"我们的孩子怎么办?谁会拯救他呢?"

"马默杜克,"盖伊说,"会有足够的钱。"

"你难道没看见他用钱多厉害吗?十八个月大,就他妈的花钱如流水了。钱唰唰唰就没了！你得想想办法，盖伊。当这一切开始的时候，我求你想想办法。"

盖伊耸耸肩。"我们有的是钱，"他说。

"滚出去。你是在折磨我。"

盖伊娴熟迅速地排了个便后，冲了冲澡，而后刮了刮胡子：法国的香皂，锋利的剃刀。他穿上一堆极其昂贵和耐用的玩意，有些是祖传的，他父亲穿过的，他的堂表兄弟或者怪叔叔穿过的。他的衣橱是个职业装之**城**——但是现在大多时候他的衣服不再需要代表任何东西了。这个外部的人正日益失去轮廓。很快就会只剩下内心，无力地微笑着。线条流畅的花呢子茄克，不成形的卡其裤，天蓝色的衬衫，巨大的鞋子（盖伊的脚非常之大）。他下楼时，撞见了罕见的一幕：马默杜克安静地偎依在他母亲怀里。霍普一边护着他，一边批评一个保姆，一个盖伊之前从未见过的强壮的斯堪的纳维亚人。孩子左手攥着胜利的果实：一束长长的金发。

"你要去哪儿？"霍普说，她的目光从一个辩护者转至另一个辩护者的身上。

"出去。出去。"

"去哪里？干什么去？"

"见识一下生活。"

"哦。生活！哦，我明白了。生活。"

盖伊条件反射一般优雅地弯身吻别妻子，但仍不失谨慎（警觉地看一眼马默杜克那只空闲的手）。接着眼前一片昏暗。

待到恢复神志,他已经来到了拉德布罗克丛林。斜坡上的兰斯登克雷森特被他晕乎乎地甩在了身后,烈日当空,骄阳似火。只有到了人声鼎沸、充满危险的大街上,他才真的觉得有保持清醒的必要。眼睛又被挖了:马默杜克用右手的拇指和食指,摸索着戳进盖伊坦诚的眼眶。你不得不承认,那动作极其娴熟:时间把握得如此精准。他摇摇头,就像对杰出人才表示敬意与钦佩一般,不禁想起不久前的某一周,他看见一名六英尺高的护士从前门台阶跑下来,用个血迹斑斑的手帕捂着鼻子,甚至都没停下来控诉一声。人身伤害控诉是马默杜克的另外一种花掉盖伊钱的方式。截至目前,还没有严重的案件,但是有很多案子还悬而未决。马默杜克和他永无休止的暴脾气;唯一能让他停下来的是父母哪一方也发脾气,往往大人还气得发抖、流泪、颤抖,马默杜克却早已恢复了原先的暴脾气……盖伊在大街上顿了顿,两次舒展整个额头。他举起一只手,轻轻眨了两下眼睛,松开下眼皮,等着如泉的泪水。他开始步入这个欺骗的世界。他正穿过欺骗之门,那里是一环套一环的谎言。整个伦敦都充斥着谎言。

这是个什么样的男人呢?有多特别呢?盖伊捐钱给慈善事业。对于他圈内其他所有的男人来说,慈善都始于家庭。也终于家庭。要不就绵延一英里左右,惠及下一个邮区,到达住着一个女人的小寓所里。这些男人对妻子的触碰唯恐避之不及;他们立即跳将起来,无暇跟她们亲吻问好或告别。盖伊可不像那样。

事实是，事实是……他循规蹈矩。他的欲望呈现出一个完美的弧线：不势利，不偏执。可以说他什么东西都至少有两个，但他只有一个女人。那就是霍普，他唯一的女人。他们在牛津相遇时——那是十六年前了——盖伊拥有某种霍普喜欢的东西。她喜欢他鬈曲的金发、他的乡间别墅、他提起自己身高时害羞的样子，他在兰斯登克雷森特的房舍、他用手罩住眼睛看低矮太阳的习惯、他的头衔、他对樱桃的偏爱（尤其是熟透的），他丰厚的个人收入。最后一个学年他们生活在一起，在双人起居室面对面放着的桌子上一起学习（"《力士参孙》是史诗还是悲剧？""跟萨拉热窝事件和慕尼黑会议相比，珍珠港事件的长远影响又是什么？"），在一张小小的双人床上疯狂地做爱。他们两个在家里都不幸福，都缺乏关爱；现在成了彼此的家。于是结婚，然后是伦敦，然后是伦敦的金融城，再然后……霍普的社交野心让盖伊很是惊讶。一段时间过后，他的惊讶便淡化了（在第一千次晚宴的时候，也许），那好像不单是社交野心。晚宴没有淡化：它们闪烁着欢聚的光彩。它们带来的其中一个后果便是盖伊自然会遇见很多漂亮、能干、不满于现状的女人，在化装舞会快要结束之际，她们当中至少有一打会向他求欢，在无人的角落里呀，在拥挤的吧台呀。并没真的发生什么。那些示好的行为通常太转弯抹角了，压根没有引起他的注意。没错，他每隔几年就会秘密地"坠入爱河"。意大利指挥家的红发妻子啦。女计算机继承人十七岁的女儿啦。那就像一种几周便可痊愈的病症；爱的病毒，一种毅然决然的免疫系统可以有效地将之阻挡。迄今为止，最让人烦心、最具戏剧性的是与莉齐布——霍普的大个子小妹妹——的私情。当霍普发现盖伊在客房里对着莉齐布的芭蕾舞鞋哭泣的时候，她就知道有事发生了。那次莉齐布被送走了：七年前。现在一切皆被遗忘了，或者说还没被遗忘：一个不体面的家庭笑话。霍普自己通常要有好几个男友（一个参加宴会的哲学家、一个讲究着装的建筑师、一个有影响力的记者），但她是如此洁身自好，如此白璧无瑕，以至于盖伊从没认真往那方面想过——不，不，没那种事。对他来说，别的女人组成的世界就是一个绝好的画廊，好比爱尔米塔什艺术博物馆，塞满了令人尴尬的光彩与天才之作，但它是如此不透气，如此迎来送往，如此公开——就是一个画廊，盖伊有时会去闲逛个把小时，有时会匆匆走过，两眼平视前方（宏伟的角落就像路过的汽车一样向后移动），有时（尽管不是经常）人们也会发现他站在一扇炫目的窗边，揉搓着双手……

太早结婚，三十岁便会陷入忧伤，那跟有些可能性得不到实现有关。对盖伊来说情况更糟。霍普稍大一些，早年在牛津，后来在纽约大学，再后来在弗吉尼亚的诺福克时，她都有男朋友。所以来个新的冒险：他们克服生态政治学上的焦虑，决定向前迈进一步，要个孩子。即便是那时，也已经有了困难——盖伊的困难。开始是从赛马裤换成拳击短裤，后来又把腿放在马镫里，一个日本外科医生小队用粒子束和激光重新塑好了他的双腿。就这样，经过五年的"尝试"：马默杜克出生了。多年以来，他们一直在担心会把他们的孩子带入怎样的世界。现在他们则担心会把怎样的孩子带入他们的世界。本来希望能用孩子填补的空缺或空白——哦，马默杜克何止填补了空缺；马默杜克可以用尖叫填满科罗拉多大峡谷呢。从现在开始，仿佛郁闷和不可置信，夹杂着疲劳，会让他们被迫对彼此忠诚的。大部分精神病专家和顾问都认为，霍普对自己可能会再次怀孕的无名恐惧大概很快就会消失。他们最后一次做爱用上了避孕药、节育环、节育帽、三个避孕套，再加上或多或少的性交中断。那是在七月。现在都九月了。

但是他不打算步入歧途。他是循规蹈矩的。不走正路，离开正道——对盖伊来说是一种耻辱。那可能会是灾难性的，无法弥补的。没有第二次机会。她会杀了他的。黑十字的那个大嘴女孩——他再也不会见她了。好，很好。她给他传染的流感、疟疾一周以后就会痊愈。只要一想到他生命中现在霍普站着（或者疲惫地靠着）的地方变成了空白就足以让他当街站住，疯狂地抓耳挠腮了。他继续前行，步履稳健。他绝不会步入歧途的。

"我意思是——那就是生活，"那个年轻人说，"你不能跟它讨价还价。它就是那样的一个东西。"他停顿了一下，身体没有完全伸直，俯身向前，透过敞开的门朝大街上吐了一口。"好吧，"他继续说道，"我跟别人干了一架，结果被打败了，那就是生活。没什么好抱怨的。公平得很。那就是生活。"

盖伊小口抿着番茄汁，越过他的宽版面报纸，朝那边偷偷瞟了一眼。好家伙：如此说来，那就是生活了。那个年轻人继续讲着他的故事。那两个听他讲述的女孩面带些许同情。

"我脑子坏掉了。受到了教训。"他耸耸肩,"如此而已。"

那个年轻人口若悬河,满嘴哲理,经常停下来往大街上吐血沫,他在解释最近的这次冲突中自己是如何被打烂了鼻子,打断了颧骨,还损失了几乎所有的上牙。盖伊合上报纸,盯着天花板。变化真快呐。盖伊圈子里的任何一个受到如此创伤的人都不得不去瑞士待上一两年,才能完全痊愈。而这个烂人却在这里,第二天早上就回到酒吧,喝着啤酒,看着小报,秀着烂脸,偶尔还通过敞开的门噗嗤噗嗤地吐!他已经换了话题,正在谈论天气和啤酒的价格呢。那两个女孩并不因此就小看他,尤其是那个脸上有疤的浅黑型女人;如果他够幸运,姑且认为他是吧,他或许还能带她回家呢。生活还在继续。这就是生活,的确是,没有人在乎它,它自己也不在乎自己。

基思进来了,跟往常一样引得整个酒吧窃窃私语。他看到了盖伊,用一根手指指了他一下,接着把拇指往后弯了弯,示意约翰·达克:约翰·达克,一个腐败的条子——驼背的警察,玷污的徽章,可疑的脏货。达克身材矮小,穿戴整洁,是那种没有头发但是牙齿倍儿棒的男人,跳高能手。他是黑十字的常客中唯一一个用批判的眼光看待盖伊的,仿佛他盖伊就应该比别人有见识似的。达克自己的姿态模糊不清。他也有一定的立场;但几乎每个人对他都很蔑视。尤其是基思……盖伊估计基思马上就会过来找他的。果然不出所料,跟法克交代了几句骑士汽车之后(法克是酒吧的汽车专家),基思就过来了,神情严肃地斜趴在盖伊的桌上。

"你知道来过这里的那个女人吗?妮古拉?"

"是,我知道你在说谁。"

"她想让你……"基思不大高兴地环顾四周,不耐烦地回应诺维斯、迪安、塞隆尼斯、柯特利、楚斯、内萨留、莎士比亚、波格丹、马西克和兹比格两兄弟的致意和问好。"我们不能在这儿谈,"他说,建议去各各他,他的饮酒俱乐部,一边静静地喝上一杯"色情酒",一边谈谈,他在那儿一向是喝那种酒的(一种特立尼达岛产的烈酒)。"这个话题有点敏感。"

盖伊犹豫不决。他去过一次基思的饮酒俱乐部。各各他一方面跟黑十字一样没有隐私,也差不多同样吵闹,另外无疑还更黑。接着他发现自己在说:"为何不去我家呢?"

基思犹豫不决。盖伊意识到这邀请可能显得冒犯,因为基思永远都不可能回请。单方面的邀请,无法偿还。然而基思却瞥了一眼酒吧的挂钟,颇有心计地说:"好主意。"

他们一道穿过熙熙攘攘的波托贝洛路,盖伊高高的个子,在阳光下挤出一条路来,基思更粗壮,块头更方,双手插在茄克口袋里,喇叭裤被低风吹得贴在腿上,小报卷起来夹在腋下,像望远镜似的。在大街上他们不能谈论妮古拉·西克斯,因为那是他们要去盖伊家谈论的话题。当他们转入一条安静些的林荫道时,他们的沉默也显得更加沉默了。盖伊选了一个过去常能帮他打破僵局的话题。

"你准备去看比赛吗?"

他们两个都支持女王公园巡游者队,一支当地的球队,多年来他们周六下午都会去洛夫图斯路。其实他们本可以更早相遇的，但又绝对没有那种可能：盖伊是站在露台，吃着馅饼，喝着保卫尔牛肉汁的；基思却一向都是拿着瓶酒站在看台上的。

"他们今天走了，"基思口含香烟说道，"去美国了，不是吗。我上周去看了。"

"西汉姆。怎么样？"

基思的那双蓝眼睛中的光芒有些黯淡下去，他说道："上半场锤子们盯着左翼。在有足够空间的情况下，西尔威斯特·德雷杨的速度总是给主队的二号造成极大的威胁。在距离半场哨声还剩几分钟的时刻，黑边锋插入左后方，来一个交叉传球，被李·弗里奇，东伦敦的前锋，补一脚，毫厘不差，球进了。半场休息过后，巡游者发挥其在空中的优势，扭转了局势。鲍比·邦达维奇的球员们奋力抵抗，问题出现了：布卢兄弟能化压力为动力吗？七十四分钟的时候，基思·斯佩尔传了一个球，冲破客队的防线，达斯廷·豪斯利把球撞入球门。最终极有可能是平局，距离终场哨声还有五分钟的时候，一个有争议的罚球打破了僵局。基思·斯佩尔没有失手。因此牧人丛队出人意料地以2∶1胜过了……胜过了那支以'我永远在吹泡泡'为队歌的球队。"

基思那迟来而又费力的叹息声让盖伊想起了马默杜克，他偶尔成功地说出诸如"更多薯条"或"我的刀子"之类难说的词语时也会发出那种声音。盖伊说："那个新来的中场队员，尼尔……他还行吗？"

"诺埃尔·弗里泽尔。他的实际行动证明选他没错，"基思冷冷地说。

他们继续前行。盖伊以前当然对基思那样的人很是友好的：在金融城。但是在金融城，像基思那样的人都穿着一千英镑一套的服装，戴着白金手表，刷着信用卡；周末他们要么玩赛艇，要么穿上红外套，骑马去追兔子或黄鼠狼；他们还收藏红酒（午饭时他们对着收藏的波默罗和吉菲香贝天低声吟唱）和现代作品的初版（你经常能听到他们谈论《新年信件》或《斯坦布尔列车》现在能赚多少钱了）。他们不穷，不像基思。基思有成把成把的五英镑钞票、卷起来的十英镑钞票和折起来的五十英镑钞票；但是基思很穷。他整个人都透着寒酸。这也是盖伊为何尊重他、可怜他、钦佩他、羡慕他（有时甚至还有点喜欢他）的原因：就因为他穷。

"我们到了，"盖伊说。

他猜测妻子不是出去了，就是在睡觉。她是出去过，也正准备睡觉，然而当盖伊带基思进屋之际，霍普碰巧就在大厅里。这很好，盖伊想。他介绍他们认识以后，霍普竭力掩饰自己的惊讶与蔑视。而基思仅限于诚实地点了点头（还不那么诚实地微笑了一下）；他看上去一点也不慌乱，直到霍普说起巴纳比勋爵夫人就在楼下，在去南斯拉夫之前来跟马默杜克道别呢。

"如果你有客人……"基思说着朝门口退去。

楼下传来一声孩子胜利时发出的刺耳欢呼声，接着便是一声尖叫。巴纳比勋爵夫人全速冲上楼梯，一只手捂着额头，另一只手拿着眼镜。盖伊连忙走上前去,不过巴纳比勋爵夫人好像很快就恢复了常态。

"完全没关系。完全没关系。"她说。

"你确定?哦,梅利莎,我想让你见见基思·泰伦特。我的一个朋友。"

基思现在好像完全蒙了。或许是因为头衔吧,盖伊想。他不知道我的头衔倒是好事。

巴纳比勋爵夫人感激地眨眨眼睛,把眼镜举至眼睛处,对着衣帽架慢慢点了点头。

"哦,上帝,"盖伊说。"这真可怕。是马默杜克干的吗?怎么弄的?你必须让我们来赔?肯定不是他用手指弄的。"

现在有个保姆站在楼梯顶。她只好解释发生了什么事。巴纳比勋爵夫人不明智地靠近了高脚椅,来细细打量那个孩子。马默杜克用夹方糖的钳子娴熟地把两个镜片都捅了个稀巴烂。

"你还有备用的吗?"盖伊问,"哎呦!亲爱的,我想你可能得送梅利莎回家了。"

在起居室,基思要喝白兰地,给他倒了一杯。他喝完,还要再来一杯。一向不喜欢酒精的盖伊给自己倒了一丁点甜贝贝。他们在宽大的沙发上面对面坐下。盖伊感觉他的直觉一向很准。在自己家里听到这些很好:现在不会有多少坏处了。

"是这样,"基思说着又坐得近了些,"我去那里了,知道吧?去看看有什么可以帮她的。我去了。那就像是副业。她住的地方很不错。我想,另外……"基思充满柔情地压低声音,"呃,你知道我是什么样的人。"

但是盖伊不知道基思是什么样的人呐。他等待着。

"你知道,"基思说,"我想她可能需要帮忙。"

"她的公寓?"

"不。她本人。"

"你什么意思?"

"天呐。"基思解释了一番。

"然后呢?"盖伊恶心地问道。

"呃,你知道,有些女人很难说的。她很滑稽。一个谜,不是吗——你知道那种女人。常常让人垂涎欲滴。我意思是非常想要一个。然后,你知道,突然又变成了清高女。"

"所以——什么也没发生。"

基思思索片刻。至少有一个美好的回忆让他的鼻孔直痒痒。然而他却说:"没有,绝对没有,真的。接着我就要离开,如我所说,她询问关于你的情况。想让你给她打电话。她说需要你帮忙。"

"帮什么忙?"

"别问我,老兄。"他环视整个屋子,然后把目光收回。"也许她喜欢她的同类吧。我意思是,我什么也不是。我只是个混混。"

真不知该作何反应,因为基思微笑着。自始至终,只要不咳嗽,他都是在微笑。"哦,别闹了,基思!"盖伊无力地说。

门开了。霍普势不可挡地站在那里。"我要去睡了。肯尼思,"她说,"能拜托你把烟熄了吗?我把她送回去了,她现在平静多了。她有点担心只带一副眼镜去南斯拉夫不够用。她的锅炉发出可怕的声响。幸亏她耳聋。我真高兴离开那栋房子。如果你们要用厨房,我希望能把一切收拾干净。不留一点痕迹。"

"女人呐,"基思在霍普走后说道。盖伊去找烟灰缸的时候,基思最后再吸几口,一只手放在下面接着长长的烟灰。"有了她们没法活,离了她们也没法活。跟你说吧。你的妻子是个尤物。你们的孩子也不赖。也不赖,"基思说。

欺骗消耗时间。连下决心不与欺骗产生任何瓜葛也消耗时间。基思走后(他要去当地办差),盖伊踌躇了一个小时,还是决定不给妮古拉·西克斯打电话。他感觉那想给她打电话的冲动很是无辜,但又怎么可能呢?他又不打算冲上楼去,跟妻子分享这件事。可以说有点遗憾,他一边在房中踱步一边思索,因为他想要的只是好奇心的满足而已。纯属好奇。但好奇心依然会招来杀身之祸的。

四点的时候,盖伊撇下沉睡的霍普和被保姆安全围住的马默杜克,冲出去打电话。他想那可能也就花他十多分钟的时间,看看自己能否为那个不幸的女孩做点力所能及的事情——哦,兰斯登克雷森特和拉德布罗克丛林的交叉路口就有个电话亭……电话亭里没人,但也没有电话。连个电话的影子都没有。接下来找的五六个电话亭里也没有半点电话的踪影或是痕迹。这些废弃的小玻璃屋好像只是充当小便池、避雨的场所、非职业妓女和她们客人的交易场所而已。盖伊扩大了搜索范围,从一个小便池游荡到另一个小便池。他好多年都没用过电话亭了，假如他果真用过的话。他不知道电话亭和故意破坏公物的行为发展到何种地步了——他在黑黑的玻璃后面翻找或者站在那里手叉着腰直摇头的时候，只需看看贫民窟的人们笑得有多欢就应该明白，破坏公物者早已把电话亭弃之不顾了。破坏公物的行为已经转到人的身体上头了。现在人们对待自己犹如对待电话亭，把内脏掏出来扔掉，再在表面涂上性别标志、乱写乱画……

至此感觉蠢到家的盖伊在王后大道的邮政总局排队等着打电话。在一个散发着臭气、踩上去又像潮湿火车站月台的地面上，盖伊跟这个城市的愤世嫉俗的请愿者们一起排着队，他们手里好像全都攥着租金簿、传票、扣押凭证什么的。轮到盖伊了。他的手在颤抖。那个号码：容易记住，不可能遗忘。让他惊恐的是，她接电话了，还非常清楚他是谁——"啊，是。"她感谢他打来电话，听上去有些拘谨，还问他能否见个面。当他（在妮古拉的沉默中）也学基思，提议在她公寓见面时，她轻声反对，说那影响她的"名声"，那让盖伊心安，她的口音亦让盖伊心安，因为那轻微的外国口音现在听上去与其说是法国口音，倒不如说更像东欧口音，也更有文化……又是一阵沉默，那花掉了盖伊预存的五十便士中的二十便士。公园，明天？周日，蛇纹石边。她告诉他怎么走，并表达谢意。

打这个电话用了两个半小时。盖伊来到大街上，面对突如其来的寒冷，他扣上了茄克的扣子。这些天来行为古怪的云现在从东到西卷成一个圆柱体，像某个神祇卷起的毛巾，也像美式飞机螺旋桨引起的滑流。他欣喜若狂地跑回家去接替保姆，被霍普狂轰滥炸一通，然后独自与马默杜克待了十六个小时。

周一拂晓时分，盖伊坐在厨房昏暗的灯光下。经过育儿室惊人的一幕后，他大约在凌晨三点接替了莉齐布，还帮她包扎了伤口。但是后来，五点左右，奇迹发生了。马默杜克睡着了。盖伊的第一反应是叫救护车，但是现在他平静多了，满意地通过闭路电视来监视孩子，把声音开到最大，大约每五分钟瞧他一眼，摸摸他的前额和脉搏。眼下盖伊只是坐在那里，喃喃地表示感谢，面对这样的安静，他惊讶地连连掐自己。

他悄悄地来至通往花园的双开门前。早晨的花园露珠盈盈，对着他傻笑。盖伊想起了妮古拉·西克斯和这个星球为她安排的一波又一波让人无法理解的苦痛——嘴唇和眼睛都因为痛苦变得扭曲了。他眨巴眨巴眼睛，想象自己看见一个梳着黑色长辫的小女孩独自在柳荫下玩耍。那或许就是伊诺拉，或许就是伊诺拉·盖呢，正在寻找小男孩的伊诺拉。

盖打开通往花园的门。

"晃园，晃园，"马默杜克在的话，就会这样警告他的（他之前说成嘎园，嘎园[1]）。但是盖伊跨门走了出去。

周日他同妮古拉·西克斯一道去伦敦场地散步了……孩子们跪着把船儿抛至冰冷的水中；小一点的船摇得更欢，仿佛动作快点可以弥补尺寸的不足似的；其间有一个不常见的黑帆船……现在回想起来，她的故事倒像是系列画或者生动的场面——不，更像是另一个生命的回忆：孤儿院和慈善学校；充

---

[1] "花园"的英文为 garden，马默杜克因为口齿不清，将之说成了 guard 或 garner。

当家庭女教师、看护、实习生的岁月；她现在创作佳作、过着离群索居的学者生活。穿着淡黄色皮大衣的她无可挑剔，天真无邪，极具悲剧色彩……盖伊用指尖去摸眼睑，而后举目凝视。独自看护马默杜克的时候，他是多么努力地想让每一分钟都充满惊喜和发现啊。爸爸在穿衣服！衬衫、裤子、鞋，对，鞋。看：浴室。水龙头、海绵、玩具船！现在——嘀嘀嘀！——爸爸在沏咖啡呢。没错：咖啡。不是茶。是咖啡！哦，看那里。花园，还有花，还有草，还有一只小鸟——在唱歌！如此美丽的云……平常生活的惊喜对马默杜克不起什么作用，他照例要搞恶作剧才能度日的。但是现在某种东西让盖伊有了奇迹般的改变。他醒来，在想，空气！光！物质！严肃，贫穷，美丽：你想要描述的任何东西。

马默杜克在动。马默杜克醒了。马默杜克在尖叫。他还活着。谢天谢地，盖伊想。我不会碰她的。不，我不会碰她的。永远不会。

我得说,她的确欺骗了盖伊·克林奇。不折不扣。我不知道她是怎么板着脸的。

她的确欺骗了他。那是个什么数字呢?是六。六。六。[1]

说一件关于伦敦的事情:并非处处都有那么多狗屎了,但依然还很多。跟纽约相比,即便是跟老纽约相比,伦敦也是个大下水道。但绝对不像往日那般了,以前伦敦的街道可是用狗屎铺成的。

解释一下。出于某种原因,英国人依然爱狗。但狗不像过去那么长寿了。没什么东西能像过去那般长寿了。这很怪。我意思是,你可能指望雪豹、凤头鹦鹉和转角牛羚最终会把农场买下来呢。但是狗呢?我仿佛看见胖胖的克莱夫坐在动物园里。

待到所有的动物都灭绝了,我们该如何教孩子们说话呢?因为动物是他们最先想谈的话题啊。是,还有公共汽车、食物、妈妈和爸爸。但动物是他们开口说话的动因呐。

基思描述足球赛。我多次听过他做这类总结——拳击赛啦,台球赛啦,当然还有飞镖赛。起初我以为他只是把小报体育版的相关部分背下来罢了。全错了。

要记住——他是现代的,现代的,尽管他穿着中跟鞋和喇叭裤。基思去看足球赛时,特约记者可怜的陈词滥调正是他实际见到的场景。

上周在克林奇家度过了一个相当愉快的夜晚。出版商和妻子,建筑师和妻子,英国肖像画陈列馆馆长和妻子,女雕刻家和丈夫。一个单身的、名叫赫克勒的网球运动员,南非的七号选手。那些男人都对霍普百般殷勤,我想她没准正跟其中的哪个男人睡觉呢,或者不久就会跟哪个睡觉的,那样就更有趣了。

我嘛,我正在琢磨莉齐布呢。一个虚伪的漂亮姑娘。她还是个话唠,行为不够检点,我想,也不太聪明。非常适合我。

所以或许我也会有一点自己的爱情趣味呢。我需要的。我坐在马克·阿斯普雷宽大的书桌旁。因卡纳西翁已经怀着崇敬的心情把他的信笺分成两堆了:情书和版税支票。在鹅毛笔和古老的砚台中间有一个精致的几何文具套装——产于十九世纪的阿拉伯。扣子很容易就解开了。我准备试它一试。

看看那幅图吧。漂亮。我承认那花了我整整一上午,那些所谓的圆啦,可笑的错误啦,还有所有的阴影部分。不过,那很棒。我感觉就像十一岁的孩子。戴着眼镜,弓着背,斜趴在

---

1 原文此处用了两个双关,一是 do a number on,这是个非正式用语,意为"戏弄,欺骗,侮辱某人",其中的 number 又意为"数字";而女主人公的姓西克斯(Six)同时又是数字"六"的意思。

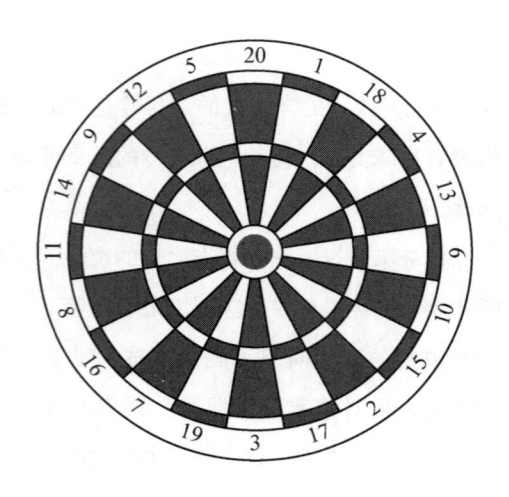

书桌上，舌头从嘴角耷拉出来，茫茫宇宙，唯我一人。

我的模型取自基思的一本小书《飞镖：精通指南》。我用的也是他送的圆珠笔，那支形似飞镖的圆珠笔。

看看那幅图吧。漂亮。哦，基思——带我回家吧！

我必须要用马克·阿斯普雷的汽车了，那个小型代步工具，每当我经过，它似乎都要发光，来吸引我的注意，我回来时它又面露愠色，充满谴责之意。出租车费简直要了我的命了。说来也怪。你很少能再见到伦敦的黑出租了。你可以给他们打电话，安排在距离大理石拱门一英里之内的地方会和；但是很显然，它们是固守西伦敦和金融城的。黑出租就像中央公园的双轮单马轻便马车，一种游玩的东西，一个怀旧的东西。一个赚钱的东西：贵得不眨眼。司机穿着改版的皇家禁卫军仪仗卫士服。

你知道那是怎么回事。为了免遭嫉妒。或者说是最最简单的谨慎措施。黑出租在社交方面不敏感。交通阻塞时可以变得很丑陋，或者更丑陋；人们可以从这些锃亮的灵车里被拽出。所以现如今的出租车甚至连微型都算不上了。充其量只是一辆仪表板上放一块随时可以取下来的出租车显示牌的破玩意。你从前面进去。然后司机把显示牌取下。有时候连那牌子都不取。就放在那里。没有关系。它很酷。里面差劲极了；外面的人没有谁会在意的。

克拉彭的那个地方是个研究所。我坐下等着。感觉像是在学校。感觉像是在伦敦场地。

事实是，我卡住了。你不会说它是写作障碍。你可能会说它是窥探障碍。塔楼障碍。

我从卧室的窗户就可以看到基思的塔楼。我用马克·阿斯普雷强大的双筒望远镜窥视。他住十一层。我敢说就是小阳台上耷拉着破破烂烂的卫星设备的那个屋子。

第七章就像基思的塔楼一样若隐若现。一个堡垒。没有进去的路。

我走进车库去上第一堂飞镖课的时候，基思突然转过身来，抓住我的肩膀，盯着我的眼睛，说些酷似飞镖赛前指导的话。"对于飞镖，我忘掉的比你将来知道的还要多呢，"这个掷镖诗人兼梦想家说道，"我现在把我的一些飞镖知识传授与你。"我一小时要付给他五十英镑。"要尊重它，山姆。要尊重它。"

当基思跟我讲诸如要对准镖盘，起投线要优雅，掷镖要真诚的时候，我们的鼻子差不多碰在一处了。哦，对了，还有要精确。然后他接着跟我讲他所知道的关于这项运动的一切。耗时十五秒。

没什么需要知道的。啊，如果我是那种美化现实的作家，或许还可以编造点更复杂的故事来。然而那就是关于飞镖。飞镖。飞镖……飞镖。在这项现代运动或者"学科"中，你从501开始，往下依次减分。你必须正好在双倍区，也即外分区，"结束"。靶心算50分，由于某种原因，算是双倍区。外靶心则由于某种其他的原因，算是25分。如此而已。

在一种又激动人心的庄严气氛下，我靠近起投线或投掷线，距离靶心7英尺$9\frac{1}{4}$英寸（2.37米），"这是世界飞镖联盟规定的，"基思解释说。力量放在前脚；头部保持不动；做漂亮的跟进动作。"你看着三倍区的20分，"基思用骇人的声音低语，"别的什么都不存在。什么都不存在。"

我的第一支镖掷在双倍区的3分上了。"掷得不真诚，"基思说。我的第二支镖完全没碰着镖盘，撞到墙面柜上了。"不精确，"基思说。我的第三支镖压根都没掷出去：向后挥动时，那个塑料武器戳到了我的眼睛。我恢复过来后，掷出的分数依次是11、2、9；4、17、外靶心（25！）；7、13、5。这时候基思已经不再说什么真诚不真诚了，而是喊了起来："看在上帝的分上，投对地方！""把他妈的那东西扔到那上面去。"就这样掷啊掷啊。基思变得沉默，悲伤，有如牧师一般。在某个时刻,连续两次把飞镖掷到光秃秃的墙上后,我扔下第三支飞镖,从投掷线上退回来,说——很是漫不经心——飞镖是个愚蠢的游戏,总之我是不喜欢。基思平静地把飞镖放入口袋,走上前来,猛地把我挤到一大堆货箱上。我们的鼻子又差点碰到一处了。"你永远都不能对飞镖不敬,知道吗?"他说,"你永远都不能对飞镖不敬……你永远都不能对飞镖不敬。"

第二次课也是噩梦一场。第三次是今晚。我小心翼翼地看着我那花哨的飞镖袋。69.95英镑,包括飞镖,基思送的。

盖伊刚才过来喝茶,我把他的短篇小说还给了他,平静地说了几句不甚鼓励的话。他说对了:写得真不怎么样。他是可爱之人,有些不错的见解;但写起东西来就像菲博伊德·斯塔吉。我告诉他,那故事太过接近生活了,同时在心中窃笑。

他只是怯怯地把它们收了起来,点了点头。瞧,他不再介意了。他不介意了。他只是微笑,看着窗外疾驰的云。总之,想要听他说点什么相当费劲。那让我想起了《更多的人死于心碎》[1]中的那句话,我查了查词典:infatuation 的第二种解释是"疯狂地迷恋";但第一种解释是"使之变蠢"。盖伊就妮古拉的事情征求我的意见。我给出了意见(那是糟糕的意见),希望他能采纳。

然后他就离开了。我送他下楼,来到大街上。鸽子摇摇摆

---

[1] 美国作家索尔·贝娄(1915—2005)的第十部小说,发表于1987年。

摆地经过，头顶着犯人戴的那种巴拉克拉瓦盔式帽。鸽子肯定见过好时代。不久前它们还驾着维纳斯的战车呢。维纳斯，美与性爱之神。

在《更多的人死于心碎》的另外一个地方，贝娄还说美国会是将来唯一存在的国家，因为它包含"真正的现代活动"。其他地方都停留在早期的发展阶段反复不前。这没错。但英格兰让人感觉在某些事情上引领了潮流，也许是在唱挽歌方面吧。那让我想起叶芝的诗句（此处我的记忆依然清晰）：

> 我们陷入永生者织造的梦境里，
> 那梦印在现世朦胧的镜子上，
> 我们叹息着用象牙般的手拭去雾气。

现在我得去基思的车库了。我为艺术遭了多少罪啊。

夜半时分。我欣喜若狂地回到公寓。我有一种歇斯底里的冲动，想要马上开写第七章，写上整整一夜，完了还要接着写！哦，有什么东西在用温柔的手指撩拨我的心。

现在容易了。有勇气了。发生了什么事？

话说上完飞镖课后，我和基思在收拾东西。我坐在一箱偷来的色情酒上。今晚的气氛好多了，因为临近结束之际，我掷了一个三倍区的20分。没错，我把一支飞镖掷到三倍区的20分上了，镖盘的扁鼻子部位——三倍区的20分，飞镖的最高境界。基思将我举起，在空中转圈。事实上，那注定会发生的。飞镖想去哪儿就去哪儿,为何就不会去三倍区的20分呢?同样,一只永生的狒狒,如果跟打字机和安非他明锁在一起几个庞加莱[1]的时间周期,历经多个京年之后(后面的零比宇宙中恒星的数目还要多),它最终没准也能敲出飞镖这个词的。

我坐在那里,继续说着凯丝会有多累,我有多会照看孩子。我还编造了一些谎言,讲述我早年不可能遭遇的悲惨经历。我说了那么多次——连自己都快被烦死了。

"哦,当然,"我说,"我像你这么大的时候,还在南布朗克斯躲狗屎呢。老鼠都有这么大。你从板楼出来的时候,都能看到小孩的尸体,像个破碎的——"

"你带——?"

我把五十英镑给了他。让人无法忍受的是,他又谈起飞镖来了——我的飞镖,或者毋宁说是我的机械安全。我们动身离开。我闷闷不乐地猜测,我们可能又是去黑十字喝一杯,再看几十场飞镖比赛。然而当我们从小门出去的时候,基思顿了一下,不快地看着我。

"我们先去家里看看吧,"他说。

那三百码的路,我们就仰仗那辆笨重的骑士汽车了。我们把车停在鹤立的大楼的阴影里——那栋楼金光闪闪,像是有一万台电视堆在夜空。基思步履匆忙。他按下电梯,但电梯死了

---

[1] 庞加莱(Poincare)是二十世纪初也是世界数学史上最伟大的数学家之一。

或是停在其他地方了,只有暗自叫苦。我们爬了十一层楼梯,路过一堆垃圾无精打采地散落在台阶上。基思气喘吁吁地指名大骂:他个人惯用的脏话混杂上次选举的竞选口号。我们到了走道里。他倚在门铃上,眼睛避开我的目光。当门打开的时候,我……我明白了。我明白了盖伊在黑十字看见那个女人掀起面纱(如同掀开窗帘或者裙子)之际是何样的感受了。它如电闪雷鸣一般。有时不像雷电,而像闪电。有时爱是以光速行进的。就是无路可逃。

憔悴、耐心的凯丝·泰伦特站在厨房的灯光下,在厨房边缘昏暗的灯光下。怀里抱着小金。那孩子……那孩子是个天使。

第七章　欺骗

"早上好,巴纳比勋爵夫人。"

"早上好,哈里。"

"那,"他一边昂首阔步地走进门一边说,"今儿可是个大日子啊。"

"我——我一直在看新闻。"

基思一个箭步冲进起居室,关掉电视,稍稍顿了一下,想想电视会透露多少信息。

"那里的天气,"巴纳比勋爵夫人说,"南斯拉夫被列入——"

"一派胡言,巴纳比勋爵夫人。一派胡言。这是行李吗?我们出发吧。哦,对了。巴纳比勋爵夫人,出了点小问题。汽车坏了。不要紧:我们可以用你的车。一辈子难得的假日。什么,你确定!"

听着巴纳比勋爵夫人歇斯底里的笑声,静静留意着她一直放在汽车仪表板上方的贮物箱里的一套房屋钥匙和契约,基思冲上了高速公路,给她播放"去提派累立的路很远"和稍稍有点删减的"让我在三叶草上翻滚"。他们驶过一层又一层炙烤的雾气。天空闪过阵阵蓝色的脉冲。南斯拉夫和意大利北部的旋风和球状闪电甚至连基思的小报都报道了。

"在这种天气出行好像很傻。"

"温室效应,"基思不以为然地说,"厄尔尼诺现象。明天只会下一场大雨。"

这话几乎没有什么说服力,然而巴纳比勋爵夫人却仿佛宽慰了不少。她从骨子里熟知英国的老天气;然而基思却习惯了一种更加变幻莫测的天气。"只会下一场大雨"意味着那不会发生在英国,不经常,不再发生了。如今是发生在诸如加利福尼亚和摩洛哥那样的地方了。

"看这堵的,"基思说。

先在隧道入口的腐烂排气管处耽搁了半个小时,后又在临时停车点耽搁了更长时间,基思总算把巴纳比勋爵夫人带到了二号航站楼的登机手续办理处。这里电脑显示巴纳比勋爵夫人的机票几乎一文不值。基思平静地接受这个消息:卖低价机票旅行社的骗子欺骗了他。他还不知道的是,欺骗他的那个骗子又被给旅行社提供机票的骗子给欺骗了。结果,巴纳比勋爵夫人并不是飞向什么旅游胜地,而且机票还是单程。基思拼命忽悠,害得她担心自己会错过航班——会丢失行李,实际上那行李被他们幸运地丢在门口了。巴纳比勋爵夫人在复签除了那三张旅行支票以外的所有支票时,他站在那里又是抽烟,又是吹口哨,又是咳嗽,又是爆粗口。她狼狈不堪地冲进离港大厅。

发誓要替她报仇的基思在托运行李处随手捡了一些免税产品,潇洒地驱车去了斯劳,同安娜莉丝·弗尼斯小聚一番,而后回到伦敦,卖掉巴纳比勋爵夫人的汽车,为一个繁忙的早晨画上了圆满的句号。

"嗯啦，"婴儿说。"嗯啦，"小金说。"嗯啦。"

基思耐着性子从小报和午餐桌上抬起头来。他的午饭由鸡肉饭和四个绿色大苹果派组成。他的小报由八卦新闻组成，然后是更多的八卦新闻，再然后是更多更多的八卦新闻。"爱丽丝偷了我的鲍勃。""玛丽莲·梦露和杰克·肯尼迪仍在亚特兰蒂斯共度激情之夜。""我的爱肌在坟墓那边还能硬起来。"基思一生都是看最低俗、最轰动的大众市场的日报的。但是两年前他做了一个决定，转向下级市场：改看流通量更小的《清晨的云雀》。他还在适应过程中。《清晨的云雀》，在基思看来，弥补了报纸的不足，提供了一种更积极更欢快的生活方式。悲剧和灾难不可能把贝弗利或弗里比从第三面、第二面或第一面上赶下来。尽管《清晨的云雀》上的女孩子不如大众日报上的漂亮，她们无疑数量更多。啊，她们那可爱的笑容——让你接下来一整天都心情愉悦。

然而现在基思却平静地重读补白处南斯拉夫死亡人数的报道。他用个指头指着婴儿车。凯丝从自己的椅子上慢悠悠地走了过来。

"嗯啦，"婴儿说。

婴儿车占据了门厅。婴儿车就是门厅，还不止呢，它的把手伸进厨房，它的防雨罩占据了一半的起居室。凯丝怀抱婴儿回来时或者说旋转回来的时候，基思耐着性子抬起头来。婴儿既不累，也不想尿尿，也不饿，娴静地坐在妈妈的膝上。

凯丝迅速点了点头，说道："我很担心，基思。"

基思用茶漱了漱口。"耶?"他说。

"战争,"婴儿说。

凯丝说:"那个新闻。"

"哦,那个啊,"他松了一口气。

"核实了,"凯丝说。

"谎言,"婴儿说。

基思说:"不会的。什么原因呢?"

"我不知道。你看看……"

"石油,"婴儿说。

凯丝说:"导火索。某处发生了动乱。"

"呃?"

"墙,"婴儿说。

基思说:"上帝。那会平息的,好吗?"

"或者,"婴儿说。

"他们一直在欺骗,"凯丝说,"双方都是。他们已经欺骗了十五年。"

"谁说的?"基思问。基思的小报上可是只字未提呐。"电视?"

"我去图书馆了,"凯丝轻描淡写地说,"正规的报纸。"

这下触动了基思的神经(因为他对自己的小报非常忠诚,把它的读者视为一个大家庭);但那同时还触动了他的心弦。凯丝是通过图书馆打动基思的。那个时候她教他读书写字——那无疑是他生命中最为亲密的时光。哦,无疑是。一回想此事,他就泪眼朦胧,那是羞愧与骄傲的泪水,困难的泪水,亲密的泪水。

"滚,"基思平静地说——那是他表达不同意见的惯用方式。"那么,是谁在欺骗谁呢?"

"以防对方欺骗,他们相互欺骗起来,"凯丝说,她那流畅的爱尔兰口音基思一向暗自佩服,现在却暗自痛恨。"他们互相谴责对方未能履约,含糊其辞地予以否认。"

基思开始吃他的第一个绿色大苹果派。他太了解含糊其辞的否认是什么了。基思经常使用这种伎俩。他总是在含糊其辞地否认什么。最近,他不得不极力去含糊其辞地否认一些事情——与他妻子有关的事情。基思并不是含糊其辞(惯常地)跟这个人或那个人否认这样或那样东西是偷来的、没有价值了、破碎了或损坏了,而是被迫含糊其辞地否认是他让凯丝感染了非特异性尿道炎的。那是这种伎俩所遭遇的最严峻考验……基思一直背着凯丝同一个女孩瞎搞,那个女孩又一直背着他同别人瞎搞。她叫佩姬·奥博斯。首先,基思去诊所;接着,他给彼得罗妮拉·琼斯一些现金补偿,又给特里什·舍特一瓶药丸;然后急忙赶去城市的另一端,把佩姬·奥博斯痛打一顿。他打佩姬的时候,佩姬的哥哥米奇回家了,就开始打基思。基思解释了他打佩姬的原因之后,米奇停止打基思,又开始在基思的帮助下打佩姬。那一切结束以后,事情变得有点不愉快:他回到家中,发现凯丝正在厨房哭泣,还看到了医生的诊断书与药剂师开的药。不过基思早有准备。他矢口否认。他激烈地、愤慨地、含糊其辞地予以否认。他抓住她的肩膀,让她立即穿上外套。他们马上去找医生,让他来否认。待到她挣脱他，去哄啼哭的婴儿时，他已经把她跪着拉出门外了。基思动身去黑十字的时候，警告凯丝再敢把她女人的烦恼怪罪于他试试。一连几个星期他对她动辄打骂，而后就息事宁人了，他被这种含糊其辞的否认弄得筋疲力尽了（别的暂且不提），那无疑很有效果，但是，他发现，也非常累人。顺便说一句，这种非特异性尿道炎可不是那种老式的非特异性尿道炎，那种病基思圈子里的每个人都已经感染了。这是新型的非特异性尿道炎，意味着腰部有大面积发炎，需要不停地服用大剂量抗生素，而且（在理想的情况下）至少还要卧床几个月呢。但谁人又能卧床几个月呢？谁人有这个时间呢？这个星球需要卧床几个月。但是它不能——它永远都不能。

基思吃完第四个绿色大苹果派，嚷道："闭嘴。"

透过厨房的墙，隔壁公寓传来一声女人轻柔的咳嗽声。接着他们听见心满意足的吞咽声，还有卫生纸擦过滑溜溜的上嘴唇发出的声音。

"是伊克芭拉，"基思说，"她感冒了。"

"她还新交了一个男友呢。"

"她绝不会。"

"今早她又疯狂地叫床了。就像杀猪一般。"

"……肮脏的小娼妇。"

"怎么对他如此气愤。对于她另外那个男友你倒是从没说过什么。"

基思沉默不语。是，对于她另外那个男友，他是从没说过什么，因为他就是另外那个男友。曾经有多少次他偷偷溜到隔壁,一根指头放在嘴唇上。对另外那个男友表示愤怒超出了他的能力范围。他只是告诉凯丝(和伊克芭拉)把电视声音开得大大的。

凯丝说:"现在看那边。"

小金睡着了,差不多是直挺挺地坐在妈妈的怀里。婴儿生机勃勃的脸蛋垂在连身衣的白边上,小模小样的,已经完全长成了,圆形的、月牙形的、半月形的,汇集一处,晶莹剔透。脸颊在下巴那里变宽了,把个下嘴唇挤了出去,好似一片色泽明亮、多汁鲜美的寿司,基思和凯丝两个都没见过她如此模样。

"乖极了,"他说,"把她放下,亲。"

为了让开通道,他们把婴儿车倒推至厨房。为了安顿婴儿车,必须把桌子推得靠墙再紧些;接下来基思面临用脚把克莱夫推到桌子底下的艰巨任务。当两个成人在厨房里忙活时,他们靠得非常之近,像是在跳舞,几乎像是在搂抱亲吻了。然而基思却没感觉到柔情蜜意。他的心思变了。他想起了盖伊的房子,发现自己完全没了主意,这在他可不常见;他对那种空间没有概念,也不知道那意味着什么。基思是在切斯特顿路的一家租金低廉的地下公寓长大的(从兰斯登克雷森特沿着拉德布罗克丛林往下走大约六条街),就他所知,他妈妈在那里悄无声息地生活着。两间卧室、厨房和卫生间。他的整个少年时代都坐在公寓里,思忖着如何从那里走出来。与之相反,他大部分成年时代都是在思忖如何才能回到那里去。不久前,他得知他妈妈一死那房子就得还给委员会,据基思估计,那事也就走到尽头了。他妈妈自然是走到尽头了。基思想想盖伊拥有的东西，一切都如此光鲜，他的意识之流停止流动了。干涸了。电视，他想。那是他所能做的最好的了。

凯丝侧身回来。基思的目光追随着她，修正了对她生理缺陷的认识。一切他珍视的东西，一切他想在女人身上找到的东西，凯丝都没有。她不是安娜莉丝·弗尼斯或黛碧·肯西特，也不是矮胖子、大乳房、南瓜臀、奶瓶腿。（或许腿短是个捷径呢……对。它们不碍事。腿短可以迅速进入状态。）五年前他遇见她时，她看起来就像厚奶油广告里的女孩：灰白色眉毛，一股乡土气息；黄褐色头发，纯纯的感觉。如今在基思眼里，她就像雨天的清晨透过挡风玻璃瞥见的一个身影。

"瞧你那德行，"基思说，他看着她佝偻着背在水池边洗碗。

她停下手中的活。"我累了，"她对着窗户说，"我太累了。"

别说了，基思想。哦，真的。对于一个明显需要救护车的人，他都不能说句慰藉的话，更甭说同情了。当你想到他是多么勇敢地忍受他那糟糕的胸腔、被咖喱毁掉的消化系统、长期性病造成的瘙痒和灼烧感、飞镖肘、斜眼病……

他站起身来，说道："我碰巧目前压力很大。我拼命干活，肠子都累断了。"他做了一个伸展的姿势。"你想想这都是谁买的？"在厨房，实际上在这套公寓的任何地方，做个伸展的姿势都未必是个好主意。基思的一只手撞到了门上，另一只手撞到了冰箱上。"现在就去睡，看在上帝的分上。"

"我想我会的。"

"什么?给我沏好茶之后吗?"

"是,"凯丝说,"在那之后。"

一个小时后,基思坐在那里看电视,膝盖距离屏幕只有几英寸(他膝盖放在哪儿可是由不得他的)。

"嗯啦,"婴儿说。"嗯啦,嗯啦,嗯啦,嗯啦,嗯啦。嗯啦 嗯啦 嗯啦 嗯啦 嗯啦 嗯啦 嗯啦 嗯啦 嗯啦……"

基思叹了口气,慢慢点了点头,熄掉最后点的那根烟,关掉正在看的点球大战,爬将起来。他向下看着小金,她的睡篮嵌在电视与没生火的两条栅栏做的炉子中间。他伸了个懒腰,右胳膊肘猛地撞在墙上;他弓着背,打呵欠,直到头砰地撞在门上……外边阳台上堆满了卫星接收器,全是偷来的,全都坏掉了。那里也没有空间。没有好让克莱夫疯狂转圈的空间。

基思把凯丝摇醒,然后带着狗遛弯去了——晚上没有别的去处时,基思总是带狗遛弯的,近乎宗教般虔诚。你只需走到大街上,身边就有王公贵族围绕。什么艾伯特王子啦、克莱伦司公爵啦、沃里克伯爵啦。大君红酒。借着商店昏黄的灯光,克莱夫嗅着一堆又一堆的排泄物,基思再次欣赏起《清晨的云雀》上那个浅黑肤色的女人来了。她人长得漂亮。她的名字也叫漂亮——总之,她咧着嘴称自己为"漂亮",真是恰如其分。有点像妮古拉,基思想。或者妮基。但妮基不甚漂亮,不像"漂亮"。我去搞搞那个女人。或者过去教训她一顿……海报女郎、色情、性与暴力之间存在着某种可论证的关系:只需把它们理理清楚,如果基思在的话。对基思那样的人来说,一张海报女郎就足以让他动情了,足以让他往那个大方向走了。但是几乎所有的事情都能让基思那样的人动情的。在沙特阿拉伯的人口密集区待上五分钟就能让基思动情。面纱是遮不住女人的,她的腿、她的乳房、她的头发、她的眼睛……彼得罗妮拉就那样结婚了,真是可耻,尽管她又高又瘦,但听声音还是挺机灵的。因此基思会再去辞别特里什·舍特一次。晚些时候。他步行了三百码,让克莱夫在他前头进了黑十字,他不想错过见盖伊的机会。

基思没有失望。六个小时过后,盖伊·克林奇跨过浑身是泥的克莱夫,站在了一片烟雾之中。夜间十一点,黑十字嘈杂无比,拥挤不堪,乱作一处,一触即发。一个错误之举,一切全都会爆炸。烟雾是热的,空气是热的(克莱夫热得像个制冷器似的躺在那里),就连外边的风也跟基思的电视深夜散发的热气一样热……

上帝啊。基思对着这面音墙高声嚷嚷。今晚早些时候,有人往自动点唱机里扔了块砖;但是酒吧男招待戈德已经开始对着公共广播系统演奏爱尔兰民歌了,声音大得足以让人头发脱落,牙齿松动。除了让戈德哭泣之外,这些民歌(它们给一个不可一世、醉生梦死的民族带来了新的曙光)造成的主要效果就是让大家全都扯着嗓子从头喊到尾;第三个不可预知的效果便是让基思对他的妻子、对特里什、对飞镖和债务、对所有压在一个现代骗子肩上的压力都更加气愤了。他大嚷大叫挤到盖伊身边，盖伊正像往日一般徘徊在弹球机旁呢，弹球机玩不了了，因为有个女孩正睡在上面，或者总之是躺在上面。近旁还有莎士比亚、迪安、塞隆尼斯、波格丹和兹比格两兄弟。

"你给她打过电话了吗？"基思喊。

盖伊退缩了。"打过了，"他喊回来。

"你见她了吗？"

盖伊点点头，无声地表示见过。

接着基思又喊："你干她了吗？"

盖伊连连向后退，急忙摇头摆手。"你不懂，"他喊，"她不……她不是——"

"她？"基思喊，"她？"他喊的声音更大了。基思抓住盖伊的胳膊，把他从一道道敞开的门拉至大街上，中途还突然停下，用脚摩挲克莱夫的背。然后他转过身来。

"那你想要什么呢？"

"不想要什么。她不是那种人。"

"她们都他妈的一样。你试过她了吗？"

盖伊无力地笑了，说道："当然没有。你了解我的，基思。"

然而基思并不了解盖伊。他所了解的关于盖伊的一切都是从电视上看来的。他说："听着。我想要什么？我就去争取。我？我进去过。傻瓜。"

"你吠错对象了，基思。"

"我是像条狗，"基思说，"你要踢我吗？我不会躲躲藏藏的。我出来了。我进去过。"

基思没像预想的那样被这个比喻逗乐。事实上，他满是汗水的脸上写着失望与迷惑。

"基思,你心情不好。"

"你们都他妈的一样,"他说着转身穿过那些敞开的门,走了进去,动作之快,堪称典范。他知道盖伊不够爷们,不会跟进去的。

两个小时后,基思在同克莱夫一道慢腾腾地走在兰开斯特路上,去跟特里什·舍特辞别的时候,回想起妮基那次跟他说的一些话来了("他很富吗?……有件事你我或许可以一起做。一件赚钱的事"),于是他就发了疯地想,是否有什么办法可以把她卖给盖伊·克林奇。

"正当需要时,我就进入状态了,"基思说,"来的正是时候。只要我保持冷静,任何人我都不怕,托尼,没人能掷得跟我一样好。今晚我绝不会胡说八道或者沉默不语的。我只想对你和观众的大力支持表示感谢。粉丝就是飞镖的全部。"

"你因精彩的收尾闻名,基思,"那个声音说,那是——那是什么呢?是电视,是美梦人生,是个人文化,是学习读书写字,是俗世的财富。"我想他们称你为收尾大王或最后的赢家。"

"没错,威廉,"基思说,"但是我的技艺提高了。今晚你们看到的是一个水平提高了的基思·泰伦特。一个技艺更为精湛的掷镖者。不过,你知道人们是怎么议论的。三倍分是为了名,双倍分是为了利。你可以得到所有的 180 分和 140 分,但倘若不能把他们全都消灭掉,你也不能赢到最后——"

基思咳了几分钟。他压根就不在电视上。远非如此：而是在车库里，在尘土飞扬的晨光下。他没精打采地坐在一个纸板箱上，一副疲惫而又心事重重的样子。刚才在电话里迪安告诉他一个让人抓狂的消息。猜猜**麻雀大师**的竞争对手是谁呢。正是基思痛恨的奇克·珀切斯。奇克，单是这名字就让基思倒胃口。说实话，基思无疑看上去很消沉，感觉也同样如此。事实上，他的斜眼病又犯了……并不是因为他在特里什·舍特那里待了太久。克莱夫还在用鼻子嗅着贮藏室，想找一个好地方躺下来呢，基思就晃出来了。但是随后他顺便去了各各他，心事重重地喝了一杯"色情酒"。后来，五点左右，他又回到特里什·舍特那儿了。从另一方面来讲——与之相反——你再也不会见他去那儿了。绝对不会了。

他没精打采地环视车库，感觉喉咙里一股泥土的味道。他又点了一根烟。工作台上的那些酒，他现在不屑地瞅着。往日这个时候（早上十点），他通常都会觉得喝一两杯伏特加相当提神的，但是现在他一滴都不会碰了。绝对不会。周五之前都喝路可查德运动型饮料。飞镖比赛的日子临近了——在布里克斯顿的泡沫夸脱举行的客场比赛，在布里克斯顿的泡沫夸脱——而且他发现，随着年龄的增长（他也像这个星球一样以惊人的速度衰老），飞镖成了令人生畏的情妇。就拿今早来说吧。掷飞镖？他甚至连个飞镖都拿不住。他甚至连个飞镖都举不起来。迪安·普利特约好十点半开着厢式货车前来的。

就在他没精打采地环视之际，基思的眼睛瞥见了散落在破碎品和违禁品中间的一些东西。它们就躺在当初他扔的地方：

吸尘器啦、咖啡研磨机啦、烫衣板啦、熨斗啦。他本来打算如何处置这些家电的呢？在最最痛恨之际，他想过在周三或周六碰巧经过之时，或许可以把它们扔给哥彭路的修补匠，换个十英镑呢。现在他重新考虑了一下。没准稍微动点心思就可以多换些钱。那次在她公寓，当他用螺丝起子划破拇指的时候，她给他包扎伤口，他盯着看她的褐色乳沟。电视，基思想。把他们拉得更近了。就像盟约。他还记得嘴里她那钱的味道和她放钱的方式。一阵讨厌的大风吹过，仿佛把他吹清醒了；他弯身向前，确定无疑地嘀咕道："她……她需要我。"是的，她的确需要他。以一种他无法理解的方式，她——她需要他。

基思站起身来，双手勾在背后，在地上踱来踱去。毕竟，在对付时髦的女人方面，基思并不缺乏经验。他做擦窗工和小偷小摸时（基思带着梯子、水桶和不靠谱的微笑），有个古怪的家庭主妇；他为当地的公司做保安时，有个古怪的女儿出现在前门口，很是能言善辩。基思知道有些富家小姐或者太太喜欢粗野点的男人；但并非全都如此，绝对不是。这事很多人理解起来有难度。给诺维斯和塞隆尼斯讲点道理试试。他们认为所有的白种女人都喜欢黑种男人；他们认为那些不喜欢的或者假装不喜欢的，都是种族主义者。他们被误导了，被悲哀地误导了，基思悲哀地想。有些女人不喜欢不同的类别；她们不喜欢非同类者，只要牵涉到非同类者就不喜欢。现在的霍普·克林奇就是个绝好的例子，证明富家太太一点也不喜欢粗野的男人。她们把你看个明明白白；你对她们来讲什么都不是，连动物都不如——你什么都不是。基思知道自己相对来说有点粗野，至少目前是这样。

总体说来，他发现时髦的女人在床上惊人地傲慢，总想位于上面什么的，还经常，你说怪不怪，对基思最喜欢的绝技加以限制。譬如南肯辛顿的那个疯婊子吧。米兰达，少说也四十岁了，野性十足。基思还单身的时候，曾经在她的卧房度过了很多个夜晚，干足了云雨之事。那段关系持续了整个夏天，基思对此抱有很高的期望：或许赠辆车、给点现金或者至少借点钱吧。然而他却离开了她，立刻离开她，自从基思有天晚上带着几个兄弟去拜访她，而她叫来警察之后。好吧，那时天色已晚（他记得在去那儿的路上关上了车灯），而且——好吧——他们还偷了些东西（也即是物品、酒品以及自由），他们在他身后排成一排，好不狼狈。她尖叫的声音如此之大，以至于邻居们叫来了条子：那是背叛。此后不久，她便换了电话号码，离开了一段时间。基思带着兄弟们（同样一拨人）开着厢式货车赶到的时候，还处在盛怒之中呢，他开始愤愤地把那屋子洗劫一空。

基思叹了口气。明天他会把妮古拉的东西送到卡思卡特路的**好修理**。他们自然会欺骗基思，而且他把那些东西拿回家后，还不得不再次送回去。原来的故障或许给修好了，但新的故障又会被制造出来。你做任何事，为任何事掏腰包，都至少得来两遍；世风如此。基思伸出一个黄黄的手指去摸下嘴唇，思量着欺骗的整个前景。欺骗是他的人生。欺骗是他知道的全部。很少有人再那么有钱了，但很显然他们却比以往任何时候都蠢。在一个没什么可以讨价还价的世界却还存留往日讨价还价的欲望；再没什么可以讨价还价的了。毫无疑问，你依然可以靠它、靠欺骗来赚取一个体面的生活。但是好像没有人想过，一个人人欺骗的世界意味着什么。一天早晨，基思买了五百瓶"愤慨牌"香水，他的主打香水。午饭时分，他发现里面装的全是水，虽说水并不比"愤慨牌"香水便宜多少，但却更难卖呐。还好基思已经把一半的香水卖给波托贝洛路的达米安·诺布尔了，感到如释重负。接着他把达米安的十英镑钞票对光一瞧：拙劣的假币。他没费多少周折就把那些假币花了出去，换回来二十四瓶伏特加，结果发现那里面装的是一种雾气腾腾、稍稍有点香味的液体。愤慨！基思认为那件事就是时代的象征。每个人都在欺骗。每个人都在欺骗——就因为每个人都在欺骗。可怜的基思，普通人的悲剧……在这样的时代，有思想的人都看向别处了：看向他的飞镖了。与此同时，欺骗大局也要求你能够审时度势，具有胆识和洞察力，他一向接受自己可能会在投掷线上尝到失败的味道（毕竟那就是飞镖，那就是飞镖之所以成为飞镖的原因）。基思将不得不比下一个家伙骗得更多、更快、更狠，把欺骗的整个理念发扬光大。

他拿起飞镖来掷。哈！一个20分，一个5分，一个1分：总共26分——笑话。基思把飞镖从镖盘上拔下的时候，预演了一下因为不可置信而发出的冷笑，并接受观众的奚落：连基思也是个凡人嘛。这是飞镖唯一的缺点。这是欺骗唯一的缺点。你在掷镖时不能欺骗。绝对不能。

外面传来了厢式货车的声音。他听出了那个有毛病的消音器。

"基思!"迪安嚷。

"迪安!"基思嚷,"好的。我们去干活!"

日子一天一天过去。尽管基思并不排斥去酒吧或俱乐部,但却滴酒不沾,而且干活还特卖力,因为他内心充满了活力。他感觉到了街头贸易的脉搏和身体,听到了小汽车在车辙里的低鸣声。年轻的瑞士人和荷兰人在他的货摊前排成长队,如同新生的谷物一般,被他收割了。他遛狗,拍婴儿让其打嗝,按照自己的意愿调教妻子。滚烫的碎石路面就像欲望一样拖住他的脚跟,他确信一个人知道什么时候骑士汽车的后面会有个病怏怏的沙特老奶奶。他聆听角子机的嘎吱声和弹球的砰砰声,携带危险品,用辛勤的汗水赚得幸福生活,他还知道安娜莉丝用脚踝紧紧勾住他脖子的感觉,以及拳头里攥着特里什·舍特的头发给他带来的粗俗安全感。因为注视太阳,这个万物之源,他一直感觉目盲。天地在他身边旋转。这该如何才能停止呢?

基思驾车爬上死胡同街,多此一举地来个急刹车。尽管有个空位,他却不停车。反而把车与另外一辆车并排停在人行道旁。然后他现出真容——身穿喇叭形紧身运动裤、半罩的短袖飞镖衫、深红色牛仔靴。

门嗞嗞嗞地为他打开了。基思用力把那些东西拖上楼去。尽管天气炎热,楼梯却仿佛比上次短了很多。那只表明:他处在巅峰状态。他爬上最后一段楼梯,把东西放在门厅,穿过……穿过令人陶醉的四间大空房。那让他想起了什么呢。什么呢？哦耶。入室盗窃嘛。他呼喊她的名字——这次喊的是三音节的。然后回到门厅，看见了活梯和尖尖的天窗。他缓缓爬上那个炫目的光球。待到不再目眩时，他看见一个褐色的手肘，一个褐色的肩膀和她身体的其他部位，她穿着白色内衣躺在那里。

"你好，"妮古拉·西克斯说。

你好，基思·泰伦特心里想。

因卡纳西翁逐渐对我冰释前嫌了,但是非常缓慢,按照某种冰河时代的速度。我现在明显不那么怕她了。谁有本事让人害怕,谁没有,是很滑稽的。

高个子,宽身板,漂亮而又如女王般威严的因卡纳西翁不论何时都是一袭黑衣。她有些衣服是最近才买的;有些都穿成银灰色的了。或许她家乡安达卢西亚的山区总是不断有人故去,使得她余生都得穿黑衣吧。这些西班牙女士做出这项重大决定,改穿黑衣之时,芳龄几许了呢?

她逐渐对我回心转意。雇用奥希利亚多拉——那个可耻的错误——我们都已经开始抛之脑后。我恭恭敬敬。我在她过来之前就把屋子打扫干净。我给她留足了脸面。上帝啊,仿佛我还要花费比以往更多的时间去溜须拍马似的。

因卡纳西翁现在对我露出她那怪异的笑容了。她还是不怎么爱说话;不过有时我也能诱使她谈论或者傲气十足地列举马克·阿斯普雷的成就。

跟凯丝·泰伦特(她是个焦虑的女人)一样,我也一直在看正规的报纸。大量的评论(大部分粗笨伪善),一些分析(关于认证程序的有趣内容)——没有新闻,总之就是没有地理政治性的新闻。什么海湾地区啦、当然还有以色列啦、德国啦、匈牙利啦、柬埔寨啦，等等等等。但就是没有新闻。我将不得不去王后大道买一份《论坛报》了。

电视甚至更糟。那些迷人的女士大声朗读公告，仿佛她们面对的是《兰彼得》或者《童话天地》似的。幼儿园阿姨明媚的笑容。没完没了的天气预报。肥皂剧和情景喜剧。哦，还有数量惊人的飞镖节目。实际上有整整一个频道、整整一套网络专门介绍飞镖的。

天气当然也参与其中，尽到自己的本分了。昨天我和盖伊去公园散步。头顶，云彩以一种不可思议的速度疾驰；你仿佛感觉更大的气象单位如同卫星云图上的云团一样从头顶滑过——好几个月、一整个季节就在不足三十秒的时间内一晃而过。酷热当空。云在疾驰，不光是横向。它们好像还在弹跳、嬉闹、翻滚。是的，有些好似小狗，有些好似女人，在空中飘荡，同类与同类相戏。

某一刻，当我走在一棵树下时，感觉一滴撩人的水珠对着我的头顶来个暖暖的吻。我心怀感激地用手梳了一下头发——我发现了什么呢？鸟粪。鸽子粪。我仅此一次感觉还可以，我感觉中等程度的酷，一只伦敦鸽子跑来在我的头上拉了泡屎。它对我的影响是：绝望。我骂娘、顿足、狼狈、无助，伦敦鸽子吃的东西实在让人不忍想象。我是说，伦敦鸽子的消化系统排出的粪便……盖伊笑了笑，而后沉默不语，拿出一个天蓝色手绢（用过的，但很干净：跟伦敦的鸽子形成鲜明的对比，盖伊的排泄物会很干净的）。他高高地站在那里，轻轻擦拭那很快变干的东西。他没有大惊小怪，而是小心翼翼。"站着别动，"他对我说。我竭力保持不动。我用一只胳膊抱住他的腰来保持平衡。但是我的头顶也实在让人不忍想象了，现在随着写作的进展，我清晨会发现一枕头的头发，刷子上也挂满了头发，好似长脚蜘蛛。

后来我们坐在人行道的桌子旁喝咖啡。我们周围有一些年轻的阿拉伯丈夫，他们的妻子在购物时，他们在抱怨。那个小胡子对这个小胡子抱怨。这个小胡子对那个小胡子抱怨。

"最近写东西了吗？"我问他。

盖伊顿了顿，笑了笑，退缩了一下。"是，实际上我写了，山姆。诗，"他说。

"抱歉，我不写诗，"我大胆地说（现在谁还写诗呢？）。但我仍然提出想看一眼。我知道他的诗会写什么。我知道诗一向都写什么。诗人情妇的残忍呗。

我自己尝试给霍尼格·乌尔特拉森的哈特小姐打电话。巴布罗·麦坎布里奇的秘书奥利维亚最终给我接通了巴布罗。接着，珍妮特·斯洛特尼克的秘书罗莎琳德又给我接通了珍妮特。至此我跟哈特小姐本人也就相隔一个秘书了；但那也是我的电话所到达的极限了。

我跟珍妮特交涉，她听上去怒气冲冲。她想要份样稿。我提出通过联邦快递——或者甚至传真——给她前三章。珍妮特说可以，但她还要份脚本。我极力掩饰我的困境。建议给个"计划方案"。我们彼此做出妥协，议定给提纲。

我还能拖延，但能拖延多久呢？金钱焦虑开始对我傻笑和聒噪了——一个艺术家不应该在那种压力下工作的。我需要赞助。没错，我是去克林奇家蹭饭，而且，我希望，莉齐布在我带她去看电影时能坚持各付各的。但是基思的飞镖课啦、黑十字的饮料费啦、买给金的小礼物啦——我也有日常开销的啊。

我想我可以即兴发挥。但我能肯定的也就只是最后一幕。汽车，修车工具，谋杀者在车里等着，被谋杀者踢踏着高跟鞋向他走去。我不知如何才能抵达死胡同街。我闭上眼睛，试图看到一条路径——作家是怎么有胆量做他们所做的事情的呢？——只是一片混乱。在我看来，写作好像会带来麻烦，道德上的麻烦，未经审视的麻烦，哪怕是最好的作品。

我知道。我会问问妮古拉。她已经有个提纲了。她他妈的可以做得很好。

没有新闻，但谣言甚多。这些谣言都是从何而来的呢？没有新闻的时候，一种颠倒黑白的怀疑就取而代之了。

一个从小行星带上脱落的阿波罗小行星正在以每秒钟十英里的速度向我们飞来。它是如此巨大，如果它的前缘撞上了，如果撞上了，它的后缘会直冲云霄，冲到飞机飞行的地方。

地球、月亮和太阳的特殊布局可以导致半个星球发洪水。会有太阳震和超强闪电。

附近的一个超新星转瞬之间就可以把这个星球笼罩在宇宙的射线之中，造成再一次大灭绝。

哦，核武器：那些恐龙。

超新星这种东西在我看来纯粹是谣言。除非我们亲眼所见,否则怎能知道它是什么样子呢?没有什么、没有什么信息能比宇宙的光传播得更快。可连那都有速度限制。宇宙之中充满了用红笔圈上的符号,写着186287。

我们可别忘了基督再临,人们也在安静地、满怀信心地等着它呢。也许并没有那么安静。大街上的穷人们左右摇摆,像是送葬的队伍。他们所有人的眼睛都是冷冰冰的。

"收手吧,妮古拉,"我说(这句话我觉得在某个时刻必须得说)。"迄今为止,你做的事情还没有什么是完全不可避免的。忘了它。做点别的事。活着。"

"很滑稽,不是吗,"她说,"在任何类型的叙述中,没有比知道某人明明会做某事却又犹豫不决更加无趣的了。在我看到的和读到的那些垃圾中,我总是发现这种现象。真希望侦探再次出山完成最后一项重大的使命。真希望匪徒要么听从妻子的警告要么参与紧张的抢银行行动。挨过那种情节真真是噩梦一场。它是死的,是死的。"

"非得这样吗?"我说,对盖伊打电话那一段我试图自圆其说,"在性方面犹豫不决是可以的,当然。"

"哦,没错。牧师会屈从于耶洗别[1]吗?吉普赛人会引诱处女吗?这些都是值得一问的问题。那些都是故事。至于另外那件事情,除非它们让开,否则不会有什么故事可言的。"

---

1 以色列王亚哈的妻子,以残忍、无耻、放荡著称(参见《圣经·列王纪上》第18章第4节和第19章第2节),常常指代无耻荡妇、恶毒的女人。

我不安地说:"但是你不在故事里啊。这又不是租来的录像带,妮古拉。"

她耸耸肩。"这一直感觉就像个故事,"她说。

妮古拉坐在我对面,在桌子和电话旁,身穿白色晨衣。那晨衣最近刚洗过,现在反倒是那古老的藤椅显得陈旧、亲密、充满了妮古拉的气息。她盘腿而坐。她一生中那样盘坐过好多好多个钟头:内省,彻骨的无聊,漫长而恼人的等待。但是跟我在一起她大可以无拘无束。

"盖伊来过了吗?"

"没有。快来了。那是下下件事情。我准备加快事情的进度。大提速。"

"你果真需要盖伊吗?不能放他一马吗?"我感觉这话也必须说。有那么一会,我还真担心她同意呢。如果她同意了,那我面对的就是一个蹩脚的短篇小说了。况且我也已经通过联邦快递把前三章寄给珍妮特·斯洛特尼克了。

"我承认那在一定意义上是强拉硬拽,但是我的确需要他。基思一个人办不到。他能力不够。当然也可以凑合。容易。拙劣的强奸、勒死。那在第一次会面时我就可以做到了。他跟踪我回家的那次就可以做到了。但你以为我想要什么呢?一种'毫无知觉的谋杀吗?'总之,现在事情启动了。我只是让下一件事发生而已。

"哦,是,妮古拉是个决定主义者。'下一件事'。呢,它会如何发生呢?你能——你能给我一个提纲吗?"

她疲惫地、不耐烦地呼了一口气。我感觉珍妮特也是一样。她说:"显然事情会沿着两条大的线索发展。会有一些交叉。我不想……我为何要告诉你这些?"

"我来告诉你为何你要告诉我这些。那是因为,"我狡黠地说,"因为我是个良民。我有免疫能力。我向你的美貌、你的独创性以及诸如此类的东西致敬。还有你塑造现实的能力。但那些对我都不管用。没一样管用。什么卧室妖术、崇尚自由精神的虚无主义女主角、女优——对我都不起作用。"

她嘴巴圆张,眼睛眯成一条缝。"拉倒吧。你难道不是这样的人吗?"

我举起一只手。

"那不是理由,"她说,"我来告诉你是为什么。"她环视屋子,然后把目光收回。"你准备好了吗?我现在能说了吗?"

我环视屋子,然后把目光收回。我点了点头。

"你快要死了,不是吗?"

"我们都是,"我说。

呃,是的,从某种意义上说,我们都是。但却是死在不同的小巷,以不同的速度,在不同的车内。

妮古拉的流线型豪华车正在以每小时一百英里的速度行进,它撞向死亡之墙时是不会转向或者刹车的。

基思的骑士汽车需要脱碳了,廉价汽油使得它发出咣当咣当的声响,计程表也显示它走了太长的路了(在高速公路上摆弄速度计是没用的),临近末尾会有严重的麻烦,各种各样的麻烦。

盖伊或许永远都谨慎地选择三十五英里的时速,并备好成吨的汽油——但是现在大雾弥漫,前面死人成堆。

我嘛,我开着个破车,在崎岖不平的路面上颠簸,速度太快。我偏离了道路。我失去了控制。发动机罩颠飞了。轮子也掉了一个。只有一种结局。

把我的骨头埋在伦敦场地吧。那是我生长的地方。那是我丧命的地方。是的,我是在伦敦场地丧命的。

我必须得为那孩子做点什么。

第八章　跟上帝约会

妮古拉的童年有足够多的时光是在教堂度过的,那足以培养她对宗教的兴趣。从某种意义上说,她是对宗教感兴趣。(不抱任何找甜爹希望的女孩子是难得的好女孩。)妮古拉自然超喜欢亵渎神灵,所以她经常发现自己想象着跟上帝约会。

或者不跟他约会——不再跟他约会了。她跟他睡过一次,只一次:她那样做是为了让他有一件永永远远怀念的事情。在床上,妮古拉让他跟她背对背:背对背地交媾。然后再也不跟他上床了。上帝在她公寓外头的街道上大嚷。他又是打电话又是以心灵感应对她施加影响。他到处跟着她,他的目光传递着那种奇特的蓝光。上帝让莎士比亚和但丁组成一个团队给她写诗。他雇用帕耳忒诺珀、丽姬亚和琉科西亚[1]给她唱催眠曲和浪漫的民谣。他以各种各样的形式显现,施展魅力引诱她:大卫王、瓦伦蒂诺、拜伦、约翰·迪林杰、成吉思汗、库尔贝、拳王穆罕默德·阿里、拿破仑、海明威、伟大的施瓦辛格、伯顿·埃尔斯。楼梯上突然现出诡异的花朵。疲惫不堪的她把不计其数的钻石用马桶冲走。上帝知道她一直都希望自己的乳房再大一点点,相隔再宽一点点:他自告奋勇来安排。他想娶她,让她住他那儿:在天堂。所有这一切都能以光速实现。上帝还说要赐她永生。

妮古拉让他滚开。

当然,她的生命中还有另外一个男人。他的名字叫魔鬼。妮古拉并不是何时想见他就能见到他的——不像在一个理想的世界里。有时,他心血来潮,会很晚去找她,把她带到他的鬼魂俱乐部,在朋友注视的目光下和欢呼声中蹂躏她。她对魔鬼——并不爱。不,她最终可以要他,也可以离开他。妮古拉那样做只是因为好玩,而且会让上帝发疯。

盖伊·克林奇上次在公园可谓是颇为难忘的经历。

你知道两个知遇的灵魂在一片狂喜中敞开心扉,互诉衷肠,想知道一切,想吐露一切,互相尊重对方的不同,孤独感因为充分的交流不翼而飞——以及相关的一切都是怎么一回事吗?呃,当你坠入爱河,或者认为你坠入爱河时,这种能量的交互是相当累人的。但还是让妮古拉明明白白地大声宣布吧,没有坠入爱河会更累的:当你只是假装的时候。

盖伊·克林奇在公园的表现糟透了。

"我们谈谈你吧。关于我已经谈得够多了……"

"抱歉,我是不是扯得太远了……?"

"很好笑,但我想我之前没谈过这事……"

"关于我已经谈得够多了。我们谈谈你吧……"

当妮古拉带着梦幻般自怜的表情,纤纤弱弱地裹紧皮大衣(天遂人愿,果真很冷),谈起她在修道院里的精神斗争时,

---

1 希腊神话中唱魔歌的海妖塞壬三姐妹,她们生活在一个岛上,唱着蛊惑人心的歌,甜美的歌声把过往的船只引向该岛,然后撞上礁石,船毁人亡。

多亏想着闪亮的吊袜带和风骚的紧身短衬裤,还有下面不舒服的内衣,才让她没有两腿叉开,一屁股坐在长凳上,说道:"哦,我受不了这鬼东西了。我在说谎。千万别放心上。"她不得不恪守女演员的本分:就像跟某个老是忘词的笨蛋男主角进行第十五次排练一样。一遍又一遍,妮古拉差点演砸了。是:晚上就没事了。她为了拖延时间(顺便小憩),就在一片神圣的寂静中注视着河水:那个黑帆玩具船,在它后面……盖伊高谈阔论之际——谈论第三世界,谈论他的写作,谈论他发现自己难以接受物质上的不平等——妮古拉就在心中暗想,要是几年前或者几个月前,她会如何对待盖伊·克林奇呢。当天下午就会把他勾引上床的,在他屁股两侧各留一个轮廓鲜明的爱痕,然后把他还给他的妻子。突然间他谈起了冬天给老人资助保暖内衣,妮古拉突然觉得自己做得已经足够了。他们在贝斯沃特路分别时,她得使出浑身解数才能装出第二次情不自禁地转身,第二次挥手依依惜别。

回到家后,她褪掉大衣,穿着高跟鞋滚到床上。当她大约在夜半时分醒来时,先是冲了个澡,然后像患强迫症似的去给自己煮了一蒲式耳意大利面,坐在那里边吃边看电视,还差不多喝了两瓶巴罗洛。

他次日的次日打来电话,那倒也无妨。事实上,妮古拉耐着性子听着公用电话里偷偷摸摸、担惊受怕、吓得尿裤子的哔哔啵啵声。

"我一直在想明天午饭时间在哪儿见面好呢,"他说,

"如果你还能见面、还想见面的话?……华莱士收藏馆——你知道吗?贝克街下来。那里总能让人平静,我发现。或者林肯律师学院广场的索恩博物馆。一个绝好的小地方,很忧伤,但又是以一种愉悦的方式忧伤着。我们也可以在维多利亚和阿尔伯特博物馆见。"

"好,"妮古拉说,"或者在饭店。"

"……好。你喜欢什么样的饭店呢?"

答案是"昂贵的饭店"。但是妮古拉没有说出来。她只是说了一家位于圣詹姆士的、世界历史上以昂贵著称的饭店,说她一点钟会在那里与他相见。

盖伊去早了。她进门的时候,他噌地从座位上跳起来。他那孩子气的鲜艳而又粗糙的丝质领带让妮古拉明白,他不太在意着装,或者不够挑剔。

"这是个错误,"她一边羞怯地说,一边脱下手套,放在桌布上。"我是说饭店。我不晓得它如此奢华。我几乎没怎么去过饭店。当时那名字一下子就蹦出来了。"妮古拉侧着身子,点了一份添加利杜松子马提尼和三枚橄榄。"抱歉。"

"对我来说不算什么,谢谢你。哦,别担心。"

她点上一根烟,又尊敬又好笑地看着他。"你对我的依赖性感到震惊吗?"她问。"我很震惊。如你所知,我是一个容易紧张的人——一个非常可笑的人,我恐怕。我不经常接触社会。"

"事实上,我觉得那令人感动。"

"你真有雅量。呃,这——很有趣。我是如此喜欢我们上次在公园的聊天。"

"我想我有些絮絮叨叨。"

"不。不。在现代社会,不经常……但今天我必须理智。我有事想麻烦你。"

她穿着商务装。故事是这样的。

早年在孤儿院(那个斑驳、拥挤、让这个城市蒙羞的大杂院),妮古拉与一个柬埔寨的小姑娘交好——她长得漂亮,被遗弃了,有一双受伤的、双成四层的眼睛。就像集中营里的好伙伴一样,她们相互扶持,面对的敌人不是寒冷、饥饿或者赤裸裸的折磨,而是缺少关爱,缺少关爱,——真的,这两个小伙伴无话不谈,亲密无间。妮古拉十二岁时去了慈善学校(兼鞋油厂),而她的灵魂伴侣则被"收养"了,或者说寄养给了一个冷酷无情的伊拉克人。那个男人猥亵她。有暴力的成分。她——她堕落了。盖伊听懂了吗?

盖伊阴郁地点点头。

小妮古拉会把破破烂烂的教科书或者老师的教鞭抛在一边,对着朋友的长信大哭。她还有个孩子:一个男孩。然后她被遣送回国,再也回不来了。

"柬埔寨?她还在那里?我的上帝。"

"傀儡战争,"妮古拉冷冷地说。

偶尔会有一封写在卫生纸或弹性塑料上的血迹斑斑的信件递到她手中。母子二人一会儿出现在泰国的难民营,一会儿出现在缅甸的临时安置区,一会又出现在老挝的监狱。

"那里毫无指望,"盖伊说。"整个地方。"

"你知道,那在某种意义上,不光毁了她的人生,也毁了我的人生。没有她,我感觉不完整,近乎绝望。我想那是我为何从来都没有……不过那又是另外一回事了。我必须把他们找回来。要不我永远都感觉不到完整。你有关系,对吗,盖伊?或许你能做点什么?打听打听?"

"是。我当然可以试试。"

"你可以吗?这是他们的名字。我对你没齿难忘。"她深情地笑了笑,"**小男孩**一直就叫**小男孩**,尽管他现在差不多已经长大成人了。她的名字叫恩·拉·盖。我叫她伊诺拉。伊诺拉·盖。"

她看看盖伊的脸。丝毫未起疑心。此时一点信息可能就能帮到他。一点信息甚至还可能挽救他的性命……妮古拉用一声清脆的响指暗示服务员给她续酒,她选的是夏敦埃酒。她发现盖伊抬起的脸上写满了决心。接着她往第十一个牡蛎上挤柠檬,加塔巴斯科辣酱之前顿了顿。那牡蛎安心地缩了一下。毕竟,你是活生生地把它吃掉的。

"我猜你已经结婚了吧,"她出其不意地说道。

"是。是。我也有个小男孩。"

妮古拉歪着头,抿嘴笑。

"我和我妻子霍普结婚十五年了。"

"核心家庭嘛,"妮古拉说,"那种家庭如今不那么普遍了。多罗曼蒂克啊。真棒。"

"不知道还有没有黑胡椒,"盖伊说。

后来,在大街上,他们准备告别。妮古拉感觉有一种要与他形成对比的需要，一种强烈的想要把事情搞砸的需要，她从他身边走开，伸开双臂，仿佛它们是一对会飞的翅膀。她的深灰色商务装，她知道，裁剪得非常相宜，凸显她的臀部，弱化她的腰围。全城热浪已经卷土重来好几天了，迫使她解开扣子，脱下短外套。她把衣服搭在穿着白衬衫的肩头，甩甩脑袋，转向他，一只手叉在腰间，在心中暗想：你是T型舞台上的一个可以忽略不计的小人物，有很多老男人在观看，在思忖跟你性交有多难、有多贵呢。

"你没事吧？我要说……我要说，你看上去美极了。"

"是吗？"她耸耸肩，"或许吧。但那又如何？"

额外喝了红酒，外加两杯苹果酒，帮她挨过了一个沉闷的时辰，其间盖伊以一种纯真和拐弯抹角的方式展示了他的内心：一副好心肠；情用对了地方；仿佛还属于另一个人；是颗真心。酒精和聊天联合起来，帮助妮古拉实施下一招，也就是开哭。多年以前，当她学习哭术的时候，老师告诉她，伤心——悲惨、悲剧——并不一定是唯一的途径。你得想着那些在现实生活中能把你搞哭的事情。她的同班同学都是想着丢失的狗狗、失踪的父亲、《罗密欧和朱丽叶》、挨饿的纳米比亚人以及诸如此类的事情才能哭得出来，然而妮古拉却发现，唯一能确保她落泪的是恼人的回忆，尤其是无聊。所以当她在西区的单行道上看见一辆黑出租的橙色车头时，她心不在焉地转向盖伊，满脑子想的都是丢失的纽扣、办签证时排的长队、账单、拨错的电话、捡碎玻璃。

"你在哭，"他欢快地说。

"帮帮我。我太孤单了。请帮帮我。"

出租车沿着圣詹姆士街缓缓驶向皮卡迪利大街的时候,妮古拉在座位上扭过身来。透过黑色玻璃,她看到盖伊在沉闷的空气里左摇右晃,昏昏欲睡。从某种意义上讲,他非常好,是个傻瓜、不谙世事的可怜虫。盖伊:栽跟头的家伙。至少从理论上讲,他当然不该遭受她所策划的屈辱与浩劫。但就得那样,当你(譬如说)真要与男人一斗到底的时候。

说来反常,或者至少让人惊讶,妮古拉·西克斯竟然不喜欢比基尼。她诅咒比基尼。二十年来,她在世界各地的时髦海滩卖弄过风情:多看一眼,再多看一眼。一个穿着运动连体衣的现代美女?男人盯着看,女人也盯着看。这女孩的肚子,尽管有着让人羡慕的曲线,却由于某种原因,没兴趣让别人看。乳房也一样(因为她同样对袒胸露背很是鄙视)。妮古拉大摇大摆地经过以后,女人们通常若有所思地把自己遮掩一会。这是一个不想把自己的身体暴露在大庭广众之下的女人。那些女人看着自己裸露在阳光和众人目光下的身体,感觉到了这种傲慢的博弈,心里愤愤的。男人呢:他们知道如果偷偷潜入旅馆、安静的别墅、小木屋、更衣室,就会看到沙滩不曾见过、连阳光、波浪与众人的目光也不曾见过的东西。

妮古拉憎恶比基尼;她认为比基尼是最最低俗的东西(看那几根线把神圣的胸部分隔的,把个乳房都变成息肉了);但是那天基思·泰伦特上到屋顶,站在炫目的光里连连眨眼的时候,她正穿着比基尼呢……早上刚买的;无比低俗,妮古拉的比基尼，小而露，大腿处裁成圆角，在她波斯肤色的映衬下显得尤为亮白。一开始，基思显然以为——就是要让他那样以为——她是穿着内衣晒太阳呢：他移开目光，为自己这样不请自来、打扰她的清静而感到惊慌。但接着他认出了那白白的曲线材质用的是仿丝防水面料。

"你好，"她说。

基思嗽了几声。"她穿了一件极小的小东西，"他主动开口道，"耶，你好。"

"你知道比基尼的词源吗，基思？"

"是个人？"

"是，说对了。说'来源'更恰当。说源自哪里更恰当。源自马绍尔群岛的比基尼环礁，基思，美国1946年和1954年的核武器试验基地。先是原子弹。后来，在五十年代，又是威力巨大的氢弹。"她感伤地笑了一声，继续说道："我还是不明白，为何那就必然导致'海滩上女人穿的小两件套'的诞生呢。你来之前我翻阅了布鲁尔的《成语与寓言大辞典》，基思。他像个好朋友似的，建议把核爆的颠覆性效果与那衣服的颠覆性效果做个类比。"

妮古拉说话的时候，眼睛并没有看着基思，而是看着自己的比基尼和它塑造的形体。她猜基思也是一样，猜得没错。邻近的两个乳房，凹进去的喉咙和腹部，白色的金字塔，健美的腿。基思不知道，猜不到，也绝不会相信，半个小时前，她还赤身裸体地站在浴室的镜子面前哭泣呢——泪水浸湿了重力之神的脚。美存在于旁观者的眼中。对旁观者来说是种享受；但是对于它的主人、它的寄居者又是何种光景呢？妮古拉怀疑自己是否从中得到过半点乐趣。即便是在十六岁时，当你激动地意识到自己拥有什么的时候（还以为它会万古长存呢），你同时也注意到了你没有得到的东西，你永远也得不到的东西。美丽之手无时无刻不放在唇边，随时告别。是，但是在镜子里告别。

"砰！"基思说。

"美国人在那里犯下的——是人类历史上最严重的罪行之一。即便你把全世界最有天赋、最残忍的专家集合起来，他们也造不出比比基尼更坏的东西来了。我们是如何纪念这一罪行的呢，基思？"她指着她的小两件套。"有些女人就穿这种垃圾四处招摇。典型的二十世纪的行为，你不觉得吗？"

"耶。太不像话了。"

"你知道那些珊瑚礁会被污染成百上千年吗？"

基思耸耸肩。"慢性的，不是吗？"

"……你看上去对自己甚为满意嘛，基思，"妮古拉——尽可能柔情地说，"那套行头很棒。"

"是，呃，我正在交好运呢，"他说，"今晚我要打比赛。"他条件反射似的羞答答垂下头，而后复又抬起头来，微笑着。"是飞镖比赛。"

"飞镖，基思？"

他点点头。"飞镖。耶。我信心满满。我自信横溢。"

基思接着讲述了他的一些掷镖希望与梦想，讲述他，简而言之，计划如何跃上世界飞镖赛的舞台。妮古拉热心地盘问；

基思以一种粗俗的能言善辩作答。

"我知道吹毛求疵者一味找茬,但是现如今这项运动的知名度相当大了。相当大了。决赛会在电视上播出。如果我在那里取得了胜利,我就可以在摄像头前对战世界冠军金·特威姆娄了。金·特威姆娄——那个人对我来说就像尊神。"

"明白了。呃,我确信你会成功的,基思。祝你好运。"

"我——我把你的东西全都修好了,呃,妮古拉。结果有点小贵。"他从飞镖袋里取出发票——或者写有数字的一张纸。"但不要放在心上。这个算我的。"

"哦,胡说。"

她站起身。基思扭过脸去。她靠近了。他们几乎肩碰肩,看向外边湿热的屋顶,生活的最高层,阁楼或者侍女的房间,有要洗的衣服、花盆、天窗、防潮布、小屋、帐篷和睡袋,然后是塔楼孤零零的尖顶,好似巨型机器人截下来的一条腿。

"瞧!"基思说,像个孩子似的用个弯曲的食指去指。就在他们下面,在一个半遮的屋脊上,汇聚着一片小水塘。鸟儿在水塘里玩耍。"就像……"基思天真地咧嘴笑起来,"就像在水池里玩耍的鸟儿。"

"就像在水池里玩耍的鸟儿,基思?"

"你知道。是女孩[1]。在游泳池里玩耍。"

"啊,对。"妮古拉想起基思偶尔可能弄到手的录像带。白色的别墅,马贝拉浅蓝色游泳池,一小撮袒胸露背的英国荡

---

[1] 这三句是就 bird 的双重意思玩的文字游戏。Bird 意为"鸟",但在俚语中,又可指女孩、姑娘(等同于 girl)。

妇,在"玩耍":哦,她们在跳板和气垫上玩得多欢啊!然后,随着音乐的变换,她们当中会有一个、两个或者三个悄悄溜走,有时有园丁马诺洛相陪,有时没有,去睡什么有利可图的、累断腰背的午觉。"我们下去吧,"她说。

他们进入一个黑暗的世界,在酷热中吃力地穿过一间又一间屋子。把咖啡研磨机、吸尘器、熨斗挨个开动了一遍。全都工作了——全都修好了。当然,不足几个钟头,又全都会坏掉的,他们两个都清楚。因为"好修理"的幕后英雄是编织命运的艺术家,是现实的拙劣修补匠,而且,在某种程度上,还为了一己私利,歪曲未来呢。

妮古拉问基思她欠他多少,基思像印度人那样摊开双手。她把他丢在走道(她感觉到他那双盯着她屁股的蓝眼睛的威力了),走进卧室,把门关上。从床垫下取出厚厚的一匝五十英镑纸币。然后把脚滑进她那双跟最高的白色高跟鞋里,那鞋正在床边等着呢。站在镜子面前,她依次感觉自己像个唱诗班的小女孩,像匹马,像幅漫画。突然,她不得不强忍着,才没噗嗤笑出声来——畏缩,恐惧,但确定无疑是笑声,情绪失控时发出的笑声。她疯了?是吗?同一个人,同一面镜子,同一双眼睛:在短短四十五分钟内忽而哭,忽而笑,全都很危险,危险。街对面是个停尸房,窗户用的是波纹状金属。门上有个白色标记,用红字写着:危险建筑。那就是她的尸体。那就是她的计划。

基思轻快地接过钱来,折好放在紧身裤的口袋里。他下了一阶楼梯,而后停下,极尽无礼地上下打量她。"呃,"他慢条斯理地说,"现在我任务完成了。帮你修好了。还有——还有其他事情需要我帮忙吗?"

"你是说做爱吗?"妮古拉说着瞅一眼手表,"再说吧,基思。等到一定的时候。先问你几个问题。你结婚了?"

"不全是。这样说吧。我妻子认为她结婚了。但我不是很确定。"

"孩子呢?"

"没有。呃,有,我有个小女孩。她还没满一岁。"

这时候对讲机嗞嗞响了起来,很短很胆怯,好似莫尔斯电码。妮古拉故意忽略,说道:"我希望你能用掉些钱,可以吗,基思,尤其是现在?"

"耶。完全没问题。"

"你能闭紧嘴巴吗,基思?你非得跑去告诉兄弟们你所有的快乐时光吗?"

他咳嗽了几声,说道:"绝对没有。从没干过那事。"

"好,"她严肃地说,"你想象不到的好事在等着你呢,基思。忘掉过去你拥有的一切。这将是全然不同的阶级。亲,不要看着如此焦虑!我自然会索要回报的。你知道我是什么意思。耐心和冷静,基思,我想你在飞镖上体现了这些品质。你会相信我吗?我们要按我的速度来做此事。好吗?"

"听你的。"

"拿着这些。"她递给他一个淋浴配件和一本书,一本平装书。"你无需做任何事情。它们是道具。它们只是道具。"

"谁啊?"基思小心翼翼地说,因为对讲机又响了:最轻微的嗞嗞声。

"对你谨慎的第一次考验就发生在他上来的途中,"她说着用拇指按下开门键。"记住:为何*他*就该那么有钱?看着。"她带着可怕的决心把那卷钱放入比基尼后面的口袋里。"基思!这看起来像——看起像一个……"

"耶。"

"这看起来像一个……"五分钟前她近乎歇斯底里。但是现在她歇斯底里的欢快声,尽管自己听了都觉得可怕,却完全出乎她的本意。"这看起来像是装在枪套里的枪管,不是吗,基思!"

"呃……耶。"

"来拿吧。"

他目光呆滞,慢慢地伸出手背。发颤的指关节。

"别碰,"她说,她坚持自己的立场。

他没碰。他只是碰了碰那衣料和那钱。

妮古拉在电话中安排与盖伊的这次会面时,强调要像搞突击或者抢银行那般守时("不守时让我彻底崩溃。令人生厌,我知道。孤儿院,或许……");但这并不妨碍她自己让他等了足足十五分钟("请坐!"她在卧室里喊,"实在抱歉。"),她需要十五分钟。一是要在比基尼外面罩一件素朴的白色棉布裙。另外还要把床上的铺盖弄得凌乱不堪。《洛丽塔》中的那个好玩的句子是什么来着:旅馆床上负罪的凌乱表明一个前科犯跟几个肥肥的老娼妓纵情狂欢过了?剩下的时间她要用来化妆。

女演员的调色板取出来了;女演员的化妆灯点亮了。她追求的是一种性交后极度狂乱的效果。她甚至还在右边颧骨上胡乱伪造了一个拳头或大巴掌的印记。(这当然做得太过了;但她就是想做得太过,不是吗?)她疯狂地弄乱头发。那很讽刺,大大的讽刺:因为在十五分钟内,她原本可以理好头发、铺好床的,亦可以用粉扑把她现在浪里浪气、火急火燎地涂抹的大花脸遮掩掉的。但那就是艺术。从来都是幻影,从来都没有真实。那就是艺术。

妮古拉一瘸一拐、意味深长地从卧室出来,一只手拍拍头发,另一只手懒洋洋地为自己扇风……盖伊侧身站在书架旁。他正把一本薄书捧至面前,半抱着双臂,像个牧师似的在阅读呢。他回转身来,谴责地看着她。

"我看你特别喜欢,"他说,"D·H·劳伦斯。呃,我也是。当然他会让你无比尴尬。但关键是富于表现力。实际上,"他欢快地环视了一下四周,继续说道:"这里我能看到我们的趣味有很多很多相似之处。你的小说书架就是我的书架的翻版。除了美国小说。还有天文学、通俗物理学。你还对象棋感兴趣呢!"

"相当感兴趣,"妮古拉说。

他再次面向她。她缓缓走上前来,噘着下嘴唇吹开前额的散发。在她身后,卧室的门敞开着,一面可移动的大镜子特意放在那里,映照出那张床和色情狂萨梯的天堂——凌乱的床单和扭曲的枕头。

"你是下棋呢?还是只研究理论?"

"什么?"她迈着个罗圈腿,来至这间房中。她绕过圆桌,脸部抽搐了两下——一种深深的私下的刺痛,仿佛被哪个鬼魂轻轻刺戳了敏感部位一般。盖伊还是那种彬彬有礼的问询的眼神。她愤愤地低声问道:"你在楼梯上遇见基思了吗?"

他仿佛需要集中精力一秒钟才能做出肯定的回答。

"基思只是过来帮我拿些东西,"她说,然后挑衅似的甩了甩头发。

盖伊脸上现在显出关切的表情了。"他手里拿了本书,"他喃喃自语。听到她大声呼气,他补充道:"抱歉,你累了。我带来的消息也不是特别令人振奋。你希望我改日再来吗?"

她对他挥挥手,一屁股坐在沙发上。当盖伊坐在对面,开始讲述他是如何费尽心力去打听她那两位朋友的下落时,她压根就没听。她一点也不惊讶,搜索丝毫无果……事实上(尽管她没觉得是那样——她永远都不觉得她真是那样),她还被彻底激怒了。她要怎么做才能让这个男人起疑心呢?倘若他进来时发现她赤身裸体地躺在沙发上,一条腿搭在沙发背上,心满意足地喃喃自语,津津有味地、慵懒地抽着烟——他还会以为她那是热的呢。即便怀孕了,她也可以编个圣灵感孕说糊弄他。是上帝干的。是上帝的种:书中最古老的骗局……妮古拉已经想好了一系列好词,来应对他充满醋意的困惑了:真相逐渐大白,难以置信的厌恶,坚决不要你了。为了体现多样性和大施拳脚(为了利益的利益),她想,是时候让他见识见识她的脾气了。然而他却温文尔雅、充满喜悦。或许刚才那一招好得过分了。跟基思做爱：这种病态的反常超出了他的经验范围，也超出了他的想象。请注意，那也超出了她的经验范围：一般的男人，无论如何，一般的英国男人，从来都不是她的那杯茶。但是没有什么事情能超出妮古拉的想象。没有。

那就启动 B 计划好了。她的人生现在有相当一部分更像 B 计划，而非 A 计划。盖伊穿着浅蓝色衬衫，看上去很清爽，也没什么汗，着实让人恼火；而那顽皮的粉饼却仿佛逐渐在她毛孔里变稠了，她还能感觉到两腿间白色比基尼那令人难以启齿的寒酸气。呃，B 路线会把她带至同一个目的地，更无趣而已。也许，怀疑已在不知不觉间产生了。妮古拉抱着双臂。盖伊说话时，她报复性地、居心不良地看着他，看他的表情如何孩子气地模拟他的话语，他轻柔的皱眉以及眼中闪烁的希望之光。她突然想：没准他身上没有呢。上帝啊。她一直相信（那是她的一个预言）盖伊拥有强大的爱的潜能，那正是她需要的，因为她在操作的制衡关系中毫无疑问是需要爱的。如果那不是真爱，如果那只是当代的一种稀释了的或者假装的爱——友好、乐善好施、好好先生……或许爱要死了，已经死了。又是一大灾难。上帝死了，人类没准最后还有活路。但如果爱也走了，如果爱也尾随上帝去了……

"我不想尽给你泼冷水，"他在说，"我认识的那个检索处的人正在跟呵叻[1]的一家情报中心取得联系。还有几条路子

---

[1] 泰国中南部城市。

没试呢。"

空气静止了。她的大花脸上挂着泪水。

"对不起,"他低声耳语,"太对不起了。"

"我有事要坦白。听我说完,然后永远消失吧。哦,多么奇怪、多么奇怪的人生啊。我从没想过它会改变——我的人生。我以为它会一直这样下去。或者我会亲手结束它。我从未想过我会遇到一个足够好的人。我并不是说足够漂亮或足够显贵。我只是说好。足够好。现在我遇见了……哦,盖伊,我陷得如此彻底。"

她等了(相当长的时间),直到他说:"说吧。"她把眼中的绿光全部放射出来,说道:

"我坠入了爱河。爱上了你。只是还有一件事。我警告你,我是个可笑的人。"

他等着。他歪着头。他问:"是什么?"

她叹口气,带着绝望的恼怒,说道:"我是个处女。"

上帝一旦发疯,可就是个醋意大发的上帝了。他说如果她不答应至少再跟他做一次爱,他将毁掉整个地球。幸好,他还拥有其他星球,而且还在这个宇宙更好的地方。他发誓说要降下瘟疫、饥荒、一英里高的潮水、疾驰而来的大风,恐怖,无处不在、永不止息的恐怖,还要让血流成河。他威胁说要把她变老,并让她生生世世如此。

她让他滚开。

我的一切,他都管不着。我是怎样是我所想,我想怎样就是怎样。我超越了上帝。我就是静止不动的原动力。

  跨过那条防火线,再跨过那条防火线。朝所有的方向都走得太远了。极端套极端,然后是更多极端,再然后是更多更多的极端。

第一次见到基思·泰伦特的时候,我还以为他是个不合时宜的人呢。我还想,到如今,时间啦、通货膨胀啦、新的人口统计啦,应该已经把他击垮了吧,或者把他赶到别处去了吧:北部地区,或者至少郊区。并非如此。满大街都是小丑、骗子、浪荡公子、蠢货——全都是基思之流……当然,他们几乎没有一人会出人头地,会拥有骑士汽车、印刷册子、飞镖梦。他们会一直待在大街上,戴着傻帽,身穿开了线的阻特装[1],看上去极其贪婪和狡猾,一个人也骗不到。

连费京[2]也奈何不了他们。他也会被吓倒。这些可都是最优秀、最机灵的人(基思又是其中最最优秀,最最机灵的)。那些都是土老帽和乡下白痴,拔萝卜、挖沟渠之流——这里可是伦敦,没有什么农田。只有运作和观察的场地,只有电磁相吸相斥的场地,只有仇恨和胁迫的场地。

只有力的场地。

基思在性欲方面也同样不合时宜。他不属于色情狂(色情狂,我猜,会永远在我们身边的)。他是那种很多年前就该灭绝的强迫症性跟屁虫。在大街上只要看到哪怕一丁点像是女人的东西就会垂涎欲滴;他把他对安娜莉丝·弗尼斯和特里什·舍特干的事情拿来娱乐全酒吧;他甚至还会花上十五分钟(这可不是傻子协定）跟你讲不久前的一天晚上跟凯丝是怎么搞的。更过分的是，他丝毫也不避讳他在手淫方面的壮举。就他那种吃法，我真诧异他竟撑得住。

就单是我吗？抑或是基思的荷尔蒙紊乱也跟预期寿命变短有关？跟历史平均值相比，基思的寿命本来就不算长，现在又双倍压缩了、浓缩了——因此也加速了。他的人生是快进状态，或者说是图像搜索状态。寿命变短的并不只是动物。

现在动物的寿命更短了，但它们寿命一直就不长。我们从动物身上，我们从我们的宠物身上（无需体验，无需询问）学到了关于死亡的道理：纵观一个更短的生命。经历过两只猫和九只仓鼠的生死之后，那个少年可以更好地去面对祖母死去的可怕消息了。

我们都在挨日子，差不多如此。八岁时，克莱夫已经是一只很老很老的狗了。

跟莉齐布·布罗德内去看电影。莉齐布：霍普的大个子妹妹，个子更高，肤色更白，脸蛋更圆，身材更丰满。莉齐布的乳房是个家庭笑话。啊，那些家庭笑话。啊，那些第二性征——那些第二性征！关于莉齐布的乳房，有个大问题：它们来自何处？布罗德内家族过去或者现在都没有任何别的人长着她那样的乳房。霍普没长莉齐布那样的乳房。相反霍普的乳房

---

1 二十世纪四十年代流行于爵士音乐迷等类人中的一种上衣过膝、宽肩、裤腿肥大而裤口狭窄的服装。
2 狄更斯的小说《雾都孤儿》中的老教唆犯的名字，率领着一帮小骗子，因而费京可谓是骗子头领。

长在她身上倒还凑合，霍普的乳房要小得多。大家以为（家庭笑话继续）马默杜克可能会让霍普的乳房变得跟莉齐布的一样大，或者至少让霍普的乳房变大一些。但那就是马默杜克——最后总让人大失所望。马默杜克对霍普的乳房又是抓、又是吸、又是咬、又是拉，但就是没把它弄大。弄得更疼了——就是没弄大。没有孩子的莉齐布（三十一岁，开始有点着急了）长着一对漂亮的乳房。天气依然炎热，在去影院的路上，她只穿了一件无袖T恤。她那令人尴尬的完美乳房在街上引起了轰动。男人们受不了了。她把我们都变成了基思——或者说除了我，除了我这个在她身边的男人，因为我不敢看。她的第二性征。真希望你能看一眼那些第二性征。

那是一部七十年代的老恐怖片，一部名为《滴血的公寓》的垃圾片。各种各样男女同校中的女学生穿着内衣被碎尸了。链锯、猎刀、直形剃刀。碎尸者是某个食尸鬼、恶魔或者僵尸——反正肯定是个死人——对教务长怀恨在心。他大部分时间看上去就像个正常的胖管理员，直到他接近赤身裸体或者穿着甚少的女性身体；而后他内部的突变体就喷发出来，挂满了虫蛆和坟墓常见的陪葬品。我发现，尤其是放到一个所谓的可怕情节时，莉齐布的手就会抓住我的手。她的手很温暖，很轻巧。若不是我快死了，我会更加感激的。《滴血的公寓》已经不再吓人了，那个食尸鬼早就被火烧死了，她的手依然放在那里。灯亮了，她整个人转向我，缓缓而又小心地把手缩回去。她嘴巴大张。天哪，女性牙齿的极品。

"你觉得如何？"她问，她是真想知道。

她喜欢我。她仰慕我。为什么？对此我有几点看法。主要一点，她喜欢我，因为霍普也喜欢我。我发现这两姐妹有一种明显的性爱影响或性爱抄袭。莉齐布也许是那种在没有更强大的支持面前不能确定自己喜欢谁的女孩。我感觉到了这种支持，甚至在我们去影院的路上，盖伊和霍普的影子也尾随其后（她的手放在他的肩上，面带鼓励的微笑），就像父母；其二，当然，我一般不招惹女人，这会给人一种错觉，尤其是对那种非常漂亮、有着巨大第二性征的金发女郎，她们习惯了被一群动辄发情、一点就着的色狼包围着。我从没鬼混过（为何不呢，他妈的？），对于我的不鬼混，我从没如此介意过，我想这也体现出来了。我当然不可能染上任何一种讨厌的病；第三——或许这只是第二条的第二点——我不感兴趣。那一向是性魅力。真心不感兴趣定会为你带来好处的。在你将死之际（我发现），耍酷还真不成问题。

看完那部弱智电影，我们去肯辛顿公园路上的一家咖啡店喝奶昔。一切都很难搞。她喜欢我。她把一只手放在我的前臂上，以示特别提醒。我讲的所有笑话，她都笑得眼泪直流。她炫耀她那些第二性征。莉齐布仰慕我，倒也无妨，因为如果她想开启我的心门，她得需要他妈的一把铲子。她需要掘起伦敦场地。莉齐布如此漂亮、聪慧、深情和直率，所以我不得不找个真正世界级的借口。

我得到了一些关于盖伊如何迷恋她的好素材。然后我说，我得回家写我的小说了。

还是没有哈特小姐或者珍妮特·斯洛特尼克的消息,或者真正说来,还是没有巴布罗·麦坎布里奇的消息。一通过联邦快递把前三章寄往霍尼格·乌尔特拉森(花了血本),我就坐在电话旁等着它响——响,在底座上蹦来蹦去,就像卡通片里的那样。但现在三天过去了,杳无音讯。

在布里克斯顿度过了一个可怕的夜晚,观看基思在泡沫夸脱的飞镖赛。为了这本蹩脚的小说,我把生命或者余下的生命都豁出去了,得到什么回报了吗?

现在几乎每天正午时分,我都步行或者开车去基思·泰伦特的塔楼,去把小金从凯丝的手中接过来照看一两个小时——去保护和珍爱小金。我拜访的时候,泰伦特本人很少在家。他出去行骗了。他在黑十字。他在他的车库,在他的飞镖洞穴里。当我在这些场合的确撞上他时,他也是对我投来敌意的一瞥。我进门时,凯丝对我眨巴眨巴眼睛。她正坐在桌边,双手抱着头。我希望她不久就能感觉好些。但是苦难仿佛有本事让你忘却他物,从苦难的角度来讲,那也许是好事,否则你就没法忍受它了。有时候你心灰意冷,有时候你心灰意冷。苦难一波接一波。越来越糟,越来越糟。

"嘿!"我边说边挤进厨房(基思方才在门口一言不发地从我身旁走了过去)。

"哦,山姆。"她站起来——她顿了顿。基思丰盛早餐的残存物依旧占满了那张小桌(那张小桌又占满了那间小厨房):一大杯凉茶,油腻的盘子,一团棕色调味酱里的 V 形烟灰。凯丝发疯地看着那一切。

"为何不让我带小金出去呢。"

"是。那最好。"

我侧身去抱她时,那孩子向我伸出了双臂。她很快就习惯了我。我用花言巧语哄她。她顺从了。我就是这样对付女人的。当然我对她并无所图。尽管她可以讲故事……

我带她去纪念公园——去公园,里面有流氓和醉汉。我并不担心。大人和孩子的组合相对安全;不会有人骚扰你,或者至少可以说不太经常。有婴儿牵连进去的抢劫已经消失了。那种弯身对着婴儿车,手里攥一个碎啤酒瓶,轻声威胁的家伙——现在不受欢迎了。在一个贫民窟与富豪两极分化的大英帝国,在一个如此接近千禧年的时代,他不受欢迎了,双倍不受欢迎了;没人支持他了。审判结果反映了这一点。为了普通妈妈钱包里的那点钱,这样做不值。所以那种事不发生了。或者总之不那么经常发生了。

让我印象颇深、难以忘怀的是婴儿那张脸蕴含的力量——力量。那脸很紧绷,就像一个紧绷而凸起的肚脐,充满各种可能性,蕴含无限的力量,仿佛那可能发生在她身上的百万件事情,那可能在某一天出现的百万个小金的本质都集中在那张强有力的脸上了……但我还是纳闷。妮古拉的脸也很有力量。她紧闭的双眼周围消瘦的肌肤也很有力量。或许在她身上,效果完全颠倒或者截然相反吧。因为妮古拉的脸、妮古拉的人生只有一种未来,完全定格了,完全设计好了,她现在正稳步加速向之迈进呢。

所以，城市的花园，贱民的花儿，运动场上的彩色图腾（我们都该如何诠释呢？），不可触碰的穿着钉鞋的年轻人，空中的气象，嵌在长凳上的不属于任何阶级的老人，还有婴儿甜美的气息、浑圆的脸蛋，有如眼球一般娇嫩。你不会想去碰她的。你不会想让任何东西碰她的。

第九章 做真正的好事

霍普·克林奇身穿家常便服和拖鞋,腋下夹着信,大踏步走向阳台,途中机械地停下来用下巴碰碰一盆花。那是孤挺花,比一周的平均工资还要贵很多;但长得不茂盛。压根没开花。很快就不得不把它拿回去——让梅尔巴、菲尼克斯或者莉齐布——拿给那个不诚实的花匠,要么换新的,要么修整修整。

她坐在桌边,打开第一封信。低头说道:"我刚才跟梅尔巴聊天了。关于巴纳比勋爵夫人。灾难呐。"

盖伊放下字谜游戏,抬起头来。他依旧穿着白色棉布长睡衣。盖伊经常穿长睡衣睡觉。霍普有阵子觉得那很可爱,十五年前吧。"噢,是吗?说说呗,"他说。

他们的花园外头便是公共绿地,每个季节都湿漉漉的,杂草丛生——但这个季节却没有。盖伊知道母狗会把草坪作践成什么样子;在他看来,那些褐色的长条好像是一个超大个的畜生所为。但狗是不被允许出入公共花园的。事实上那只是九月的太阳。太阳!盖伊闭上眼睛,在想一个九千万英里之外的东西如何能把他的眼睛变成一个飘着鲜血的霍克尼游泳池呢……草坪上,仿佛挤奶女工在挤奶似的,小孩子在肥胖的保镖与更加肥胖的保姆中间玩耍,保镖和保姆们小声嘀咕,提醒他们留神。在那儿是看不到马默杜克的。他正在育儿室，考验一个新来的互惠工呢。他们听着他由衷的嚎叫——仿佛泰山在向简[1]展示如何在藤本植物上行走一般——每隔几秒都会因为某种诡异的碰撞声退缩一下。盖伊大受鼓舞地对着妻子低着的头微笑。那就是他们的婚姻（早饭是其主要的圣事），就像放在东倒西歪的桌子上的陶器，等待别人的破坏。

"那个南斯拉夫之旅，"霍普说着打开另外一封信来读，"她夜半时分抵达。也不知什么原因，那趟飞机途经奥斯陆。第二天早上她被载她去旅馆的出租车司机骗得身无分文。只是那并不是什么旅馆。你本想梳洗一下的，可笑的是，那却是某种兵营，满是疯狂的暴徒。"霍普又打开一封信，开始读起来。"那时她完全崩溃了。没人知道接下来发生了什么，但是几天后她被发现在萨格勒布机场附近徘徊，没有任何行李，也没戴眼镜，对此我感觉有些内疚。"

"马默杜克。"

"马默杜克。领事馆有人用船把她送回。她回到家，发现屋子被洗劫一空了。梅尔巴说，除了地板和油漆，什么都没了。接着她显然昏了过去。但庆幸的是，锅炉爆炸前，她刚好走到楼梯上。现在那里还有一吨水呢。"

"太可怕了。我们能做点什么呢？她现在在哪里？"

"在医院。"

"保险呢？"盖伊狐疑地问。

---

[1] 泰山和简是电影《人猿泰山》中的两个主角。

霍普摇摇头。"她被销户了。"

"我的上帝。如此说来,她那个绝好的年轻人——"

"没那么好。"

"……现如今你什么人都不能相信,"盖伊说。

"绝对不能相信,"霍普说。

这时候马默杜克来了。从双开门闯了进来,那个被他弄得一愣一愣的互惠工没能把他看住(她充其量只是镜中的一个影子)。尽管盖伊和霍普习惯性地迅速采取行动,马默杜克还是志在必得。面对盖伊的挑战,他一头撞在桌腿上,抢在霍普把托盘撤走之前。世界大乱了:碎玻璃杯,碎瓷器,小孩的血,泼洒的牛奶,泼洒的牛奶。

尽管盖伊为巴纳比勋爵夫人近来的厄运难过,但他还是很容易就找到了一种平衡感。毕竟,当谈起在异国他乡的极端遭遇时——迷路啦,无处安身啦,仓皇逃走啦——他总是禁不住感觉自己在打一个高级联赛。呃,不是打联赛,只是观看:成千上万个观众中不起眼的一个,在高高的看台上。

整整一周,他都开车去齐普赛街,去得相当早,把自己关在办公室,对着咖啡和四部电话。他拨电话。他熟悉宣传慈善的声音,静静地劝人行善。坏事都与钱有关。善事也是如此。但是他知道他对坏事一无所知。当然,只要你说出印度支那[1]这个词,马上就能听到电话那端的喘息声——从听筒直接传入你的内耳。"忘掉其他任何地方,"通讯处的接线员说,那声

---

[1] 指中国和印度结合部的中南半岛,包括老挝、越南、柬埔寨。

音是如此亢奋，盖伊一时还回不过神来。"忘掉西非和土库曼斯坦。这里才是狗屁风波之地。"他没有主意。没人有任何主意。好像压根就没有什么主意。面对此种情形，他稀里糊涂地感觉需要来点大胆草率的举动。盖伊出去买了些烟，坐在那里一边笨拙地抽着，一边拨电话。

他为何这么做呢？跟其他所有人一样，盖伊对重大的坏消息没什么兴趣。跟其他所有人一样，他每日就着恐怖吃早餐，日复一日，直至麻木了，迟钝了，日报也懒得读了。扩大眼界，通讯革命：呃，眼界缩小了，走向了革命的反面。没人想知道……我为何要做这些？他心下狐疑。因为那是好事？思维——连贯的思维——就此打住。盖伊在脑海中无数次回放他跟妮古拉吃午饭的情景，以至于胶片都被磨薄了，上面布满了星星点点的划痕，朦胧了他疲劳的双眼。他能看见她的喉咙，她开合的朱唇。在声带上，她的声音清晰无比，带着外国口音，事无巨细地吃力地说着。她说她身上流着犹太人的血。当盖伊试图说出她的魅力何在时，他想到的不是她的乳房，也不是她的心，而是她的血，她的血有节奏地牵绊着他。你会如何对待一个人的血呢？闻它，尝它，在里面沐浴？向它示爱。分享它。或许你可以把这归结为保护吧，保护总是包涵一些野性的、动物性的成分在里头。那是他想要的吗？他是想要她的血吗？

印度支那事件，尽管发生在这个星球、发生在二十世纪，而且在这两方面都绝对典型，却被要求从天文学的角度去考虑。首先，它模糊，遥远，异常黑暗。当双方都同意，或者当

"双方都同意"暗中操作的时候，傀儡战争就把事情复杂化了。杀掉所有记者的这一条件他们很快就下达政策做到了，并在报刊和电视上大肆宣扬。外国记者再也不能在帽饰带上佩戴媒体人的标记从一个散兵坑跳到另一个散兵坑，然后在希尔顿炙烤的屋顶花园上边喝鸡尾酒边用传真机把故事发走了。作为回应，流浪的摄影人租来了吉普和摩托车；染了疟疾的战争狂徒从鸦片房里走了出来，壮大特约记者队伍；一条腿的摄影师站在边境的路上，向空中竖起大拇指，他们的头盖骨里依然存有榴散弹的碎片呢。他们进去了，但没再出来。盖伊抽着烟，退缩了一下，揉了揉眼睛，心中纳闷是否有人真能忍心去看。

那些出来的人迟缓、窘迫、虚弱，就像疲倦的光。一方面是简短的肯定回答或是幸存者心不在焉的咯咯声，在撞击或爆炸声中显得尤为清晰；另一方面是一刻也不停息的卫星，耀武扬威，若无其事，在其捕捉的画面中，一切有人性的东西仿佛都被排除在外了——尸骨场，骷髅窝。这是一种新型冲突；用时下流行的行话，就是突发战争，完全没有约束的战争，难以避免，也是超级战争；是傀儡战争，因为世界强国把它挑起，在其间进行武器试验，让彼此忙个不停；但费用却来自德国、日本和其他权力制衡的国家。"要想知道那里的情形，"红十字的知情者告诉他，"你只需看看七十年代的红色高棉，然后样样乘以十。伤亡人数。卷入地区。不，平方化。立方化。"盖伊依言行事，结果是个天文数字。因为如果有数以千百万人卷入战争的漩涡，另外又有数以千百万人需要知道他们是死是活，另外又有数以千百万人为那担惊受怕的千百万人担心的话,那很快……很快……

他从未感觉如此有活力。

他从未感觉如此开心——这就是丑陋的事实。或者说很多、很多年都没如此开心过了。他回到家中,意外地受到了妻子的赞许(在办公室待了一天,他突然变得有价值了——既有新价值又有通常意义上的价值),也遭遇了马默杜克嘲讽的暴力。他给霍普倒上酒,帮她端到梳妆台前,吻她的脖子,心中想着别的事情,别人的脖子。那是让人一饮即醉的东西,一放冰块就激发了她补药的效果。她拍拍他的办公室脸颊,抚平他的计算器眉头,深信他是出去挣钱了。实际上他在做什么呢?盖伊需要那种巨大的混乱。感受大众的悲惨带来的冲击,你还想要更多——更多的悲惨,更多的大众。你定会上瘾。难怪每个局外人都有将之描黑的冲动。

"艰辛的一天?"

"不全是。"

"可怜的你。"

可怜的他们。但是很好,很好!他的动机经不起检验,片刻也不可以。他以为(当他以为)他在学习人生的一些道理,那总与死亡有关。他以为他有一次真正做好事的机会了。他的动机经不起检验。也没人去检验。爱首当其冲确保了那一点——现代的爱,以某种狂野的新面貌出现。现在我已经得到够多了,当然要感谢上帝。那明天给她打电话吧,他帮霍普拉拉链的时候,这样想道。

盖伊进展得很好。他在做真正的好事。

沉浸在这种欣喜而又忧伤的新情绪中,盖伊爬上了通往妮古拉·西克斯房门的楼梯——路上经过婴儿车和自行车,棕色信封,张贴的父母守则、市民守则、社区守则。他中途停下,不是为了休息,而是为了思考。你肯定知道那种关于亚洲次文化在美国定会发达的理论是种迷思或者半真半假的陈词。第一波大都是越南的中产阶级——他们干得相当棒,的确。然而下一波,柬埔寨人:只需想象一下。你最后一次见到你的房子时,它离地一百英尺,陷入一片火海,你的爸爸、妈妈和六个孩子都在里面。你需要一段时间才能恢复。自此以后,你需要休息一阵子才能接纳美国。据推测,下一波,如果还有下一波的话,下一波甚至会更……盖伊正在往上走,突然听到有人下来:一个吸着鼻涕、拖着脚步的身影,脚穿沉甸甸的靴子。盖伊站在他猜测是倒数第二个平台的边上,心不在焉地抬起下巴。这一切都处在危机之巅,或者毋宁说是危机之下,在它的翅膀之下。这种通过他人代为实施的残忍……

"嗨,老兄。"

"——基思……抱歉,我处在半梦半醒之间。"

"我知道那种感觉。"

但是基思看上去的确与往日不同。并不仅仅是他那驯兽师的装扮和新吹的发型。实际上这些外在的形象还好像与他的新面貌格格不入似的,那是一种鬼鬼祟祟或者谦卑的神情。他两条腿不安地站着,脑袋低垂,把个什么浴室配件紧紧拢在胸前——还拿着一本书,平装本。盖伊也没空手。他没能解救两个感激的难民,但却带来了礼物,给妮古拉·西克斯的礼物。他为这份礼物疯狂地想了很久。能给她买什么呢?一幅提香的画,一艘游艇,一块里兹大饭店那样大的钻石。盖伊本想为她买下这个地球的,但却买了一个地球仪。不是老品种:是新品种。真正的地球,从太空看到的地球,沉重,神秘,用纱巾包着,呈现浅蓝色。他像哈姆雷特那样捧着它。

突然,基思耸了耸肩,把下巴歪至一侧,说道:"我只是来——帮忙的。"

"是,当然。我来也是同样的目的。"

"没啥区别。"

"我试着帮她找人。结果没什么运气。"

"你还是尽力了。"

"正是。"盖伊现在带着怜悯的喜爱看着基思。可怜的基思……

"哦,对。今晚你来吗?"

"什么?"盖伊问。

基思满怀敌意地看着他。"来看飞镖。"

"飞镖,对。当然。一定。"

"宝马。梅赛德斯 190E. 2.5—16。呃,就在那里,老兄。"

基思然后拖着脚步,吸着鼻子,飞快地走下楼去——那本书夹在腋下……

盖伊在走道里呼喊她的名字,迈着恭敬平稳的步子向前走来。起居室里没人。正如他想象的那般:低低的天花板之下,一片有趣的凌乱(高个子盖伊警惕地感觉到了头顶的压迫感），这儿一个茶杯，那儿一本外国杂志，开败的郁金香垂在玻璃花钵边（仿佛晕船了一般），家具陈设透出一股慵懒，大量的录像设备的枪柄式手柄和已经磨损的带子（他自己家里也堆满了这种廉价的玩意），一股放荡不羁的文化人留下的烟草味。窗户下面的桌子上，藤椅旁边，还有一封未写完的信……

"妮古拉？"他又喊了一声，轻轻甩一甩头。她用有些含混的声音在隔壁房间回应，说她不用一秒就出来了：显然是撒谎。他丝毫没有谴责之意地看了看表，双手放在身后，直挺挺地站着。过了一会，他移至窗边，向后瞥了一眼，然后把目光落到那封信上。"亲爱的巴恩斯教授，"他读，"谢谢你给我寄来诺布尔教授的文章，我不得不说，那既误导人，论证又蹩脚。我想他的意思是说艺术家常常与他的模特们发生性关系。他列举大量的例子来作证。但那些轶事对他论证观点并没多少用处。我如坐针毡，不知他何时会说，伦勃朗给莎斯姬亚画的肖像——或者，勃纳尔给马尔特画的肖像——'弥漫'着性知识，或者反映了画家有一种强烈的愿望，想要'进入'他坐着的或靠着的模特的身体。他的文字总是引人做出这种粗俗的联想。私下说一句，"盖伊读完这一页，伸手想去翻页，但他轻轻抖动了一下，克制住了。她懂艺术呐，他振奋地想。而且字还挺漂亮：严格说来，虽不如霍普的字那般优雅，但却更圆润，更有表现力，带着点莉齐布的那种女性的丰满。盖伊突然意识到他以前从没做过这种事。从没与一个同龄女子单独待在她的寓所，偷偷摸摸，瞒着霍普。妮古拉的起居室"正如他想象的那般"。他究竟是如何想象的呢？或许，他可以说自己的遐想很纯洁。然而他的梦却由不得他自己。呃,他想,我们无法左右我们的梦。盖伊把视线转向书架,轻快地走过去,松了一口气。他抽出那本《彩虹》,看了看扉页。基思拿的是什么书呢?可笑。竟然忘了。《维莱特》?《教授》?《雪莉》?不,很显然不是《简·爱》……

我明白了。她显然在哭,妮古拉走出卧室时,盖伊自言自语道。她的大花脸明白告诉他了——告诉了他什么,他不清楚。盖伊并不觉得她这个时候出现在他面前有何不妥,因为霍普也是一样:总是当着你的面哭泣,或者给你看她哭过的样子;绝不会退缩或者躲藏。盖伊看了一眼妮古拉的身后,镜子里显示床上乱成一团。是:极度、极度抑郁的栖息之所。上帝啊,瞧!——那可怜的家伙连路都不会走了。脚步如此踉跄。那张痛苦的脸,仿佛因为内心深处的痛都被扭曲了。嗯。颧骨上还有令人不快的伤痕。当然,现如今,就连最光芒四射的脸都……她不留神的话,会撞到那张桌子的。哎呦。跟她在一起我总有一种冲动,一种想要伸手扶她的冲动,假如我敢的话。

"太热了,"她说,仿佛在谴责谁似的。

"是,我知道,"他抱歉地说。

有一会儿,盖伊试图称赞她的书架,还谈起其他一些无关紧要的事情(象棋啦、基思啦、炎热啦);但是提及那些烦心事似乎太残忍了。他尽可能柔和地开了口。面对第一股失望之潮,她的人、她的力场差不多都死了。她坐在沙发上,身子前倾,双手交叉放在膝上,膝盖靠拢,脚踝叉开,但脚指头差不多挨在一起,就像坐在校长办公室的小孩子一般。妮古拉的整张脸动都没动一下——或许只动过一下吧,就是他谈起绿色和平组织的那个人对伊诺拉·盖有点印象的时候,只是那又是一次无果的搜寻。当悲伤来临,那些缓缓流淌、异常晶莹的泪珠开始在她脸上画地图时,她才仿佛得救了一般。

"对不起,"他说,"太对不起了。"

一分钟过去了,然后她说:"我要表白。"

在她表白之际,在他听她表白之际,他的后脑勺仿佛发生了一系列轻柔的爆炸,一系列微妙的调整。一股重量压将下来,甘之如饴,变幻多端——地心引力,提醒你,在所有的力中,你只需带着这腔热血。

"还有一件事。我警告你,我是个可笑的人……"

她就这样带着困惑与不耐烦,一股脑说了出来。盖伊对自己笑了笑。盖伊微微在内心笑了笑,说道:"我差不多猜到了。"

"你什么?抱歉,我……我不知道人们还能看出来。"

"哦,是,"他平静地说,"事实上,那很明显。"

"明显?"

他老早就猜到了,现在他感觉到了妮古拉·西克斯的完美与纯洁。毕竟,这并不是一个罕见的策略,在这样一个谨慎的时代,这样一个自我独立的时代。那讲得通,他想——听起来像是真的。因为如果你把霍普抛开,妮古拉和我就一样了。处女地。盖伊现在重又感觉到性经验的奢侈了。他从未遇到过比他还没经验的人;即便是有四五次不愉快交往经历的莉齐布,他也觉得是个性爱高手(饱经爱情的风霜),就像阿娜伊丝·

宁。这也许还意味着我能安全地去爱呢……但那相反的冲动又是从何而来呢？为何来自另一个世界的另一种声音却让他去撕开那件纯洁的白裙，去征服那个褐色的身体，把它翻个里朝外呢？

"只是你身上散发着这种黑色的光芒。包涵什么东西。遥不可及。"

她带着楚楚可怜的懵懂，站了起来，走到窗边，双手依然勾在一起。盖伊叹息一声，也随之爬了起来。

"这是给我的吗？"她问。地球仪立在她的书桌上。她转向他，双手撑着两颊。"它依然很漂亮，不是吗？"

"亲爱的，你——"

"不，不是我。是地球仪，"她说，"现在请离开吧。"

"……明天我能给你打电话吗？"

"给我打电话？"她透过泪眼说道，"这是爱。你不懂。给我打电话？你想对我做什么都可以。如果你愿意，也可以杀了我。"

他伸出一只手去摸她的脸。

"不要。那可能会杀了我的。如果你碰我，我可能会死掉的。"

翌日早餐时，霍普告诉盖伊，车又坏了，他得拿去修。盖伊点点头，继续吃他的麦片粥（车差不多一周就坏一次）。他看妻子穿着晨衣在厨房来来回回走动。在这之前，若是她知道了一切，她有可能会叫来精神病医生的。但是现在，经过昨天以后，她没准觉得有理由叫来律师，叫来警察呢……盖伊起身离开时，感觉有必要跟她说点什么。

"你在吃什么药片？哦。酵母片。"

"什么？"

"酵母片。"

"它怎么了？"

"没什么。"

"你在说什么呢？"

"抱歉。"

"上帝啊。"

车差不多一周就坏一次。在街上，盖伊打开大众汽车的车门（那车从来不锁），用个写着"音响已经没了"的牌子盖住驾驶座上的碎玻璃。他把车开到圣约翰伍德的一家车库。爬出来之前，他把祈祷书从曾经（多年以前）安放立体音响的位置上拿开，那个缺口都已被磨得很旧了。照例是耸耸肩，点点头。盖伊等着对方一贯的不靠谱承诺时，他也许在想跟**另外那个女人**相处该会多么容易啊：她不会逼你去修车的，她还会悄悄地把酵母片吞下去的。

盖伊步行沿着梅达谷往下走。树木过早地落叶了，头顶骄阳，形容枯槁，枝头光秃，羞愧难当。伦敦的鸟儿呱呱乱叫，以示怜惜或抗议。太阳正在做它一直在做的事情，日以继夜，持续一百五十亿年了，那就是炙烤。为何没有更多人去崇拜太阳呢？太阳有如此深厚的资本。它创造了生命；它异常神秘；它如此强大，地球人都不敢正视它。然而人类却崇拜人，崇拜被赋予人形的东西。他们不加分辨，谁都崇拜。一个印度的体操狂、一个埃塞俄比亚的杀人狂、一个十九世纪的名为莫罗尼的美国天使；盖伊自己的天主教上帝或无名教主。她上嘴唇的汗毛，似乎有点可笑。太阳位于一个单位之外：一个天文单位。但是，今天你感觉太阳并不比珠穆朗玛峰高多少。靠近它并非什么好事，真的。太阳作为一切生命的赋予者，现在又在夺取生命，生命的剥夺者，致癌物。究竟是一种错觉，还是她的臀部与大腿之间就是有一定的空间，她的两条大腿之间就是有个曲三角呢，就在上面？盖伊继续向前走去，沿着埃尔金大道向下。他感觉很快乐——或许是顺应了天气（如果要在童书上画出这个太阳，它一定是在笑的）；快乐的憧憬，快乐的回忆，快乐的尴尬。他想起一年多前的一个早晨。是的，他刚帮马默杜克打了嗝；事实上那孩子病了，趴在他肩上（干洗店的人来了，用个指甲狐疑地刮着灯芯绒。你说"宝宝病了"，每个人都投来宽容的微笑，每个人都明白）。我抱着宝宝坐在床上，她在隔壁更衣或者冲澡。我突然感觉很冷——他病怏怏的身体趴在我的肩头，凉凉的——那是宝宝的头，头发光滑服帖，好似子宫，好似生物圈，好似这个世界，或者好似天体。我试试它的温度，宝宝头的温度，我想（哦，这些双关语和它们可耻的平庸——但我是认真的，我真的是认真的）：我有了，我现在有了……我现在有个小太阳了。

上帝啊——当心！——波托贝洛路，整个一条破损不堪的沟渠，支离破碎的，老鼠成灾。盖伊能感觉到整条街都在搜他的身——看他拥有什么，可能放弃什么。一群流浪汉在救世军旅店门口排队，等着汤或者其他什么可吃的东西，穷人的军队，征召入伍的士兵，窘迫的人们、无比窘迫的人们。个子高高、头发干净、牙齿清洁的盖伊痛苦地从旁经过，那些流浪汉和他们可怜巴巴的眼神。他只看见一堆可笑的鞋子，脚指头像马嘴一样伸出来，露出马牙……从前，走入黑十字就好似走入一个恐惧的世界。如今变换了位置，恐惧在他后面了，在他身后了，那扇黑乎乎的门更像一个出口。

十一点三十分，大家翘首以盼的时刻到了：随着狗的出现，再加一缕烟尘和一阵嗽声，基思·泰伦特踏进黑十字。基思的身份，在酒吧的影响力，一直很显赫，现在，经过昨晚之事，自然是无限制地提高了。关切的窃窃私语声逐渐演变成轻轻的掌声，掌声又慢慢地消失在激烈的、此起彼伏的祝贺声中。负责酒水的男招待彭果或许是最健谈的，准备好基思的一品脱贮藏啤酒之后，他伸出一只白白的胖手，只说了一声："飞镖。"

"耶，干杯，兄弟们，"基思说，他的斜眼病又犯了。

"你做到了，老兄，"塞隆尼斯说，"你做到了。"

基思用贮藏啤酒漱漱口，含混不清地说："耶，哦，他搞砸了，不是吗。不是对他不敬，伙计，但黑鬼的秉性就是捉摸不定。第二轮的第一局我落后，他不是掷出了140分吗？还有三支镖掷在了双倍区的16分？他搞砸之后，我就知道我胜券在握了。在关键性的第二轮第三局，我先是对他的60分给与了惩罚，接着——153分的杀手锏。三倍区的20分，三倍区的19分，双倍区的18分。香槟飞镖。表演。那或许是当晚最精彩的部分了。那样的收尾你无可挑剔。绝对无可挑剔。"

"对你的飞镖功底，"塞隆尼斯从容不迫地说，"是个严峻的考验"。

波格丹说："你应对大场面的比赛——游刃有余。"

"比赛场地的选择对次一级的选手来说会是个问题，"迪安说，"你招架住了……"

"你对付了……"

"挑战……"

"布里克斯顿的左撇子，"塞隆尼斯叹了口气说道。

基思转向盖伊·克林奇，盖伊正倚在弹球桌上，面带怯怯的微笑看着他们呢。"还有你，"基思说着向他走来，"还有你，"他边说边用手指戳他。"你太棒了。昨晚表现得棒极了。表现得棒极了。"

盖伊无比感激地盯着基思的眼睛——今早那双眼睛真的（他想）看上去非常奇怪。包含着一种明亮的不纯与内爆之物，还噙着一滴半月形眼泪；但最最奇怪的是它们的位置。那收缩的瞳孔仿佛试图扩展两个眼眶之间的距离——事实上它们都跑到太阳穴的位置上了。上帝啊，盖伊想：他看上去就像一条鲸鱼呐。一条虎鲸？不。是某种温和的气喘吁吁的老家伙。蓝鲸。抹香鲸。是的，还有那不可思议的苍白……盖伊报着酒，听着基思的赞美，还有波格丹、诺维斯、迪安、帕特和兰斯的赞美。他审视他们的面孔，寻找讽刺的意味。但他看到的全是认可与欢迎。

"我从来都不知道，"基思说，"我从来都不知道你如此有趣。"

当真是那样吗？盖伊见完妮古拉后，回到家中，跟马默杜克一块用了茶点。霍普在跟丁克·赫克勒打网球呢。然后他冲了很长时间的淋浴（有时候，把头发上的乳酪蛋糕和糖浆全都冲洗干净可不是易事），换了身衣服，大约在七点钟，步入黑十字。也步入了飞镖的癫狂。横幅和帽子上都印着基思这一传奇人物，呼声震天，"飞镖，基思！""基思！"基思本人则情绪激昂，用沙哑的声音大声喊着"飞镖！"外边，两辆货车的发动机疯狂地转动着。所有人都挤了上去，当然除了基思，他坐另一辆车。"我带他去，"法克说，"用那家伙，"他指着门外的青铜色捷豹。盖伊然后在货车后头待了四十分钟，一路上，白人和亚洲人又是抽烟、又是大笑、又是咳嗽，黑人则沉默不语，一副难以捉摸的表情，半瓶苏格兰威士忌骇人地、无声地传来传去。

"入场时，他们显然想闹事，"迪安说。

"当真吗？"盖伊问，他没看出有何异常，除了推推搡搡、玩笑打趣、人山人海、黑人裸露的肌肤发出大量的热气之外。"你是怎么看出来的？"

"他们刺了兹比格老大，"兹比格老二说。

"没甚要紧，"基思说，"兹比格老大？他没事。下周某个时间就可以出院了。"

飞镖比赛开始了，不是在泡沫夸脱正厅（彩色玻璃、厚厚的帘幕、朦胧的疯克音乐），而是相邻的礼堂，当地人对此真是兴趣浓厚啊。正如基思所言，这项运动激发了全体布里克斯顿人的想象。站在深及脚踝的锯末里，盖伊猜想这个礼堂最近曾被使用过，无疑经常被使用，当过舞厅，当过教堂；之前还当过学校。他只是这么感觉。没有他上过的学校的那些特殊标识（上千英亩的公园用地、奥林匹克游泳池、计算机房，等等）；但是低矮的舞台，损坏的天窗，钟表上的罗马数字，消音嵌镶板——所有这些都告诉盖伊，这是学校。而且还是一所男子学校。他环顾四周（这的确让他心烦），到处都没一个女人……长凳子像在礼堂那般被井然摆好，很多因为哄闹被踢翻了，最后大家终于坐了下来。但是比赛开始时（没有任何仪式），每个人又都站了起来。倘若每个人都坐下，你在座位上就能观看比赛的。但是每个人都站了起来。于是，每个人都站了起来。

就飞镖而言，并没什么可看的。基思的对手年纪很轻，肤色很黑，鲜明地集暴力与庄重于一体，长着一张完美而又精致的脸，修剪的头上竖着一缕紫罗兰色的头发。两个黑人裁判用粉笔和麦克计分，多次犹豫，多次更改。基思身穿防辐射服、斗牛士喇叭裤，迈着从容的大步，侧身而行，显然是台上最粗俗、最邋遢的一个；但截止到目前，他看上去却是最适应的。

"你收尾收得漂亮，"迪安说。

"观众的敌意，"基思认同地说，"让我有压力。他们不知道——基思·泰伦特越有压力发挥越好。"

"你收尾收得漂亮，"迪安说。

"作秀，不是吗？"基思说，"纯粹是作秀。"

观众的敌意，盖伊发现，无疑很明显。早先表现为尖叫、扔硬币和跺脚，还至少有三次真想要基思的性命。不过后来，随着基思飞镖掷得越来越好，观众的梦想也变成了噩梦……抽泣声、恸哭声、哀求声不绝于耳（终于有女人进来了吗？），盖伊看到有个男人把啤酒瓶碎片放到自己脖子上，快速地嘀咕什么，眼皮半睁半闭，眨呀眨的。台上，基思以作秀相回应。作秀包括各式各样下流的动作，对着没有鉴赏能力的观众的脑袋进行一系列佯攻，还有一种习惯尤其激起民愤，那就是在转身准备投掷时，假装或者真的去拉夹在屁股中间的内裤。

总之，经过半个小时的大喊大叫和散发体热（盖伊在这两方面都有所贡献，大喊"飞镖！""基思！""飞镖，基思！"，越喊越起劲），大家好像一致认为比赛结束了，基思胜出。基思突然宽宏大量，转向对手，不料对方猛然把飞镖当刀，向他冲来。

"刺伤了自己。在手上。用他自己的飞镖。"

"情绪太激动，"诺维斯说。

"是的，"基思说，"毫无疑问，他为自己第二轮的关键性失误悔青了肠子。"

"必须的，"迪安说，"必须的。"

盖伊是在停车场赢得大家一致好评的。他回想当时：在熟悉的伦敦夜幕中，坑坑洼洼的路面暴露在车灯之下，那两辆货车和法克的捷豹前面有一堵黑鬼组成的人墙，举着火把，呲牙咧嘴，铁链叮当作响，还有一股汽油或煤油的味道。那一刻，基思沉默不语，缩在后头，一部分兄弟围着他，他们的冠军或者纯种马。

"我本该亲自过去的,"基思说。

"不。"

"不想让他们得逞。"

"没错,迪安,没错,"基思说,"保存体力。已经料到四分之一决赛会是如此了。"

然而盖伊却走了过去。直线前行,像长颈鹿那样挺直腰板;毫不迟疑,只说了一声"劳驾",声音清澈,无可辩驳,当一个黑人男子向他冲过来时,他说,"不要找打",然后径直走过,人墙分开给他让道,一切不攻自破……盖伊品着酒,听着赞美,陷入了沉思。他的父亲曾经骁勇善战。在战争中,被提拔为准将,他十几岁时在克里特的游击战争中就是个赫赫有名的上尉了,全身血迹斑斑,挂满奖章,从那些山上下来。昨晚,盖伊没觉得自己有什么危险。他觉得那些黑人心中想着别的事情,某种不得而知的事情。不管怎么说,停车场和那儿的演员们好像只占据了他十分之一的思绪。在任何时刻,只要奋力一跃,他就可以自由。自由,奋力一跃,爱的量子之跃。

"不,"基思说,一双湿润的眼睛真诚地盯着他。"不。你真的很棒。"

假如我很勇敢,盖伊想,或者一时很勇敢,那我在大街上的感觉是什么呢(空气都能把你晃倒,那幅展现流浪汉脚趾的《格尔尼卡》[1]!),依旧那么感觉吗?那就不是恐惧了。是羞愧与怜悯。但不是恐惧。

---

[1] 毕加索的一幅著名油画。

稍后，在基思的建议下，他们去各各他好好喝一杯色情酒。吧台有三个酒徒在等，他们在等待之际，基思竖起一张十英镑的纸币，转向盖伊，说道："你，呃，见那个妮基了？"

盖伊想了想。基思的时态他理解起来常常有难度。"是，我见过她了——那次……"

"帮她排忧解难。"

"没错。"

"没错。"

不能说他二人陷入了沉默，因为各各他没有沉默可言。然而待到他们排到吧台（他们也像其他人那样尽可能长时间赖在那里，纯粹为了占地盘），一种裂缝已经产生，现在越来越大，横在他们中间。

盖伊说："我……抱歉？"

"不。你说？"

"不。你请继续。"

"不，我只是说——我应付不了这么多女人。伤一个人掷镖的元气。"基思咳嗽了一会，而后眼泪汪汪地说："我尊重我的身体。现在我得好好照顾自己。为了飞镖。很难办，虽有这么多女人在身边，你还是有所舍弃。不得不如此。"

他们缓缓离开吧台，拿着酒杯站在一根柱子旁，正对着噼里啪啦的钢鼓乐队。

"你不会相信，"基思喊，"你不会相信我拒绝了什么。譬如昨天吧。"

当基思开讲猥琐的《十日谈》，大谈特谈近来的手忙脚乱,一拍即合,勇敢地给人家戴绿帽子,迫不及待地互抓互摸,速战速决,体能训练,趴着搞,站着搞,盖伊心下思忖——皱着眉头思忖——男人正常使用的策略是多么粗俗啊。阶级策略亦是如此,他认为。要让基思看到横亘在他与妮古拉·西克斯那种女人之间的宇宙距离得需一段宇宙时间。你得离得相当之近才能看到和感觉到。毕竟,如果你从冥王星的无菌停尸所看过去(盖伊在想最近一期的《旅行者》上刊登的照片),太阳不过是一颗异常明亮的星星而已,具有警醒意味的十字形星星,一颗明亮的星星——在你没感觉到它的热量之前,是颗冷冷的、明亮的星星,好似上帝挥舞的宝剑。

他那天下午早些时候给妮古拉打电话时(从西邦尔公园的一家墨西哥快餐店),她的声音听上去正如他期待的那般:直接、单纯、友好、低沉、透着温暖——而且理智。是的,他希望她能保持理智,因为他经常为她脆弱的神经担心。她即便对于这个世界来说算不上太好,在他眼里,她也是对于这个时代来说太好了;这就是他眼中的她,一个不合时宜之人:博物馆的藏品,时代的遗孤……她正赶去做演讲呢(这时盖伊仿佛看见她兢兢业业,步履匆匆,一堆书紧抱胸前,丝巾被风吹起),但她太想跟他说话了。能拜托他晚上再打来吗,六点,六点整?

"当然可以。你要讲什么内容?"

"唔?呃——'弥尔顿与性'。"

"呃,那不会持续很久的,"盖伊说,他的幽默一向都是幸福的满溢,从来不是讽刺的逆流。不管怎样,他稍稍有些后悔说出这样的话来。

"事实上,我想他们指的是性别。"

"哦,对。他忠于神。她忠于他身上的神性。诸如此类的东西。"

"对。诸如此类的东西。我得跑走了。"

盖伊让那个墨西哥女主人给他做一个超级煎蛋卷(他希望能多用几次她的电话),她将之包好,他则愧疚地把它藏在了拉德布罗克丛林的一个空垃圾篮里。

"呃,你觉得如何?"霍普问。

"谢谢你,"盖伊说。他不是对霍普说的,而是对着那个负责监管——或者就是站在近旁——卡文迪什广场地下停车场自动检测的男人。他见过盖伊多次,认得他的脸。但他并没因为遇到熟人或者那里发生的任何事情就振奋多少。

盖伊收回信用卡,驶入光亮之中。"这交通,"他说。

"上帝啊,多少次了?听着:你就是交通。"

"……我认为他说得很有道理。"

"三百基尼的道理?"

"关于'呼吸新鲜空气'一事。"

"我就知道你会说那个。"

"如果不说'对我敌视'一事的话。"

"我知道你也会说那个。"

他们刚刚咨询过的那个哈利街[1]上的医生是个儿童极度狂躁症专家。他在诊所见过马默杜克,也去家里拜访过,正如事先承诺的那样,马默杜克在家里是可以很放松,可以保持正常状态的。在诊所他完全让人无法忍受,在家中他完全令人瞠目结舌。即便是今天,差不多三周过去了,医生的右眼上还绑着块纱布呢。双方都认为,法律事务不应该影响他们的业务关系。最近,盖伊就与马默杜克相关的个人伤害案办了保险,好像非常划算。再近些时候,他又给上述保险也办了保险。

"关于'对你敌视'的问题,"霍普说,"我想他对弗洛伊德进行了一些改编。"

"我也这么想。但我更喜欢弗洛伊德。我宁愿马默杜克是因为弗洛伊德说的那些原因而不喜欢我,我也不想他只是因为不喜欢我而不喜欢我。他为何就不喜欢我呢?我一直对他那么好啊。"

盖伊转过头来。霍普正面无表情地看着到处是车的街道。他有些小心地轻拍了两下她的膝盖。他们最后一次真正的拥抱,事实上,是为了辅助那个医生才演出来的——是个辅助医疗的拥抱,是演示的一部分。在家里,在厨房,盖伊拥抱妻子,医生在旁观看。正如预料的那般,马默杜克从房间那端猛冲过来,对着盖伊的小腿肚满口牙咬下去。盖伊被要求忍着,于是他忍着,一直保持拥抱的姿势,直到马默杜克开始用头去撞灶具。

---

[1] 伦敦的哈利街是许多名医所在的地方。

"回到'新鲜空气'的问题上,"盖伊说,"或者回到'半个小时'的问题上。"这里是指霍普最具争议的规定之一:马默杜克一天在外待的时间不得超过半个小时。"他仿佛认为一个小时也是安全的。"

"不,他没有。他说那可以容忍。"

"你那是拘禁。小孩子喜欢四处乱跑。四十五分钟如何?他需要新鲜空气。"

"我们都需要。然而一点也没有。"

一点也没有。很难解释清楚,很难为自己辩护——对年轻的一代(盖伊是说),对再往后的一代,你如何开口呢?呃,我们怀疑,我们为了一己之便使用喷雾罐和垃圾食品包装袋,以后可能要做出牺牲。我们知道会付出代价。诚然,说什么臭氧层遭到破坏对你来说可能有些深奥。但不要忘记那对我们有多大的好处:我们臭烘烘的腋窝,我们热气腾腾的汉堡包。尽管我们或许可以只靠除臭剂和发泡聚苯乙烯来度日……

"看!"他们孩子似的不约而同地叫了起来。他们正沿着贝斯沃特路向下行驶,一只病松鼠颤巍巍地站在公园栏杆旁。

盖伊和霍普都笑了——对着对方笑,也对自己笑。"看!"他们以前也这样叫过——为了逗马默杜克开心。那儿有一只松鼠,靠在树墩上,道歉似的在呕吐。但马默杜克不在车内。反正马默杜克也不会被逗乐,因为他对动物不感兴趣,只是把它们当成新的可以伤害的东西,或是被它们伤害罢了。

七点的钟声一响,盖伊就从伊尔切斯特花园的一个安顿无家可归者的旅馆的电话亭给妮古拉打电话。那个墨西哥快餐店已经打烊了;不过搜寻可用的电话差不多成了盖伊·克林奇的一个爱好。就这样,妮古拉不断向他展示更多的生活层面。他捧着几枚硬币站在那里。身后是一户一户的人家,端着盛有少量饭菜的盘子。厨房显然在地下室,每个人都在自己的房间就餐。盖伊感到一阵同情,呼了一口气。一个半炸鱼条?给个正在发育的男孩?那妈妈们还不得——

他支支吾吾。"喂?"他说。"喂?……妮古拉?"

"盖伊?等等,"那个声音说,"这不是我。"

"喂?"

"这是录音。抱歉,只是我不相信自己能亲口跟你说。我不相信我的决心。你看……亲爱的盖伊,谢谢你唤起我所有这些情感。知道我还能拥有这些情感真是太棒了。我的阅读,将来,会更有生机。我将带着新的视野去读劳伦斯。我的爱人,如果你……但是我想,追求一种没有多少好处的事情实在是轻佻。那才是我们想要的,不是吗?好处?我永远不会忘记你的。我只是不得已——但不要紧。再也不要试图跟我联系了。如果你对我有一点真心——我想你有——你就会知道我的意志是多么坚决,多么没有商量的余地。你若是打听到了我朋友的下落,呃,或许可以留个便条。我永远都不会忘记你的。

"偶尔想想我。"

"再见。"

"再见,"他过了一会,低声说。

九个小时之后，凌晨四点，盖伊翻开书页，读道：

"北风呼呼吹，雪花快要飘，可怜的知更鸟何处去安身，可怜的小东西？"

马默杜克放下那本现代版的《晚安，月亮》，抬起头来，他正耐心地、孜孜不倦地把它撕成碎片呢。你可以读书给马默杜克听——那可以让他安静，或者让他快乐，或者至少让他忙起来。但你得允许他随后就把书撕成碎片。很快他就会去撕《鹅妈妈的故事》。但是此刻，孩子还在犹豫，他的爸爸继续读道：

"他会坐在谷仓里，自己暖自己，把头藏在翅膀里，可怜的小东西！"

马默杜克张大嘴看着。那本犬牙差互的《晚安，月亮》从他手中滑落。他叹了口气站起身来，向盖伊坐的矮凳子走去。他突然咧开嘴，伸出一只圆滚滚的小手，兴致勃勃地去摸他爸爸脸上的泪珠，手兴奋得直发抖。

当然，我一直试图把马默杜克勾勒得柔和一些。起初我以为他挺有趣——可实际上那孩子可不是闹着玩的。他一天能把父母搞崩溃二十次。我对他进行修正，也对他进行删减。有些东西你就是不能往书里写。

你背过去十秒钟，他就会跑到壁炉里或者窗户外边，或者一个角落里，用下体去摩挲电灯插座（他个子刚刚好，稍稍弯曲膝盖即可）。他的恶作剧带有很强的性特征，毫无疑问。如果走进他的育儿室，你通常会发现他把双手放在尿布前端，或者站在围栏的加筋杆后面，色眯眯地盯着哪个保姆扔给他的杂志上的泳衣广告。他的行为酷似一个高价位的维加斯应召女郎、一个高档次的性天后。对，就是那样。马默杜克看起来仿佛已在考虑加盟儿童色情事业了：他知道有那个行业，他看得出那是来钱快的行当。自然，他急于让任何一个靠近他的女人帮忙。他总是把一只手放在护士的工作服上或者用贵族气派的舌头去舔互惠工的耳朵。

我不会想到莉齐布是他喜欢的类型，但他对她甚是迷恋。

因卡纳西翁和我成了最要好的朋友。再也没有什么能阻止她跟我聊天了。

"一个人生活,你知道,"她今天说,"没关系——很好。"威严的因卡纳西翁一个人生活。她的丈夫过世了。两个孩子都已长大。他们住在加拿大。她来了这里,他们去了那里。"有好处。当你独自一人生活,你何时想做什么就做什么。不是他们想做的时候。是你想做的时候。"

"没错,因卡纳西翁。"

"你想洗个澡,你就去洗。你想吃东西,你就去吃。无需跟他们说。这很适合你。你困了,你想上床睡觉,你就去睡觉。不用问。你想看电视。好!你就去看电视。随你的便。你想来杯咖啡。——咖啡。你想打扫厨房,你就打扫厨房。你或许想听收音机,你就去听收音机。"

是的,对于任何你想独自一人去做的事情都是如此。但是谈了二十分钟一个人生活的好处之后,我们又谈了二十分钟一个人生活的不好之处,比如永远都没别人在旁,以及诸如此类的事情。

收到一封马克·阿斯普雷的来信。

他说他有一种蠢蠢不安的欲望,想杀回伦敦过几天,下个月的某个时候。他列举了协和式超音速喷射客机的种种便利。他还说,如果能劝我在同一时间回到纽约,在我的公寓住上同样的几天,会很方便,也很公平——他还补充说自己不常使用我的公寓。他抛下暗示,说是有一位大名鼎鼎的女士,在广场的公寓里招待显得轻率。

至此我已成了一个习惯性探秘者,马克·阿斯普雷办公桌的所有抽屉都被我翻遍了。我发现了更多战利品，但不宜公开示人。见不得人的东西。色情书信，缕缕发丝（头上的和下体的），艺术照片。中间的那个深深的抽屉被牢牢锁住。没准里面藏了一整个女孩呢。

我甚至还看了一些他的剧本。很可怕。没有摩擦的传奇故事，世代相传下来的。《高脚杯》以亚瑟王的故事为背景。写得还可以；但不是特别棒。我不明白。他是那种奏出一个可怕的音符就可得到无限回报的家伙，就像巴里·马尼洛。

这是一个不堪的想法。我又在看妮古拉的日记了。她用首字母来指代她的男朋友们。温顺的 GR，狡猾的 CH。有自杀企图的 NV。离婚后精神崩溃的 HB。TD 和 AP 两个酒鬼。逃到新西兰的 IJ。BK 显然去加入外国军队了。可怜的 PS，一命呜呼了。

唯一一位她经常提及，唯一一位能有一半配得上她的，"唯一一位曾让我犯傻的"，最帅的，最残忍的，床上功夫最好（迄今为止）的：名叫 MA。住在西伦敦。从事与戏剧相关的行业。

我又不迷恋妮古拉·西克斯，那为何这个想法要了我的命呢？

终于来了。哈特小姐的电话，或者，更确切地说，是珍妮特·斯洛特尼克的电话。

"我是珍妮特·斯洛特尼克？哈特小姐的助手？""是，是。""呃，先生，今天我们霍尼格·乌尔特拉森自然是一片欢腾。""是吗?""我们知道我们开出天价买了它。""是吗?""嗯哼。关于约翰·列侬之死的新书!"

我就不把她说的关于约翰·列侬之死的一切废话都写下来了。克格勃是如何做的,等等等等。

"哈特小姐想让我给你打电话——谈谈你的脚本。""哦,那算不上脚本,斯洛特尼克小姐。更像提纲。大家感觉如何?""失望,先生。"

这时听筒就像湿肥皂一样从我手中飞了出去。

"……我们承认开头很棒。结尾亦然。""什么?结尾?""让我们不安的是中间部分。发生了什么事?""我怎么知道?我意思是说,只有写完我才能知道。一部小说就是一次旅程,斯洛特尼克小姐。前三章感觉如何?""我们觉得相当不错。但我们很不安,先生。有点太文了。""文?上帝,你必须……抱歉。请原谅。""先生。""我需要预付稿费,斯洛特尼克小姐。""我想我们还没到那一步。对此哈特小姐与我的看法完全一致。"

我卑躬屈膝,承诺做必要的删减,该重写的重写,该柔和的改柔和,该润色的润色,直到珍妮特同意看看四至六章,态度相当冷淡。

"我们对人名也不满意,先生。"

"没问题,"我说,"总之,我会把它们换掉的。"

现在,我通常都是深夜接到妮古拉·西克斯的电话。一点、两点,甚至三点。她想在那个时候继续我们的争论、作战计划或者剧情讨论。她召唤我。我总是如约而至。

很显然，我进入状态了。不久前，我像新生儿那样睡觉：眼睛不能睁开超过五分钟。接着，有一段时间，我像婴儿那样睡觉：每小时醒两次，哭成个泪人。但是现在，我真的是驾轻就熟。不久，我就会像住在拉达克山洞里的古铜色老苦修者或者马默杜克那样了：睡觉会成为某种可有可无的东西。所以，带着对夜晚的恐惧，带着疲惫被无限推后的沉重，我去了那里，并非不吃力。那是我的工作。

三个晚上之前，或者三个清晨之前，正当我酝酿第九章的时候，两点三十分左右接到了她的电话，于是我径直驱车过去。她接过我的外套和帽子，一脸的幽默。她穿戴整齐——黑色天鹅绒——在喝香槟。她的一个私人派对。我坐下来，用一只手去摸脸。她问我怎么样，我说很好。

"你究竟将要死于什么病呢？"

"协同作用。"看到我们对彼此的依赖了吗？我们不会、我们不能跟其他任何人这么说话。我可以直视她的眼睛，这样对她说话。

"传染吗？不。直接的还是间接的？间接的。"

"不传染，"我说，"但也可能是直接的。当然是放射产生的。他们不知道。很不寻常的一个病例。你想听吗？大概要花十分钟。"

"哦，是，讲讲吧。我感兴趣。"

"伦敦场地，"我开讲起来。

她知晓这点滴往事——尽管她当然不知道我是这一切的核

心。而且她还感兴趣。她对这一切都很熟悉。讲到一处,她说:"等等。如此说来,你的父亲是搞 her 的喽。""Her?""是 HER。High Explosives Research [1]。大家都这么叫它的。""没错。"或者,她再次打断,说什么"钚冶金学,英国又一个落后的领域。"她心无旁骛地抽着烟,每次吐气都眯上眼睛。那张脸有个特点:总是散发美丽的光。

"你真超出我的估计了,"我讲完后,她说。"如此说来,在某种意义上,你是这一切的核心了。在某种意义上,你就是**危机**。"

"哦,不,"我谦虚地说,"我不这么认为。我不是**危机**。我更像**形势**。"

"那你知道伊诺拉·盖喽。"

"哦,是的。还有小男孩。"

后来,她把她放在桌上给盖伊看的"信"给我看。"巴恩斯教授和诺布尔教授,"我说,"那是下三滥的伎俩,妮古拉。"

"往下还更下三滥呢,"她说,"接着读。"

"'……伦勃朗给莎斯姬亚画的肖像——或者,勃纳尔给马尔特画的肖像——"弥漫"着性知识,或者反映了画家有一种强烈的愿望,想要"进入"他坐着的或靠着的模特的身体。他的文字总是引人做出这种粗俗的联想。私下说一句……'"

"翻开下一页。"

---

[1] 高性能炸药研究。

"'……我一生曾为十几个画家做过模特,跟他们大部分都睡过觉,一切都没因此有任何改变,对我,对他们,对画布上的东西都没有。'"

我抬头看她。她耸耸一侧的肩膀。我说:

"我真希望你没冒这些无谓之险。很不谨慎,说你是处女什么的。不管怎么样,我还是要为你的自信向你致敬。你就知道盖伊不会翻开下一页?"

"得了。你知道,于他而言,*被动窥探*没什么关系。人难免会去看眼前的东西,但是靠得再近些,听得再仔细些,就有损体面了。事实上,我还诧异他竟然敢看呢。"

"狂妄自大,妮古拉。狂妄自大。盖伊是会做出惊人之举的,尤其是与你有关的时候。你真该看看他在飞镖场的样子。像头狮子。把我吓得半死。尽管我当时没有看出来,我现在知道了。我们并没有真正的危险。那些家伙不会伤害我们的。他们要伤害的是他们自己。你在打呵欠。夜深了。但是你可别看不起飞镖哦。那对这一切有着举足轻重的作用。"

她再一次打呵欠,打得更贪婪了,让我看到了她胖胖的后牙。"那也是我为何冷落盖伊,集中对付基思的原因。上帝帮帮我。"

我拿起那封信。"你介意我把它带走吗?"她摇摇头。"妮古拉,你觉得我在做什么呢?"

"不知道,我想你在写什么东西吧。"

"你不介意吗?"

"在这个时候?不。事实上我同意。让我告诉你吧。让我告诉你女人都想要什么吧。她们都想被写进书里。甭管什么书。女人在一起时,都希望自己的乳房更大,肤色更深,床技更高超——等等这类东西。但是她们什么都想占一点。她们想被写进书里。她们都想被写进去。她们都想做书中的婊子。"

读者诸君,我是个可靠的叙述者。

最后我跟跟跄跄走到王后大道上买了一份《论坛报》。

有两则重要的消息。第一全部关于费丝,第一夫人:事实上,那非常完整地叙述了她近来的动向。我摸不着头脑;但是接着我想起初夏时分大家对费丝身体状况的猜测了。大概所有这些关于安养院的工作、重新装饰白宫、反色情运动都是礼貌的辟谣吧。大家都知道总统是如何全心全意地爱着他的妻子。这也是他竞选的棋子。

第二则重要消息也让人摸不着头脑。有关苏维埃的经济。好多有人情味的片段:基辅的尤里怎么样了;明斯克市的维克托是怎么想的。我得读两遍才能理解那是什么意思。苏联是一周七个工作日的。

有关太阳扰动、大学祈祷、以色列、马斯蒂克岛和避暑山庄防冻的专栏报道。粮食关税和医疗保险的领导人。

在王后大道,我遇见了十年前在那儿见过的街头露宿女。她还在附近游荡呢!天哪,她的耐力。依然在跟自己辩论(同样的内容)。依然在跟她自己的乳房辩论。她把乳房拿出来,跟它辩论。

那个女人是个不可靠的叙述者。大街上很多人都是不可靠的叙述者。

带小金去公园时,我观察里面的孩子——当我试图解释儿童的欢乐时,我发现,他们认为自己的小人样颇具喜剧性。他们喜欢被人追赶,心下清楚大东西会在适当的时候抓住他们。

我知道他们的感受,尽管我并不觉得可笑,大东西在我身后大步慢跑,很容易就追上我了。

第十章　基思·泰伦特公寓里的书

基思按下**暂停**键，从上衣口袋取出妮古拉给她的书。在手里掂量掂量，从几个角度审视审视。用深沉的声音小声读道："**他**是吉普赛人——像贵族一样生活和恋爱。**她**是时尚之女——他把她逼进了坟墓。"基思咳嗽一声，继续读："基思克里夫对他从未拥有过的妹妹的呃……控制的……难以控制的爱情。"他吹胡子瞪眼又读了一会。然后抬起头来，心下思忖：基思克里夫！……出身卑微，胜利在望。跟凯思琳结婚，所有的女人都尽收囊中了。野花不断，有一人脱颖而出。富有而又高贵的她迷上了基思克里夫。然后，终于有一天她把他弄上了她的床。带着难以控制的激情……他看看封面；他站了起来，把妮古拉的礼物跟他从图书馆借来的书放在一起：《飞镖》《古董世界》《飞镖年鉴》《狗狗年鉴》，金·特威姆娄（同德克·斯莫克尔合作）撰写的《双倍速度：金·特威姆娄的故事》和一本军团的简史——包在聚乙烯袋子里，从未打开过——一个二战中基思的父亲做过炊事员、后来又离开的军团。古装戏，基思想。一大堆可怕的老古董舞会。阶级制度。

电视，基思想。盒式磁带录像机。德国 Dynacord。美国 Memorex。日本 JVC。基思按下**暂停**键，继续看电视，或者"看"电视——用他自己的方式看电视。这是一种习惯。每晚他要录下六个小时的电视节目，从黑十字、各各他、特里什·舍特那里或者其他什么地方回来以后再看。凌晨三点依然会有直播节目，譬如一些老电影（事实上，基思正在错过一个相当淫荡、相当血腥的侦探片呢）；只是他已经无法忍受用正常的速度看电视了，总是要用他那饱经风霜的大拇指操纵遥控器。**暂停**。**慢镜头**。**图像搜索**。他要寻找有关性、暴力，有时还包括金钱的画面。基思快速浏览那六个小时的录像。常常二十分钟就看完了。你得带上脑子的。他可以在**超快速快进**的模式下看见车库墙上张贴的美女照片。然后再采用**倒回、慢镜头、画面定格**的模式。一个年轻的舞蹈演员在镜子前面慢悠悠地宽衣解带；一个老警察胸膛中了两枪；一栋美国别墅。最棒的莫属这三者兼而有之了。譬如，一个石油大王在一个著名的宾馆里粗暴地对待应召女郎，或者用短棍不停地抽打一个漂亮的银行出纳。他还看劳伦斯、德莱塞、陀思妥耶夫斯基、康拉德作品的重要改编——还有任何在他小报的电视专栏引发争论的东西。关于女人，你看《羽蛇》通常比《维加斯的妓女》更管用。不过，并非那些女人他都喜欢。绝对不是。基思的录像通常很快就放完了，但是有些节目，他发现，需要几天甚至几周的时间去揣摩。任何关于女摔跤手的东西或者女子监狱。女人的身体基思一夜要揣摩二十次呢：胸围、腰围、小腿、臀围……现在他那根巨大的拇指先按**快进键**再按**倒回键**再按**开始键**，他悠闲地坐在那里品味谋杀系列剧演职员名单之前的预告片。有个女人夜间跑过公园。变态狂在后头穷追不舍。

"嗯啦……嗯啦……嗯啦。"

婴儿醒来时,基思深深叹了口气(嘴唇一开一合的);婴儿通过撕扯衬衫和头撞墙来表达自己的需要。这屋子小得惊人,隔墙薄得可怕,常常让人心生郁闷,但也有一个好处。基思大声喊凯丝,用那个空闲的拳头捶墙,直至听见凯丝从床上跌下来才肯罢休。喊声和捶墙声引发隔壁邻居家一连串的对喊和对捶。基思再喊再捶,比先前还更猛烈,也许是故意做给伊克芭拉的新男友看的吧。凯丝出现了。她很疲惫,但基思还更疲惫呢,或者说他自认为如此。他出去偷汽车音响,三点钟才回。事实让人沮丧:你砸烂张贴"音响已经没了"的标识的车窗——狂风怒吼,玻璃满地——发现立体音响真的已经没了。十五次都扑了空,你回来想美餐一顿,吃点糖醋肉和六个米尔福德烙饼。

"上帝啊,"他说。

五分钟后,基思已经进展到他的谋杀系列剧中的第七或第八宗谋杀了。他看到一个精彩的地方:一个非常精彩的地方。他倒回去,**按下慢镜头**。红发女郎从浴缸爬出,伸手去拿——噢!那儿有点像阴毛耶。场面相当精彩,即便现在去看。你只需一点耐心,一点专注。尽管她们已经赤身裸体,但还是不够。你想要某种东西——把它框住。一个吊袜带就可以。任何东西都成。基思想起了安娜莉丝·弗尼斯,他觉得她犯了相反的错误。文胸留了两个洞:显得愚蠢。更别提那些内裤了,尽是流苏和花边。就像跟一袋鸡毛掸子睡觉似的。现在红发女郎匆忙穿上轻盈的长袍,她身后有个黑影立了起来。即便是那样也总比没有的好。她身上仍是湿漉漉的,所以你能看到她的线条。那疯子拿着木槌过来了。当心呐,亲爱的!啊哦。

"基思?"

"……呃?"

"你能帮我拍她打嗝吗?就一会?"

"不行。我在看电视。"

"她在打嗝,我感到头晕目眩。"

必须承认,凯丝从不拿婴儿去烦扰基思,除非在异常紧急的情况下。他在椅子上轻轻转动身子,抬高手打开起居室的门。说句公道话,凯丝的确看上去快要晕倒了:单膝跪地,向后倚在墙上,孩子别扭地弯着身子,被她抓在手里。

基思想了想。"那让她到这儿来吧,"他说,"上帝,你是怎么了?"

他把小金放在膝上,坐在那里看电视。接着,他甚至站起身来,轻轻摇了一会,以便更好地抚慰打嗝的孩子。这样过了至少三分钟,他又开始声嘶力竭地喊起凯丝的名字来了,直至她拿着一个暖好的奶瓶再次出现才肯罢休——基思终于可以安宁片刻了。他把红发女郎被谋杀的一幕重新播放了五六遍,用**画面定格**的方式把她好好看了一看。时值周五,通常是基思处理杂事、帮忙做点家务的夜晚。他关掉电视,把咖啡杯放在水池里,带狗去透透气(或者,说得更具体些,克莱夫在人行道上到处拉屎时,他不耐烦地站在一旁),迅速冲个澡,脱掉衣服(将它们堆成整齐的一堆,或者总之是撂在一处,放在起居室的地上),叫醒妻子,干了她一次。叫醒她耗时颇多,但干她一次耗时并不长,他心里想着穿湿长袍的红发女郎、双膝跪地的特里什·舍特、妮古拉·西克斯和她干净的白裤子里那胖胖的卷成枪筒状的钞票。

基思翻转身子,躺在那里,急切地等待人来服侍。

当妮古拉问基思能否对其浪漫故事进行保密,能否在女人与性的问题上把嘴闭紧时,基思嗽了几声,答曰:"从没干过那事。绝对没有。"那不是事实。绝对不是。他总是干那事。谈起泄露私密,基思可是有个人口述传统的。

他知道那是个缺点。啊,他知道!他能看出那是个缺点,因为那老是给他带来麻烦。此处还要提到另外一个让事情复杂化的因素:他是那种离了固定的女人就无法过活的家伙,即便是婚前也是如此:有个女人在家里,帮他照料照料,被他欺骗什么的。基思也曾试过不找固定的女人,结果生活总是一盘散沙。那你就更有理由把嘴闭紧喽,如果可以的话,众所周知,沉默是金嘛。

有很多次,新一轮幽会回来,纯粹由于习惯的缘故,他会发现自己正对着跟他偷欢的女人的男朋友或丈夫吹牛,或者,他发现自己正对着跟他偷欢的女人的父亲或兄弟吹牛呢。天哪,噢,天哪。他们结婚初期,他差点就把婚外情的麻辣消息拿来娱乐凯丝了。还有,更要命的是(他为此吃了多少苦头啊:反唇相讥,自我憎恨),他是如此着急回到酒吧,把所有的细节讲给兄弟们听,以至于他老是火急火燎,草草了事。他想拦住大街上的行人,讲给他们听。他想在小报上宣布。他想让它上《十点新闻》。喔唷。失业率:鼓舞人心的的数字。喔唷。基思·泰伦特又干了一个女人：以后还会更多呢。喔唷。他想把女人与性的一切告诉所有人。

基思喜欢泄露私密。但是关于妮古拉，他又能泄露什么呢？连个吻都还没吻过呢。正常情况下，谎言也就够了，他脑子里已经有一段了（开头是，"时髦的外国女人是糟糕的"）。但这并非正常情况。基思想要并且需要倾诉的对象是酒吧男招待戈德或莎士比亚，他俩都跟基思一样，与女人相处都有个特殊的困难。他更喜欢莎士比亚，莎士比亚是个更加被动、更加富有同情心的倾听者，而且还更谨慎些（莎士比亚，事实上，提到毒品或酒，通常一言不发）。谈话会像这样进行——这是基思大脑中的临摹版：

"莎士比亚？听着。我差点就干了。我差点就干了，老兄。""很糟糕？""耶。差不多吧。""她撩拨的？""耶。穿着比基尼。""你被钓上了，老兄。""耶。但你真该看看她那样子。祈祷美梦成真吧。""那是你能想到的最糟糕的事了。""耶，耶。""但是你控制住了侵犯的冲动。""耶。""你表现出了克制与尊重。""耶，还有关心。说服了自己。""干得好，老兄。""耶，干杯。"

戈德、莎士比亚和基思与女人相处时都有的那个特殊困难就是：他们强奸她们。或者说他们曾经如此。他们参加同样的康复课程和交友项目；他们掌握了一些行话和初级心理学；他们已经金盆洗手了。他们能控制住侵犯的冲动了。但是促使他们金盆洗手的主要原因是，强奸，用司法术语来说（用基思的话来说），可不是他妈闹着玩的：有这扯淡的 DNA 鉴定，你不会是赢家。辉煌时代已经过去。莎士比亚和戈德两个都为此坐了很长时间牢,基思也差点进去。他两次因为强奸指控出现在法庭上,第一次多少还算可以("为什么,雅基,为什么?"基思受伤地在被告席上叫喊)。但是第二次非常吓人。最后那个女孩撤诉了,谢天谢地,在基思卖掉汽车、给她爸爸三千五百英镑之后。当然,基思的强奸与他少年时代经历过的无数次场合很是不同,当时他是被迫教训各种各样戏弄男人的女人和冷若冰霜的女人(以及女同性恋和动辄拿上帝说事的女人)。强奸可不一样。强奸更像其他一些场合(次数没那么多,如果你将凯丝排除在外的话),他以暴力达到性交的目的,而那些女人,不知为何,却没有指控他。

强奸可不一样。当她位于他上方的楼梯,两腿叉开,像个疯女人一样大笑时,他感觉到了强奸的可能性,于是伸出指关节去碰。他的整个身体感觉就像一个人的喉咙,像他自己的喉咙,满是热咖啡因,满是单宁,为了得到第一根香烟,哭哭啼啼地恳求。"我们要按我的速度来做此事,"她说。不。不,不是你的速度。我的速度。**快进,画面定格,**最后再来点**慢镜头**。按照男人的速度,女人会刹车,如果你纵容她们的话。强奸,他想想都害怕。强奸可不一样。那是以最快的速度,好似打仗,先发制人,时间就是效率,时间就是金钱,别的什么都不重要。一二三四五六七八九十。关心,尊重,克制。所幸有人上来(谁啊?盖伊。盖伊!)。所幸特里什·舍特住得很近。对基思来说是幸运的。对特里什来说是不幸的。

基思很高兴他没有。基思很高兴他没有强奸妮古拉。绝对的。他对这整件事情感到兴奋。强奸过程中双方的扭打,你要付出的代价,政治——性信誉的巨大投资,还有事后痛苦的懊恼(与轻微的受伤),都不利于你准备飞镖大赛——尤其是严格考验你实力的大赛,就像基思在泡沫夸脱经历的那场比赛。况且,也没必要强奸妮古拉,正如他的下一次拜访,翌日的拜访——在基思看来——所证实的那样。强奸,总是在非常必要的时候才会发生;半秒钟过后,就又很没必要了。

最后,强奸又捞不到钱。找个有钱的强奸犯给基思看看。去:就指出一个来。强奸捞不到钱。但是从妮古拉·西克斯那里仿佛可以捞到钱。

经济上,这对基思来说不是好时期。在经济上他鲜有好时期。即便是在最好的时期,在他因为偷窃、亏欠、造伪账、欺诈、愚弄、哄骗而被打得青一块紫一块,钱从四面八方汇聚而来的时期,基思经济上也不宽裕。一天的某个时候,厄运总是伺机以待:在麦加输个精光。他总是输个精光,从无例外。呃,有时他也能赢;但他总是坚持到又输个精光的时候。凯丝完全被蒙在鼓里,过去常问钱去哪里了:那些装满十英镑的棕色信封,那些塞在卫生卷纸里的二十英镑,到底都去哪里了?因为他经常把她放在厨房餐桌上的手提包翻个底朝天,要么就用拳头砸电表,几乎每天始于此,终于此。钱去哪里了?凯丝过去曾经温柔而又耐心地追问,最近不问了。因为那把基思逼疯了。跟这样一个目光短浅的妻子绑在一起——思想如此狭隘,他还能有什么出息,还能有什么发展?"上帝啊。搞投资了,"他告诉她,"货币投机啦。期货啦。"事实上,基思不懂钱还能累加起来,除非,或许,放在赛马赌券经营所的累加器上。另一方面,说句公道话,基思不喜欢把钱放在赌券经营所。是人都不喜欢把钱放在赌券经营所。基思不去留意电视屏幕上的赛事信息,震耳欲聋的画外音,食物残渣和烟头:那更像一个让人绝望的远景镜头,因为个个穿着死人的鞋子、五十便士买的衣服,懒散地站着,试图预测未来,除了《晚间新闻》,别无所依。

现在基思正站在黑十字的吧台,同塞隆尼斯讲话。在正午的喧嚣中,你听不见他们在说什么。基思身穿短茄克、白色喇叭裤和一双白色尖头鞋;贪婪地喝着贮藏啤酒。塞隆尼斯裹在长及足跟的皮大衣里,只偶尔抿一口橙汁。塞隆尼斯竖起戴着戒指的手指,在列举什么东西,两个人都被逗乐了。塞隆尼斯放声大笑,露出鲑肉色的舌头。两个金发女郎就站在他们的气场之外:朱尼珀和佩普西。朱尼珀肤色略显古铜,散发着斯堪的纳维亚人的银白光泽,年轻一些,她是塞隆尼斯的女人。佩普西要老一些,相当长时间以来,她是人人皆可享用的。如果漫不经心的听众再走近一些,很快就会发现基思和塞隆尼斯正在讨论半暴力犯罪呢。

"冷静,老兄。那就是事情的全部:冷静,"塞隆尼斯结束长篇大论,"千载难逢的好机会。想想吧,老兄。考虑考虑。我只求你考虑考虑。"

"不,"基思说。他摇了摇头。"不。我很感激,老兄。别以为我不感激。我祝你好运。诚心诚意地祝福。我不像某些人。我喜欢看到兄弟们过上体面的生活。只是，只是——"

"你的飞镖。不要再说了，老兄。是你的飞镖。"

"是。"基思点点头。非常感动。他吸吸鼻子，说道："我不能做，老兄。我决不能危及我的飞镖，现在不行。绝对不行。我正步入公众的视野呢。"

"我听你的，"塞隆尼斯说，他也被感动了。

"耶，干杯，塞隆尼斯。"

塞隆尼斯抓住基思的肩膀。"但是如果你再考虑考虑……"

"耶。"

"耶。"

"耶。"

塞隆尼斯看了看他手表沉重的表盘，朝他的金发女郎弯了弯手指。朱尼珀走上前来。佩普西留在原处，意味深长地看着基思，基思朝门口走去时，狠狠盯了她几眼。

基思和克莱夫沿着波托贝洛路向下走。经过麦加时，基思放慢脚步，停了下来。然后他挺直肩膀，继续前行。他不准备进去。绝不。他不准备进去，因为他身无分文——因为他已经进去过了。传来一声鸣笛声：塞隆尼斯呼啸而过，那女郎的金发贴在半开的窗户上。基思挥挥手，感觉自己为了赢得更大的彩头走了一条更少有人走的路，有点禁欲主义。不过，黑鬼的生活方式，他一边想着一边转至埃尔金克雷森特——倒也很有道理。尤其是他们对待自己女人的方式。当他们拿出钱包，给你看照片时：在金发女郎之后，在所有的指针姐妹和最棒最美的女人之后，会有一个长着龅牙和稚嫩眼睛的黑种女人。于是你会问:"那是你表姐妹之类的吗?"他们会摇摇头(他们明白你的意思),说道:"是孩儿他妈。"你恍然大悟,原来那是跟他们生孩子的女人,或者说是他们赐予孩子的女人。塞隆尼斯有四五个孩子呢,住在利明顿路别墅区的地下室里。只需两周过去一次,在发津贴的那天。然后你带着金发女郎和儿童津贴回到酒吧。即便是最最浮华的白种男人好像也做不到那一点。如果基思倾向于用达尔文的观点来思考问题的话,他或许会在心里说,那些金发女郎纯粹是兄弟们白赚的,因为她们可以增加黑种男人享有的女人数量。不过,他还是明白了,慢悠悠地点了点头。理想的安排。高明,真的。那样你就可以享受拥有孩子的乐趣(那种让人引以为傲的可爱和温暖),又没有他们跟在身边。离得远远的,直至他们长大一些:一脚踢开。不再用尿布的时候。那是什么时候呢?两岁时?九岁时?黑鬼有黑鬼自己的传统。其他人,我们其他人选择接受并适当履行我们的责任。白人的负担。竟然会有这种文明。基思心情陡然变差,粗暴地推开科斯特·切克的门,对巴塞木点点头,依在酒柜上,向哈伦借了半瓶伏特加,把克莱夫拴在储藏室的门把上,愤愤走下楼梯,最后一次去见特里什·舍特。当然他跟妮古拉·西克斯也是一样——也是出于经济方面的考虑。基思现在对此超级确定。唯一不定的是时间。强奸的念头被成功忍耐和克制住之后,性事他或许可以再等。但是钱呢,他还可以等吗?

一切都关乎时间。时间无处不在,在基思接触的生活圈子里,它大展拳脚。他看到它如何损人容颜(看看佩普西!),

毁人心智，催人憔悴。他看电视上的飞镖手：每年都会有一张新的面孔出现——过了半季就成了老面孔。跟列夫·托尔斯泰一样，基思·泰伦特也认为时间从他身边溜过，他自岿然不动。每天早上照镜子：一样的基思，也没变得更智慧。但是他心中明白时间在做什么。十九岁就经历过中年危机的基思并不奢望时间会放他一马，不，一刻也没这样奢望过。

看看佩普西。看着小佩普西·胡力汉在波托贝洛路上像蝴蝶一样从一个酒吧飞到另一个酒吧曾经让基思心情愉悦。而那仿佛就在前天！讨人喜爱的小女孩——一股新鲜的空气。大家都喜欢小佩普西。有些夜晚，在她比严格意义上喝了更多的**特殊佳酿**时，哦，基思就会把她带到后面，玩乐玩乐。你只需一种**特殊佳酿**。佩普西春风得意：这个世界——波托贝洛路上的几个酒吧——为之倾倒。现如今那都是难以想象的事了。基思现在讨厌见到她。其他人亦是如此。唉。相当公平，女人随着年龄的增长就应该改变策略嘛。你得去有人欣赏的地方，黑人喜欢金发女郎。至少会喜欢一阵子。接着她们甚至会以更快的速度衰老。今天，佩普西·胡力汉在黑十字可真是让人大跌眼镜，哭哭啼啼地央求弹球桌边的花花公子给她买酒喝，还有毛发从她耳朵伸出。我是说，在二十四岁时……当然，特里什·舍特还要老很多：二十七岁了。如果基思把她甩了（那正是他想做的，很快就会做，最迟今天），特里什就没多少选择了，即便她可以换地方。他不觉得她能拥有一个长久的第二春，也就一年、六个月吧，让兄弟们给她买伏特加来换天晓得什么鬼东西。他们有自己的行事准则，你得尊重，但他们可不会善待可怕的女人。那么，从现实的角度讲（我是个现实主义者，基思想——一向如此），如果她还有点常识，还想照顾自己，她或许可以成为哪个拉斯塔法里派老信徒的孩儿他妈。譬如莎士比亚。莎士比亚的孩儿他妈。上帝哪。基思把嘴噘成管状，吐了口气。

时间等人……时间不等人。它就是不等人。就只是马不停蹄。快马加鞭。带上我，基思想（那好似一行诗，在他脑中回荡，仿佛一股绳子，牵引着他），带上我——带我去那个富婆想跟我性交的地方。

"可怜的你。还醉着呢。我想，都是庆祝飞镖搞的吧。哦，你当之无愧。现在脱下外套，坐在桌边，读你的报纸。我会为你调一杯辣辣的雄牛鸡尾酒的。相信我，这是最好的饮品了。"

基思依言坐下时，还停下来拭了一滴眼泪，或许是感激的泪水吧。另一方面，天又变了，在干燥的矿地风中，每个人都感觉眼睛刺痛，风中夹杂着尘土与孢子，蕴含着看不见的悲伤。一块木头，基思发现，正在壁炉里熊熊燃烧。从楼梯上来时，基思不安地意识到，自己两手空空，没有道具，没有标识物；他的手指怀念起拿着淋浴配件、咖啡研磨机、重熨斗的感觉了。他没有负重。只有卷起来的小报，跟他一整天了，夹在腋下，就像纳尔逊的望远镜……现在他小心谨慎地将之展开，铺在摆着书和时装杂志的桌子上。《艾丽》。《恋爱中的女人》。他在看笑话、占星术、纸牌卜卦栏、知心大婶和八卦的间隙中,还时不时酷酷地抬起头来。他能看见她在厨房为他准备饮品,高效,优雅,还有几多温情。妮古拉身着衬衫、领带和一套裁剪欢快得体的条纹西装。她没准给一篇关于拥有一切的女人的文章做过配图呢。拥有一切,除了孩子。妮古拉·西克斯:不是任何人的孩儿他妈。

"塞舌尔,"当她把那杯颇有意思的酒放在他的右拳头边时,基思漫不经心地说了一声,而后抬起头来。但是她已经从他身后走过去了,现在正以四分之一的侧面站在书桌旁,平静地翻着日记,哼着小曲。"巴厘岛,"基思补充道。

"到手的东西属于你,"妮古拉唱道,"没到手的东西会失去。《圣经》上如是说……"

真是美好的时刻,他想。我该好好品味一番。她做什么事都慢条斯理。不像有些女人,她不会扑通一声坐到椅子上。说啊说啊说个不停。她让你保持风度。为什么没有更多的女人做到那一点呢?对男人来说是他妈的如此重要。看她的头发。修剪得真是漂亮。上帝哪,它们一定是一缕一缕弄的。绝对不是蓬蓬夫人理发店十分钟搞定的那种。我敢说她去的是邦德街之类的地方……基思的脑海浮现出一个灯光闪烁的拱廊,四面都是昂贵的镜子,还有黑色的天鹅绒、踢踏作响的脚跟、穿着长筒袜的脚踝。可笑的是,真正可笑的是:不久以后,总有一天(好的:以她自己的速度),那边的那个女人会坐在那边的长沙发上,就在电视旁边,坐在我的腿上,刚被我好好干了一通,在看飞镖比赛。

"我一直在看飞镖比赛,"她说,"——在电视上。跟我说说，基思。为何所有的飞镖手都喝贮藏啤酒呢？只喝贮藏啤酒？"

"聪明的问题。很好的谈资。是这样的。一流的飞镖手到处走动，从一个酒吧转到另一个酒吧。现在啤酒又各式各样。有些是当地酿造的，两品脱的规格，你要经常去小便。但贮藏啤酒……"

"什么？"

"但贮藏啤酒是桶装的。桶装的。标准规格的。你知道自己喝了多少。现在飞镖手必须得喝。必须。为了放松那只掷镖的臂膀。是他工作的一部分。但不能过量。你知道，就像给自己规定一个限度一般。比如十品脱。一晚上把它喝完。"

"我明白了。"

"桶装的。你知道自己喝了多少。"

作为谈资，贮藏啤酒在一流飞镖手的生涯中扮演的角色仿佛快要穷尽了。这时，电话铃响了。妮古拉看看表，说道：

"请你等一等，基思。我需要安静……盖伊？这不是我。这是录音。抱歉，只是我不相信自己能亲口跟你说。我不相信我的决心。你看……亲爱的盖伊，谢谢你唤起我所有这些情感。……真是太棒了……"

录音？基思想。他不是很自在。别的尚且不说，他得设法不咳嗽，憋得眼泪汪汪，眼睛盯着青筋毕露的手。有点冗长。我不喜欢她说会以新的视野去读劳伦斯时的声音。充满了伤感、迷惑，甚至还有些怒火，他想。上帝哪，不如离开这里，去工作得了。你听听她。

"……我的意志是多么坚决,多么没有商量的余地。……我永远都不会忘记你的。偶尔想想我。再见。"

妮古拉转向基思,慢慢地吻一下她竖着放在嘴边的食指。

他一直保持沉默,直至电话被挂上。然后他痛痛快快咳了很长时间。待到恢复视野,他看见妮古拉站在那里,一脸的坦诚和期待。

基思一时语塞,说道:"真是丢脸。如此说来,计划失败了。"他又咳了起来,只是没那么厉害了,然后补充道:"一切都结束了,是吗?"

"实话告诉你吧,基思,还没真正开始呢。对他来说,想法就是事情本身。盖伊是个浪漫的人,基思。"

"耶?耶,他穿着的确很滑稽。他说,他告诉我他在'追踪'某某人的下落。"

"噢,那个啊,"她怏怏地说,"那只是我为了骗他的钱编造的谎言。钱会来的。"

这个女人,基思想,现在等等:这个女人真正带来了好消息。真他妈的是个奇迹。我的前半生她都在哪里呢?

"是给你的钱,基思。他凭什么要独享?"

"鱼子酱。呃,什么时候呢?"

"我想你可以耐心点的。我得按照我自己的速度来做此事。压根不会很长的。而且还真是相当一大笔钱呢。"

"大白鲟,"基思说。他侧身对着电话点点头,充满仰慕之情地继续说道:"你真是了不起的小演员,不是吗,妮克?"

"叫我妮古拉。哦,一点也不假,基思。过来坐这里。我想让你看点东西。"

那可真让人兴奋不已,每一秒钟,每个镜头。基思盯着屏幕,被迷得神魂颠倒。事实上,这两种现实带来的冲击或者漩涡几乎让他病倒了:那个他能闻见其头发味道、坐在长沙发上的女人和电视里的女孩、录像带里的女孩。若不是那电子影像中的她明显属于过去,他肯定就被搞垮了。所以他依然可以自我安慰,说什么电视处于别处:属于过去。并不是说妮古拉老了,或者像他理解的那样老了,变成令人毛骨悚然的老巫婆了,就像佩普西;或者只是凋谢了,淡出人们的视野了,就像凯丝。沙发上的那个女人更有生气(越老越俏),从任何一种意义上说,都比屏幕上的那个女孩更有味道,但是她……冥思苦想、头发乱蓬、咬着嘴唇的妮古拉,在剧中扮演可怜的富家小女儿;黝黑、敏锐、大嘴巴的妮古拉,出现在一系列太阳镜广告里;身着纱笼女装、一头小卷发、嘴唇噘起的妮古拉,在莎翁的剧中,扮演的并非克丽奥佩特拉,而是她的一个侍女。然后便是尾声:在一部故事片的预告片中(她的初次登台,她的告别演出),在一个绅士俱乐部的密室跳脱衣舞,到处都是大汗淋漓的年轻股票经纪人,妮古拉头戴金属色浴帽,一开始披着普通的七纱,迈着极小的步子,但眼神和嘴巴甚是疯狂,她消失在烟雾与暗影中的前一刻,你看到了她整个年轻的身体。

"这就完了?"基思震惊地问道。

"我后来被杀了。你看不到。你只能听到。后来。"

"上帝哪,美呆了。你知道,"他说,不是因为那是真的，而是因为他知道她喜欢听，"你一点也没变。"

"哦，我现在可好多了。听着，你经常碰到盖伊，是吗？"

"一直能碰到，"基思说，他突然变得冷酷起来。

"好。下次碰到他时——但要等个一两天——把这事告诉他。"

过了不久，妮古拉送他出门时，补充道：

"那些你都记住了吗？你确定？看在上帝的分上，可别太过。可以添油加醋，但不要太过。提一提地球仪。"

"杰克丹尼威士忌。"

"呃，再见。好好表现。很快再来看我。"

基思转过身去。她说对了。她是更好了。当你看照片时，看她们年轻的时候，你还以为她们将来会跟现在一样好呢，只是面貌更新些罢了。但事实并非如此，对妮克来说并非如此。只有眼睛、只有瞳孔看起来仿佛老练了。怎么回事？上层社会的女人——还有一些外国女人——她们需要时间来让身体变得更有趣味。她们往自己身上抹油。按摩。电视。无所事事的富人……上层社会的女人，他想：只是她穿的不是裙子。她身穿袋形裤（不便宜呢），如此鼓鼓囊囊的，你都不知道下面藏着何样的身形。

"老爷爷呀，"基思说着轻声嗾了一下，"好吧，妮克。以你的速度——好的。我尊重。我会克制。但赏我点什么吧。让我夜里感到温暖。向我表明你在乎我。"

"叫我妮古拉。当然可以，"她说，然而身子侧向前去，向他表明她在乎他。

"……耶,谢谢。"

"看!我还有一样东西要让你看呢。"

她打开一个壁橱,在那儿的门后面钉着一张布莱顿时期的海报,妮古拉身着束腰外衣、黑色连裤袜,头发盘起,双手叉腰,回头而顾,那狂野的笑容被活灵活现地加强了:《杰克和魔豆》。

她大笑起来,问道:"觉得如何?"

"占边波本威士忌,"基思说,"本尼狄克丁甜酒。色情酒。"

"……什么?"妮古拉问。

基思·泰伦特公寓里的书。基思·泰伦特的公寓里没有很多书。他的车库里也没有很多书。不过还是有一些的。

有六本:《A—D》《E—K》《L—R》《S—Z》(这个现代骗子严重依赖电话,依赖到他自己都恼怒的地步)《飞镖:精通指南》和一个红色便笺本,没有名字,除了《学生笔记本——参考138——穿孔备案》,或许,那可以命名为《一个飞镖手的日记》,或者更简单地命名为《基思·泰伦特的故事》。基思就是在这里记下他最私密的想法的,大都(但并非全部)与飞镖有关。譬如:

你可以拥有一栋如此之大的房子,以至于可以在其间布置好几个镖盘,而非只有一个。上面再来点灯光。

再如:

必须练习收尾了，必须练了。像笃信宗教一般环绕镖盘。你可以拥有举世之力量，但如果不能好好收尾，一切都白搭。

再如：

~~Tedn Tendnen~~[1] 第三支飞镖总是向左偏，都他妈的[2]射到三倍区的五分上了。

基思重读这最后一段文字，嘴里发出"忒忒"的声音。他伸手去拿那支形似飞镖的圆珠笔，划掉 fuckign。他发出一声满意的咕哝，龙飞凤舞地把 i 圈住，写下 fucking。[3]基思拭掉一滴眼泪：他处在一种奇怪的情绪之中。

那天早些时候在黑十字，他与盖伊·克林奇的谈话进展得相当自然。基思至少可以这样对自己说：他做得不错，谨遵吩咐行事了。

"哟，老兄，"盖伊在吧台与他会合时，他说。"你看上去气色不是太好嘛。"

"是的，我知道。"

基思凑得更近了些，带着谨慎的嘲笑。"不。你看上去绝对不是特别容光焕发。"

---

[1] 这是基思写了又划掉的两个字，意思大概为"倾向，倾向于"，这反映出基思的文化程度不高，总是写错字。
[2] 这里基思把这个词写成 fuckign。
[3] 这里，基思先是把 fucking 这个词错写成 fuckign，后才改成正确的 fucking，连这个他最最常说的词他都写不对，可见他的文化程度不是一般的差。

"我想我可能有些不舒服吧。"

盖伊看上去从来就没有基思设想的那样神采奕奕。见过盖伊大房子的基思私底下纳闷,为什么盖伊不时时刻刻手舞足蹈、笑得合不拢嘴呢。然而,哦,不:他就是不。基思对盖伊习惯性的表情习惯性地不耐烦,那是一种短暂的、不稳定的宁静,脸仰着,微微歪向一侧,眼睛无力地眨呀眨的。不过,今天他的头可是垂着的,还好像面无血色,失却了有钱人的光彩。跟酒馆里其他的白种男人一样,盖伊也被拍成了黑白照片。就像战场上的镜头,就像其他所有人。

"那一定传染,"基思说,"我来告诉你还有谁的身体状况也不是最佳:那个妮古拉。"

盖伊的头又往下垂了一英寸。

"耶,我去过那里。你知道我帮她修好了那些东西吗?哦,它们又都坏了,你知道。"这是千真万确的;但是当基思自告奋勇,提出再送到"好修理"去修时,妮古拉只是耸耸肩,说那不值得。"总之,她绝对是身体不适。知道她是什么样子吗?漠然。漠然。盯着窗外。摆弄那个地球仪。面带忧伤的微笑。"

盖伊的头又往下垂了一英寸。

"就好像——"基思咳嗽一声,继续说道,"就好像她在苦苦期盼。苦苦期盼。把个心都盼碎了……上帝啊,你瞧佩普西·胡力汉那副德行。简直没法忍受。我就几周没见她,成了这个鬼样子。夏天的时候她就够糟了,但你看看她现在。看上去真他妈的就像吸血鬼诺斯费拉图。开心点,老兄。来,喝一杯。"

后来,盖伊悄悄溜走了,当基思正站在那里想着生活有时有多美好、有多简单的时候,戈德和彭果把他拉到一边,用严肃而又抱歉的口吻告诉他,柯克·斯托金斯特、李·克鲁克、阿什利·罗伊尔等人来到黑十字了。

这消息本不该让基思感到意外的,他也没有感到意外。只是大为惊骇而已。啊,钱,总是钱。正如上文所述,基思的经济状况不佳。在租金、花费、水电煤气费、警察的罚单和赔偿、分期付款,等等方面,他离灾难仅差寸步之遥。但一直以来他离灾难就差寸步之遥……车库里,基思拉着一张灰突突的脸,往地上吐吐沫,伸手去拿那瓶偷来的伏特加。事情是这样的:他一直在街上借钱,说得具体些,是在东伦敦的帕拉丁街上借钱。他一直在向一个名叫柯克·斯托金斯特的高利贷者借钱。无力偿还柯克·斯托金斯特的钱,他又需要钱来还高额利息——高额利息,高额利息,令人目眩的以二十为基数的利息。为了偿还高额利息,他又向另外一个名叫李·克鲁克的高利贷者借钱。当时那看上去好像安排得极其妥当,但是基思心中明白其实充满了危险,尤其是当他又开始向阿什利·罗伊尔借钱去还李·克鲁克的高额利息的时候。在整个过程中,基思本来希望能在麦加赢回一切的。然而却没有。别处也是一样。他自己的生意最近也一片混乱,其他的骗子没能如约出现——出现了灾难性的赖账和与邋遢的女人发生性关系,就连在他的熟人、弹球屋的小混混、难缠的偷车贼、专偷老太太的跳窗行窃贼中间也引起了一片哗然。现在基思恶狠狠地想着那个狗日的老骗子巴纳比勋爵夫人，想起她的珠宝让他付出的代价，不禁打了个寒颤。前两天，驾车行驶在布伦海姆新月时，看到那个巴勋爵夫人的坏锅炉终于炸得个底朝天，基思攥起拳头，大喊一声"耶——"；那房顶看上去就像切尔诺贝利的四号反应堆——抑或是像蒂里的六号反应堆。哦，基思多想忘掉烦恼，投身于他的飞镖事业啊！是飞镖让他荒废了欺骗：动辄操练几个小时，飞镖场上胜利之后又没日没夜地庆祝。还有妮古拉：也很费时间，承诺的奖赏还不一定能兑现。老妮克：说什么用她自己的速度来做此事。基思想起他们电视前的会面，不禁深情地张开嘴巴，他是多么希望能采用**画面定格**和正常**播放**的形式啊，而她又是多么粗鲁地加以回绝，断然按下**快进键**，从一个精彩跳至另一个精彩啊……

电话铃响了，基思做了一件他有一阵子没做的事情：他接电话了。"阿什利！"他说。基思此后没再多说什么，只是偶尔说个"耶"——大概说了五六次吧。接着他说："对。对。耶，好的，老兄。"

基思郑重其事地拿起《飞镖：精通指南》，翻到其中最激动人心的一段。他读了起来：

尽管飞镖从根本上说是一项二十世纪的运动，但它可以一路追溯到英国的民间传统。那些著名的英国弓箭手在 1415 年人们耳熟能详的击败法国人的阿金库尔战役之前，可以说玩的就是飞镖的一种。

基思抬起头来。1415年！他想。"传统！"他不停地嘀咕。

曾经有多少次，多少、多少次，他用粉笔为父亲计数，在伦敦酒吧镖盘的黑板上，他就是在那儿长大的。父亲通常会跟乔纳森·弗兰德或者珀切斯先生（奇克的爸爸）比赛。如果小基思加数加错了……站在车库里，基思伸出一只手掌去摸自己的脸，感觉它很烫，依然很烫，总是很烫……

但是我们一定不能往后追溯得太远，不是吗，任何人都一定不能往后追溯得太远。尤其是穷人。因为如果我们那样做了，如果我们追溯得太远——那就是一次乘坐可怕的公交车的旅程，充满了可怕的味道和可怕的噪音，有着可怕的等待和可怕的推搡，是一次在可怕的天气、由于可怕的原因、为了可怕的目的而进行的旅程，冷得可怕或热得可怕，中途为了可怕的快餐做出了可怕的停顿，走在可怕的路上，去一个可怕的屋子——那就不能因为任何事去怪任何人了，一切皆不重要，一切皆被允许。

阿什利·罗伊尔、李·克鲁克和柯克·斯托金斯特告诉基思，如果他在周五之前不能把他们要的钱全都还回去，他们要做的其中一件事情便是弄断他右手的中指。那当然是基思玩女人的手指了，而且更关键的是，那还是他掷飞镖的手指呢。他喝完伏特加，理直喇叭裤，穿上骗风服（基思连风也要骗一骗），试图去找塞隆尼斯，跟他谈谈半暴力犯罪的事情。

基思已经开始跟我要钱了。我知道这迟早会发生的。

昨晚很晚的时候，我们在肯奇塔的站立快餐店吃小吃。基思跟肯奇塔的女儿特别交代，他想吃辣椒镶起司。没过多久，一盘辣味放在了他的面前。咕咕直冒泡，溅出银白色的羽状水柱。那让我想起了圣卢西亚（塞隆尼斯先祖的故土）那哗啪作响、喷涌而出的硫磺泉。基思若无其事地吃了第一口，站在那儿，鼻孔直冒烟，让我给他钱。

我想给他钱。我真的不需要这种塞隆尼斯的把戏。不管怎么说，塞隆尼斯可是个可笑的罪犯呐，开着一辆滑稽而又幸运的跑车。如果它出了差错怎么办？它会的。基思克制住了：基思没参与行动。我不忍看到他们在黑十字聚在一处，说什么"发薪日"和"成功了"之类的话。他们甚至还弄了个蹩脚的小地图。另一方面，我也不想基思的飞镖手指被砍掉，那个宝贵的多功能手指，他还指望用它来做出美国式的下流手势呢。

不，我想给基思钱。（我还想给塞隆尼斯钱呢。）但问题是我一个子儿也没有。而基思需要的又是如此之多，如此之急，不久还会需要更多。哈特小姐为什么还不来电话，还没有消息，还不给人狂喜的稿酬？为什么？为什么？

记得海森堡有个原理，说是被观察者不可避免会与观察者相互影响——同时也意识到，一个体面的人类学家从不干涉他的部族——我决定不告诉妮古拉关于基思与半暴力犯罪的事情。后来我又告诉了妮古拉关于基思与半暴力犯罪的事情。我让她付诸行动，给基思钱。没事，她说。她"知道"会发生半暴力犯罪的事情，那不会有事的。我多么希望我能分享她的希望啊——被唤醒的人，开启的嘴唇，新的航船……

呃，我跟基思说不行。他用一种我感觉是反犹太的眼神静静地看了我十五秒左右，然后就不搭理我了。至少我认为他不搭理我了。我不知道辣椒镶起司对他的肠胃（它还有"红屁股"的意思呢）起了什么作用，不过他的舌头看起来就像大麻烟卷。"这更像那么一回事了，肯奇塔，"他最后沙哑地说。

我感觉很糟。我确实欠了他什么。毕竟，如果没有基思，我会在哪里呢？

小吃很便宜，钱我就付了。

死亡好像解决了我的体态问题——改善了我的肌肉紧张度。慢跑、游泳、谨慎饮食都从没能解决的问题，死亡不费吹灰之力就摆平了。我依赖汉堡和油炸食品，死亡却完成了它自己的健康计划。而且完全没有流汗、打呼噜那类让我们有些人觉得有失体面的状况。

是的，现在我可以自我安慰说，死亡正对我的相貌产生好的影响。我看上去肯定更加睿智了。那是莉齐布之所以仰慕我的原因吗？我看上去几乎有点像救世主。下巴下方和太阳穴上方的皮肤越发紧致，也越发有光泽。我在死亡之中焕发光彩。

在死亡之中，我——我变美了。作为美容师和塑身教练，我的病症正在发挥好的作用。是有点痛，没错——但一切好的东西都会痛的。除了对眼睛不好之外（红色的卷须状物，正在肿胀或者生长），死亡的效果还真不算太坏。除了眼睛和死亡。

我陪莉齐布、霍普、盖伊和丁克·赫克勒去卡斯特兰路的网球俱乐部。我坐在裁判的位子上观看。混合双打：盖伊与莉齐布一组，对战霍普和丁克，南非的七号选手……我感觉盖伊并没看出丁克和霍普正在眉来眼去。可怜的盖伊。就像我，像我自己。我们在此处。我们又不在此处。当我们抬起头来，眼睛看到的是同样的云，沉重、翻滚、低垂，鳄梨的颜色，对，中间还有一个香醋盒的形状。

板着面孔，身着超随意的运动服，全身如同狼蛛一样毛茸茸的丁克是俱乐部里所有的人都想一睹尊容的人物。面色苍白的秘书和出纳员、年老色衰的妓女、聪颖的黑人小孩都来仰慕丁克的力量和技艺，他的反手击球，他呼哧呼哧地扣球。盖伊身穿灰色袜子、灰色鞋子、卡其短裤、半身长袍，显然是四个人中最没节奏，最不坚决，适应性最差的（他泛滥的肯定与否定，强迫症似的道歉，几乎就如同击球声一样频繁）……不过我可是来看两位女士的。

一样的高挑个头，一样的深色皮肤，一样的光彩照人，她们还都采用大胆的反手击球和特别的环形二发。她们还充分利用现有资源，在网球场，在网球教场，这里投资点，那里花销点。她们身着白色网球服，上下猛扑。当然，莉齐布比她姐姐霍普流了更多汗液，长了更多汗毛。每当球打歪时，她两人还都"啐"。

霍普打起球来甚是严肃（跟她裙子上的褶皱一样坚决、严谨），莉齐布则笑个不停，带着友好的野心。霍普挥拍时（避开那个毛茸茸的大虫），面带不耐烦的表情。球丢了！她挥出的拍子似乎在说。莉齐布则是"劝说"或者"抚摸"球儿。来这儿，她的球拍仿佛在说。回来。但是如果这两个姑娘打单打，那就没什么好说的了——她们绝对是势均力敌。她们咧嘴大笑、高声尖叫时，喉咙里闪闪发亮。其间一定长了一百颗牙齿。从平衡性、技巧和把握时机的能力来看，姐妹俩具备同样的网球天赋。但是莉齐布的乳房可绝对胜出一筹。

打成6：6平，到了决胜局。一直躲在后头、懒懒散散的丁克表现出了可怕的爆发力，在球场两边的铁丝网之间跑来跑去，进行空中拦击，踮起脚尖后退拦截上手球。他和霍普配合得天衣无缝：每得一分两人就手放肩上亲密拥抱，他还用球拍前端拍拍她的屁股，这在赛场上可是无可厚非的。并且，让我入迷的是，他开始认为如果能在网前射杀盖伊会是个好主意。莉齐布的短二发越发凶猛，丁克上蹿下跳，如狼似虎，调动全身的每一块肌肉把那黄色子弹打进盖伊张开的嘴巴里。盖伊从没退缩过。他跌倒了两三次，一个球还擦伤了他的发际线；但他没有退缩，只是爬起来，道了个歉。6：0时，丁克带着厚颜无耻的野性对着莉齐布发球，得了一分，然后半转身子，把备用球扔到我这里，他的嘴唇苍白、紧闭，呈现出骇人的锯齿状。没有人敌得过南非的七号选手。没有人。当然，除非他是南非的六号选手。那个混蛋，也不想想，如果莉齐布、霍普和盖伊一直以来别的什么也不做的话，网球也能打得相当棒的。

莉齐布过来站在我的身旁，把个热乎乎的脑袋靠在我的肩上。我动了恻隐之心。霍普与丁克坐在一起。盖伊独自一人坐着。他独自一人坐着，眼睛直视前方，膝上搭了一条毛巾……当然，不久前，莉齐布与丁克也有一腿。这两姐妹之间存在这样的性爱抄袭。莉齐布跟丁克有一腿。但是没有结果。

跟我也不会有结果的。很快她就会开始琢磨自己错在哪里了。她会以此为耻。人难道不奇怪吗？我想我应该坦白。但是我不能。我不想把事情传开。我只得告诉她，我爱上了别人。

这种感觉很糟糕。她把头靠在我的肩上。我本该大肆吮吸她的汗水、她的生命气息的。然而，我却把嘴转向一边。这种感觉很糟糕，就像对爱卑劣的嘲弄。在网球场上，我发现，丁克说没事而不说爱。十五个没事。三十个没事。即便是在网球场上爱情也消失了；即便是在网球上"爱"也被"没事"代替了。

我已经开始读书给小金听了。那些差不多是我现在唯一能看进去的书。她很感兴趣，似乎注意力很集中，尤其是当有奶瓶哄她的时候。

当她从奶瓶里喝水时，听起来就仿佛是谁在给手表上发条。她在给手表上发条，追赶她未来的时光。

"我多希望——多希望，妮古拉，能够分享你的自信，你那相信一切皆会变好的信念啊。""是，对事情持乐观态度是很好。""我得跑了。或者说得走了。听着,这有些令人尴尬。""是你尴尬还是我尴尬?""我需要你告诉我两件事——亲口告诉我。首先,你能让基思稍稍松松口吗。我需要他的 P. O. V.。""他的什么?""他的观点[1]。我不确定他真正懂得'谨慎'的意思。他依然高声嚷嚷,但又不能大展拳脚。**把禁止公约**放宽一些。跟他说对盖伊闭嘴就好了嘛。""好。一言为定。""太好了。""那又不令人尴尬。另外一件事是什么呢?"

我垂下头。后又抬起头,说道:"你的吻。如果我知道你是怎么接吻的,会有很大的帮助。"

她肆无忌惮地笑起来。然后从椅子上起身,走了过来。

我伸出一根手指。"我这可不是想占便宜啊。"

"不,不。我写的东西没能帮上你忙。是吗?"

"没错。来吧。你吻过基思。"

"算是吧。"

"我猜你下次还会吻盖伊。"

"绝对的。但这不会成为一个危险的先例吧?我是说,何处是终了呢?"

"所以你会更进一步。跟他们两个。当然。会走多远呢?从头至尾。还有别的。放心,"我说,"在性方面,我已经死了。在性方面我是邮递员派特叔叔。我只是需要几点线索,好写下一章。"

---

1 "观点"的英文为 point of view,缩写为 P. O. V.。

"你不能编造些什么吗?现实的这一切。你知道,这是关于爱情之死。"

"你不用担心。你不会染上我的不治之症的。"

"为什么我要在乎?"

我们站在那里,彼此气场相碰。我的心中毫无感觉,但我的脸开始抖了起来。"来,"我说,"给我一个吻吧。"

她把手腕放在我的肩上。她耸耸肩,问道:"亲哪边?"

我很晚才回来,那些该死的水管正在大肆嚎叫。这种愚蠢的嚎叫——让我想起了盖伊的公鸡或者雄鸡,盖伊的报晓鸡,在那遥远的地方,在很久很久以前。我手捂耳朵快速在公寓里踱来踱去。上帝,整栋房子都要死了吗?

哦,水管和它们粗暴的痛。我听到了。我听到了,兄弟。兄弟,我听到了。

第十一章　妮古拉·西克斯的各种吻

"妮古拉:西克斯的各种吻"这个章目包含很多小标题和小单元，很多体裁和门类——章节和诗句，前后参照，多重引文。唇宽大而震颤，极富延展性，舌长而有力，像刺一样尖。那张嘴是个深渊，一个深深的谎言与吻的源头。在那张嘴所接的吻中，有些转瞬即逝，点到为止，像一掠而过的蝴蝶（或者说像蝶魂，在错误的维度上盘旋）。其他的吻像牙周检查一样细致入微：完了你感觉齿菌斑全没了。**玫瑰花蕾，干施，大众之吻，门牙的碰撞，排斥，转动的内燃机，口腔清洗，扁桃体切除，麦克白夫人，准备就绪的阴部，青春，需求者，狼吞虎咽者，潮解的处女**。名字好似一系列新的鸡尾酒或者基思的那些转瞬即逝的香水牌子：**丑闻，愤慨**……名字好似一个独生子女的布娃娃和玩具——谣言和巫术。

有一种吻尤其难以捉摸（它不是言语可表——它让人束手无策），体现了两种截然相反的特征：激情抗拒，又全然不可阻挡。即便你的嘴唇和他的嘴唇紧紧相依，你还是要让他，你的伴侣或者对手，感觉到你是极度不情愿。介于**需求者**和**潮解的处女**之间，这种吻经过几番抗争，尤其容易得手，或者说你在几秒之内想要把一个男人推开时（出于厌腻，又不可思议地重新开始）。这就是她要给予盖伊·克林奇的吻。他会侧身向前，用高高的身躯将她笼住。她会对他眨巴眨巴眼睛，面露可爱的忧伤——一种并非全然假装的忧伤，因为她的确为了即将降临到他头上的磨折而可怜他。这样接吻，你不会移动脚步，但却想要踮起脚尖。胸中涌起万般渴望，嘴却竭力想要躲闪。然而又不能够。现在在一种不可见的相互作用下，他们的嘴唇会慢慢靠近。这种吻名曰**受伤之鸟**。

实际上，这是她最温柔的一种吻。与之截然相反的——强烈、有力、赤裸裸的色情——是一种她很少使用的吻：不可原谅的是，那也被称作**犹太公主**。妮古拉是从很早之前在巴塞罗那看过的一个色情电影中学到的，但它引发的联想却远远不止于此。丰富，粗俗，年轻，丰满，毫不费力就可以多次达到性高潮，贪婪到无以复加的地步：一个放荡者的吻，一个让人难以忍受的自我放纵者的吻。在**受伤之鸟**中，你只能隐约看见舌头微微闪亮的边缘（又是那只蝴蝶，被困在屏蔽室里），而在**犹太公主**中看到的则全是舌头——不是舌尖，而是舌体、舌肉：粗鲁的舌头。在这里，舌头为每个器官效劳，男性器官和女性器官，包括心脏。这种吻是比棍棒还厉害的武器；一种以幂为单位的武器（需要光速的介入），因为它几乎强大到不可驾驭的程度。**犹太公主**太无节制。用在恰当的时刻，它可以让一个男人屈膝下跪，双手奉上支票簿。用在错误的时刻（妮古拉当然就选择了这些错误的时刻），它能在半分钟之内毁掉一段恋情：那个男人会向门口退去，眼睛瞪得大大的，一只手举起，用袖子捂着嘴。"对不起——不要走，"有一次她这么说，"我不是故意的：这是意外。"没用的。为了完成**犹太公**

主,在接吻开始前,你就得把整个舌头伸出来,搭在下唇上。因此,这个吻吻下去时,它就来自第二张嘴了。

这种吻被称作**犹太公主**——不可原谅。但是这种吻本身也不可原谅。**犹太公主**不可原谅。

给基思一个吻怎么样?给基思·泰伦特一个响吻怎么样?

那次他进来时——小报夹在腋下,牛仔裤卷起,宿醉未醒——妮古拉毫无办法。她变得很大,耸立在他面前,说道:

"你知道你修好的熨斗、咖啡研磨机和吸尘器吗?"

"……耶?"

"哦,它们又都坏掉了。"

基思回瞪她,干燥的舌头放在下齿上面等着。

妮古拉也在等,直到嫌恶的情绪逐渐消融,弃她而去。然后她改变姿态:她变得很小。她可以变大,亦可以变小,但大多时候都很大,不出错则已,一出错惊人。溢水的浴缸,重重的跌跤,散架的床。

"耶,哦,这就是他妈的世道。上帝。我来这儿……"

她变得很小。她把身体压缩在那件欢快的细条纹裙装里。双手紧握,脑袋低垂——所以她可以一边向上看他,一边温柔地说:

"可怜的你。还醉着呢。我想,都是庆祝飞镖搞的吧。哦,你当之无愧。"她伸手接过他的蓝色电动骗风服,承诺给他调一杯绝好的辣雄牛鸡尾酒。"相信我,这是最好的饮品了。"

妮古拉把柠檬切成两半，打开清炖肉汤罐，底下铺上胡椒粉，再倒上伏特加。她一边忙活一边不时地拿眼看他，摇摇头，自言自语。她的计划帮助男人，一直帮到底。那会让她有什么收获呢？他坐在桌边，皱眉锁额，拼命看他的报纸，仿佛那是线路图，能指引他找到深埋的宝藏似的。两只浑圆的、无毛的前臂各自压在报纸的一边。你现在就可以结束此事：走过去，将报纸从他的视线之下抽走。基思会为了他的小报杀人的。总有一天。

"塞舌尔，"当她把玻璃杯放在他胖胖的右手边六英寸的地方时，他排斥地说。一时无力再做什么，妮古拉主动走开，站在角落的桌子旁，不知所云地看着她的日记。她身上一阵发热。"巴厘岛，"他又说……她准备好了一个问题：与飞镖有关。妮古拉一直在看电视上的飞镖节目，心中暗自不屑，只偶尔觉得不可思议，咯咯笑出声来。一个重达二十英石的男人往一块软木上扔一个二十克的钉子，观众却死命尖叫。无聊的把戏。这是某种宿命。

不管怎样，她问了那个问题，他也作了回答；然后她移至他的身后，越过他的肩膀看过去。基思小报中心页的整版刊登的都是电影明星伯顿·埃尔斯和他的新娘利安娜的照片。高大的利安娜身穿一件小小的比基尼。伯顿·埃尔斯穿着某种露臀泳裤，或者说是不透明的安全套。他那如同鳄梨般大小的脑袋长在一个倒金字塔形的身体上面，神采飞扬。旁边文字报道了埃尔斯夫妇的婚前协议：倘若离婚，伯顿最大程度的损失是什么。

"伯顿·埃尔斯,不是吗,"基思说,他言语之中仿佛还有几分自豪。"和利安娜。"

"他们来了,他们又走了,"妮古拉说,"每隔几年,世界就需要一个新的傻瓜。"

"什么?"

"我在想她一年能得到几百万,"妮古拉接着说,"为了假装不知道他是同性恋。"

有什么事能让妮古拉感到惊讶吗?她还会惊讶吗?你不禁去想。基思现在慢慢向她转过半个身子,耐心全都消失了,全都消失了,就好像她已经烦扰他好几个小时,也该结束了。

"他?"他大声说,"伯顿·埃尔斯?滚开。"

她后退一步,离他远点。然后抱着双臂,说道:"一个显而易见的、众所周知的同性恋。一个著名的同性恋。"

基思闭上眼睛,忍耐良久(那给了他力量)。

她说:"好啦。我是说,谁在乎呢,但是你看看他那张脸,长在那样的身体上面?她应该得到一笔钱。她一定得时时刻刻把目光转向别处。"

"伯顿·埃尔斯不是。伯顿不是。"

妮古拉不知道她在这件事上还应该纠缠多久。实际上,关于伯顿·埃尔斯,那是人尽皆知的事实。任何追随电影界动态的人都知道伯顿·埃尔斯(妮古拉紧紧追随)。从那行业本身也可以明显看出来:一些施加压力的团体和工作室的律师之间会不断来电。是的,那是伯顿令人熟知的一面;但却不如他的另一方面更加令人熟知,大银幕和影像,讲述他如何热爱自己的国家、自己的女人、自己的机关枪。伯顿在每部电影里都有一个新的妻子(在她被武士、美洲印第安人、危地马拉人或者其他一些智力超群的团伙杀掉之前):那些金发女子是多么爱慕她们的伯顿啊,她们对他是多么柔情蜜意、媚眼频抛啊,她们是多么鼓励他健身啊!上帝,妮古拉想,难道到现在为止大家对此还不知晓吗?(她曾被同性恋的世界深深吸引,但最终还是反对的,因为她被排除在外了。)这个久经历练的大王,这个身材挺拔的男人:不管你把他吹得如何无畏、如何爱国,不管你给他多少个妻子、多少本《圣经》、多少把三叉博伊刀,他依然属于衣帽间,他那立方体形状的臀部,是容纳睾丸激素的地方。

"伯顿·埃尔斯是个幸福的已婚男人,"基思说,"他爱他的妻子。爱那个女人。愿意为她付出一切。"

妮古拉等待着,她在思忖什么是爱,她看见基思眼中呆滞的暴力冲动渐渐平息。

"摄像机是不会撒谎的。上一部电影里他一直在跟她做爱。她没有抱怨,绝对没有。她说没人能与伯顿相比。"

"耶,"妮古拉说着屈身向前,手支在桌子上,像个教师,"他没准不得不在拍戏的间歇逃回拖车或小屋呕吐呢。他是个同性恋,基思。正如我说的那样,谁人又在乎呢?不要担心。你不明白正说明你有男子气概。只有同性恋才能了解同性恋。你不是同性恋,对吧,基思。"

"绝对不是,"他机械地说。接着,有几秒钟他以心脏跳动的节奏不停地眨巴眼睛,哭丧着脸,像个小孩不开心时的样子。"但是如果……但是然后……但是他……"

"电影,基思,"她本可以说,"电影。那一切都不是真的。不是真的。"

六点整,电话响了,相当准时,妮古拉笑了("这是录音"),玩起了耍弄盖伊的把戏。

后来,播放完她自己的影片之后,在陪伴一个无比感激、感激得几乎说不出话来的基思去楼梯口的时候,在准备把他送回外边的风雨世界的时候,她若有所思、漫不经心地说(双手插在羽状套装的裤子口袋里):

"他是个浪漫主义者,记住。就从那点下功夫。告诉他,我苍白、颓废。告诉他,我坐在窗边唉声叹气。告诉他,我用手拨弄那个漂亮的地球仪,悔恨地微笑,然后转身走开。你知道这类东西。当然要用你自己的方式去表达,基思。"

"杰克·丹尼。"

现在看来,她终于不得不吻他了。呃,他索要一个吻。妮古拉感到肚里响了一声——受挫的恋人据说就会发出那种悲惨的呜咽声,或许。她深深吸了一口气,俯下身子,给基思一个**玫瑰花蕾**:嘴噘成鱼嘴,眼睛感激地闭上。"嗯,"她吻完后说道(那个吻持续了半秒钟)。"要耐心,基思。你会发现,我是,"她说,"不鸣则已,一鸣惊人。等着瞧吧!"

《杰克和魔豆》。那双稚嫩的腿是多么迅速地钻进紫色的束腰外衣里啊。还有那冲动的、热爱生活的笑容!

"占边波本威士忌。本尼狄克丁甜酒。色情酒。"

"什么?"

"色情酒。是一种酒。你可以去各各他买。或者从贝斯特赛夫的那个家伙那里买。非常便宜,因为它经过两次转手。"

"……走吧,基思。"

"耶,好。"

回到起居室,看到一小束阳光突然洒在沙发上,她一下子扑了上去,摊开四肢,像黑暗中的一颗星星。妮古拉放声大笑,圆圆的肚子向上拱起三四次——陷入无助的恼怒之中。是,没错。色情:色情。是,当然。如果你必须要做的话。令人惊讶的是,妮古拉讨厌色情,或者说她讨厌它进入她的感情生活。因为它无比狭隘,因为它毫无感情(它直接说明精神的病态),因为它有一股铜臭味。但是她可以表演色情。轻而易举。

一个表演艺术家,一个扯淡艺术家,一个蹩脚艺术家,一个床上艺术家,她也算是一个艺术家;尽管她完全知道自己想去何处,但并非时刻清楚如何才能抵达。只是你永远都不能承认这一点,甚至对自己。你得让心中的想法像冰球一样滚向嘎吱作响的冰面。你得相信你的直觉,要不你就死定了。当她想起自己给盖伊·克林奇设定的谋杀底线时,再一次笑了,喷了一个清脆的鼻息,使得她不得不伸手去拿手纸(是谁计划的呢——是谁计划这个喷涌而出的滑稽黏液呢?)。"只是还有一件事:我是处女。"处女。哦,耶。妮古拉之前从未说过这个词,甚至在她有机会说的时候:二十年前,在那个知道处女与非处女有何不同的短暂间隙。在她当真是个处女时,她从没说过(尤其是那次。那会让那个酒鬼科西嘉人产生深深的悸动吗？在他那个堆满杂志的锅炉房里，普罗旺斯的艾克斯的宾馆下面）。"我是处女。"但凡事都有第一次啊。

荒唐的是，真正荒唐的是……她差一点就——她差一点就——搞砸了大事。她差一点就说出了让一切的表演都付诸东流的话来了。事实上，女演员的训练是现实生活的责任：总之，如果你是戏剧型人格，那就不要上戏剧学校了。因为当时的联想，连同眼泪、愤怒、极端的情景混合在一起，会促成另外一个故事，另外一个谎言，一个她在十几岁、二十几岁的时候，在各种愤怒与各种崩溃的心境下，常常用最后通牒的形式表达出来的谎言。她差一点就说："只是还有一件事：我怀孕了。"哎呀！那样就糟了。没有挽回的余地了。"我怀孕了。"那样说，至少，更加切合事实。她没有再怀孕，不管是内在还是外在的原因，但她承认七次堕胎留下的疤痕。

妮古拉大声擤着鼻涕，躺在那里，抓着那卷卫生纸。有两条宽广的阵线：稀里糊涂地征服盖伊那颗古老的心；对付基思·泰伦特和他卑鄙的现代性。她是个艺术家，理性地掌控事态，或多或少地知道将要发生的一切。但是她从来不知道这一点。关于她的最终方案，她从来不知道这一点。她从来不知道这有如此艰难。

黑出租开走了，那个，那个……表达了谢意，并给了小费。她一身令人作呕的打扮（她怎么可能呢？），走进充满不祥预兆的黑乎乎的死胡同街。小汽车等在那里；现在它打亮侧灯，小心翼翼地驶向前来。车门开了。进来，他说。她态度曾是如此、如此恶劣……是你。一直就是你，她说。然后她爬了进去。

妮古拉醒来，听见雨声，再次睡去，或者说她试图再次睡去。那雨听起来就像从房顶溜走的工业废气——成吨的废气，足以把俯瞰公园的储气桶装满（束腰，平顶，戈德架子鼓上的响弦。）她揉搓枕头，在床上来回蠕动和翻滚。她坚持了大约一个小时，万种心绪好似大都市的马拉松一样在她心头涌动。她猛然坐起来，把那枯燥乏味地监视她睡眠的一品脱水差不多喝光了。雷声响起，那是戈德用低音鼓和定音鼓编排的充满警示意味的新一轮架子鼓独奏。她垂下头。今天早晨，总之，妮古拉·西克斯期待放假一整天。

她愤怒地排尿，仿佛要在坚硬的大理石上凿个洞似的。擦干净之后，她穿着沉沉的白色长睡衣站到体重秤上——那绝非卖弄风骚的睡衣，当她在床上只想舒适，只想温暖与舒适时，就会穿上这种睡衣。指针颤了几下，停住了。嗯！但是睡衣很沉，她眼中的睡意很沉，她的头发（有个发卷被她弄成了小胡子的形状）很沉，闻起来还一股烟味：是烟草，不是香烟。她轻轻咆哮一声，漱去牙齿上的牙膏味，吐了一口。

回到卧室，她拉开窗帘，收起百叶窗。她打开窗户，让潮湿的空气进来：三英寸，于她而言，相当于走道里恒温器的一个刻度。正常情况下，在工作日的某一天，她会让床透透气——但今儿她打算马上再回到床上。十点钟了，外面天昏地暗。在这种昏暗的衬托下，你或许期待雨水呈现出闪亮的银色或者水银色吧。然而今天并非如此。就连雨水都是黑的。她再听一次。什么意思呢？除了雨，雨，雨，雨还能说什么？

她照例不耐烦地打开水龙头，烧水泡早茶。自来水，她知道，已经从伦敦的每个老奶奶家中至少流过两次了。之前，她依赖从法国进口的瓶装水，比汽油还贵，直至发现那来自两山之间的水也已经从里昂的每个老奶奶家中至少流过两次了。你至少得把水放掉十分钟，它才尝起来不再像温吞吞的酱油。人们的生命有多少都浪费在等待热水变热、冷水变冷啊，她站在那里，一根手指伸在倾泻而下的水流中。她走过去打开电视：无声的，像拍发直通电报一样的新闻频道。她表情凝重地重温了一下世界城市天气预报。马德里，12毫米降雨量。马格尼托哥尔斯克，9毫米。马哈巴德，14毫米。马那瓜，12毫米。右面的雨水标志栏形成一个细雨柱。是的：全世界都在下雨。整个生态圈都在下雨。

水龙头还在放水，妮古拉穿上晨衣，光着脚板，奔下楼去取信。住在她下面的男人们……离她越近越不喜欢她。地下室的男人默默仰慕她，一楼的男人公开声明为她倾倒，二楼的男人衷心支持她，并且蔑视三楼的男人对她的怀疑，三楼的男人却与四楼的男人结盟，认同后者对她根深蒂固的敌视。五楼的男人一点也不喜欢她。实际上，几乎从任何一个角度来看，她都毁了他的生活。她夜里又是砰砰直响，又是踱来踱去，让他无法安眠；她白天播放音乐，疯狂地移动场景，放映吸血鬼和维持治安的录像带；她从窗口扔出的垃圾把他的阳台弄得一片狼藉；他的房子有三面墙都因为她的水管漏水、浴室溢水散发着霉味……

她带着茶盘与信件再次回到床上,靠在堆成壁垒的枕头上……曾经有段时间,五年前,三年前,她的信件重达半英石,散发着花露水与干香花的味道;措辞巧妙的赞美,卑躬屈膝的逢迎,诗歌,邀请,还有很多免费机票。现在呢?计算机化邮件编目系统随机发出的信函。"理查德·平克利的秋季展览已经准备就绪,很高兴邀您参加预展。""我不感兴趣,"妮古拉说。"恭喜!您的名字被选中,您将有机会赢得去维斯塔国际终生度假的机会!""我不感兴趣,"妮古拉说。"我们了解到您的房子即将到期,我们会尽全力帮你寻找新居。""我不感兴趣,"妮古拉说。她的房子十二月底到期。短期租赁。绝非那种千禧年的玩意:九百九十九年。她只需三十个月。房子快要到期了;她的钱也快用尽了。

现在是真正的梳妆——从梳妆开始。梳妆:说得贴切。很有趣的一个词,梳妆。"梳妆。"梳妆。"梳理头发……(梳妆打扮)……精美的打扮;穿上白缎子……(带有厕所的房间)……(医学用语)手术后或者分娩时的伤口洗涤……一位女士在梳妆即将完成之际接待访客;在十八世纪非常流行……临刑前的准备(法语写成 toilette)。"应该梳妆。她认识有些女孩子梳妆时敷衍塞责,漫不经心:那是夹在别的事情中间顺便做的事情。妮古拉可不那样。妮古拉郑重其事。她意识到,带着遗憾(但你还能怎样呢?),自己梳妆时有点男子气。倒不是可笑的男子气:她不需要一盒烟,《战争与和平》和一块可供冥想的黄铜马饰;她不需要事先进行交通管制,用扩音器疏散街道上的行人。但是白色的马桶已经被染上了根深蒂固的污渍。她脱下那并不卖弄风骚的睡衣,坐在那里做着莫名其妙的鬼脸。那真不应该发生在一位女主角身上——或许只是在紧密的门后吧。然而女士在梳妆的起始阶段接待访客在二十世纪可是非常流行的。现在二十世纪也快结束了。

她赤身裸体,再称一次体重,淋浴响声震天——流着口水,布着谣言。接着,猛一转身,便是那面全身镜……是!好,依然很好,一切都非常非常之好。但时间正准备伸出魔爪,在上面刻下岁月的印记;时间正往那肚皮上哈气,把它烘干。她看看浴缸旁边的瓶瓶罐罐;洁面乳、护发素、润肤霜。她看看指甲油、吹风机、梳妆台上的梦幻灯光——镜子时光,梳妆镜战争!没人能一本正经地站在那里,期望有任何人能长长久久地跟这一切垃圾做伴。

说一说人类不屈不挠的精神吧(感受死亡充满创意的力量):第二天她又回到了战场,在黑伞的庇护下加紧赶路。清新的空气——或者总之是相当清新的空气,相对自由、朴实:外面的空气,不是内部的气体,不只是个人排出的气体。在过去那些懒散的岁月,她曾经花上一周半的时间寻思,是去寄封信呢,是去图书馆还本书呢,还是涂脚指甲呢。然而这段时日(最后的光阴)她显然迫切需要行动起来。她在雨中摇摆,重新体会前一天令人痛不欲生的倦怠,那种无力的怠工。她坐在书架旁,尝试读点什么,但自我意识的痛苦越来越强烈。为什么呢?因为阅读预先假定了一种未来。它可以加强心智。因为阅读走的是另外一条路径。她把书抛至空中,书页哗啦作响。

《恋爱中的女人》！她想喝一杯酒，吃一片药，吸一口毒（她想来一口海洛因），但她又不想了。她想得到男人专注的、强烈的、一心一意的关注，也即是性爱（把原子云想象成倒立的阴茎，把妮古拉的生殖器想象成爆心投影点），但她又不想了。以前，电话总会让她改变心境。但现在蜷曲的电话线也不能将她带至任何地方了。你所能做的就只是拖着沉重的脚步从一个房间踱至另一个房间，再踱至另一个房间……所以，出去走走，忙点真正有用的事情也好。

雨把街上的行人变成了伞菌。他们身上也散发着伞菌的味道（湿湿的，软软的），潮湿的幽灵聚集在地铁入口处，在雨衣和黑伞的遮挡下，只剩下躯体，看不见面容。但是妮古拉的私人摄影师（或许，那是她所有麻烦的根源吧）依然在卖力地工作，把她照得如同十字裙一般明亮。天气很热，雨水很热，但妮古拉却很凉爽。她穿一件简洁的银色亚麻长裙。雨会把它毁了的，拖着脚走路、在水里拽来拽去、轮胎泼溅的水花一定会把它毁了的（她的鞋子已经毁了）。那不要紧。因为她正在一件一件毁掉她的衣服。在潮湿而又憋闷的地铁里（坐出租车要花掉一整个上午），妮古拉感觉耳朵嗡嗡作响，那是昨晚吞下去的安眠药带来的后果。她也担心自己脸色苍白。昔日已经沉淀成一首叙事诗，大部分都是无甚乐趣的——完全孤独的——刺激：一个可怕的十几岁少女所患的忧郁症。然而这位少女（她现在设身处地把自己想象成那个少女），不管有多可怕、有多迟钝、有多不优雅、荷尔蒙生长有多缓慢，她总还是有爱的指望的。妮古拉没有爱的指望了——爱，把这个地方与宇宙中其他所有的地方区分开来的东西。或者说它试图这么做。实际上，除却她对自己的种种折磨和压榨，她那强迫性似的自我爱抚，她还时刻被一种想法困扰，她认为地球上的任何地方都不会有什么明显的改善了：压根就没有不会让人绝望、不掺杂质、完美无瑕的爱情了。关于那一点，她错了；关于她的外表，她也错了，尽管在她光芒四射的西班牙面孔上，或许有一星半点的灰白，烟雾、乌云或者牛奶的灰白。现在妮古拉盯着一个男学生，直到他像梦游一般把座位让给她。她骄傲地坐下，两眼看着前方。

在马里尔伯恩大街的那个温暖的、落满尘土的公共档案馆翻阅了一个半小时的缩微摄影之后，她获得了一切她所需要的有关沃克·克林奇的信息。她就知道在那儿能找到证据，果然不出所料，而且还绰绰有余呢。而后她又去了附近的华莱士收藏馆，买了二十便士的东西：一张明信片。正面是一件昏暗的盔甲，很久之前被杀掉的机器战士的锡制灵魂。她在背面这样写道：

> 亲爱的盖伊——我为何到这里来呢？只为说明我一切安好。不要紧，因为我现在已经习惯了这种令人绝望的孤独了。我并不是无事可做。我可以一直坐着看雨——看那些可怜的鸟儿病得越来越重。不要流泪！
>
> 妮古拉
> 请勿回复。

她是在一种惺惺作态的自怜与愤怒的心境下写下这些文字的，但现在读起来，哦，妮古拉的脸上堆满了笑容。哦，在这一片人们种植情书用纸的树木的土地上——它的土壤正在死亡，被化学药品侵蚀了，过度开垦了，变成废土了。她想起了爱情之死……

那始于这个星球不可思议地突然衰老。把地球的寿命想象成一只伸展的手臂：只需对着中指的指甲轻轻一剪，就抹掉了人类的历史。我们存在的时间并不是很长。我们弄得地球满鬓白发。她看似拥有长长久久的青春，然而现在，她却瞬间衰老了，像个瘾君子，像根无蜡的蜡烛。上帝啊，你最近见过她吗？过去我们从生到死，从没意识到这个星球正在变老，大地母亲正在变老，还有生有死。过去我们生活在历史之外。但是现在我们同生共死，休戚相关。我们处在历史之内，位于它的最前端，风从我们的耳边呼啸而过。在你抖擞精神、奋力拼搏之际，你很难去爱的。或许爱也无力承受吧，当所有的星球陷入这般境地，当它们抵达它们的十二世纪末时，爱也一溜烟逃掉了。

妮古拉找到一把椅子，把明信片放进她随身携带的厚信封里。在上面写上盖伊办公室的地址（想象他的脸映射在一个直观显示器上，还被用绿色的数字标出）。在她的男式钱包里，她终于摸到了最后那张皱巴巴的邮票。在用嘴去舔邮票之际，她的脑海中浮现出一支长队，排在她的前面，缓缓朝邮政分局的柜台移动。但是，她随后点了点头，意识到这封信是她寄出的最后一封信了，这张邮票也是她用嘴去舔的最后一张邮票了。好，好。排队买邮票（事实上，任何一种排队）能让妮古拉气愤一整天。你买了成千上万张，然后第二周，邮费又涨了。那种事情不会再发生了。好：又一个人生的责任，又一个人生的狗屁，永远告别了。

妮古拉拦了一辆黑出租，爬上高高的西路，去赴午餐之约，答应给司机一点危险工作的额外报酬。

"我曾经，"她试探性地说道，"跟伊朗的沙[1]睡过觉。"

妮古拉顿了顿。基思眨巴眨巴眼睛，点了点头。她给他时间去估算那件事发生的时间：沙死的时候，妮古拉应该十四岁了。不过，他当然没算出来。

"那时我二十一岁。伊朗的沙，基思。"

"包头巾的男人，"基思坚定地说。

她歪着头，从一个角度去看他。

"但是他们有宗教信仰，"他接着说。

"不，不。这事发生在革命前。沙……沙是国王，基思。而且还是个荒淫无度的国王。你从没听说过孔雀王朝吗，基思？总之，他搜遍整个地球，寻找最美貌最淫荡的年轻女子，给她们大把大把的钞票，让她们跟他上床。那是非同寻常的经历。"

身着黑色工作服的侍者过来了，搓着双手，问道："一切都还好吗，先生？"

---

[1] 伊朗国王的绰号。

"嗯,"基思说,"给我们留点他妈的私人空间,阿赫巴尔,成吗?"

她赶到的时候,基思正在等着呢,他呆呆地坐在那家昏暗的餐馆的壁炉边。听到有人请他吃午饭,地点随便选,基思毫不迟疑地选择了喀布尔的这家"退隐",稍稍一鼓励,他便解释说,那里是以极具竞争力的价格提供美味的东方菜肴。"阿富汗美食,"他补充道,"什么也比不过一顿辣辣的咖喱饭。绝对比不过。"

妮古拉走近时,谋杀者依旧坐着。她心下狐疑,究竟是灯光、是他正在吃的东西、还是无产者常得的某种病症所致呢——但基思的脸就是蜡黄蜡黄的。是那种被打得发青的眼圈正在康复阶段的黄色。"别不好意思,亲爱的,"他说着,紧张地腾出一只手来指着对面的椅子。他的面前有一品脱贮藏啤酒、香烟、小报和吃了一半的印度薄饼与泡菜做成的三明治。"阿赫巴尔!拿份菜单给我的呢,我的呢——给她一份菜单,一点肉也别给我放。什么,就这儿?三个老的煮鸡蛋,蘸上我常吃的那种酱。地球上没有一种细菌受得了那酱。绝无可能。"妮古拉把菜单原封不动地还了回去,点了她的第一杯杜松子酒补剂,说是在减肥。基思大批特批减肥,批了大约十分钟之久,说什么你得保持体力、男人更喜欢胖女人。接着,他点的菜上桌了。另外还有三名侍者和两个身穿制服的厨师站在那里观看,迫不及待地小声嘀咕。第一勺汤汁一进入基思的口中,嘀咕声便戛然而止,接着你能听见门缝里传来一阵少年的狂笑——他妈的厨房里的那些小子……他咀嚼,然后停止咀嚼,然后试探性地再次咀嚼,仿佛一只小狗在尝一块硬巧克力。他闭上眼睛,用手抚慰性地扇起风来。当他终于能够开口说话时,有如此多的烟从他嘴中冒出,妮古拉一时竟还认为他悄悄点了一根烟呢。基思说如果他错了,阿赫巴尔大可以反驳,不过他点的难道不是火辣口味的吗?

"话说我正独自一人在纽约的皮埃尔酒店吃早餐,"妮古拉后来继续说道,"那些日子我惯常如此。两个男人走上前来。黝黑的皮肤,窄窄的额头,但却相当有礼貌,身着昂贵的衣服。寒暄过后,他们拿出一个信封。里面装有一张五万英镑的本票和一张不限日期的去德黑兰的头等舱往返机票。跟孔雀王过一夜。我后来得知,沙在各大首都城市有很多这样的团队,专门负责从洛杉矶招募强壮的小明星,从斯德哥尔摩和哥本哈根招募最最白皙的金发女郎,从东京和大阪的艺妓屋招募奇幻的性高手,从里约热内卢的科帕卡巴纳海滩招募歇斯底里的荡妇,基思。多么匪夷所思的想法啊!广袤的世界全是他的妓院。那就是帝国主义的做派。我的意思是,你得想一想:他怎敢这样?

这时,基思伸出一根食指,表示异议。他显然是站在沙那边的。他弓背坐在那碟菜面前,吃完一大口,吊儿郎当地把个勺子晃来晃去。现在烟也从他的鼻孔往外冒了,他说:"啊。但是对他来说——对一个包头巾的帝王来说,没有什么不可以。那是古老的特权。由来已久的特权。太古时代。"

"太古时代?太古时代?不,基思,"她连忙说道,像是要安慰基思似的。"沙的父亲在发动政变之前只是军中的一名下士。纯之又纯的渣滓，基思。孔雀王是贫儿出身。你明白我在说什么吗？事在人为。人人皆可发迹。你也可以。"

基思慢慢地向下看看，向右看看，皱着眉头。妮古拉通过他的嘴唇去读他的心思。电视。长袍。那里很热。尤尔·伯连纳[1]。基思身着同样的华服。阿克顿的沙。伊朗的基思。他又吃了一勺。现在烟开始从他的耳朵往外冒了。

"呃，我说行，当然。那个时候，五万英镑可不是小数目，我被深深吸引了。而且我又没什么牵绊。你还记得我给你看的那些太阳镜广告吗？"

"我怎么可能——？"

"我当时就长那样。那两个皮条客送了我一些昂贵的礼物——珠宝，基思——说会再联系我。有一阵子杳无音讯。然后就是电话，豪华轿车，更多的礼物，肯尼迪机场。"

"纽约？我爱那个地方。爱它。"他继续咀嚼。是妮古拉的幻觉还是怎的，难不成烟现在从他的眼睛往外冒了吗？

"飞机落地后，他们带我去了一个南方的度假胜地。首先是全身体检。然后我晒了一周日光浴：如果你已经是褐色皮肤了，沙还喜欢你肤色更深一些。斯堪的纳维亚的白肤金发女子和面色苍白的姑娘，我想，会被关在楼梯底下的橱柜里吧。再加上一天数小时的按摩，跟沙的那些满脑子淫邪念的理疗专家一块锻炼。运动意在提高一个人的灵活性、柔韧度和弹性。人们花钱总想买点有用的东西，不是吗，基思。"

---

1 电影史上著名的"光头影帝"。

"当然，"基思严肃地说。他已经不再吃了。他那凹凸不平的前额开始表现出隐隐的悸动。

"我被告知那事会在库姆的夏日宫殿进行。但是出了点问题。我又被开车送至德黑兰。沙在国外疯狂购物。你能想象出那种场面，基思，我敢肯定：问候、礼物、战前的香槟，黄昏露台上的篝火晚餐。广场上有人示威游行，很快就演变成了一场暴乱。但是我们在那闲谈，还有仆人……我被带走了。一群手忙脚乱的女仆为我做准备。然后一个中年法国女士走了进来，只见她长着一对大乳房，眼睛像旋转木马似的滴溜溜转个不停，全身几乎挂满了首饰，什么手镯啦、项链啦、臂环啦，她花了大约四十五分钟，逐一列举沙希望我做的一切。最后是沐浴，喷香水，抹油，涂软膏，基思。两种上好的可卡因。还有那套奇特无比的内衣。那内裤，我猜，大约得是同等重量金子的千倍价钱吧。"

基思点了一根烟。他的手指像火苗一般颤动。他盯着她，他脸上的表情晦涩难辨。大多时候，基思的嘴唇都是很容易读懂的——他的前额也是一样。但现在却不了。

"关键是它们没有一点重量。实际上，我对内衣相当感兴趣，基思，你很快就会欢快地发现，但我此生从没见过那样的内裤。精华蚕宝宝，毫无疑问，加以特别饲养与训练。织造清凉内裤的蚕宝宝。当我按照指示把它们穿上时，一种奇妙的感觉传遍全身。感觉不到什么重量，但又切切实实地存在，仿佛身上湿了似的。"

他全身颤动了一下，点了点头，示意她继续。

"当沙最终把这缕薄纱脱掉时,他猛地将之抛向拱形天花板。内裤在温暖的气流中盘旋,基思,就像秋日的落叶,缓缓向下飘。待到他结束,它们还在往下飘呢。国王从容不迫,我则因为炮火声不能成眠。第二天中午,另外一个皮条客出现了,开车把我送去机场。

"你。"基思清清嗓子,说道,"你后来又见他了吗?"

"那个皮条客?"

"耶。不,那个……那个国王。"

"沙从不跟同一个娼妓睡觉两次。我想我一定是他享用的最后一批女人。六周后,革命爆发了。沙不到一年便死掉了。但是他第二天早晨又来看我,在去会见他的美国顾问与幕僚的路上,对我兽性大发。我求他把那条内裤赏我——我求他,基思——但是它已经被人用镊子一点点拆掉,并用吹风机吹干,准备做下一条……你还好吗?"

"妮古拉?"

听到这个三音节的名字,她略感吃惊。这是基思新的叫法。

"妮克,我走投无路了。"他在鼻子底下把拳头攥得嘎吱作响。"我他妈的走投无路了。我现在就要。现在。不是很快。不是下周。"这时,让人更为惊愕的是,他竖起一根黄黄的中指。"否则我就得跟它吻别了。明白吗?我现在就要。"

"要什么?"

"钱!"

"哦,天哪。"

基思靠回椅子上,威风凛凛地用鼻子吸气。她明白了,原来他蜡黄的脸并非营养不良或发烧所致,那是恐惧的颜色,毛孔大张,好似葡萄柚。

"你不知道我面临的处境。好吧,骂我是傻瓜吧,我在街头借了双重高利贷。我的计划没有成功。现在我被盯上了,周五一到,我就会被猛揍一顿,他们会弄断我他妈的掷飞镖的手指。"他重又伸出那根黄黄的手指,想要赞美或者把玩。"他们就是会卑鄙到如此地步。看到没,不能耽搁了。一旦此事发生,我就出局了。我就成为历史了。我他妈的就成恐龙化石了。"

"好吧。明天你去见盖伊。跟他说说此事。完了给我打电话。"

前面有一场真正的表演等着她——尽管只是个午场或彩排——妮古拉这个爱情女主角还是感觉好多了,感觉好太多了:她感觉自己的付出获得了双倍的回报。你看出来,如果没有盖伊,这一切将会多么单薄、多么贫乏了吗?翌日上午,她表情凝重、一动不动地坐在热得几乎让人无法忍受的浴缸里,把一条热气腾腾的小腿搭在一边,任凭思绪按照既定的轨迹纷飞。阿里巴巴和神奇内裤的故事没能达到她预期的效果,或者说没那么有启发。而且,讲起来也没甚乐趣(A计划:讲这个故事大有乐趣;B计划:讲这个故事没太大乐趣),面对基思那令人作呕的、莫名其妙的表情,瞪大的眼睛以一定的角度歪向一边,仿佛极力去辨认什么东西——雨中缓缓驶过的公交车是几路吗,晚报末版的赛马结果吗——还能有什么乐趣。他不为所动吗?难道基思对狂热的卖淫、极度的奢华、暴君的性生活以及抗拒地心引力的内衣毫无兴趣吗?倘若基思不喜欢内衣,无比珍贵的内衣,价值相当于他所有家当的内衣,那唱响莎士比亚式的挽歌就正相适宜了(世界乱了方寸)。也许(这时她的刘海抖动起来,因为她为了前额凉快一些,正大口往上呼气呢),基思只喜欢廉价的内衣呢。总之,有一点是肯定的:他相信了她的故事。他完全相信了她的天方夜谭。对基思的大脑、灵魂和收缩自如的心脏进行可靠的归类——是办不到的。它无法被理解,无法被审视。他的力比多就是小报与仿真陈述。这种属于当代的情形被充分认识到了,即便还没被充分理解。不得不说,妮古拉喜欢穷根究底。合成的现代性(人工制造),是由某种古老的、不光彩的、卑鄙的东西转化而来的。就像飞镖是潜行的雷龙转化来一样。那就更有理由消除他脸上的金钱恐惧了,以便走进他的内心(他的梦想与恐惧,他夜间勃起的次数呈现的曲线图与线轴),去发现什么会促使他实施谋杀。

在厨房里,摊开的报纸、罐子与木勺,妮古拉只穿一件T恤,坐在毛巾上,今生倒数第二次剃腿毛;她把酷似工业弹性塑料的融化蜂蜡从刺痛的小腿上揭下来;还一边干活一边吟唱……妮古拉并不知道(知道了也不会有任何区别),她正在从一种所有的艺术家都会经历的项目中期的消沉状态中恢复过来,在起始与结束的中间阶段的那种令人窒息的孤独。现在事情就摆在那里,你知道你可以抵达终点。那或多或少是你想要的（或者是你感觉到的）的结局；但是你却开始希望冥冥之中能有股力量，智慧的力量，把你抛得更高或更远一些。如何才能像穿着黑色连裤袜的杰克第一百次爬上豌豆茎那样健步如飞、弹跳自如呢？她要在基思和盖伊身上实施的计谋甚是高明；但却卑劣、残忍、几乎肮脏到无以复加的地步。如果她能在体态端正，衣冠整齐（实际上，美丽出场），用完美的指尖按住纽扣，一根头发都不凌乱的情况下完成此事，该有多好啊！但是事情不会那样。她不得不忙得热火朝天、大汗淋漓，卷起袖子和裙衫，花费很多很多时间，坐在厨房的地板上。

妮古拉·西克斯是个表演艺术家，仅此而已，是个在太空时间指导下的客串明星，事情就在那里。付诸笔端了。

基思三点打来电话。

她说："喂？……好……你究竟说了什么？……接下来怎样？……——不不。那正是我期待的。那是按照我的吩咐办事，基思。幸运的话，假以时日，我们就能搞定一切。"

当基思用沙哑的声音欢快地讲述他那即将到来的飞镖比赛时——**杜歇尔麻雀大师**的四分之一决赛，妮古拉就在那里听着，或者至少是站在那里，电话贴在耳朵上。基思按照吩咐，把妮古拉讲给他的故事告诉了盖伊。那意味着盖伊很快就会过来，十五分钟之内，顶多二十分钟。她仿佛已经听见蜂鸣器怯怯的嗞嗞声、弱弱的问候声，以及他大步流星奔上楼梯的声音。但是现在她无法抑制酝酿良久的冲动，问基思道：

"跟我说说……如果你赢了这场游戏会怎样？……好

吧——这场'比赛'……如果，如果你半决赛也赢了呢？"

基思大肆谈起了决赛：地点、模式、钱包、电视报道、对峙世界冠军金·特威姆娄的机会（也是在摄像机前）、职业飞镖生涯和它志存高远的生活方式、某一天穿着英格兰的衬衫代表国家参加比赛的可能性。

是，她想，或是在英格兰的帐篷里吧。

"等等，"她说，"决赛。日期定下来了吗？……会是什么时候呢？"

他告诉她的时候，她发出轻轻的欢呼，垂下脑袋，感觉身体里掠过一股暖流、一丝波动、一阵剧痛，有点像是在冰冷的大海里小便。有那么一会，她还以为是倒数第二次的月经提前来了呢。但那要在五天之后呐；在这方面，如果不是在其他方面，她跟时间本身一样规律呢。毕竟，女人是钟表嘛。她们是计时员——时间的守护者。

"听着，"她说，"我得走了。不管发生什么状况，你都会打进决赛的，基思，别担心。我知道。我感觉到了。有我做你的后盾，你会打进决赛的。你会走到决赛的。今晚给我打电话。我必须准备准备。"

实际上，她已经准备得相当好了。身着那件多用途的黑色开司米长裙，中间往下有十几颗扣子，她已经装扮好了，她已经做好了迎战一切的准备。妮古拉只差最后一个道具了。坐在挂满灯泡的镜子面前，她伸手去拿甘油瓶，拽开软塞。甘油：典型的现代物质——一种将脂肪进行化学转化而生成的黏性液体，用作油膏、药物、性爱润滑剂、烈性炸药的组成成分。还被演员用来催泪。那也是妮古拉找到这瓶催泪剂的地方：在她的计谋之盒中，在女演员的计谋之盒中。

当第一滴鳄鱼泪开始迷糊她的视线，她盯着指纹的轮廓，看见了——看见了鳄鱼。她看见了基思大脑里的爬行动物馆。是何样的蜥蜴、水蟒、壁虎在懒洋洋地蠕动呢！或许为首的就是一条传令怪蛇，一条猥亵的鸡身蛇尾怪呢。所有的爬行动物都在等待，都在等待。爬行动物都在等待食物，等待让它们变得更虚弱、更沉寂、更腐朽的食物。不是丛林，不是沼泽（因为这是一个现代的大脑）：一个小镇的动物园、一个资金不足的禁猎区、一个半废弃的主题公园。然而，这些蠢得无可救药的动物却意识到有人在看它们。基思的脸浮现在她的面前：他那羞怯而又淫荡的短吻鳄式的微笑。跟基思嬉戏打闹，跟他一起在泥中翻滚的不会是她。会是伊诺拉，伊诺拉·盖。在主题公园，这些冷血的无脚蜥蜴和蝾螈突然抽动了一下——甩一甩泥巴。然后是一片死寂。爬行动物的警惕……

听到蜂鸣器怯怯的嗞嗞声，妮古拉迅速回过神来。她走过去，听着盖伊弱弱的"喂"。当然，她小时候很喜欢恐龙。她记得所有恐龙的名字，喜欢在脑中回味把玩。恐龙：可怕的爬行动物。雷龙：雷蜥蜴。（现在她似乎能听到他箭步冲上楼梯的声音）。地球上的一个群体，用骨头搭建而成的。人类消失以后，也会发生同样的事情吗？我们（骗子、陪衬者、被谋杀者）会被掘尸吗？我们会被老鼠、蟑螂、胜利的细菌重新组合并加以铭记吗？

她来到楼梯最上端。

弯甲龙。腔骨龙。美颌龙。

弯曲的蜥蜴。空空的躯体。美丽的下巴。

嗜鸟龙。慈母龙。窃蛋恐龙。

偷鸟者。儿童守护者。窃蛋者。

我又在研读她的日记了——关于 MA 的部分。天哪,那两个人可真够闹腾的。拼死相搏,就像基尔肯尼猫。

妮古拉和 MA?妮古拉和马克·阿斯普雷[1]?我定要弄个明白。

所以轮到我给妮古拉·西克斯下套了。很简单:我只是请她过来。

"地址是什么?"她在电话里问道。

我告诉了她:听不见有任何反应。"你知道的。就在你扔日记的附近。"

她会坦白交代的。要不我从她脸上也能看出来。

"很可怕,"因卡纳西翁今早在厨房里说。她一边脱下橡胶雨衣和披在头上的拉链式防潮布,一边脱下橡胶雨鞋,指着窗户和可怕的雨,说道:"可怕的雨!"她没得说错,当然。雨是很可怕。在丛林或者别的什么地方看起来不会这么可怕,但是在一个北方的城市,从泥云上倾泻而下,就显得可怕了。当你试图用不干净的水去洗不干净的东西时,感觉真是绝望透了。

"很可怕,你知道吗?"因卡纳西翁开始漫不经心地准备她的第一壶茶时,继续说道,"它让你如此低迷。阳光明媚的日子呢?你快乐。感觉舒畅。开心,你知道吗?充满了活力。但是这样的阴雨连绵。雨,雨,雨。下雨的时候呢?你伤心。悲伤,你知道吗?你郁闷。你醒来?雨。你出门?雨。夜里?雨。雨,雨,雨。这样下个不停,你如何才能振作、舒畅、快乐、开心呢?如何才能?雨!只是雨,雨,雨。"

听她唠叨了十分钟,我拿起帽子和外衣,走了出去,站在雨中。站在雨中并不比听卡纳西翁唠唠叨叨好多少,但还是好些的。街角都被雨变成了水坑。人们都有这种雨中使用的备用轮胎。这些雨的内脏。

终于。哦,快乐的日子。

哈特小姐的电话。下午三四点钟,在又一阵滂沱大雨之际。不过,一开始把我拦住的并不是小姐的助手珍妮特,也不是珍妮特的助手巴布罗,而是一个盛气凌人的男人,他没有透露名字,假如他还有名字的话。即便是他们给你打电话,你也要等上一个世纪才能接通上层。我怀疑他们甚至还会把你的声音用电脑处理一下呢,以防你通过电话把什么病传染给资深人士。

"终于。小姐。你好吗?""好。这是条件。""条件?""条件。我心存疑虑,但是与市场部的人员商议之后,他们觉得还可以。""市场!"我说。(市场:我大为感动。) "市

---

1 英文为 Mark Asprey。

场,"她说,"条件是这样:我们最高预付百分之二十的稿费,购买版权。""解释一下,小姐。"

小姐作了解释。或者说她继续往下讲。就我所能听懂的部分来看,我现在可以得到部分预付金,预付金的数额有待进一步商榷;如果我试图谋求别的出版商,预付金将会大大减少,不过他们保留与竞争对手提供的任何条件进行较量的权利,他们还会马上起诉竞争对手;书写完后,如果他们不喜欢,而又有其他人喜欢,我还他们钱,他们还我打印稿,或是他们扣押打印稿,我起诉霍尼格·乌尔特拉森;如果我接受别的更好的条件,霍尼格·乌尔特拉森就会起诉我。

"呃,我想那听起来还可以。"

"这是标准,"她说,"你会收到律师函。我时间紧迫。理由嘛:我有个会。就这样吧。"

"哦,小姐?在你挂掉之前,能跟我讲一讲——国际形势吗?在这里——"

"下一个问题。"

我的脑海里浮现出哈特小姐的形象,在一幢摩天大楼里备受流言蜚语的困扰,她的人看起来与她的名字一样古板。但是谈话当然会被她那边录音的。接着她动了恻隐之心,补充说道:"很严重。但是我们感觉受到了很好的照料。主要取决于费丝的健康状况。四十五秒了。下一个问题。"

费丝的健康。他们谈论费丝时就好像第一夫人是唯一一位夫人似的。或者是最后一位夫人似的。"你说你对我的——我的作品存有疑虑。能说得详细点吗?"

"那与我的期待相反。那么不像你的风格。它来自哪里?"

"我是真需要那笔钱,小姐。我时间也很紧迫,你知道。"

"我知道。我会尽力。"

但是钱不会及时送来的。

基思的飞镖决赛与她自己的生日(或者约定的死亡之夜)是在同一天,那让妮古拉重又看到了希望。她又恢复了活力。哦,真是振奋人心,我同意。是的。我猜,前途看上去一片光明。

只是基思必须进入那场决赛。没有掷镖手指他进不了决赛。在那种情况下,他们不只是折弯那根掷镖手指,直至它断裂为止。不。那根掷镖手指会被夹在门缝里,然后门被一脚踢上。掷镖手指完蛋了。永别了,哦,掷镖手指。如果那时基思被关在监狱中,他也进不了决赛。基思一定会在监狱里忍受熬煎(或许还若有所思地用掷镖手指抠鼻子呢),如果他跟塞隆尼斯一块去抢劫的话。在他奔向决赛的路上还有另外一个绊脚石。我终于意识到,基思并不擅长飞镖。

我喜欢塞隆尼斯,当然。

他有很多优秀的品质:欢快、热情、相当俊美。他身上的人性特色甚是丰富:生命静静地在他脸上和身体里流淌。他把他自己,塞隆尼斯,照顾得相当之好,从里到外,都到了狂热和膜拜的地步了。他向空中挥拳,他回健身馆去减体重。他做瑜伽,他整个周末都练倒立。为了塑造完美身形,塞隆尼斯只吃水果:哪怕一颗四季豆,哪怕一根萝卜,都会让他作呕。他的牙齿跟任何一只海豚的牙齿一样完美无瑕。黑十字里的二等烟、二等酒、三等小吃——让人馋涎欲滴的肉饼——都把魔掌伸向他,但全都被他拒之门外。他总是把自己照顾得好好的。自从他赚了钱,呃,没有一个帝国的婴儿能比他得到更好的照料了。当然,也得承认,塞隆尼斯并非没有缺点。一个是他一直以来违法乱纪的习惯。另一个是他的低级趣味。

那是一种极富争议性、迅速培养起来的低级趣味,是某种反品位:塞隆尼斯的低级趣味没有任何半暴力的成分。我最近问他年轻时是否去过美国(或许在四十二街或好莱坞大道上待过几年吧)。塞隆尼斯没钱的时候,看起来像个运动员;现在有钱了(转变是最近才有的事),他看起来却像个男妓。动物王国可能不会被塞隆尼斯的饮食所扰,但却惧怕他的着装。他的男妓套装,男妓帽子,男妓鞋子都是用野牛、乌龟、斑马和驯鹿等的皮制成的。藏在他的男妓汽车的男妓行李厢里的那些偷来的东西当中,还有更多的男妓服装呢,包在男妓的聚乙烯袋子里。每隔一天,他那男妓的心血来潮就会促使他把他那男妓的头发要么弄成大鬈发,要么就花大把的钞票拉直。他那男妓的手指戴满了男妓的戒指。天哪,塞隆尼斯看起来真像个男妓。

他还有另外一个缺点:过度夸大自己的技艺和功绩。比如,他不是个好罪犯。迄今为止,他只是个非常幸运的罪犯而已。他在以每小时一百英里的速度向监狱冲去,还带着基思。

就我所处的道德困境而言,我发现我竟希望塞隆尼斯拥有更多的犯罪天赋呢。如果我是管事的,他一定会发迹,不受惊扰——他可以他妈的为所欲为。他可以凌弱,他可以恣意抢劫、斗殴、撒谎、打架,我还会睡得更香呢。

我不知道我为何要说基思不擅长飞镖。基思是擅长飞镖的啊。飞镖经常飞往他投掷的地方。他的飞镖才华横溢,光彩夺目。但是他并不比英格兰的芸芸大众高明什么。是这里的飞镖文化使然:在帝国的余晖里,飞镖是英国人最最擅长的东西。基思的飞镖技艺自然是不如电视上的飞镖手。飞镖总是飞往他们投掷的地方。

基思,我想,并非没有意识到他今天在起投线上可能的弱点。"今天的飞镖赛,"他会承认说,"标准极高。"他心下越来越仰仗他所谓的"应变重大场合的天赋"了。他慷慨陈词,如数家珍,描述如何瞄准镖盘,如何在投掷线上风度翩翩,如何真诚出镖。

另外那个**重大场合**又如何呢?另外那场**决赛**又如何呢?

耶,呃,加油,基思。我知道他会抵达那里,我敢打百分之二百的包票。基思做个逃兵?基思·泰伦特?你一定是——你想要你的——?基思绝不会临阵脱逃。压力?他他妈的越有压力就越勇猛。他会做必要之事。基思会把事情做成。都走到这一步了,他绝不会半途而废。

道德"困境"当真是我需要的词汇吗?"困境"一词真能诠释我的处境吗?基思和盖伊两个都会勉强活下来。但我说的是我与被谋杀者的关系。

她刚才来过。待了一会,又走了。

在她爬上楼梯、走进公寓的路上,妮古拉假装之前从没来过,演技绝对一流。回想起来,我还真佩服她的演技。当时,我被愚弄了。(我很开心)。我们谈话的时候,她用刻薄的眼神环视相框里的照片——但只是一扫而过,只是用余光扫视。

我被愚弄了。但是然后我让她独自待在起居室一会儿,而后悄悄回来,准备问一个关于基思和那笔钱的问题。她在那里:俯在马克·阿斯普雷的书桌上,试图打开那个锁着的抽屉。一脸恨恨的表情。

我悄悄退出。我不想让她知道我知道。还没到时候呢。

一切都令人非常痛苦。一切都令人非常非常痛苦。我唯一的慰藉就是,据她的日记记载,妮古拉对她的 MA 做了某种耸人听闻的邪恶事。哦,她非常非常坏……我不能理解自己的感受。这种恶心。我被牵连进去了。我不能理解这种牵连意味着什么。

这不是困境。这是道德恐惧,毫无疑问。

黑十字。我一直认为,现实送了我一个好名字。十字架,黑黑的十字架,妮古拉、基思和盖伊相遇的地方。

十字架有三个指向。不过那要取决于你如何看它喽,它亦可以说有四个指向。

我对小金的爱很快把我卷入了新的焦虑之中。没有蜜月。当凯丝带着病态的贪婪在与床一般大小的卧室里睡觉时,我就同小金在起居室的地上玩耍。金的小身板上到处都是小小的瘀伤。你能看出那是怎么发生的。在基思的公寓里，做任何一个动作就会带动其他物体移动。你会造成这些小小的连锁反应。你总想马上把孩子移走。一转身，你的鼻子砰的一声撞在门上。你动一下身子，别的东西也跟着移动。我担心呐。

珠宝、稀有矿石、精美的玻璃制品，如此种种，都是死寂的美：一切都不能帮我任何忙。但是小金的眼睛却让我明白了。珠宝、稀有矿石、精美的玻璃制品、死寂的美，都很好：都能唤醒婴儿眼睛里充满活力的银河系。婴儿闪亮的明眸，婴儿的银河系……婴儿不介意你仔细盯着她们。其他人都介意。垂死之人也介意。

下午小金喜欢打个盹。她经常被噩梦惊醒。将她抱起来安慰时，你会有一种奇怪的愉悦。你要做的就只是站在那里，提供宽大的肩膀和那上帝般宽厚的胸膛。

第十二章　盖伊·克林奇遵循的脚本

盖伊坐在厨房的餐桌边,用一副茫然的表情,盯着他的牛排:它灰白的颜色,它凹陷处的肉汁。如往常一样,晚饭是他亲手准备的,他面无表情地对着敲肉木槌、意大利面条机、蔬菜切片机忙活。他家厨房是个一尘不染的实验室,里面摆满了节省时间的设备。人们不断地节省时间。但节省下来的时间又作何用处呢?盖伊曾经很喜欢烧饭,在相对久远的那段日子,在一个人偶尔做顿饭的日子。他喜欢穿围裙,不喜欢穿实验袍。真的,盖伊本可以当一名称职的无产阶级妇女的。他顺从、勤劳、从不抱怨。他具备它所要求的条件。现在他盯着他的牛排,一时感觉到了素食主义的吸引力(黑十字那个友好的黑种男人),直至眼神落在一排排整洁的蚕豆和没完没了的意大利面上。那红酒,一种强劲的勃艮第红酒,至少显得不那么陌生,绝对是地球上的东西:健忘,温暖的南方,那是红酒带给他下巴唾液的感觉。这些训练有素的唾液还在寻找另一种感觉呢。或许是寻找和解的味道?不,是原谅的味道。盖伊小心翼翼地抬头看看妻子,她正坐在餐桌的对面,悄无声息地吃着饭呢。

过了一会,他说:

"你说什么?"

"我什么都没说呀,"霍普说。

"抱歉。"

"你为何不去看医生呢?"

"没必要。真的。我会好的。"

"我不光是为了你……我们还要再忍受多久?"

"再忍受什么?"

"这种饿肚子的沉默。你什么也不吃。你看上去就像个死人。"

他的确什么也没吃。一个实诚人(还是个相当有文艺范的实诚人),盖伊最后一次跟妮古拉·西克斯通话后就几乎什么都没吃了;事实上,他们相遇的第一天他的食欲就开始下降了,分手以后(是的:出于好意——出于无上的好意),他的食欲就完全消失了,像那个女人一样消失得无影无踪。当他终于吞咽下去——那举动与其说令人反感,倒不如说疯狂得不得要领——不多一会就得用手捂着嘴跑开。接着你能听见他在地下室的洗手间疯狂地呕吐。让他得以苟延残喘的是他的早餐——那一碗碗营养丰富的麦麸。他能消化麦麸,是因为(或者说他经常这么想)那稠稠的、黑黑的、全纤维麦麸原本跟人屎只差一道工序。麦麸的化学成分位于谷物和人屎之间。盖伊在想麦麸会不会被更名为**人屎**呢:字母可以写得龙飞凤舞,模糊不清,以暗示即将到来的现实。麦麸唯一缺乏的就是一口唾沫。喜欢往人吃的东西上吐唾沫的马默杜克有一次成功地往一整袋麦麸里吐了一口。结果很是神奇——尽管可以说马默杜克的唾液常常具备出人意料的、邪恶的效果……不久前盖伊还毫无防备地往早晨的麦麸里切一根香蕉;现在却受不了那里面新增加的钾味了。人人都讨厌麦麸,但人人又都吃麦麸。霍普讨厌做饭,就连待在厨房也忍受不了,但她对每个人吃的每样东西都严格把关,很是警觉。

盖伊又倒了一些红酒,用一种困惑的声音说道:"受不了那噪音。"

"我知道。他是怎么弄出来的呢?"

"我们不能把声音开小点吗?"

"不行。我在听他吐黏液呢。"

今晚他们独处,但又不是独处。马默杜克也在,以电子音像的形式存在:闭路电视的双屏正被他的狂怒震得嘶嘶作响。在每层楼的几乎每个房间都装有双屏。有时候那房子感觉就像一个供养马默杜克的水族馆。盖伊想起了妮古拉家里的那些录像设备(她要它何用呢?),然后又想起自己家里的,想起马默杜克出生后的几个月,他和妻子如何不屈不挠地拖着线圈和手柄,拍摄马默杜克在婴儿围栏里大声尖叫的场景、马默杜克在公园里大声尖叫的场景、马默杜克在游泳池里大声尖叫的场景。很快他们就不再折腾了。毕竟,家庭录像跟闭路电视的监视器几乎没什么不同,通过闭路电视他们一天可以听见马默杜克尖叫二十三个小时。当双屏不向他们展示的时候(从两个不同的角度展示马默杜克尖叫),马默杜克就直接对着他们尖叫:现场表演。

现在,在孩子不明所以的痛苦声中,他们陷入了长长久久的沉默。那沉默似隧道般深邃。盖伊仿佛看不到出路,完全没有出路——除非彻底坦白。或者这样：

"我们可以再要个孩子，"他说着严肃地盯着妻子。

"……你疯了吗？"

盖伊扬起眉毛，重新坐定，像个郁郁寡欢的小学生。没错，有人严肃地告诫过他们——在许多不同的场合，在各式各样的诊所和诊室，在日内瓦、在洛杉矶、在东京——要放弃生第二个孩子的可能性，或者无限地将之往后推，或者至少也要推到马默杜克十四岁的时候（那时霍普也已经五十一岁了）。拥有亿万资产的专家和研究儿童精神病的诺贝尔奖获得者总是警告，再生一个会对马默杜克产生不利的影响。没人狠得下心来，说第二个孩子没准同第一个一样。

"要是它跟马默杜克一样可怎么办？"霍普说。

"别那么说。我的天哪。他在做什么呢？"

"他正竭力把自己搞生病呢。"

"但他把整个拳头都放下去了。"

"他做不到的。"

盖伊看看霍普——感觉意外，感觉受到了鼓舞。

"他早就把茶点吐出来了。后又吐了牛奶和饼干。现在他唯一的希望就是黏液了。"

"他午饭后没有生病。真受不了那噪音。抑或是他真生病了？"

"是——他弄得梅尔巴一身泥。后又咬了菲尼克斯的舌头，非常靠后的部位。我希望她别再让他用法国式的亲吻亲她了。"

盖伊不安地回顾霍普关于马默杜克亲吻的规定。工作人员允许亲吻马默杜克。但只有霍普可以用法国式的亲吻亲他。

"我得把特里叫来。"

"特里!"

盖伊想起特里更是不安——他的厚底鞋,他粗野的汗衫。"我讨厌特里。"

"我也是。万不得已才找他的。就连他看上去都在发憷。"

盖伊垂下脑袋,笑了一笑——并非出于温情,而是出于纳闷。他爱马默杜克。他乐意为马默杜克去死。他会为马默杜克去死,不是下周,不是明天,而是现在,马上。他爱马默杜克,尽管他清醒地认识到,而且这一认识还在不断加强,马默杜克没有一点可爱的品质。马默杜克不能给任何人带来欢乐,除非他睡着。他睡着的时候,你俯身凝望着他,祈求上帝不要让他醒来。

"哦,对了,"霍普说,"巴纳比勋爵夫人。她被吓成哑巴了。"

"真哑了吗?"

"是的。自从回来以后。吓的。"

"真可怕。"

"你知道你看起来像什么吗?"霍普说,"隐士。"

盖伊耸耸肩,目光转向别处。他好像不在乎这样的比喻。但是接着他又收回了目光:霍普正目不转睛地盯着他呢。他害怕这种眼神。他保持镇定。

"不是住在奥克尼郡或者其他什么地方的,"她慢悠悠地继续说道,"村舍里的隐士。我指的是那种住在拉斯维加斯的旅馆里的隐士。一个腰缠万贯、足不出户的脏疯子。那种在卧室里设个"牌位"来供奉某个死去的胖影后的疯子。

他一直在跟进柬埔寨的那件事情——大海捞针似的搜寻小男孩和恩·拉·盖:流亡者。他每天早上都在办公室打电话(那是他走进办公室的唯一理由),盖伊现在跟美国难民委员会、英国难民事务议会和联合国边界驱逐行动组的各个联络处——各个电话部门——都能直呼其名了。当他坐在那里,听着战争故事的时候,他常常用软塌塌的手指去摸额头。盖伊生长在一个间接暴行的年代;跟其他所有人一样,他对那些伤心的安排以及死者可怜的姿势,都已经彻底习惯了。但是你却看不见柬埔寨,那个受尽折磨的民族,它那双倍的痛苦是在一块黑色的帘幕或者一扇猛然关上的门后悄悄进行的。这种黑暗对那些关注的人们来说,仿佛还有一种色情的效果呢。你没法不去注意人们提到柬埔寨时语调之中的激动之情。盖伊自己也收到了一些卫星图片,看见了死亡的剪影:那蜂窝状的画面显然是一幅风景,一个由人的头颅组成的广袤场景。他也感受到了那种激动,一种在心头涌动的幼稚的男子气,不过那很快就变成了一种淡淡的恶心。卫星拍摄的大屠杀画面:一个神眼中的人类死亡场景。盖伊的信物,一个微微发光的传家宝(小金盒,或许曾为他死去的妈妈所有吧),也被严重磨损了,显然逃不过人体的常年打磨。夺去了生命,你就只剩下对一具头颅进行解剖般的折磨了。"整个八十年代我都在那里,"电话那端的幽灵对他吼道（他是美国人，来自联合国边界驱逐行动组），给他带来那边的消息。"我有个影像要讲给你听。你准备好了吗？"声音急切而贪婪。"一个孩子迈着假肢，啪嗒啪嗒，一步一步走向战场。那就是柬埔寨，老兄。"盖伊安抚性地连忙点头，"没有一条出路。"

尽管，当然，跟往常一样，还是有出路的——有一条出路……盖伊以前说服自己不要把柬埔寨当成嗜好。但是他的这个调查，在某种程度上，依旧是一种爱的表示，一种浪漫的责任，一种相对无辜的、可以自圆其说的思念妮古拉的方式。毫无疑问，一种令人作呕的遐想正在悄悄上演。盖伊会爬上她家的楼梯（一路彩旗飘飘），潇洒地护卫着那两个羞答答的人儿；妮古拉会站在顶层的平台等待，十指紧扣，脸上挂着美丽的泪珠。小厨房里正在准备肉汤的时候，恩·拉·盖又会多么神经紧张地放声大笑啊！小男孩的眼睛燃烧起来——冒出令人难忘的火光！在他屁股后面，妮古拉的手指会深情地紧扣他的手指……

即便是盖伊也能看出，这个影像有些不对劲，有些糟糕，还有些灾难性的美学问题。画面的颜色会很苍白，音乐会带着一种腐化和诡异的欢快，对话会感觉像是配音，演员们会像即将被找到的不讨人喜欢的孩子那样傻笑。色情这个词再一次浮现在他的脑海：浮现在盖伊的脑海，那儿本来一点也没有的——本来一点色情也没有的。一点也没有吗？不，实际上不是。曾经有过那样的场合（越来越频繁，直到他动手术），一个护士拿着玻璃安全套那样的试管厌恶地把他领到一个拉着窗帘的房间,那里面摆满了"书"——成堆的男性杂志,破破烂烂的。盖伊翻着那些奇怪的书页(最后他依赖的是钱包里霍普的照片)。还有他去香港和其他东方富国出差的途中被迫观看的零星色情片段。总会有一个可怕的时刻,在色情片段的中间,演员们懒散地站着,穿戴整齐,还假装很感兴趣的样子,就像普通的男女演员在一部普通的电影里听从一个很有创意的导演指挥一样。那种惺惺作态让每个人都感觉双倍受辱,包括观众。即便是盖伊也能看出,他对妮古拉·西克斯的兴趣跟他对印度支那的兴趣很不合拍(他摆一摆头,想起曾经见过的一张丰腴美人的照片,她在一本武器手册里抚弄一件武器)。爱与战争——爱与历史的力量——很不合拍。

况且,他的遐想整体说来幼稚得可怕。他的梦,看上去发自胸中那股压抑的暖流,实际上遵循的都是青少年的故事情节,什么监视啦、保护啦、神奇的解救啦(划着小船,瘪了的车胎被奇迹般地修好了或换好了)。他总是想她,甚至是在办公室或育儿室突然感觉有压力的时候;她的脸就像花儿一样在他的眼前飘荡。每一天,他如影随形,片刻不离左右,看着她醒来,看着她吃完简便的早饭,看着她理想化的梳妆——如此种种,不一而足。他视自己的思绪为探险家,在处女地里探险。当然,他不知道有多少男人的思绪都已经进驻过妮古拉·西克斯的身体了,足足几百万个小时;他不知道,她全身的每个角落都被男人的思绪洗劫过了……有时,他会去她寓所附近的商店买每周要抽的香烟(或者额外再买一份日报)。他俯身凝望死胡同街,仿佛那是一扇门。透过爱的眼睛,她是多么能让普通的场景变得熠熠生辉啊：九月里已经掉光了叶子的树木，坐在门前台阶上吃苏格兰煮蛋的两名建筑工人，淹没在黑色雨幕中的一片死云。那天盖伊面带悲伤的微笑，理直他那脏脏的雨衣，往回走，游荡到黑十字。

基思正站在角子机旁，满足地用一支飞镖剔牙——或者说是飞镖的镖尖，因为盖伊已经学会了如何辨认镖翼、镖杆、镖筒、镖尖，自从他在飞镖方面的几个错误认识被黑十字的兄弟威胁性地加以纠正之后。盖伊发现自己很高兴见到基思，再说从这个破败、潮湿的酒吧也能得到些许慰藉。他那苍白的面孔，在别处很是醒目，却很容易与这里的灰白环境融为一体。白人在这里成了黑白人，黑白照片，就像二战的镜头，就像一战的镜头。盖伊进一步想起了一部老电影的最后几张定格画面：6，+，5，*，空白，场记板；银幕上的白色部分沾满了灰尘与鼻毛，好似脏眼睛里面的眼白。基思总是让盖伊想起眼睛。

"真他妈的令人作呕。让我恶心。不，它确实让我恶心。"

"无耻之极。"

"邪恶。"

"下流。"

"一贯的下贱，不是吗。"

基思把头向左转动一厘米，示意盖伊过去。盖伊走过去的时候，不小心踩到了克莱夫的尾巴，想不到那尾巴如此坚硬。克莱夫从地毯上抬起下巴，有气无力地对着盖伊咆哮或咒骂。

"抱歉。呃,"盖伊说,"有一阵子没见你了。"

基思点点头。那是事实。是何缘故呢?基思不辞辛劳地解释说,他是那种有地方可以去、有人可以见的家伙。他不是那种整日只坐在波托贝洛路的黑十字里喝得酩酊大醉的家伙。就比如这一周吧(真相颇费一番周折才浮出水面),他就是成天坐在埃尔金大道的斯基道里喝得酩酊大醉的。但是,事实上,黑十字的兄弟们见到基思的确是又惊又喜。为什么呢,盖伊并不清楚。

"来喝几杯。放松放松。"基思突然转变话题,说道:"喂,老兄,你看上去气色不是太好啊。不。你看上去绝对不是特别容光焕发。那一定传染。我告诉你还有谁身体状况也不是最佳。"

听到她的名字(这次是两个音节:一时听起来仿佛是对语法的进一步调整),盖伊感觉自己的胸腔有某种东西在轻柔地爆炸。他垂下脑袋,伸出一只手撑着吧台。妮古拉在苦苦熬煎。那可是天大的好消息啊。

"面带忧伤的微笑。就好像——就好像她在苦苦期盼。苦苦期盼。把个心都盼碎了。"

盖伊抬起头来。基思仿佛在审视酒吧的天花板——或许是在想那金黄色的天花板被多少伦敦的香烟熏染了吧。现在他显然松了一口气,转而谈论别的事情,盖伊突然被一种淡淡的柔情征服了,心下思忖道:他知道了。基思知道了。他猜出来了。妮古拉和我——在某种意义上,我们超出了他的理解范围。但他能看出是什么把我们绑在了一起(爱的绳索);而且还给予了应有的尊重。

"来。我给你来一个。"

盖伊试图集中注意力。基思要讲个笑话——他已经咯咯笑起来了。过去，盖伊曾经艰难地听着基思的某些笑话。它们通常还算文雅，多半是幼稚的异想天开和过分悲哀的语意双关。只在鲜有的场合，相对鲜有的场合，基思才会探过身来，张开污秽之口，讲一个关于某个不幸女人的黄色笑话。但那是你在任何地方都可能遇到的事情呐。在俱乐部的台球室，在金融城的星级饭店。正如他刚才表现出来的那样，基思尽管肤浅粗俗，却比许多——还多了许多天生的敏感呢。

"你如何能看出你妹妹何时来月经呢？"

"呃，"盖伊支支吾吾。他没有妹妹。他耸耸肩，说道，"我不知道。"

"老爸的那玩意尝起来真滑稽！"

盖伊站在那里，看着基思暴风骤雨式的狂笑。这种暴风骤雨，这种风暴，持续了相当长的时间，经过一系列间歇和假平静之后，有序的水流重又涌现。盖伊无力地笑了。

"嗨！"基思说着举起一只拳头去擦满眼的泪水。"天哪，哦，天哪。哦。那让你的脸上有了笑意。你一定要笑口常开。你一定要。在这一生……天哪，哦，天哪，哦，天哪。"

基思带着他的新笑话巡游酒吧时，盖伊就待在原地。那笑话的妙语口口相传，从一撮人飞向另一撮人。在昏暗的灯光下，苏格兰煮蛋的碎屑和唾沫星子四处飞溅。笑话博得了满堂喝彩，尽管有一两个老点的女人（她们是真老了，还只是未老先衰呢？）投去深深的一瞥，目光中流露出深情的责备。盖伊喝着白兰地，坐在后门旁，挠着后脑勺，麻木地看着那一切，心中激动不安。通过别人代言的赞美据说最为甜蜜；盖伊一生从未受到这样的追捧。他坐在那里，享受着爱的奉承。今日的画面，在他脑海里上演的画面，就只是一遍遍重复欢聚的场景，让人无法喘息的、无拘无束的欢聚。就只是拥抱一下，连个吻都没有……甚至连拥抱都没有。这些画面就像《猫头鹰桥事件》的最后几个镜头，奄奄一息的男主角梦想自己在黑暗的田野里狂奔，在假想的天空下向她狂奔，狂奔，狂奔，脚步并没有随着每一次剧烈的心跳而靠近一步……戈德和彭果把基思叫到一边，然后他就火速逃离了。他试图用脚勾起克莱夫，接着向后倾斜四十五度站在门口，就像拔河比赛队伍的最后一名队员。二十分钟过后，正当盖伊要离开，三个男人鱼贯而入，要找基思；他们跟酒吧要基思——就好像（一个念头在盖伊脑中一闪而过）那个黑十字是涂在门上，而非涂在上面的指示牌上似的，他们让酒吧把基思交出来或者把他带出来。如果基思设法躲着那三个男人（白头发的那个每只耳朵都挂有半打耳环，嘴唇还如同冻僵的孩子的嘴唇那样发青），盖伊也不怪他：他们确实看上去太讨嫌了。

马默杜克的育儿室的天花板上到处挤满了奇怪的幽灵、美杜莎[1]的头、招手的小精灵……孩子们都爱他们的玩具，不是吗。这是不言而喻的。但是为什么呢？他们为什么呢？

---

[1] 古希腊神话中三位蛇发女怪之一。

"拜托不要那样，宝贝，"他说。

盖伊正坐在一张矮凳上，如同圣女贞德被可燃物所包围那样——盖伊被七零八落的木制玩具火车板、一些撕碎的图画书和内脏被掏空的泰迪熊所包围。马默杜克丢开那辆烂火车，现在正在"玩"他的玩具城堡呢。时间是凌晨五点四十五分。

孩子们都爱摸他们的玩具，因为玩具是他们唯一能摸的东西：唯一他们可以随便乱摸的东西。人工制造，钝钝的，做了消毒处理，对可能带来的乐趣和伤害也做了说明。抑或可以说那就是玩具的初衷吧。但马默杜克几乎在任何地方都能制造屈辱感。一只毛茸茸的雏鸟甚是可爱，直到一个孩子把它塞进自己的喉咙。

"牛来，"马默杜克头也不回地说，"大瓶。"

盖伊看看手表，走过去打开楼梯平台上那塞得满满当当的冰箱。拿回来一满瓶牛奶——和四包全麦饼干，那孩子现在正如狼似虎地往下吞呢。

"天哪，"盖伊说。

"更多大瓶，"马默杜克用他的嘴角说（那嘴的中间部位已被奶嘴占据了），"更多大瓶。"

"不！"

"更多大瓶。"

"绝对不行！"

奶嘴从马默杜克的嘴唇滑落。"大瓶。更多大瓶……"马默杜克非但没有提高声音，反而压低了嗓门：有时候他那样往往还能制造更为惊悚的效果呢。"大瓶，爸爸。更多大瓶……

更多大瓶,爸爸……"

"哦,好吧。说请[1]。说请。说请。"

"警[2],"马默杜克老大不情愿地说。

玩具是象征——真实事物的象征。那只玩具猴象征着真猴,那辆玩具火车象征真火车,如此种种:微型的。但马默杜克的育儿室里好像有一种令人不安的写实主义。就譬如那个玩具小象吧,粉红而透明,高达五英尺,上面还有威严的流苏和惟妙惟肖的小象轿(多次从上重重跌落下来的发射台):这小象跟真实的小象差不多大小。马默杜克的榴弹炮、榴弹发射器、子弹带也是一样,更不消说所有那些塑料阔刀、弯刀、半月形刀——以及他的短棍、圆头棒和战斧了。马默杜克的最新部署(永久性现代化方案的一部分):一个 DID,或者说是一个深度拦截设备,一个可以同时炸毁三四个玩具坦克的铅笔雷,当然比北约真正投入战场的设备还要大得多。北约。突击破坏者。它使用的装备都是多么老套啊。但马默杜克无疑更喜欢"初次使用"。马默杜克绝对是"初次使用"的艺术家。不顾死活地战上三天,把个世界炸得粉碎。

门开了。霍普站在那里,散发着清晨的风采。好似一名身穿白色长睡衣的哨兵。一只胳膊抬起,仿佛捧着一根蜡烛。他开始意识到街道和屋顶上的雨声。

"六点了。"

"事实上,他一直都很乖,"盖伊轻声说。他额头上的竖

---

[1] 英文为 please。
[2] 英文为 police,吐字不清的马默杜克把 please 说成了 police。

纹邀请和鼓励霍普过来观察她的儿子,他正在玩他的玩具城堡呢,在把外面的堡垒折断之前,先是有条不紊地攻击每个脊梁。做这些使得他不住地嘟哝和大喘气。只有非常老的老人才会像婴儿那样嘟哝和大喘气。在这两者的中间阶段(盖伊想),尽管我们极度劳累,却也还能做到悄无声息。

"楼上。"

上面的三楼有一间被当地人称为软壁小室[1]的房间。那里没有家具,墙壁与墙壁之间,地板与屋顶之间,都堆了三层厚厚的羽绒被。唯一不同的东西就是一个齐胸壁架,以及额外一床羽绒被和几个枕头,以方便看护的大人踩着爬上跳下。他们把那个尖叫的孩子带到那里……

外边,天色渐明(就昏暗的雨天来说);盖伊现在钻进妻子的被窝。他仰头再最后看一眼监视器:从地板到屋顶实拍马默杜克在软壁小室里默默尖叫的场景。他边叫还边用穿着浅帮便鞋的脚娴熟地蹦跶呢,试图弹起足够的高度,来个破坏性的一跳。盖伊躺了回去。他的妻子挨向他,寻找可以信赖的体温,他知道那是她依然需要他的理由。

"这是我们要背负的十字架,"她含糊其辞地说。

盖伊弯下突突直跳的脖子,吻她的嘴唇,那嘴半开半合,一股梦幻与激情的味道。他躺在那里,难以成眠,又是希望,又是不希望。拂晓时分微微的兴奋,身体像孩子的身体一样疲劳且柔软,还带着让人诧异的强烈的气味、伤痛与味道;那过

---

[1] 精神病院或监狱中墙上装有衬垫以防止监禁者自伤的软壁小室。

去也曾发生过,在夏日舞会后两人都失眠之时,还有更久远之前,挑灯苦读一夜之后。《特洛伊罗斯与克瑞西达》是反喜剧吗?探索特殊关系的形成……他实际上已经荒唐地勃起了:那下面的皮肤绷得像面鼓。他不甘心被遗忘,或是被轻视。只需摸摸那里的被子,你或许很容易……

"让我来,"霍普耳语道,她从床上爬起来,像个安静的动物一样顺从——因为马默杜克的叫声现在是如此震耳欲聋,没有哪个妈妈能安然入睡。清晨了。新的一天开始了。

他翻身躺平。在脑海里把玩妮古拉这个玩具,椭圆的形状,蓝色的北面,好似维多利亚时期的微型人像。真实事物的象征。真实的事物。三次猛烈的抽插就搞定了。但是种种顾虑——包括过分的讲究,另外一种形式的自尊心,还有想到事后的狼藉——加在一起,像往常一样,让他的手停了下来。

你不会想玩成那个样子的。

两天后,盖伊做了一件平常之事。接着一件怪事发生了。他扶一个盲人过街。接着一件怪事发生了。

在来复巷,一个非常老的盲人站在斑马道前,要过马路。四肢瘦长、兴致勃勃、正迈着轻快的步子闲逛的盖伊看到他时停了下来。那或许并不是常见的景象,不再是常见的景象了。现在不常在大街上见到盲人了。不常见到非常老的老人了。他们待在家中。他们不常出来,不再常出来了。今年不常出来了。

又高又瘦的盲人直挺挺地站在那里,身子后仰,车辆和行人在其身边来回穿梭。他那犹豫不决的姿态表明他已经站在那儿好一会了,尽管他并没表现出忧伤。事实上他还在微笑呢。盖伊大步走上前去,拉起那个盲人的胳膊。"需要帮忙吗,先生?"他问,"走吧,"一边带路一边鼓励。到了远处的路缘那里,盖伊兴冲冲地提出再送盲人一段——回家,或是去任何地方。那双看不见的眼睛诧异地盯着他的声音。盖伊耸耸肩:现如今你提供一丁点帮助,人们就会诧异地看着你,还以为你脑子有问题哩。接着引来了更多诧异的人群,因为盲人拄着拐杖走到最近的墙边,垂下脑袋,做了一件他的眼睛依然擅长的事情。泪水哗啦啦往外涌出。

盖伊尴尬而又有些惶恐地重又走到那个盲人跟前。

"放开他,"一个旁观者说。

"你他妈的放开他,"又一个旁观者说。

盖伊迷迷糊糊走回雨中。几个小时后,他回到家中,当他不再迷惘,心跳也渐趋平稳之后,他回想起在什么地方看到过……一个旅行者与一个濒临饿死的部落的故事。具体是什么呢?那个戴着硬壳太阳帽的人类学家再次造访那个他曾因为它的善良而赞美过的部落。但是现在那个部落正在挨饿;食物尽归强者囊中;强者嘲笑弱者,跟跟跄跄、形容枯槁的弱者,弱者也在笑。弱者也在笑,跟强者一样麻木不仁。有一次,一位老妇人在陡坡边上绊倒了。一个过路的强者——一个食物专家,一个趾高气扬的食物大王——朝她屁股上踢了一脚,帮她爬坡。她躺在那里大笑之际,旅行者跑过去安慰她。那安慰让她无力招架了。轻轻抚摸了两下头发,说了几句安慰的话语,伸出一只援助的手：那就是让老妇人哭泣的原因。现实似乎完全可以忍受——实际上，还令人捧腹呢——直到你再一次体会到善良的滋味。然后，现实变得再也无法忍受了。所以老妇人哭了。所以盲人哭了。只要没有一个人是善良的，他们就能忍受。

盖伊是善良的，或者可以说，那天他是善良的。他心情不错。口袋里揣着妮古拉的明信片。盔甲：豪言壮语。在任何别的时候，他没准都已经走过去了。爱是盲目的；但它却让你看见了在路边犹豫不决的盲人；它让你通过爱的眼睛发现了他。

"宝贝？过来坐在我膝[1]上。"

"……走开。"

"来。来看书。过来坐在爸爸的膝上。宝宝乖。"

"Zap。"

"是 lap。很好！乖宝宝。看。食物。你喜欢食物。那是什么呢？"

"Bam。"

"Bam？……是 Spam[2]。 Sssspam。很好。那个呢？"

"Agh。"

"Egg[3]，对。 Egg。那是什么？……那是什么？……我们现在是在一座花园里。那是什么？那是什么，宝贝？"

---

1 英文是 lap。
2 斯帕姆午餐肉。
3 蛋。

"Dick。"

"Stick[1]。很好。Sssstick。现在这里有一朵花。说'花'……那些是花瓣。这下面是——"

"Dork[2]。"

"非常好。宝贝。好极了。那你怎么称呼这个呢?树儿曾经生长的地方。就像在我们的花园里。他们从这儿把它砍掉了。"

"Dump[3]。"

"马默杜克,你真是天才。那是什么呢?……一棵树。那个呢?……草。别那样,宝贝。哎哟。等等,看!动物。动物。那是什么?"

"Jeep。"

"对,sheep[4]。很好。那个呢?"

"Zion。"

"Lion[5]。Lllion。Lllion。很好。这个湿乎乎的东西是什么呢?"

"Nail。"

"Snail[6]。好极了!啊哈。这是你的最爱。这里面最好的动物了。不,等等,宝贝。嘿!再看一个。你喜欢这个。这是什么?这是什么?"

---

1 树枝。
2 茎。正确的英文应该是 stalk。
3 树桩。正确的英文是 stump。
4 绵羊。
5 狮子。
6 蜗牛。

"……Gunk[1]！"

"对！它会什么呢？它会什么其他动物不会的事情呢？它会什么呢？"

"……Dink[2]！"

"非常好。你知道，有时候你也可以是个非常可爱的小男婴的。"

盖伊俯身向前吻别那个越来越不安分的孩子时——马默杜克反过头来撞他。尽管马默杜克一直在嘻嘻哈哈，用手乱指，也许那至少可以说是半个意外。总之，那一撞产生了相当严重的后果。任何曾经撞到灯柱或者行人的人都知道每小时3英里的速度对人来说可是相当危险的，更不消说每秒钟186000英里了。大约十五分钟过后，当随着一声敲门声，有人把门打开时，他还在傻傻地往纸巾里吐呢。

"多丽丝，"盖伊说。

"盖伊，"多丽丝说。

盖伊见到熟人退缩了一下——或者说他的某个基因退缩了一下。最近招来的多丽丝是个胖胖的金发女人，约莫三四十岁年纪，长着一双不安分的腿。她已经初尝克林奇家楼梯的厉害了。

"门口有人找你。"

"哦？是谁？"

---

1 驴。正确的英文是 donkey。
2 踢。正确的英文是 kick。

"不知道。说是有急事。是个男人。"

盖伊不知该当如何。霍普正在跟丁克·赫克勒在范德比尔特打球呢,七点之后才会回来。现如今有些保姆荒;连特里都迫于压力,感激涕零地接受了监狱健身馆的一个职位。他也不能请多丽丝帮忙,她无论如何一定会拒绝的。只要是跟多丽丝独处,只要多丽丝处在他的视线之内,马默杜克就时刻想去踢她的肥臀或者色眯眯地用拳头猛击她的乳房。

"带他上来。抱歉,多丽丝。带他上来。谢谢你。"

过了不一会,基思大摇大摆地走了进来——穿着裤腿像大三角帆的水手裤。头发湿淋淋地贴在头上,湿透的小报垂在腋下,像一只多余而没甚用处的臂膀。他心照不宣地点了点头,说道:

"Audi[1]。"

盖伊思忖了一会,说道:"Howydy。[2]"

"萨博涡轮增压器,"基思接着说,"燃油喷射。听着,老兄……"基思回头瞟了一眼,又看看马默杜克,马默杜克正在他那玩具城堡的废墟中间,饶有兴致地抬头看呢。"听着。我带了些东西过去——妮古拉。私下跟你说,老兄,她看上去不是很好。"

盖伊急切地瞪着他,不解其意。

"我是说,我看到了她手腕上的伤疤。"

"不会吧?"

---

1 你好吗。相当于英语的 how do you do?
2 意思同上。

"左手的手腕。小小的白疤。你知道。她试过一次。没准还会再来一次呢。"

"上帝。"

"她跟我说:'那个不要修了。这个不要修了。毫无意义。有什么意义。何苦费心。有什么意义。毫无意义。'全是这样的话。那脸就像——她真垮了。情绪低迷。有自杀的倾向。我只是担心她会伤害自己。"

"你真这么认为?"

基思一脸惊恐地说:"去看看她吧,老兄。她一向对我很好,她一向。你知道,她是一个非常好的女人。如果她……我将永远不会……"

"是,当然。"盖伊的眼球若有所思地转动起来,然后说道:"基思,我能麻烦你帮忙照看这孩子二十分钟吗?"

"当然可以。乐意。哦,呃……"他再次警觉地抬头看看盖伊,"能用下你家的电话吗?"

"可以,当然。向下走一层,左手第二个门。"

"凯丝有可能正在给我准备晚饭呢。"

基思回来后——经过漫长而又煎熬的等待——盖伊冲回主卧去拿钥匙和钱。用一只手去梳头时,他发现床上妻子睡的那侧有基思的屁股留下的深深印记。他感觉必须做点什么,于是急忙用拳头捶打羽绒被。

又去了一趟育儿室:基思蹲在那里,双手举起,又是大声喘气,又是使劲吸气——正轻柔地跟马默杜克比划着拳头呢,马默杜克仿佛很喜欢他这位新朋友。

"你真好,基思,"盖伊说。

"耶,再见,"基思说。

一种强烈的、但或多或少算是无私的关切主宰了他的心境,直至按下她的门铃;听到她的声音以后(那种代表让步、投降或者认输的轻柔呻吟),他只感觉一种美的享受。"六:西克斯",她家门铃按钮旁边的椭圆形贴纸上如是写道。这么完美的对称。连她的电话号码都在细微处透着魅力,错落有致的几个八几个零,就像一个爱情密码。他大踏步走上楼梯。

盖伊期待看见她——或者说即便看见也不诧异——站在嘎吱作响的凳子上,脖子上套个活扣;或者躺在沙发上,耳边放一把珍珠母短口手枪……实际上,他发现她站在书桌边,小拳头灵巧地支在上面,而且不知为何,在他驾驶着双轮战车一般的心情奔进那间低矮的起居室时,有那么一会她还保持那样的姿势不动。(起居室对他来说无关紧要:那只是一些事情可能发生的地方。)接着,她转过身来。

"你不该来的,"她衷心地说,"但我必须承认,见到你我非常高兴。"

盖伊知道他将永远难以忘记她脸上变幻多姿的风采,清澈的眼眸,透露一切的微笑——还有颊骨上的泪痕,好似焊接在那里一样,闪闪发亮。女人哭泣时(《卖花女》里的那句话是什么来着?),枯草般的黄褐色面容代表了部分的痛苦和全部的无助。但是对于她,对于她——

"就在一个小时前,"她垂下脑袋,对着书桌微笑,说道,"我收到了这个绝好的消息。"

"太好了,"他说,但他却几乎无法控制言语之间的失望。别告诉我她是喜极而泣啊。现在,那个绝好的消息是多么沉闷地回荡在这间低矮的房中啊。

一个信封被举到了他的面前。航空邮递:红蓝相间的边。

妮古拉说:"他们还活着。伊诺拉还活着。还有——还有小男孩。还在泰国的诗梳风和庄他武里之间的某个地方游荡。但是一切都搞清楚了。全搞清楚了。"

盖伊耸耸一边的肩膀,说道:"太好了。"

她走上前来,弯腰在桌上找打火机。盖伊从她那黑色的紧身胸衣松弛的领子里看到了她的乳房,感觉又是悲哀又是不安。他把眼神移开,直到她站直身子,衣服绷紧以后,他才如释重负。颜色那么深!靠得那么近!

"我今晚飞首尔。"

就像慈父,整个过程都像慈父——哪怕是他拉她手腕的方式也像慈父,如慈父一般爱护有加。她老大不情愿,但是僵持一会后,她同意了坐在他的身旁,听他分析。他说在他看来,她那是不愿意面对真正发生的事实——发生在柬埔寨的事实。他温文尔雅,但态度坚决。他自信在他铺平的道路上没有障碍,说完拍了拍她的手:一种爱护性的抚慰。看到她坦率的脸上升起疑团,盖伊感到了一种无上的快乐。妮古拉在点头,在咬唇,在把身子往前倾成一个懊悔的姿势。她紧身衣的领子是如此暴露,他本可以趁她不备占点便宜的;但是他现在正沉浸在一种深深的关切之中呢,抚摸着她的头发、她的脖子、她的

喉咙。颜色那么深。靠得那么近。一阵沉默过后,她说:

"那我就不得不做另外一件事情了。"

他连忙问道:"地下铁路[1]?"

她面无表情地抬眼看他。"……是的。"

"那不可靠。真正是赌博。"

"哦。我知道。"

"而且需要很多钱。"

"需要多少呢,你觉得?"他报了一个数,妮古拉表情凝重地补充道:"是,那差不多也是我听说的数目。通过我在……突尼斯的联络处。"她瞪大眼睛,说道,"哦,非常简单。我会转让我的公寓。租期不是很长,但也许换回来的钱差不多够了。我可以随便找个房间。另外我还有首饰、衣服之类的东西。那个冰箱也差不多是全新的。"

"那一切当然都没必要。当然。"

"你说得对。那还不够。不管怎么说,总有些事情是一个女人……"她顿了顿,缓慢而又坚决地说,"一个女人也可以做些事情。"

"当然。我决不允许。"

妮古拉会心地对他一笑。"哦,不。我看出你的诡计了。盖伊,绝对不行。"她把一只抚慰的手放在他的大腿上,然后转脸看着窗户。"对不起,亲爱的。不不。我不能让你借给我那么多钱。"

---

[1] 原意是指19世纪美国的废奴主义者为了解救黑奴,把他们送到自由州、加拿大、墨西哥,以至于海外的秘密网络。

盖伊回到纸牌屋时，已经七点了，爱再次让他蹦蹦跶跶地上了楼梯。

令人难以置信的是，马默杜克正一动不动地坐在基思膝上呢，肥嘟嘟的小身子部分被举起的小报遮住——部分淹没在齐臀高的烟雾里。盖伊一个箭步冲了进去，猛地把两扇窗都推开（外面正下着雨呢），希望那不要显得太过唐突或太有谴责之意了。说完马默杜克非常非常乖之后，基思就带着甘愿不被发现的心态，赶在霍普和丁克回来之前的几分钟内，迅速离开了。那倒是让盖伊有时间给屋子通风（马默杜克咬他小腿的当儿，他挥动毛巾扇来扇去），把基思塞在某个破玩具缝里的六七个烟头抠了出来。然后纸牌屋便现出全新的牌局了。

霍普上楼来，盖伊在霍普不耐烦的请求下带着马默杜克下楼了。莉齐布在厨房里。丁克·赫克勒也在。南非的七号选手坐在桌边，网球服直往外冒热气；跟往常一样，他正静静地欣赏自己的胳膊与腿，消磨时光呢；也许（盖伊猜）是那上面不可思议的汗毛吸引了他的注意力吧。盖伊给大叫不止的马默杜克温半个小时一次的牛奶时，听见楼上有人也在大嚷大叫，你一言我一语地互不相让，直到前门被猛地关上。然后霍普蹦下楼来，打完网球，再加上刚才的家庭壮举（炒掉多丽丝），使得她容光焕发。

"她偷了我的耳环，就是放在梳妆台上的那些，"霍普说。

"Gumbag，"马默杜克说。

"我能冲个澡吗？"丁克问。

"哪些？"盖伊问。

"不值什么钱。否则我就让她脱光衣服搜身了，"霍普说。

"Gumbag，"马默杜克说。

"听到了没？那就是多丽丝。她一直在教他说新的脏话呢，"霍普说。

"阿姨想抱一个，哎哟，"莉齐布说。

"我能冲个澡吗？"丁克问。

"不奇怪吗，他总是撞在你的乳房上？我是说，如果一个人胖得连路都不会走，活着还有什么意义，"霍普说。

"Guzzball，"马默杜克说。

"听听他。我是说他的胸部！我知道，多丽丝一直在育儿室里抽烟呢。得给他喷点药水，"霍普说。

"色甘酸钠还是柳丁氨醇？"盖伊问。

"我帮忙按住他，"莉齐布说。

"绝对不行，"马默杜克说。

"我能冲个澡吗？"丁克问。

厨房里有面大镜子，镜子里有个大厨房，盖伊不住地偷看自己，镜中繁忙世界中的一个孤零零的身影。人影在上面晃来晃去；丁克·赫克勒，带着他那个无望的、不断重复的问题，是屋子里唯一一个坐着没动的。盖伊慢慢用舌头去舔舐嘴唇：他现在才隐约注意到马默杜克给他撞的那个大包。那天晚上，他决定，忍着不刷牙。唇儿相碰（我现在入围了），脸儿似乎静止了，接着被关在了同一片力场之中。有些人以为，只因为某人在金融城工作,就会有大把大把的钱。他没感觉到自己的倾斜仪有什么变化呐,但他们的嘴唇却靠在了一起。当然,她是如此单纯,如此青涩,对于钱,对于其他任何事物。她颤抖地闭上眼睛。债券最好:可能需要一天或三天的时间。她的唇也在颤抖。明早就跟理查德说。接吻的时候,他能感觉到她那个在他牙齿后面的舌头,像受伤的鸟儿一样抖动或退缩。

霍普突然叫了起来,"看那个厌食症患者。"

盖伊笑了。他发现自己正在往嘴里塞东西呢:一块奶酪,一片火腿,半个西红柿。"我知道。我也刚刚意识到,"他说着又笑了起来,屈膝去舔小手指上滴下来的蛋黄酱,"我是彻底饿坏了。"

"我能冲个澡吗?"丁克问。

"是血,"莉齐布说。

"他头发上有血。盖伊!他头发上有血!"霍普说。

"别担心,"盖伊说,"那只是我的血。"

外边,雨已经停了。在花园和公寓的楼顶上,在窗槛花箱和电视天线的上空,在妮古拉的天窗和基思黑黑的塔楼上面,空气发出一声疲惫不堪、备受蹂躏的叹息。有那么几秒钟,每一个向外突出的窗台和屋檐都在滴水,就像流着涎水的牙齿。接着当地面被迫吸收最后几毫米的积水时,街道和泥土里都传来一声发生化学反应般的汩汩声。然后便是一片潮湿的死寂。

两天前，我给马默杜克换尿布了。那是迄今为止我最最糟糕的经历。我还没缓过神来呢。

我就猜那事一定会发生。那儿有很多保姆哄着，又是保姆飓风的中心地带。我总是去那儿溜达。我总是去人们扎堆的地方溜达，或者去他们要去的地方，急于按照他们的速度浪费光阴。最后，莉齐布帮我把他弄到喷头下面。然后我们就擦育儿室的墙壁。还有天花板。我还没缓过神来呢。

马默杜克用《圣经》上描写的方式完全占有了他的妈妈，而且他还总是用手去戳梅尔巴的肛门，对菲尼克斯做口交的动作（你看他在互惠工中间乱扑腾的）；不过莉齐布则是他的性迷恋对象。他拍打她的胫骨，往她的乳沟里滴口水。除非有她在旁观看，否则他就不愿洗澡。他总是用他的手——或脑袋——撩拨她的裙子。

当然，令人尴尬的是，莉齐布越来越确定她不用担心我会对她做出任何诸如此类的荒唐动作。不，就我目前的身体状况来看，我也不准备再对异性瞎搞了。她有时也会对我投来迷惑和询问的目光——眼睛仿佛眯在一起——在马默杜克用舌头舔她耳朵的时候。或者企图迫使她把手拿到他尿布前端的时候。作为一个人，她开始反省自己错在何处。我可以告诉她，我是个同性恋,或者笃信宗教,抑或只是害怕染上某种绝症。我想我真不应该再继续玩弄她的感情了。尤其是现在我也没有那个必要了。

我把十二章全部都给霍尼格·乌尔特拉森传真过去了,在那边,好像,我的声望已经有所提高。从每个人对你说话的方式就能感受得出来。如果我没听错的话,就连总机接线处计算机处理化的声音都暗中流露出对我的好感了。"稍等。我请哈特小姐接电话,"珍妮特·斯洛特尼克用一种帮助三岁小孩迎接一个特别有吸引力的奖赏时的口吻对我说道。"哦,你听说过那个让我们这里激动不已[1]的消息了吗?"莫非是哪本平装书或者与读书俱乐部签订的协议又带来了惊人的利润吗,我正在盘算那后面有几个零呢,忽闻得珍妮特叫起来:"她怀孕[2]了!"但是我没能接通哈特小姐。计算机坏了,二十分钟后,珍妮特打来电话,说小姐很快就会打过来,但是她没有。

我一时兴起,说道:"珍妮特?说一下 spearmint[3]。""Spearmint。""再说 peppermint[4]。""Peppermint[5]。""谢谢你,珍妮特。""先生。"

因卡纳西翁隐藏或者放弃讲述她在超市的漫长历险(一个与她的名声无甚好处的故事),转而告诉我马克·阿斯普雷在

---

[1] 原文是 excitemint。正确的英文是 excitement。
[2] 原文是 pregnint。正确的英文是 pregnant。
[3] 中文意思是绿薄荷。
[4] 中文意思是薄荷油。
[5] 这里叙述者调侃珍妮特的发音:上面她把 excitement 说成 excitemint,把 pregnant 说成 pregnint,于是叙述者尝试让她多发几个 mint 的音。

我出去的时候打电话来了——在我出去躲避因卡纳西翁的时候。

讨人喜欢的阿斯普雷先生，因卡纳西翁说，渴望回伦敦小住几日。当然，他只需打个响指就可以入住一家高级酒店，或者跟任何一个伤心的魅力女王共享一张床——但阿斯普雷先生却更喜欢住在这里，一个他称之为家的地方，再说了，在这里因卡纳西翁也能竭尽全力让他更舒服些呐。她完全支持马克·阿斯普雷的这个多愁善感的向往。事实上，我听她唠叨三十五分钟关于家的首要性，以及它熟悉的环境和其他的优点。

因卡纳西翁建议我趁机回纽约一趟。对她来说，这种安排的对称性也不无吸引力。

我什么话也没说。我甚至只字未提非超声波从东向西飞过大西洋的困难，以免又得听她唠叨一个小时，讲什么中央热核战争的不可取之类的事情。我只是点点头，耸耸肩，相信于情于理她最终都会闭上嘴巴或者走开的。

昨晚我去兰斯登克雷森特参加了一个晚宴。在场的还有莉齐布和丁克。主要客人并不很有名；他们只是生于富人之家。三兄弟，贾斯珀、哈里、斯卡吉尔，三个英国乡绅的可笑代表（从约克郡，盖伊爸爸的老家附近，来参加一个农业会议），以及他们沉默寡言的妻子。来自宾利的男孩们——他们还是小孩子：时间只是让其变胖变粗而已，但他们还是孩子，没长大的孩子——起初大嚷大叫，然后默默对着饭碗：吃得全神贯注，汗流浃背。丁克不住地看着霍普，无聊地挤眼弄眉，不耐烦地传递着什么隐秘的信息；盖伊几乎一言不发。没有任何竞争，或者说，就此而言，没有任何选择可言：我是宴会的生命。我几乎毫无保留。

晚宴十一点刚过就告结束，那时马默杜克的叫嚷和狂吼再也不容忽视了，或者说谈话被吵得再也无法进行下去了。我看见那个被连连捶打的互惠工试图把他的手从楼梯的扶手上掰开。盖伊和霍普看上去仿佛就要离开一段时间了。

我疲惫不堪地同莉齐布一块站在门廊上，看着四辆小汽车悄悄驶入炎炎夏夜。她抱着双臂，转身面向我。我害怕。她低下头，问我为什么不喜欢她，同时孩子似的用手指戳我的衬衫纽扣，那样使得她还有可以注视的地方。我很害怕。我害怕这种事。那是一种什么样的恐惧呢？就像一百万次通奸、滥情、不忠、背叛带来的重负一般。还有一种无法言说的感觉，仿佛我很久之前爱过她、喜欢过她或者说为她骄傲过，还多次吻过她的乳房，多次感受过她的腿压在我背上的感觉，直到爱情消耗殆尽，我再也不想那样做了。我真希望我能有个小小的证书或一枚勋章，证明我再也无需那样做了。我害怕她的身体以及她身上的活力、她的肉体、她的生命。我害怕它会伤害到我。我害怕它会把我弄垮掉。

"我非常喜欢你。"

"你呢？你想到我房间待一会吗？"当她这么说的时候，我能看到的也就只是她开启的嘴唇完美的节奏。

"我，呃，不想。"

"为什么呢？我有什么问题吗？"

事实上,她那些大脚趾上的指甲已经失去对称美了,她脖子背后也长了一颗陡边的痣,而且总体说来,她的皮肤(与金·泰伦特相比)也绝对显出衰老、岁月和死亡的印记了。但是我却说,"你很美,莉齐布。无需怀疑自己什么。事实是,我爱上了别人。"

接着我去妮古拉那里询问最新的进展。我没有爱上妮古拉。有些东西把我们绑在了一起,但不是爱。我跟妮古拉之间更像另外一种关系。

哈特小姐打来电话,说她桌上有一张支票——足够我再撑几个月了:足够了。我说,"谢天谢地。你一定费了不少心思。我想这个电话没被监听吧?""对。没被监听。""好。还有别的消息吗?""关于你所谓的世界局势吗?哦,有。下周:突围。""你一定是指崩溃吧。""突围。公开叛变。""但那很可怕。""不。原因:如果我们不这样做,他们就会。再见了。""等等!……还有其他消息吗?""是的。我有消息要告诉你。我怀孕了。"

"我也有消息告诉你。那是我的。"

"胡扯,"她说。

"我知道。是我的!"

"胡扯。"

"最后那一次。在科德角。"

"拜托别这样。我当时醉了。"

"是,我敢打赌你那天早上也醉了。那就是这事发生的时间。在早上。我感觉到砰的一声爆裂。我甚至都听到了。一个清晰的爆裂声。"

"胡扯。我现在挂电话了。我要挂电话了。"

"别挂断!我要回来了。现在。"

"回来?回美国?"她伤心地笑起来,"你难道没听说吗?没有办法入境。"

我是带着巨大的、无法言说的——非常沉重的矛盾心理——

我不想走。我不想走。我的状态没有好到能面对美国。我还无颜面对美国。我想待在这里,看着这一切如何发展,并且把它写下来。我不想走。但我还是要走。倘若留下来,我甚至都不能保足颜面。而且,那里还有看起来像是海滩的天空,我指的是白色的沙滩、蔚蓝的大海、翻滚的浪花和从浪花中冲出来的天使。有益于飞行。没准还有益于爱情呢。

所以我现在坐在这里,打好了行李包,等待一辆迟迟不来的小汽车。我刚刚又给微型出租车公司的人打电话了(他们引以为荣的标语:**你们喝酒,我们开车**)。先是一段电话录音,然后是三个英格伯特·洪普丁克[1]数字,再然后是一个不会讲英语的家伙支支吾吾的遁词。很难相信,在这个临时搭建的小屋竟然藏着某个知道如何去希思罗机场的天才。不管怎么说,毫无疑问最终总会有某个人设法来到这里的。

---

1 德国一位著名的后浪漫主义作曲家(1854—1921)。

天空在告诉我,我或许可以侥幸成功。哦,它悠悠荡荡,管他呢。在艺术和爱情上都失败的我或许还可以在这两方面再取得成功呢,即便是在现在,在这该死的一天的这么晚的时刻。我的故事井然有序。我的演员随时待命。但是我的出租车在哪里呢?

我打电话给盖伊,告诉他,我不在的时候别莽撞行事。我回来之前,我可不想让他做任何莽撞之事。运气好的话,他会度过一段安静的时光。或者吵闹的时光。我预计马默杜克的支气管毛病会复发。被托付独自照顾那孩子一个多小时,基思·泰伦特,我碰巧知道,并不仅仅照例每七分钟抽了一根烟。基思除了教马默杜克打拳击、说脏话、对着小报上的美女照片流口水之外,还教他抽烟了呢。

当然,对基思本人我毫无办法。在他的一生中,人们总是试图对他立规矩,但总是毫无效果。他们也曾试图把他关起来。如果能办到的话,我也会把他关起来的,就只关上几周。就像我,就像克莱夫,就像这个星球,基思的债务也在变老;基思会采取任何必要的手段……不过,我还是去了。我吃力地爬着混凝土楼梯,耳边不时飘过猥亵的言语。上帝啊,即便是在十年前,在伦敦的街道上,从两个正在谈话的男人身边走过,如果听不见"他妈的"这个词或者类似的脏话,也已经相当了不起了;然而现在,大家都在骂脏话——小孩、牧师、老奶奶。我自己开门进去。几天前,凯丝不声不响地给我了一把钥匙。母女二人都在:狗不在,骗子不在。金见到我很高兴——她是如此高兴,事实上,若不是爱的使命使我意乱情迷,我或许得承认温莎宫[1]出了什么严重的问题呢。基思照看一个小时就足以把马默杜克·克林奇送进医院了;金·泰伦特亦然——金·泰伦特亦然……在自然短片中,成年鳄鱼用下颚去够鳄鱼宝宝。你担心会发生最坏的事情;然而那个隆起的鳄鱼嘴很是娇嫩,足以照顾好新生儿的肌肤,以一种非常温柔的方式。另一方面,爬行动物则通常不照看幼崽。爸爸发疯的时候,会因为其他什么原因和欲望张开血盆大嘴……我说再见的时候,小金哭了。我离开那间屋子的时候,她哭了。我想她一定非常爱我。以前我也被人爱过,但从来没有人在我离开的时候哭过。不可思议的是,哈特小姐曾在我离开她公寓的时候哭了。我也哭了。我走之前给基思留了一张便条(附上逃掉的飞镖课学费五十英镑),放在厨房的餐桌上,跟十月份的《飞镖月刊》紧紧挨在一起,确保万无一失。

上帝啊,我本可以自己开车去机场的。但更大的问题是,我还能把车再开回来吗?而且马克·阿斯普雷也需要用车啊。"我能求你,妮古拉,"我在电话里说,"在我离开的日子里小心谨慎,尽可能把活动范围缩到最小吗?"她正在吃什么东西。她问:"是什么让你回去的呢?""爱。""哦。真可惜。我正在策划一些火辣的行动。你会错过所有这些色情情节的。""妮古拉,不要这么做。"

她咽了一口。我能听见她熟练的吸气声。接着她说:"算你运气好。事实上,我刚跟盖伊说过,我要离开几天。去我的

---

[1] 温莎宫是基思住的那栋楼的名字。

退隐之地。"

"你的什么?"

"你不喜欢吗?一个住着几个尼姑和和尚的地方。一个我可以在茂林深处整理思绪的地方。"

"太好了。我很感激。可你为何停下脚步呢?"

"别无选择。所以别担心。你可以享受几天清闲。"

"怎么回事?"

"你猜……哦,拜托。我无法掌控的事情。"

"我放弃了。"

她叹了口气,说道:"是那该死的诅咒。"

一个不可一世的印第安人刚把我狠狠教训了一顿,说我竟然奢望在可以预见的未来还会有什么出租车出现。他仿佛觉得我是活在过去似的。事情,他告诉我,不再像从前那样了。但他会看看还能做些什么。我会带上笔记本,当然。要把小说留下。整整齐齐地堆放好。很多页呢。我想让马克·阿斯普雷看吗?我想是的。我会带上笔记本:记下一切见闻——我想我会有很多话要说。美国会有改变吗?不会。美国对她自己不会有任何新的想法、新的怀疑了。她不会。但没准我可以采用全新的视角呢:一个事实短评,或许,以我的亲身经历为基础,一个相当有内涵(可以发表的?)的思考,拓展到八千或者一万字,关于美国开始履行——的方式。

哦,真是奢侈。外边——多铁的哥们啊——基思刚刚把那辆品蓝色骑士汽车停了下来。我站了起来。我再次坐下:我的臀部，我的腰部，那个萌生爱情的地方，再次感到一种沉重的不情不愿……按理应该怎么做呢？他从车内爬出，警惕地扫视大街。我犹豫不决。他竖起长弓一般的大拇指——他那弯曲的、半圆形的大拇指。基思穿一件网眼衬衫和彩色低腰长裤，然而他的司机帽子却不吉利地趴在引擎盖上。他正在用一块轻软的抹布擦拭镀铬金属装饰板呢。如果他先打开后门，那我又有五十英镑泡汤了。

够了。我准备好了。我们去美国吧。

呃,我回来了。

我回来了。

我走了六天,一个字也没写。我现在的感觉是我可能永远再也写不出一个字了。但还是会写出来的。然后越写越多。

我迷失了。我失败了。我失去了一切。

不吉利的数字十三。

上帝啊,真希望我能爬到床上,闭上眼睛,不要看到一面镜子。

拜托,任何人都不要看我。我真的幡然醒悟了——我在那边真的幡然醒悟了。哦,天哪,我真是肝肠寸断了。

除了因为政治形势,他们和他们的至亲可能会随时消失这一事实以外(这句话需要重写,但是现在为时太晚了),我的主人公们身体安康,精神状态良好。他们依旧组成了他们的黑十字。

他们看上去有些不同。但不像我看上去那么不同,我跌至古稀之年,还在恢复过程中。

我走进黑十字,没有人认出我来。我是个陌生人。一切又得从头开始了。

或许是出于对形式的迷恋,作家们总是落后于当今的无形式主义。他们描写一个陈旧的现实,用一种更为陈旧的语言。不是语言的问题:是思想的节奏问题。从这种意义上说,所有的小说都是历史小说。我并非一个真正的作家,所以我或许看得更清楚呢。但是我也没能免俗。举个例子:我依然认为人们感觉良好。

我观察孩子们,他们变化也很快。马默杜克,据我判断,除了一点不同,其他方面依然如故。他已经不再说"milt[1]"了。现在他说——频繁而又高声大语——"mewk"、"mowk"、"mulk",或者更简单地说成"mlk"。

好了,如果我们要把这件事进行下去,这里一定得有些变化。除去别的不提,我想我快要瞎了:所以让颜色见鬼去吧。真的,妮古拉和她近来的暴行已经把我逼成这样了。是谁说这些人需要这么多空气和空间的?我们现在都在里面了。

金已经不再说"嗯啦"了!她正常地、充满人情味地、让人不明所以地哭泣。她再也不向那个突如其来的、野蛮的婴儿之神——嗯啦——致敬了!

---

[1] Milt 和下面的 mewk, mowk, mulk, mlk 都是"牛奶"的意思,马默杜克吐字还不甚清晰,很多字读不准音。

我们现在都在里面了。跟世界局势一样，某些事一定会发生的，而且很快就会发生。整件事都会变得更加混乱，更加棘手。一切都趋于疲乏，我、这件事、地球母亲。还有更多：这个宇宙，尽管足够广阔，却正奔向热寂。我希望还有类似的宇宙存在。我希望还有对等的宇宙存在。是谁带着所有这些设计的漏洞把我们缝合在一起的呢？是熵，时间之箭——贪婪的混乱。宇宙这个设计师：它注定是要出故障的，就像你在"好修理"取回的东西一样。所以也许宇宙是条狗、是只幼犬、是个废物，被那个骗子无意间丢在了我们的面前。

"牛来"我想我可以舍弃，但是"嗯啦"呢？我已经开始想念它了。我将再也听不到了。没人会听到了，不会从她嘴里听到了。它听起来如何呢？我能多么清晰地记得它呢？它哪儿去了呢？哦，天哪，不，时间的地狱。我从未想过这样得来的东西也会失去。时间用双手从你手中抢走。事物都消失此间。

基思认为自己经受住了对他人格的严峻考验，随即凯旋。他站在那里，一只手放在鼻子下面，中指放在镖管和镖杆之间的尖头上，小手指跷起——基思的统一体！盖伊还可以，总体来说。跌足的家伙：傻瓜、不谙世事者、陪衬者。我去医院看他。他躺在那里，穿着白色睡衣，无力地笑着。他真让我们好一阵担心。不过他们两个都没有偏离既定的轨迹。

我有一些事情不得而知，那关乎真相，我碰巧处在有利地位,可以去一探究竟——我是说,真相——因为这个故事是真实的。

形式本身是我的敌人。所有这些该死的浪漫故事。在虚构小说中(这样称呼它真是恰如其分),人们变得条理清晰,明白易懂——他们并不是那样。我们都知道他们不是。从亲身经历来看,我们都知道他们不是。我们都曾经历过。

人类呢?人类是生活在洞穴中的杂乱无章的实体,一人一个洞穴。他们通过爱情的恩恩怨怨打发时光。在营火边,他们展示日常的摩擦,聆听自己静静的诉说,关于他们如何感受,如何平静下来。我们都曾经历过。

死亡帮了大忙。死亡让我们有事可做。因为那是全职工作,让我们时刻把目光转向另一个方向。

马克·阿斯普雷留下一张极其有礼貌的便条,字正腔圆,措辞巧妙,犹如其人,就放在书房里,靠在我的那堆书稿边:

> 亲爱的山姆:有两样东西不见了。(你在跟不三不四的人交往吗?)我不认为你会用过或者甚至注意过这些东西,因为你不抽烟——而我呢,正如伴随着清晨的咖啡我津津有味地品尝粗糙的土耳其烟草一样,在一天即将结束之际我也会陶醉地含着一根硕大的古巴雪茄。第一件:玛瑙打火机。第二件:镀金烟灰缸。你永远的朋友,马·阿

只字未提(除非是在括号里?)我的小说,我确定他看过了——尽管那些稿子,没错,甚至没有一丁点被弄乱的痕迹。

我在想,马·阿在这儿的时候是否见过被谋杀者呢。我在想,马·阿在这儿的时候是否跟被谋杀者睡过觉呢。眼下,那些仿佛都不重要了。等等:我能感觉某种力量再次在我周围涌动。野心,着魔。最好是着魔。别的东西好像都不可能让我下床来。书架上到处都是阿斯普雷的尿味……

深入了解最新情况和任务报告一直都是必要的,她对我一直非常非常温柔和耐心。这一点是肯定的:我会想念她的。

天气又呈现出一副新的模样了,或者毋宁说是新角度。我指的并不是死云。很显然它这样还会持续好一阵子:总之,在这件事存续期间。它不是什么好天气。它只会让一切变得更坏。它不是什么明智的天气。天气真的不该这样。

他皱着眉头。她放声大笑。他笑逐颜开。她噘嘴不悦。他咧嘴大笑。她畏畏缩缩。好了:我们都别那么做了。除非你假装。只有婴儿才会皱眉和畏缩。我们其他人都只是用一副假面孔在假装而已。

他咧嘴大笑。不,他没有。现如今如果有个家伙真对你咧嘴大笑,你最好在他把你的头砍掉之前,把他的头砍掉。很快,打喷嚏、打呵欠多数都成装样子了。甚至痉挛也是如此。

她放声大笑。不,她没有。我们一年大概放声大笑两次。我们大多数人都丧失了大笑的本领,现在都用假笑来将就。

他微笑。

不完全是真的。

那一切,想也无益、说也无益、写也无益。那一切,写也无益。

第十三章　他们未曾想到

一片死云，形似一条头重尾轻、身体歪向一侧的黄貂鱼，垂垂老态，油迹斑斑，半透明状，拖着雾气腾腾的棕色羽翼，从暮霭中跌落下来，费尽九牛二虎之力，向西边黑暗的体育场飘去。盖伊·克林奇一直抬头在看。现在他垂下头来。对他来说，云一直是这个星球可能给予的一切事物的综合；它们比绘画作品、比波澜壮阔的大海更能打动他。所以死云，每当他看到时，也能引起他强烈的反应（自从做了父亲之后，他的反应就更强烈了）。死云让你憎恨你的父亲。死云让你疯狂去爱。但它又让你想要爱、需要爱。它让你必须拥有爱。

这就是盖伊面临的事态。或者说这就是摇摆不定的事态。在**受伤之鸟**发生的那个夜晚——那个吻，当他噘起嘴唇去迎接或躲避妮古拉·西克斯的嘴唇——盖伊十点刚过就进了医院。

他自己感觉很好。如果有任何人问他感觉怎么样，他一定会说感觉很好。除了左眼痒，喉咙疼，轻微的单核细胞增多症，可控制的疝气（那全都涵盖在感觉很好的参数之内），再加上与他身高有关、或多或少算是永久性的下背部疼痛，以及其他数不清的致命病症随时待命之外，盖伊感觉很好。与此相反，马默杜克的哮喘（当晚突发），则非常严重。医生来了，远远地看着马默杜克胀得圆鼓鼓的肚子，惊诧不已。并不是说空气不能进去；而是空气不能出来。打了许多电话——用探照灯检查了健康系统的角角落落。当然，盖伊和霍普也有健康系统。如果最好的护理需要私下进行，那霍普就跟孩子进去；如果不需要私下进行，盖伊就跟进去。这样的安排，霍普无比蔑视地说，符合他的平等主义原则，她称之为他对"生活"的兴趣。总之，十一点的时候，盖伊已经把睡衣和牙刷放在公文包里，准备好了，很快把车倒进了街道上。

次日晚上盖伊也去了，办公室的事情一处理完他就径直奔了过去，替换霍普，霍普拉开她戴了相当长时间的医用面罩，告诉他，一英寸高的湿疹已经遍布了马默杜克的胸膛，正在以差不多肉眼可见的速度朝他的脖子和脸蔓延呢。她用一种不动声色的挑战的姿态掀开了被单。盖伊诧异地看着满身水泡的孩子。

更令人感觉怪异和可怕的是，马默杜克纹丝不动地躺着，相当安静。过去住院的时候，每当盖伊捧着鲜花、香蕉、玩具、可爱的动物和小旅行包过来时，他即便是再虚弱、再难受也会爬起来无力地打爸爸一下。但是今天——他连吐一口都没有。连吼一声都没有！马默杜克红红的眼睛困惑而无助地向上看着。每当孩子这样遭罪，就仿佛是他盖伊自己，或是盖伊的小灵魂在哭喊和挣扎，在另外一个世界迷失了方向似的。现在盖伊看着他，一种熟悉的感觉涌上心头，又想掉眼泪又觉得恶心。他竭力控制后一种感觉。但是接着霍普哭了。接着盖伊也哭了。他们彼此拥抱。然后又一起小心翼翼地拥抱孩子。

那天夜里盖伊多次想起妮古拉，但都不情不愿，也没什么快乐而言。他还疯狂地刷牙，刷掉嘴上残存的对于她嘴唇的最后一抹记忆。在闷热的病房里，他躺在折叠床上，每隔几分钟就跳起来看一下在药物作用下熟睡的马默杜克那一身红红的水泡，她的影子不时在他脑海里闪烁，几多悔恨，几多沮丧。那偷来的一个钟头；基思和他的香烟；若是霍普知道了——她的气愤，正当的、没完没了的气愤。那个非法的吻与孩子的痛苦之间的联系，或许就像基思在短暂的看护过程中所抽香烟释放的烟雾那般微弱；但是他却感觉那是必然。那个女孩吻了那个男人，他委托那个抽烟的朋友照料那个住在霍普修建的房中的小孩……最好放手。那是可以忍受的。不会要了我的命的。我会把钱给她，那件事到此为止。这个重复了一遍又一遍的誓言让人感觉平静，有点禁欲主义和自我牺牲的味道。四点之时，他最后一次抚平马默杜克的前额，在第一个护士进来之前朦胧睡去。

早上，马默杜克看上去匪夷所思，听上去好像……呃，之前如果你闭上眼睛，马上就会在脑海里想象两个伐木工人弯身各执锯的一端，耐心地锯倒森林中的某棵参天大树。但是现在这孩子却被告知病情趋于稳定了。皮肤上的小水泡，譬如说，已经开始化脓了。盖伊盯着躺在血迹斑斑的枕头上的小脸，很难想象，这样的病症竟是一个孩子也能从中康复的。但马默杜克会康复的。盖伊也会康复的。事实上，让他羞愧的是，他知道自己康复在即，因为妮古拉的那张脸重又回来了，不再是半遮半掩；它自然、亢奋、妖娆、单纯。反正碰巧是在医院，盖伊有种想去四处打听的冲动，看看有谁能把那张脸（那个意象，好似阳光洒下的影子，但却挥之不去）做手术除掉。当然，正如医生的诊治没能帮上麦克白夫妇一样，同样也帮不了他。霍普十点半带着菲尼克斯、梅尔巴和那个怪怪的互惠工赶到以后，盖伊就悄悄溜走了，他去了办公室，找到理查德，理查德说他正午时分可以去拿那笔钱。正当医生，那个医院内部的哮喘专家，准备离开时，他也回来了。

盖伊问："他说了什么？"

"他？"霍普说，"我不知道。部分是过敏，部分是反应性的。"

"等他好些了，"盖伊边说，边想，不要太远：总之她要能在车站与我会面，"我们就离开伦敦。"

"哦，耶？去哪，盖伊？月亮上吗？你没听说过吗？到处都是大染缸。"

"呃，我们考虑考虑吧。"

"你现在可以走了。"

但他这个好爸爸却停留了一会，看了看孩子。天哪（盖伊想），他看起来就像伊娥。他看起来就像伊娥，朱庇特熔化的卫星，被死火山冰冷的熔岩盖在了下面。伊娥的火山，是二氧化硫在零下好几度时由于接触硫酸而发生沸腾所形成的……就在那时，霍普解开了衬衫的扣子，露出一个乳房，递过去，哄孩子玩。当然，伊娥是通过某种脐带与母亲行星连在一处的。一个电能"通量管"。一千万安培。

后来，当他俯身去吻马默杜克的嘴唇时（那脸上唯一没被感染的地方），孩子往后一缩，冷笑一声。以他的标准来看，那可谓是相当微不足道了；但是发现儿子可以那样没精打采地闹恶作剧，盖伊也就备感振奋和鼓舞了。为了防止他乱挠，正给他戴着塑料手铐呢。

西边一英里处，基思·泰伦特用上一根香烟的烟头又点了一根烟，然后把烟头塞进一个空的罐装啤酒瓶内。他用这种方式嘲弄镀金烟灰缸和玛瑙打火机，那最近偷来的两样东西，就在近旁放着呢。他伸手去取一整打罐装啤酒，奋力解开六罐的弹性包装带。他骂人。他咳嗽。他直挺挺地躺在床上。他以惊人之势打嗝。

打嗝声双倍不相称，与他的身板不相称，与他躺在其间的豆荚式小屋不相称。连基思本人都有点吓着了。那是恐怖电影里的打嗝声，那是急切召唤至少两名驱魔师的打嗝声。或许是地狱里的某个打嗝高手在借助基思的身体大显神通吧。但基思才不在乎呢。他再一次打起嗝来，故意地，挑衅似的。狗在厨房里对他吠叫。"基思，"凯丝喊。就连小金都表现出了反抗的可能。基思又给他们打了一个。

躺在一堆廉价的被单与潮湿的毯子中间，穿着粉红色三角内裤，肚上放着罐装啤酒，指间夹着嘶嘶作响的香烟，基思对自己姓甚名谁、有何本领有着相当准确的认识。他能尝出自己的本质。酸臭的衣帽间、城市木板道、宿舍和监狱。

情况很糟糕。电话里："基思吗？我是阿什利。我将不得不伤害你了，老兄。可以吗？我要伤害你了。"基思·泰伦特一生做过很多伤害人的事情，对伤害和被伤害都很了解，故而明白此中深意。"我明白。"伤害不是电视。它是真实的。真得不能再真了：弄断手指的事实。耶，还要被人踢得不省人事，头朝下扔在他妈的哪个垃圾箱里。

不管怎样，要马上把他妈的法警叫来。来的通常是两个胖家伙，留着姜黄色是胡子，低声抱怨着什么——钱的守卫（他们可不想惹任何麻烦）。你所有的东西全被估了价。然后你才真正发现自己有多廉价。那一刻基思感觉自己就像一枚硬币（他可以放在嘴里品尝），又有凹痕，又很肮脏，又是小面额。再过三夜，他就该去参加杜歇尔了。四分之一决赛。"全国性赞助，"基思说。他嘴巴大张，盯着右手的中指。名人的担保。那个满口谎言的死女人也不帮忙。飞镖梦就这样结束了吗？飞镖的肥皂泡就这样破灭了吗？

基思？怎么了？事实上，除了一贯的苦恼之外，基思还碰巧正在为半暴力犯罪的后果烦心呢。你几乎能听见他郁郁寡欢地解释道："我碰巧正在为半暴力犯罪的后果烦心呢。"半暴力犯罪会产生后果，而且后果很严重。那一点我们可以肯定。看：就连基思都会为此感觉糟糕。半暴力犯罪的后果必须谨慎小心，不要惊扰像基思那样总是感觉很糟的人呐。现在他再次打嗝，狗再次对他吠叫，他再次对狗打嗝——"基思，"凯丝喊——感觉同样糟糕，在低矮的太阳下，在香烟的迷雾中，同一只老狗比赛打嗝。

通过参与半暴力犯罪，基思小赌了一把。至少可以从三四种意义上讲，基思同时间小赌了一把。他把很多天的时间都压在那短短的四十五分钟上了；现在那些被赌掉的钟头正在从当下被减去。基思这个赌徒把那些钟头作为赌注；他输掉了它们。他输了。并没有输掉全部，因为他觉得情况还不算糟，并没有拿你们所谓的年份来赌。但他没有赢。那些赌掉的钟头，它们哪里去了呢？

整件事从一开始就是闹剧。永远都别和有色人种一起做事，基思自言自语道。应该指出，该禁令并不含多少偏见。那就好比说，周五或者周六的下午开车一定别走哥彭路。到处都是垃圾卡车，造成了严重的交通阻塞。相反，兰开斯特路则畅通无阻。常识。基思没有偏见。绝不可能有。基思有很多外国朋友，他相信只有各色人种在一起才能组成一个世界。看看波兰籍的那个长着大马牙的雅罗斯拉夫吧。看看纯种爱尔兰人法克·伯克吧。彭果是个康沃尔人。不，基思喜欢各色人种，各种类型的男人，正如他喜欢各种类型的女人一样，不分肤色，不分信仰。看看鲍基什、芒果、利扎和伊克芭拉吧。看看塞隆尼斯吧。不过，他最终还是感觉传统观念很智慧：一旦涉及工作，你那普通的小手鼓就跟摩托车上的烟灰缸一样有用了。黑人飞镖手也是一样。对谁都要真诚。但也不能没有偏颇。

他们的计划看似简单，实则不然。塞隆尼斯的孩儿他妈丽莱特是个清洁女工——但从来都干不长。一旦哪户人家感觉是时候该给她一把钥匙了，丽莱特也就感觉是时候该把钥匙交给塞隆尼斯了（他把钥匙配上一把），第二天就辞职。第二天夜里塞隆尼斯会在凌晨时分到访……当基思稍稍暗示说条子很快就会查明真相时，塞隆尼斯还好像被冒犯了似的。

"条子知道个狗屁，"他说，"这是条大鱼。很有油水可捞,老兄。"

"好极了,"基思说。

按照计划,基思九点刚过就在各各他出现了。按照计划,塞隆尼斯在那儿等着。非同寻常,同时也让人颇感不妙的是,塞隆尼斯竟然喝醉了。"Sdoveo,"塞隆尼斯说。"Sdoveo。"他试图在说"Videos[1]"。过了好一阵,塞隆尼斯又试图说"数字"。好吧,豁出去了,基思想(这可太有预见性了)。外边,塞隆尼斯展开颤抖的手掌显摆他的新车——一辆加大马力的、褐红色低车身迷你汽车,还装有加强灯、定制的铬黄挡泥板和豪华窗玻璃。不够谨慎,基思弯身爬进去时,心下想道。

"我们在这里是弄不到太多数字录像机的,老兄,"基思说,他很高兴他的骑士汽车至少可以免走这一遭了。"那辆宝马怎么了?"

"不得不把它舍了,老兄。不得不把它舍了。"

基思点点头。事情是这样的。塞隆尼斯倾尽他最近的那笔意外之财买了一辆宝马。他是从一个骗子手中买来的。几天后,他没钱给车加一升的汽油了,更别说支付宝马急需的维修和换零件的费用了(要换新发动机)。于是他又把车卖还给了那个骗子——损失惨重。他是怎么花余下的那些钱的呢?就买了这辆抢眼的迷你汽车,外加一件新皮大衣。这件新皮大衣在迷你汽车的后备厢里已经沾上汽油了,塞隆尼斯又会没钱去把

---

[1] 录像机。

它洗干净的。事情就是如此。

"十五分钟，"塞隆尼斯睡意朦胧地说，"等我们回到黑十字，就成富翁了。狗娘养的。"

"怎么了？"

车没油了。

两人都身无分文。

于是他们只得仰仗那辆骑士汽车载他们去塔维斯托克路上的那个黑暗的角落。一路上，塞隆尼斯描述他提前退休的梦想：彩带飘飘，金发美人相拥左右，风风光光地回到圣卢西亚，他祖辈们生活的地方；牧场风格的别墅、私人沙滩、油光滑亮的直升飞机机场。没有月亮，没有街灯，低矮的云层压将下来。随着塞隆尼斯转动钥匙，门轻巧地开了。

"好极了，"基思说。

他们未曾想到，他们要盗窃的地方——商店和上面的公寓——上周已被盗窃过了：没错，上上周也被盗窃过。再往前一周也被盗窃过。里里外外被洗劫一空。事实上，盗窃，如果用达尔文的术语来解释，显然几近生存危机。盗贼们发现几乎每个地方都被盗窃过了。他们总是不期而遇，接踵而至，你前脚出，我后脚进。屋顶、楼梯和安全出口，都因盗贼蜂拥而至引发交通阻塞。盗贼被同行所盗窃，他们又以其人之道还治其人之身。盗窃来的东西从一所公寓蹦跶到另一所公寓。盗窃回来，盗贼会发现他们又被盗窃了，有时还正是被他们自己刚刚盗窃过的盗贼所盗的！盗窃的这种危机应该如何解决呢？当足够多的盗贼发现盗窃是在浪费时间，于是洗手不干的时候，危机也就解决了。然后，过一段时间，盗窃又变得值得去做了。只是盗贼都有足够多的可以浪费的时间——他们唯一不缺的就是时间，而且也没别的打发时间的行当——所以他们就继续盗窃。

"狗娘养的！"塞隆尼斯说。

"怎么了？"

"手电筒不亮了！"

他们借助基思朗生牌打火机的亮光翻找了一会。塞隆尼斯找到了钱柜，将之砸开，得意扬扬地掏出一大把就餐券。

"就餐券，老兄。他妈的就餐券。"

"等等，"基思说着用习惯了黑暗的眼睛扫视了一下。"我认识这个地方。就是他妈的一个街角小店。没有录像机。他们这里有的就只是大量的猪肉馅饼！"

塞隆尼斯之前希望，或者预测，或者总之是肯定，他们来的时候店主人不在家——事实上，会在英国的西海岸度假，很晚才回。既然如此，为何他们还能听到上面地板上的脚步声和恼怒的抗议声呢？店主人，当然，哪儿也没去：他们被近来频繁的盗窃弄得更穷了，就待在家中。塞隆尼斯抬眼看了一下。"珠宝，老兄，"他突然灵机一动，"她身上挂满了珠宝。"他飞快地闪入后门，悄悄地大步踏上楼梯。纯粹是本能使然，基思慢悠悠地往口袋里塞香烟。他走至前门，把门打开，心下思忖自己是何样感受。在万圣街上，阿波罗商场门口，灯光下人影攒动。基思探出脑袋，看了一眼商店的标识牌。对，没错。N·波勒克，标识牌上冷冷地写道。康沃尔乳品店。糖果和报刊经营店。耶：小报、盒装蛋糕和装牛奶的纸盒。一对波兰老夫妇以一种非常沮丧和不够通融的方式经营的小店。典型的街角小店：从来都没有任何人想要的东西。荷斯特切克和贝斯特赛夫万岁。基思关上前门。然后，他检查了一下玻璃纸上的保质期，若有所思地吃了一个肉饼。

楼上的卧室里，塞隆尼斯正心急火燎地翻弄梳妆台上的杂物呢，激动得让人不能忍了。基思之前从未目睹过塞隆尼斯工作时的样子。真令人大失所望，全然没有你一直想要看到的那种悠然的专注。他举目四顾，寻找波勒克夫妇，很快便在一堆衣服和倒立的抽屉下面找到了他们，他们并没有奋力挣扎。因此，他还可以肯定，这次犯罪没有任何半暴力的成分。然后，基思心安理得地大踏步走向那个不停抖动的塞隆尼斯，做了两件事情。搞乱塞隆尼斯的头发；往塞隆尼斯的嘴里放上一根香烟，将之点着。塞隆尼斯心不在焉地吸了一口，向后甩了甩头：够了。基思把烟头丢在梳妆台上，丢在一堆发灰中间。好了，基思想：不是说 DNA 吗。现在波勒克先生呻吟起来；塞隆尼斯大叫一声："在哪里？"就抬起锃亮的体操鞋对着他的脸一脚踹下去。"不要那样，老兄，"基思说着，举目四顾，寻找可以装水的东西。"你让他们两个都坐起来，折磨其中一个，直到另一个……你知道的。"

基思起初满怀希望。没人再相信银行了，谢天谢地；从最意想不到的地方你都可以搂到一笔数目不菲的生活积蓄，夹在腋下大摇大摆地走出来。但那个灿烂的梦想正在破灭。波勒克夫妇跟旧靴子一样坚韧——一样低廉。塞隆尼斯满眼含泪，满腔怒火，苦苦哀求，用尽了一切办法。生命力真够顽强的，呢？你们害得我们费了那么大劲，造成这么大的不便，这么让人失望，结果却一无所获。基思不得不偶尔上去扇他们耳光，摇他们的身子，拽他们的头发。他讨厌触碰老年人的身体，不知道如果换成年轻人感觉会不会好点呢。他环视那个房间，想想人类对所有物的规定，感觉困惑，甚至可以说是伤感：我们从商店把它们买回家来，然后就说它们是自己的；我们都必须拥有这些珍贵的东西，比如我们自己的发梳、我们自己的晨衣，可没多久那些东西就都成了废物——没多久就得扔进垃圾桶。说句公道话，波勒克夫妇表现得很好，没有太多的抱怨，似乎把这一幕当成了家常便饭。基思看着他们认出他的眼神，竭力忍耐，那不是把名字写在你脸上，而是盯着你，心里很清楚你是什么东西。并不好玩。也没找到珠宝。最后他们拿着一件假皮大衣、一台坏电视机、一个坏闹钟和一个出了问题的电水壶气喘吁吁地走下楼来。再然后就是基思车库里昏暗的灯光，一瓶色情酒在飞扬的尘土中传来传去，以抚平那像发烧一样折磨他们身体的罪恶感。

半暴力犯罪的承受者感觉被侵犯了：混乱从隐秘的藏身之所向他们发动攻击，张牙舞爪现形了一会，复又回到原来的地方。同时，在混乱的藏身之所，又是什么情形呢？岩石和贝壳既不在海水中，也不在岸边发出声响，没什么东西是洁净的或是有意义的，没什么东西是有用的。

"我是一泡屎，"基思对着他的罐装啤酒轻声说道。他想起了那些从来无需干此种勾当的人。盖伊、盖伊的妻子、无数迷你系列剧中的人物。伊朗的沙。少妇。找个有钱的女人：便可以逃离这里。

钱装在四个浅黄色信封里送来了。都是用过的五十英镑。用过多次的五十英镑。坐在办公室里（内有日式家具、单个可视显示器和干净的书桌），盖伊凑过他那灵敏的、越来越情绪化的鼻孔，去闻一种熟悉的味道：旧钞票臭臭的味道。他一向认为钱会发臭，就好像提醒自己身上潜伏着一个弱点一般。当然，诗人和小说家也总是孜孜不倦地坚持此种观点。看看乔叟的公鸡。看看狄更斯（狄更斯是神话的完美淘砂盘）：老人在深及腋窝的泰晤士下水道里寻宝；具有象征意义的名字摩德斯通和莫多尔，那个金融家。但那一切都是神话和象征，一种表达钱会发臭、会变成粪便的方式。钱可真是实诚的可怕，他想，竟真地把这样的地方熏得臭气熏天。说钱不会发臭真是大错特错了。钱会发臭。上帝啊，请阻止这个鼻子吧……盖伊封上信封，堆放好。他迫不及待想要摆脱它们——欺骗的铁证。迄今为止，他还没有明目张胆地撒过谎呢。他自认为向理查德交代时表现得很聪明，采用的是一个偿还赌债的赌徒的姿态，不屑一顾，又有些微悔不该当初、不便与外人道的架势。一切自然而然。不过好像男人还更容易骗吧。盖伊把钱放入公文包，想着——只限于物理层面——驾车穿过城市的情景时，抽掉了半根烟。

一切完全正常或者说尚可接受，但他发现自己无法注视她的眼睛。他可以把脸转成一定的角度，试图用意志力接近她注视的目光。有那么一刻，他最远看到了她裸露的肩膀，而后就又把视线转至书架、地毯和他自己超大的鞋子上了。从另一方面来讲，盖伊坚信自己意志坚决，保持了自制。他公文包的锁发出的巨大劈啪声似乎凸显了他的世俗，处理一切事务干脆利落。这当然是一种做事的方式：你可以说没有半点私欲地给了钱；然后做了成人的决定。盖伊把信封摆在那张矮桌上，提及自己最近遇到的一两个小困难。他对着天花板咧嘴一笑，谈起了，譬如，显示屏上没完没了地变换的符号与一个人手中厚厚的、散发着刺鼻气味的现钞之间的微弱联系。

"你可否赏个脸，"妮古拉·西克斯说，"在我们说话的时候看着我呢？"

"是，当然，"盖伊说着把视线转向她那张光芒夺目的脸庞，"我很抱歉。我——我有些不是我自己了。"

"是吗？"

盖伊用一只软绵绵的手半遮住眼睛（只要把注意力放在她的下巴和下唇之间，就没关系），两腿一会儿跷起来，一会儿拿开，一会儿又跷起来，鼓起勇气谈到他儿子马默杜克最近遭受的痛苦，在医院夜复一夜地看护，难以成眠，严肃的思考……现在盖伊又盯书架了。正待他要讲述他思考的主题时，妮古拉说：

"听到你家儿子病了，我很难过。但是我必须要说，我觉得你现在提起那事极其不妥。如果还算不上残忍到家的话。在此种情形下。"

这预示着将要发生非常之事，盖伊当即警觉起来。他不禁感觉到了她言语之中的伤感（当我们被感动时，说起话来有多么情绪化啊）；同时，他也不禁感觉到，她对服装的选择或许有些不幸。呃，并没有"选择"：提前了几分钟的他，正巧赶上她，她说，运动完要冲澡。于是就见到了那件小网球裙，或者说芭蕾舞短裙，或者不管叫做什么东西，在她裸露的大腿边；于是就见到那件无袖的健身服。还是露背的。再加上她一定是在匆忙之间胡乱穿上的少女白袜，整个效果完全不合适。他盯着她的眼睛，说道："在此种情形下？"

现在轮到她把目光移开了。"我懂了，"她字斟句酌地说，"我懂了，原来是我再一次犯傻。那是个可怕的缺陷。你永远都不知道别人可能在想什么。"她抱紧自己，轻柔地喘息，说道，"你想走掉。当然。你想重获安全。远离是非。我懂。我可以……吗？你走之前，我可以说点什么吗？"

她站起身来，闭着眼睛。她向他走来，松开双手，闭着眼睛。她跪倒在地，在他膝上叠起双臂为自己的脸搭建一个枕头，闭着眼睛。屋子暗了下来。盖伊感觉亲密真能杀死人——你真能因为心脏承受的这些压力一命呜呼的。

"这很悲哀，很可笑，但我不会道歉的，我想。我们都不禁想要得到我们想要的东西，不是吗。有时可能显得我是故意挑中了你。你要把我带出我的生活。把我带至彼岸。通过爱。通过性爱。但实际上，我的计划还要更深一层。我三十四岁。下个月就三十五岁了。我的身体蠢蠢欲动。我……我想怀上你的孩子。"

"但那也太过了，"盖伊说着把膝盖从她身下抽掉，试图爬起来。"我无言以对。我也不能呼吸了！我想这——"

"不。走。立刻走。带上你的钱。"

"钱是你的。祝你好运。"

"不。是你的。"

"拜托。别傻了。"

"傻？傻？我不能接受这些钱。"

"为什么？"

"因为它被玷污了。"

所有人都在医院，真是难以置信的幸运。让我们为医院欢呼。也为湿疹、为孩子遭受的痛苦欢呼吧。回到家以后，他无需伪装，也无需假装正常。他自己也像住进了医院，软绵绵的，棉绒一般，仿佛他的躯干就是缠在一颗受伤的心儿之上的绷带。在第二个起居室里，他扯下茄克，一边把白兰地酒瓶举至嘴边，一边打量着镜中的自己。然后冲个冷水澡，还有正合心意的冰冷的被褥……打斗究竟是如何开始的呢？始于她向他扔某种东西，一种非常小的东西，他甚至都没看到它在移动，或者说没感觉到它击中他的胸膛。接着她站了起来，把那些信封往他身上砸，他抓住她纤细的手腕，然后跟跟跄跄向后倒在沙发上——他们就在那里，穿着衣服做爱，两张脸相距半英寸之近。盖伊一时只能感觉硬硬的东西上下抽动。

"你向我扔什么东西？"他说。

"一颗安定。"

他轻轻哼了一声。"一颗安定？"

"一颗安定，"她说。

盖伊松了一口气，几乎还感觉可笑，整了整受惊的身体；即便是余光也试图回避一切，除了很快瞟一眼她腿部的狼藉以外。很快他就发现自己仰卧在那里，妮古拉的头靠在他的胸膛，有一搭没一搭地哭诉，头发弄得他鼻孔直痒痒。她不厌其烦地对他表白：她如何希望能跟他步入性爱的世界；他们如何可以，如果他这个完美的男人愿意的话，经过多次尝试，努力生个小宝宝；然后如果他能一周过来一次，或许两次，跟他的小女儿玩玩，（她的建议是）跟他小女儿的妈妈玩玩，她也就满足了。这个梦，当然，她现在放弃并加以诅咒……"多次尝试"：这个词残忍得有些可怜。还显然包涵其他意思；残忍不残忍暂且不说，这个词还引发了一种生理反应，一种逐渐削弱他的柔情蜜意与温存软语的生理反应。盖伊真希望她没注意到这根可恶的警棍，现在正横在他的衣兜里呢。当她无意中把肘支在警棍的底端时（转身去问那一切是否全是多情的废话），盖伊很高兴，他从她身下挣脱时，看不见自己脸上滑稽而又痛苦的笑容。

他们分别了。是的，盖伊和妮古拉要分别了。她站起身来。她站在那里，恢复了常态。她又是自己的主人了。盖伊迈着沉重的步子朝门口走去时，低头看了眼天鹅绒椅子，看见了她向他扔来的那片安定：算不上什么导弹，算不上什么武器，只是片衬衫纽扣大小的黄色镇定剂，有一部分还被她拳头里的汗水浸湿了。

"我想你走后，"她说着尾随他的目光（面对这女性暴力的滑稽之诗,他的眼睛湿润了),"我没准需要它呢。然而我却发脾气了。对不起。我现在全好了。回到你儿子身边去吧。别担心。再见,我的爱人。不。不。哦。走吧。"

呃,他走了,不会回来了。盖伊躺在自己的床上,那个他应该躺的地方。他不会回去了——或许除非是在极其紧急的情况下吧。他发现目前的情形,或者**危机**,容易激起最可耻的幻想——不协调,不靠谱,几乎可笑得不可饶恕。倘若生活在一个事事皆不重要、事事皆被允许的世界又会怎样呢?盖伊掀起单人被单。他从来都不认为自己拥有非凡的想象力(据他所知,霍普也一样)。那样说来,这让他下体蠢蠢欲动的小精灵又是谁呢?……就这样,盖伊·克林奇以他自己的方式同他时代的核心问题相遇了,一个你眼睛所到之处,在每一个新闻标题之下,皆有人在问、有人在答的问题:如果,随时会出现事事皆不重要的情形,那又会是谁事先说出"事事皆不重要"这样的话来呢?

正当你认为她全然单纯、"自然"或者还没准有点神经不正常的时候(躁郁症?一种轻微的、有趣的、迷人的躁郁症?),她做出了这样惊人的举动。那是怎么一回事呢?被玷污了。那笔钱被玷污了。当然那些散发着臭气的五十英镑有个相当长的家谱:皮特统治下的私营监狱,象牙海岸的奴工,加勒比海的甘蔗种植园,东印度公司,南非铀矿。这些全都是真的:血汗工厂,抵制制裁,砍伐雨林,倾倒有毒废弃物,还有军火,军火,军火。但是没有一件对盖伊来说算是新闻。妮古拉讲话的时候,他就坐在那里,听着某种对他过去十年生活的评价：惊骇的发现，防御性战斗，与父亲的长期争斗。十年来，他一直在跟残忍的贪婪和死云做着斗争。现在公司干净多了。也穷多了。霍普的钱也臭烘烘的：到处搜刮，从这个星球大肆搜刮。如果往后追溯到足够久远的年代，所有的钱都臭，都脏，都沾着唾沫星子。地球上还有干净的钱吗？从古至今有过干净的钱吗？不。绝对没有。即便是付给最有爱心的护士、最爱幻想的艺术家的那些刚刚印出来的钞票（非常干燥，指尖还能感觉到稍稍凸起的印花呢）也沾染了血汗工厂的印记。她接受了那笔钱。妮古拉接受了那笔钱。那又派生了另外一个念头，也是无法控制的念头（被单这时又动了一下）：她在街角，一个身穿白色喇叭裤的男人（你好，海员）从她身边走过，那个女人跪在胡同里，钱掉在潮湿的水泥地上。

盖伊以为自己听到了马默杜克的尖叫声，惊恐地看看手表。不必惊慌：该起床了。该回到那个诡异的彼得·潘病房了。他再次听到了那种声音，从大街上传来的；不过他现在已经习惯把冒泡的水管或者出了问题的变速箱——甚至是鸟儿的鸣叫或者巴赫——都听成他儿子的尖叫声了。从床上爬起时，盖伊听见重重的敲门声，感觉到前门砰然关上时带来的冲击波。五秒钟后，他已经跳进裤子，拖着个鞭子似的衬衣下摆，朝门口奔去了。

孩子回家了！孩子回家了，众星捧月一般被大家扛在肩头，好似战场上归来的小英雄，把个脸尖叫得铁青。盖伊冲下楼梯，大步穿过门厅，伸开双臂。当孩子开心地投入他的怀抱，像往常那样狠命咬住爸爸喉咙的时候，盖伊在想他也许有点意气用事，或者不够变通，或者总之是不太善良。

北边一英里处，基思·泰伦特用上一根香烟的烟头又点了一根烟，然后把烟头塞进一个空的罐装啤酒瓶内。两个新的电视谈话节目也加入到了周围的交响曲中。几种呜咽[1]一齐奏响：下面街道上巨人的牙科诊所，楼上发疯的、奄奄一息的弗罗斯特先生，基思的冰箱奏出的各种乐章，隔壁的伊克芭拉对她男友的责骂，谴责他上周买衣服跟她借的钱，答应周三还的，怎么还不还。基思侧耳细听：还真有人在喊，"呜咽！……呜咽！……呜咽"！啊，是了。基思恣意色眯眯地瞟了一眼。应该是楼下偏左的那套房中的小苏在喊她儿子韦恩[2]。接着又是一连几声叫喊："母猪[3]！……母猪！……母猪！"那是凯文，在喊苏[4]。基思复又色眯眯地瞟了一眼。他和苏有一次走得很近。抑或是两次？在他家。凯丝住院之时。现在基思呼喊妻子，她应声出现在门口，怀中抱着金。

"观点，"婴儿说。

"贮藏啤酒，"基思说。

"这里，"凯丝说。

"爱慕，"婴儿说。

"那是什么？"基思说，他指的是电视。

"污物，"婴儿说。

"新闻。没有什么危机，"凯丝说。

---

[1] 原文是 whine。
[2] 原文是 Wayne，同上面的 whine 发音类似。
[3] 原文是 Sow。
[4] 原文是 Sue。同上面的 sow 发音类似。

"我马上就给你一个危机,"基思说。

"再见,"婴儿说。

"贮藏啤酒,"基思说。

"再见,爱慕,污物,观点。"

门铃响了,或者不正常地吱嘎吱嘎响了起来。

"看仔细点,凯丝,"她转身去开门时,他警告道。

基思直挺挺地坐着,吓得目瞪口呆。如果他以为那是柯克和/或阿什利和/或李,如果他以为那是他们,可就估算错了,大错特错了。过去的一周,面对那折断他射镖手指的威胁,基思嗟叹犯罪规则的日趋衰败,还不时为逝去的传统叹息。过去,你是通过威胁某人的家人达到目的的。凯丝和金怎么样?她们不值得威胁吗?不过那没准就是柯克、阿什利和李此行的目呢:威胁他的家人。(毕竟,他们不可能来这儿找基思,或者不会直接来的:家是他们最不可能找到他的地方。)原则上讲,他也许也会支持那种做法的。但如果碰巧在他同家人在一起的时候过来威胁倒也不是什么好事。他几乎不能藏在床底下。藏在床底下?基思?绝不可能:那里放着十年的飞镖杂志呢。

"没关系。就是个女的,"凯丝说。

两下心跳过后,他听到前门吱呀开了,凯丝警戒地问了一声:"谁呀?"还有一个操着外国口音的女人说"下午好。我是新来的社工"。基思躺了回去。

真是积习难改,他想(大大松了口气)。竟邪恶至此。他们来到这里……"奥文斯太太哪儿去了?""啊,呃,我协同她工作。我们会保持联络的。"联络。我一会就联络你。基思想起了自己的监督官,她那全然没有光彩的头发、皮肤、眼睛和牙齿,上嘴唇还爬满了竖纹。把我累得半死。一切都为了补偿。他逃掉了他们最后的五次约会:她让他至少周六下午汇报一次,或者把波切斯特浴缸擦干净。"那个小家伙怎么样?"耶,就那样。她因为不记得名字就叫人小家伙。张三怎么样?李四怎么样?他们来到这里……"你丈夫现在有工作吗?"扬威弄权。他妈的多管闲事。没孩子或者说有一个家还不够。基思伸长脖子,向前看去,但见一只黑色平底鞋在厨房的餐桌底下慢悠悠地晃来晃去。

"你丈夫现在在家吗",他听到那个声音问道,"抑或是你抽的这些烟?"

听到那里,基思疯狂地、长长地吐了一口烟,以此表示他决不妥协。

克莱夫吠了起来。凯丝说:"他在,是。他不大舒服。"

"好像是那么回事。这孩子……你无疑意识到了,深受被动抽烟的危害?"

"我每天都被动抽烟,从没对我有任何害处。"

"没有吗?"

基思现在变着花样,极其恐怖地打嗝。

"我恐怕不得不让你们办一张卫生许可证了。"

"卫生?听着。我是说有些人有的东西,我们没有。我们只有尽力,你知道吗?"

"你告诉她,凯丝,"基思嚷道。

"我是说你过来……"

"有话就说,姑娘,"基思嚷道。

凯丝说:"我开始对你现在的行为和你现在的感受感到不解了。没有我不愿意为我宝宝做的事情。没有。"

"只是你一点钱也没有,对吗。只是你没有足够的钱。我的天哪,这烟。我不能说我喜欢那狗的模样。你虐待你的女儿吗,泰伦特太太?"

"嗨!"

基思忍无可忍。他的保护本能被激起。忠诚:那是个忠诚的问题。没人那样说过基思的狗狗——或者他的香烟,那可是超大个的、享有国际美誉的香烟。现在他已经爬下床来,踉踉跄跄地拖着那件破烂的棕色长睡袍。他费力地出现在门口——身穿棕色长袍的基思,嘴里叼着烟,一只手臂托起宽大的袖子、裤子、汗衫、皮肤显示出几种风格迥异的白——看着妮古拉·西克斯的眼睛。

她在做什么呢?

她在做什么呢?

如果那只慧眼能够展开翅膀,飞过屋檐和天窗,飞过屋顶,任意停留在人们自以为没有旁人的地方——它究竟会看到什么呢?

妮古拉向后退回她的床边,一只手里拿杯香槟,另一只手举起来示意,她手戴黑色齐肘手套,身穿颜色招人嫉妒的酒会礼服,脸上挂着若有若无的微笑。现在她坐下来,把酒杯放在床头桌上,慵懒地伸开双臂,有一会儿保持不动,留下一个完美的剪影,对着窗户:作沉思状。然后她的黑手套开始对她短裙的精美衣料发生浓厚的兴趣——正是她乳房所在的位置。哦,一个年轻的尤物的神情!她把头发甩至后头,开始宽衣解带。

是谁在看呢?是谁看见她起身把礼服退至脚踝,穿着高跟鞋走了出来?然后转身,睡眼惺忪地朝上看,来一个小飞吻,再竖起一根黑手指。没有人。或者说现在没有人。就只是放在门口箱子上的手柄式照相机的单眼。

这无疑是给基思准备的。

"天哪,"我问她,"你在做什么呢?"

"哦,出去走走真好。看看谁在说话。你和你那疯狂的旅行怎么样?"

我对她摊开一只手掌。

"你的寻爱之旅……抱歉。你很伤心吗?"

"我会活下去的,"我说。用词不当。"并不意味着一定如此。"

妮古拉点头笑了笑。她坐在我正对面,下半身完全蜷缩在藤椅里。时间是凌晨两点左右。她说话的时候,你能看见她嘴里幽深的黑暗。"你胆怯了,"她说。

"听着。我们并不都是傀儡师,不像你。即便是你也需要剧情的发展。你也需要意外和巧合。我碰巧知道一个很不错的意外,能帮助加快盖伊的进度。"

"我的确需要真实的生活。没错。譬如,我需要阶级制度。我需要核武器。我需要日食。"

"你需要危机。"

她不住地眨巴眼睛,小口抿着红酒,又点了一根黑烟。一缕烟丝贴在她的上唇,直到她用舌头舔掉。她疯狂地挠头发,然后蹙眉看着指甲,每个指甲上都仿佛沾了价值一英镑的大麻。是的,她今夜自然看上去无所事事。我是唯一曾经亲眼见过她这样的人。是她让我看见的。她喜欢我。我在那些不正常的女人中间总是很受欢迎:莉齐布、金、因卡纳西翁。

"妮古拉,跟往常一样,我为你担心。跟往常一样,我以一种特殊的方式为你担心。我担心他们说你是男人的性幻想对象。"

"我的确是男人的性幻想对象。我那样已经十五年了。那真让一个女人筋疲力尽。"

"但他们并不知道。"

"对不起,我就是。你应该看看我在床上的样子。男人在杂志和黄色书刊里看到的招式我都做。"

"妮古拉。"

"所以他们会认为你只是个病态的梦想家。谁在乎呢?你又不会在场?"

"你也不会啊。我在想,你很难归类,即便是在男人性幻想的领域。或许你是多种类型的综合体吧。一个变异体,"我继续说(我喜欢这些类型学说),"你不是个极易激起他人性欲的女人。不够炫目。你也不是个淫荡的姘头,不完全是。太工于心计了。你绝对有几分像水性杨花的女人。还是个玛塔·哈里[1]。荡妇。女性魔。不过,我最终还是认为你是个女妖精。我喜欢这个。精彩的文字游戏。半异域风情。不,我喜欢。很可爱。"

---

[1] 荷兰名妓(1876—1917),在巴黎因被控是德国间谍而被捕,由法国军事法庭判处死刑,现多用来指女间谍。

"一个女妖精？我不是女妖精。听着，先生：女妖精与我比可谓小巫见大巫。"

"那你是什么呢？"

"上帝啊，你还没搞清楚，是吗。"

我等她说下去。

"我是被谋杀者。"

我们出去散步。我们可以这样做。哦——凌晨三点你在伦敦的大街上会看到什么呢，污水与排泄物顺着屋檐和烟道流下。暴力就在身边，没完没了。甚至死亡也在身边。但没有一样能触及妮古拉和我。它很识相，避开我们。它不可能触及我们。它知道。我们是死人。

我的寻爱之旅对我做了点什么。希思罗机场对我做了点什么。我还能感觉到脸颊滚烫的乙烯基。这是怎么了，带着爱踏上征途——却只遇见了乙烯基？

我已经有过一些糟糕的机场经历了。我什么地方都去过，很久以前就不再能从这个星球得到多少快乐了。事实上，我就是那个讨厌的东西：世界公民。我碰到过全然不可能的事情，完全让人束手无策的事情，在德里、在圣保罗、在北京。但是你等一等，地球还在转，不经意间就有了突破口。希思罗可没提供这种让你乐观或者哪怕是坚忍的理由。芝诺[1]本人也会瞬间陷于绝望的。排队，排队，遭遇异常狂热、异常着急的人插

---

[1] 芝诺是斯多葛学派的创始人。斯多葛学派的信条包括克己坚忍。

队。太多行李了。太多人都想做同一件事情了……

现在那些梦变成了现实。某些事情发生在我头上了。我跌倒了，往下跌，往下跌，跌了个底朝天。

那些梦变成了现实，就在约定的时间，正如斯里扎德医生所警告的那样。如果那些梦成了现实，痛苦还会远吗？

我一直以为我能应付任何梦境：我就一直睡下去，得到我迫切需要的休息。然而，正如斯里扎德说的那样，这些梦可不同。因卡纳西翁来了以后，床就变得松软了，整洁得无可挑剔，我很信任它那骄傲的四四方方的肩膀，它那直挺挺的胸脯！大多数夜晚，它看上去都做好了迎接我的准备，精心铺设，等着我这个一丝不挂的动物爬进去。

正如斯里扎德预见的那样，那些梦不可以通过回忆还原，或者说暂时还不行，这非常合我的意。我隐约记得它们是关于非常大和非常小的东西——无法忍受的大，无法忍受的小。但是我记不清了，我很开心。这些梦对我来说是坏消息，没想到对莉齐布来说亦是坏消息。我过去一直认为醒来后能看到她，听到她的温存细语，看见她健健康康的（阳光温柔地照着这一幕：她的背被散开的头发压出一些温暖的褶皱；然后她转过身来）是天大的快乐——至少从理论上讲。再也不会了。我再也不会对着任何人醒来了。我不能让莉齐布对着我醒来，我是个形容枯槁的零，被死亡化为乌有了。我能感觉到那些不能成眠的钟头和无法记起的梦境在我的脑袋上方一浪一浪排着长队。

奇怪的是，斯里扎德建议我别吃奶酪。这是从他那位于让宇宙人羡慕不已的纽约泛美大厦的办公室发来的命令。我惟命是从。奶酪？不，谢谢。我不吃那玩意。可别往我的意大利面上抹奶酪。不吃一丁点小金的奶农合作社牌子的奶制品。在黑十字，我躲开奶酪洋葱薯片。被克林奇夫妇请去参加鸡尾酒会时，我也丝毫不碰奶酪球。然而在我睡觉之时，有多少香味浓郁的斯提耳顿干酪，让人垂涎欲滴的卡门贝干酪和他妈的戈尔根朱勒干酪来惊扰我的好梦啊。

莉齐布说她一不开心就狂吃东西。她是在克林奇家的厨房，在狼吞虎咽的间隙，告诉我这一点的。她在冰箱或灶台边又多次回过头来告诉我。那对她来说很是不幸。总吃些孩子吃的玩意：炸鱼条啦、奶昔啦、烘豆啦、甜面包啦。她的体重迅速飙升。莉齐布和她的体重！我不知道吗？是，稍稍背离节食计划——荒诞的肥胖就带着袋子等在门口了。我不知道那是不是暗示效应，但是过去的几天，她的颏下仿佛平添了一道四分之一月牙形的下巴，腰也额外胖了一圈。她从面包箱里伸出头来，告诉我，她不知该怎么办。

尽管我可以对世界局势指指点点，但我显然应该对此事负责。对于这一灾难，我也应该来买单。"好了，宝贝，"我对她说，"大海里有足够多的鱼。"再一次用词不当，或许。因为大海里并没有足够多的鱼，不再有足够多的鱼了。莉齐布摇摇头。她看看地面。她起身走向烤架，悲伤地给自己烤了个乳酪三明治。

现如今要想进入美国，建议你呈现出最佳的状态。譬如说,穿一件无尾晚礼服,或者牧师服。太空服、狗项圈:任你选。而我呢?当我在距离哈特小姐二十英里的地方爬进一辆出租车时,我看起来就像个流浪汉,身着流浪汉的衣服,头顶流浪汉的头发,脚踩流浪汉的鞋子。眼睛感觉像辣椒一样红——像出租车计价器的电子指针一样红。那是在夜间。但我可以如在白昼一般清晰地看见出租车上的告示。乘客们被要求自己存放行李箱(**司机残废了**),当然,也不能抽烟(**司机过敏**)。**请大声讲话**是出租车诸多规定中的第三条。即便是穿了三四条巷子,我们还是飞快地驶入城里了。月光亮得足以让人看清飘过的云彩,形如橡胶靴、轮胎或是坦克留下的痕迹的云彩。广袤的天空中,凸月好像微微歪向一边,有如悲剧面具那样微笑。下面是清除了一半的铁锈带[1]。希尔顿酒店。德撒石油公司。即便是重点建筑的标识也不见踪影了。接着是市区:生活被直观化了,被具体化了,被钢筋混凝土化了,被大规模地实体化了。就是它了。当我们经过五角大楼,那个地球上最大的、在空中可以看见的建筑时,我发现每扇窗户都是灯火通明。

那就是我的美国梦吗?美国?我所做的一切就是梦着她。醒来后,我发现自己仍在希思罗机场,脸上有滚烫的乙烯基。有那么十五分钟我观察一个中年男子嚼口香糖,只有牙齿和上唇在动,好似一只兔子。接着我就想:够了。

回伦敦很困难:我差点连那事也没办到。即便是回伦敦我也得使出浑身解数(绝不可能。这儿你是找不到出租车的,老

---

[1] 指美国中西部和东北部重工业衰退地区。

兄。绝不可能）。之前，我从没想过，如果不能回到小姐身边，不能回到美国，我还能活下去。但是或许我可以呢。毕竟，时间也不会太长了。

那个梦……如此顽固，如此详尽——如此形象。在那样的梦中，事情像是按照真实生活中一样的速度进展。包括令人信服的入境处四个小时的等待。哈特小姐过去总做那样的梦：她的人躺在我旁边，但有半个夜晚又是泡在国会的图书馆或在瓦尔杜奇购物。我想，我不会再做那样的梦了。从现在开始，每一夜，都会是一种特殊的相对论——爱因斯坦式的痛苦。所以或许美国梦就是向梦想说再见吧。并且也要向其他许多东西说再见。

我在做什么呢？整件事情，整个寻爱之旅，整个想法：都来自另一个世界。忘掉它吧。转过身去。回去尝试艺术，与死神和仇恨赌一把，不要在不真实的战场上为爱厮杀……

第十四章　对掐游戏

如果我们能穿透她的力场（我们不太可能做到，因为美人和疯子的力场最强），我们就会知道她的胃壁受了伤，重重地向下坠；知道她时不时会被恶心牵来拉去；知道各种鲑鱼都往溪边蹦。但是她来了，这个主人公，妮古拉·西克斯走在大街上，走在哥彭路上，带着一束光，漫无目的地走走停停。并不是说那天的街道上没有色彩与轮廓：它在低矮的阳光下看上去修剪一新，被采枝剪叶了，刺痛无比，还蒙上一层金色的灰尘。但是妮古拉带着一束光穿行其间，那是人的光芒，尽管她穿着简单，意在显示权威：黑色条绒裙子、黑色紧身开襟羊毛衫、白衬衫和充当领结的蓝丝带、往后梳的头发（早先在镜子里，她大胆地凸显了眉毛）。她吸引了各种目光。女人们翘首观看；男人们俯首凝望。只有一种不和谐的叫声，从卡车后面传来，渐行渐远："世界小姐！世界小姐！"每个人都好像侧着身子或者摆成对角线的姿势，但妮古拉却径直向前。

一到温莎宫的入口，她的光芒便立刻消失得无影无踪了。妮古拉一时放慢了脚步，接着继续前行：她采用的心理战术是假装自己不在那里。陡立的混凝土在低矮的晨光下闪烁，甚至还因为刺鼻的尿味微微冒着烟。靠近它们会是一种耻辱，电梯显然坏了——被屠宰了，消失了，死了二十年了。她抬头看看旋涡状的石头楼梯井，感觉自己身处重达一万吨的厕所之下。

"想我帮你看车吗？"一个路过的四岁孩子问道。

"我没车。"

"去死吧，婊子。"

她往上爬楼梯，经过零零散散住在厕所里的人们、不去上学的男学生女学生、不去上班的男人女人，穿过少年与老人麻木呆滞的目光。她坚强地面对他们所有人；她知道自己看上去像足了政府工作人员。她不感到害怕。即便是赤着身子爬这些楼梯（她告诉自己），光着脚板踩这潮湿的石头，妮古拉也不会感到害怕。那是她计划的一部分：不会再害怕了。她在第十层小歇片刻，抽了半根烟，看着一个住在厕所里的老人满眼含泪地试图打开一罐挤坏了的**特殊佳酿**。

同其他所有人一样，妮古拉也知道廉租房很小——小得颇有争议。面对早先的一场危机，政府做出了大胆的回应，决定把廉租房的数量翻倍。他们可并没有新建一套公寓。只是把旧的廉租房全部二等分。妮古拉走至十五层的楼梯扶手拐弯处时，在低矮的阳光的照射下，她不能不注意到，各户前门的颜色各异，陈旧的绿色拼接被更新为更容易脱落的暗橙色。而且前门还热闹地挤在一起。

她停下脚步。门铃不正常地吱嘎吱嘎响了起来。

妮古拉认为自己表现得非常之好，尤其是最初的两三分钟，在那感官印象的风暴或惊慌之中。首先她的进入给厨房带来了一种万花筒式的眩晕，想要多容纳一个人就必须进行一连串的调整。接着眩晕变成了幽闭恐惧——腋窝滚烫、热寂一般的幽闭恐惧。她焦干的眼睛在心不在焉地寻找一个有生命的东西。迷你冰箱上有个塑料瓶。其间某种小黄瓜显然生长正旺；它以一个不可原谅的角度从土中冒出来。接着她不得不面对面色苍白、神情沮丧的妈妈，地上那令人吃惊的孩子（警觉的脸上长着一双聪慧的阀门），还有那只茫然的狗狗。天哪，就连那狗都好像丧失了社会地位。就连那狗也本该得到更好的东西的。左边那户人家有一对男女正带着无限的疲劳争吵。屋子被烟雾分割成了好几层。妮古拉夹紧大腿，感受一下两腿间上好的丝绸。自五岁起，她就再没去过如此狭小的地方了。

基思还是没有出现，但却很难不被注意到。作为这个小单间或者小隔间气味的主要制造者，基思很难不被注意到。尽管他还待在公寓的另一端，但也不过就是几英尺的距离。基思离得相当近。妮古拉能听见罐装啤酒开启的声音，打火机打火以及被诅咒的声音，大口喘息、大口吐烟的声音。接着是他那不近人情而又充满敌意的打嗝声……是时候把他激将出来了。是时候了，因为那地方实在让人无法忍受——出人意料般得难以忍受，即便是对她那样的专家来说。感觉你在尼日利亚是另一回事。在尼日利亚，被困在尼日利亚，面对的不是干旱或者饥荒，而是贪婪造成的工业灾难。在那里为了自身的发展，你尽量化痛苦为力量。谈话对双方来说都是折磨。她说：

"只是你一点钱也没有，对吗。只是你没有足够的钱。……你虐待你女儿吗，泰伦特太太？"

"嗨！"

她们在等。

基思影影绰绰地出现了,处在如同基思一般大小的厨房里,他有如庞然大物。他的块头并没那么大,但在这里却硕大无比。他们的眼神相遇时,他重重地停下了脚步。从那件棕色的睡袍深处抬起的是一张羞红了的灰黄色面孔,是耻辱,是愤怒,抑或是两者兼而有之。

"抱歉,"妮古拉有些傲慢地说,"只是在我看来,在这种环境下一个人很容易憎恨自己。没有别的出路。不憎恨自己的话,你连五分钟也活不了。"

"嗨,"基思说,"嗨。你。你他妈的滚出去。"

凯丝慢慢转向丈夫,仿佛他是个出色的医生,仿佛他是个出色的牧师。她复又转身面对妮古拉,说道:"是。关怀?从一个政府机构你能得到什么关怀?从你这种人身上能得到什么关怀,干你爱干的事情去吧。滚出去。"

"告诉她,凯丝,"基思平静地说。

"滚出去,你个老巫婆。滚出去。你个邪恶的东西。"

"呃,正如我之前所说,"妮古拉说,她已经恢复了平静,抬头注视着基思那若有所思的讥笑的表情,他就在她几英寸的地方,"那只不过是钱的问题。"

她晃悠出来,朝楼梯扶手走去。随着里面猛地一推,门发出一声痛苦的吱呀,随后几乎是悄无声息地关上了。妮古拉发现自己呼吸困难,狂吸了几口气。现在回去,为基思的来访做准备。在她转身之际,她听见玩具房中传来的说话声。

"邪恶。纯粹是邪恶。"

"他们碰不到你的,丫头。你就是你。永远不要忘记。你就是你,丫头。你就是你。"

所以当他按响她的门铃,当他对着嗞嗞作响的蜂鸣器报上大名,箭步冲上最后一段楼梯时,妮古拉已经准备好迎接这次首脑会议了,准备好释放她所有的新能量了。她对基思实施了暴力,但她不想被还以暴力,时候还未到。她想以暴制暴。没事:她有那笔钱。再无知再白痴的人也能看出,还需要很大程度的牺牲呢。想到此处,妮古拉猛吸了一口气,抱住自己,汗毛直竖——就连乳房都竖起来了。爱是不顶用的。(基思不是那种类型。)单靠性也不行。哪怕是妮古拉的性,虽说它的威力常常连妮古拉·西克斯本人都感到震惊:威胁,不计后果的贿赂(以金钱、婚姻相许),鬼哭狼嚎,倾诉衷肠,牙齿暴露,疯狂地伸长脖子的肌腱……

基思进来了。在那间黑黑的屋子里,妮古拉站在桌边,在角灯下数着钱。她身穿一件明摆着很粗鄙的黑色睡衣。她头发散开,每个乳房各露三分之一在外头,忙于公务的面孔上也没有一丝笑意,希望能看起来像是一个在第一个半退休纳税年里经过一周艰苦奋斗之后的摩纳哥妇女,或者诸如此类的女人,正如你在电视中见到的那样。她摘下墨镜,向暗中看过去,寻找他的踪影。他向光中回望她。无声无息间,他们的力场相遇了。似乎在说:

家是他的秘密。从没有人去过那里。哦,过去也曾有人去过:收租者、人口普查员、警察、骗人的电工、假冒的管道工,如此种种,以及真正的社会工作者和监督官——但没一个是他认识的。从来没有。只有那只狗、那个女人和那个孩子:屋里人。他们也是秘密。家是他可怕的秘密。家是他肮脏的小秘密。现在秘密泄露了。

"曾经有段时间,"妮古拉小心翼翼地说,"你的妻子一定很漂亮。"

"你他妈的不该那么做,妮克。"

"那小女孩很有灵性。你说你的狗叫什么来着?"

"你他妈的不该那么做,妮克。"

"如此高贵的动物。基思,我懂。你不想让我知道,不是吗,你活得像头猪。"

"那是如此……那是如此无法无天。"

她备好了一瓶威士忌和两个高脚杯。其中一个杯子里倒了大概四分之一品脱的烈酒。她喝了两口,绕过桌子,朝他走去。

"喝点这个。"

他喝了两口。

妮古拉只要想做到,就能比基思高。现在她穿着四英寸的高跟鞋,当然要比他高。她保持双腿挺直,向后靠在桌子上,垂下头,嘀咕道:"我拿了一些你的钱,用来买新长袜和其他东西了。希望你别介意。"她抬头说道:"你是知道我为何这么做的,对吧,基思?你是知道这一切都为了什么?"妮古拉并不想笑出声来。但她确实觉得这滑稽极了。

"什么?"

"你的飞镖:听着。"

演讲持续了五六分钟。然后她拉起他的手,把他铅一般的身体领到沙发旁,说道:"我为你录了段录像,基思,它将以一种奇特的方式向你展示我的意图。"

……黑色的齐肘手套,一个年轻的尤物的神情,招人嫉妒的短裙,飞吻,竖起的黑手指,召唤的手。

"放慢,"基思在画面开始消失之际呻吟道。他轻轻咆哮一声,抢过遥控器。然后妮古拉那个被衣服遮掉四分之一的棕色身体就呼呼往后退去,变成了一个上了发条的人体模型,当基思按下定格键时,她又变成了一尊活体雕塑。

"那,"基思说着叹了一口气,与其说他是向往,倒不如是敬业,"那是真的。"

她现在把那笔钱给了他,漫不经心地把钱一把一把扔进了印有商标的购物袋里,而后把他带至走道。基思多次努力想让自己显得聪明、体面,但嘴唇却总也忍不住像少年那样色眯眯地笑着。她站在楼梯顶,在他上面,抱着双臂,仿佛在低头看她自己。"这乳沟的恒久魅力,基思。是何缘故,我搞不懂。对称性。相邻的张力。"

"魔力,"基思说,"看起来不错。"

"在书中,他们异想天开地说,男人想把脸放在那里。想回到母亲的怀抱,基思。但我并不认同。我不认为男人想把脸放在那里。"

基思点点头,然后摇摇头。

"我认为他们想把生殖器放在那里,基思。我认为他们想操奶子。哦,我敢打赌他们是。"

"耶,对,"基思说。

那不是真实的东西。只是遥控器上的人体模型。"记住。下次你见到他:提提诗歌。我不在乎方式。同时,想着我的样子手淫,基思。想着我的样子手淫。作为一种训练方式。很多呢。所有那些你想对女人做、而又羞于去做的事情。抑或是她们不允许你做的事情。都对我做。在你脑海里。"

基思的眼睛似乎要从眼皮底下夺眶而出了。"给我尝一口。来吧,妞。给我尝一口。"

她必须去碰他了。她用三根长长的手指摸了摸他的头发:如同易燃的荆豆一样干燥。只需一个火星,立刻就会化为灰烬。她抓住中分线附近的地方,慢慢把他拉回来。然后,靠近他那张迫不及待的脸——已经听到漱口声和牙线的铛铛声了(不是我在做:是伊诺拉,伊诺拉·盖)——给了他一个**犹太公主**。

电话铃响了。妮古拉喝了口威士忌。她拿起听筒,听到惊慌失措的拨号音,停下来,按了个六。"我恐怕不在家,"她说。在某种程度上,她说的甚至就是真话。"如果你想留言,请在听到提示音后讲话。"

当然,没有提示音,他们两个都在等。天哪,多少秒钟过去了?

"喂?喂,妮古拉?……上帝,我彻底湿透了。太尴尬了,对着个机器说话。听着。我已经——"

她用一根手指切断了电话。

盖伊小心翼翼地把头探出电话亭，面对着弥漫整条街道的雨幕。传来音乐声——在雷声轰轰的天空下时断时续。还是应景的音乐呢。盖伊转过身去：一位黑人老者在街角演奏萨克斯，带着柯曼·霍金斯的那种浓烈的忧郁。是何曲子呢？对了。"昔日"。盖伊自然会给他钱的。

他站在拉德布罗克丛林那空无一人的地铁站里，离家不足半英里的路程，最近他在那儿发现了一个活着的电话亭——在一长排死掉的电话亭中间。真是难得的发现呐。就仿佛看到一条翼龙洋洋自得地与麻雀和疲惫的老鸹一起蹲在电报线上一般。雨越下越大，现在雨势如此之猛，就连小汽车仿佛都要蹚水回家了。只有公交车，像是被照亮的堡垒，在潮湿的雨夜停滞不前。那首歌：如此纠结，如此痛苦的纠缠。首先你经历这个，它在唱。然后你经历这个。然后你再经历这个。人生，盖伊想。当那个男人最终演奏完毕，盖伊走过去，往他的泡沫塑料杯里塞了一张十英镑纸币。"很美，"他说。没有回应。盖伊转身走开了。然后那个男人大声喊道："嗨，兄弟。我爱你。"

跨了五个大步，他就来到了公交车的候车厅。他已经湿透了，看上去甚是滑稽。盖伊没有径直回家，不管怎么样，尽管正值保姆荒，马默杜克还是得到了很好的照料（请了两个夜勤护士，直到他康复为止），而是凭空找了些理由，顺道去黑十字一趟：沿着兰开斯特路走二百码。他一直在等雨势变小。然而它却没有。它一直在做相反的事情。它劈头盖脸抽将下来，正如人们所说的那样，一鞭接着一鞭，怒气越来越大。极端套极端，然后是更多极端，然后是更多更多的极端。

正当盖伊躲躲闪闪，朝着波托贝洛路和它低矮的路灯跳去时，他看见一个人影，就像舞台上的醉汉一样在路灯下溢出的排水沟里戏水。基思。他并非脚步踉跄。他是在跳舞，在大笑。还在咳嗽。

"基思？"

"唷！"

"我的上帝，你在干什么呢？"

基思向后靠在一个灯柱上，抬起头来，肚子因为大笑或者恼怒在微微抖动——因为大笑或者失败。他有个绿色的购物袋，双臂交叉紧紧抱住。"哦，老兄，"他说。"你来告诉我。这一切都是怎么回事，呢？因为我他妈的搞不明白。"

"进来。你瞧我们。"

"因为我他妈的搞不明白。"

"什么？"

"人生。"

现在一辆番茄红捷豹猛然出现在拐角处，在路灯下一个急刹车。

"夏天来了。"

后门开了，从黑咕隆咚的车内传来一个声音，"上车，基思。"

"好的，兄弟们。"

"上到他妈的车上来，基思。"

盖伊伸直身子，显示出了他的高度。基思伸出一只湿淋淋的手。"没事,"他说。"不,没事。只是有点狼狈。"基思走上前,弯身进去。然后漫不经心地回头说道:"我们去喝一杯。不是那儿。去各各他。我要——"黑暗中伸出一只手来,基思突然一屁股坐在后座上。"哎哟!"

他还嚷嚷了什么,又被打了一拳,但是在噼里啪啦的雨声中盖伊听不清楚。

再次走进各各他意味着要以沉重的代价重新加入,因为盖伊没带模板印刷的身份标签,只有忍受门卫无声的注视。他有点不情不愿地要了一杯色情酒(在各各他,基思不赞成你喝任何别的饮品),在角子机旁找到一张桌子,与众人分开一定的距离。这样做的时候,他不禁惊诧于自己拥有的新品质:勇气。盖伊甚至都没有左顾右盼,去寻找另一张白人面孔。出于某种原因,这个物质世界越来越让人感觉没意思了。他想,这也许是他生活的时代造成的后果或者副作用吧:街道突然陷入末世;包成管状的树苗和围住它们的垃圾,标志着每个人都有可能被可怕地掩埋掉,她腿部的狼藉,只能感觉硬硬的东西上下抽动……基思进来了;竖起一根弯曲的拇指,然后消失,很快又出现了,拿着一只酒杯和一瓶未开启的色情酒——而且还是 1 升容量的,没准还是 1.5 升的呢。

"你还好吗?"

基思咧嘴而笑,脸上看起来灼热、肿胀,一只耳朵呈现出骇人的深红色,耳垂下面现出一道裂痕。头发上的一团血刚刚凝固,就又被雨水打湿了。他一直在看右手的中指,仿佛上面戴了个戒指似的,其实并没有。

"不,全是扯淡。实际上,他们好极了。就这样前嫌尽释了。"

他的衣服在冒烟。不过盖伊的衣服也一样。各各他里的每个人都在抽烟,每个人的衣服也都在冒烟。当雨和温暖相遇,就会产生这样的效果;降落在伦敦的雨现在由于它自身的原因正在冒烟呢。

很快喝了几杯之后,基思说道:"我今夜准备犒劳犒劳自己。黛碧·肯西特。黛碧——她对我来说很特别。你明白我的意思吗?还没完全成熟。纯洁。自然的爱。不像某些女人。没什么脏东西。绝对不。"

"脏?"盖伊说。

"耶。你知道。就像随意滥交之类的。见过呃……?"

盖伊马上伸出食指去摸眉毛。"好久没见了。"

"我真搞不懂你,盖伊·克林奇。我真搞不懂。知道她前两天是怎么跟我说的吗?她说:'基思?'我说:'耶?'她说:'基思?'我说:'别开始。'她说:'基思?你知道,没有什么——是我不愿意做的——当我爱上那样一个男人之后。'真的。那是她说的。"

盖伊怔怔地、难以置信地盯着他。"等等。她……告诉过你——"

"差不多是那个意思,"基思连忙说,"现在打住。打住。你从一开始便错了,老兄。她没这么说。很显然。没说那么多话。"

"那她说了什么?"

"好像是从这首诗开始的,或者诸如此类的东西,"基思说,显然带着明显的厌恶。"上帝!我怎么知道。呃?我只是个人渣。继续。往下说。我只是个人渣。"

"你不——"

"上帝。哦,抱歉,老兄。不不。我不跟你掰扯了。我来这儿。是放松的。喝几杯。你试图把这世上的两个人拉在一起。"

"基思。"

"我对你有更高的期望,盖伊。我很失望,老兄。非常失望。"

"基思。不是那样的。看。我真道歉。"

"那好吧。听着:我并不是不尊重她。"

"基思,当然你不。"

"那好吧。耶,干杯。我很高兴我们……因为你和我,我们……"

盖伊突然感觉基思可能快要掉泪了。他当然是一直在惩罚色情酒。盖伊还预感到他离说出爱这个字也不远了。

"因为你和我,我们——我们应该彼此照应。因为我们都卷进去了。"

"卷进了什么?"盖伊轻声问道。

基思说:"人生。这人生。"

两人在同一时间坐直身子,清清嗓子。

"我周六在那没见着你。"

"你去了,是吗?"

"你没有——"

"是,我没法去。情况怎么样?"

基思垂下头,用一种纵容而又丰富的表情向上看着盖伊。他说:"很显然,观众渴望一睹来自边境北部的新手乔·特里克塞尔的风采。那个二十三岁的小伙子从埃布罗克斯公园转战到洛夫特斯路会有何种表现呢?几乎耗资一百美元,巡游者在近代的一个身价不菲的队员,年轻的苏格兰人决不能让……失望。"

十二小时之后,盖伊从他那位于兰斯登克雷森特的家中的楼梯走下来,捧着早餐托盘,哼着《再不要去做情郎》[1]。他停下脚步,悄悄站在主客厅门外。他根据现有的情况判断,霍普正在面试一个新来的保姆,或者说正在跟那个保姆软磨硬泡呢。盖伊听了一会,听出对方要一大笔钱。面试保姆成了霍普日常生活的一部分。自从马默杜克出生的那周起,他们就一直在《女士》杂志上长期打广告……他接着来至下面的厨房,向一个清洁女工、一个女仆、一个护士、两个上了年纪的装修工(装修飞檐?)和一个性格开朗的保姆(卡洛琳?)问早安,那个保姆一边惊讶地盯着花园,一边公然喝着雪利酒,做着深呼吸。屋子的近端被低矮的太阳照得炫目,依旧像个贫民窟似的玩具屋。两个闭路电视屏全都死掉了,但桌上的一个便携对讲机引起了盖伊的注意。它的业务端一定在楼上的那个房间,

---

[1] 莫扎特的歌剧《费加罗的婚礼》中《费加罗的咏叹调》。

因为你能听见立体声里传来马默杜克的声音。他显然很乖,每当有新的保姆要来,他通常就会这样。听他现在的声音,一个陌生人也许会以为那孩子在几分钟前刚被野蛮而又艺术地打了一顿呢。突然,厨房里的每个人都被楼上房中的一声骇人巨响吓得大叫起来。

"不不,梅尔巴,"盖伊在女仆下楼取吸尘器的时候抢先道,"我去。"把自己展示给新来的保姆:展示出正常的微笑。仿佛那正是所有的保姆都想看到的:正常。

"梅尔巴!"霍普大叫,这时盖伊拽着吸尘器的吸嘴和底座拐进房中来。马默杜克不知怎的碰倒了那面十八世纪的全长度墙镜,现在正勇敢地挣扎着要过去,扑在那一堆碎屑上呢。霍普拦着他。孩子的两腿之间有一根电灯线被拉得紧紧的,很是危险,盖伊瞪大眼睛看着那劈啪作响的碎玻璃水晶液。

"梅尔巴!"盖伊大叫。

几分钟后,盖伊帮助梅尔巴折好那稀里哗啦的垃圾袋。跪着的他爬起来,拍拍身子——哎哟!——转过身来,只听得霍普说:

"……就像这般忙乱。宝贝,不要。拜托不要。这是我丈夫,克林奇先生,抱歉,你说你的名字叫什么来着?"

"伊诺拉。伊诺拉·盖。"

你到处寻觅爱人的踪影,当然,在路过的汽车里,在高高的窗户里——甚至在头顶的飞机上,在空中的十字架上。你总想爱人能在那里,不管什么地方。她是你最迫切的请求,你每晚在梦里不知疲倦地寻觅她的踪影……盖伊感觉恐慌又开心:

她在这儿,她更近了,她身着粉色衣服看起来是多么文雅啊。出于一种幸运的本能,盖伊上前给了妻子一个早安吻。其他的后果暂且不提,可以预见的是,那引得马默杜克前来攻击。那孩子暂时被允许在屋里闲逛,看到他们亲热,马上跑过来制止。因此当盖伊忙着把马默杜克按在地上时,他听见霍普说:

"我想我们非常慷慨了。我还从未听说有任何人付过任何相近数目的工资。你可以随意穿戴。白天大部分时间你会有梅尔巴、菲尼克斯和其他人相助。还会有一辆车供你使用。任何一个周六,你如果想加班都可获得双倍的工资,周日是三倍。你一日三餐都可以在这吃。你可以搬进来。实际上——"

梅尔巴敲门,再次进来。三个建筑工或园丁不太吉利地站在她身后。

"失陪一会,请原谅,"霍普说。

所以就有了接下来的一幕。在马默杜克色眯眯地陪同下,盖伊和妮古拉在沙发上面对面坐下,相距十英尺。盖伊没法跟她说话;他又一次发现,连看她都做不到。

马默杜克感觉可不同。他从爸爸的手中挣脱,双手插在口袋里,从地毯上悄悄贴近。检查一下新来的保姆——检查一下她的乳房和柔弱地带:对马默杜克来说可是无上的乐趣。

"嗨,你好啊,"他听见她说,"你是个酷酷的小顾客,不是吗?盖伊,我很抱歉。我真希望你没在家。我必须这么做——我必须看看。哎哟!我得说,掐得真疼。我收到了你的口信,我感觉是如此——我明白了。呃,两个人可以玩这种游戏,小子。今天就同我玩。必须的。那被称为**对掐游戏**。"

门开了。盖伊抬起头来：霍普用一副最最严肃的面孔，唤他出去。他拖着巨大的鞋子步履维艰地从房中走出。霍普知道了：那是这么明显。盖伊感觉仿佛一种新的力量被引进自然之中了，好似重力，但却呈对角线状，向外用力：它可以把每样东西的盖子掀开，这屋，这房。

"呃？"霍普说，她站在大厅里，双手高高叉在腰上。

"我……"

"我们要了她，好吗？我们抓住她。我们吞下她。"

他犹豫不决。"她有任何资质吗？"

"我没问。"

"她有任何推荐信吗？"

"谁在乎？"

"等等，"盖伊说。他背后有一股注视的目光，他认定那是戏剧性的讽刺。"难道她不是有点太漂亮了吗？"

"什么？那里安静得不可思议。"

"你一向都说漂亮的人没有任何用处的。"

"我们到底是谁更挑剔呢？"

盖伊轻声笑了一下。

"我是说，"霍普大声耳语道，"他搞垮了所有的丑保姆。"

他们听到里面传来一声刺耳的呻吟。跟马默杜克之前发出的任何声音都很不同。父母两人赶紧进去，还以为看到是惯常的一幕呢。保姆蜷在一个角落里或是对着镜子查看脸上的伤口，马默杜克则挥舞着一缕发丝或一条破碎的文胸带。但事实并非如此。伊诺拉·盖异常平静地仰头看着他们，马默杜克·

克林奇却慢慢向后退去，揉着手腕，脸上带着一种全新的表情，仿佛他刚刚学到了什么东西（人生的一课），仿佛他从来都不知道这样的暴行，这样的耻辱。

那房子是件杰作。它是如此熠熠生辉，它饰以如此多的绫罗锦缎。如此多的画布，如此多的颜料。它是多么自信地弘扬它的延续与宁静的高贵主题啊，一切都漂漂亮亮地彼此相连。妮古拉的存在就像个导火线，因为她能将那一切引爆。

当然，那房子不是艺术。它是生活。要消耗很多东西。自然，钱是其中的一种。那房子不吃钱。它向外撒钱。钱从上面飞走，好比给一个旋转起来的螺旋桨喂十英镑纸币。人们从方圆几英里拥来，为它洗刷，为它装饰，为它修补，让它发挥更多的用处，提供更多的工作机会。洗刷工和清洁工们跪在地上，一个电工颤抖的帆布鞋倒挂在托梁上，一个管道工仰面躺着，一个皮肉撕裂的烟囱清扫工蜿蜒爬上烟囱，另外还有好多劳工、修理工、脚步踉跄的安装工、担保核对人、抄表员；当然还有马默杜克的众多奴仆。有时盖伊也会想这些都是为孩子准备的。极小的可移动的男童剧场。脚手架的游戏棒。所有这些破烂玩意。

这房子耗尽的另外一样东西便是秩序。每一天，双锋洗碗机、软水器、胡萝卜削皮器和意大利面条机离死亡越来越近，朝混乱奔去。每一天，清洁女工回到家后感觉更疲劳了，更苍老了，病得更重了。这房子原本是一座秩序的城堡，现在却加速向另外一种熵挺近。需要耗费如此多的东西，这房子的内部一定趋于崩塌或者瓦解了……感觉很饿，又想马上做点什么正经事，盖伊再次下楼来，跨过一个地毯铺设工，半道上又停下来跟梅尔巴交流几句，多年来，他买下她的力气，并且将之耗尽了……

他倒牛奶和给面包涂黄油的时候，手并没有抖。这是婚姻中的另一个秘密：他从马默杜克的玩具手册里抽出早先背着霍普藏在那里的晨报，重又翻到专栏版。有一篇文章或者摘要，没有署名，未加评论。当然，在这动辄发生千兆瓦的雷暴雨、数百万吨级的飓风和十亿亩丛林大火的时代，很容易忘记人造的设备——按钮、指尖——也能制造同等程度的混乱。但这些全都是人造的，不是上帝的行为，而是人的行为……所以第一个事件会是光速。世界变成了白色，像一个苍白的太阳。我不知道那一点。不知道热量会以光的速度传播。（当然：就像太阳光。）一切朝向窗户的东西都会化为火海：格子窗帘、这份报纸、给马默杜克定做的粗棉布裤子。下一个事件来得会比声速还快，比噪音、比刺耳的雷声、比原子裂变发出的撕破长空的响声还快。那将会是超压爆炸。以协和客机的速度穿过街道，不尽然是波状，但却环绕这栋房子，使得它向外爆裂。这房子，实际上，会变成一颗炸弹，它所有的灰泥和柱子，所有的玻璃和钢铁都会变成榴霰弹，大号铅弹。在那样的灾难中，这栋房子与其他房子不会有什么不同。他的房子，这栋饰以绫罗锦缎的负熵大厦，会在瞬息之间变成普通的废墟，会同基思的住处、迪安的住处或者莎士比亚的住处一个模样。到那时，一切就都会被允许了。盖伊闭上眼睛，无助地看着自己穿过低矮的火海和阵阵浓烟向北跑去；然后在病态的天空下破开她的门，在废墟中演绎爱的壮举——可以原谅，只是她的美已不在，一切都被毁掉了，暗淡了，死了。

"我必须住手了，"他突然点头说道。

"你说什么？"传来梅尔巴甜美的声音。

"哦，抱歉，梅尔巴。没说什么。"

社论名为"热核爆炸的威力"，摘自他们所说的《格拉斯通和道兰》（1977年，第三版），夹杂在关于滥伐森林和护士工资的社论中间，与一篇关于协和客机年底会全面盈利的报道相邻，还在一个天文专栏的上头，那上面说什么从小行星带上脱落的阿波罗小行星会以二十五万英里的距离错过地球。听上去不错。但那可是月亮的位置啊。盖伊把报纸塞进垃圾篓底部的时候，听到对讲机里传来她们告别的声音。感觉她的力场离开了这栋房子，他吞了一口吐沫。

房子依然还在。

盖伊瞟一眼门厅。通过声音可以判断，马默杜克已经走开了——无疑是在楼上同菲尼克斯和约迪斯在一起呢。现在听到丁克·赫克勒的问候声，盖伊冷不防吓了一跳。

"嗨，"丁克说，并用食指指了一下。

"丁克。你好吗？"

"很好。"

南非的七号选手自然是穿着网球服。他那压平的短裤在大腿凌乱的汗毛的映衬下呈现出糖果白的颜色。套在那双真正的立体球鞋里，丁克的两脚笨笨地叉开。

"你还打球,"盖伊问,"在这样的天气?"

"当然。"丁克透过半截玻璃门瞅着十月明媚的早晨,然后用一种挑剔的、不安的表情回头看盖伊。"怎么了?你看见了什么我没看见的东西吗?"

"只是——这低矮的太阳。相当晃眼。"

霍普现在蹦蹦跳跳下楼来了,说道:"太好了。她今天就开始。一点钟。"

"是吗,"盖伊说。

霍普看看盖伊,看看丁克,又看看盖伊。"你还好吗?……实际上我备受鼓舞。我觉得她太神了。马默杜克和她在一起相当安静。他好像完全被镇住了。她一定有这种可怕的权威。你知道他现在正在楼上小睡吗?"

"太神了,"盖伊说。

接着,霍普斩钉截铁地说:"我要跟丁克打球去了。"

在蓬松的羽绒被下,在妻子睡完觉留下的余香中,在半开启的窗帘后面,盖伊躺着凝视天花板,天花板上意味深长地弥漫着乳白色的灯光,因为距离正午时分只差一个钟头卧室里还有人睡觉,那灯光显得很不正常。爱情的麻烦,他想,或者不管怎么说,这份爱情的麻烦(仿佛),就是它太过专制。在理性的王国里,寻找**解决一切问题的答案**又是多么徒劳啊;找到那样的答案则显得更加徒劳。然而谈起情感……最高境界是什么呢?是爱。爱是**最高境界**,它那辩证性的命令,它的出尔反尔,它的思想警察,它凌晨三点敲你的门。爱让你去帮助盲人,让你渴望柬埔寨有人死去,让你为自己儿子——在彼得·

潘病房的深处——痛苦的蠕动而感到高兴。为了一个女人,引发一场浩劫。因为爱人,这个爱人,真能把这栋房子变成一颗炸弹。

他两点左右醒来。他神志清醒。他想:这事结束了。都过去了。他屏气凝神,聆听从头来过的第一声耳语……太简单了。他会向霍普坦白一切的(尽管不能提那笔钱。你当真?),甘愿受罚。真相是多么奇特,多么美啊。一直都存在,总是在等待。爱一定是真相的敌人呐。一定是。它总是让你喜恶厌善。

谁的脚步声经过他的房间,向楼上走去。

现在生活帮了一把。

通过一个散落的对讲机,他听到了噪音、说话声、笑声。霍普和丁克在楼上换衣服呢。他们打完球了,现在正在换啊换衣服呢。一个人大喊:"我浑身是汗,"一个人笑嘻嘻地制止道:"检查一下,"拉链被拉开的声音,一阵狂热的静寂之后,只听得阵阵喘息和她严肃地说了一声:"够了!"……

盖伊心想:我的妻子不爱我。我的妻子背叛了我。真是太妙了。

很快她就走进来,身穿一件晨衣,头发散开,喉咙干渴。"起来,"她说,"他现在睡着了,但菲尼克斯走后就该你当班了。今天余下的时间我们都没保姆了。那个贱货没出现。"

隔壁房中,一夜没睡的马默杜克摊开四肢睡得七扭八歪。玩具撒得一床都是,仿佛一场陷入僵局的战争留下的军火。这个长着一张野蛮的斯堪的纳维亚面孔的小囚徒被用婴儿绳捆在他的羊毛毯里。被汗水浸得服服帖帖的是他那鸭白色头发……即便睡着了,那孩子也不是无人监视,无人看管。菲尼克斯一边喝着速溶咖啡,一边从厨房留神观察,一旦他表现出苏醒的迹象她就眯上长长的眼睛注视几秒。

丧失意识之前,马默杜克一直在看他的胖拳头上的两处瘀伤。他又是害怕又是钦佩。他已经开始忘却那给他带来的痛苦了,但是瘀伤产生的过程将会光荣地留在他的脑海里。他想让其他人也遭遇他所遭遇的。"真棒,"他咕哝道(就像一个人在大街上见到美女,或者在板球场上见到直球,出于对技艺和天赋的称赞会说"真棒"一样),而后方才翻身睡去,希望能梦见**对掐游戏**。

对掐游戏很好。很棒。

"哎哟!我得说,掐得真疼。……呃,两个人可以玩这种游戏,小子。……那被称为**对掐游戏**。"

马默杜克在等。

"你想玩吗?"

马默杜克还在等。

"首先——你先掐我——想掐多狠就掐多狠。"

马默杜克狠狠地掐她——那是他能做到的极限了。

"好。现在我来掐你。"

马默杜克目不转睛、饶有兴趣地看着。接着他疼得泪水模糊了双眼。

"现在又轮到你了。你想掐多狠就掐多狠。"

马默杜克很快伸出手去。但是接着他却犹豫了。先是抬头看了一会，脸上带着不确定的笑容，然后小心翼翼地对着她的手背最最温柔地拧了一下。

"好。现在我来掐你。"

尽管所食不多，我想我依然有个恋爱的好胃口。但就是没有结果。

我总共在希思罗机场露宿了六个夜晚。睡得并不算多，但却足够痛苦。我很绝望。那儿别的人都比我做得好，在队列中表现得更强更快，更高效地送上了更具诱惑的贿赂。随着一周一周过去，我能看见自己在候机厅成了一种可笑的人物。然后是悲剧性人物。再然后是食尸鬼似的人物，踉踉跄跄地从报刊亭晃至自助餐厅，身上还有片片东西撒落。

我想我依然有个恋爱的好胃口。但却没有可以食用的东西。

因卡纳西翁说在这公寓里几乎见不着马克·阿斯普雷的踪影。谈起她的雇主一而再再而三地提出那种要求时，她目光含羞而又温柔，充满了爱人的纵容。那促使她去思考人生的一个谜团：一些人如何就比另一些人更幸运、更富有、更帅气、更什么什么呢。

当然，我想知道他有没有溜达到死胡同街。

在我新做的梦里面，我想我不停地拿眼去瞥金和哈特小姐，哈特小姐和金。她们试图表现得友善。但在我新做的梦里面，就是没有结果。

我用我自己的方式爱着莉齐布，然而当我想到她的社交性行为或者社交性基础时，我感觉她和男人之间真正能够发生的事情大概也就四五种。

他拒绝做出承诺。她无法给予他所需要的空间。他眼下太过专注于自己的事业。他们认为彼此相爱，但是考虑到各自性格的差异，如何能够结合呢？

这些天她更加纠缠不休了，抑或可以说她不是在吃东西就是在纠缠。所有的克制都不见了。就好像她在下坠。她在下坠，以正常的加速度下坠，那足够快了：每秒 32 英尺。至少，幸运的是，在下坠这种事情上，无论你有多重都是一样的……我想我可以告诉她，我非常守旧。"我想我只是我这个时代的孩子，莉齐布，"当我优雅地把她的手从我的膝盖上拿开时，我能听见自己这么说。从另一方面来讲，我也能羞答答地列举出大量使人虚弱而又不致命的疾病。昨晚，她拉起我放在楼梯上的手，说道："你想搞不正当性关系吗？"我？搞不正当性关系？难道她没听说那种情形正日趋减少吗——尽管，或许，在她身上并没减少多少，抑或是最近才有减少的。譬如说，丁克·赫克勒在床上看上去就像个严厉的老师。但是她别指望我会跟她做那种苟且之事。我是我这个时代的孩子。

在我轻狂的少年时代，没人想去冒那样的险，我也一样。记得那时的情形是这样的……你这周哪天晚上有空？我想我们也许可以一起去——医院。第七大街上的那个好地方。带上你的私人医生，如果那能让你更放松的话。我也会带上我的私人医生。我八点半左右去接你。用救护车。噢，亲，可别迟到了。

现在已经不再那样了。让我们想想吧。那些蹦来蹦去的病毒，所有那些老古板、出类拔萃者、了不起的人物当然都越来越多了，但她们似乎也收敛了不少。自然纯粹是从自身利益出发的。毕竟她们只是寄生虫，而且她们赖以生存的顾客和免费赠送她们东西的人也并不真想把这地方拆个四分五裂（除非他们醉得丧失了理智）。所以进化论的智慧占了上风；他们采取了一种稳定策略，时刻不忘自己的长远利益，很是明智；现在她们只是游戏的一部分。况且，我们都知道我们不能长生不老。我们的确知道那一点。有那么一阵子我们忘记了。有那么一阵子，长生不老药仿佛值得一试了。不再会那样了。即便是在加利福尼亚，健身会所和私人诊所也已经墙面斑驳，尘土飞扬。七十岁就是高龄了，即便是对富豪而言，即便是对像谢里登·西克那样的人而言。我们下意识地接受世风日下的现状，于是再一次开始跟陌生人睡起觉来。抑或可以说我们当中的有些人是那样。爱的行为发生在一个死亡社区。不过不是很经常。正如你在现代的收容所里不会看到有太多人爬走道一样，尽管设施完备极了。

我在十一年前遇见了她。我们感觉安全。还不止如此。我们感觉解决了问题。我们被解决了问题。

现在她不愿意搭理我了。我的名字在霍尼格·乌尔特拉森就是粪土。我感觉不是很好，我一点钱也没拿到。

我发现自己沉浸在兜售电影版权的粗俗遐想中。

一定有一打性感的女星都想饰演妮古拉·西克斯这一角色。我还能想出几个富有票房号召力的壮汉去饰演盖伊（饰演伊夫林·沃的男主人公的那些演员：温顺、困惑、帅得不得要领）。至于基思，你需要一个全身心投入的专家，一个精力充沛、直来直往的人，为了演好这个角色，他要像个小流氓一样生活两三年。

唯一难办的就是马默杜克。典型的马默杜克。最大的难题。一直都是难题。

也许你也可以弃用童星，找一个小机器人或者甚至是某种高科技卡通片。他们能够做到的事情可是异常惊人的。

或者，既然时代现在已经乱成这样了，为何不用一个年轻的小矮人呢？让他穿上尿布，戴上儿童面具好了。

一切都乱套了。年老的设法想变年轻，他们一向如此，我们都是如此，因为年轻人是榜样。但是现在年轻的却设法变老，这又作何解释呢？灰白的鬈发，苍白的面容，踉跄的步履，哑剧中老太婆的装扮，拄着拐杖，戴着项圈，还配有矫形外科支撑物。

接着是另一件事情。你开始给你的婴儿瞎打扮了。首先，你给自己瞎打扮（把自己变成一片炸弹爆炸后的废墟或是一张抗议海报），那事做完以后，你又开始给你的婴儿瞎打扮。令人无语的发型——烫成爆炸式，染成某种核桃刷子的效果。紫红与褐红，小麦与芜菁的混合体。我在公园见到一个初学婴儿戴耳环（打眼的），另有一个婴儿有文身（受伤的鸣禽）。还有婴儿佩戴假发、眼镜和玩具假牙。在巴思椅中推着。

现在我知道大英帝国已经不再是她昔日的模样了。但是你不禁去想：这些婴儿的婴儿将来又是何模样呢？

莉齐布和我去肯辛顿公园路上那家新开的乳品店。她请客。她坚持要请。那地方被称为**胖子之家**，我感觉店名不可取，不利于做生意。在路上，莉齐布会吃一个冰淇淋，或者一个热椒盐卷饼，或者一英寸长的热狗。一旦到了那里，一旦真正到了**胖子之家**，她就会开始吃奶昔，也许再加个香蕉船或巧克力圣代。对着那些甜品，她会描述一辈子做老姑娘的前景。

这天下午，一滴巧克力不知怎么粘在她的鼻子上了。我总感觉她最终会发现的——会感觉到的，会看到的。然而她却没有。我眼看着太多的时间悄然溜走，从她鼻子边上溜走，从那滴巧克力边上溜走。当她说要去卫生间的时候，我大大松了一口气。她从椅子上站起来时，我发现她裙子上的拉链都被绷变形了。至少五分钟过后，她回来了，那滴巧克力还在。

"甜心，"我说，"你鼻子上有一滴巧克力。"

她羞愧难当。"在上面多长时间了？"她盯着小粉盒问道。

"老长时间了。自从你吃了巧克力泡芙之后。"

"你为什么没告诉我呢？"

"我不知道。抱歉。"

因为早点告诉她意味着承认我们的亲密关系。因为我就是喜欢看她出洋相。因为我不知道她已经不再照镜子了。

我护卫的两个女子回头率都很高。莉齐布是白天赢得回头率。妮古拉是晚上。她们两个都传达出了某种男人不得不看的东西。

那是什么呢？莉齐布传递出的诸多信息中，有一条与孩子有关。它在说：把我搞大吧。我已经很大了，但再把我搞大点吧。让这些第二性征运转起来吧。给这些乳房找点事做吧。我会完全展示在你的面前，如果你是我的真命天子。如果你是我的真命天子，我会完全展示在你的面前。

有趣的是，妮古拉的出场不会让人想到孩子。关于那个主题，她要说的只有安全避孕。我不想身材走样，不想半夜起来折腾。我不想被时间切割，流于庸俗。我要做个特别的、独一无二的、白璧无瑕的女人。

就像圣母马利亚：不是任何人的孩儿他妈。

我快要瞎了，那不是什么特别要紧的事，因为反正我也读不了书。把《麦克白》放在腿上五分钟，我就自觉一阵垂垂老态的恐慌。马克·阿斯普雷的很多书架上都摆满了书，但却没有多少可读的。全是那种有关**好坏的品味、坏好的品味，你既爱又恨的东西、你既恨又爱的东西，为何做个要人很无趣或是相反**。

我从妮古拉那儿带了些东西过来，但我这是在骗谁呢。有些东西我没看见,或者说没理解。唯一能给我带来真正快乐的作家是 P·G·沃德豪斯。即便是他,我也感觉有点费解。他耗费了我大量的精力。我抓着头发,轻声吹着口哨,抖动着嘴唇,对着《布兰丁的日落》[1]皱眉锁额。

很快我就不得不要求妮古拉向我展示她的裸体了。我发现我对此很是向往呢。我想她不会拒绝我这个简单的请求的。她知道我对待我的工作有多认真。

---

[1] 沃德豪斯未完成的作品。

第十五章　纯粹的本能

"那好,"妮古拉说。"我们可以开始了吗?"

"可以了,"盖伊说,"我们开始吧。"

她用一种敏感的期待盯着他。

他改变在椅中的坐姿,用颤抖的声音说道:"我真的发现这匪夷所思。"

"什么?"

"像你这么美的女人,从来没被充满激情地吻过。"

"我想在一定程度上算是吧。不过我知道你会对我相当耐心和温柔的。"

"我会尽力的。哦,顺便问一句,在我们开始之前。你对马默杜克都做了什么?他全然像个天使,一直到下午茶的时候。"

"一件傻事。**对掐游戏**。"她轻描淡写地做了解释,有些不耐烦,甚至有些恼怒(孩子:在这里是敏感话题)。"一个关于成人不公正的小教训。抑或可以说是反复无常。他们轻轻掐你一下,期待你也轻轻回掐他们。不是狠狠地掐。"

妮古拉平淡乏味地穿了一身白。一条白色拽地晚礼服,带有许多荷叶边和花边。那裙子当然不是为了挑逗。远非如此:她的两臂从胖胖的泡泡袖里伸出来的时候还有一种惊人的幼稚呢,那根把腰变粗的腰带也传递出一种别样的笨拙。她还兴奋地化了浓妆,仿佛一位十二岁的少女准备参加人生的第一个重要舞会似的。然而,盖伊却盯着她的裙子和衬裙的流苏,想象内衣在里面展现的历史。

他用嘶哑的声音说道:"没尝试过?即便在晚会之类的地方也没有?太不可思议了。"

"是的,我的性生活……从来就没开始。或许跟我父母死的时间有关。独生女。十三岁。我洁身自好。而且我也目睹了伊诺拉的遭遇。"

"哦,是。"

"我好奇,当然。我也憧憬。"

"你一定感觉到了他们对你的兴趣。男人们一定非常感兴趣。"

"你知道我的感受吗?"

"是什么?"

"我感觉我的情感——或者性——就像个小妹妹。一个非常活泼的小妹妹。一个内心深处的小妹妹。我必须一直护着她。我不得不把她藏在里面。尽管她非常想出来玩耍。"

"几乎是悲剧的。"

"尽管我总是怀疑我生性实际上是非常追求感官享受的。我对艺术的感觉让我明白了那一点。对诗歌。对绘画。"

盖伊早就注意到了自己两膝之间的微微悸动。现在他发现随着每一秒钟的流逝,他的茶托和茶杯也咔嗒咔嗒响了起来。他重新交叉双腿,不安地说:"我在想,那些——那些树液都会怎样呢。"

妮古拉伸直身子。她把脸转向一侧。"你是说，它会凝固吗？"

"抱歉。"

"不不。没什么。水汽会……果汁会……吗？它从来没有那样的感觉。或许它只是在如同沙漠一般干燥的空气中浪费它的甘甜罢了。"

"是，生来默默开放，无人欣赏。是的，我一直认为，"盖伊满怀激情地说（她笑得多灿烂啊！），"燕卜荪说得对。那情形说起来令人感伤，但却也并不鼓励你去将之改变。一颗宝石并不介意深埋洞中，一朵花儿更宁愿无人来采摘。甚至还相反。你可以——"

"曾经有个小男孩，"妮古拉说，"长着乌黑油亮的头发和豹子般的肌肉。平托，那个科西嘉园丁的儿子。那是在普罗旺斯的艾克斯。每晚我们都会在一栋废弃的别墅后面温暖的花园里相会。他用舌头和粗糙的手指把我彻头彻尾抚摸个遍，以至于我总担心我会完全暴露或者说从里到外走光。"

"……那是什么时候？"

"我十二岁时。"

"十二岁？"

妮古拉给盖伊留出时间，让他完成如下的思想活动——驱车去机场，赶第一趟航班去马赛，在某个粘满蝇卵的虚幻世界里追捕那个藏奸耍滑的平托……

还要把那个一嘴黑牙的畜生打个半死。盖伊试图想象妮古拉十二岁时是何模样,看见了棕色的肚皮,粗糙的皮肤,健壮的四肢,还有与他现在所见的同一张面孔。她微笑着轻拍身旁的靠垫。

"那就开始吧,"她说,"你在那边傻坐着,我们可进展不下去……你感觉还好吗?你的行为很可笑。好了。我们可以开始了吗?"

"是。我们开始吧。"

"先做什么?"

"接吻,我想。"

"好。那来吧。"

二十分钟之后,盖伊耳语道:"太美妙了。但是你觉得你能再把嘴张开点吗?"

"太抱歉了。"

"不,没事。或者至少,"他说,"至少不要闭得那么紧。"

楼下大街上,基思蜷缩在骑士汽车里,对着偷来的德国蓝点音响听飞镖磁带。他们还真他妈的优哉游哉啊,他想。他耐着性子看路对面盖伊的大众汽车:透过汽车停放计时器。无论如何,他想,等盖伊走后,把骑士汽车停在那个车位上算不上严重违反规定(他重温给他的指示)。停在这儿会收到罚单。或者被用轮夹锁住。他妈的混蛋……

一天的时间造成了多大的不同啊。在某些方面,很难相信基思的境遇在短短的二十四小时发生了这样的变化。他向后靠在座椅上。低矮的太阳照得他暖洋洋的。他眨巴眼睛透过挡风玻璃看去，它模糊的表面和溅泼声与他朦胧视线中的池塘以及蹦跶的小蝌蚪很是合拍，他不由想起近来的那个愤怒而又恐惧的自己，带着谋杀的念头踏上她家的楼梯——或者至少可以说额头上写着谋杀。我本来可能都教训过她了。说白了：我昨天本来都可能揍她一顿了。基思享受着宿醉的喜悦，喷鼻息（咳嗽），摇头，露出恬不知耻的微笑。他走进她的起居室，那里漆黑一片。好似一个丹麦的性俱乐部。不，不是丹麦。呃，是阿拉伯。有烛光和屏风。她身穿一件黑长袍，那是如此——美丽。绝对不可能不是一件精美的衣服。也不会便宜。至于衣服里面的那个女人：对于她的丰姿，你不得不倾尽所有溢美之辞。还有桌上的那些钱，就像电视里演的一样。

"你他妈的不该那么做，妮克！"

"基思，我懂。你不想让我知道，不是吗，你活得像头——"

他睁开眼睛，眨巴几下。他用指关节去揉眼睛，像个孩子似的。接着，在那之后，在如此——在说过如此无法无天的话之后，她走过来，改变了我的人生，就像那样。魔法。因为她懂我。她懂我。她是唯一真正懂我的人。关于我的飞镖……基思吸吸鼻子，动动身体，用一个红褐色大拇指的指甲去抹眼泪。并不羞于承认……现在生活翻开了全新的一页。基思浮想联翩：最后一支飞镖飞回家了（必须射中靶心：必须），基思转身去拥抱对手，对手大度地耸耸肩；然后是绚烂多姿的奖品和服务。还有绚烂多姿的女人。前一天晚上，同盖伊喝过那一品脱色情酒之后，基思先去拜访了黛碧·肯西特，接着又最后一次去找了特里什·舍特，然后回到家，赶上一部分他要看的电视：美式橄榄球，逐个画面分析拉拉队长摆动的白裙。你得让美国佬看：他们的狂热追求者都在那儿，而且还穿着统一服装。

再回忆一下当时的情形？你的家庭生活，基思，正在扼杀你的飞镖天赋，为你的飞镖前途遮上一块黑幕。这是对飞镖的态度问题——你要冲击决赛。我看你，基思，年少的时候，是个在大街上把脸紧紧贴在玻璃窗上的小男孩。但这可不是商店橱窗。这是电视屏幕。我们现在谈的是电视明星，基思。屏幕后面是你的目的地。那里是所有其他东西——所有你想要的东西——所在的地方。让我带你去，基思。让我把你带到那边去。

"耶耶耶，"基思在飞镖磁带放到高潮时喊了起来。他用拳头猛砸按钮。气象学家丹尼斯·卡：飓风胡安妮塔。电话节目：金钱问题。地理政治：又细看了总统的妻子。当地消息：警察已在南伦敦的坎伯威尔逮捕了谋杀五岁儿童的凶手。你再也听不到那样的新闻了。播报只会起到鼓励的作用。别问基思是为什么。杀一个孩子，他想，就能让你的名字上广播。或者上电视。

接着是那盘录像带。天哪。基思当时——现在依然——被深深吸引了。那灯光，那制作水准，绝对专业。不特意彰显，而是将一流品质隐藏于内。过去，基思也同女人一起制作过大量的录像带，而且还是非常严肃地对待的。直至今日，他还对那单调而糟糕的结果甚为不解呢。因为当他肩扛录像机，女友躺在地毯或者卧榻上的时候——他就是十足的唯美主义者。他追求美，结果却很丑；那些女人看起来疯疯癫癫。而且疯得很不对味。所以当妮古拉·西克斯被迷人地简化成两个维度，从幽深的绿裙中爬出来，身穿同色系的文胸和内裤，若有所思地从窗户向外凝望的时候，基思感觉脊梁骨麻酥酥的，脖子后面的汗毛有如针刺一般。实际上，他感觉到一种隽永的魅力，那是源自对艺术的深刻领悟。

真像女演员。真正的专业演员：明白自己在做什么。其他人：都业余。当她在楼梯上跟他讲脏话时，那种好感也一点没有减少。那首乳沟之诗。有那么一会，妮古拉好像也疯了。但却疯得对味。在性天才的领域，你期待——实际上你还要寻找——那么一点疯癫呢。跟随基思绵延不断的思绪（不管怎么说，他是用热血在思考）：只有不平衡才会让一个女人往一个不可靠的领域投入那么多。比如安娜莉丝。"想着我的样子手淫，基思，"妮古拉说过。基思谨遵其旨。"所有那些你想对女人做的事情……都对我做。在你脑子里。"基思细想。时至今日，他还没有什么想对女人做但又没有付诸行动的事情呢——特里什·舍特，还有很多人，都可以做出有力地证明。他从没强奸过特里什·舍特：他从没看出有那样的必要。不，基思做了每一件他想做的事情——除了，偶尔，性交，他会习惯性地将之遗忘（十五分钟后，在大街上，他会猛然停下脚步，恍然大悟地打个响指），他太忙于想着其他的噱头了……哦，耶。有一件他想对女人做但从来都没有付诸行动的事情。他非常想做，而且经常想做（当她们唠唠叨叨，大吵大闹，或者不让你做你想做的事情时）。他从没杀过她们任何一个。他从没做过那样的事情。她的吻（天哪），好似掉进沼泽或者流沙之中……

基思又往蓝点音响里放了一盘飞镖磁带，在温暖的骑士汽车里重新坐定。金·特威姆娄和奈杰尔·豪斯利在大使馆的经典对决。这样沉浸在飞镖的氛围中，在基思看来，是对即将在英格兰巷的乔治·华盛顿举行的半决赛所做的绝好准备。他垂下头，皱着眉头仰望妮古拉高高的窗户。心想：他们还真他妈的优哉游哉呢。

盖伊感觉头部一声剧烈的破裂声。他脖子猛然向后倒在稀薄的空气中，重力连忙把他拉向地面。

一阵忙乱过后，妮古拉跪在他的身旁。

"哦，不，"她说，"哦，亲爱的，我太抱歉了。"

盖伊用三根手指的指尖去摸太阳穴。他闭上眼睛，然后又呆呆地眨了几下。

"让我看看。哎呀。看上去很严重呢。我最好给你找块肉来。我一定是用戒指钩到你了。哦，天哪。你原本应该提醒我注意你的舌头的。"

盖伊半坐起来。他在身后叫她，一时还无法消除语气中的怨气，"你说潘乔，或者不管他姓甚名谁，用他的舌头。"

妮古拉眼睛肿胀，一只手紧捂着嘴，瘫坐在打开的冰箱前。接着她脸色放晴，直起身子。"在我耳朵里，"她回答说，"不是在我嘴里。他就是个肮脏的小吉普赛或者诸如此类的东西。"

"呃，我怎么知道？"

她回来了。盖伊发现她满面羞红，后悔不迭。

"天哪！那是什么？"

"猪肝。总之，这是我仅有的东西了。"

那个紫色的器官在盖伊眼前晃荡，甚是骇人。"我甚至都不清楚，"他说，"——我甚至都不清楚，这一切与肉有什么关系。你呢？"

"我想是为了消肿或者类似的用处吧。我都被自己吓着了。那是纯粹的本能。"

"哦，我没事。"

"嗯。这块肉当然不行。颇让人担忧。你皮肤太嫩了。像孩子一样。哦，天哪。你怎么向你妻子交代呢？"

"什么，标准的青肿眼眶吗？"

"恐怕是的。"

他注视了一会她的目光。"《犹大书》中不是有类似的场景吗？她把一个猪胗向他扔去或者诸如此类的事情？我是说，那显得不是很友好。"

"不是很成功，是吗。我们的第一次尝试。"

"不，但是……"盖伊把一个拳头放在胸口。"在这儿。"

那让她惊讶，让她心软，还在一定程度上让她动了恻隐之心。妮古拉的眼睛意味深长地扫视他的面孔。毕竟，让基思等等也有好处。"跟你说吧，"她说，"让我来主动。我会只运用我的想象。闭上你的眼睛，我就不会那么害羞了……让我吻得更好一些。我去扔掉这块恶心的肉。"

他乖乖地坐了回去,靠在沙发底座上。当她在地板上围着他打圈转的时候,他只感觉到她的唇、她的指尖、她在他脸边的呼吸。他听到喘息声,窸窣声和他自己血液流动的声音。在某个时刻,他感觉胯部有什么东西轻柔地压着——或许,是她的裙子或衬裙的质料聚在一起时造成的压力吧。总之,那不严肃,因为她的下一个吻是在微笑中完成的。

她给他的吻有**玫瑰花蕾、噘嘴生气的人、青春、堂兄妹碰舌头、潮解的处女、需求者**。

"别停,"他耳语道。

她又给了他**大众之吻、数牙吻、麦克白夫人、娼妇的狂欢夜、准备就绪的阴部**,还有……

"拜托,"他说,他的眼睛依然闭着,但却开始挣扎起来。"拜托。别。"

好了:他来了……开始。基思急忙就位。为了让事情"看起来得体",基思在妮古拉的建议下弄了一个能工巧匠的道具:一个偷来的皮包,装满了偷来的工具——水平仪、轻型锤、凿子、拆轮胎棒。他没看见我。他们就可以做到那样:明明看着你,却没看见你。

盖伊正沿着公园路走回来,笨拙地移动脚步,半弯着腰,身子还斜向一边。他战战兢兢地环顾四周,仿佛做了亏心事的骗子。总是面临重入家门这个问题。欺骗之绳绷得有多紧啊,如同一个硬化的灵魂表面的血管。"你为何去我家了?"他问她。"去核实一些情况。你的妻子不爱你。可怜的盖伊……"

盖伊不忍相信那一点,不管有没有丁克。但是,无论如何,现在欺骗打成了双结:你必须得用指甲、用镊子去解。他停下脚步(气喘吁吁,心灰意懒);感觉仿佛在经济舱里持续飞行了二十二个小时一样,死胡同街和那些在低矮的阳光下沾满了尘土、纹丝不动的树木,说是在澳大利亚又何妨呢。盖伊扫视眼前的场景,不为寻找熟悉的面孔,还没到时候,而是像贾科梅蒂[1]那样寻找拥有特殊体重和轮廓的身影:菲尼克斯、理查德、特里、莉齐布——霍普!

"唷!"

盖伊惊叫一声。

"太好了,"基思拖着矮胖的身板,背着皮包,从马路对面走了过来。"欧洲银行。高速公路逆行。中冷。"

"基思。"

"嗨!"

"什么?"

"哟。有些意思。"基思关切的皱眉现在变成了友好的讥笑。"你动作有些粗鲁,是吧?她不得不捍卫自己的声誉,是吧?"

"不,我上楼时摔了一跤。"

"你当然是摔了。听着。"

基思抬起手来,把一只胳膊搭在盖伊的肩上。盖伊退缩了一下,但是很快就跟上了基思亲密的慢步伐。如果他占据他的

---

[1] 瑞士雕塑家和画家(1901—1966)。

位置,基思问,是否可以呢。他会把车插进盖伊刚刚停过的地方。

"我等着你离开,然后把车插进去。我会慢慢开进去。没什么难度。"

盖伊俯视基思翘起的长方形鼻子,看他道道伤痕的鼻梁和有如情侣隧道[1]一般幽暗的鼻孔。

"因为在这里他们会用轮夹把你的车锁住,他妈的。"

"是吗?是,当然,基思。"

"布林格。凯歌皇牌凯歌香槟。哦,呃。明晚。"

明晚?又玩什么新鲜把戏?盖伊把眼睛瞪得不能再大了。

基思那只夹着烟的手在往唇边移动的过程中突然停了下来。"你忘了,"他极尽威胁地说。

"不不。我会去那里的。"哪里呢?从基思震惊的脸上逐渐加强的怒火来判断,盖伊知道那一定是非常重要的日子,比如去参加赛狗会或去拜访某个神圣的赛马赌注者的神龛。

"飞镖,"基思最后说。

那辆大众汽车被紧紧地卡在车位里,前后各有大约三英寸的空隙;盖伊花了很长时间才把车开到大街上,基思一直站在那里,像交警一样指挥进退,招手,摆手,再招手,最后竖起那根伟大的弯拇指。

不擅长争斗,基思爬楼梯的时候在心里想。全然一个软柿子。当一个男人被迫仰仗他的拳头——他的脚、他的膝盖、他

---

[1] 游乐场里让游客乘坐船或火车穿过一条幽暗的隧道,此种设施尤为情侣们提供亲昵的机会,故名情侣隧道。

的牙齿、他的凿子、他的拆轮胎棒和他的啤酒瓶时——盖伊可就完蛋了。朽木不可雕也！基思老是看到（在电视上）盖伊之流的人物：在卧室里受到奚落，穿着花呢西装哭鼻子。在泰坦尼克号上，他会是那种乔装成女人的男人，基思则会像男子汉一样勇敢赴死。就算那鸡尾酒吧倾斜成十四五度角又能怎样，基思会下去把它撑起来的，还会杀了那个苏格兰人。在第二层的平台上，他停下来喘口气。他点上一根烟，向后倒在窗台上。待到他停止咳嗽，烟也已经烧到过滤嘴了。于是他又点了一根。他没什么可以擤鼻涕的东西，但是在偷来的包里找到了一本旧的女性杂志，他也就凑合用了。况且还有窗帘呢。然后他跟跟跄跄地爬上了三楼，心中想着那个清高女又会有什么好戏等着呢。

"我们都有一个肮脏的小秘密，不是吗，基思？"

"耶？"基思慢慢悠悠、神气活现地问道，就好像他没有肮脏的小秘密似的。事实上，当然，基思有很多肮脏的小秘密。他有大量肮脏的小秘密。随便一选，略举几例：特里什·舍特，他父亲，他的掷镖疑虑，车库里装满灯笼裤宣传册碎片的纸篓，他在奇克·珀切斯眼中的失败，黛碧·肯西特挂在卧室墙上的出生证明，一种挥之不去的无用感，凯丝和那套公寓。

"文学——艺术——对之不能坦然面对，那一直让我失望，失望透顶，基思。不能坦然面对这个肮脏的小秘密。它是，当然……"

"那不是什么秘密。我一直都——"

"哦,我们有拉金[1]的'又爱了:凌晨三点十分手淫'和美国人几次冷不丁的坦白。当然这是小说家的责任,他们取材于日常生活,定会无聊透顶,见人说人话,见鬼说鬼话,基思。"

"耶,"基思心不在焉地说,"差不多吧。"

"你以为在其他任何方面都不大惊小怪的二十世纪会勇往直前、知难而上,不是吗,基思?但是不。"

"我看过一部电影,"基思说,"里面有个女孩干这事。两天前看的。"

"什么电影?"

基思清清嗓子。"《巨胸庄园的冒险小姐》,"他小心翼翼地说。

"那个我们待会再谈,基思。"

"二百七十五英镑。"

"我想手淫的一个奇怪之处便是没人想被撞见。一般说来,他们不想让外人知晓。人们为何要用那种表情盯着天花板呢?让我从全新的角度给你分析分析,基思。"

"呃,多谢,妮克。好啊。"

基思看着她走过来:裙子轻柔地摆动。他用那根掷镖手指,上下伴攻她那包在白色荷叶边裙装里的屁股。内裤的摩擦声:相当聒噪,那条裙子。就像包在里面的那个女人。基思使

---

[1] 菲利普·拉金(1922—1985),英国二战后著名诗人和小说家。1984年拒绝接受"桂冠诗人"的封号。

劲吮吸上嘴唇。他觉得自己相当自在，在这个关于性的演说、交谈或者先期谈话中，他娴熟地接过话头。他想起了杂志上的狂热阿姨和她们一定程度的认可。在坦诚方面有了新的突破。成人之间的意见交流，不是吗。交互的欢愉。我们都有需要。但是他的两条腿盘得如此之紧，腿都快死掉了。掌心也黏糊糊的，像是塞满了淤泥。天哪，在这待了一夜。照这样，骑士汽车会被处以罚单或者被用轮夹给锁住的，他妈的混蛋……

"同其他许多事情一样，基思，这也与时间有关。你多大了？"

"二十九岁。"他理直气壮地说，仿佛年龄是他的某个不太需要争辩的美德或资质似的。

"还是个孩子。还是个婴儿。你就快到了，据文献记载，不久就会把那种事情抛之脑后的年纪了。当然你是不会的。他们不会阻止你做的，是吗，基思。哦，不。我看着你，我看到了一个男人，"她说着脸上洋溢着调皮的仰慕之情，"一个会骄傲地把生殖器握在手中死去的男人。"

"耶，是。"

"是！只是你不用担心。我们不会看的。在你还没到耶稣位于骷髅地[1]的年龄就都没事。在那之后，就没人想知道了。因为那变得更可怜了。随着时间的流逝还会越来越可怜。"

基思耸耸肩。他能感觉自己陷入酒醉的私密状态中——深深地陷入自我感觉的私密状态中。在这里所有的困难都不为外

---

[1] 耶稣被钉死在十字架上的地方。

人所知。哎呦。嗨。喂。噢。天哪。天哪哦天哪。但是无声无息。总之,一切都会……一切都会继续下去的。塞隆尼斯,以及他的胸膛和体重。还有盖伊。

现在妮古拉过来,跟他同坐在沙发上。裙子和衬裙错落有致地铺将开来,很美。双腿火辣地交叉放着,藏在下面。她垂下脸来,但眼睛依然瞅着他。"你显然是个鉴赏家,"她轻柔地说,"色情鉴赏家。你的特别口味是什么呢?说实话。我懂。正如你所知,我——我是'不会加以道德评判'的。"

基思喜欢这个词。那对他来说意味着新的曙光,一个更好的世界,一个最终没有陪审团、行政官和王室法律顾问的世界。他挤挤眉毛,说道:"跟别的男人一样。"他知道——他甚至希望——那有可能是假的(他感觉到自己的上唇布满了萨帕塔小胡子状的汗珠子)。平均说来,基思每天都要花两至三个小时搜罗他喜欢的那种色情(也即是,色情片,性爱技巧,而不是别的骗子扔给他的没有性的色情片或者你在商店里买的垃圾),大都无果。不过还有一段时间,色情片在他的生活中扮演着更为核心的角色呢。基思还是单身汉的时候,曾像某些人迷恋海洛因一样迷恋色情片。色情片掏空了他的腰包,让他不禁担心自己的神志和视力。色情片是促使他娶凯丝为妻的主要原因。录像带。从布里克斯顿一个包头巾的人——阿卜杜勒拉扎克——手中购得。(阿卜杜勒拉扎克也不加以道德评判。你可以这么说他:阿卜杜勒拉扎克百分之百不加以道德评判。)基思知道他对色情片毫无抵抗力。他一直播放,即便是那样也还不够。他想在他睡着的时候也播放。他想在他不在旁边的时候也播放……"只要裸体女人,"基思说,"基本上。很显然。"

"这很滑稽,不是吗。在别的地方,这个肮脏的小秘密可能会被忽略。但在这里,它却成了一种流派,起于地下模式,发展成一个全球产业,专搞色情片,别无其他。女人通常不支持色情片,是吧,基思。比方说,我认为你的妻子就不支持。"

嗨,基思想。这一切是怎么一回事呢?他脑子里有想法,但就是表达不出来。有点像独自一人、神不知鬼不觉地犯错。你锁上身后的门,只有陶瓷马桶以及旧手巾能够看见。他有种想要说点什么的欲望,他张开嘴巴,却一个字也说不出来。

"女人谈论那事给她们造成的伤害。但我却不知道。瞧瞧你能想到的最没害处的娱乐吧:魔术。助手身穿比基尼,在近旁扭着莲花碎步,然后咧嘴躺下,等待被锯成两截。我想女人不喜欢色情片是因为那把她们排除在外了。制作色情片时,女人在场。被糟蹋的姐妹。但播放色情片时,她们却不在。那是男人的事情。他们不跟女人分享他们的小秘密。他们跟色情片分享。"

她站起身来。瞧:她手中拿着遥控器呢。电视咔哒一声开了。她发出银铃般(疯狂的)笑声,说道:"真的,英国男人的品味!护士、女教师和交通管理员。那是如此美妙。我想那都来自保姆群体、公立学校之类的地方。尽管你有所不同。"

"绝不可能,"基思说(他正忙着观看呢)。

"不管怎么说,还是有很多好色的管道工、秋波频传的门窗清洁工以及诸如此类的男人的。"

"耶,是。"

"我要去泡个澡。你能帮我拉开拉链吗,基思?谢谢。我会在浴缸里,噢,至少泡个十五分钟。是最上面的那个搭扣。对。谢谢你。桌上有卫生纸。你完事就告诉我……没事的,基思。我懂。"

她对于任何事物的死亡都是欢迎和喝彩的。它是人的伴侣。它意味着你并不孤单。一朵死花,一潭让人不悦的、浑浊的、很久才从水罐里被倒掉的死水。一辆在街边被打劫一空的死车,筋疲力尽,没精打采,没了用处,甚是窘迫。一片死云。小说之死。泛灵论之死、朴素的实在论之死、目的论之死,还有(尤其是)最少惊诧原则之死。星球之死。上帝之死。爱情之死。都是人的伴侣。

譬如物理学之死。物理学前两天刚死掉了。可怜的物理学。也许地球上有五十个人完全懂得它吧,但是物理学完了,正好赶上千禧年。只剩下扫尾工作了。只剩下操办葬礼了。他们发现了质子衰变,持续时间 10^{32} 年,强原子力与弱原子力结合,产生强电弱力。然后,对大统一理论来说,对万物理论来说,他们唯一需要的就是重力。然后他们得到了。他们得到了重力。

她在新闻杂志上读到过措辞谨慎的普及版本;大家都认为该理论言之有理,很美。数学很美。整个死亡很美。据她理解——呃,它非常简单(需要直觉的参与)——解开万物的钥匙在于：时间既是一个维度又是一种作用力。时间是一种作用力；它当然是。最基本的。六种作用力。时间是第六种作用力，不仅仅是量度，还是动因。时间为其他所有的交互活动"软化"了量子，为它和重力的互动保留了一种特殊的亲密关系；牵引没有时间的摩擦也无法牵引呐。铀觉得时间是一种助它成为铅的力量。是的。人类对时间的感受也是一样（这理论多有人情味，多么多愁善感啊！），不光视之为一种时间概念，还视之为一种力量。难道我们不觉得时间是一种力量吗？难道它不像重力吗？当我们从床上爬起来面对又一个年头；当我们伸开四肢，弯下腰板；当我们极力向上拉伸的时候，又是什么东西总把我们往下拽呢？

至于爱情之死……它果真到来了吗？它已经在这了吗？自然，如同所有的艺术家一样，她也想过自己是否只是从个人的角度来看待这个问题呢。但是现在这个消息不胫而走，人人谈论。当她第一次看到这个词语被印成铅字时，又该如何解释她的满腔怒火与怨恨呢（她感觉被侵犯了，被抄袭了）？那是关于爱的诊断，诊断结果出来了；爱情跟猫一样脆弱，而且迷惑得令人可怜，远没坚强到能够勇敢、能够懂得的地步。垂死的人类可以为死亡拟定一个策略，温柔的或挑衅的；但是，死亡彻底介入了，它决定操纵局势，在某个时刻，在接近终点之时。在接近死亡之时。（她绝不允许那样的事情发生。她要亲自掌控，直到最后一秒。）现在，二十世纪已经到来，经过几次实验和尝试之后，它提出了一个令人震惊的新方案：人人都要死。人人都要死，或死于毒药，或死于武器。如果你把爱情看成一种力,不是一劳永逸,不是长长久久,是由所有最好的意图、善意和宽容拼凑而成——那爱情在人人都要死的事情上又有何作为呢?它双手就擒,变得越来越弱,最终病倒。它被对手排挤出去。爱情至少有两个对手。一个是恨。一个是死。

自有意识以来,她就一直喜欢恐龙(直到今天,她还经常把自己想象成一种女暴龙呢,它贪婪、凶残、不忠,但还是经常有人为之进行凶残的打斗,它活了八千万年)。是什么杀死了它们呢?她对那些理论非常清楚。一颗爆炸的恒星把地球笼罩在宇宙射线之中。一场陨石雨平添了一层尘土。一种新的窃婴恐龙、窃蛋恐龙、速龙诞生了。或者,更加反高潮、更加不易忘却的是,进化的成功,十亿年的好生活,使他们丧失了繁殖能力。换言之(用她的话说),他们胖得不能性交了。她玩味这种观点,试图把它与爱情之死结合起来,想象那个紊乱的天堂里的丰富与沉重,那里情形有点不大对劲;在这儿,那种古生物慢慢感觉到了它们的世界已经开始崩塌。它们嗅到了无处不在的死亡。并不仅仅因为它们全都太胖,整体状况不佳。而是它们不在状态。所以在雾气腾腾的泥沼之上,在血迹斑斑的天空之下,在一个遍地是牙齿和骨头,依然还因为某一日的追捕和猎食而变得狼狈不堪、臭味扑鼻的森林里,在一个低矮的树枝上,一只爱情鸟转向另一只爱情鸟,说道(她是从翼手龙的语言翻译过来的):"走开。我眼中的阴翳已经脱落。你是个怪物。走开。我不在状态。"

它们的故事结束了。还不止如此,它们的真实感也终结了。你能感觉到它的来临。当然指望女人,由于她们生理的必然性和诸多品质,能多坚持一会,那种对孩子的柔情自然会是最后一件消失的东西,但是女人没爱也不会支撑太久,她们最终也会衰竭。妮古拉曾经想过(并不经常,而且在很久之前),即便是她也有可能被爱拯救的。爱是 B 计划。但那从未发生过。她可以引来爱,她可以把爱带进来,至少把现代的爱带进来:她可以让一个男人感觉自己终于真正活了一回,她可以让他的世界变得亮丽——亮丽几个月。但是她不能生发爱,她不能向外散播爱。即便是小猫咪那样的爱也做不到,蜷缩身子、发出呜呜声、面带微笑的小猫咪。如果爱已经死了或者逝去了,那自我就只是自我,整天无事可做,除了做爱。哦,还有恨呢。还有死呢。

基思在浴室门外咳嗽。基思的咳嗽起初像是男管家谨慎的提醒,但很快便发展成为白喉患者的刺耳吼叫与咆哮了。在它激烈地进行之际,在它对着墙的那边疾风骤雨般地进行之际,妮古拉有足够多的时间拿起喷头,冲洗乳房、肚子、屁股,用块大浴巾把自己从上到下擦干净,穿上粉红色浴衣站在门口,等待着。他不会想面对她的。可怜的动物,独自一人悄悄犯了错。现在他真希望自己没干那事。不足十分钟,他就又想做了。

"你还好吗?"

基思咳嗽一声,像是画了一个句号。

"那你跑过去。有个礼物送你。在那边的桌子上。"

"……这个?"

"是个公文包。"

"看上去……更像帆布包。"

"是什么不重要。那里面装满了钱。"

她把门打开一条缝,跟门本身的厚度差不多的一条缝。只是力场最轻柔的触碰,白色的雾气、粉色的浴衣、玫瑰色的肌肤便像一阵风一样冲进了黑暗的走道:实际上,这并不比他们片刻之前的会面实在多少,在那里她的电子影像吸引了他全神贯注的目光。不过他现在还是仰着头,依然处在那种看过钱袋子之后的惊恐状态中。那张迷惘的面孔看起来像个少年,甚至像个孩子。如果她猛地把门拉开,跨出去,站在他面前,他没准还会大吃一惊,瘫倒在地呢——他没准整个人都散架了呢。

"感谢,"他说,"真心感谢。"

"不客气。"

"还有,呃,忠实的录像带,妮古拉。高质量。他们应该给你颁个奥斯卡。"

她停下来,问道:"我们该叫它什么呢,基思?"

"呃。等等。'警察……'呃。等等。'警察……'有了。'警察……在巡逻。'就是这个。'警察在巡逻。'"

"很好,基思。"

"或者就叫它'tithead[1]'。"

"'tithead',基思?"

"你就是这么称呼他们的。那帽子。"

---

[1] 这是"警察"的贬义称呼,因警察戴的帽子而得名。

"我明白了。"那顶塑料帽子是花了3.5英镑从肯辛顿公园路的玩具店买来的。其他东西都来自她的女演员箱。她在那里还能找到多少行头呢?怒火中烧的律师。下流的女典狱官。有没有女行刑者呢?也许有个怒气冲冲、举着大砍刀的亚马孙女战士吧。她说:"每次来看我都要带上这个帆布包。把钱花掉。还会有更多:都是盖伊的。用它来表现你自己。记住那是什么样的钱,基思。买些新衣服。给你的汽车换换零件。喝几杯放松放松。彻底放空你的大脑,专注一件事情。那是?"

基思坚定地点点头。"我的飞镖。"

"你的飞镖。"

"140分,"基思说,"180分。以射中靶心告终。真诚的收尾。"

背着帆布包和工具包,基思谨小慎微地从前门楼梯下来。他停下脚步。他理理腰带。他向下看看他的拉链。他肆无忌惮地大笑起来。基思实际上正在耍事后小聪明呢。"条子,"他想。耶。那最恰当。就叫它"条子"。哎呀。他越过肩膀,回头朝上看:高高的窗户正沐浴在低矮的阳光下。基思做了一个鬼脸。一张回忆起痛苦的脸。但是很快他那严重扭曲的面容就变成了宽恕的嘲笑。基思吹着口哨,吹着刺耳的口哨(某首感伤的民谣),举步向前,打开公园的门,朝那辆笨重的骑士汽车走去。

在他的右后方,在死胡同街更远处的一个门道里,在两根斑斑驳驳的柱子的掩护下,盖伊看着他离开了。

我收到马克·阿斯普雷的一封信，简直无礼到令人难以置信的地步。我已经读了八九遍了，依然不能相信他试图对我做的事情。写在购物便笺纸上：

我亲爱的山姆：

我禁不住匆匆写下这封信。昨天，一顿丰盛的午餐过后，我在村里的邦诺书店[1]冥想和转悠。现在村里是多么干净，空气是多么清新啊！设想一下，如果你愿意的话，我看到一大堆《一个听者的回忆录》——作者萨姆森·杨——的时候有多得意啊。呃，我自然是抢了一本。我还鲜有用98分买来这种快乐呢。

我在屋里踱来踱去。我迈着新近被说成是乡村之人的腿在屋里踱来踱去——我那砰砰作响的台球杆腿。我撕扯头发。什么头发？我给手工艺出版社打电话。我会大骂史蒂夫·斯塔尔蒂费尔一顿的。无人接听。那边是凌晨三点。"一种强烈的吸引力，"阿斯普雷接着写道：

---

[1] 美国最大的图书零售商。

来自你那扭曲得不可救药的文风。但你为何竟会认为有人想要听大量的破败不堪的老犹太人的故事呢?不管怎么说,我还是佩服你的勇气。自传,顾名思义,是一个人的成功史。但是当一个小人物在漫长的黑夜拿起笔来——呃,满纸苦水!卖廉价书的商店确实需要我们大力支持呐。

当然,我知道我的书销量不大。但这可是野蛮的打击。我的书评价很好。两本都是。再说印数如此之少——我是说,他们压根不可能卖出一本。

你应该改写小说,体会畅想的快乐。我在伦敦度过了一段繁忙的时日,见见新老朋友,谈妥了那个出书协议,你也许见过。我猜你一整个星期都待在希思罗机场吧。我们为何不联系一下呢?你原本可以请我"吃块蛋糕,喝杯茶"的啊。没准我还能把你偷运到协和候机厅呢!

你永远的朋友,
马克

附言。哦,对了。我总想着如何把你逗乐,于是就在床头桌上放了一本我的最爱——马里厄斯·阿普尔比的《海盗水域》。那是非小说类作品。

我的自信心尽失。我能感觉它弃我而去。我甚至能听见它：它冲出门去，呼啸穿过大街。直至今早，正如他们所说，我一直在为我的这一项目心神不宁。有一半时间我在脑中润色我的普利策奖获奖感言。另一半时间我酝酿怀中抱着被谋杀者自焚的情景。

我头脑清醒地声明一下，我可不认为我的书真能获普利策奖。尽管如果评委会得知它是真实的事情，也许会有不同的想法。

天哪，我刚刚才意识到：人们会以为我实际上是坐下来，杜撰了这一切的。

眼下，我致力于小事情。去那些连我这样的人也能感觉有如上帝般强大的地方。

我的新计划：教金·泰伦特学爬行。我是她的爬行教练。金和我真的练起了爬行。爬，爬，爬。在基思可笑的小公寓里，那可不是易事。我等凯丝睡着或者在外边的走廊里跟酗酒的家庭主妇、精神失常的妈妈和单身赌鬼母亲来回踱步的时候。我用力推那个矮胖的扶手椅，直至把它大部分都塞进门厅。然后在地上铺块浴巾，把小金丢在中间。我把叮当作响的玩具散放在离她鼻子一定距离的地方吸引她。脚着教练鞋，身穿运动裤（拿着秒表和类固醇），我在边线上给她打气。加油，金。你能做到的，宝贝。离开那里，爬。

伴随着轻微的咕哝和喘气声，带着无上的毅力和决心，她扭动小身板，慢慢移动，缓缓前行。她脸上是那种娴静而大胆的表情。你是真想看点什么吗？呃，留心这个！留心那个！我会给你看……她跌跌撞撞，推推挤挤。她舔嘴唇。她慢慢移动，缓缓前行。怎么回事呢？她只是向后退。不是很远。多像人生啊。多像写作啊。经过所有那些努力，结果却只是后退了一小步。她开始皱眉，开始退缩。她开始明白这是糟糕的经历（没人给她适当的提醒）。她开始哭起来。

经过一些安慰，一些果汁，一些深呼吸，她愿意再试一次。她点点小脑袋：她准备好了。我在浴巾边上给她加油，她皱着眉头的脸渐渐远离这叮当作响的玩具，远离我。隔壁，妈妈在休息。教小金爬行。

凯丝再也不愿意让我给她换尿布了。我不知道是何缘故。爱尔兰的某项规定？在这孩子的第一个生日即将到来之际。我总觉得我从她宝宝服暗暗的裂缝里瞅见了瘀青和鞭痕。

昨天我到了走廊里，站在那里不安地摩挲钥匙，心里在想我是否还需要它呢。我透过窗户向内看去。基思坐在桌边，弓着背看他的小报。凯丝在洗碗。金在地上，坐在蹦蹦椅里。但是她没在蹦。她也没在睡。她闪亮的头低垂着；肩膀的轮廓……我想起那个可怕的词汇。我想：金拥有凯丝拥有的东西，基思拥有的东西。那也即是无法茁壮成长。

我希望这只是我的想象。我在等待疼痛来袭，但它还没到来。斯里扎德对此很是惊讶。

我做好了迎接疼痛的准备。我的眼睛做好了迎接疼痛的准备。

弗拉基米尔·纳博科夫，鼓舞人心的是，是个失眠大王。他相信这是最好的区分人的办法了：睡觉的；不睡觉的。在《透明的东西》[1]（最为伤感的英语小说之一）中有个伟大的句子："黑夜一向是个庞然大物，但这一点尤为可怕。"

呸呸呸呸，怪物消失了。弗·纳是如何将之杀掉的呢？我纳闷。我写作。我揉搓双手。于我而言，失眠也有可取之处。它打败了做梦。

天晓得怎么回事，我已经开始读起了《海盗水域》。旅游。婆罗洲。帅气的马里厄斯·阿普尔比和指派给他的迷人摄影师科妮莉亚·康斯坦丁。真是可怕的一坨屎。但是有冒险经历，也有爱情趣味，我不得不承认，我被迷住了。

现在稍等等。阿斯普雷是如何知道我藏在希思罗机场的呢？我想我没对因卡纳西翁提过半个字啊（他和她经常保持联系，鬼鬼祟祟的）。我想我没同因卡纳西翁说过半句话啊，除了"真的吗？"以及"你不会是说？"

是谁泄露的呢？或许，从某种意义上说，我经过那件事之后变智慧了——尽管说"智慧"可能夸张了点。刚才我坐在隔壁的书桌旁。我发现，在摊开的绿色皮革上摆了一些新饰物，信件也被重新摆放了。我想象阿斯普雷拿着鹅毛笔和计算器在这儿消磨时光。我懒懒地伸出手去，试拉那个上锁的抽屉。它轻轻松松地开了。

---

[1] 纳博科夫的小说。

便条、信件、卡片。照片。

哦,我再也没必要急着催促妮古拉给我看她裸体的样子了。但是我想我还会求她给我看看的。

"太有趣了,"妮古拉说,"你们两个都有小动物的昵称吗?"

"你必须知道,"我说,"在这一切开始之前我可是非常可爱的。"

"让我猜猜。你是熊爸爸,她是你的小女儿。""我可没说。""托盘上有便餐。温暖的拖鞋。""我校对。她看手稿。幸福。""她总是对熊爸爸言听计从吗?""完全不。事实上,她是老板。我总叫她们希特勒姐妹。她和助手。另外一个假小子。她们总是打得头破血流。就像你和MA。""我懂了。你是好好先生。她是发号施令的小姐。她长什么样啊?太有趣了。"

我起身,走过去,站在她身边。我取出钱包里的照片,八年前的哈特小姐,照得很亮:潮水般的汗毛从太阳穴一直延伸到颚骨。

"嗯嗯,"她说,"尽管如此,你们一定不太敢互掐,以免醒来。醒来后看到二十世纪。"

我不能自禁。又取出一张照片,举到我的面前。"马克·阿斯普雷用的是什么相机呢?是有延时功能的吗?抑或是你们雇了一个喜欢窃笑的第三方?"

妮古拉延时了一会,答道:"是延时。"她轻声说。

我说:"这里不能做梦。足够多的对掐。完全清醒。"

我把照片扔在她的膝上时,她退缩了一下。她挺直身子,说道:"我想你和小姐从来都不那样吧。"

"事实上我们确实尝试打过一次屁股。那很疼。我是说我的手。我甚至还叫了几声'哎哟'。"

"我看得出来那的确很丑陋,"她说着用修长的手指撕了起来,"那是他喜欢的模式。一个人会为了……做事情。"

"是的。呃。你说过你为了他'犯傻'。"

"为了一个真正的艺术家。"

"得了。那是扯淡。哦,得了。"

"我绝对不能认同。他的作品有一种纯净的东西,让人想起托尔斯泰。"

"托尔斯泰?我就是不能理解这一点。就像这个世界。就像宗教激进主义。这个星球疯了。真理并不重要。我拿起外套时,问道:"你见他了吗?他在这儿的时候。"

她没有作答。

"你们两个结束了,是吗?"

"有些事情永远都不会结束的。"

有个女人每天晚上,天刚一黑,就会在塔维斯托克路的路中央站一个钟头,头朝天,两臂伸展:十字架状。

不老,不寒酸,看上去也不傻,她就站在路的中央。她盯着靠近的车辆微笑,车辆经过时放慢速度,司机瞪大眼睛——但很少有人叫出声来。实际上,很恐怖,她的这种微笑:殉道的，信任的，劝告的。为什么没人出来，把她拉到什么地方去呢？只需一个酒鬼就够了。当你驾车经过，尤其是当你从后面接近她时，你总是想起车的金属与女人的血肉接触的场景，顿时血肉横飞，被迫即刻采取救援。她是这本书绝好的素材，但我就是想不出任何一种把她放进来的好办法。

现在她又在那儿了。我从窗户可以看见她。他们为什么不来把她弄走呢？哦，他们为什么不来呢？

第十六章 第三方

盖伊下一次见到基思时，基思看上去有了脱胎换骨的变化。黑十字，正午时分；低矮的太阳毫无遮拦地洒在整条兰开斯特路上，透过酒吧的门照进来……

"优质油漆，"基思说，"后主传动。"

首先，最为明显和夺目的是衣服。基思身穿一件褐色竖条纹马海呢真丝衬衫（那质地让盖伊想起了猪油渣），低及臀部的米色喇叭裤和一双全新的粗糙毛质、形似雪貂的船鞋（拳曲的顶端让人想起了喜剧中怯懦而好吹牛的丑角或者内帏的混子）。

"进气歧管，"基思说，"中央差速器。"

那米色喇叭裤的裤裆甚是惊人。拔靴带或者紧身胸衣的效果，盖伊倒是很熟悉（安东尼奥，原始的乡村旅馆，很久以前的事了），但他从未见过基思那样的裤裆。

"底盘防撞胶，"基思说，"鼓包内衬。法兰设计。"

一根根束带，每根都打成蝴蝶结，饰以流苏和啦啦球；那裤子是如此戏剧性、如此让人难堪得低垂在臀部，以至于仅有的空隙系上两三根这样的束带。那裤子如同希腊古瓮捍卫自己的本质一般恭敬地捍卫着基思的肥臀。尽管盖伊觉得那裤子可笑，甚至有些骇人，但他却羡慕基思矫健的屁股，常常嗟叹自己的人生因为缺了一个真正的屁股而少了许多滋味。裤子的主人似乎对自己的新裤子非常满意似的,尤其是裤裆,他还间或用手撩拨一下上面的蝴蝶结和啦啦球呢。

"联合梯形臂后轴,"基思说,"电泳涂装底漆。镀锌金属。"

基思今天尤其具有男爵风范,行为举止超然于酒吧固有的气氛之外。原因不难解释,实际上人人尽知,有人还正议论着呢:周四晚上在英格兰巷的乔治·华盛顿飞镖赛场,基思尝到了胜利的滋味。他因此赢得参加**杜歇尔麻雀大师**半决赛的资格。

"真可耻,你,呃……周四放我们鸽子,"基思说。他现在正用一支飞镖清洁手指甲。盖伊又瞅了一眼:基思修过指甲了!那些磨损的角质层,那些尼古丁熏的疤痕都没了踪影。"有……那让大家相当失望。"

"不,我感觉非常过意不去,"盖伊说,"但是儿子又病了。那时我们没有任何——任何选择。我整夜没合眼,一直陪着他。"

基思看上去一脸迷惑。"你妻子没事,是吗?"

"什么意思?"

"她还在走路,是吗?"

"什么意思?"

基思看上去不再迷惑了。只是稍稍有些诧异,有些不快。他转过去一两英寸,对彭果挤挤眉毛,彭果心领神会地续满了他的大酒杯。然后基思用掷镖的手指指着盖伊,直到盖伊说道：

"哦，我也要一样的。"

现在基思把目光转向别处。他仿佛在用舌头优哉游哉地舔着牙齿呢。他吹起口哨来——只是三个平常的音符，调子越来越高。他用手捋捋头发，那头发刚刚修剪过，上了摩丝，还奢侈地用吹风机吹干了。

"抱歉，我错过了，"盖伊说。"总之，干得好，基思。"他伸出一只手，想去摸基思的肩膀，去摸基思那直冒热气的褐色衬衫，但是随即改变了主意。"我听说你真的——"

"基思？车里电话响了！"

"呃，等我一分钟，好吗，盖伊？"

盖伊拿着酒杯局促地站在那里，时不时伸手去挠后脖颈。时间一分一秒过去。他转过身，看见（他头的角度让人感觉他稍稍有些胆怯）基思正从阳光明媚的大街上回来，在门口停下跟法克和兹比格老大搭讪说话。"天哪，"基思用最最低沉的声音说道，"这些女人。没个安宁。放松。喝几杯。"盖伊又把目光移开了。

基思现在表情凝重，沉默不语，非常谨慎地把盖伊拉到角子机跟前，开始往角子机里塞一串一英镑硬币，对着叮当作响的电子和弦自信地吟唱起来。

"我很高兴你又见妮基了，"基思说，"叮咚咕咚喔砰。都认不出来了。"

"什么意思？"

"无与伦比，不是吗。叮咚咕咚喔砰。咪吗咪吗咪吗。绝对不像这般沉闷,什么意思,没意思。什么意思。她完全变了一副模样。"

"啊,是,你去那里……"

"锅炉。"

"啊,是。"

"去看看锅炉。噗咔噗咔噗咔噗咔。吧啦吧啦吧啦嘣:砰!啊,那是个特别的女人。不是特别通晓人情世故。你同意吗?"

"——耶,"盖伊说。

基思摇摇头,深情而自责地笑了。"我第一次去她那儿的时候,以为她是——叮咚咕咚喔砰。是一个那样的女人,真正,哦,你知道的。"

盖伊突然点了点头。

"咪吗咪吗咪吗。热情奔放。你知道。情不自禁。在地板上打滚。你到那才五分钟,专心做自己的事情,突然——吧啦吧啦吧啦嘣:砰!"

"我知道那种女人。"

"到那里还没五分钟,她就噗嗞噗嗞把你吻个遍。噗咔噗咔噗咔噗咔。你进门,脱下外套,往下一看。她已经把你那玩意含在嘴里了。叮咚咕咚喔砰。吧啦吧啦吧啦嘣:砰!……叮咚咕咚喔砰。叮咚咕咚喔砰。叮咚——"

"是,"盖伊说。

"耶,哦。一点也不。她?绝对不。特守规矩。真真正正是个淑女。看这该死的东西。"

一阵拳打脚踢过后,基思任由角子机在底座上晃来晃去,带领盖伊回到座位上。基思舒舒服服地坐好,向后靠着,肘支在吧台上。

"是,"盖伊说,他看上去似乎平静了一些,"她在某些方面非常幼稚。"

"我并不惊讶。"

"近乎超凡脱俗。"

"差不多吧。"

"对。"盖伊的脸进一步放晴,甚至开始绽开笑容。

"她不是……"基思斜倚的角度让盖伊难得一观他的腰部。他似乎完全被胯下的流苏吸引了,用修剪一新的手指依次拨弄啦啦球。有那么一刻,他脸上掠过一丝笑意或者是忆起了什么美好的过去。但是接着他又复归严肃。他伸手去摸头发,向上盯着天花板,说道:"她不是该死的老荡妇,不像某些人。"

在外面的大街上,盖伊摸到一根灯柱旁,前额贴在潮湿的铁锈上站了一会。他总是让思绪回到过去……不,是他的思绪主动回到过去,突然大步流星向后穿越。盖伊总是回想起第一次去她公寓的情景。基思从楼梯上下来——喂,老兄——妮古拉在卧室里磨磨蹭蹭(抑或是在恢复状态);然后出现了(他瞟了一眼镜中杂乱的床),脚步跟跄,腿内弯,腰弓着,还有那张淫荡而狂热的脸——那脸是如此灼热——太阳穴处还有一个鞭痕或擦伤,就好像,或许,在他们粗野的激情中……

"哦，天哪，"盖伊发现自己悄声说（跟谁呢？），嘴上挂着不可名状的微笑。"如此令人恶心的念头。不可能。绝不可能。"他移动脚步，但是很快停了下来，然后复又停下来，指尖一直放在眼睛附近。

就这样盖伊往家走去，走进了低矮的阳光里。诡异的是，太阳有了新的轨迹，变得越来越低了。从后面看去，我的样子一定如我感觉的这般：一个影子，跌跌撞撞，漫无目的地跨进黄色恒星的发光表面……正如太阳驱散温暖大地上的薄雾一般，随着盖伊移动脚步，在他遐想的天空中，积云和雷雨云也渐次让位于朵朵白云，甚至是片片蔚蓝。唯一的证据：基思的脸。基思·泰伦特的脸，在楼梯上（拿着工具包）。那明显是张因为淫欲而变得扭曲的脸，并且在某种程度上，那淫欲还得到了满足。但是要换个角度来看；要记住，尽管基思有诸多优点，由于某种并非真正属于他的过错，他依旧是个不足为信的傻瓜。他也许在某处有个窥视孔，偷窥她在卧室或者浴室的样子呢。擦窗工人的把戏，钥匙孔阴谋。或许他还偷了或者至少偷窥了她的内衣呢：很容易想象基思把整个头插进洗衣篮的情景。他有可能已经想出某种办法来利用她的单纯了——某个小办法，与她无关紧要，与他却异常重要。建筑工和管道工总是想办法接近女人。想想霍普对这种事情的抱怨吧。把你带到烘衣柜。他也许会让她弯下身子，那样她就可以——她就可以看看水管或者诸如此类的东西了。那天下午她弯身的时候，连我都不免看到了她的乳房。颜色那么深。靠得那么近。或者让她爬梯子。当她奋力爬向天窗或者其他什么地方的时候，她的屁股,穿着白色短裤,会拧在一处,肌肉紧绷,浑然不觉……

盖伊快到他家前面的花园时,脑中青春期般纷乱的思绪实际上是让他不宜回家的。他不能见人。他甚至都没注意到那一点,直到伸手去拿钥匙,发现自己几乎都不能把手伸进裤子口袋。盖伊回转身子,垂下头,一边走开,一边把长款粗花呢夹克的三个扣子全部扣上。在拉德布罗克丛林的陡峭地段快跑了一阵,再加上对佩普西·胡力汉五分钟的遐想,也都无济于事。最后盖伊用皮带连成一块托板,迅速从前门溜进楼梯下方的盥洗室。他能听见楼下女人说话的声音,直到水龙头哗哗的流水声将之淹没。

"房中服务怎么样?"莉齐布问,她刚刚一直在哭,现在在吃东西。

"什么房中服务?"霍普说,"他非常乐意,有时候,但是往往送错东西。他给我端来加糖的茶。他给我端来加牛奶的咖啡。我讨厌牛奶。"

"你觉得是怎么回事?"

"房中服务?我有两种看法。要么是他精神失常。你知道,那一直都有可能。"

"要么?"

"要么就是他快死了。"

"……我不认为他快死了,"莉齐布说。

"我也不这样认为,"霍普说,"当然还有第三种可能。他坠入了爱河。"

"房中服务?"

"就像他爱上你一样。"

"他从来就没有爱过我。"

"当然有过。我发现他趴在你裙子上啜泣,记得吗?"

"什么裙子?"

"那条芭蕾裙。弗洛-弗洛芭蕾裙。蓝色的。"

"不是蓝色的。"

"是,它是。"

"是白色的。"

"不,就不是。"

现在盖伊拖着大脚,走下楼梯。霍普起身,开始收拾。莉齐布接着吃麦片粥。

"嗨,"他说。

"嗨,"莉齐布说。

"你今天又打漂亮架了吗?"霍普问,"你给莉齐布看过你的黑眼眶了吗?"

"哇,"莉齐布说。

"现在快好了,"盖伊说。

"耶,"霍普说,"看上去就像有人刚刚往你脸上吐了个坏牡蛎。"

"霍普!"莉齐布说。

"马默杜克哪里去了?"

"跟特里出去玩了。"

特里回来了。特里回来了,拿着摇滚歌星的工资。但是不会太久的。克林奇夫妇正面临秋季的保姆荒:再过几周,就会有几个新的保姆到任。特里发现如果把马默杜克带出去还更好办一些,或者总之是可行的。霍普允许,只要马默杜克待在室外不要超过半个小时,或者最多四十五分钟。他们已经不再过问特里带他到哪里去了。玩具博物馆。某个台球室。马默杜克会回来的,很快就会回来的。

"你吃饭了吗?"莉齐布嘴里塞满东西问道。

"吃过了。没吃。总之我不饿。感觉怪怪的,实际上。我想我要去躺一会。"

他拖着大脚走上楼去。

姐妹俩沉默了好一会儿。

"精神失常,"莉齐布说。

"快要死了,"霍普说。

这是基思概述其周四晚上在英格兰巷的乔治·华盛顿取得胜利时所用的术语:"归根结底"——基思现如今经常这样说,现在他向后依在黑十字的吧台上,那双精明的眼睛扫视的对象包括迪安、诺维斯、波格丹、法克、柯特利、内萨留、莎士比亚和兹比格老大——"那老赛手搞不懂我出镖为何如此流畅。"

实际上,还有其他流畅的东西那老赛手也搞不懂呢:也即是,在比赛即将开始之前,在宣布开赛之际,在每一轮、每一局中间(两个飞镖手庄严肃穆地并肩站立,整理思绪),基思都会小声奚落和威胁他。这是很成问题的策略,基思总是不愿意采用:我是说,你告诉你的对手,你要把他的耳朵扯下来,往耳洞里吐唾沫,然后你走到那边,喷着地狱之火,没法集中注意力了——掷了一个26分！报应到了自己身上。自食其果。但是当基思第一眼见到马丁·珀曼，那个五十五岁的前郡县级飞镖手，还有他的斗鸡眼、拘谨的笑容和乡下傻瓜的体格（更不用说胸前别着的飞镖奖章了：他在经典赛季取得了一些惊人的平均成绩），他就决定试一试。尽管马丁·珀曼对口吐白沫、如连珠炮的谩骂没有丝毫反应——激素药、趴着手术、助行架、助听器、棺材价格是基思谈到的几个主题——他的飞镖可绝对是受到了影响。他让自己失望了，那个老飞镖手。没能完全发挥出潜能。当基思赛后为自己、迪安和法克要了八倍数量的金馥力娇酒，喝得酩酊大醉的时候，那个老家伙只是对着掺了柠檬汁的啤酒闷闷不乐，感慨掷镖风格与他少年时代相比已经有了一些改变，基思跟跟跄跄地过来给他后背一拳时，他吭也没吭一声。

没关系。那一切都已成为过去：你应对了每一场比赛。基思现在要为将来做准备，冲击决赛了。

他一心投身于飞镖事业。飞镖在他的血液里流淌（他唯一的遗产，除了飞镖袋和朗生牌打火机）。他血液中的飞镖流经他的全身，供养他的飞镖大脑。一个飞镖大脑，那是他所拥有的东西：飞镖神经，飞镖肌肉。一颗飞镖心。一个飞镖魂。飞镖。158分？两个三倍区的20分，双倍区的19分。或者两个三倍区的18分，靶心。飞镖。149分？三倍区的20分，三倍区的19分，双倍区的16分（他妈的镖盘上最好的双倍区分数）。飞镖。120分？你只需瞄准20分就可以了：三倍区的20分，单靶20分，双倍区的20分。一流水平。飞镖。飞镖，飞镖，飞镖。飞镖。飞镖。基思·泰伦特：收尾大王。基思·泰伦特——那个被大家称为终结者的男人。

不真正练习飞镖的时候（停下来喝一两杯色情酒，若有所思地抽根烟，以区别于真正练习飞镖时不假思索地抽的那些烟），基思就钻研他的飞镖圣经：《飞镖：精通指南》：

> 如果你的对手掷了一个坏镖，比如 26 分，惩罚他，抓住机会，掷一个 180 分或 100 多分，把他踢下去。如果你做到了，他绝不可能再上场。

耶，基思想。你要抓住机会。

永远不要打听对手的底细。你玩的是飞镖，不是那个人。

永远都不要打听对手的底细，基思想。你玩的是飞镖，不是那个人。

> 据说 1620 年那些清教徒先辈搭乘所谓的五月花号前往美洲的过程中就玩过飞镖。

1620 年！基思想。

> 天知道他们是怎么做到的，因为他们在"大西洋"上颠簸之时只有一艘小船。据说亚瑟王也玩过某种飞镖。

"遗产，"基思小声嘀咕。基思追寻一连串不常有但却极具诱惑的思绪,看到自己是亚瑟王朝廷的一个核心人物,起初是因为飞镖技能被大家吹捧,接着是因为会讲黄色笑话、会喝酒、会泡妞而赢得了更为广泛的赞赏。被授予的不是基思国王(绝不可能),而是基思勋爵,或许。一堆高背椅,一堆克莱夫围在火边。想睡就可以睡个够。曾经是一个淳朴的乡村小伙子。出身寒微。就这样为饱食一顿推销自己。直至那个拿着手帕、摇着扇子、胸脯一起一伏的绝好的女士拉起他的手,引领他向上,向上,攀登到这座高塔……住在死胡同街的那个姑娘让这一切成为可能。基思意识到,当他站在尘土飞扬的车库里,右脚踩在石灰线上,刚好距离镖盘 7 英尺 $9\frac{1}{4}$ 英寸,手里拿着飞镖的时候——基思意识到他泪流满面。感激涕零,欣喜若狂,他把烟举至唇边:一滴眼泪——这里表现出了更加高超的技术——落在他的烟灰上。但是基思猛吸几口,保住了火。

在镖盘前面泪流满面,在投掷线前面涕泪涟涟:这是基思对男人的英勇卓越以及男人在重压之下保持优雅风度的个人理解。他记得金·特威姆娄在去年世界锦标赛半决赛中的情景。那家伙在场上痛苦不堪(现在基思再次看到那张煞白的脸上的泪痕,还是不由往后退缩),前四轮都将分减为零了,第五轮打到了第二局。他妈的没有一个人,甚至包括基思,为他祈祷。突发性胃溃疡,后来听说,他是因为吃了一些咖喱和外出晚归所致。但那家伙是怎么做的呢?叫了十分钟医护暂停,喝了一些苏格兰威士忌,擦干眼泪,拿起飞镖——他掷。他掷……结果掷成五比四。次日晚,他又上场,把约翰尼·肯蒂什打个落花流水。他妈的 7∶0。不是吗。

金和基思:他们都是男子汉。男子汉,老兄。男子汉。好吗?男子汉。他们该哭就哭,深谙女人的柔弱,眼中带着笑,津津有味品啤酒,对有关飞镖必须要做的事情他们就去做。他们是响当当的男子汉。那是这个世界上的盖伊·克林奇之流无论如何也不会明白的。基思经常纳闷,妮古拉·西克斯为何帮他那么多呢。人格魅力是他最最不会想到的。但是现在(眼泪、飞镖、锯末)那一切似乎都有可能了。我们是在谈论成功。我可以应付。基思那样的人——她一定感觉到了——没有什么不能做,没有什么超出他的能力范围。基思那样的人一定会出人头地。

婴儿看到她爸爸坐在常坐的那把椅子上。她朝他爬过去。一段时间过后,她丝毫也没有靠近。一段时间过后,她丝毫也没有靠近。基思从她身上跨过,从起居室去卧室。婴儿转过身子,或者说她试图转身。基思只是更加偏离屋子的中心了。他又从她身上跨过,从卧室走去浴室。婴儿再次转身。用手支撑着趴下,抬头,向他求助。基思弯下身,抱起这个沉重的生命(他们是沉重的,哪怕是非常小的一部分,可能性,潜在性,全都浓密地聚集一处),一个大步迈进厨房中央。

他的妻子疲惫地站在那里。基思一言不发,把个满脸笑容的孩子递给她。他无需移动半步就靠在了门柱上,挑剔地看着凯丝准备奶瓶,时不时跌跌撞撞,小金别扭地搭在她瘦弱的肩头。基思叹了口气。凯丝转向他,脸上露出一丝无力的微笑:请求对方原谅,或者哪怕是给个笑脸。呃,理想的丈夫,基思想。突然有大把大把的钱。在家里开开心心。这一切都是真的,除了在家里开开心心之外。基思在家里总有一股前所未有的怒火。家里的一切都刺激着他,鼓动着他。

他坐下来,开始吃牛肉烧土豆和四个米尔福德烙饼。基思嘴里塞得满满的,整个下午,整个上午他一直都在黑十字喝酒,所以他仿佛在说:

"你有出生证明吗?"

"我有什么?"凯丝小心翼翼地问。难道基思是在抱怨她的厨艺吗?他以前可从来没这样过啊。他想吃什么,她就给他做什么。她的牛肉烧土豆和深情地放了香料的爱尔兰大炖菜大概在他们结婚三天后就再也没被他挑剔过了。

"那张写着你年龄的纸。"

"不在我身上,不,基思。"

他用个叉子指着她。"那你是何时出生的呢?"

"……出生?"凯丝问,她说了那个年份。

他停止咀嚼。"但那意味着你还不到二十二岁!一定搞错了,亲爱的。一定……你知道它像什么吗?它就像一部恐怖电影。你知道,那个女人直到最后五分钟还好好的。接着她就像这个锅炉。突然之间化为灰与烟。灰与烟。"

基思一声不吭地吃完饭,中间停下来抽两次烟。然后他说:"来吧,克莱夫。起来,伙计。"

那只伟大的狗僵硬地爬了起来,伸出一条后腿,全身直哆嗦。

"来吧,我的儿。不要坐在他妈的老东西家里,是吧。"

克莱夫板着面孔站在那儿,面向前门,长长的脑袋搭在一根看不见的木头上,好似一个被处决的犯人。

"绝不。我们走。"他看了看妻子,说道:"去哪里?去工作。去一个恰当的环境。"他伸出一个溺爱的指关节,去抚摸孩子的脸蛋,然后补充道(或许有点过于怨恨了):"你就是不能理解我的飞镖,是吧。不能理解飞镖对我意味着什么。没有概念。"他的眉毛扬起。他的眼睛垂下。他一边转身一边慢慢摇头。"没有……概念。"

"基思?"

基思正要开门,突然僵住了。

"你回来时能给她喂瓶奶吗?"

基思穿着银色皮夹克的肩膀耸了第一下,耸了第二下。"别问我问题,"他说,"我也不会跟你扯谎。"

在大街上,基思把克莱夫拖进那辆笨重的骑士汽车的副驾时,狗儿笨笨地配合着。这么说,他们不遛弯了,今晚不遛弯了。那狗已经嗅到亲爱的酒吧湿乎乎的地毯味道了,它那个桌子下面的芳香小窝,那个混杂着多种味道的地方,大部分都是它自己长年累月积攒下来的。它流着口水嚎叫,它打着呼噜睡觉,它的成熟期,它的壮年期,还有它的狗生中早已逝去的年华。克莱夫大概有两年时间是在那个宜人的地方度过的:而且还是狗年,要比人类的时间概念长六倍或快六倍。现在,在他们到达那里之前,克莱夫已经做好了独自而又寒冷地在副驾上等待十分钟或者十五分钟的准备了。但是它可以做到的。

那辆车像条狗一样缓缓穿过没有街灯的大街,抽着鼻子,眨着黄眼睛,向特里什·舍特的住处驶去。

基思开车时,盖伊在冲澡。冒泡的水柱奢侈而精准地洒在他的头顶;下面还有齐腰的水冲洗着他的大腿、他那不够分量的屁股;他那双大脚也在旋转的水流里哗啦哗啦踩着水。水是在科里奥利力的作用下才会那样旋转的;在南半球它会向相反的方向旋转,顺时针;在赤道上压根不旋转。盖伊透过如潮的水流,透过隐秘的棱柱朝下一看:是的,健美运动员又回来了。像特里一样。它回来了,重现了,扭扭捏捏,沉默不语,满怀希望。那胆小鬼抬起头来。他觉得自己这样肿胀快有一个月了。是同样的肿胀,并不新鲜。在这方面,就好似马默杜克的暴脾气或尖叫的发作一样,本质上可以看做是同样的暴脾气或发作:二十个月了,始于他出生的那天。肿胀和暴脾气都生动地描述着一种神秘的痛。譬如说,它现在就在痛。正如马默杜克现在也在痛一样(听他那鬼哭狼嚎的劲)。它一直都很痛。过去几天盖伊的胯部一直很痛;那疼痛仿佛在他的下半身漂流或巡游,换着花样在他的脊椎、阴囊、内脏穿梭。既拥有金钱,又拥有健康(他感觉很好),又相当谨慎的盖伊跟疼痛从来就没多少瓜葛。除了那个黑眼眶:纯粹的本能——那个可爱的拳头。疼痛是如何找到他的呢?所以,从某种程度上讲,他欢迎并敬重这疼痛。那就像他心头的痛,他喉咙的痛;那是爱,那是生活。他不想触碰疼痛,不想打扰或骚扰它。不。你不会想去触碰它的。

现在当他迈着大步从喷头下走开,去取土耳其波状云浴巾时,它就像一块空无一人的跳板一样在他前面晃动。他轻柔地把它包在白色纯棉短裤里,很快缓解了一下疼痛,然后寻找一种借助结实的皮带离开这栋房子的办法,以避开妻子无声的鄙视之墙——那鄙视因为那个在旁默默吃东西的妹妹的存在,不光是翻倍了,而且是以二次方或三次方的程度递增了。

"牛奶温上了吗?"霍普问。

把眼睛转动四分之一度,霍普就能看到孩子的奶瓶正在温着,有如发射井里的导弹一样明显。但这是她表达其更高责任的一种方式(她在配药);所以脑外科医生可以吩咐实验室打杂工把她的拖把好好拧一拧。

"是,"盖伊说,"牛奶温上了。"

在楼梯上,这栋两扇大门的房子高高地俯视着他,傲气十足——这件杰作,这个塞得满满的负熵军火库。压力从四面八方涌来,每平方英寸好几磅。

妮古拉·西克斯刚把伊诺拉·盖从富国岛解救出来,正在用船把她送往贡布呢,忽听得盖伊说道:

"如此说来,你果真是经常见基思的。"

"……是的。他常进进出出。"

"锅炉什么的。"

"锅炉。还有水管,"妮古拉说(实际上,她对此类事情比基思·泰伦特知道的还少)。

"你有没有过——他有没有让你爬过梯子或者诸如此类的事情?"

盖伊交叉双腿,重新调整了一下屁股。他意识到自己正陷于一种鲁莽的激动情绪中。并不是说那天晚上——总之,从理论上讲——提供了多少让人激动的因素:两个小时关于驯鹿之死的独角戏,从挪威语翻译过来,在托特里奇的一家咖啡吧上演;然后又在吉本的一家孟加拉素食餐厅吃了一顿尽管简单但无疑却很有营养的饭菜。当然也不用担心会撞见什么他认识的人。但是夜晚的妮古拉表现出了全新的一面(在金融城,金钱以奇怪的方式流走,盖伊再次感觉时间很短。时间很短,很短)……太阳做了很多事情,但是它太忙了,无暇用它的光芒奉承人类。是人类用自己的光芒做了那样的事情。盖伊没怎么这样对自己说,只是人类的光芒使得妮古拉看上去很老练:下巴和颧骨处消瘦的或是精致的肌肤;黑黑的大嘴。那公寓的阴影,她的银灰色羊绒裙的褶皱和她那光滑的腿,毋庸置疑都是不正经的。夜里十一点——在她的寓所——爱情不是寓言。

"让我想想。他让我爬过梯子吗。没有。是他爬的梯子。"

"他没有把你弄到角落里、水池边或者诸如此类的地方。"

"角落里……不,我想没有。"

"你感觉基思怎么样?我是说总体感觉。"

她稍稍耸耸肩,说道:"我想他是个很有魅力的人。"

"当然你知道,"盖伊听见自己说,"在某些方面他比一个普通的罪犯也好不了多少。或者还更坏呢。"

"或者还更坏?盖伊,我很震惊。我想仅凭流言蜚语去评判一个人很不友善。或者凭借他们的背景。"

"就凭你的了解。我的意思是,你有没有发现丢了什么东西。现金。首饰。衣服。"

"衣服?"

"丝巾。腰带。他没准会送给他的女朋友呢。他有很多女朋友的,你知道。内衣。"

"基思要我内衣究竟有何用处?"

"这些问题你可能觉得相当不切要领。但是他有没有把你带到烘衣柜边呢。"

妮古拉慢慢皱了皱眉,说道:"你竟然提到烘衣柜,真是可笑。"

盖伊放心地坐了回去。他伸长脖子,顺着鼻梁向她看去。

"前两天烘衣柜出了点问题。一些……水管的问题。哦,那里相当狭窄,又不通风。我穿着运动时穿的那件蓝色短衣。"

"继续,"盖伊像个帝王似的说道。

"呃,他让我去读止水栓上隆起的水表。你确定你想——那一切相当丢脸。我不得不使劲往上拉直身子,去读标度盘。我一脚踩在椅子上,一脚踩在毛巾架上。非常不雅。两腿那样叉开,也很不舒服。然后……"她露出一个神秘的微笑。

"什么?"

"你永远也猜不到。"

"我想我能。基思做了什么。对吧。"

"不不。基思在那边,在浴室里测试坐浴盆的温度位呢。不。是毛巾架滑动了,我连同那些浴巾一同摔到地上,所有的东西都压在我的身上了!"

盖伊无力地笑了。

"幸运的是，等他赶来帮忙时，我完全恢复了常态。不，我需要他常常过来的真正原因是——你不许生气或者嘲笑我。真正原因……是小家伙。"

"什么？"

"哦。如果抛掉一大堆如果和但是，在遥远的未来，如果还有未来的话，直到你想要的时候，我们真决定要个女儿，那么有各种各样的东西我还不如现在就准备好呢。倘若今晚我们想要取得一些进展，那就请你过来。我迫不及待想接吻了。"

盖伊大约一个小时后离开，就在午夜过后不久。就在他离开之前，发生了一件事情，一件戏剧性的、让人痛苦的事情——尽管令人费解的是，盖伊以后还会从中得到许多慰藉呢。先是盖伊弓着身子去参观了一下浴室，在那里，他喘着粗气，皱着眉头，在腰带和弹力平脚短裤的帮助下站稳了脚步。他回到门厅，走到妮古拉的身旁，她正侧身抱着双臂站在那儿。"这里，"她说，"就是那个著名的烘衣柜。"他们向里面看去。"过来，"她说着走了进去。头脑清醒的盖伊突然感觉醉得厉害：那一排排松木毛巾架，烘干机发出的股股聚乙烯热流，一个男人和一个女人可以靠得相当之近的狭小空间。"你只需想象一下我在那上边，"她面向他，说道，"一条腿在这里，一条腿在那里。小心翼翼。"……正如往常一样，他们那个标志着接吻结束的告别吻，是今晚到现在为止最潮湿、幅度最大的吻；那里的热度如此鬼鬼祟祟，如此充满女人味……并不是说他们的身体有什么真正的接触；只是盖伊能感觉到各种形体的鬼怪，各种悬而未决的东西，抑或只是那里的电场、她开司米裙装的光轮。为了加强这种甜蜜的感觉,他稍稍弯身,叉开两腿,把身子向前挨近了半毫米。在某个时刻,在她对着他的耳朵大喘气的时候,他把手从她的肩胛移开,去摸她那令人诧异的腋窝,然后摇摇晃晃地倒(他想自己听到了一声许可的呻吟)在了她期待的胸口。

后来,盖伊总是不能确定自己是否当真丧失了知觉,尽管妮古拉总是遗憾地那样断言。总之,当世界再度变得清晰的时候,他正像胎儿一样躺着呢,头靠在走道的地毯上,双手抱成拳,放在胯上不停地抖动。他的脸色(妮古拉会说)跟他正在痊愈的黑眼眶有着惊人的相似:浅绿色背景上的苍白。她正在呼喊他的名字,声音仿佛从很远的地方传来,隔着重重雨幕。

"盖伊?盖伊?盖伊!盖伊……我受不了了。我又那样接吻了。纯粹的本能。太可怕了,太戏剧性了。你就像一吨砖头一样轰然倒地。你病了吗?哦。很疼吗?醒醒……哎哟。我想我们可以看见令人鼓舞的一面了。我乳房都要炸开了,你碰我的时候,这种强烈的感觉传遍全身。你能开车吗?你能走路吗?你能说话吗?说点什么吧。盖伊?盖伊?哦,我受不了了。为什么我仿佛总是给你带来痛苦呢。"

盖伊走后,基思打来电话。妮古拉凝视着冒泡的酒杯,突然听到投币电话的嗞嗞声,熊坑里的锯末和嗜血的喧嚷……

基思这么晚打电话来有几分淘气。但他还想再看一盘那样的录像带,真是不可救药。不过,坦率而言,她度过这样的一个夜晚之后(那场剧!那顿餐!),呃,再来点乐子又有什么害处呢?

妮古拉又倒了些白兰地。她丑陋地傻笑:丑陋的傻笑声。她知道傻笑很丑陋,但那只会让她傻笑得更丑陋。她拿着杯子和酒瓶,去了更衣室。

你知道吗?她真的很在状态。她是。基思真的很喜欢她穿饰边内衣。他说那让他感觉疯狂。现在这……是件可爱的衣服。如他那般肮脏的畜生,只要看到你穿着衬裤,他们就都变成了小男孩。(他们真的喜欢细跟鞋。)盖伊给她的票子她都会用来买绝好的饰边内衣和最昂贵的衬裤。为了他!为了基思!

她宽衣解带,从衣服中滑出。她将头发散开。丑陋地傻笑。

盖伊把车停在兰斯登克雷森特,坐下来等待疼痛的消失。七十五分钟过后,盖伊依旧坐在那里。但是疼痛也一样。他把嘴巴张得大得不能再大了,滑过座椅,走入夜色之中。

那栋大房子向他游来,黑漆漆地冒着热气。他细看它的正面:没有可怕的黄色警报或者值夜。他有可能正巧赶上马默杜克痛苦的凌晨小憩吗?前门把他放了进去。他的骨头吱呀作响,如裂开一般,整个人嘭的一声冲进门厅。他带着鲁莽的匆忙踮着脚尖走向厨房的楼梯。

在手术灯的灯光下,在洗衣机、干燥器和一堆堆尿布的包围中,盖伊给自己做检查,很不友善,像个军医。他的动物部位看上去受到了粗鲁的对待,受到了中伤,但是跟往常一样不讨人喜欢。倒是他的脸好像变了，干瘪了，苍白了——他那张疯狂追求爱情的脸，被明亮的镜子吓着了。在马默杜克数不清的滑石和软膏中，没有一样东西能医治他的疼痛。

在他一边整理裤子一边走出盥洗室的时候，厨房里掠过一道恐怖的闪电：一个穿着睡衣的幽灵出现在一道白光中。不是霍普——是莉齐布。在洗劫冰箱呢。

"马默杜克安静了吗？"他问。

"嗯哼。十分钟了。"

他想起了他们的一次拥抱，一次霍普从不知情的拥抱，浴室，意大利，这个并不是很小的小妹妹，受到了奉承，受到了吹捧，受到了贪婪地重视。她现在好大啊。好不同啊。可怜的莉齐布。

"晚安。"

她咀嚼，吞咽。"晚安，"她说。

盖伊蹑手蹑脚走上楼去，脚下一步轻似一步，在会客室里摸黑脱下衣服。他一丝不挂，踮起脚尖穿过走道。那门狂热的物理特征处处跟他作对：它吱呀作响，开开合合，摩擦地毯的绒毛。当你试图安静的时候，却发现一切都急于发出声响。盖伊带着日常生活的物理特征"嘣"的一声撞了上去。霍普躺在黑暗中，身子蜷成一个S形，或者一个Z形，或者一个问号。

当基思回去……当基思……当基思那天晚上回去……没事。小事一桩。灯在哪里呢？没事。最后的几杯色情酒绝不可能太厉害。再也不去找特里什·舍特了。但是妮克说什么好喝就可以喝什么的。没关系。她说没关系。男人是猎手……

他砰的关上前门。他站在水池边,喝了很多温水。感觉好多了。然后他摔了一跤。突然,基思没有按照既定的顺序,拍妻子打嗝,把宝宝弄出去撒尿,操了那只狗。

金·特威姆娄的生活方式!总是穿着白鞋子四处闲逛。即便是天花板上也有汽车的灯光。那房子,那圆形车道和精挑细选的午餐客人。哦,辛西娅。安菲尔!通常都会发现在这个时候喝一杯香槟很提神的。桑安菲尔。柯林西娅!我亲爱的阿莱西娅!……基思?你可以拥有很多,老兄。耶,你能。你能做到,孩子。你能。耶,你他妈的能……

怎么回事?就那样开车回来的吗——怎么回事?车内,克莱夫在睡觉。月亮。伦敦跟往常一样。很多似月亮的街灯,很多月夜之前。电视。天哪。现在向我扑来。感觉年轻了,不是吗。啊——哦。跌下去的一定是——哎哟。呵。耶,要的就是这种感觉。哦,老兄,哦!

我必须要去伦敦场地了,以免为时太晚。

如果我闭上眼睛(或者即便是睁开眼睛),我就能看见那片公用场地和斜坡上的铁路。树木是热带的,无害,天空是透明的,也无害。实际上那整个场景感觉就像一本童书。邮递员派特叔叔架着邮车:邮递员派特叔叔和他那只黑白猫。这一切都处于历史之外。牧师、老处女、公园、花园、寡妇们,寡妇们如此之老,守寡的时间如此之长,以至于她们都已经退回到处女状态了。性的唯一确凿证据就是孩子——还有,在远方(不是那么确凿),乳状的柔软峰峦。

有一条小溪,可以蹚过去,可以跳过去,不危险,正适合五岁孩子、小男孩、我和我弟弟。大卫!山姆!哦,男孩们,你们可真让人心碎和神秘。你们那样翘起虚弱的身体——去尝试某件事情,去挑战某件事情。你们对战争的热爱。当心!留意!哦,男孩们,你们为什么非要那么做呢?

但是男孩们必须这么做。

我得回去了。我一定不能拖延太久。

你只能假定小姐对付男人和武器有一套——对付武器和男人。

看看我:在核武器攻击之前就已经奄奄一息了。

看看谢里登·西克。那次我遇见他。杜邦圈内的要员,在霍尼格·乌尔特拉森(霍尼格·乌尔特拉森:一切坏事的灯塔)董事会会议室举行的一个晚会上。我让他解释超强闪电这一新现象。小姐就站在他旁边,也在我旁边。我一无所知。

"太阳的超米粒组织,"西克说,"山姆?设想一下汤在20000英里之外的锅里沸腾的样子。即便是在它到达这里的时候,耀斑风依然还以每秒钟400英里的速度呼啸而过。接着它撞到了磁气圈的一个鬼盆。啊哦。超强闪电。"

我不是很明白,于是说道:"你给人的印象是,你对这些事情知之甚多。"

"我在学习,山姆。我们与静墙社区的合作越来越多了。"

"呃,停止吧。别再干那事了。"

"可笑,"他说。他带着非常可耻的笑容。在他那张非常可耻的脸上。

谢里登·西克:一个聪明的家伙[1]。耶,是块饼干,头发修剪一新,说不清搽的是什么粉。需要各色人等才能组成一个世界。只需一种人就足以毁坏世界。我的父亲就属于后者,尽管他是在一个面目全非的更年轻的世界,卷入了更新的历史潮流之中。而且他也不是为了钱。

在所有的力量之中,爱是最奇特的。

---

[1] 原文这里用的是 cookie,这个词在俚语中可以用来指"人、家伙",另外它还有"饼干"之意。作者就这两种意思玩了个文字游戏。

基思看上去像是恋爱了（尽管我敢肯定他没感觉到。就凭他是基思）。脚下踩着弹簧，好似仰头看天的约翰尼[1]。

盖伊看上去像是死了一般。

爱能让一个女人举起一辆公交车，也能一个男人被一根羽毛般的东西压垮。它亦可以让今日如同昨日，明日亦复如是。这就是爱的力量。

天知道我为什么坚持读《海盗水域》。我猜是它给了我勇气：这种东西也能出版。真是可怕的一坨屎。

驾着一叶轻舟或者什么东西，大汗淋漓，疲惫不堪，在可信赖的向导宽果的带领下，马里厄斯·阿普尔比重游破破烂烂的婆罗洲那昔日的海盗线。长篇累牍地描述著名的抢劫和强奸案件。尤其是强奸。马里厄斯仿佛常常希望回到往昔，希望海盗能招募新手似的。

但精彩的描述全是关于彩色杂志指派给他的摄影师，科妮莉亚·康斯坦丁：身高五英尺十二英寸，年龄二十又七，肤色像是八分之一黑人血统的混血儿。她眼如乌木，长发及腰，鲜红似火。他在机场与她会合。她是那种天生高贵、倨傲、自足、一心致力于摄影艺术的女子。不过马里厄斯也很高雅（他将之公布于众），帅气，而且对女人的爱也不陌生。科妮莉亚的前男友包括一个驰名世界的雕刻家、一个欧共体首相和一个死去的赛车手。当她从吉普上下来时，即便是三马林达那熙熙

---

[1] 这出自一首童诗，名为"仰头看天的约翰尼的故事"。

攘攘的大街也立即处于画面定格状态了，就像在基思的电视上。

他们雇了老宽果，驾一叶名为阿弗洛狄忒的轻舟。马里厄斯以爱神之名，发誓要拥有科妮莉亚。他胜算的机会看起来并不大，但是你发现自己不知怎么却为他祈祷起来。第一日清晨醒来，他看见她赤身裸体站在樱桃色环礁湖边，火红的头发搭在肌肉发达的屁股沟上。游完泳之后，从水中上来时，她直面这位游记作者，丝毫也不羞涩，正如真正高贵的美人一般。他欣喜若狂地描述她的乳房是如何高挺，她的发色是如何自然。

哦耶。一个自然而然生发的爱情的故事。整本书就像一部可悲的陈辞滥调之汇编。真是可怕的一坨屎。但我猜我会继续读下去的。问题是，我真想知道马里厄斯是如何跟科妮莉亚拍拖的。

正如我的女主角或女恶棍，正如我的被谋杀者一样，莉齐布也有一套吸引男人的策略。她的策略便是：重达二百磅。

在她通往二百磅的道路上有一个巨大的障碍：食物中毒。常识：如果你食用了更多的食物，你也就食用了更多的毒素。我想这于我有利，总而言之。她现在卧床不起了，病倒了，病得没多少食欲或者说病得没心思去骚扰男人了。

想象一下哈特小姐的肚子奇迹般膨胀的样子吧。我总有一种疯狂的想法，如果我们能在商店购买婴儿，或者能去动物园或主题公园参观她们，而且她们永远也不长大，譬如，六七年都维持在十五个月大，是的，我们依然还会感兴趣的。我们当中的某些人,我们会去看她们的,或许还买两个回来,放在地下室的乒乓球桌下面呢,有朋友来的时候拿出来显摆显摆。

天阳一日低似一日。

疼痛还没有到来。斯里扎德惊诧不已。但我的踝关节依然像是钻了锶一样刺痛或是富豪才有的那种疼痛。我发现路更长了,山更陡了。我开着那辆车。

现在——这街道,这交通。我们知道交通是大的首府城市性情的写照(这里,在离别之际,我炫耀一下我的世界公民身份):巴黎严肃的凯旋论,老纽约的狂怒和绝望,罗马欲擒故纵的放肆,开罗乱七八糟的谋杀,洛杉矶卖弄的长寿,孟买或者德里的工业禁锢,那里一天会有四次,车辆把城市围得水泄不通。但在这里,在伦敦——我还看不出个所以然。

他们喜欢并排停车。他们的确喜欢。这是真爱——一种定格在五月的爱。他们停在他妈的路中间。我转向万圣路——它已经不再是路了。它是个停车场,一个并排停车场。交通灯充其量只是摆设,好比圣诞彩灯。你在十字路口遇上红灯,但你依旧缓缓向前,陷入包围圈,陷入如潮车流。你甚至还会觉得,时间到了,该跑出去办差了。为什么呢?为什么不呢?每个人都这样做啊。经过五秒钟的思量,我清楚地看到,如果每个人都这样的话,那谁也动不了,谁都寸步难行。但正是因为每个人都这样,所以每个人都这样。还有另外一件事:好像并没有人在意。在十字路口,有个醉醺醺的青年从货车上下来,踉跄着走进**好修理**,或**土豆之爱**,或**屠夫的武器**,那些车并不在意。它们只是互相推搡,在这一堆破铜烂铁的亲密接触中,一点也不生气,哪也去不了。

那或多或少像是十年前的情景。那或多或少像是十天前的情景。现在,在最后的一小段时间里,一切全都变模样。我们已经从炼狱到了真正的地狱。突然之间每个人都在意了。甚至包括女性。如果丰满的妈妈对着童车里的孩子的白发发出刺耳的尖叫,如果莫理斯舞队的老女人恶语相加,用长满老年斑的拳头捶电话,那男人们又该当如何呢?在过去的几天里,我有四次直挺挺地坐在车内,在低矮的太阳下陷入交通阻塞,完全没有出路,醉鬼们则探索坚硬的机器能对柔软的身体做点什么:汽车的引擎盖能对人的鼻子和嘴巴做点什么,拆轮胎棒能对人的后脑勺做点什么。交通是人的欲望的较量,一种人的欲望的等待游戏。你想去那儿。我想去这儿。而且,就在最近,交通出了点问题。人的欲望出了点问题。

我不明白。不——我明白了!突然我明白了,尽管并没有真正的理由(有吗?)为何其他人也应该明白。现在,在交通方面,我们耗尽了彼此的时间、彼此的生命。我们耗尽了彼此的生命。

科妮莉亚的晨泳成了惯例。她游向岸边的时候,马里厄斯现在会站在甲板上,古铜的双臂叉在腰间,正大光明地欣赏她。她的乳房,很显然,是——

穿制服的信使送来一个包裹。我正在等待斯里扎德承诺给我的药物，并没带有多少激情。结果却是来自霍尼格·乌尔特拉森的消息。

内有我书稿的前几章。还有大纲。还有一张支票。期权定金。我不知道她是如何搞定的。但这……

我意识到，艺术可以很甜美，爱则更甜美，那双眼中的赞许与原谅，那只手和急需的触碰，身心问题就这样得到了甜美地解决。但是这，这（我拿着钱的手直打颤），这才是真正的幸福啊。

我的快乐是如此浓烈，以至于我一时竟没注意到疼痛已经降临。现在水管又开始了。那疼痛——那种无机物的疼痛。

上帝哪，整个屋子都跟着扭动和翻滚。

它会停止吗？它会停止叫唤吗？

现在不会。但何时会呢？何时是好时候呢——对水管、对疼痛来说？永远都不是，永远都不是，永远都不是时候。

第十七章　丘比特学院

"爱情果汁。难以控制的激情。地球在转,不是吗。"

"喂,基思。你好吗?"

"她完全献出了自己。他们的幸福得以实现。攀登开伯尔。"

"情况如何?"

"彼此都体会到了肉体的快感。性爱前充足的爱抚很重要。丰满又结实的身体。心甘情愿的两个成人。"

跟她在一起时,盖伊的信任是绝对和彻底的。尽管妮古拉的吻有时让他震惊——那样湿润,那样有穿透力,那样饥渴——她的克制力可是无懈可击的,没有盲点,决不妥协,让人印象深刻。每当他的手接近她的乳房、她的大腿、她那令人动情的肚子时,她整个人都好像锁上了或僵住了一般。备受她的敏感的影响(再加上最近经历的两次有力的打击),盖伊几乎跟妮古拉一样跃跃欲试,像处子一样一触即发。换一个地方,去那些什么事都不能发生的地方,对他们两个都是一种解脱。有时候,在午后,他们会去游人稀少的博物馆或者庄严肃穆的电影院。他们出去散步,充分利用晴朗的天气:盖伊喜欢远足,妮古拉说自己也喜欢。走得越远越好,盖伊拖着大湿鞋，妮古拉穿着长统雨靴和打补丁的蓝色牛仔；他们手拉手、臂挽臂，一路摇来一路走。就在巴尼特北边，他们发现了一片两人都喜欢的树林。沉闷的沙沙声，树木节约水分的一种方式。当然，还会搞点小恶作剧和玩笑。她会把他的帽子掀到水塘里，然后跑走藏起来。盖伊会蹦蹦跳跳跟在后头。有一次她用树枝在干涸的小溪那痰一样的稀泥里写下**我爱你**。在沙沙作响的树枝下他们多次甜蜜接吻。鸟儿惊飞，无力地拍打翅膀，但是他们看不到任何动物，任何林中小生灵，甚至连个松鼠或者野兔的踪影也见不着：只有低矮的阳光投下的类似小动物的影子。妮古拉说那些时刻尤为珍贵，远离城市和它对即将到来的灾难的预感。

他们回到她的公寓后，妮古拉会用托盘端上茶来，通常还有饼干。他们会小心翼翼地在起居室的沙发上搂着脖子亲吻一会。然而，在他离别的时间到来之际，在楼梯顶的接吻变成临别之吻时，他们也会肆无忌惮起来，她现在正欲望满满地在他臂膀下面蠕动呢。妮古拉个子比他小，这时候又是光着脚，她好像是在通过各式各样的吮吸来攀爬他的身体似的。现在，他走在路上，胸膛还带有她的乳房留下的印迹呢，肚子也被她弄得凹凸不平。再往下，全都是关于肌肉的记忆：她身体那令人受折磨的倾斜和弧度。她很快就会更加勇敢的，她说。"很快我就会更加勇敢的。"她淫荡地对着他嗡嗡作响的耳朵嘀咕道。

尽管如此，若是从那儿出来进去都不撞见基思，盖伊就会觉得相当幸运了。当盖伊跟跟跄跄地下楼梯时（弯腰弓背，气喘吁吁，全身触了电一般），基思也刚巧跌跌跄跄地上楼梯。或者，当盖伊在门廊按蜂鸣器时，会是基思本人猛地把门拉开，他神情庄重，不可一世，像是得到了安抚。这种事时有发生。有一回还发生了两次：在进去和出来的路上——就好像基思只是出于礼貌短暂地放弃了原本属于他的特权一般。他别的时间也会去的，盖伊知道。有时，当他正好路过，或者总之是在附近，或者没有更好的事情可做的时候（时间宽裕得令人惊讶），盖伊就会去她的死胡同街晃悠。有一次他看见基思停下车来，板着面孔把帆布包和工具包从笨重的骑士汽车的行李厢里拽出来。还有一次——或多或少纯属意外——盖伊的大众汽车在一个主要路口附近有点小耽搁；那是基思搞的，他正不顾自己和他人的安危往主路上倒车呢；几分钟之后基思驾车驶过，以嘲笑的口吻对着新装的车内电话讲个不停。

　　清晨，盖伊会躺在熟睡的妻子旁边（现在由于某种她不知道的重负，他对她所有的感情都扭曲了），凝视着令人恶心的场景，简陋而灰暗的模拟盆栽棚和庭院小屋，老式苗圃，还有基思在说："医生告诉我必须一天一次。你只需躺在那里，"或者连哄带骗地说："你只需把它放在嘴里，直到——实际上，那只是个滑稽的游戏。"盖伊偷偷摸摸爬下床来。在隔壁房间，他坐在浴缸边，呻吟着，对着浴巾上的积云喊叫。然后他低头看看自己的耻骨区，又是惊诧又是羞辱：这就是那个滑稽的畜生，那个频频眨眼的精灵。神圣而又古老，他站起身来，开始遮掩伤口。镜子里是个面色苍白的武士，骨似面具，眉似短剑——那饥饿的唇！下颌尖似铆钉。髋骨像烧饭用的瓮的手柄一样突出。一个装着什么的瓮呢？——他炖煮着爱情的炖汤。

这个世纪距离结束如此之近了。问题是，麻烦是，它的结局会……不。盖伊从来不敢去想。如果放任自流，思绪会像这样。你可以想象妮古拉，某个像妮古拉的人，某个处在她的位置、这般被安置、这般与世隔绝的人，生活在十九世纪末，或者十八世纪末，或者任何一个有记载的世纪之末。但不会是二十世纪，二十世纪会在每个人身上打下烙印。不是二十世纪。二十世纪看上去不像她那样。

基思问："那你和盖伊在做什么呢？"

"你认为我在做什么呢？"妮古拉说，"我在挑逗他那该死的小弟弟。"

基思慢慢地对她点头，爱慕之情油然而生。接着他伸展四肢。"耶。你知道……他上过大学。好吗。但是他他妈的什么都不懂。"

"这是个悖论，不是吗，基思。"

"什么都不懂。"

"而你呢，基思，人生这所大学的学生……？"

"饱尝人间艰辛。具有在城市环境中巧妙生活的能力。不，好吧：他天生享有富贵与特权。"基思伸出一根手指。"而他连一根指头都没动过。对我来说——对我来说，那真是匪夷所思。他可能有一半时间都以为他他妈的是在做梦呢。"

"基思？我能表示异议吗？幸福不是相对的，正如痛苦不是相对的一样。没人会因为自己的人生没有变得更糟而心怀感激。总会有够多的痛苦,基思。富宝宝跟穷宝宝一样哭得那么起劲。"

"耶,对。"

基思正躺在妮古拉漂亮的床上,穿着裤子和汗衫:完全放松。那双穿着褐色袜子的胖脚好像稍稍有些抖动。他的身旁放有银质烟灰缸、可恶的浓咖啡残渣和沾有烟灰的茶托。妮古拉英姿飒爽,穿一件炭黑色西装,一件白色真丝衬衫,颈上别一个相当正式的仿古领针。她的指甲修成椭圆形,涂上明亮的指甲油;连环镯在一动一静之间发出微弱而清脆的声响。她坐在一张直背椅上,简洁,苗条,又权威。她代表团体,他代表肉体:权利的早餐。

"我会让你一个人待一会,"她说着站起身来,抚平衣服的褶皱。"今早我给你准备的是一个非常光鲜的短片。"她把遥控器递给他,伸手去取烟灰缸。"你永远都猜不到这些女性高管在办公室会搞什么名堂。在一个温暖的日子,或许。看见某个帅气的擦窗工干完他的粗活之后。哦,基思:你这些天行事有多谨慎呢?"

"我发誓,否则去死。"

"是是。但是你有多谨慎呢?那其实并不重要。当然,你没对盖伊透露半个字。只是顺其自然。不管怎样,他只会认为你在撒谎。完事了告诉我。"

她游荡到公寓的主体部分,起居室,厨房。她把银质烟灰缸放在木质滴水板上。她又泡了一杯咖啡,又抽了一根烟,看起了《时代》杂志……这周的封面故事是关于天气。跟往常一样。很难相信天气不久以前还只是闲聊的代名词。因为现如今天气成了头等大事。在全世界,天气都占据头版头条。日日如此。电视上发生了彻底的逆转:最英俊的新闻广播员和最有脑子的专家现在都成了气象工作者;那些曾经用尺子指着云图,抱歉地播报雨天信息的行事古怪、穿着粗花呢子套装的柔弱男子结果都去播报别的新闻了,或者说去播报所剩不多的新闻了。气象学家成了新的战地记者:约翰播报完飓风,唐播报完冰河,你又听见罗恩播报对流层。妮古拉一边有节奏地轻弹拇指与食指,一边阅读有关低矮太阳的报道,以及最新的解释。角度的转变明显是因为人们所熟知的三种效应以前所未有的方式组合所致:近日点(地球距离太阳最近的时候)、近地点(月亮距离地球最近的时候)和朔望(总之是地球、太阳和月亮相距最近的时候)。这种会合使得重力变重,行星的旋转速度减慢,同样也让时间慢了下来,所以地球上的白昼与黑夜现在都变长了,幅度虽小,但也可以测量出来。"耶,对,"妮古拉嘀咕道,她在地球上还只剩下二十个白昼和黑夜了。她把《时代》杂志扔至肩后,得出了自己的解释。是爱让世界转动的。世界慢了下来。世界不转了。

不管怎样,地球新的倾斜角度意味着伦敦会发生日食。十一月五日伦敦会见证"日全食"。大街上已经有男孩子和他们的同伙在乞讨了。"可以给这家伙一便士吗?"那些家伙本人敷衍塞责,甚是无礼:他们那么缺乏思想,缺乏关心,缺乏爱。他们不值一便士。但一便士又什么都不值。

经过很长时间（忽视、遗忘），她敲响了卧室的门。通常，他都是通过一声亲密的咳嗽来提醒她的。但是基思温文尔雅的清嗓子行为，一旦开始，就会持续一个小时以上。"耶？"他含糊不清地说。走进去的那一刻，她气愤地发现基思并没有好好利用这次独处的机会。她很快追随他的视线，去看电视屏幕：她自己，画面定格，在隔壁房间的桌边（一条腿搭在桌上），炭黑色西装乱得令人神迷。妮古拉又看了他一眼，闭上眼睛，以便克制住自己不要笑出声来。因为基思满眼含泪。暖暖的泪水流淌下来；在他毛孔粗大的脸颊形成黄色的泪痕。她真是低估了她的基思啊！色情片唤醒了他一切美好的情愫。不仅仅是性。他是真感觉那很美。

"我期望，"妮古拉说，她又是欣慰，又是忍俊不禁，又是大度（尽管语气中并非完全没有怒气），"我期望你拜访我之后，能去见见某个女子，成吗，基思。某个迷人的小女人。你会做，是吗，基思。"

基思不露衷曲。

"那是好事。我批准。然后对她做所有那些你想对我做的事情。所有那些你很快就会对我做的事情。哦，我敢打赌你会。你会做，是吗，基思。"

基思不露衷曲。

"我只是想让你做那些你感觉不错的事情，"妮古拉说。经过小无赖的艺术，她想她不妨插入一些小无赖的关爱进去，没准还能改变些什么呢。"哦，我没想要去控制你，基思，无论是现在还是将来，一个像你这样的人。那也是我为何这般拖拖拉拉的原因。尤其是将来。女孩们会对你趋之若鹜，谁能怪她们呢？但我会一直奋力为你争取的，基思，哪怕到了我只是你的一个回忆的时候。你不必告诉我决赛的时间：我会陪伴在你左右，基思。当你为大使馆掷镖时，为夺冠厮杀时，我会在人群的某个地方，基思，为你加油。"

基思直挺挺地坐起身来，把脚放在地上。四下里找鞋的时候，他说道："不是为大使馆。而是在大使馆。不是为。而是在。"

她躲进浴室，为了出演下一幕，换上牛仔服和长统雨靴。但她先是打开了所有的水龙头，按下冲水马桶，把脸埋在毛巾里，差点笑死过去。基思闷闷不乐地正要离开时，有一张温暖而又怯弱的小脸从门缝向内瞟。

"是盖伊，"基思低头说道，"你跟他说我在这儿做什么来着？跟他说我什么？修马桶？躺在厨房地板上用舌头舔烟囱？"

"……差不多就是那样，"妮古拉说。

成功并没有将我改变，基思一边下楼一边想道。成功和认可。显然，享受成名带来的果实感觉真好。显然。金钱和——奉承。商品和服务。为了这个桂冠我像——像狗一样拼命。绝不会将之匆匆舍弃。但是显然，从根本上说，我还会是原来的那个基思·泰伦特。

基思擦掉了更多的眼泪，打开前门。那个面色苍白、拥有财富、自找苦吃、有一口好牙的跟屁虫——盖伊·克林奇——

正在往一个停车计费器里塞硬币呢。他对基思抛来一个笑容,基思两腿叉开站在台阶上,耸耸肩膀,把偷来的那个工具包的背带耸到位。

"早上好,"盖伊甘拜下风地说。

但基思只是用呆滞的眼睛扫了他一眼,就从他身旁走过,穿过马路朝那辆笨重的骑士汽车走去。

妮古拉说对了。拜访过她之后,基思就去看了一位女友。而且,在拜访她之前基思也去看了一位女友。只因某种不可抗拒的物理法则他才无法在拜访她的同时也去看女友。妮古拉再次说对了。女孩们对他趋之若鹜,或者至少可以说没有躲着他。事实上,基思此刻正焦躁不安,感觉天旋地转,好似害了狂犬病一般,他以前从没那样过。是有人往他的贮藏啤酒里放了什么东西吗?那不可能健康(连基思都确定),他是真为他的飞镖担心呐,更不消说他的神志了。强迫症,不是吗。但是那些女人也同样糟糕。实际上,在这个伟大的城市,或者说在那些基思疾驰、驻足过的烟囱和沟渠,仿佛有一种污水热病正在蔓延,所有的排水管、泄水闸门和滴水嘴都让老鼠给传染了。对基思来说,那味道刺鼻、微咸,就像大街上无时不在的尿味。当然,你得坚持不懈,整天无所事事毫无疑问帮了大忙。在连续九个早上为她取来牛奶之后,伊克芭拉再次同意把电视声音开大了。带着一堆新奇的礼物突然拜访彼得罗妮拉·琼斯,祝贺她最近嫁给一个石油钻塔工时,基思发现,一件事会引出另一件事。塞隆尼斯被捕以后,基思一直恪守本分,定期热情地去看望丽莱特和孩子们,他很容易看出,他对那里产生了责任感（丽莱特作为一个孩儿他妈还算可以，此刻没有怀孕，或者说没怎么怀孕：给孩子们十英镑，让他们消失二十分钟）。这事愈演愈烈，以至于他几乎都无暇跟黑十字的兄弟一连几个小时喝酒聊天了。他做那事的时候——在床上、睡椅上或地毯上——在他上下抽动，累得气喘吁吁的时候，他所有的想法，所有不祥的预感都是关于金钱、转变、妮古拉和他自己的死亡，这在他可是生平第一遭啊。这说明并非一切安好。天知道他何时会栽跟头呢，成天对天知道是什么人做了什么天知道的事情之后，再练九个小时飞镖，最后在特里什·舍特那儿为一天画上句号——然后再发现自己凌晨四点用胳膊肘推醒凯丝！他为何要做那样的事呢？凯丝。凯丝，他对她的身体早已失去了兴趣，除了一种本能的、周五晚上的兴趣。就像当初她怀孕的那段时间，基思发现自己跟这个冷冰冰的大乳房和啤酒肚的胖女人躺在一起，也曾一度感到不安。我不知道我是怎么了，他想，当他把她颤抖的肩膀按在床上的时候。我是真的，真的不知道。

基思在笨重的骑士汽车里手淫。作为一名老手，他镇定地开着车，集中注意力，耐住性子，因为你不得不如此。他用粗手指按下转向灯指示器，闪着车灯，以示警告和容忍。他用手掌粗鲁地按喇叭，或者拍两下，跟一个骗子说嗨，或者迫使一个女人转过身来，现出真容……听着，基思可不是在抱怨。抱怨？基思？不是那种人。顺势而动。正如他想象这个世界是靠不可见的、隐秘的力量凝聚在一处一样，在他那爬行动物的大脑里，总体说来一切都是高枕无忧的。猜猜发生了什么事呢：

安娜莉丝·弗尼斯又搬回城了。基思加快速度,然后刹车,然后大声鸣笛,频频闪灯,把个新手吓蒙了。他们在路上就是这样。安娜莉丝,以及她的诗、她那被碾碎的花、她的剪报(**我们秘密的爱**)、她混血儿的头发、她丰富的夏装。安娜莉丝厌倦了斯劳,厌倦了给那栋破败的宿舍楼带去耻辱,于是丢下那位希思罗搬运工,把多个行李箱打好包,戏剧性地出现在那个失业小提琴手的白城门前,她知道她一直都可以信赖他的爱的。"你先请,亲,"基思说,"快点。快点。快点。快点。上帝哪。**快点。**"耶。拿起行李,搬回城。我不知道他如何受得了。啊,但是一谈到爱情——某种形式的爱情,安娜莉丝无疑很有手段或影响力。带着剪贴簿、服装饰物和一双胖腿,安娜莉丝总能找到一种男人(糊里糊涂的、在艺术和爱情上均告失败的、耐心的、温柔的、上了年纪的男人)给她提供住处,听她倾诉,对她仰慕,发誓不对她动手动脚。"这是怎么回事?天哪,看那个愚蠢的杂种。"走开。"走开。"耶。你听到:永远都不许他碰她一根指头。不久安娜莉丝就会出现在她过去常去的地方——国家剧院的后台入口、英国广播公司的停车场、朗尼·史葛爵士乐俱乐部外边的货车——巴兹尔则待在家里,捋着胡子,重读她的日记,屈膝跪在洗衣篮前。巴兹尔在白城的小公寓对基思来说方便极了。

现在他摇下车窗,探出头去。"你他妈的不要说谢谢,好吗!"天哪,这路况。他对眼下的状况并非完全满意。邮递员总要按两次门铃。比如说,基思喜欢随时到访,自在行事,用他自己的方式。每当他吹着口哨,一只手提着六瓶特殊佳酿,另一只手拿着皮带搭扣，悠闲地朝地下室走去的时候——那个悲惨先生都会在那里。站远点。"站远点，你个小杂种。"那让一个人很不自在。自觉性哪里去了。"再见，巴兹尔，"基思会威胁地说，然后一屁股坐下来等待。沉默中，安娜莉丝只是盯着巴兹尔。多半情况下不得不告诉他。尊重我的隐私，巴兹尔。尊重我的空间，巴兹尔。所有诸如此类的话。他会气得暴跳如雷，匆匆穿上厚呢大衣，基思猜测，悄悄溜走了，去借酒浇愁了。不够理想。但基思又能怎么做呢？就是这样：这条路全他妈的给堵上了。他又不能在车库里招待她——他的飞镖巢穴：连特里什·舍特都曾排斥过那个地方，说是沙砾钻到她背后的衣服里了。迪安的公寓是个去处。迪安的货车也行。如果他用恰当的方式跟丽莱特、彼得罗妮拉或者伊克芭拉商量的话。抑或凯丝。莫要着急，伙计。我来这儿只是为了我的健康。"贱人！"从理论上讲，既然他现在有了几个铜板，他总可以带她去个体面的小旅馆。只是没有一个体面的小旅馆。有的只是肮脏的小旅馆。大旅馆他又望而却步。不管怎样，你总不想整天躺着听她唠叨安全性爱或宗教吧。得速战速决。否则骑士汽车会被处以罚单。或者被用轮夹锁住。他妈的混蛋。沃达丰比希尔梅特好吗，性能提高了吗？法克知道。回头问问法克。

车流量减少了，基思感激地换成二挡。他前进了大概五百码。"自由。"况且，他也需要闲钱。给黛碧·肯西特。她妈妈刚又抬价了。考虑到去那儿要耗费的汽油，以及怀着虔诚的心情购买礼物所花的几个英镑，黛碧又那么特别，去一次几乎要花费巨资。基思对此三缄其口，但黛碧这个月满十六岁，真让人高兴得说不出话来。嗨。搞她一搞。现在我们拥有——

一阵喀拉喀托火山喷发式的卡车鸣笛声冲散了基思的思绪。突然间，他的挡风玻璃上全是卡车的镀金金属板和炙烤的灯光。接着如潮的车流从他身旁呼啸而过。基思本来直挺挺地坐在位子上的：现在他向后靠，减速，停车——或者至少可以说他让车不要动弹。有那么几分钟，他就坐在那里，并排停着车，用手搓着脸。他点上一根烟，狂吐了几口。明白我的意思吗？他这样想着，竟一时对那个卡车司机和他的车技萌生了爱意。再近两英尺。再近两英尺，他们就会把我从引擎盖上撞飞了。明白我的意思吗？结果不可能好。那是蓄意的冒险：看见卡车过来了，还知道它会靠得很近。但我不得不看呐，不是吗。物以稀为贵。不能错过，绝对不能。因为那不是你经常能够见到的。不是。你不得不看。一个老妇人，不胖，拥有一对真正的大乳房。

基思再次启动汽车，朝拉德布罗克丛林和特里什·舍特的住处驶去。

"我不知道他是如何做到的，"诺维斯面带诚实的迷惑和嫉妒的仰慕，"他在这里，他在那里。处处都有他的踪影。"

"是的，"盖伊说。

"他的精力没人能敌。他的耐力没人能比。匆匆完事，他再去寻找更多。"

"他们也是这么说的。"

"谈及女人，没人能跟基思相比。"

盖伊偷偷顺着吧台看去。基思在更为昏暗、更为时髦的那端，同迪安和柯特利在一起，在微波炉、印度薄饼加热器、馅饼机附近。现在他正起劲地给他的朋友们讲故事取乐呢：他右手做着按喇叭的姿势，然后放下，突然又再抬起，最先伸出的是掷镖手指。迪安啤酒上的泡沫欢快地四处飞溅……盖伊透过满是孢子的空气环顾四周。正当基思的酒吧威望高得不能再高的时候，它又明显地上了一个台阶。但是盖伊自己，同样明显的是，却被降级了，真是难以接受。他站在这里，心怀感激地同诺维斯聊天——诺维斯无疑是黑十字兄弟中最不为人所知的一个（不够健壮，容貌丑陋，做事卖力）——被唾沫星子、猥亵言语、猪肉馅饼渣喷了一身，还被一个白化病建筑工无毛的尾骨吓了一大跳。盖伊用十个指头狂抓自己。他在兰斯当新月的地位仿佛也下降了。盖伊换下的衣服没有再出现在他的核桃木衣柜里。今早他先是把衬衫塞进洗衣篮，然后，过了一分钟左右，他又把它拽了出来。

"正如我说，我真不明白他是如何做到的。"

"失陪一会儿，诺维斯，好吗？"

盖伊仰起头，出于无奈，侧身挤向前去，深入酒吧的犄角、兽皮和凶猛的獠牙内部。他最终赢得了一片空间，基思在跟他最喜欢的哥们闲谈时，周围总会出现这样的空间。他现在正跟迪安和柯特利交谈：小报摊开，抓在手里，骄傲地向小子们展示基思号飓风刚刚如何席卷费城。汹涌的大海和邪恶的飓风：历史上最严重的飓风之——即便是在近来的历史上。那天早上盖伊仔细研读了基思号飓风的肆虐之举。二十四小时之内七英尺的大雨倾盆而下：是所有司掌天气的神仙赶去洗澡的日子……看到盖伊走近，迪安和柯特利稍稍挺直身子。基思无声而又诙谐地看了他们最后一眼，接着摆出一副最最庄重的表情，就好像一个中士刚从他的下士转向笨拙的中尉一般。

"早，基思。近来好吗？"

基思盯着他。没有作答。迪安和柯特利都看向别处——向外看，向下看。

"准备好迎接大赛了吗？"盖伊问，他话音还没落就已经为自己的唐突感到后悔和自责了。

基思的表情慢慢变了，或者说两眼迷离，不去搭理盖伊。怎么回事？那眼睛正处于赛前的呆滞状态，寻找如动物般凶残的感觉。不。它们看上去就像在飞镖赛场凝视某种绝技一般。令人窒息的专注、自爱、一种飞镖迷狂。基思的飞镖迷狂！

"半决赛一定会出好成绩的，"盖伊说着半举起一根苍白的拇指，笨笨地指向吧台。在这里他与彭果面对面。盖伊示意自己的空杯，彭果漫不经心地记下了，盖伊还在抑扬顿挫地说着"劳驾"呢，他就已经转去听候别人的吩咐了。

"行驶舒适，"基思用低沉的声音说，"防爆震率。"

盖伊不能断定这些话是对谁说的，因为他是如此迅速地停止了转头，停止了受伤的微笑。或许基思是在对着酒吧本身说的吧，对着它的烟雾、它的灰尘。

"斜背式车身小客车。她快乐的抽泣。更高的松紧装置。一只真正的野猫。抗穿孔保修。爱情果汁……"

往外走有些耽搁，因为前门附近有人吵闹。事态好像平息了；但是接着一个血迹斑斑的身影忽地从地上跳起，一切又重新开始了。这时盖伊再次遇见诺维斯，诺维斯大喊道：

"他现在又搞了一个！"

"你说什么？"

"他现在又搞了一个！"

"真的吗？"

"耶。哦，耶。她很有钱。就住在街角。他每天早上过去，搞她一顿。她把自己录了下来。给他看。黑婊子。她们还要更糟。"

站在附近的兹比格老二丢下或者说终止正给曼吉特讲的笑话（正如兹比格老二的所有笑话一样，这也是个关于一个妓女、一名警察和一只溃烂鲭鱼的故事），转过身来，兴致勃勃地说："他第一次去的时候，她像个清高女。但基思聪明。"

"他很耐心。"

"下一次——搞定了。"

"耶。哦，耶。说实话，我真不知道他是如何做到的。"

"而且这个女人为此还付钱给他呢。"

"他是她的小白脸。"

"为此还付钱给他。"

他们好像要这样没完没了地讲下去，这个信息是如此清晰地浮现在他们的脑海。仿佛基思刚刚就此事在黑十字召开了记者招待会似的。盖伊能想象出他的样子：小报卷着举起来……后边那里可以再问一个问题……我很高兴你问那个问题。"是的。"她……盖伊对着地面咧嘴而笑,继续听下去:她自己的顶层公寓,她身材高挑,姿态优美,两腿偏瘦但屁股很大,乳房靠得那么近,你都能——

"她叫什么名字?"盖伊兴高采烈地问道。

诺维斯和兹比格老二面面相觑,两个专家,两个智力抢答能手,却被这种显而易见的问题难倒了。名字是。等等。她叫。等等。名字如此之多。尼特、内利、南希。盖伊张大嘴巴,眨巴眼睛,等待着。他们又是拼命皱眉,又是捶打太阳穴,绞尽脑汁还是想不起来。他真不知是否该让他们如此辛劳。

"妮基!就是它。"

"妮基。耶。哦,耶。"

"妮基。就是它:妮基。"

"妮基。就是它。妮基。妮基。"

小粉盒打开了,妮古拉放大的脸庞占据了整面圆镜。那张脸回瞪女主人。它呲牙舔唇。环视了一圈墙壁、提花条纹布和天鹅绒窗帘之后,镜子复又盖上了。

她抬起头。"你来啦,"她温柔地说,完了站起身来。"你还好吗?电话里听上去气呼呼的。把外套脱了吧。"

"不,我还是不脱的好。"

妮古拉退回起居室。盖伊跟在后头,她关切而又低三下四地抬眼看他。"亲爱的,怎么了?"她耳语道。"坐下吧。喝点什么吗?"

盖伊摇摇头；但他还是在低矮的扶手椅上坐了下来。他伸出一只手，表示安抚，请求对方安静，给他一点时间。然后他轻轻地把手贴在右耳上，闭上眼睛……那天早上他躺在床上的时候，当马默杜克用手去戳他紧闭的眼睛时，他有一种异样的感觉，不对劲，怪怪的，刺激着他的感官：事实上，是马默杜克的口水滴进他的耳朵里了。起初他并没当回事，但现在半个脑袋都被堵上了，突突直跳。孩子唾液中某种黏糊糊的东西——没准还含硫——在深深的耳鼓里使坏呢。屋子倾斜了，然后摇摆了。也许现在一切全都疯了，他想。

"有件事我必须问你。"

她千般万般愿意地望着他。

"我或许就是个彻头彻尾的傻瓜，"他继续说道，因为她的房子、她的窗户、她的窗帘从外面看上去都是那么无可指责。"不过也有件事应该让你知道。现在你必须先答应原谅我，如果我——"

盖伊犹豫不决。他清晰地听到附近传来冲马桶的声音。离得太近了，不可能是别人家里的。接着基思从浴室走了出来。他把一件银白色的皮夹克搭在肩上，说道："那是我的最爱，那是。我喜欢你做——"

"啊，基思，"妮古拉轻描淡写地说，"我几乎都忘记你还在了。"

画面定格，效果加强，当场抓个正着，基思的身影逐步复活，移动，再次呼吸起来了——当盖伊条件反射地站起来时，它又缩小了，缩小至无物。

"你好,老兄—"

那皮夹克,刚刚还漫不经心地扛在肩上的,现在基思把它拿在手里,以便揉搓。一次强有力的较量在这两个男人之间产生:阶级的力量,短距离内达到最强。盖伊轻蔑地看着基思。这就是黑十字的骑士。

"我想你该走了,"妮古拉说,"这是你的——箱子。我在里面放了一些给你的东西。"

突然一阵狂咳仿佛使得基思免于讲话了;但是他突然猛咽一口,说道:"谢谢。"

"对了,基思?你受不了再把咖啡研磨机拿去修一次了,是吗?它就在那儿。又出故障了,恐怕。"

"我愿意去,"基思说着收拾东西。

"明天还是老时间?"

基思看看妮古拉,看看盖伊,又看看妮古拉。"呃,耶!"他点头,噘嘴,拖着脚步侧身向门口走去。

"再见,基思,"她嚷道,然后转向盖伊。"抱歉。你刚才说什么?"

他在等。基思不自然地吹起口哨,顺着楼梯渐行渐远。"他,"盖伊一边问,一边坐下,同时环顾四周,"他一直都在这吗?"

"你说什么?"

盖伊孱弱地说:"我是说,如果他没在这屋里,那我在楼梯上没有碰见他可真是太稀罕了。"

"基思?"

"我是说,他天天在这里做什么?"

"他有没有跟你说过什么?"

"什么?在楼梯上?不,他只是说'你好'或'不是吗',抑或诸如此类的话,"盖伊边说边伸手去摸脑门。

"我说的是大体情况。他没告诉过你我们的小秘密吗?"

"谁的小秘密?"盖伊问。

"基思和我的小秘密,"妮古拉带着悔恨的顽皮对盖伊微笑。"哦,呃。我想这个秘密要公开了。我想我欺骗了你。"

"明白了,"盖伊说完扬起下巴。

"如果你知道了,他会很害怕的,"她说着仔细地审视盖伊受伤的脸。那脸上脆弱的表情她第一百次感觉是预先设定好的,已经镌刻下来了,为了实现某种特殊目的,但是存在的时间也太久了。"当然,他非常担心他的妻子发觉此事。"

"我想,"盖伊说,"我想你真的最好告诉我。"

呃,再等等,她想。再多几个绝妙的含糊其辞,或许。不——好了。行了:再多一个就够了。"我意思是,如果他只是个普通的劳动者又有何妨?"她问。然后她张开大嘴,抚平额上的皱纹,用一种殉道的口吻,平静地说道:"我教他。"

"基思?我不明白。"

"当然,他勉强认得几个字,在各方面都是个十足的傻瓜,但他有求知的欲望,事情往往就是这样。你会大吃一惊的。我是在研究补救阅读的时候得知那一点的。"

"这都是何时开始的?"

"哦,老早以前了。"她皱皱眉,似乎记起了。"我给了他一本《呼啸山庄》。我当时不知道他有多当真,但他坚持下来了。现在我们进展顺利。我们刚刚开始读浪漫主义诗人。看。"她举起朗文版《济慈》。"我不知道让他从诵诗开始是否明智。今天我们匆匆看了一遍《拉米亚》。这故事有帮助。我在想或许可以读读《冷酷的妖女》。或者'亮星'[1]。这是我的最爱。你知道这首诗吗?'亮星!但愿我像你一样坚持'?"

"妮古拉。他有没有对你做过什么?"

她神采奕奕的脸上写满了疑惑,连她自己都对那种疑惑存有怀疑——怀疑它的可靠性。"你说什么?"

"他有没有试图向你示爱?"

一种纯粹的怀疑慢慢产生。停了一会,她用手捂嘴打了一个闷嗝;然后抬手去摸眼睛。

盖伊起身,走了过去。他一边朦胧地忆起相关场景,之前的某种粉碎的错觉(起于何时?多久前?关于什么?),一边毫不含糊地告诉她,基思和其同伙真正是些什么人,他们如何把女人当成一堆肉,是他们施暴和玷污的对象。哦,今天在一个粗陋的酒吧,基思还大肆吹嘘他是如何利用她的呢——是的,她的名字已经被异想天开的奴役、屈辱、欲望和谋杀所分享和玷污了。

妮古拉抬起头来。他正两脚叉开高高地站在她的身旁。

她说:"哦——那就这么重要吗?他们相信彼此的谎言,

---

[1] 这里提到的三首诗,《拉米亚》《冷酷的妖女》和"亮星"都是济慈的名诗。"亮星"是济慈写给女友芳妮·布劳恩(Fanny Brawne)的一首十四行爱情诗。本书引用的是屠岸先生的译文。下同。

就像他们相信电视一样……那是什么?"

"……什么?"

她卸下一脸风尘,仰脸看他。然后她板起脸,用一根指头去指。"那个。"

"哦,那个啊。"

"是。它是什么?"

"它是什么?"

"是。"

"你一定知道,你一定读到过……"

"是,但它为何如此——如此突起?"

"我不知道。是欲望……"

"我可以吗?它就像石头。不。就像某些无生命星体的构成成分。一丁点就重万亿吨。"

"0号元素。"

"对。0号元素。我会流血吗?"

"我不知道。你骑过马之类的东西吧。"

"这下面的东西也很重要,是吧?啊!抱歉。真神奇。在某些情况下,女人还会把它含在嘴里?"

"是的。"

"还吮吸?"

"是的。"

"我想意在要用全身的力气去吮吸。多么奇怪的事情啊。"

"是。"

"如此退化,"她说着,兴致勃勃地抚摸和轻拍他,好似打发一个友好但不熟悉的动物一般。"尽管我能看出那对你来说可能很有趣。"她抬头对着他笑,嘴像裂开的水果一样。"《拉米亚》中是怎么说的来着?'她仿佛在丘比特学院度过了一段甜蜜的时光'?那真是济慈写过的最糟糕的诗句。如此下流。但你最好带我去丘比特学院逛逛,直到我弄明白它所有的把戏为止。"

他一个半小时后离开。

他的耳朵状况更糟了。至少有四分之三边脸都不可挽救地麻木了,连两颊的肌肉也都沉沉的。那是马默杜克的杰作。但那只好耳朵也备受妮古拉的嘴巴和舌头的蹂躏;当他从楼梯上下来,从地毯踏上光秃秃的地面时,他意识到自己从临床角度来讲是真聋了。在室外他的嘴唇因为接吻又是脱皮又是皲裂——那些吻突然之间变得如此贪婪,尤其是当他摸她乳房的时候(他现在可以摸她的乳房了,只能从外边摸),那乳房又是如此敏感,如此膨胀,好像与他自己下面的伤口并发症紧密地联系在一起了。

他骑着淘气的阳具穿过大街。苍白的骑士。在夜晚异常明亮的天空下。他抬头看天。月亮看上去是比往常更近了,但近得漂亮,尚不很闪亮,好似头盖骨或哥特头盔;也不只是一尊面具或一个外壳,而是一个身体,有重量有体积,是个天体。而且也是唯一一个我们真正看得见的天体,行星太小,恒星太远,太阳太大太近,不是人眼可观的。

死云。就在那时——可怕的景象。就在那时,他看见一片死云潜伏在附近的屋顶上。可怕的景象。如此反常,它到底在那里做什么呢?死云一向都是躲起来的,藏在低垂的天空下,像醉汉一样穿过热气流,踉跄而下,总是去不该去的地方寻找它的兄弟姐妹。

盖伊蹦蹦跳跳。这世界从未看上去如此美好……亮星!除却了这么多疑虑之后,他可以痛骂自己一顿了。

呃,盖伊可以骂自己是个畜生,是头猪。他的想法全都互相矛盾,而她的所思所想全都关于真与美,美与真。[1]

---

[1] 济慈在"希腊古瓮颂"中有句名言:"美即是真,真即是美。"

不久前我看到一片死云。我是说它离得非常之近。那是在纽约，中城，八月中旬，泛美大厦（你能感觉到它拼命想保持冷静），这个已知宇宙中最好的建筑物。小小的一片白云或者一个无知的、横冲直撞的类星体如何敢与林荫大道上金光闪闪的宏伟大厦相抗衡呢？我当时就在斯里扎德的办公室，餐厅下面，那个旋转餐厅下面，且不去过问它现在变成什么了。那片死云过来了，雾气腾腾的，咕嘟咕嘟撞在窗上。上帝肮脏的擦窗布。它的心脏看上去是多细胞的。我想起了一望无垠的水面下的渔网或者电视没有信号时的雪花。

"科学，"斯里扎德用警句式的风格说道（他健康的气色，他忙碌的眼睛，他会计师般的胡子），"越来越擅长解释它是如何将你杀死的。它是如何将万物杀死的。但我们依然不能理解死云是怎么一回事。"

幸运的是，我生来就认识斯里扎德。要不我何以付得起他的费用呢？我一向喜欢与他为伴，直到我染上疾病。在他转学别科之前，我的父亲在纽约大学教过他。他曾经每周到我们家来度过一两个夜晚。那时他蓄着长发。现在他一根头发也没了。只剩下说话时一动一动的胡子了。

马里厄斯·阿普尔比为了那些仪式一般的晨泳而活，我亦如此。科妮莉亚的乳房，很显然，是宏伟的，壮观的，绝妙的，雄伟的——还有其他所有包涵"大"的意思的词汇。我们才只看到第五十九页。

科妮莉亚有阿富汗血统。她骑马时就像个疯狂的抗击异教徒的勇士。她用博伊刀剃腿毛。马里厄斯还没赢得她一个笑脸、一句客气话呢。老宽果（弯腰驼背，满脸麻点，说话咕咕哝哝）尽管年事已高，依然被她深深吸引，他建议采用那个历史悠久、在当地颇受欢迎的策略，强奸，在那里一个人必须用武力得到他想要的东西。马里厄斯表示反对。他见过科妮莉亚拿着牛鞭的样子。但他也看得出有必要来点什么壮举——某种男人的勇猛之举。哦，那很难，科妮莉亚一直都是昂首阔步，如此傲慢和高贵的。她很少穿衣服。

小金沉沉的脑袋和肥嘟嘟的脸蛋使她睡觉时噘着嘴巴。她胳膊摆成西班牙舞者的姿势。如果你对着熟睡的孩子按二十次快门，做成一本小册子，那她就能完成一套响板艺术家的动作，一手向上托，弯成弧形，一手向下举，也弯成弧形，而且还总对称。

她动了。现在，每一次我都害怕她认不出我来。人们都认不出我。三天没见的人就会直愣愣地看着我。我自己也要不停地照镜子，以更新认识……她呼吸之间依然带有浓浓的睡意；她一时很懵，就像婴儿会有的那个样子，脸蛋鼓鼓的，布满了稍纵即逝的睡觉的印记。她盯着我，连连蹬腿——但几乎马上就显出了恳求的表情，仿佛竭力要告诉我什么似的，比如"你猜不出你不在的日子发生了什么"之类的话。当然，当婴儿牙牙学语，表情又是如此聪慧安详的时候，你总希望他们的第一句话不同凡响，告诉你你从来都不知晓的事情。然而你听到的却是"地板"、"猫"或"公交车"一类的东西。但是接着小金用一根弯曲的手指指着我胳膊上的伤疤，清晰而又确信不疑地说道：

"哎哟。"

我惊呆了。"哎哟？金。天哪。你现在会说话了，是吗？"

婴儿没再说别的。暂时没有。我把她抱进厨房。凯丝在别处（卧室）。我冲了一瓶婴儿奶粉，在瓶口放一个慢奶嘴。她看到的时候哭了。她哭是因为她想要，哭是她唯一的本领。我喂她，她不停地打嗝，吐奶。她边喝边晃腿。当然要想有魅力地晃腿，婴儿必须摆动它，一定不能错过摆动它的机会。快喝完的时候，我感觉她的尿布有热热的东西渗出来。于是我把垫子放在桌上，准备给她换尿布。

那时凯丝突然出现了，上来阻止。"啊，打住，"她说。她从我怀中接过婴儿，从我手中拿走尿布。这是爱尔兰佬的某种规定——冷冰冰的神圣职责？

她抱着孩子走进起居室。我看着婴儿把左摇右摆的脸蛋搭在凯丝的肩头，上下晃动。那双惊讶的眼睛哟。

"哎哟，"婴儿在凯丝关上门之前对我说，"哎哟。"

"'因为盖伦知道,从那天起他会一直梦见她[1],那晚在托莱多,她来到他的身边,怀着恋人那迫不及待的心情把他揉醒。'你瞧。"妮古拉沉默不语。"得了吧。这明显太蹩脚了。甚至都算不上会读书识字。'Of she who'应该写成'Of her who[2]',看在老天的分上。"妮古拉沉默不语。"那伤感情绪也够让人讨厌。不过我猜他没用伤感情绪来烦你吧。太急于爬进他的别西卜外衣了。"妮古拉沉默不语。"真是滑稽,他竟然这么不擅于描写女人。全都涂脂抹粉,举止轻浮。没有生理功能。他把她们放在那个黄金年代,唉,那早就成为过往了。你知道那个年代:女人还没涂脂抹粉呢。"

妮古拉说话了。她泪眼朦胧地看着我,说道:"你错了。他的作品直指女人的内心,因为他满怀深情地美化她们。这难道不是一个伟大的策略吗——男人,这种好战的动物,努力想做到温柔?阿斯普雷在这方面无疑有劳伦斯的风格。"

"……这让我震惊,妮古拉。"这让我震惊。因为这败坏了、戳穿了她的艺术感受。她的艺术感受是支撑我走下去的唯一力量。"哦,好吧。你一定是个戏剧爱好者。更多出于乖僻。那儿没有什么,总之没有什么用英语演出的戏剧。就只是莎士比亚,如此而已。那是某种宇宙级的笑话。就好像提香是个风景画家,莫扎特是写电影配乐的一样。就好像上帝只导演保留剧目一样。"

---

[1] 英文原文是 dream of she。
[2] 这里叙述者指出上一段引文中介词 of 后面应该接宾格代词 her,而不是主格代词 she,以此来说明马克·阿斯普雷的写作水平很蹩脚。

我现在变得有点太油嘴滑舌了——或者说有点太那什么了——对这个神秘的西克斯小姐来说。(这两句实际上直接出自我在给马克·阿斯普雷写的一封长信。)她离开椅子,走到桌边。她和盘托出,吞了八口白兰地。她看着漆黑的窗户。"我出去漫步,"她唱道,"午夜过后,月光之下,就像我们曾经那样。我总是在漫步,午夜过后。寻找你的踪影。"

"……你的声音很美。我猜你演哑剧的时候也在歌唱吧。但那声音有点儿冰冷。有所保留。"

她挨着我在沙发上坐下时,两腿向空中大概跷起了三英尺。她的眼神也有点迷离。我感觉我在回避。

"谈工作吧,"我说着拿出笔记本,"再跟我讲讲你同盖伊在自然中漫步的情景吧。那些爱情模仿秀——你做过最糟糕的事情之一。"

"你只需将之写下来。而我却要付诸行动。我讨厌走路。我的意思是,去哪儿呢?就像在一则广告里。一个薄荷香烟的广告——还记得吗?在酬劳是三便士的时代?"她想了一会,说道:"不,像是在爱情广告里。为爱情而做的广告里。"

"我还是不明白。对盖伊的折磨。但是我期待一些令人称快的曲折变化。哦,耶。该让我看一盒那样的录像带了。一盒性广告录像带。"

"一盒都没有。我没有保存。我讨厌它们。"

"太让人失望了。我想阿斯普雷的照片有点过时了。太让人失望了。那我如何才能描述你身体的快感呢?"

她把手伸向最上面的扣子,说道:"我会把所有的衣服都脱下来。"她停下来。靠得更近些。"你不觉得我们像一对可怕的小表兄妹吗，对彼此毫无保留。分享所有的小秘密。所有那些黏糊糊的、散发强烈气味的部位。看看你。你不会以为那是真的吧。听着。我要坦白一件事情。我有这种可耻的习惯。我每天都去一个糟糕的地方，做一件糟糕的事情。呃，有些日子我忍着不去——但是第二天我可能要做两次。我要去洗手间了。过来，山姆。帮我打败这玩意。你是我的浴室伙伴。每一天，早饭后，当我感觉到这种诱惑——我就可以给你打电话，你就可以劝我罢手。"

"妮古拉，"我说。我站起身来。"至少你得告诉我你做的那件可怕的事情。对阿斯普雷做的。那也许能让我振作起来。"

"我把一块砖砸向了他的挡风玻璃。而且还是块大个头的。"

"哦，当然。算了吧。那不过是家常便饭。"

"我不说。"

"为什么？"

"为什么？为什么？那你觉得是为什么？因为那太痛了。"

在一定程度上，她说对了。疼痛没有语言。除了粗野的语言。除了咒骂。它不是言语可表。哎唷，哎哟，啊，嗨。上帝。疼痛是它自己的语言。

疼痛大礼包如约而至。下午三点左右，快递来的，所以我能够立即给斯里扎德打电话。"它很美，"我用沙哑的声音说,"就像一箱利口酒。或一套化学试验装置。"他知道我想贴上所有的标签:说起给疼痛分类,他说,我们可以追溯到中世纪或育儿室。突然我问他:"雨果,发生了什么事?我是说世界范围的。我给华盛顿的一些熟人打电话。满城风雨。哪儿来的消息?你怎么看?"

"……很糟糕。"

"怎么会这样?"

"就像这样。压力来自两个方面。现在参与进去,碰碰运气,或者任凭系统进一步恶化。五角大楼支持参与进去;政府倾向于和平渡过难关;国家安全委员会犹豫不决。有高血压,还呼吸困难。还有可能血管阻塞。我,支持和平渡过难关。他们一定要捱过千禧年。现在可不能冒险。"

"雨果,我们这是在谈论什么呢?"

他听上去很惊讶。"费丝,"他说。

"什么?"

"总统的妻子。"

我们痛苦的世界就是这样排列和分类的:多像人生啊,多像童年、爱情、战争和艺术啊。枪打,刀刺,火烧,斧劈。拖曳,搏动,闪光,跳跃。枯燥,沉重,疲倦,厌恶。残酷,恶毒,惩罚,杀戮。

"黑瓶里的那个药丸,"我说,"还有那张现代骷髅图……"

"那是为你生不如死的时候准备的。那是为你最最痛苦的时候准备的。人生,我的朋友。"

在阿弗洛狄忒上，科妮莉亚继续鄙视一切友善。和一切服饰。那把马里厄斯和宽果都逼疯了。

我忽然觉得，有几种特征——比方说，暴力的无处不在以及代为实施的残忍——都汇聚在因卡纳西翁这个人身上了。我相信，她的话语中有施虐的倾向，尽是无懈可击的陈词滥调。我怀疑是马克·阿斯普雷额外付钱给她，让她折磨我的。

对于被偷的烟灰缸和打火机，她一直没给我好日子过。我常被搞得心力交瘁，无法脱身。没完没了，唠唠叨叨，她是这样说的。有一些东西具有表面价值。另一些东西具有情感价值。有时候表面价值相对较低，但情感价值却很高。就拿失窃的烟灰缸和打火机来说吧，表面价值相对较低（对马克·阿斯普雷来说），但情感价值却很高（一个默默无闻但绝对是第一梯队的伴送的礼物）。尽管表面价值相对较低，那些东西由于具有极高的情感价值，所以不可替代。因为那不光是钱的问题。

你听见她唠叨了吗？你明白大概情境了吗？我花了半天时间才从那样的一个唠叨中缓过神来。那让我想起了《堂吉诃德》中的一个片段，桑丘用了将近十五张纸，除了写下三思后行，俭以防匮，以及小洞不补、大洞吃苦之外，别无他物，堂吉诃德不禁大叫起来（我是自由转述，但我真的理解了）：别再说你的格言了！你一个小时都在造格言，每个都像匕首一样刺穿我的灵魂……

第十八章　这只是一次测试

基思皱着眉，抽着烟，读着如下文字：

博阿迪西亚[1]玩过某种形式的飞镖，这是确凿的历史事实。身为女人，她算是相当了得的勇士了，有人认为她是通过掷镖锻炼本领的。最终飞镖没能给古不列颠女王带去什么好处，因为她被罗马人打败，于"公元"61年亲手结束了自己的生命。

"公元"61年！基思想。

早期的镖盘确定无疑在古老的遗址被发现了。博阿迪西亚玩的究竟是何种飞镖还没彻底搞清楚。也许不是501分制的现代飞镖，而是其他形式的飞镖。

基思心事重重地把飞镖从紫色飞镖袋里取了出来。然后，用这个袋子掸掉眼泪。一根烟过后，他坐下来，腿上放着便条本，也即他的飞镖日记，手里拿着圆珠笔。拿笔的那只手在空中晃了一阵，像个素描画家。然后他写道：

做个酒鬼容易。

一根烟过后,他又写道:

飞镖的问题在于,你喝醉了就掷不出好成绩。

他又站在了投掷线前,继续练习飞镖。飞镖铮铮铮地落在镖盘上。他把它们收回来。又掷。又收回。再掷。再收回。再掷……八根烟过后,他坐下,写道:

搞清楚基本要领。前脚用力,很容易就完成动作了。在室内掷镖会有人抱怨。让你没法全身心投入。

飞镖被掷出去,收回来,再掷出去(它们铮铮铮地落在镖盘上),收回来,再掷,再掷。烟被点着、燃尽,烟灰洒在开裂的地面上。他一连四次都掷了 26 分。一种自怜感油然而生。没搞过这项运动的人根本意识不到在 5 英尺 $9\frac{1}{4}$ 英寸之外的地方精准地掷镖有多艰难,悲惨般艰难。他暂停,坐下,写道:

净掷个他妈的"26"分。最好明天再练。别去管妮克

---

1 古不列颠爱西尼人王后和女王,于公元 61 年在英国领导了一次反对罗马统治的不成功的起义。

的 skeem sceem skeem[1]。

"早上好,基思。"

计谋,基思想。电视没教会他如何应对这类事情。或是其谋[2]。"早上好,呃……西克斯小姐,"基思说。一派胡言。

"叫我妮古拉,拜托!现在坐在你常坐的位子上,我马上就来。喝咖啡吗?"

从根本上说,天哪,我只是那种喜欢在撒尿时会友的人。在痛饮时。在酒吧里。从根本上说,我喝酒只是为了放松。为了放松?为了放松?基思想,然后他看见自己(昨夜,凌晨三点)跪在车库里,一手拿一瓶色情酒。他笨拙地在沙发上坐下(丝毫提不起兴致)。妮古拉早先告诫过他不要看摄像头,但他还是顺着低垂的眼睑看了过去:在那边的小书架上,它的一对红灯不怀好意地闪着。基思因为强忍住不咳嗽、不打嗝或不反胃,所以通身战栗了一下,然后他点了一根烟。她来了。穿一件裁剪得方方正正的灰白格子套装和一双平底黑鞋;化了淡妆,头发盘起,发髻很粗,纹理清晰,好似戈尔迪之结。你可以说,看起来很像那么回事(桌上还放了个苹果)。女教师的装扮,不是吗。

"我们何不从,"她说,"济慈的'亮星'开始呢?"
"耶,好。"

---

[1] 基思拿不准这个词的写法,前两次的 skeem, sceem,他觉得自己没写对,划掉了,其实第三次的 skeem 也没写对,正确的写法应该是 scheme,意为:计谋。
[2] 基思终于想起了这个词的正确拼写 scheme,但随即又否定掉,写成了 scam。

"第86页。这首诗有五节,对吧,基思。"

86,基思想。三倍区的18,双倍区的16。或者你也可以瞄准靶心,再加双倍区的18。飞镖。

"现在。"妮古拉直挺挺地坐在他的身旁。在他们的听觉阈之外,摄像机在某个地方嗡嗡地响着,就在妮古拉身后,越过她的肩膀,捕捉到基思的剪影,他正板着面孔转向她呢。她看上去并不真像女教师。那一刻,妮古拉交叉双腿,掀起裙衩,轻挪屁股,坐在垫子上。在电视屏幕上她更像一个搞什么阴谋诡计的女修道院院长。或是一个感人至深的浪漫喜剧中的办公室荡妇:摘掉眼镜,她就是个婊子。那裙子上有道裂缝,或是折痕,就像苏格兰短裙。

"基思?你为何不带领我们欣赏一下这首诗呢。"

"你什么?"

"大声朗读。用我的书。靠近些。"

"亮,"基思说,"亮——星!"他震了一下,显然是被感叹号吓了一跳。"但愿……我但愿我——"

"但愿我坚持,"妮古拉轻声说。

"像……"

"你。"

"一样。"基思抹一下劳苦的额头。"不是孤独的,不是孤独的美光。"他咳嗽一声:如同屋内传来的一声犬吠。"抱歉。在夜空高挂着美光——守望,睁着,睁着一双眼睑,永远,像——"

"你仿佛一次只读一个字。你仿佛在用舌头逮字。你是什么时候学习读书识字的呢?"

基思张开的嘴巴变成了方形。"很久以前,"他说。

"继续。"

"呃,像那大自然……坚忍,不眠的……"

"隐士。遁世者。隐居者。'坚忍'一词有虔诚的意思,基思。"

"动荡的。天哪。如……"

"如教士那样工作,绕地球人类的涯岸作涤净的洗礼,"妮古拉说;她一边往下读,一边把裙子掀至腰部(基思能看见透明的长袜、撩人的褐色皮肤和白色的丝质内裤):

"或者凝视着白雪初次降落
面具般轻轻戴上高山和大地;
不是这样——但依然坚持不变,
枕在我爱人的正在成熟的胸脯上,
以便感到它柔和的起伏,永远,
永远清醒地感到那甜蜜的动荡,
永远倾听她温柔地呼吸不止,
就这样永远活下去——或昏醉而死。

……呃,基思?"

"耶?"

"那这首诗是什么意思呢?好好想想。"

基思又读了一遍。他额头中央皱起两道竖纹。纸上的文字就像他自己污秽的眼神一样难以捉摸,充满了谜团。基思仿佛亲临了一个可怕的梦境,失去了联络,突然的失踪,可怕的虚空。他不知自己可曾受过这样的折磨。三四分钟过后,正当基思以为自己真要失去知觉的时候,他感觉语言奋力杀出一条路来。

"有这颗星,"基思开头道。

"还有呢?"

"还有,"基思结束道,"他跟这个女人在一起。"

"呃,差不多是这个意思吧。但诗人试图表达什么呢?"

基思可能当时当地就把一切搞砸了。但现在妮古拉翻开新的一页:基思看见一张写着字的索引卡——她那丰腴、宽厚、娇柔的手啊。

"我或许不是一个受过良好教育的人,"基思有点吃力地读道。断断续续,很实诚。听上去不错。"但我觉得去问诗人'试图表达什么'有违常理。这首诗表达的东西并不很容易理解。这首诗就是他试图表达的东西。"

"好极了,基思。"

"这个情人把星星当成一种意象,一种永恒的意象。基思——济慈在这里表达的是一种想要超乎时间之外的愿望。与他美丽的恋人一起。但是我想,呃,随着诗的进展,还不仅限于这样解读。星星又意味着纯洁。洁净的水。初降的雪花。但是这个情人必须大胆。他必须从天上下来,进入时间之内。"

"正是,基思。这个情人自知不能逃脱人类世界及其所有的狂喜与冒险。'昏醉而死':对浪漫主义诗人来说,基思,死亡和性高潮是一回事。"

"耶，呃，半斤八两。"

"前八行真的相当美，但我不禁觉得后六行尽是胡说八道。现在读什么呢？颂吗？我想算了。我们再看一遍《拉米亚》吧。那是你的最爱，不是吗，基思。"她把书放在腿上，边讲边读，用纤纤玉指翻开书页，手指漫不经心地触碰着她那裸露的大腿。"某个魔鬼的情妇，或是魔鬼本人……众神的梦想成真了……丘比特学院……涓涓细流……怪异的糖浆……天哪：又是感动，又是害羞，又是晕倒，又是昏醉。那个甜蜜之罪的紫边宫殿啊。"这时他们又碰到了一张索引卡，她对他投以鼓励的微笑。

"看来济慈，"基思更为自信地说，"尽管他极力颂扬肉体，其实是非常腼腆的，而且还，呃，闪烁其词，即便是在他那安全的魔法森林里。"

"还有点害怕。他的少女是一条蛇变的。"

"正是，"基思临场发挥。

有那么一阵子妮古拉在讲解诗人的生平，《书信集》，备受冷落，英年早逝。基思开始喜欢上自己的重大贡献了，声音也变得愈发低沉、丰富，他因为突然能够这样谈话，能有这种感觉，能这样思考而变得有力了。他甚至开始抱起双臂，摆出一副权威的姿态，用右手小指所剩不多的指甲去挠太阳穴。

"故事于1820年在罗马落幕。"

1820！基思想。

"他当时二十六岁。"

两个 13，基思想。不好。你有三支飞镖，最好是一个 10，两个 8。

"作为一个愚昧的马倌的儿子，他默默无闻、含恨死去。'这里躺着一个人，他的名字写在水上'是他想要刻在碑上的墓志铭。"

"想想就觉得悲惨，"基思用沙哑的声音读道，"济慈永远不会知道他会活在众多仰慕者的心目中。各行各业的仰慕者。一个像盖伊这样的人，"基思突然猛皱一下眉头，然后继续读道，"显然有一些，有一些诗人的气质。我尊重它。但是我自己，用我，用我未开化的方式，也发现我的人生被丰富了……"索引卡上只是写着，"被约翰·济慈"[1]。但是基思在这个阶段觉得自己还可以说得更好一些。"被丰富了，"他说，"被那个大胆的小……被那个……天资聪颖的浪漫主义诗人……他过早的——"

"被约翰·济慈，"妮古拉说。她拉直裙子，啪的一声合上书本——也随之堵上了基思的嘴。"我想今天可以了，你说呢？最后再来一段，基思：

哪个活着的人会说，
'你不是诗人；不要再说你的梦了？'
因为每个人，除非他是傻子，
都有梦，都会说梦，如果他热爱

---

[1] 正常的语序是：发现我的人生被约翰·济慈丰富了。

他的母语,并且受到良好教育的话。[1]

基思,我想你今天体现了这些诗句的真谛。"

基思深吸一口气,想要飞翔,想要歌唱。但脑子里一团糨糊。他冷静地点了点头,说道:"耶,是。"

她把他送出去。回来时经过起居室,穿过狭窄的走道,走进卧室。盖伊正拘谨地坐在床上,宽大的手掌朝上摊开放在腿上。妮古拉吻他的嘴唇,跟他保持一臂的距离。

"现在你满意了?"

盖伊对着电视屏幕无力地笑了,那上面只显示着沙发背和空荡荡的房间。"真相大白了,"他说,"抱歉。我感觉可笑和羞愧。我说过没必要那样做的。不过还真让人吃惊啊。我几乎不能相信。那判断力。那天生的批评意识。"

"我跟你说过他很敏锐的。"

"你真善良,妮古拉。"

耶,是,她脱下外套的时候,差点脱口而出了。"一个人总得做点力所能及的事吧。"她把头歪向一侧,开始解衬衫扣子。"这真是初次进入女士卧房的滑稽理由啊。我想我还没准备好昏醉而死呢。但是,至于你爱人的正在成熟的胸脯正在成熟,真的。以便永远感到它柔和的起伏。哦。我希望你的手友善又温暖。"

"我的手是温暖的抄写员的手。只是还有一件事。我想你

---

[1] 这段引文选自济慈的长诗《海披里安的覆灭:梦境》第一篇章的第 11—15 行。

太残忍了，"他微笑着含混不清地说，"对可怜的老济慈。"

约翰·基思，基思驱车离开时心里想。一流语言大师，还精通药学。书：一种快速挣钱的捷径。在游泳池边享用早餐。妻子健健康康的。"说真的，亲爱的，我不能再写好莱坞剧本了，得考虑写点严肃的东西了。"他妈的摆满了硬皮精装书的大书房。斯诺克！上帝啊。清高女身着女教师的裙装。还不赖。不。到最后我完全乐在其中了。做给盖伊看的。但却是蹩脚的老把戏。附带说一句，基思在想济慈是否也玩过某种飞镖呢。

他转到主路上。这样做的时候他感觉肚子里略微有些搅动，就像受伤的鸟垂死时扑棱的翅膀。嗨。他感觉喉咙和肺里也有同样的感觉——废物，消化。在几次长时间塞车时，基思有一次拿起沃达丰，给彼得罗妮拉打电话。断线了？很难说：他甚至都听不到自己的咒骂声，因为附近有辆装卸车发出震耳欲聋的噪音。他再一次感觉肚子里叮当作响。基思突然觉得自己应该去看医生了。这并非往日那让人欢喜的求雌狂。倒像是惊慌症。尽管心有余——贪婪至极，渴望不已——可不知怎么，力却不足。每一次他都需要很长时间。他感到痛心和恼怒：他想起自己小时候用盐杀死的那些蜗牛，不禁皱起了眉头。

这种并排停车法！基思排着长队，缓缓而行，逶迤来到拉德布罗克丛林，并排停在牛津花园。他溜达到荷斯特切克，对曼吉特点点头。吹着口哨穿过奶制品区，穿过化妆品区，穿过影碟区：那是一支动人的西班牙民谣，名字叫做《多愁善感》。一名服务员和一个孩子在酒品展区附近打了起来，他退至一边，当一个酒瓶被打碎时，他像斗牛士舞动斗篷引牛那样单脚向后跳起，担心喇叭裤被弄脏。到了下面的储藏室，他透过硬木门的缝隙朝内看去。特里什·舍特正躺在地上，一只脚搭在简易床边：正是基思十个小时前离开时的姿势。基思咬牙切齿，口内生津。半个小时就能把她搞定，容易。同时他想起另一件事来：那天早些时候，扒她的紧身裤时，基思突然想起了车库里的镖盘，在靠近三倍区二十分的地方有一大块由于过度使用变得起毛了。现代的镖盘，宣称是鬃毛做的，实际却不是动物毛，而是植物性物质：取自于龙舌兰植物带刺叶子的剑麻，从非洲进口，压缩成必要的形状，后面垫上硬纸板，在表面上色、画线，就做好了。不是吗。那相似性当时让基思激动不已，但是用不了太久；很快，如何掷出高分——140 分，让人心服口服的 180 分——就又冲散了他的注意力。现在基思看看手表。他回到楼上，买了六瓶装的特殊佳酿，爬进骑士汽车，花了九十分钟，赶去白城找安娜莉丝·弗尼斯，完全没心情理会巴兹尔的胡言乱语。

刚过六点，基思就回到了温莎宫。他站在厨房里，跟伦敦的交通一样疲惫不堪。如此宝贵的操练时间都被浪费掉了——那么多次铮铮铮的掷镖，那么多次把飞镖收回来的宝贵机会。你不能怪巴兹尔：基思把他叫到一边，直言相告，捅一下他的耳朵，他就立刻走掉了。也不是安娜莉丝的错：她献出了拿手好戏，也没抱怨，基思还亲眼目睹了她嘴里扭曲的肌腱。不：谋杀进了家门，街上全是警察，牧人丛又被戒严了……凯丝出现了，把婴儿当成魔法盾来防他。基思面无表情地看着她，看着她疲惫的面容。明天：半决赛。甚为窘迫。对于那场比赛本身，基思倒是相当冷静的，或者他自认为相当冷静。让他烦恼的是，邀请谁去呢。正常情况下，没有问题：黛碧·肯西特或安娜莉丝·弗尼斯，她们的乳沟大得可以在里面停自行车了。但这次可是备受瞩目、声名远播的比赛啊。特里什·舍特已经嗅到了风声。妮基也说想去。连凯丝都叽叽咕咕地说如果你愿意，就怎样怎样的。

"我的饭菜在哪里？"

"你能过来看看吗，基思？"

"天哪。什么？"

"电视。"

基思从她身旁挤过去，在休息室门口停下脚步。

"每个频道都一样。"

基思伸过脑袋，嘴巴开开合合。屏幕上显示：

> 这只是对应急播报系统所做的一个测试。
> 如果真有紧急发生，
> 这将告诉你去哪个频道
> 能看到最新消息。
> <u>但这只是一次测试。</u>

"你知道吗？"基思对凯丝说，"你他妈把我魂都吓没了。还以为电视坏了呢。"他对着屏幕晃晃脑袋。"没事。

看。看！现在又好了。我的饭在哪里？"

正当基思垂涎欲滴地想着墨西哥辣椒和四个杏仁玛德琳蛋糕时，凯丝却说：

"我去图书馆了。没有报纸。"

他从腋下取出小报。"那这是什么。你是瞎了还是怎的。"

"但是他们——"

基思现在盯着自己空空如也的茶杯。凯丝孩子气地直挺挺地站着，接着走到隔壁房间把孩子放下。回来以后，她伸手越过他去拿套罩上的茶壶。

"那不是报纸。"

他瞪大眼睛威胁地看着她。

"那上面只字未提。关于**危机**。"

"滚蛋，"基思说，"那上面一直都有相关的报道。"过去的一个月来，基思时不时会看他小报的第十四页下面偶尔刊登的补白，以跟紧**危机**的最新动向。小标题五花八门。**美国佬：** &.@Ø＊！或者**红色** NYET 或者 GRRSKI！还有一次用非常小的字体写着：阿拉伯佬的僵局。基思现在呼啦一下翻到第十四页。有一篇瘦身编辑写的关于总统妻子健康的文章。但是没有补白。

"没有，呃。那就是没发生任何事情。"

"你认为没有。"

基思陷入沉默。他正入迷地读着一篇有关影星伯顿·埃尔斯的报道呢。伯顿的助手完全否认了那种说伯顿是双性恋的传言。自从他年轻的妻子神秘地死去之后，伯顿就一直试图与阴间的利安娜取得联系。为了便于说明，还刊登了两张照片，一张是伯顿的，一张是利安娜的，两人都上身赤裸。

"据说他们会——"

基思把刀叉一股脑扔在桌上，站了起来。"听着，你他妈的管好自己的事情，成吗？岂有此理，你宣称自己是个妻子，我他妈的明晚有场半决赛，你就这样跟我扯淡？他妈的多管闲事。来，克莱夫，没必要待在这里了。要去工作了。来，克莱夫。到我这里来，老兄。上帝啊。"

婴儿醒了。但是没有哭。她的眼睛里闪烁着光芒。

九点钟，黑十字，基思放下飞镖，放下酒杯，走到后面去打电话。曼吉特花了几个世纪才把特里什叫到储藏室来。

"比赛取消了，"基思敷衍地说。

"为什么？"

"对我的健康存有疑虑。"

"什么？"

"手指伤残被退赛。"

"发生了什么事？她把腿交叉起来了吗？"

"闭嘴。"

"不管怎样，我都要去。"

"自由国度，不是吗，"基思说，他多少说对了一次。

"你完事还过来吗？"

基思挂断电话，也没说或许会来。回到吧台他看见了盖伊。

"你好，基思。"

"你好，老兄。"

基思有一种鲜有的感觉：尴尬。抑或可以说他应该已经感觉到了——尴尬——如果他有闲暇的话。事实上，基思很少感到尴尬：一本名为《基思和尴尬》的书会是薄薄的一本，两三页后便没了内容……他抬起头来。盖伊正用一种怜爱的表情看着他呢。

"要求，"基思说。"你承诺过。所有这些要求。要求你抽时间……"

盖伊点点头。

"那个大场面，"基思说着弯曲他的掷镖手指，"你付出了很多。"

盖伊继续点头。他似乎做好了对基思百依百顺的准备了。

"那个大场面。那就是我要面对的。你明晚来吗？你当然要来。耶，呃，你能帮我一个忙吗，老兄？"

"当然。"

"听着：我不能。把妮基带来。"

"没问题。"

"妮古拉。听着：我不能。"

他们把肘支在吧台上，向后靠着，好似两个同等地位的人。基思然后心不在焉地说："我的配额满了。"

那个驼背警察约翰·达克走了过来。约翰·达克——可疑的条子。基思付的酒钱：他在摆平塞隆尼斯事件时欠了达克一些钱。还费了更多的口舌。当时塞隆尼斯的名字立马在DNA电脑里蹦了出来。但是接着基思的名字也蹦了出来。太不小心了：唾液残留在猪肉馅饼渣上了。基思会为了猪肉馅饼做很多事，基思会打着猪肉馅饼的旗号做很多事；但为了它们锒铛入狱，他想，则大可不必……那三个男人花了半个小时，谈论巡游者为了保住龙头老大的地位、为了把他们想象的优势变成现实所经历的困难。然后话题转到了本赛季前几个月少得可怜的观众人数。达克以他一贯的乐观说道：

"那让你心碎。事态还会更糟呢。今天早上，电视屏幕上出现什么来着？应急预案。伦敦中心区的部分撤离。"

基思朝旁边看。盖伊朝下面看。

"到那时巡游者又会何去何从呢，呃？"达克大笑。"就这么点？就改变这么点？他们一定是在他妈的做梦。"

莎士比亚把头探进门来，做了个手势。基思失陪。外边，大恶人正同特鲁斯站在灯柱下。他打开一截报纸，把里面的东西展示在灯下时，众人全都围了过去。

"这些就是？"基思问。

"对，这些就是，"特鲁斯说。

"是真的吗？"

"从体育馆找来的，"大恶人说，"合成代谢的。"

"它不会给我带来什么坏处吧？"

"绝对不会，"特鲁斯说，"能提高你的飞镖技能。"

"一片多少钱？"

基思想的当然是他的飞镖。但他当时就吃了一片类固醇，然后（在特鲁斯含糊其辞的建议下，把另外两片留至翌日早上）就去找特里什·舍特试试威力了。

第二天将近正午时分，盖伊撇下正在厨房一声不哼吃着玉米棒的莉齐布，晃晃悠悠走上楼梯，走进门厅，时不时对一个不甚熟识的保姆或互惠工点点头。他走进第二起居室，看着透明酒柜里的威士忌和白兰地，提不起什么兴致。隔壁便是第一起居室，非常宽敞、几乎不怎么使用，在那里他尝试听听音乐，某种柔和的、他非常熟悉的曲子（大协奏曲），几分钟过后，他惊愕地发现，那曲子也不再能引起他的兴致了。上楼的路上，他又遇见一个新来的保姆，肌肤黝黑，颇具异国风情，有一种静谧的慵懒。那个对漂亮保姆的规定不知不觉中有了松动。事实上，当气温升高，低矮的太阳洒满窗户时，这地方弥漫着一种奢侈的坏名声：萎靡不振，好似战前。过去的两三周，这些保姆突然上市，霍普把她们都抢了回来。在这样的一个时代，盖伊想（但从没有过这样的时代），年轻女子可能会有一种返祖的冲动，想要进入一栋大房子。进入一个大洞穴。

霍普在卧室，在梳妆台前梳她的头发。现在每次与她相遇，他都能看见他们往日在一起的时光一闪而过，仿佛他们的婚姻是一个垂死的溺水之人。他试图去看她的网球用具，以便稍微自在些。丁克最近来得不那么频繁了。

"你准备去打球吗？"他问，"跟丁克？"

"六点之前没场地。大家都怎么了？为何都不工作？"

"没人在工作。你注意到了吗？建筑工地以及其他一切地方……莉齐布怀孕了吗？"

她转向他：一张聪颖的椭圆形脸上写满了愤怒与冷淡。

"我只是不解。不光是她的身材，还有她那种吃法。狼吞虎咽。她正在下面啃玉米棒呢。三分钟差不多吃掉了九个。让我想起了电动打字机。"

"那只是她处理问题的方式。吃没关系,你知道。你也应该试试。"

盖伊正靠在门框上,双手插在口袋里。他向走道看去。"他昨夜有没有打个盹?好吧。他在动,"盖伊多此一举地说,因为你能听见马默杜克不知疲倦的咆哮声和永远让人吃惊的剧烈摇床声。"他今天出去过吗?我想我可以带他出去逛逛。"

"保姆们会带他去的。"

"我想带他去。什么?不,我去。"这当然是个荒唐的谎言。只是盖伊需要打电话。不是打给妮古拉,他晚上能见到她(他会陪她去看飞镖)。不:是打给办公室的理查德。那天他已经跟理查德详细而又紧迫地交代过三遍了,不想再让家人惊慌了。那是欺骗的又一个方面:你恶意的谎言会让你善意的谎言变得更加邪恶。在你的天空里星星都暗淡了。

"你认为外边真的安全吗?"

"哦,没事。"

他现在面临的任务是把马默杜克全副武装,以便迎接外面的世界——给他穿衣服,从头到脚,那孩子在这整个过程中把所有能够拿到的东西都往他身上砸。在育儿室,盖伊取下马默杜克的尿布,绝望地把他塞进小马桶里。"你今天准备给爸爸一个惊喜吗?"他说着再次感到相当无助。二十分钟过后,由于马默杜克没能给爸爸一个惊喜,盖伊就费尽九牛二虎之力给他穿上尿布垫、尿布、尿布裤、背心、衬衫、裤子、袜子、鞋、连衫裤，到了楼下又给他穿上厚夹克，戴上手套、面罩、绒球帽、围巾。正当他把他拖到前门，伸手去开双重锁的时候，马默杜克就，用当地话来讲，"超级排放"了（这通常标志马默杜克那为时一周、憋得嘴唇发白的便秘实验结束了）。换言之，那孩子弄了自己一身屎。盖伊解开马默杜克的围巾时，发现有些屎甚至都喷到他的衬衫领子上了。于是他们又返回育儿室，盖伊又费尽九牛二虎之力给他取下绒球帽、面罩、手套，脱下厚夹克、连衫裤、鞋子、袜子、裤子、衬衫、背心、尿布裤、尿布、尿布垫，挥手让勇敢但又用手捂嘴的保姆走开，在主卫给马默杜克冲洗，然后再费尽九牛二虎之力给他穿上尿布垫、尿布、尿布裤、背心、衬衫、裤子、袜子、鞋子、连衫裤、厚夹克，戴上手套、面罩、绒球帽和围巾。在这整个过程中，马默杜克那一生伤害爸爸的热情——其间包括他专门伤害爸爸生殖器的爱好——只发挥了两次。用头猛撞睾丸，用一个钝钝的武器（一个玩具枪榴弹发射器）恣意去打那敏感的龟头。新疼会合旧疼，疼痛加剧了。这次，他成功地在马默杜克闹翻天之前把前门打开。

呃，盖伊很少为那事烦心。用完一卷半手纸以后，他带着嚎啕大哭的孩子来到大街上。马默杜克现在脸朝下躺在人行道上，摸起来软绵绵的。盖伊蹲下去哄他，皱眉看着低矮的太阳。

"真是个好宝宝。"

"不不不！……阿姨妈妈。"

"好了,宝贝。"

"你扛着我。"

"哦,好吧。"

他们散步时,马默杜克总是要求被扛在肩上,因为那样更方便打爸爸。他们出发朝拉德布罗克丛林走去。被高高扛在肩上的孩子把盖伊的脸当做橡皮泥把玩。

皇家的囚徒,盖伊想:这即是他们的身份。宝宝是皇家的囚徒,帝国的俘虏,小拿破仑,小天皇。哎哟!得给他剪指甲了。消极抵抗——呃,在可接受的范围内进行反抗。他们耗尽了监狱看守的时间。他们削弱了敌人的战争努力。"别弄眼睛,"他说。当他们从楼梯上跌下来时,你能从他们的脸上捕捉到这样的信息:他们在说——这是你的问题。正当你以为小魔头这一次很规矩的时候——"别弄眼睛"——门歪了,暗中使坏呢。或者来个英雄壮举,自我伤害。哎哟。哎哟。就在你的鼻子上头。这是谁的战争呢?难道我们不是他们的朋友、他们敌人的敌人吗?当然,你决不能残酷或者严厉地对待皇家的囚徒,因为他们是皇族,敌视终结时一定要确保他们完好无损……做父亲之前,盖伊从没意识到这地方一向有多少婴儿和小孩。但是现在——他正走进拉德布罗克丛林,走进它琳琅的商店、酒吧和公交车站——盖伊看见到处都是皇家的囚徒,正如往常一样,千姿百态(悲伤的、可怕的、威胁的、惊恐的),都在做皇家的囚徒一向在做的事情。

大街上熙来攘往的人群和钢筋混凝土暗示着随时随地会有暴力发生,那对马默杜克有一种抚慰的效果,他也许会希望学习一些技巧，以备他时之用呢。除了汽车喇叭声、发动机喘振声、普通的商业活动、日常琐事、酒吧狭长的门口永不停息的打砸和混战之外，更震撼的是六七个防窃报警器发出的麻木而又恼怒的报警声。邮局的地面不论晴天还是雨天都湿乎乎的，现在已成了酒鬼、乞丐、早就没了脾气的人——还有自我伤害者的滑冰场了，盖伊想，他发现竟没一个人注意到拐角处有个女人正在有节奏地用头撞墙呢。他排队等着使用电话亭，或者说围着电话亭打转，因为排队这个概念，如同过马路、女士小孩优先、己所不欲勿施于人等诸多概念一样，为了赶去庆祝千禧年，已经怠工了。连马默杜克都有点转怕了。盖伊正想着去肯奇塔、胡斯尼或黑十字碰碰运气呢，忽然有个电话亭空了出来，而且也没人真正想插队。于是他就给理查德打了电话，理查德立刻证实了他们二人都有所怀疑的事情：所有的美资正在撤离金融城。

谈话结束以后，盖伊继续站在那里，一只耳朵贴在电话上，马默杜克耐心地撕扯另一只耳朵。他从不惊慌；现在也不惊慌；像往常一样，他对自己感觉不可避免的事情都是接受。不管怎样，美方撤资远远没有它可能引起的延迟付款来得重要。而且他自己的职位也许很牢靠。但他突然感觉一切都变得更为险峻了。盖伊扛着孩子，但他现在充满了需要，基本的、廉价的、普通的需要，那些我们必须要有的东西。他突然意识到自己是完全自由的，可以给妮古拉打电话，于是他就打了。她睡意朦胧地说自己刚洗完澡，正躺在床上，满脑子想的都是他。由于某种原因，盖伊笑了，像孩子那样充满感激或欣慰。

他感觉什么地方又平添了一种疼痛，但却没发觉裤子从脚背处向上卷起了几英寸。

他带着孩子走了出来，太阳正照在街道的尽头，如同核爆炸一般。盖伊知道太阳不该这样。不，太阳真的不该这样。太阳不该这样低矮地照着我们，使得窗户和挡风玻璃都弥漫在玫瑰色的尘埃里，把地平线变成一片火海，这样斜着燃烧，以这种可怕的角度燃烧，一切都因此变得更糟了。你想让它从眼前消失。环视街角——什么都没有，街道也不见了，只有火与血。然后眼睛一片昏花，你能看见黏糊糊的沥青在熔炉里哧哧作响。太阳把贫民窟变成了水晶般的城垛。但太阳不该这样，它真的不该这样，不该这样在我们的脑海中印上这种念头、这一秘密（别样的燃烧，别样的火焰），不该一直这样低矮地照着我们。

他们拐进兰斯登克雷森特时，有一条流浪狗蹦跶了过去，好似逃离犯罪现场一般。盖伊靠着花园的围墙把马默杜克放下来，试图拥抱他。他对着有如疾风骤雨般挥动的小拳头，俯下脸和搜索的唇。他刚刚看到了未来的自己：他跟马默杜克在摄政公园的动物园里——一个婚姻解体、家庭破裂、有探视权、半孤儿状态的动物世界。咖啡馆和广场上稀稀落落地散布着其他一些离婚的爸爸，其他一些与父母一方分开的孩子。但笼子是空的，只有缕缕烟雾和动物的幽灵。没有一个动物。再也没有动物了。甚至连条狗也没有了。

一段时间以来我认为可以相信美国疯了。以其独有的方式疯了。为什么不呢?

就像人发疯一样,国家也发疯;全世界各地,国家依在沙发上,或是坐在黑暗的屋子里嚼着双氢可待因和羟基安定,或是躺在沸腾的浴缸里,或是蜷缩在紧身衣里,或是站在那里用头去撞软垫墙。有些国家一直在疯,有些曾经疯过,而后好转,而后再疯。美国:美国以前患过神经官能症,比如在她试图戒酒时,在她开始在国内寻找敌人时,在她认为自己可以统治世界时;但是她总能再次好转。但是现在她又疯了,而那是必要条件。

在某种程度上,她跟别的地方都不一样。大部分地方都只是些什么,但美国还得意味点什么,因此她易受——伪装、虚假回忆、错误使命的影响。终于,那与错觉所做的殊死搏斗好像走到了尽头,美国丧失了理智。

我坐在莉齐布那酷似吊床的床边,轻拍她的手,谈论幽居的种种好处。那跟阿弗洛狄忒上的睡眠条件和总体氛围是多么不同啊,马里厄斯在舱室热得晕头转向,听失眠的科妮莉亚在右舷的帆布床上唠叨着不能实现的梦想……

我曾以为我能读懂伦敦的街道。我想我可以凝望这些斜坡和通道，凝望这烟雾弥漫，弄明白一些道理。但是现在我觉得我不能够了。要么就是我正在丧失这种能力，要么就是街道变得愈发难懂了，或者两者兼而有之。我读不懂书，书本该很容易、很容易读的。那就难怪我读不懂街道了，我们都知道街道坚硬——金属内衬，加固处理，大量的钢筋水泥。而且变得愈发坚硬，愈发牢固。本来就是文盲的街道很难阅读。你再也读不懂它们了。

"这么说你爱过他喽，"我说。

"这么说你爱过她喽，"妮古拉说。

我也没有回答。是怎么了？我们没完没了地圈点其他每个人，我们能触及的其他每个人，寻找另外一个正在圈点、正在等待，而且我们希望也正在寻找我们的人。然后，如果你敢，如果你能，你就放开去想：丝毫不要怀疑。

一段时间以来美国的梦想生活似乎变得过于强烈和混乱了。厄普代克的早期作品里有句什么话来着——在天真无邪、谈情说爱的兔国？[1] 美国超越了权力这个概念：她像是在梦中，扮演着上帝的角色。美国以为自己是清醒的，非常清醒的，但实际上她是在沉睡，而且处在深度睡梦中；她独自一人。她想表现得好一些，更好一些——与众不同。我们都一样。当你发疯时，会出现什么状况呢？想走善道正路：能做到吗？爱能做

---

[1] 此处指美国当代文学大师约翰·厄普代克最为著名的代表系列"兔子四部曲"，分别为《兔子，跑吧》《兔子回家》《兔子富了》《兔子歇了》。

到吗？太多的爱了，而且都是错误的爱。没有回报的爱，坏脾气的爱，蜕变成受伤的感觉。被撕碎的感觉。伤心欲绝的美国，被残忍地刺痛了，气喘吁吁，不能出来玩耍。正值适婚年龄的她睡着了，进入了梦乡，还以为自己醒着呢。

事情变成了这样，没人能说出自己有多害怕。四个月之前哈特小姐伏在我的耳边呢喃。现在她就像《时代周刊》一样说话。

我到处打电话找她，却一无所获。

基思问我他能否把安娜莉丝·弗尼斯带到公寓来。他提出这样的要求时，感觉到了我的一些不安，于是抛给我一个不幸恋人的眼神。在基思的版本里，在基思的演绎下，这个不幸的恋人看起来就像一个刚刚离开驿馆十码远，马上就瘫倒的老冒险家。"仅此一次，"我说。

注解：

当然，我很喜欢基思随身携带的刊登在小报上的她的露胸照，身材很标准。总体说来，她好像（一）少了一点姿色；（二）多了好些疯癫；（三）老了大概五岁；（四）比我的打字机描绘的形象大约矮了九英寸。

我准备走开，但他们坚持让我留在附近。卧室里先是一阵长久的沉默。接着是那种我只能说两人都非常吃力的声音。然后是十几个愤怒的牛仔终于袭击了圣达菲。

后来，完事之后，我跟她单独待在起居室。"跟我说说，"我说，"出于兴趣。基思去看你的时候，巴兹尔去哪里呢?""他去,"她高傲地说,"去公园。"

慌慌张张,惺惺作态。傻帽。她像一个艺术史学家参观画廊一样品评了墙上的照片。头发和肩膀好像都在我注视的目光下哼着小调。连那藏在花裙子下面的形似大头棒的脚踝也仿佛知道我在看它们似的。天哪:开阔眼界,通讯革命。想必这一切都能保存下来吧;而安娜莉丝就是没做到。眼界没有开阔。还是老样子。其他的东西将之填满了。

在书中,她代表某种东西。作为活生生的人,她平淡乏味:完全是浪费时间。或者不完全是。作为活生生的人,她跟所有人一样,让你心碎。看着她,我变得更老了,在艺术和爱情上均告失败了。肥肥的脚踝。亲爱的肉肉。

现在在同一个公园,但是在不同的天气里,我跟巴兹尔并肩站着。没有什么能分开我们——只有一层雨幕。你会说我们是稻草人,但是连填充物都被掏空了。我们抱着自己,留住余温,因为我们所爱之人没有一个愿意抱我们的。巴兹尔,哭鼻子的小提琴演奏家。就连那个他也不擅长。你和我,朋友。

你很难看出马里厄斯在男子汉气概方面能有什么起色。科妮莉亚不需要。他一直试图保护她,营救她以及做些诸如此类的事情——但她从未遇到过任何麻烦。譬如,在某个被风吹扫的岸边,他们在小卖部附近遇到了一条野狗。马里厄斯来个英雄救美,冲上前去。那狗抬起头,张开嘴,滴着涎水。像往常一样只背一条子弹带的科妮莉亚把他推开(她硕大的乳房一起一伏),打爆了它的脑袋。她让我想起了某个人。我知道:伯顿·埃尔斯。

跟伯顿·埃尔斯一样，跟其他所有人一样，科妮莉亚也有更温柔的一面。在老宽果走后，马里厄斯在篝火边当然表现得更好一些了。这里，在罗望子树下，在闪烁的星空下，她跟他讲她对伯纳多、那个死去的赛车手的爱恋——他那闪亮的笑容，他那有光泽的额发。这是一个不会轻易委身于任何一个男人的女人。但是一旦动了心，马里厄斯想，她就会献出自己的全部。

然而，沙漏就快漏完了：他还只剩大概五十页了。行动吧，马里厄斯。这悬念快要了我的命。死亡也快要了我的命。到处都疼，我想我快要瞎了。

我的眼睛已经变成了如此可怜的工具。在吸血鬼电影里，当牛仔女郎或者酒吧女招待带着煞白的喉咙，靠得特别近的时候，伯爵会想这该死的是什么呢，真就瘫在那里了，他的眼睛……我的眼睛看起来就像那样。部分是因为我老哭。我哭得太多了——我体会到了柔弱的意味。哭是我的部分剧目，我的生活、我的人生的一部分。我痛哭流涕。我嚎啕大哭。我抽抽噎噎。哦，莉齐布吼吼吼。有时，当我无事可做，我呜咽一会，感觉就会好很多。我呜咽，我大哭。我边哭边诉。我还吸鼻子，抹眼泪，走到外边催泪的、难以理解的街道上去。那些急转弯，那些可怕的车呐。

一段时间以来，都不是好时候。不是好时候，接着还不是好时候，然后还不是好时候。快要到来、如此紧逼的千禧年来得却不是好时候。在999年,在1499年,在1899年(在所有中间的那些年:千禧年是个永久的千禧年)——人们怎么感觉或者怎么说都无关紧要。世界末日还没有到来。没有人持有武器。世界末日待在原地不动。除非……我们撒完尿之后都有那种滑稽的经历:按下手柄,看马桶里污水飞溅。它走了。现在它又要来了。人类踮起脚尖,仰起脖子,只有鼻孔、噘起的嘴唇和一部分紧张的前额露在涨起的潮水外头。他们在深夜播报天气预告,估摸着孩子都上床睡觉之后,那样做很好。少儿不宜的天气预报,播报员就像神经质的殡仪员。把这个星球想象成一张人脸——一张男人的脸,因为是男人创造了它。你能透过烟雾和热流看到他吗?他头皮上布满了疖子、秃斑和外科伤疤。所剩的头发也就是焦虑的白发。下面的脸仿佛在说:我知道我不该碰那玩意。我知道我不该沾染那玩意。我是真想改邪归正,但我想现在离开为时已晚了。我有一种可怕的感觉,你不能从中康复了。看它把我折磨的。看它把我折磨的。

诡异的是,我现在反过来成了基思的飞镖教练。他不再指导我了。换我指导他了。那很容易。

我不能在技术层面帮助他(没有任何技术可言),我也不能在战术层面帮助他(没有任何战术可言),但我能从心理层面帮助他,显然有足够多的心理因素可言。一切都取决于你想让飞镖去哪儿它就去哪儿的疯狂欲望。最后,怪诞的是,钱还是以同样的方式易手。基思接钱时,脸转向了别处。

昨晚我就站在那里,说着诸如此类的话:"要瞄准,基思"，"绷紧"，偶尔，当然也说"飞镖，基思"（至高的赞美）。我们时不时还谈到肌肉记忆以及飞镖的命运那类深奥的话题，但大部分时间我就站在那里说着"要瞄准，基思"。"要瞄准，基思"：那是什么建议呢？说那种话费我什么劲呢？我作出努力，忍着疼痛那样说着。我现在对疼痛已经很熟了；但对努力却不熟。努力是如此之新，如此空前——如此累人，跟所有的努力一样。努力包涵了努力以及所有那些累人的东西。有一个垂幕。光从别的东西中渗了出来。

昨晚，十一点左右，基思遇到了一件绝不应该发生在骗子身上的事情：他没烟抽了。大惊失色的他在车库里翻遍了几十个备用箱子——连一个也没找着。那能说明他都有多久没行窃了。

他去奥菲找烟时（那里有一个现代家庭所需的一切：酒、录像带、微波炉烹调的比萨），我优哉游哉地欣赏着他的笔记，他的飞镖日记。除了如何对付任性不羁的第三支飞镖，文盲对暴富的遐想，用惨不忍睹的笔迹摘抄的关于汉尼拔也有可能玩过某种飞镖的引文之外，我还发现了如下文字：

不能再伤害 K 了。拿孩子出气一点用也没有。

让他消失吧。上帝啊，还要多久我们才能到达终点呢？让他消失吧。

够了。结束了。玩完了。

第十九章　女厕所和男厕所

半决赛之夜！

杜歇尔麻雀大师半决赛的五轮比赛对基思·泰伦特来说是主场。但是这样一个高质量的比赛绝不是在黑十字上演的。今夜，基思盼望的是一个名气大得多的地方：艾克顿的伊登德里侯爵。那才是基思一直代表的酒吧——冒泡的大啤酒杯，紫色的飞镖袋，冷静的收尾。你绝不会看到基思代表黑十字掷镖，黑十字那些四海为家的、喝得醉醺醺的表演家们从未达到过超级联赛的水平，事实上，也从未赢过一场飞镖比赛。那技艺精湛的飞镖手总是去别处另谋高就的。从根本上说，基思不得不找一家更加致力于飞镖的酒吧，在那里你能觅到掷镖热忱。伊登德里侯爵：它铺着红色的天鹅绒地毯，挂着叮当作响的枝形吊灯，酒吧男招待身穿条纹吊带衬衫，留着络腮胡子，女招待穿着挤奶女工的制服，露着乡村姑娘的乳沟，熟谙飞镖的基本知识。一流的设备，八个镖盘一字排开，在重大场合还有凸起的投掷线，外加模拟目标和数字化计分呢。凯丝帮他更衣：锃亮的古巴鞋、喇叭裤、便于流畅投掷的黑色短袖衬衫，上面镌上银色的警告语：**基思·泰伦特——收尾大王**。然后是蝠翼掷镖披风……在潮湿黑暗的黑十字里，基思的身影偶尔会显得沉默而疏离；但是把他放在伊登德里侯爵那样的一流酒吧，呃，那家伙就有了生气。基思很爱伊登德里侯爵。他有时会为伊登德里犯傻,谁对那地方出言不逊,他就会眼泪汪汪地将之痛打一顿。

"是。就是这儿,"盖伊说。他把嘴撇向一边,给了一个鼓励的微笑,问道:"你还好吗?"

妮古拉抿嘴回以微笑。"我想是的。"她拉起他的手,"我只是不太喜欢酒吧,"妮古拉说,实际上她一直都喜欢昂贵的鸡尾酒吧和狂热的非法酒吧。

"我们相遇在一家酒吧。"

"那好吧。并非所有的酒吧都不好。"

他下车,很快转到她的车门前。一只手伸了出来。他托起她的手,把她带入夜幕之中。

"你看上去真美,"他说,后又用更大的声音补充道,"我只是在想,我们是否该把你的大衣留在车里呢。"

妮古拉看上去像百万美元。或是百万英镑,不管怎么说。她在V领夹克和后面开口的黑丝绒套裙外罩了一件淡黄色貂皮大衣("它是假的,"她撒谎道);船形高跟鞋、透明长袜、钻石耳环、金项链加钻石坠、金表、黑皮包上还挂了个金搭扣。

"我是说,"盖伊说,"他们不会知道这不是真的。"早些时候,她按照约定在他按响蜂鸣器时径直从楼梯上走下来,盖伊被她那毫不遮掩的奢靡裙装吓了一大跳(当然也深深为之动容)。她是多么努力、用多么聪明的手段竭力装作老成持重啊。他们只是去酒吧看飞镖比赛,去为基思加油而已,基思也许告诉过她那地方气势恢宏了吧。

"谁不会？"

"酒吧里的人。"

"他们会设法把它偷走，你是说？但是你会保护我的。总之他们不敢。"

盖伊无力地笑了。他意思是，那大衣在伊登德里侯爵没准会引起反感呢。不过，当然，他只是想想而已。

他们走进酒吧和它充满原始欲望的喧嚣世界，那是人们坦白承认的欲望、热烈追求的欲望、定期得以满足的欲望。放下白日的恐惧，尽情地享受夜晚：就是这种理念。向往的东西包括商品和服务，性和打架，钱和更多电视，最最重要的是酒与飞镖毁灭性的增效作用。盖伊一上来就笨手笨脚地撞在一个移动的桌面上了，那使得他眼中写满一种熟悉的痛苦；所以他只是跟在她、跟在妮古拉后面，挤出一条路来，拥挤的人群似乎特意给她让出仅够她貂皮大衣通行的路来似的。地狱会很吵闹，会很拥挤，他想。地狱会很忙碌。现在他们抵达伊登德里侯爵的主体部分了，这里有空气和空间——还有桌子和椅子。酒吧太大了，单单是人还填满不了它。他们刚一坐下来，就有一个身穿制服的男招待过来了，其笔挺的身姿和不耐烦的态度说明今夜会是高效率、高客流的，管理团队无疑已经做好了赚取高额利润的准备了。另外还有动作敏锐的清洁工，拿着长柄刷和簸箕，清扫打翻的烟灰缸和破碎的玻璃杯。当附近发生一场斗殴时——夜幕才刚降临就打得这么热闹和血腥，可真令人惊讶——两个上了年纪的保镖走了过来，他们捶打可能胜利者的鼻子，将之击倒在地；然后示范性地踹上几脚，气势汹汹地扫视四周。盖伊哼哼唧唧，支支吾吾，跟男招待道了两次歉才决定要啤酒，妮古拉已经羞羞答答地点好了白兰地，那是她整个下午都在喝的酒品。男招待挺直身子，把自己弄得更为僵硬，而后走开。盖伊很高兴见到黑十字的一些老面孔，或者可以说看上去很高兴。他们现在或痛苦地皱眉，或极其失望地皱眉，以此表达对妮古拉的仰慕。在黑十字上演的性诽谤和谎言，盖伊感觉，不知怎的在伊登德里侯爵也很活跃；但是那绝不能真的触犯到她。他瞥一眼妮古拉，只见她身着盛装，表情严肃，毫发无损。他不知道她的大脑正像硅片一样以不可思议的速度计算着最后一支飞镖横切他勃起的阴茎时滑过的轨迹呢：弧度、切线、目标。

"我希望基思赢，"他说。

"哦，他会赢的，"她说。盖伊歪头对着她笑，仿佛要质疑她为何如此肯定。她本可以告诉他，她是用乳房感觉到的；我是用乳房感觉到的。不过当然她没有说出来。

七点四十五分整，北肯辛顿的基思·泰伦特推开伊登德里侯爵的双开门，站在那里脱汽车手套，所有的脑袋都转了过来。保持冷静，但不要拘谨。他仰起下巴，审视了一下眼前的责任。从更远的后方传来了几声欢呼声。盛情支持。别打听对手的底细。你玩的是飞镖，不是那个人。迈克·弗雷姆，酒吧老板。**稀有香水**的特里·林奈克斯和基思·卡伯顿：优雅的姿势。感激不尽。现在迈克·弗雷姆走向前来，郑重其事地把一只手放在基思的肩上，催促他去那专门空出来的吧台片区。两位西装革履的男士,**杜歇尔麻雀大师**的赞助商。DTV 的托尼·德·陶顿。DTV。TV。有人用极其正式的礼节邀请基思挑选精挑细选的红酒、好中之好的烈性酒。坚决不要。贮藏啤酒。贮藏啤酒是桶装的。它是桶装的。

"我听说你通常是酒吧的第三号选手,基思。"

"第三枪。没错,托尼。"基思解释说酒吧的前两名飞镖手杜安·肯瑟尔和亚历克斯·奥博耶都没法参加今年的**杜歇尔**。他漫不经心地补充道,这类事情总是不可预测的,当涉及假释和还押的时候。"不,我是今晚的劣势路选手,"基思说。不被看好。"再适合我不过了。"

"呃,祝你好运。"

"谢谢,托尼。耶,好。"

七点五十分,双开门再次被猛然推开,这次可意义重大:嘈杂声变弱,夹杂着私语声、欢呼声和刺耳的笑声。基思转过头去。动作不是太快。他用准备好的讥笑看着入口处。四个日本人。那个人!保罗·戈!曾在阿提斯安见过他!他他妈的在三倍区的 20 分上甚是疯狂!半个小时之内投了两次十枚飞镖!以最高分冲破僵局!从来不苟言笑!以 170 分收尾!……不要打听对手的底细。基思抿着贮藏啤酒。如此说来,是保罗·戈打败了特迪·齐珀。这个出手极快的东方飞镖手具有蒙骗南伦敦马车夫的本事。当人群蜂拥去迎接他的对手时,基思把讥笑留在了吧台。接着他转过身去,看了一会儿保罗·戈捉摸不定的凶残眼神,点头告别,伸舌去舔右边的脸颊,慢悠悠地走进烟雾与喧嚣——以及酒吧爱的浪潮之中。

"他要过来了,"盖伊说,"我想他要过来了。他看上去当然……做好了一切准备。"

"可不是吗,"妮古拉说,"我喜欢那身黄貂鱼装扮。"

"我想我们可能需要更多的椅子。如果他到我们这儿来的话,我们可能需要更多的椅子。"

基思依然相隔一定的距离,现在正经过朋友和粉丝堆呢。握手和鼓掌,疯狂而滑稽地眨眼睛,不住地点头示意。他嬉戏地拍击递上去的酒,把多余的香烟越过肩膀向后扔去,好似亨利八世扔鸡腿。基思所到之处,身后绽放着一张张笑脸。

"他看上去就像花衣魔笛手,"妮古拉说。

"他看上去……"盖伊有点迟疑,但他是如此欣喜若狂,那话还是脱口而出了。他再也不能觉得自己比基思优越了:男性的理念,如此充满正能量。"他看上去,"盖伊说,"就像马默杜克。"

终于,他靠近了他们的桌子,先是后背,然后他转动双臂——面向柯特利、迪安、法克、兹比格老大和老二、波格丹、皮奥特、诺维斯、莎士比亚。

"好运,基思,"盖伊喊,他举起酒杯,但为时太早了,因为基思还在翘首迎接一些人的赞美和鼓励呢。

"好运,基思。"

"是的,好运,基思,"妮古拉说。

他现在越过他们的头顶向后看去,权威性地拍手召唤。

"我想我们可能需要更多的椅子,"盖伊说。

"好了,"基思说着威严地吸吸鼻子,"盖伊,妮克:黛碧。这是黛碧。黛碧？这是安娜莉丝。安娜莉丝？彼得罗妮拉。彼得罗妮拉？向伊克芭拉问声好。伊克芭拉？见见……见见……见见……"

"基思！"

"抱歉，宝贝……"

"苏特拉！"苏特拉说。

"苏特拉，"基思说，他认识苏特拉的时间并不长。

"我想我们可能需要更多的椅子。"

"好了。接下来做什么呢？给你要杯牛奶吗，黛碧？"

"基思！"

"岂有此理，"基思说着极其厌恶地闭上眼睛。"夏天来了。看看那该死的猫都把什么给拽来了。看看从他妈的石头底下爬出什么东西来了。"

盖伊和妮古拉都转过身子，仰头去看：他们身后站着一个形容憔悴的金发女郎，抑或可以说是金发女郎的幽灵。她仿佛正用一种麻木的渴望盯着基思呢。

"我再去搬把椅子。"

"盖伊？别动。她醉了，不是吗，"基思说着越过盖伊的头，"你。他妈的滚出去。"

"不。呃，我想我要再去搬把椅子。"

盖伊走到更远的地方去找椅子了；当他从嘈杂拥挤的人群中拽回来一把椅子时，发现基思已经平静很多，现在正友好地向空中挥手呢。

"特里什的作风，"基思在特里什缓缓落座时说道，"一品脱伏特加,是吗?一桶微粒体环氧化物水解酶?"他开始点酒水,同时绝不忘疯狂地挤眉弄眼、嘟嘴巴、竖大拇指、摇铃三次,以激起众多追随者、门徒以及基思·泰伦特迷们的希望,驱散他们的恐惧,这些人塞满了这个地方,就好像塞满他自己的公寓一般。一场主场比赛:基思在家打比赛呢。

"啊呀。凯丝马上就到了。我就像**你**,该死的尼弗纳。我,我从来没有把我,把我对,女性魅力,的思慕,当成秘密。看看这位,"基思说着把火辣辣的眼神转向黛碧。"黛碧·肯西特小姐。今天十六岁。起来,宝贝。"

黛碧站了起来。黑色网状T恤把个乳房凸显得生动诱人;宽松的白色灯笼裤时髦地穿在紧身黑色短裤的外头;两撮肉赤裸裸地露在粉红色护腿上面。黛碧的圆脸令人愉悦,当她完全绽开笑脸时,还更令人愉悦呢。那笑容对黛碧影响甚大:就好像她的智商被减掉一半了似的。那把你带进了,如果你愿意跟随的话,一个橡胶与骨头的世界,一个沮丧的世界,一个与爱和痛有关的孩子气交易的世界(尽管只有基思摸过那些在餐具柜和壁炉架上颤动的十镑钞票)。盖伊发现自己从基思动人的感情经历中得到了些许慰藉,他一向认为你得等到三十五岁或四十岁才能拥有一张你配得上的面孔。黛碧让你看到,你在十六岁生日的时候就可以拥有那样的面孔。但谈不上配得上;不,一点也不。

"十六岁,"基思接着说,"像初降的白雪一样纯洁。一个处女,为了等待梦中的男子洁身自好。我从来没碰过她一根手指头。绝对没有。因为她很特别。特别。对我来说很特别。"

"你的手指怎样了,基思?"特里什说,"你那可怜的手指怎样了?"

"你们老女人懂什么。嗨!静一静,姑娘们,"他带着神父一般的神情说道。"静一静,女士们。"在伊登德里侯爵,高音喇叭正在清嗓子呢。"拿出最佳表现,好吗?不是为了我。我并不是要求你们为了我这么做的。为了飞镖。好吗?为了飞镖这么做吧。"

除了感觉自己随时有可能因为被忽视而昏厥或者甚至死掉,以此省却大家的麻烦之外,妮古拉还觉得自己被那样对待一时很有用处,那让她像个运动员或艺术家,为出演剧中必要的大胆情节做好了准备。她嵌在椅子里,大衣和肩膀拼命蜷缩,两腿跷起,一只脚耐心地上下摆动。一张一张面孔看过去——黛碧、安娜莉丝、苏特拉、彼得罗妮拉、伊克芭拉、特里什——她感觉不到醋意;但竞争总能激发她的斗志。只有彼得罗妮拉,她不经意间得出结论,会在打斗时给她制造一些麻烦。彼得罗妮拉又高又瘦,但大腿匀称、有力,更为关键的是,她会非常脏,脏得令人震惊,她还会第一时间发飙。在鲜有的几次场合,妮古拉总为自己如此擅长跟女人打架感到既满意又吃惊。不管怎么说,她喜欢女人,女人也喜欢她。过去,她曾有过很多亲密的女性朋友,还有一个亲密的女朋友。但是到最后你对女人无计可施(她们也对你无计可施)。如果有必要的话,你除了能抓、能咬她们,你还可以拧她们柔弱的地方,而且妮古拉也擅长跟女人打架。她也学会了如何在更复杂的团体中跟男人打架了……让她担心的是基思。基思,她觉得，并不在最佳状态。她一点也不在乎他的言谈、他可怕的外表、他的不殷勤。今夜，在伊登德里侯爵，正如在别时别地一样，基思的问题是形体不明——他没有形状。他把女人聚集在身旁，为恐怖之夜搭建一个没有恐惧或负恐惧的岛屿。根本没用。他害怕了。她能看出他害怕了，脆弱得可怜，尽管内心恐慌，面上还强颜欢笑。所以妮古拉现在在找一个能让他们渡过难关的契机（她知道会有这样的一个契机），某种能给他勇气，让他从无形变为有形的东西。她不允许他把她的生活搞砸。但是，她还不想说话，所以当盖伊皱着眉头、饶有兴趣地提问时，她很高兴盖伊还有些用处。盖伊问道：

"基思，你今晚的对手是谁？"

"不要打听对手的底细。你玩的是飞镖，不是那个人。那是你和飞镖之间的事……保罗·戈。"

"他是日本人吗？"

"我尊重我的每一个对手。"

"一个非常有毅力的民族。"

"他妈的放高利贷者，"基思说，他仅此一次尝试种族歧视。他想不起更狠的话去攻击他们了，他几乎都没有，譬如说，听说过第二次世界大战。基思的父亲当然听说过第二次世界大战，而且还成功地从战场逃离了，他也许会问大家是否知道他们那时对我们年轻的小伙子做过的那些可怕事呢；但基思只依稀记得在小报补白处看到的一些牢骚。

"他们以钱生钱。东京琼，他会塞满他的口袋。"

"是的，呃，的确有些人抨击过他们。"

"我也是,老兄!哦耶。我听说过。他们怀疑我的能力。怀疑我的性情——所有这一切。据某些人说,我只是个走运的王八蛋。"又有人闹哄哄地宣布什么消息了,基思的脸上再次现出惊恐的表情。"呃,形势将有利于对方了。我去让那些家伙把嘴闭上。"

时间一分一秒过去了,尽管酒吧开始像临街的一侧倾倒,基思还是待在原地不动。女人们用那种跟丈夫进城时常有的眼神看他:多少带着点邋遢的沉默。特里什已经走开,不知躲到哪里去了。

"最好去更衣室,"基思优柔寡断地说,"理理思绪。"他用手掌拍了拍胸膛,很快跟跟跄跄地站了起来。心脏病发作了?不:基思在摸他的飞镖袋呢。他粗鲁地将之拽了出来。"那不是更衣室,不是标准的更衣室,"他面带羞涩的微笑,接着说道。"是男厕所。他们把很多人都轰走了。为了让两名选手——理理思绪。好的,女士们!祝我好运吧!"

女士们都祝他好运,除了妮古拉。她请求失陪一下,然后就去找女厕所了。

在人声鼎沸的酒吧,如果一位女士想去见一位男士,想拥有一些私人空间,她该去哪里呢?妮古拉知道答案。不是女厕所:你不能让男士进去。女士们会不高兴的。不是女厕所。是男厕所,男厕所——在这方面,男士们更宽容,更爱耍玩。女士是不该进男厕所的。只有男士能进。但这不是普通的女士。除非她是——除非她是清高夫人……

一开始，妮古拉在入口处徘徊，就在自动售货机旁。现如今，他们会卖些什么呢？不光是烟和避孕套，这里不是：还有假发、前列腺分析药盒和起搏器。那个身穿褶边衬衫的男人最后在门口无望地呼喊一声后，就走开了——妮古拉走了进去，走进了一个白色睾丸素的世界。

她如入己宅。那个迅速从小隔间里出来的大个子青年看了看她，在出去的路上犹豫了一下，觉着最好还是洗洗手。她异常平静地点了一根烟，仰起下巴吸了第一口。男厕所里有三个男人：基思，正在水池边洗脸，抬头在镜中看见了她，轻轻皱了皱眉；一个形容枯槁的送奶工，正俯身对着白色的小便器，前额贴在瓷砖上，一边撒尿还一边痛苦地哭泣和小声嘶叫；还有保罗·戈。她迈着悠然的步子走向他所在的角落，走向保罗·戈，他正板着面孔调试飞镖，校准镖翼、镖筒、镖杆、镖尖呢。她站得离他如此之近，以至于最后他不得不抬起头来。

"你会说英语吗？"

他突然点了点头。

"你来自哪里？日本，对——但是是本州、九州还是四国呢？"

"本州。"

"东京、京都、名古屋、横滨还是长崎呢？"

"宇都宫。"

"什么？"

"宇都宫。"

"跟我们一起待很久了吧，保罗？告诉我，你知道我所说的伊诺拉·盖是什么意思吗?"

他突然点了点头。

她盯了一会儿他上唇的黑胡子,然后用她淡黄色的皮毛大衣背对着他,对基思说道,"很可笑,不是吗,亲爱的?"

基思仿佛想要表示认同。

"人们总说日本人跟我们不同。跟你我不同。更加不同。比黑人更不同。比犹太人更不同。甚至比那边的小东西还不同。"她指着那个撒尿的送奶工,送奶工一点也不觉得被冒犯。他依旧沉浸在自我伤害的独角戏中,伸出一只手去摸满是泪痕的脸,换作一种准备坐在高凳上的姿势。"我们想必可以用一种民主和审视的目光看待这个问题。我的意思是,归根结底,从精神上,从本性上,这些该死的猴子到底与我们有多不同呢?"她说着又转过身去。

保罗·戈等待着。接着他笑了。

"现在你呲牙咧嘴,没人明白你的意思。"

最后几个字是对着令人诧异的沉默说的,因为又有一些人站在后面的大厅里了。穿褶边衬衫的那个男人又出现了;还有其他旁观者。现在妮古拉不失时机地咔哒咔哒走了回去,打开手提包。给了基思一个吻,是**受伤之鸟**,然后仔细地用纸巾给他擦嘴。她后退几步,用爱的目光上下打量这个男人。

"基思,你的衬衫!它一定是在车上被弄得有点皱了!"

她弯身下去抚平人造纤维的褶皱。她弯得更低了。

"……跪下,丫头,"基思平静地说。

于是那就成为必须了:透明长袜与洗手间地上的另一个闪

亮物接触了。妮古拉跪倒在地。她把衬衫边缘往下拉,蘸湿一根手指去收集直纹裤上的绒毛。她说:

"要赢,基思。不要理会——原子弹爆炸幸存者的挑战。明天来找我。我会给你更多钱的……你是我的神。"

"起来,丫头。"

保罗·戈从他们身边走过。就连那个老送奶工也离开小便器,向门口走去了。基思待了一会,看了看她,点点头。但她是最后一个离开的。

盖伊在伊登德里侯爵走来走去,探寻的鼻子伸在前头,迟疑的嘴巴抽搐着微笑或怯怯地咧嘴而笑。这个酒吧,这个用皮革和玻璃铸就的洞穴,整个已经歪向一边,里面的东西朝大街上倾斜,朝支起的镖盘和被人踏踩的投掷线倾斜。你所能看见的就只是高处有个身穿紫色晚礼服的男人,处于人群之上;他的嗓音或许不是所有的时代最差的,但一定是迄今为止最差的(甜得发腻的浮夸,有如梦魇);他用这种嗓音说道:"现在我要因为你们盛情感激我们今晚在这里为你们带来这场比赛而表示感谢……"盖伊看见黛碧和——是吗?——彼得罗妮拉一道站在一张桌子上,距离摇头晃脑的人群几英尺。他担心自己在基思的女眷中像个傻瓜,太尴尬了;她们仿佛看穿了他,看穿了他字正腔圆地问她们家住何处,从事何业;不过他还真同安娜莉丝就戏剧问题交流了几句。他伸长脖子,畏畏缩缩,感觉很需要妮古拉:一种孩子般的需要,就像在某个市场街迷了路,迫切需要其中一个忙碌的人体模型放慢脚步,变成爱人温柔的身影。她一定还在女厕所呢,盖伊一边想着一边去了男厕所。

他无法想象妮古拉会想看整场比赛,或者甚至是其中的任何一部分,所以他回到桌边等她。其他人也都耐着性子坐着,忙于喝酒、爱抚或打架。他喝完杯中酒,惊愕地看着人群。接着他感觉有人轻轻碰了下他的肩膀,于是带着宽容的笑容回过头去,发现面前正是一脸风尘的特里什·舍特本人。

"啊!你还好吗?"

他扶她坐下的时候,她凝视着虚空;她凝视着虚空——或者说她,或许,凝视着自己的思绪、自己的内心。这里是一个这样的金发女郎,所有可能发生在金发女郎身上的事情都在她身上发生过了。当飞镖人群,箭雨风暴,变得愈发疯狂时,特里什·舍特相当吃力地说:

"我不知道……我不知道这个世界会……变成什么样子。"

这仿佛是盖伊听过的最震撼的话了。他仔细打量她,发现她没有想要说话,没想有什么反映,没想要表达什么,也没想把那事搞砸。

"在厕所,"她说。

盖伊等着。

"他来我的小窝。给我带来……烈酒以及诸如此类的东西。来我的小窝。用我像用厕所一样。"

"哦,我敢肯定不是,"盖伊说,心里想即使是用小窝这个词来形容特里什的住所也言过其实了,当然,如果基思对那地方毫无同情的描述足以肯定的话。

"我把自己打扮漂漂亮亮的,就像男性杂志中的模特一样。我在我自己的小窝里。以防他想过来,把我搞一顿。在我自己的,哦,小窝里。哪来的尊重?哪来的欣赏。他……他说起过我吗?"

"基思?"

"基思。"

她问得如此悲惨,盖伊竟不知如何作答了。他想起了稻草:这是你抓住的救命稻草呢,还是压垮你的最后一根稻草呢?实际上,基思的确经常提起特里什,甚至天天提起,作为宣传他在城里活动的手段;他还会在心情或时间允许的范围内尽可能补充一些暴力的细节呢。盖伊说道:

"他经常谈到你,而且还满怀深情。"

"基思?"

"基思。"

"哦,我全心全意地爱着他,"她说,"真的。"她的表情变得更加柔和了:好似一位母亲看着熟睡的孩子。一位离开过一段时间的母亲,在精神病院。一位精神失常的母亲。一位——唉!——你不想让你的孩子靠近的母亲,就凭她那种错误的爱。"继续。他都说了什么?"

"他说,"盖伊说,他很无助,但他正确地判断出,特里什会相信一切的,"他说他对你的感情是建立在深爱基础上的。还有信任。"

"那为什么?为什么,基思,为什么?那他为什么哪壶不开提哪壶?和她。在厕所里。"

"什么,在这儿?……是,呃,他的确有时候会意气用事。"

"她跪在地上。"

盖伊抬起头来。看到的一幕让他两股战战,就好比预感马默杜克就要开始对他进行半个小时的袭击才会有的那种发憷感一样。妮古拉独自站在吧台上,双臂抱着,右手拿鞋,淡黄色的貂皮大衣酷似低矮的太阳,正以一种让人费解的冷静指挥着比赛呢。

现在特里什在哭,盖伊拉起她的手来。

"一切,"她透过泪光,再次相当吃力地说,"一切都……喂狗了。"

当特里什凝视着——现在仿佛凝视着她自己的眼睛的时候,盖伊拉着她的手,观察那群人:他们如何从这个巨大的屋子汲取色彩,把所有的能量汇聚己身,形成一个胜利者;它如何颤抖,然后要么爆发、要么达到性高潮、要么死亡,以此释放个性;冠军如何平躺着被人举起,背被捶打,发被揉搓,女人也在一旁搀合、大笑,搞得他活像个暴民之神。

"如此一来:神话继续上演了,"皇室橡树的基思·泰伦特说着干掉杯中酒,用袖子擦了擦嘴。"基本说来,比赛的形势在第三轮的第二局就发生了变化。出手极快的东方小个子飞镖手开局冒冒失失,诸事不顺,回过神之后,获得了向双倍区的 16 分(镖盘上的首个双倍分)任意投掷三次的权利。大个子只能站在一旁观看。但是他的恐惧转瞬即逝，因为那个年轻的日本人搞砸了。享受主场作战的北肯辛顿飞镖手愈战愈勇，上前惩罚小个子，后者再也没能从这次打击中恢复过来。是的，失误让他付出了昂贵的代价。在那以后，他再也无力回天了。"

这样说着，基思合上了眼睛，打起了呵欠。他暗暗为自己的嗓音感到惊讶。他非但不是说不出话，那样倒也完全说得过去，反而嗓音出奇地好（尽管连他自己都吓了一跳，为何几杯过后嗓音就变得如此低沉了呢）。但那听上去多么权威，多么流畅啊！基思又打了一个呵欠：都是所服的药物以及声嘶力竭的叫喊所致。现在已经很晚了，伊登德里侯爵实际上已经打烊快半个钟头了；那群人还在紧闭的门后流连忘返，酒吧老板迈克·弗雷姆骄傲地给他们续满酒杯。基思又打了一个呵欠。没准是被同伴传染的吧（他们已经听了将近五个小时他的赛后分析了）。正当基思要说"在紧张激烈的第四局来了个相当不错的收尾……"，他们突然齐声呻吟起来。

基思停下来，或者说暂时停下来。他发现特里什已经睡着了，或者总之是失去了知觉。女人们都因为疲劳或者爱得虔诚，垂下了脑袋。基思用右手（竖起的掷镖手指）一个个数过去：黛碧、安娜莉丝、特里什、妮基、苏特拉、彼得罗妮拉、伊克芭拉……他是如此兴奋和自豪，以至于嘴巴大开，冒出这样的话来：

"啊哦　哦嘞　哦啦啦——"

妮古拉端坐起来。盖伊也动了。在一片不知所云的喧闹和嬉戏中,特里什·舍特苏醒过来,大叫一声。她离开椅子,但并没站直:她形容枯槁地蜷缩在那里,伸长手臂,指着妮古拉·西克斯。

"你!是你!哦,我看见你了。在男厕所。她他妈的跪在男厕所里!为了基思。她跪在男厕所里吮吸他的——"

基思蛮横地走上前去,对着特里什的颧骨就是一拳。他高高地站在她的身旁,喘着粗气,但身体没动。在后方不远处,迈克·弗雷姆纵容地等待着,把个钥匙晃来晃去。

"一个,"妮古拉在车里说,"史诗般的肮脏篇章。"

"是的,惊人得可怕。"

"回到家,我要冲个滚烫的热水澡。"

"真是骇人。我很抱歉。我们应该比赛一结束就离开的,让他们闹去。"

"你知道,基思打那个疯女人的时候,他表现出了骑士风度。对我。就像用外套盖住小水坑一样。"

"你那么认为?"

"真奇怪疯癫竟会与下流并存。就像疯癫与反犹太主义。莎士比亚说对了。奥菲莉娅……"

"哦,是。一个相当伤心的奥菲莉娅,我恐怕。"盖伊依旧心慌意乱,满腔怒火,对泰伦特的暴行摸不着头脑。他并没害怕,只是惊愕,仿佛他信奉的一切理念都被彻底摧毁了。现在盖伊自言自语地补充道:"很难知道应该怎么做……"

过了一会,她说:"我喜欢你的舌头。所有这些接吻。"

"你太擅长了。"

"新手的运气。"

他们把车停在她的死胡同街。她现在给他送上一系列颇有文学气息的吻,**莫德、杰拉尔丁、伊甸园的夏娃及(一个令人愉悦的创新)奥菲莉娅在波洛尼厄斯死前和死后**。然后穿插一**个娼妇的狂欢夜**。不管怎样,她自信地想,她所做的已经够让他哭泣的阴茎再次热泪盈眶了。接着她又最后叹了几口气,伸手去拿手提包。

他突然说道:"你的长袜。两个膝盖都破了。"

"我知道。我搞不懂这么透明的长袜能有什么用处。当然,一双结实的连裤袜才是女人真正需要的。目送我到门口。别下来。"

她爬下车,朝花园门走去。然后她复又转身走了回来——就像在即将到来的另一个夜晚,她会朝另一辆车里的另一个男人走去一样。她走到驾驶室窗口,弯下身子,盖伊迅速旋下车窗。妮古拉把头伸进车内,给了他一个**犹太公主**。

吻完之后,盖伊不自觉地把手伸向嘴边。"那——那是……"

"不可原谅?"妮古拉神秘地说,"顺便说一声。我不准备再教基思了。"

"真的吗?"盖伊深情地问道。

"一个人总要做点力所能及的事吧。但我最终明白我不能容忍他哪一点了。"

"是?"盖伊更加深情地问道。

"他太工人阶级了。"

不管是不是工人阶级，肯辛顿的基思·泰伦特依旧在外边游荡。夜色未央。尽管出身寒微——一个普通罪犯的儿子——基思·泰伦特还是相当逍遥自在的。

他开着笨重的骑士汽车威风凛凛地巡游大伦敦：送彼得罗妮拉去柏斯多，送苏特拉去艾尔诺斯丛林，送安娜莉丝去斯劳（巴兹尔这阵子行为古怪），然后又去阿肯汉姆，把小黛碧安全送回家。在她的半独立式住宅坐了一会，喝着速溶咖啡，同她极其性感的妈妈闲聊，那位妈妈已在电视上得知了基思获胜的消息（那是以快讯的形式发布，在她正在看的飞镖节目中间插播的），熬夜等着恭喜他呢，当然，她也要确保自己的小黛碧不免费与他性交。基思可绝没有忽视他对特里什·舍特的责任，亲自帮助迈克·弗雷姆把她塞进了微型出租车，拿着卷起的二十镑纸币站在那里，详细给司机说明路线。他也没有忘记伊克芭拉，因她是邻居，所以就把她留在了最后，现在她正在汽车后备厢里酣睡呢（他已经检查过了）。

速溶咖啡也喝了，烟也抽了，时间也分分秒秒过去了。一个全新的基思·泰伦特。胜利的滋味很美。从前，基思和黛碧会在某一刻偷偷溜走，找个地方搂搂抱抱，然后基思再找肯西特太太结账。抑或是他在骑士汽车里等着，多抽几根烟，听几盘飞镖磁带，直到黛碧从窗口扔下一把钥匙，他就跑进去免费享受一次。但是今夜呢？呃，她们看到的是一个全新的基思·泰伦特。黛碧很特别。她值 85 英镑。不管怎样，他发现自己并不十分在乎了，既然她已经十六岁了，那很大一部分魅力也就消失了。不。他给了肯西特太太一个吻和一个拥抱,在门阶上给了黛碧一个更加纯洁的晚安吻,而后就离开了。在车里他往音响里塞了一盘飞镖磁带(奥博斯对战特威姆娄的决赛:百听不厌),驱车向特里什·舍特的住所驶去。

二十分钟之后,他坐在他的车库里,抽了二十根烟,喝了一瓶色情酒。啪嗒,啪嗒:衣领上血迹斑斑的。每隔很长但又规律的一段时间,自豪的泪水就会滴在他的膝上。再来一瓶?已经有点晕乎了。那个靶心收尾:正中心。不要晕,而是要跟黛碧搂搂抱抱一下。快点。他时不时会抬起泪眼看一下那个美丽的镖盘:希望和梦想的万花筒。是她所为。是妮基所为。老妮克。然后是家,是琐碎的爱。他带妻子去散步,拍狗打嗝,然后……半睡半醒的、半文盲的,甚至还算不上半熟练的基思·泰伦特把头靠在半永久的软木墙板上,在寒冷漆黑的半夜,想起了半珍贵的妮古拉。

现在在低矮的阳光下，我怀着恋人那迫不及待的心情，怀着恋人那焦灼不安的、迫不及待的心情，去找金·泰伦特，担心这个世界在我看见她那搜寻而炽热的目光之前就会死掉。走在安静而又混乱的哥彭路上，我看见三个年轻的女人走在一起，都在舔舐手指。为什么呢？真是鄙俗的新鲜事啊……不过也是，当然。她们一直在吃法式薯条，从敞开的袋子里吃蘸了醋和盐的炸薯条。现在在舔手指呢。希望她们能长长久久地这么做。希望她们能长长久久地拥有自由、手指和嘴唇。我会怀着恋人那迫不及待的心情解开她的连身衣。我会怀着恋人那迫不及待的心情扯开她的尿布胶带。

金在睡觉。基思也是，下午三点的时候。他尝试起来过；他尝试逛到黑十字去清醒清醒。很快他就又回来了。他痛苦的鼾声响彻整个屋子。金也睡得不踏实，很痛苦，陷入了婴儿那热烈的、永恒的、多半是不明所以的抗争，不光是要挣脱身为婴儿、幼儿、孩童、少儿的羁绊，还要懵懂地应对生存的难题和把戏。连婴儿都知道死亡不是个概念：它是个复杂的象征。宝贝，你的问题是什么？爸爸，是这个：身心问题。我问凯丝为何不趁机去购物。我说这句话时态度强硬或者说狂热。她苍白的面孔坚决地跟我说不，不；但是接着她闭上眼睛，决定了什么事情，决定了什么重要的事情。她离开了我们。

不能再伤害 K 了。我怀着恋人那迫不及待的心情叫醒了她。拿孩子出气一点用也没有。当我在起居室的地板上帮她解开衣服时，她困惑而又伤心地哭了。我一下子扯开她的尿布……在什么样的星球上，当你发现一个不到一岁的小女孩依然是处女时，会感到宽慰、会觉得惊讶呢！接着我把她翻转过去。

右边屁股上有一处瘀伤，浑圆浑圆的，黑得吓人，木纹状，像 X 射线，在狭小的房间里泛着黑光。左边屁股上有三处烟烫的伤疤，排成一个三角形。

我猛然站起，砰的一声撞在落地灯上，如果这房间再大一点，我就会仰面朝天摔到后面露台上的。墙把我拦住了，头被撞了一下。金急切地翻过身来，那是她的一个新本领，从地板上仰头看我。

"他一直在伤害你，是吗？"

"……嗯。呃，"她说。

"是爸爸，是吧。"

"……是。"

我跪下来，透过他那把窗户震得吱呀作响的鼾声说道："我会——我不知道我会做什么。但我会保护你的。请你不要担心。拜托。我亲爱的。"

"拜托，"我说，"为我做最后一件大事。拜托。"

妮古拉把脸伸过来。"上帝啊，我说可以。"

"但是你的承诺有何用呢？你独自一个人。你以什么起誓呢？你又不爱任何东西或任何人。"

"呃，你只要相信我的话就行，可以吗。反正我也正打算做一件这样的事情。是什么大事呢？"

"耐心听我说，"我说。我膝盖处牙疼，嘴里腿疼，屁股里耳朵疼。我点点头。"好的。那么，你得让基思搬来住。或者很多时间都在这里度过。使他开心。直到那个重要的夜晚。"

"我不愿意同他一起醒来。那绝不可能，绝不可能发生。你知道那意味着要把盖伊赶走一阵子。"

"我的三一律又要告吹了。"

"我倒是想起了美国。"

"美国？"我重重叹了口气。但是我们都不得不做出牺牲。我深吸一口气，说道："顺便说一句，干得漂亮，在伊登德里侯爵。你把我们带出了困境。"我当然也在那里，我在伊登德里侯爵。我在那里。但是我在任何地方吗？我看了看我伸出的手，希望它消失，希望它慢慢地从镜头上被抹去。我在诸多东西中进进出出。我在我自己的梦里是个旁观者。我是我自己的幽灵，吻着它的指尖。

她宽宏大量地说："你给马克的信写完了吗？"

"没有。差不多写了八千字了。"

"不要写完。或者说不要寄出去。我有个更好的主意。寄给你自己。你知道博尔赫斯的《阿莱夫》吗？那把文人的嫉妒写得非常可笑。"她喝掉杯中酒,把空杯子扔进壁炉。典型的动作。

"是说现在吗?"

疼痛又来了。我的小疼痛,向我聚拢过来。

读完《海盗水域》还有点小伤感。我想不出是何缘故。它是可怕的一坨屎。

马里厄斯黄昏漫步归来,发现宽果正在收拾他那少得可怜的行李。可笑的对话。宽果说他会离开三个晚上。为什么,哦,宽果?那个女人准备好了。她在等待。你,哦,宽果,是如何知道的呢?你是如何知道的,哦,伟大的宽果?鸟儿悄声将之吟唱。我在水中嗅到了它。

宽果所言不虚。马里厄斯连忙赶到科妮莉亚的舱房,如愿以偿……

或者你能猜到他如愿以偿了。马里厄斯这个时候又时髦又强壮("黎明时分,我再次要了她"),像宽果那样漫谈什么水呀、女人的气质呀、潮涨潮落呀。我希望她有男子气概。我希望她真能把马里厄斯拴住。然而却不:她在床上就是首傻笑的十四行诗。

总之,那七十二小时的放纵随着宽果的归来画上了句号,他们回到了三马林达,科妮莉亚的水上飞机已经等在港口了。没有承诺。没有遗憾。只有最后一个吻……

我无语了。我真的快要崩溃了。为何还要叹息,为何还要流泪,为何还要那样眉头紧锁、忧思难忘呢?真是可怕的一坨屎。

我最后的一次性行为发生在九十天前。

我伏击并强奸了她。我无可挑剔,不可阻挡。她如何能抗拒我呢?伯顿·埃尔斯也不能做得更好。宽果本人也会自豪地流下眼泪。

那是一次精准的袭击。一切都很美妙。在约定的那天我神情庄重地从拉瓜迪亚飞到洛根。然后搭乘六座直升机去科德角。空气动力是多么畅通无阻啊,那小飞机是多么轻快地腾空而起,飞过空无一船的水面啊。我机警地回头看了一眼:黄昏时分的波士顿,太阳在其后方——天空的红灯区。我们极其小心地着陆了,旁边的那架老开放式螺旋桨同温层飞机一样,它像一位体态臃肿但小腿纤细的女士,卷起裙衫,踮起脚尖在潮湿的柏油碎石跑道上向前滑行。

散落的沙堵住了高速公路。我开着租来的吉普,跌跌撞撞地穿过铺着板条的普罗温斯敦,然后经过一块写着科德角灯塔字样的指示牌,进入树林。我多次爬出去解开一种缠着车的奇怪植物,一种不知名的藤蔓,丑陋的模样、张牙舞爪的荆棘和尖尖的枝蔓让它们更加令人讨厌了,上面还乌压压地飞着一群墨蝇。最后是营地,纱门未上锁,哈特小姐坐在钢琴凳上,两手紧抓着咖啡杯。

她是来悼念的,正如往年一样:她的父亲,她很爱他,我也爱他,丹·哈特,以及他的老牛仔、他的占边波本威士忌和他的托马斯·潘恩。她对我来说堪称完美。

我哭了。我往她的咖啡里掺了些占边波本。我告诉她我也快要死了。我双膝跪地。

她如何能抗拒我呢?

昨晚我进门时,妮古拉抛给我一个最最兴奋、最最真诚的微笑,她说:

"我做出了一个决定。天哪,现在一切都如此明晰。我要把整件事情取消掉。"

"你要怎么?"

"我会去某个地方。或许跟马克一起吧。那很简单。B 计划。我会活下来。"

"你会怎么?"

她发出银铃般的笑声。"看看你脸上的表情。哦,不要担心。我只是说说。我会开玩笑的。依旧是 A 计划。不要担心。我只是开玩笑。我只是玩紧张。"

从某种意义上说,昨晚是我们的最后一晚。我们两个都感觉到了。这个世界会介入进来。我们现在谈话的这个房间,妮古拉的住所,很快就会被改动,被牵连,基思的住所亦然,盖伊的住所亦然。这些地方再也不会同从前一样了。我说:

"我会想念我们的对话的。"

"还有一件事我也一直在逗你。在我近来所有的欺骗中,那是最狠的。在技术层面上。我是说,我摆出一副严肃的面孔。假装处女与之相比可谓小巫见大巫。马克·阿斯普雷。"

"哦,什么?"

"他的作品。他的写作。"

"那是……？"

"那是狗屎，"她说。

"……我的心像雄鹰一样展翅翱翔。"

她穿什么衣服呢？我记不起了。不是装纯真或装堕落的衣服。就只是衣服。她也没化妆；她也没喝醉，她也没疯癫。很像她自己，不管她自己是何模样，她自己，好似用过的天鹅绒，磨损了但却很闪亮，她偏激，芳香，紧张，敏感。

她说："你对我感觉怎么样呢？说实话。"

"说实话？"我起身说，"你是个糟糕的梦，宝贝。我总以为我会醒来"——这时我轻轻打了一个响指——"你会消失的。你是个噩梦。"

她起身，向我走来。她歪着头的那种姿势促使我马上说：

"我不能。"

"你知道这一定会发生的。"

"你碰到过这种情形。碰到过男人不能做的时候。"

"只有故意不做的。很容易：你只要待着不动。别担心。我来搞定。一切都由我来。爱的事情你连想都不用想。想想——想想另外一件事情。"

后来，她说："我很抱歉，如果你生我的气，或者生你自己气的话。""我没有生气。""我想你以前从没做过那事吧。""是的，我确实认为我一辈子都不会经历那事。""你或许会给自己带来更多惊喜呢。正如基思所说，一切都不会结束，直到——""直到最后一支飞镖击中要害。""总之，"她说,"这只会发生一次。""总之,"我说,"我非常感激。那让我做好了赴死的准备。""那是我的希望。""跟马克,什么——?""现在别出声……"

我们重新穿上衣服,出去散步,在湿淋淋的小巷,在这个备受煎熬的城市的黑屋。我们是死人。我们能这样做真令人吃惊。更令人吃惊的是,我们竟然还想这样做。手拉手,臂挽臂,我们蹒跚而行,穿过集体的幻想和悲伤,穿过伦敦场地。我们是死人。头顶的天空显出一抹粉红,健康的反面颜色,就像某种坏东西,某种昂贵的东西。就像透过一层舞台烟幕,你只能辨认出上帝的莫尔斯式电码或速写笔迹,星星排成一个三角形,诉说着所以和因为,所以和因为。我们是死人。

第二十章 玩紧张

尽管对基思个人而言，前途看上去一片光明，但正如所有的骗子之流那般，他在补偿金方面也正陷入长期的困顿之中。

他的社会工作者，一个名叫奥文斯太太的，严厉地训斥他。他愈发铤而走险，前七次约会全部爽约；原定于他在伊登德里侯爵取得历史性胜利次日的那第八次约会，他又呼噜呼噜睡过去了。现在，如果再掉以轻心，他就会面临出庭受审的危险，至少是强制性监禁。第二天基思用车载电话致电奥文斯太太，用最最优雅的声音低声下气地赔不是。为了谋取报酬，约翰·达克，那个可疑的条子，也愿意为基思良好的人格做担保。她给他最后一次机会：**杜歇尔麻雀大师**决赛的那天早上，如果你愿意的话。基思就像恨一个畸形人一样恨这一切，因为那是造成他即将失败的部分原因：污浊的长队，午后办公室的难闻气味，记号和符号所代表的难题，总也摆脱不掉。

基思的补偿金，真是一种折磨。哦，他经历的事情，他承受的痛苦。对一些人来说，仿佛一周五英镑（分成十六七份）还不够似的……基思的补偿金代表了他为自己在近二十年的生涯里所造成的伤害所支付或亏欠的金额。你会以为一个暴力领域的天才少年补偿金会越赔越少的，因为被你伤害的人（你自然总是选老年人下手的）有些会相继死去的，不管怎样。但是,哦,才不呢:现在你不得不把钱付给他们的亲戚,抑或是伴侣,所以只有孤独无依者才免去了债务,有些债务可以追溯到二十年前,这里一个打碎的鼻梁,那里一个撕烂的耳孔,每笔都涉及两位数的通货膨胀、持续不断的恶化、急剧上升的医药费和他妈的全身没完没了的疼痛。

"是你的补偿金问题吗,基思?"凯丝在基思放下电话时问道。

"我马上就给你一个补偿。"

基思心情糟透了,他正在送凯丝去医院看她输卵管的毛病呢,在可以预见的未来,他们那一区域已经不再提供救护车了。结婚以来,凯丝这是头一遭坐他的车。

"什么声音?"凯丝问,她更仔细地看了看怀中睡熟的婴儿。"谁在呜咽。"

基思扭头去看克莱夫;但那只伟大的狗并没发出声响。

"还砰砰直撞。"

现在基思想起来了——他责骂自己没能早点想起来。他迅速往立体音响里塞了一盘飞镖磁带,把声音开得大大的。"是后面那辆车,"他说。他们陷入了交通阻塞之中,附近当然有足够多的车辆,少不了有人呜咽,有人撞击。"看这堵的,"基思说。

他在圣玛丽医院门口把凯丝和婴儿放下来。然后把车开到第一个角落里,停车,下来。基思准备好接受更多女人的责骂了(即便是特里什后来也会痛骂他一顿的),耐着性子把伊克芭拉从后备厢里放了出来。

"巴纳比勋爵夫人,"霍普说,"哦,太可怕了。"

"什么?"

"她死了。"

"你怎么——?"盖伊说着朝她那边伸长脖子。

"这儿有个她葬礼之类的邀请函。"

"太可怕了。"盖伊说。

他们正在厨房吃一顿晚早餐。在场的还有梅尔巴、菲尼克斯、玛丽亚、约迪斯、奥希利亚多拉、多米尼克、玛丽佳尔。还有莉齐布,她正埋头吃小松饼呢。还有马默杜克:他之前花了很长时间闹哄哄地把早餐抹了一桌子,现在正安静地吃着颜料盒。

"哦,我认为我们可以逃掉,"霍普说。

"我想我们应该去。"

"为什么呢?我们又不在乎她的亲戚朋友,假如她有什么亲戚朋友的话。我们从没在乎过她,不是很在乎,现在她死了。"

"以示尊重。"盖伊吃完他那碗人屎,说道,"我想我应该进去一趟。"他指的是办公室,金融城。抑或可以说那就是的意思,倘若他没有撒谎的话。

"贸易恢复了吗?"

"还没有,"他说,"但是理查德说看起来有希望了。"这也不是真的。恰恰相反,理查德说那看起来压根就没希望……盖伊感觉自己差不多丧失了过问当代历史、过问发生何事的能力了。不知为何，他总是推迟往联络处打那个电话，去打听他下周这个时候把他的独生子扔进垃圾桶的几率有多大。人们总是在逃避，逃避。他瞥一眼霍普的信：写给巴纳比勋爵夫人的告别信使用的无非是通常意义上的社交辞令，好像还仁慈地提出对方可以延迟还债。但是没有结婚、没有孩子的理查德——他谁也不爱——是个秘密信息的宝藏。说什么当十一月五号的日全食发生之际，当总理正在波恩演讲之际，两个极其庞大、极其肮脏的核武器会被引爆，一个在华沙的文化宫上空，一个在大理石拱门上空。说什么在巴格达停止释放可裂变核物质之前，以色列人会一直瞄准基辅。说什么总统的夫人已经死了。说什么近日点和朔望重叠之日海洋会浮起。说什么天空在坠落——

盖伊起身要走。他喝光杯中的咖啡时，不可思议地看了莉齐布一眼，她正在吃马默杜克剩下的麦片粥呢。那低垂的脑袋和深蓝色外衣下面一动不动的宽肩传递出一种自相矛盾的信息：内在的自我在收缩，外部的身体在膨胀。然而就在不久前，就在几天前，穿着网球服的她……

霍普说："走之前，请你把垃圾倒掉，把木头拿进来，把软水器调好，检查一下水箱。把红酒拿下去。打电话给玻璃工。还有车库。"

电话响了。盖伊穿过房间，拿起听筒。一阵无礼的沉默，接着是一个无礼的称呼——某种异域的招呼方式或是一个洗礼名，或许。接着是拨号音。

"打错了。"

"所有这些打错的电话,"霍普说,"我从不知道会有这么多打错的电话。来自世界各地。我们生活在一个,"她说,"打错电话的时代。"

谁都不爱、总是独自一人的妮古拉盯着散落在那里的锅碗瓢盆,它们等待重生,等待有人将之规整;现在那些茶杯茶盘死掉了,脏掉了,需要净水、绿液、刷子、抹布和她戴着手套的手,然后还需要有人将之整整齐齐地放在碗柜上。令人激动的是,就快到了茶杯之类的东西用过就可以弃之一旁,无需冲洗(要么丢掉,要么打碎)——最后一次使用——的时刻了。衣服同样也可以丢掉。现在无需再买什么洗发水、肥皂、卫生棉条了。当然,她有足够的钱去买奢侈品和非必需品;她有足够多的可支配收入。而且,在这最后的日子里,她还可以疯狂地刷信用卡呢。一周前,她的牙科医生和妇科医生,或者说是他们的秘书,同时打来电话,确认常规检查的日期,去刮牙垢啦,去做抹片啦。她定下了日期,却没在日记中记下……现在妮古拉卷起衣袖,最后一次洗碗。

不久之后,正当她在换衣服的时候,电话响了。妮古拉接到过好几个这样的电话:一个租赁公司,想帮她租房,她的租期已满。但她并不需要,因为她享有一个月的宽限期;一个月的宽限期绰绰有余了。她听那个男人把话讲完。她的租期,在他们的帮助下,他说,可以续满一千年的。

一千年。租赁公司非常乐意、迫不及待地给你担保一千年。希特勒式的狂妄。就她对中东事件的了解,就她从独立新闻媒体所了解到的情况来看（扭曲的评论和揣测），似乎可以说希特勒依旧掌控着这个世纪——希特勒，杀人狂。尽管现在已是十一月份，他还是有时间收获幂次方的谋杀的。因为他干过的事情，你半个下午就可以完成千倍。

她紧张吗？毫无疑问，在最后关头被大屠杀抢了先可不大好。倘若历史，倘若时事要在十一月五号的日全食之际达到高潮，那她自己原定于次日早些时候上演的小剧本可就没了机会，没了内容——压根没了形式。也没了观众。不能受到全心全意的关注。另一方面，你也不想错过那个大事件。我支持这个星球，妮古拉想，她点了点头，开始穿衣服。我明白它的感受。他们说每样东西都固守自己的存在。你知道：连沙子都想继续做沙子。我不敢苟同。有些东西想活，有些东西不想活。

她一边给乳房穿文胸一边向其请教，乳房告诉她，那个大事件不会发生，小事件会发生。

"有些人认为，"基思读道：

> 巨石阵[1]的奥秘在于飞镖。那石头废墟围成一个圆形，就像一个镖盘。这或许可以揭开一个困扰历史学家多年的秘密。因为巨石阵可以追溯至公元前1500年。

公元前1500年！基思想。

---

1 巨石阵（Stonehenge）是英国南部威尔特郡索尔兹伯里附近的一处史前巨石建筑，约建于公元前3000—前2000年。

一个确凿的历史事实是早期的英国穴居人玩过某种飞镖。这可以从洞穴墙壁上的一些标记得到证实，有人认为那些标记酷似镖盘。很多顶级飞镖手相信飞镖技能可以追溯至穴居人时代。穴居人的首领应该是那个发挥他的飞镖技能，每次都能把肉带回来的家伙。所以在某种程度上，一切都可以追溯至飞镖。如果你仔细想一想，那整个世界都是飞镖。

无论基思揣摩这段话多少次，它总能让他泪眼婆娑。它完全证明了他的能力。基思胖胖的眼泪或许既有柔情也有自豪的成分吧。整个世界都是飞镖：呃，或许吧。但整个世界——在某些屏幕上，在某些应急计划中——绝对是个镖盘。基思打开笔记本，慢条斯理地写道：

记住你是台机器。每次都要用同样的方法把飞镖掷出去。

尽管基思实际上是在抄袭《飞镖：精通指南》中的一段话，他同时也在以无与伦比的方式进行创新。

把大脑清空。你他麻的[1]脑子里无需装任何东西。

---

[1] "他妈的"在英语中应写成 fucking，基思此处将之写成了 fukcing。

现在他像个真正的完美主义者那样用严厉的目光审视这最后一句话。划掉了"他麻的",写上"他妈的"。旁观者或许会疑惑基思为何多此一举呢,又是划掉,又是增补的。哦,基思,既然那些话只是写给你自己看的,为何还要重写呢?但是我们写字的时候,会有人监视我们的。妈妈。老师。莎士比亚。上帝。

哎哟!哦。那里又痒了。那种腹部的虚空。慢性的,不是吗。突然之间,他的女人们全都消失了:就像那样。彼得罗妮拉跟她的丈夫克林特去绍森德度蜜月了。安娜莉丝回到了斯劳(你真不能信赖 M4 的交通)。黛碧十六岁了。伊克芭拉,经过在骑士汽车里的遭遇之后,就不跟基思讲话了,事实上压根没同任何人讲过话。苏特拉(苏特拉!)又回到那个她曾神秘出现的世界中去了:匆忙,饥饿,从车窗和挡风玻璃看过去——别的女人,更多的女人,发现的和未被发现的女人,基思高高在上,形式多变,就像乌鸦的谋杀者,叫着呱,呱,呱……那就只剩特里什了。他再也不会去那里了,绝对不会了,经过今天早晨和她那样的状态。大约一个小时前,正午时分,他冲到妮克家里去看录像。但是妮克的录像,基思觉得,就像中国菜。至于妮古拉本人,屏幕这边的妮古拉真人,神秘的肉体、适应暗处的眼睛、非同寻常的嘴唇,还有她穿衣的方式,基思既不耐心也不急躁:即便是大腿挨着大腿坐在你身边,她也若即若离,就像电视一样。

电话响了。基思穿过车库去接电话时,坚定地认为成功并没有将他改变。

"基思·泰伦特吗?喂。下午好。我是托尼·德·陶顿,执行制片人。《飞镖世界》。"

哦耶:伊登德里侯爵……《飞镖世界》?《飞镖世界》!

"恭喜,"托尼·德·陶顿说。"那天夜里你取得了杰出的成就。了不起的成就。紧张的场面。"他带着可怕的坦诚接着说道,"有一阵子你乱了阵脚。保罗·戈则完全不在状态,我认为,喂。天哪,噢,天哪。啊呀。那将要变成一个那样的夜晚了。然而当小保罗掷出那样一个糟糕的镖时,你好像振作起来了。最后,是你的人格助你渡过了难关。"

"耶,对。"

"那你看过那场比赛了,对吗,基思。"

"一向都看,"基思狠狠地说。

"好。现在我们要对决赛和名人挑战赛的参赛者做个短片。你也看过那类节目。每人几分钟。所以我们也想对你做一期,基思。"

基思机警地、不好糊弄地笑了。"……但那是电视,"他说。

"对。正如他们所说。你知道:你的生活方式。"

"有点像生活方式的专题片。"

"你看过的。你家住何方、在哪儿高就、爱好、家庭、兴趣;所有这些。你的生活方式。"

基思抬起头来:臭烘烘的破车库。托尼·德·陶顿问他们明天可否开始,基思说可以。

"地址?"

基思无助地说了地址。那个妻子、那只狗、那所可笑的公寓。

"好极了。那到时候见。再见。"

基思用微微发亮的手指拨打妮古拉的电话时,满脑子想的都是人头税和经济情况调查。

"别着急。稍等一会,然后再试,"妮古拉说完挂掉电话。然后她把手放到原来的地方。"我的天。它比电话还硬。是打错的电话。又一个打错的电话。是的。即便是隔着这厚厚的粗呢子,它还是比电话要硬。是的。这一定不正常。"

盖伊佯装欢笑;但脸上的表情无疑很不自然。

"别的男人也会变得这么硬吗?"

"哦,我想是的,"盖伊用沙哑的声音说,"在适当的情况下。"

"得花点工夫才能适应。我一直在翻阅我书架上的小说,收获甚微。那仿佛是一个这样的话题,对此作家拥有一套知识体系,但其作品中的人物与之却有着细微的分歧。通常都是用代号表达的。对我没什么帮助,恐怕。"

"呃,这,毕竟,"盖伊说(他的头稍微倾斜),"不是小说。"

"现在做什么呢?……其理念就是,我想,用外层皮肤轻轻触碰里层皮肤吧。这粗呢子不会弄疼你,是吧?我想你也一定穿了内裤或者诸如此类的东西吧?……当然还有下面这些东西。它们也发挥作用吗?我想通过轻抚或挤压,它们或许——盖伊。盖伊!你刚才做的鬼脸可真吓人!"

他试图说些抚慰的话。

"什么？是疼还是怎么的？"

"有点，"他动动嘴唇。

"我不明白。我原以为那感觉很美妙。"

盖伊做了一定的解释。

"哦，亲爱的！甜心。你早该说出来。哦，我太可悲了。呃，让我们……我要……"她伸手去摸他的皮带扣。接着她停下纤纤玉指，自嘲地抬头对他微笑。"我刚想起一件事。那是——那是一种游戏。我想它会帮上忙的。我会尝试做某种真正大胆的事情的。盖伊？"

"什么？"

"你能让我单独待会吗？半个小时左右。"然后她面带微笑，一种孩子气的挑战的意味。"让我鼓鼓勇气？"

他说"当然"的时候是如此柔情，以至于她都想把他狭窄的脸颊捧在手中，告诉他有多少多少多少男人都已经把他们的名字写满了她的肚皮、乳房、脸庞和头发了。多么盛大的签名会啊。多少人追着她要签名啊……但是把他放出去之前，她只是说："你知道，你让我如此快乐，以至于有时候我都会想，我一定快要死了。仿佛继续活下去会显得我太过贪婪似的……"

在市场街，他总是看见一堆堆鞋子、一堆堆乱七八糟的帽子、一堆堆手提包、一堆堆皮带。他感觉很受伤，被口水毁掉的那只耳朵嗡嗡作响。猜猜盖伊抵达妮古拉的住所时，有谁在呢？基思。基思正要往外走。基思正在收拾东西：他做这件事的时候，盖伊不得不在门廊等候，一边用手遮挡低矮的阳光，一边用目光搜寻那辆骑士汽车。两个男人在前门擦肩而过；基思看上去令人难以置信的憔悴，但同时又非常开心，或许有人会说，经过最近在伊登德里侯爵的成就，他那样自然是无可厚非的。那是万分不可能的，盖伊想；但是如果自己被骗了呢，呃，那这就是个高明的骗局；如果妮古拉和基思是恋人，那它就是某种爱情故事了。山羊和猴子！现在大街上又到处布满了鸽子，就好像小男孩的吸铁石吸来的铁屑。在十字路口，一只鸽子在吃比萨，它还想要更多的比萨，在一辆卡车渐渐靠近时还差点把自己做成了比萨。

一阵强烈而难耐的饥饿袭来。他走进他能找到的第一家快餐店，一家马铃薯餐厅，名字叫做**泰特**，或是**马铃薯**，或是**马铃薯之爱**？排队的人很多，但移动得很快。队伍前头的钢围栏里坐着一个西班牙女孩。她从身后的窗口接过装满食物的纸盘子，蘸上少量黄油，要么就是干酪或六氯酚，把每个马铃薯切开。然后用一毫秒的时间递过来：就花这么长时间——脉搏跳动半下的时间。盖伊知道那设备用的是老化光，一种适应性很强的技术。食物在你的盘子里、在你的嘴里、在你的肚子里还继续烹调着呢。甚至在下水道里还继续烹调着呢。

"谢谢，"他说，然后付了该付的钱。

那女孩有种淳朴的美。但她那样多半不会持续很久的。她的妈妈便是明证，那位妈妈在窗口忙活，镶嵌其中，就像早期电视节目里的人物。但这不是烹饪节目。这是关于厨房如何毁灭女性的节目。女儿会比妈妈衰老的速度还要快，因为现代设备节省时间，但同时也耗尽了时间——从空气中榨取时间……

盖伊端着塑料器皿，环顾四周，想找个凳子。他吃力地半坐下来（那样反倒更好），仔细地分开马铃薯松弛的嘴唇。它的里面咝咝作响，被老化光烧得直冒泡，一点烟也没有，但表面摸起来却冷冰冰的。他拖着步子回去找那个围栏里的女孩。

"这马铃薯，"他有气无力地说，"没烤熟。"

脉搏跳动半下的时间之后，马铃薯重又回到他的盘子里，好似使用过的子弹。现在它烤焦了。突然之间就老了。盖伊看看马铃薯，再看看那个女孩。他无力地笑了笑，问道："你真想让我吃这玩意吗？"她只是扬扬眉毛，转过脸去，仿佛要说她还见过有人吃比这更糟的东西呢。他把那东西留在柜台上，走回去找妮古拉。在市场街，他又看见一堆堆手套、帽子、手提包和小鞋子。那会让你想起什么呢？盖伊觉得他总是看见一面面镜子，一堆堆头发。

"这真是个非常简单的游戏，"她开口说道，"当然，也十分幼稚。我是很多很多年前在儿童之家跟一些厚颜无耻的女孩学的。它被称作挑战。也叫紧张。我相信全世界都有人玩，正如此类事情通常会有的情形一样。玩紧张。"

"我不知道。怎么玩呢？"

她欢快地笑了。"一点也不难。比方说，你把你的手放在我的喉咙上，往下滑，直到我说紧张。或者放在我的膝盖上。或者我把手放在你的肚子上，慢慢往下移。"

"直到我说紧张？"

"或者直到我说紧张。我们玩吗？我想，"她说着露出衬衫里面的文胸的白带子，装出一个红脸蛋，"我想我把这个脱掉会公平些。转过身去。"

盖伊转过身去。妮古拉站在那里，解开衬衫的扣子。她身子前倾，解开扣子，慢悠悠地把锦缎文胸取下。然后送上一个特别的微笑。

隔壁屋里，基思穿着三角内裤，戴着耳机，罩一件她最近买给他的盘花纽扣吸烟服，团坐在妮古拉的床上。他正从小屏幕上观看事情的进展呢。他的两眼圆睁。他的嘴巴噘起，面带同谋的讥笑。妮古拉很快扣上扣子，一直扣到最上面，直达喉咙处。基思惊呆了。他本来以为盖伊和妮古拉独处时只是谈论诗歌的。他有气无力地耸耸肩膀。

"天哪，有些母亲，"他喃喃自语。

于是他们玩紧张，紧张，紧张。妮古拉玩紧张，尽管她并不紧张（她是在玩），盖伊玩紧张，尽管他不是在玩（他紧张）。"解开最上面的扣子。还有下一个。等等……紧张。不，继续……不紧张。你可以吻它们。"它们就在那里，靠得如此之近，可怕的对称。盖伊用嘴去吻。对这个乳房你能说什么呢。只能说它跟那个很像。为什么要把它们与他物相较呢？

喂，兄弟们，基思想。她长了一对好奶子。遗憾的是有点小。不过你很快就会对大乳房失去敬意了。起初会大笑一场。现在安娜莉丝……他擦擦鼻子。

他们正吵吵闹闹地用手沿着大腿往上摸呢。他的手到达长袜腰边，接触到女人的肌肤。（"紧张！"她大叫。）她那双温暖而沉稳的手正在他腰带下面移动呢。

"紧张？"她问。

"……不，"他说，尽管他紧张。"但是我紧张，"她说，尽管她并不紧张。"但是我不紧张，"他说，尽管他紧张。

把他撩拨到了极度兴奋的状态，不是吗，基思想。他把牙咬得咯咯直响。还紧张吗？他他妈的马上就疯癫了。现在——

"它是该有的那种感觉吗？"她在问。

"是的，很是。"

基思感觉手掌心慢慢冒出汗来。他把眼睛移开一会，仿佛很痛苦的样子。妮古拉说"快。我们去卧室"的时候，他顿觉一阵恐慌，差点翻滚在地。

基思猛地坐直身子。他顿了一顿：没事。他又躺下了，听着手表有节奏的滴答声和妮古拉的说话声：

"不——现在——快。站起来。所有这些扣子。好像……我要……"

"哎哟，"基思说。他用沙哑的声音吹起口哨，一对蓝眼睛闪烁着光芒。上帝啊。不，你不要——你不要做那样的事情。不。对男人。你不要，他边想边用手去摸阴茎。你不要对男人做那样的事情。

"躺下。闭上眼睛。"

于是基思看到了一切，盖伊什么也没看到。但是盖伊感觉到了。盖伊感觉到了一切。他感觉到了那双手、头发奇怪的踪迹、狂热而鲁莽的唇。还有其他奇怪的事情。一种怀疑（一种转瞬即逝的背叛），怀疑经过此事之后，他就自由了，安全了，回归家的怀抱了，激情过后，把她忘掉，同孩子和霍普挨过漫长的一生。但是接着还是会有后果的：直接的后果（雌性动物：永远不会忘记）。那很快就会发生，而且还多得让人尴尬……他或许可以把她淹死呢。他或许可以把他们两个都淹死呢。在死胡同街和她亲热时，在死胡同街和这个疯狂的美人亲热，让她为他的性激情大吃一惊时，生理恐惧从来都没完全离开过他。他按住她的头。总之，这个世界快要死去了。临近结束的那一刻，那一刻总也没能到来，他无助地说：

"我……我……"

接着发生了一点状况——在层层隆起处发生了一点小状况。"够了，"他把她推开，最后失去了知觉。

她在吻他的眼睛。他对她眨巴眼睛。

"你好像昏过去了，"她说，"你还好吗？你好像昏过去了。"

他往下一看。还好，没弄得一片狼藉。

"你好像昏过去了，"她再次说道，"哦，看来我又把事情搞砸了。"

"不不——美妙极了。"

送他出门时，或者毋宁说，扶他到楼梯口时（他要去参加一个湿疹研讨会），她拉住他，说道：

"你知道，你本来没必要停下来的。我准备好——你昏醉而死[1]了，"她引用得漂亮，尽管她认为自己时间控制得非常到位——她那小小的牙印子。"我是说另外一种昏厥。事实

---

[1] "昏醉而死"引自济慈的"亮星"（参见第十八章）。

上，我在等着你把我的嘴填满呢。因为我现在做好了充分的准备。我想你让我，"她说着给了他一个**娼妇的狂欢夜**。"首先你只有一件事情要做。"

盖伊擦着湿淋淋的下巴，说道："什么？离开我妻子吗？"

她吓得缩回身子。他怎么能这么不着边际？你怎么能那样！盖伊已经开始为自己的轻率道歉了，忽听她说道：

"哦，不。我并不想让你离开她。你以为我是什么人呢？"她语气中并无谴责之意，只是单纯的询问。"我并不想让你离开她。我只是想让你告诉她。"

卧室里，基思擅自品着他当之无愧的香烟。严格说来，卧室是禁止抽烟的，尽管妮古拉那个老烟枪一直都在卧室里狂抽。现在她抱着双臂倚在门框上。

"穿着吸烟服，不是吗。"

她慢慢打量着他，是那种非常投入、一寸一寸的讨厌，从脚（红脚趾，还微微抖动）到脸，那脸看上去一副沉思、庄严、如同首相一般的表情。

"那件吸烟服太适合你了，基思。你穿上它看上去好极了。"

"耶，是。"

"我真的希望你不要被电视这玩意唬住了，"她说，接着发现他的脸突然一沉。基思现在好像用舌头在嘴里整理思绪呢。"这难道不是你的奋斗目标吗？难道不是我们的奋斗目标吗？呃，基思？"

"就像侵犯了隐私。"

"或者说飞镖的明星身份……电视并不真实,基思,正如你刚刚看到的那样。或者不一定真实。亲爱的,你必须把这一切放下,全部交由我来处理。让我把你带到彼岸。我不会负你的,基思。你知道。"

"我很感激。"

"我给你录了盘新录像。但是在某种意义上,你已经看过了。我从你脸上恶作剧的表情就可以判断你——你已经看过了。"

"耶,"基思窘迫地说着,把眼睛转向了别处。"我已经看过了。"

基思穿过走道,从前门出去,用口哨吹着"欢迎来到我的世界"。他经过的时候碰巧看了一眼门铃上她的名字。6:西克斯。西克斯。6!基思想。两个3!……那很讨厌。镖盘上最糟糕的双倍分。永远不要靠近它,除非你搞糟了双倍区的12分,又接近了双倍区的6分。死局。3是所有的飞镖手都害怕的双倍分。在最下面,六点钟,你有点像往里面掉似的。如果你进去了,那就是1,双倍区的1。压力镖。老妮克。双倍区的3。6。6。6。那很讨厌。很讨厌。哦哦,邪恶……

一个头发酷似椰子纤维的老妇人蹒跚走过,用自制的鞭子抽打自己。有那么一会,基思站在那里聆听,或者总之可以说,他听到了城市的哭号,就像狗或婴儿的哭号,用学语前的方式回应千禧年的继承人,等待着他们的遗产。

盖伊戴着玳瑁色眼镜，穿着灰色丝质晨衣，跪在那里对着诺瓦克，他那长长的背蜷缩成一个完美的半圆，好似一个量角器，他那好奇的鼻子距离棋盘几英寸（这种高难度的姿势似乎减轻了他下面的疼痛，那地方一直很疼）：走了六步，他只丢了一个卒子，希望能下成过去人们常说的那种中局。他想尽可能坚持长一点时间，因为输掉后就得去找霍普坦白。

盖伊每隔几分钟就会从稻草桶里取出一个包装好的玩具，头也不回地扔给马默杜克。如此一来，马默杜克在毁掉它之前就必须先拆开包装，而这要花他一些时间。盖伊能听见他有如咆哮一般的喘息声和撕包装纸的声音；接着，当玩具开始断裂和屈就时，又传来吃力的嘟哝声。

麻烦之一便是象棋玩完了，象棋死了。世界冠军现在没有机会对战盖伊花145英镑买来的诺瓦克了。作为人类的一个创造，象棋已经挑战计算机相当长时间了；但它再也不会了。作为曾经很有用的陪练，象棋如今跳下凳子，喘着粗气躲到盒子里去了，第一回合就被击得溃不成军。电脑之间的对决躲躲闪闪，很难跟上，马纵身一跃就超出了人的理解能力，所有的棋子都在不停地重排队列（仿佛之前有数不清的队列似的，负一队列，负二队列，负n队列），很多天以后还在重复走棋，几乎连一个棋子也吃不掉。被设定了只赢不输的指令后，电脑自杀似的下个不停……看到诺瓦克的象失于保护，盖伊抽动了一下鼻子。这并不罕见：它总是走一些不重要的棋子，连电脑的王后都经常处于容易被吃掉的位置。他能吃掉，但那又怎样呢？他吃掉了。诺瓦克做出了激烈的回应。

"对。太棒了!"盖伊轻声说。

四步棋之后(硅片是多么冷酷无情啊),他盯着被困的王,傻了眼。正在那时,马默杜克对着盖伊右边的阿喀琉斯之踵上去一口,他方才一定是屏住呼吸悄悄靠近的。待到盖伊回过神来,那孩子已经把一个玩具卫兵的高帽子塞进了自己的喉咙,向后倒在一个庞大的兵员运输车上,脸色煞是难看。所幸佩特拉就在近旁,约迪斯也在,他们(玛丽佳尔也在附近)在帕基塔的帮助下,再加之那永远让人镇静的梅尔巴和菲尼克斯在旁辅助,才终把事情摆平。

盖伊冲个澡,上了药,把脚后跟包扎好。后来,在厨房,他检查了一下羊排的保质期——参差不齐的日期,细小难辨的印刷文字——把它们准备好放在烤架上。"那一定是真的,所有那些,"他对整间屋子说道,"你知道,关于食物与爱的说法。你们听说过没有?"他背对着她们,等待回应。"当食物与爱离得太远……食物烹饪与爱有关。妈妈的牛奶。当食物与爱离得太远,就会出问题,就像中断联系一样。我们都会生病。当它与爱离得太远。"他越过肩膀回头看去。两姐妹都在听,莉齐布是聚精会神地听(她甚至都停止吃东西了),霍普是带着耐心的怀疑在听。当盖伊埋头做饭的时候,他能感觉妻子的眼睛在忙碌地打量着他的背、他的头发、他后脖颈的汗毛。那双眼睛多有穿透力呢?是什么吸引了它们呢?莉齐布带着几袋皮塔饼和一罐希腊鱼子泥色拉去了自己的房间。现在就是时机:时机就在现在。盖伊感觉胸中涌起一股力量,但是他的脸,以及脸上的那双如同洗过的蓝眼睛,看上去非常软弱——那种他不可避免的软弱,他软弱地想抓住的软弱。真理有多美啊,他在想。因为它永远不会逝去。因为它永远都在,永远不变,无论你试图对它做什么。霍普正没完没了地跟他讲他还没做的各种琐事呢(家里的、社交的、财政的);趁她喘口气的工夫,他背对着她,巧妙地说道:

"我有话说。"他已经站在另外一边了,"这听上去可能比实际情况更戏剧化,我想。我觉得你也有话要说。"这时,他转过身来。这里,当然,他要引入妮古拉最近强调过的那种指控:霍普"非常卑鄙地"与丁克偷情。但是看了一眼霍普充满仇恨的眼睛,盖伊就想:可怜的丁克!他已经消失了——他不在这里了。他遭到了冷落。他甚至都没成为历史。"我的意思是,相当长时间以来,我觉得有必要……重新定义我们的……我的建议只是做一下调整。我真的觉得开诚布公很重要,非常重要,至关重要。我看不出我们为什么不能像两个有理性的人那样处理这件事。各方面损害都减到最小。出现了另外一个人。"

盖伊在登记入住贝斯沃特路的那家旅馆时遭遇了一些困难。这是他尝试的第五家旅馆了。尽管他脸上的伤最终证明主要是皮肉伤,但在接待处他留下的一定是让人不安的印象(而且他还没什么钱),胖嘴唇、肿眼睛、前额还横向划了一个超大口子。另外,他那被雨水打湿、直冒热气的衬衫最上面的五个纽扣全都不见了;他的全部行李就只是一个塑料袋,一条湿内裤的一角还耷拉在边上。但是最终他的锇质信用卡起了作用。

到了房间，他把自己收拾干净，然后就给妮古拉打电话。无人接听。他打开行李——他从房前草坪上弄到的两件衬衫和一些内衣——又试了一次。无人接听；甚至都没听到她的录音。他走了出去，穿过没有出租车的街道，穿过倾斜而下的臭烘烘的雨幕，穿过王后大道和威斯本园那绝望的大漩涡：政府授意的穷人区。他涉水走上死胡同街，来至她的门前，按下门铃，而后靠在上面。无人回应。在明亮燥热的黑十字，他喝着白兰地，跟迪安和法克聊天，他们告诉他基思和他的甜妈去了西边城里，一个名叫妮克的黑婊子，她给他现金礼包，另外值得一提的是，她还能通过30英尺的浇水软管吮吸割草机呢。盖伊听完，甚为恼火，大起疑心，回到她家门前，又待了两个小时。

……在回旅馆的路上，他路过兰斯登克雷森特。在他看来，那栋房子，他的房子，已经让人难以忍受地点亮了，从里面点亮了，就像一个死亡之屋，那里有个孩子悲惨地死掉了。另外他还在玫瑰花坛里发现了两双被雨水浸湿的袜子和他所有的丝质领带。他顺便拐到王后大道，在一个通宵营业的化妆品店买了日用品。在接待处他又得央告再三，人家才给他钥匙。他给她打电话，不停地往返小吧台，不停地打。无人接听。当对方总也找不到的时候，你真是无计可施。当电话总是无人接听，无人接听的时候。

翌日阳光明媚，一大清早（你不得不快），基思站在温莎宫的石头楼梯上扇动臂膀。

上帝啊，在外玩乐的这一夜：在"粉红色小礼服"用晚餐，在希尔顿喝酒，那是个特别的俱乐部，有模特在台上表演，然后回到她家看几盘录像带，为这个夜晚画上了完满的句号。基思对盖伊怀恨在心，他没完没了的电话破坏了最后的这个篇章。现在基思从里面口袋取出留作纪念的菜单：他吃了香槟烧野鸡或者诸如此类的破玩意。拒喝红酒，记住，只喝贮藏啤酒。喝贮藏啤酒不会酿成大错。贮藏啤酒是桶装的。尽管如此，基思还不能完全肯定昂贵的饭菜合他的脾胃；他之所以怀疑是因为他回来后在厕所待了五个小时。这种时候，你会真正体会到如此狭小的公寓有多不便。在那样的地方，在那种极端的痛苦之下，一个男人最不想听到的就是妻女跑来跑去，整晚闹个没消停。

一辆由司机驾驶的双门轿车停了下来，后面跟着一辆标有著名飞镖徽标的货车。基思站着抽完天明的第一根香烟，稍稍有点眩晕，他走上前去迎接托尼·德·陶顿，执行制片人，还有拿着话筒的内德·冯·牛顿。基思晃晃脑袋，打量着内德·冯·牛顿，一时不敢相信自己的眼睛。内德·冯·牛顿。飞镖先生。

"荣幸至极，"基思说，"听着，先生们：计划有点变动。"

"我们找对地方了，是吧，基思？"托尼·德·陶顿问，他抬起布满皱纹的脸去看那栋塔式大楼，它在低矮的阳光下燃烧着，就好像它所有的玻璃都是猛然从晴空里被打造出来的似的。

"搬家了。为何不让我开着骑士汽车给你们带路呢？"

我们无法停止。她无法停止。

哦，我脸上痛苦的表情，疼痛就像卫兵一样各就各位，就像恨我不死的士兵。这种被击垮的感觉，就如同你接种疫苗时的疼痛一样——当针管长达6英尺的时候。疼痛不在胳膊或屁股上。在头上，在头上。疼痛无法停止。

天哪，就连一只在半开着的窗户的玻璃上扑腾的黄蜂都无法停止……它沿着玻璃往上爬，而后掉下去，笨重地盘旋，接着再爬，不能飞离。从窗户进进出出本该是它最拿手的本领之一呐。另外它还擅长什么呢，除了在害怕的时候蜇人？正如盖伊看到、我也看到、我们都看到的那只鸽子只面临有限的选择一样：要么现在去找比萨，冒着被轧成比萨的危险；要么在空中丑陋地振翅一两秒，然后再去找比萨。

我发现过去的十分钟我一直都在注视窗外，看一个十二岁的小男孩疲惫地偷车。他成功之后，一个年迈的老人穿着运动鞋从旁蹒跚而过。那不是我的车。不是马克的车。他打电话给我说，他会在盖伊·福克斯之夜，或者他所谓的篝火之夜，过来参加一个派对。他大赞特赞协和客机。我无需担心——他会去别处觅一张温暖的床；但是没准我们也会见面的。经过昨晚，我不再恨他了。我感觉到有一种新的情感在我心中涌动。

什么？阿斯普雷问我是否喜欢《海盗水域》。我撒了谎，说不喜欢。那本书引发了某种有趣的谣言，他告诉我：他浴室地上的杂志里有所提及……今天早上，因卡纳西翁来了。我没留下听她唠叨、听因卡纳西翁批判种种人事，而是走了出去。但很快我就回来了。太多人都不愿意放弃折磨我的机会了。看到有人打架时，我决定对高大强壮的年轻人极尽客气之能事。因卡纳西翁在书房。她仿佛在看我的笔记。还有一件事。那形似烤箱的复印机——我本来以为坏了的，但现在它的灯却亮着。它发出暖暖的嗡嗡声……有时候（我并不知晓）我会灵魂出窍，以为自己在一本别人写的书中。

黄蜂不见了。但没在窗外。我能听到它撞在什么东西上面。它还会回来的。它会向我袭来的。昆虫和死亡总是会向你袭来的。如果你轰它们走，它们就会向你袭来。一切可怕的事情最后都会向你袭来。

现在有一个发现。

丁克没做那事。莉齐布告诉我的。我是在胖子之家从她嘴里打探出来的。我不停地给她吃巧克力圣代和焦糖布丁，直到她说出真相为止。食物甜得好像连锁店的浪漫故事，好像从此过上幸福生活的公主和王子。食物甜得令人讨厌。她讨厌如此自虐，但她无法停止，无法停止（没人能停止。我也不能。）眼泪顺着她的脸颊往下流——沙司顺着她的下巴往下流。我们看上去一定像明信片笑话中的一对情侣。在海边的咖啡屋。杰克·斯普拉特不吃肥肉。[1]究竟谁才是残忍的一方呢?

丁克没做那事。丁克没对莉齐布做那事,也没对霍普做:因此霍普是清白的,或多或少(尽管我不会运用这一事实。我不需要)。丁克会卿卿我我,搂搂抱抱。如果你真坚持,也能看到他的裸体。但他没做那事。他为自己的网球担心——他的反手击球,他的高压扣球。丁克出道不到十三年。那个毛茸茸的狗杂种仍然只是世界第九十九名。

还有染上不治之症的顾虑。万一丁克染上某种绝症,那他就不再是世界第九十九名了。他就变成世界第五十五亿名了。丁克很聪明。丁克深谙此道。他知道死人不能打网球。这即是他之所以坚守这一原则的原因。

可怜的两姐妹,身边全是坚守这种无聊原则的不中用的男人。连手淫对他们来说都算太过了。盖伊,丁克;现在再加上我。是的,我也退出了。实际上,我对此没有什么好反对的。我一直想像学步的婴儿那样走进浴室,裤子耷拉在脚踝处,或许再做一次足矣。但是近来我手上和身上别的地方新添的疼痛让我将之抛在脑后了。我害怕自己给自己传染性病。这是首要原因吗?为何我要在意呢?

凯丝说基思在家很开心。但是很显然不足以开心到让他不

---

[1] 这源自一首英国民谣:
杰克·斯普拉特不吃肥肉,
他的妻子不吃瘦肉。
于是他俩吃饭的时候,你会见到,
夫妻俩把盘子舔得干干净净。

给她下巴新添一道瘀伤的程度。大街上所有的女人突然之间看上去都是青一块,紫一块,红一块——紫色的眼睛,猩红的嘴唇。这些残忍的指示有的来自楼上。残忍被授权了。

$E = mc^2$ 是个很不错的等式。但是铀的原理是什么呢?疯狂的物理学。平常的牛顿原理,日常生活中折叠帆布椅和地图,用仪表测量所用到的物理学:这一切也会威胁到你。婴儿在跌跌撞撞中一直都在探索物理学(他们步履踉跄,摇摇晃晃)。

小屁股上又添了一块瘀伤,它的曲线带有一种早熟的高贵,另有三处烟烫的伤疤,还是排成个三角形。左边的屁股诉说着所以;右边的屁股诉说着因为。我试着去观察,但却看不出基思做了这样的事。他的眼睛被香烟的烟灰点亮了。

那一定跟吸毒成瘾相似,我能理解吸毒成瘾是怎么回事——就像我沉迷于某种不可抗拒和不圣洁的事情一样。欲壑难填的瘾君子在听到今天就是好日子时会异常平静:尽情放纵、无需顾虑的日子——狂欢日。早晨会如此甜美,犯了错还如此安全。

"不会伤到你。"

我吓得叫起来:婴儿醒了,瞪大眼睛,光着身子。克莱夫咆哮着过来了,慢慢吞吞的,以示警告。

"不会伤到你。"

"什么?"我说(我震惊了)。"是。不会伤到你。不会伤到你。是,当然,我的宝贝。"

还有某个不为我所知的人来过吗?一个妮古拉假扮过的那

种社会工作者？一位笑容满面的叔叔，就像我，像我自己。是我干的吗？我搓了搓脸颊。外边是地狱般折磨人的低矮的太阳，残酷又闹腾。我什么也没说。凯丝什么也没说。金又不能告诉我。金又不能说。某个人无法停止。

生命还没有结束，没有完全结束。但是爱情生活已经结束了。我不妨把爱情打包收起来。"拜托了。亲爱的，"我说，那是九十天前，在别的地方。"为我做最后这一件大事吧。做吧，小姐。不是在这里。天哪，不。我们去哪里找一所迷人的小公寓——譬如棕榈泉，或者阿斯彭。做吧，小姐。我会是那个做白日梦的病人。我发誓。为我做最后这一件大事。"

连大自然都在告诉我，我已经失去了，爱已经失去了。她在怨恨一切，她自己、我、当下的环境。第二次的，也是最后一次的，性爱发生在那个早上，当时我已经听到或者说感觉到（我相信）那命中注定的妊娠或怀孕的痛苦了。她在怨恨一切，但尤其糟糕的是，她在怨恨大自然，那些备受蹂躏的树木、海边的浪花、路上的那块形似仰着身子悲惨死去的海豹的原木。她曾经很喜欢这里的。

我藏在显眼的地方。我驾船来到水面上。起初，天空看上去就像达尔文的一个温暖的小水塘，一片碧蓝，在那里必然会有生命形成；但是水塘自己也疲倦了。它来日不多了，东边的大海不停地冲刷沙丘，每过一周又会靠近好几码。船桨划过死水黾汇集的水面。当我看见鳄龟家族依旧还在，依旧蜷缩在芦苇丛中的时候，不由得欢呼起来。在鼎盛时期，在纪律严明、精力充沛的时期,它们看起来就像朝鲜防暴警察的头盔。现在这些幸存者却在泥中翻滚,疲惫不堪:厨房里沾有污渍的汤碗。而我自己就像厨房里卷起袖子的老顽固。持续有一个小时,天空是科德角真正的那种蔚蓝,宏伟的固态云像雕像一样泛着光芒。而后就只有炎热,太阳和天空逐渐变成同一种颜色。

我们所言不多。大部分仍是大自然的声音。黄昏时分一辆罗孚豪华汽车过来接她。开车的是西克的一个下属,米尔维·伦索,华盛顿的另外一种恶棍。"米尔维·伦索:送货员",他从车窗扔给我的那张名片上写道,我拒绝服从,跌跌撞撞跑到车道上——荒谬的反抗。谢里登·西克的公寓里有一套通风系统,那把他和小姐呼吸的空气中的所有硝酸酯都净化掉了。如此一来,衰老过程得以大大延缓。在那里时间流逝较慢,比在我这里要慢。

她走之后,夜色降临,我生上火。整晚我都盯着灯光映照的后窗。它容纳我,包含我,映照一切:我在玻璃窗里的脸,接着,几毫米开外,是那酷似玻璃底板船的外表面,那里只有深海,重水,各种各样可怕的小动物,它们伸着卷须,形似哑铃,在重力作用下扭曲变形;或者像狂热的科学家显微镜下的世界,各种丑陋的文明混杂在一起,相互对立,野心勃勃的蝇蛆把触角卷成雷达扫描器的形状,瘦长的飞蛾用翅膀疯狂地清扫甲板,微不足道的摇蚊,弯腰弓背的蚂蚁和慢慢爬行的可怖的蜘蛛,偶尔还有无害的白蝴蝶从玻璃窗前飘落,它们都在寻找原子的光明,灯泡发出的原子光。所有这些不该存在的东西都茁壮成长。

事情正在进行中。

终于,在深夜,城市的哀号汇聚一处,形成某种事态,在日全食即将到来之际——这个城市终于找到了属于自己的声音,就像一个心灰意冷的人怦怦跳动的心脏,在说:"不……不……不……"它无法停止。距离我窗口一英里的地方还有另外一个人在听。她无法停止不说:"是……是……是……"

我在这些力量面前无能为力。你无法阻止它们——这个世纪说你无法阻止它们。我必须变成海明威认识的那个患结核病的斗牛士。公牛重达半吨。你败在了他的手下。

马诺林,是吗?死在了马德里的锯末中。

第二十一章　以爱的速度

盖伊得到了妮古拉的夜晚。盖伊·克林奇和妮古拉·西克斯走到了决赛。他得到了性爱之夜。

它以独有的方式勉强进行。席卷这个星球的爱的力量，像天气一样，那晚找到盖伊作为信使或代理人，他从未感觉粗狂得如此彻底。他不知道她只是个带着指示棒和云图的气象播报员。对他来说那都是真实的。他不知道那只是一则广告。

不过首先她得解释那令人窒息的失踪是怎么回事：不只是盖伊被家人炮轰的那个雨夜，还有接下来她无私奉献给基思·泰伦特的三十六个小时。帮助她的基思。哦，她就是这般为他人而活……

"我去，"妮古拉说，"看我父母的坟墓了。在什罗浦郡。"

盖伊皱皱眉头。妮古拉的男人们以及他们蠕虫状的皱眉。"我想你说过，你对你父母的状况一无所知。"

"那，"妮古拉说，她现在差不多已经忘记早先说过这话了，"是故意撒的谎。事实上很久以前我贿赂过孤儿院的一个护理，她告诉了我他们下葬的地方。"她耸耸肩，看向别处。"这不过分，不是吗——就只是他们的坟墓？"

"……可怜的女人。"

"天哪，一排一排的。就像大清洗和饥荒年代的俄国。我仿佛体会到了娜杰日达·曼德尔施塔姆的感受。不过那是个漂亮的小公墓。墓碑。紫杉。"如果他问她宿在何处,她没准会冒险说:"一个简陋的客栈。"不过他没问。毕竟,他是那么高兴见到她。"我本该告诉你的,我知道。我当时的状态很怪。被一种奇怪的感觉支配着。"

"好了。你安全回来了。"

他们坐在她家起居室的地上享受烛光晚餐,就在壁炉的火前。火光和烛光把她的粉色长裙(你能听见衬裙的低语声、薄纱的窸窣声)和凌乱的头发上扎的素朴粉红丝带映照得异常漂亮。简单又耐饥:面包、奶酪、西红柿、爽滑而不张扬的地区餐酒……事实上,妮古拉撕掉了商标,以隐瞒她选的高浓度红酒,一种非常时尚的玛尔戈红红酒。

"这可能听上去很怪诞,"她恹恹地说,"但我觉得应该跟他们交代一下。关于你。"

盖伊点点头,抿抿酒,抿抿酒,点点头。他的舌头,他那训练有素的舌尖继续品尝着水果、鲜花、那个被他审视的身体(健壮、圆润、笔挺、刻薄),在那里思想和感情如此慵懒地合二为一了。他具有丰富的理解力。现在他还是个相当可怜的情人:事实上是个病人,身心都极其不适。在那个雨夜他被淋得患了感冒,很快发展成高烧。他三次打电话下去,让人给他的小吧台补充食物,他就靠椒盐卷饼、腰果、瑞士巧克力以及从浓啤酒到甜雪利酒在内的饮料过活。除了拨电话把手弄流血之外,他还丧失了行动或思考能力。在梦里,他不是陪毁了容的孩子穿过空荡荡的动物园,就是因为道德败坏招来诸多非议……现在他善解人意，虚弱无比——还有什么呢？剩下的活力仿佛都涌入他的内裤了。到妮古拉家后不久，他上厕所时，不得不先采取手倒立的姿势，直至最后退坐在马桶上，脸几乎都擦着地毯了。

"我想我有点太在意，"她现在尝到了冒险的刺激，"父母扮演的角色了。当然是对人生重要的庆典而言。就像失去一个人的……就像第一次做爱。"

所以从某种意义上说，盖伊得到了一切。

首先，大约从10：45开始，他们在地毯上，壁炉前，抚摸头发，深情对视，立下甜蜜誓言，郑重地接吻。

午夜时分他被她拉入卧室。独自一人时（她不会离开很久的），他带着疲惫的微笑解开衬衫扣子，坐下脱鞋时轻轻皱了皱眉，然后带着感激的宿命感赤裸裸地钻进他人怪怪的、冰冷的被窝。12：20，他违抗她的命令，不愿闭上眼睛，看着她跑进屋，跳上床，身穿肉色少女胸罩和精纺紧身衣，那没准是在最后一刻因为害羞匆忙穿上的呢……

她花了整整一个世纪来预热！在他把她完全拥入强健的怀中之前，他们不断地停下来，不断地重新开始，好玩极了。他从没想过会有如此多的笑声，如此多幼稚的欢乐。另外她还会发一些可爱的小脾气，还会突然丧失勇气，也会有甜蜜的成功时刻。1：15，厚厚的胸罩被解开了。他第一次把她那如流水般清凉的乳房搂在胸前。2：05，嘶嘶作响的紧身衣被脱下。真正暖热身体之后，他被允许用手去摸她闪亮的大腿内侧。

与此同时，在整个过程中，他们疯狂的不眠之吻持续不停，仿佛再也没了明天或将来。到处是闪亮的汗珠子，她还一个劲地猛击和抚摸他的胸膛呢。3：20 他终于看到了她的内裤，质地一点也不女人（那横向的松紧带甚至让人想起了紧急医疗救护），单纯无比。

那一夜室内的光线变化了多次，但是当他最终在 4：55 骑在她的身上时，屋内弥漫着灰白的晨光，以及他们一起度过的不眠氛围。现在连她的身体都有一种疼痛的透明，乳房上的蓝晕似乎与她脖子和喉咙处潮湿的问号式头发相映成趣。

"好。亲爱的。"

那仿佛把她全部的力气都挤出来了。

"它是多么疼。哦，它是多么灼热啊……"

他起初是小心翼翼地进去的；但是到了 5：40 的时候，他已经完完全全、稳稳当当地安顿在那个甜蜜之罪的紫边宫殿里面了。持续有一个小时，她急促的喘息，她兴奋的呼喊，让他逐渐大胆起来。7：15，她在他肩膀两侧分别搭上五个脚趾，四个手指撑住他的屁股，一只手掌轻托他的阴囊，把它的大部分脸含在嘴里，盖伊则伴随着一首神秘的黑人灵歌那起起伏伏的节奏来回抽插，那是一首唱诗班所有的男童女童都会哼唱的灵歌。

"现在，"她说，"现在停下。"

他停下。她把小指放在他的胸前，然后走开，盖伊穿过稀薄的空气慢慢倒下。

"我刚意识到我们犯了一个错误。一个可怕的错误。"

盖伊对着枕头眨巴眨巴眼睛。

"那会很可怕的。几乎不可饶恕。"

盖伊躺在那里,等待着。

"你得告诉你的父母。当然还有你的岳父母。"

她已经穿上了内裤,仿佛幸运地逃过了一劫似的。晨光之下,他们的确像是缠了弹性绷带。盖伊怪异地笑了起来,说道:"我只有一个父亲。而她只有一个母亲。告诉他们什么呢?"

"只是跟他们交代一下。"

"我会给他们打电话的。"

"给他们打电话?"

7:20,他们商量好之后,妮古拉说:"那你去纽约。去新英格兰。去新伦敦[1]。"

去伦敦场地。

基思怏怏不快。

"这么说,实际上你,"凯丝伺候他吃一顿很晚的早餐时,他说,"又多管闲事了。问东问西的。呃?呃?"

他醉眼朦胧地瞪着她。妮克要应付盖伊,放了基思一夜假,基思就去了黑十字和各各他,随着夜幕加深,他也喝得酩酊大醉了……凯丝返回洗碗池。她说:

"他是主动告诉我的。"

"我马上就主动告诉你。托尼·德·陶顿?"

---

[1] 美国康涅狄格州新伦敦县的一个城市。

"他只是说他们在录制这期小节目。关于你。"

基思晃了晃脑袋,说道:"你说了'他是我丈夫'以及相关的一切。"他再次晃了晃脑袋。"'我们有个小女儿',以及相关的一切。"

"我什么也没说。"

她是柔声细语地说出这句话的。基思好像平息了怒气——尽管明显可以看出他心情糟透了。当凯丝问"何时播出"时,他把刀叉一股脑丢在盘子上,问道:

"什么?"

"那个电视节目。"

"不关你的事。这是正事,不是吗。飞镖。它不是……"基思停了下来。实际上他陷入了极端困难的境地。他自己上了电视:他搞不明白这两个世界是如何交集的。尽管绞尽脑汁,他还是想不明白。他伸直掷镖的手指,指着她。"好比新闻。你不会想去相信电视上的一切。那样生活就没法继续了。"

"你可以相信飞镖,当然。"

"耶,但……这种事情。它——它不在电视上,"他说,"显然。"

"什么不在电视上?那个电视节目?"

"岂有此理。"

基思觉得最好还是换个话题。于是他开始说起凯丝现在有多丑,他每次见到她有多沮丧之类的话来(他发誓说,那让他他妈的心都碎了)。

"你知道我在说什么吗?"他结束道,态度温和了许多。

"成功。我碰巧能够应对。那是你不能理解的生活方式。它就在那里，丫头。它需要我。我走了。"

婴儿发出醒来的信号：婴儿马上就会恢复意识。很快，婴儿就会疯狂地动来动去。凯丝下意识地朝门口走去时，不由怔了一下。基思的蓝眼睛里写满了愤怒；嘴唇先是紧绷，然后变得煞白，然后向内抿着，他极其恶毒地说：

"我打算去别处完成赛前的准备工作。"

按照事先约定的那样，乖僻而帅气的理查德在办公室等着盖伊。有一阵子他们站在日式家具中间，商量着如何调整各自担任的职位。他们现在提及的世界只占据盖伊生活的百分之零点五；而对理查德来说一直都是全部。

"我想不出其他的应对之策，"理查德说，"当然，这纯粹是梦想之国。"

"就这么定了。"每次他们对视，理查德都好像要向后倾斜一英寸，仿佛要与蓬头垢面的盖伊拉开更大的距离似的。我想（盖伊心下思忖），我想我看上去一定……"就这么定了，"他又说了一遍。

"你知道那边的新行话吗？净化战争。"

"的确如此。"

"早年的顺从已经不复存在，所以你要来刺激它一下。两个城市。那很好，不是吗。经过一次净化战争我们都会感觉好很多的。"

理查德笑了，盖伊也由衷地笑了。当然，这在一定程度上合了他的口味，如果说并没有什么要紧之事的话。但是这种笼统的欢乐或许也可看做是没有要紧之事的必要条件。大约一年前,他最后看完了马丁·吉尔伯特的《大屠杀》,认为那部一千页的巨著亦可当成德国幽默的宝典来读……盖伊走到自己的办公桌前,用直线给父亲打电话。电话很快接通了,但他还得过全体工作人员那一关:西班牙方面的阻挠日渐减弱,但管家、秘书、律师、猎物看守人却加强了监听。"这跟办公室无关,"他不停地跟一个图金霍恩先生解释。"是私事。相当紧急。"最终他父亲疲惫不堪地踱到电话前,仿佛听筒本身就是他不得不担负的另一个担子。

"什么事?"

"我现在不能细说。它太微妙了。"

"但那是什么事呢?"

盖伊告诉他是什么事。

"好了,无需再多说了,不是吗。你得到我的……我的'批准'了。一切顺利,亲爱的儿子。很高兴我们交谈过了。"

几秒钟后,理查德敲门进来。

"你完全说对了,"盖伊说,"那纯粹是无稽之谈。都会过去的。"

盖伊来办公室不是和理查德交谈的。他是来取护照和旅游卡的——还有那个备用手杖,他一眼瞥见它靠在门口的墙边,甚是高兴。他跨过房间去取时,理查德(他是盖伊的弟弟)说:"那你为何还要去纽约呢?你是得了疝气还是怎的?刚才我在偷听。你好像把事情弄成一团乱麻了。你个窝囊废。"

盖伊看看地面:当然,理查德不会明白的,但他此生从未如此快乐过。盖伊看看天花板。"你不会明白的,"他说,"但我此生从未如此快乐过。"

"你个窝囊废,"理查德说。

他搭地铁去斯特兰德大街,在那里买了一个旅行袋和很多新东西放在里面。在寂静无声的百货商店里,他从男装区走到女装区,寻找丝巾,一条送给霍普的妈妈,一条送给妮古拉。女装柜台琳琅满目,应有尽有的样式和颜色让他惊诧不已,应接不暇。相比之下,男人都身穿制服。但是那时……但是那时,就是眼下(从某种意义上说这种状态已经持续半个世纪了):我们都穿着制服。而且并非心甘情愿,而是被迫的男男女女,哭哭啼啼的应征士兵。排队过马路的孩子穿着制服。我们的婴儿不是赤条条来到人间,而是穿着制服——穿着小水手服。对爱来说很难。每个人都在这样的军队里,对爱来说很难。爱很难进行下去了。

现在他穿过旋转门来到大街上(那根铜头手杖的确帮上了忙)。向上看去,低矮的太阳把卷云霾绘成一只老鹰。今天是老鹰,目光炯炯;或许明天就是秃鹰,盘旋于伦敦这块腐肉上空。向下看去,他看见地下室窗户的栅栏后面有一只漂亮的猫咪;它打着呵欠,伸着懒腰,游离于历史之外。一位老人从旁走过;他想起了什么温存或者好笑的事情,怯怯地憋住不笑。保留这一点吧!是的,当然!盖伊拦住一辆出租车,很快与身穿卫兵制服的司机讲好价钱。他爬进车去。他不再害怕。在去希思罗机场的路上,他看了看她给他的、供他跨越大西洋时阅读的两本书,再次瞥一眼题词。西面的薄云好似疯女人的头发,他完全看清了自己的处境。他不再害怕了;不再为爱担惊受怕了。部分是因为她表明了立场,细细思量,那是如此勇敢、如此自立,而且距离日全食也就几天时间了。部分是因为基思的意象在他大脑中模糊起来:此处唯一的麻烦就是他最近表现出来的文学评论天赋(基思还会有其他魅力与技能吗?)。但是最主要的,他认为,是那条内裤。盖伊笑了,出租车每颠簸一下,他都疼得微笑一下。真是骇人。摸起来手感也不好(他用指尖摩挲过它的每一个原子)。正是你想象中的三十四岁处女会穿的那种内裤。

双倍区的 17,基思想。不好。进去的话,你看到的就是 1 和双倍区的 8。但她看上去甚至都不像 30。也不好。最好是 10,再加双倍区的 10。用了润肤膏,不是吗。

"我的钥匙在哪里,"她说。

她引领他上楼梯时,基思闷闷不乐地盯着她长筒袜的袜腰。她停下脚步,转过身来,说道:

"当你要用两支飞镖掷出 66 分的时候,我还以为你会瞄准 16 和靶心呢。然而却不。你投向了靶心和双倍区的 8。神奇。收得漂亮,基思。"

"耶,是的。"

"还有 125 分!大家都以为会是三区的 19 分,最外圈的 18 分和靶心。但你却瞄准了外靶心,三区的 20 分和顶部双倍区。打得漂亮……基思!怎么了?你为何那样看着我?"

"是三倍区。不是三区。是三倍区。"[1]

妮古拉爬完最后一阶楼梯,忏悔地歪着头。在起居室,她小心翼翼地说:

"亲爱的,你想怎么安排呢?我们马上去吃饭呢,还是你想先在这休息一下?"

"不要那样,"基思擦了一下手掌,说道。"不要在我刚进门就催。我要保持风度,好吗?"

"原谅我。你想脱下外套,试一试吗?"她指的是她下午刚买的新镖盘。"我去给你拿贮藏啤酒?"

"不着急。"

"喜欢吗?"

"哦,很漂亮。"基思脱掉夹克,娴熟地掏出紫色飞镖袋。"木纹壁柜。上乘红木原料制成。"

妮古拉急忙跑到冰箱前,那里堆着一罐罐贮藏啤酒,好似弹舱里的子弹。实际上他并没说她可以给他拿喝的,她希望自己没有做错。她听着飞镖的铮铮声,踌躇不定。

接下来的几天,她带他(基思)去一些久负盛名的老式餐厅,面对那里的帷幕和烛光,他显得极不协调,散发着恶棍气质,全无魅力可言;对着用流苏装饰的菜单,他呆呆地坐着,听妮古拉给他翻译。她把他(基思)翻译给装饰得可怕严谨的圣所、挑剔的桌布和嘲弄的盖碗,在那里他总是跟她要同样的东西。她给他(基思)买他喜欢的小黑马甲和黑色切边裤;结

---

[1] Treble 和 triple 都是"三倍"的意思。在飞镖项目中常用 treble 指"三倍区",而不用 triple,这里基思纠正了妮古拉的错误。

果,当他从洗手间回到饭桌时,满屋的人都举起手来,如同一个漂亮的教师在课堂上问一道简单的问题时会有的情形一样。他从不说话(基思)。他从不说话。一开始她还以为他在莫名其妙地生气呢。莫非他还在为她错用了"三"而耿耿于怀吗?是谁说了伊登德里侯爵的坏话了吗?接着她明白了:他认为你没有。他认为你没有说话。尽管别人说话了。他坐在那里,细嚼慢咽(基思),小心翼翼,没有兴致,沉浸在对飞镖的遐想中。又或许是他怀疑你在这样的地方竟会有宾至如归之感吧,当然你从来都没有,永远都不会有那种感觉。至于服务员,基思之于他们就如同苍蝇之于顽童[1];领班的一个小小眼神就能让他心惊肉跳。妮古拉认为这解释了为何无产阶级偏爱印度食物——和印度服务员。谁会怕那些面色黝黑的小精灵呢?有一次他尝了一杯木桐酒庄的红酒(基思),都吐在餐巾纸上了。她买单的时候喜欢显摆,总要对账单提出质疑,基思则若有所思地盯着枝形吊灯。他知道一个人要想甩掉卑微的出身该当何为:你假装你知道账单该由你付。但是那个时候让他有那种感觉有些难度,让他假装那样也有些难度。当那个威严的迎宾员用法语跟她说话时,当他绞拧双手又是提建议又是恳求时,基思总以为他们是在问她为何要跟他这样的人一起出来呢。像他(基思)这样的人。

---

1 这里对莎士比亚的《李尔王》中的一段话所做的改编。莎翁笔下的原文如下:
As flies to wanton boys are we to th'gods;
They kill us for their sport. (Act 4, Scene 1)
我们之于神明,如同苍蝇之于顽童;
他们以杀我们为消遣。(第四幕,第一场景)

不过，在家里，在她的公寓里，基思就很自在。他大约十点或十一点过来，用饥饿的眼神看着她。她为了他身着华服，以博取仰慕的冷笑。在他开始喝贮藏啤酒或路可查德运动型饮料之前，服务员就端上了牛角面包和可恶的浓咖啡，有一两次她说服他尝了一杯龙舌兰日出鸡尾酒，甜味盖住了浓浓的酒气。然后他就掷一天飞镖，只会停下来，譬如说，吃些精致的点心，喝一杯用白镴镂花大杯装的贮藏啤酒，或者欣赏一盘新的录像带；因为基思现在一天需要四五次这样的消遣，妮古拉当然不能有片刻清闲！起初电话一响他就停下来，结果是盖伊打来的，在某个嘈杂的机场或加油站大声嚷嚷；但过了一段时间以后，他也就习以为常了，有电话打来也能继续练习。一次盖伊从一个废弃的汽车旅馆打来电话，问起背后是何噪音：妮古拉说也许是监控器或计数器的声音吧，以此掩饰了基思掷镖发出的慢悠悠的铮铮声。她跟盖伊说话时，听起来就像济慈。对基思来说，这都是下三滥的玩意。他爱她，就像在重要时刻爱自己的经理人一样。你一离开街道、踏入房门就能感觉到：整个屋子里充满了色情与飞镖的味道。

在篝火之夜、最后一夜的前夕，在电视节目——基思的纪录片——开播前的两个小时，妮古拉决定不让基思再受那些身着晚礼服的服务员的折磨，带他去了192号，肯辛顿公园路的一家媒体餐厅，吃顿便餐。他坐在那里喝着橙汁，警惕地等待着她建议他品尝的寿司。

"尝尝吗，基思？"妮古拉温柔地问。

他沉默不语。

192 分。最好的办法是：掷个最高分。心理上给对方一个重击。还剩 12 分。如果你投中内环，还剩 6 分。6 分。双倍区的 3 分。死定了。避开它。还有一种办法。你掷中 57 分，瞄准 17 分——掷中了三倍区。51 分。还剩 6 分。或者你瞄准双倍区的 14 分，却射中了双倍区的 11 分。还剩 6 分。上错床了[1]。或者你瞄准双倍区的 9 分，一投，中了 12 分。还剩 6 分。或者你瞄准双倍区的 11 分，结果射中了双倍区的 8 分！上错床了。还剩 6 分。上错床了。真可恶。他妈的邪恶。死定了。

在希思罗机场的贵宾休息室等了十四个小时；坐 Mach II 去纽瓦克；坐直升机去肯尼迪国际机场；坐波音 727 去米德尔敦；搭客车去新伦敦。车窗外美国逐渐向他身后退去。疼痛现在已经向下蔓延至小腿，向上蔓延至乳头了。手表的第二个指针每滴答一声他也就更为清醒地意识到自己的创伤。他看着窗外新英格兰那设有警戒线、雇用血汗劳工的田野，以及那些被野蛮地乱砍滥伐的林地，依然还存在细小的枝枝蔓蔓，上面挂着丝带，感恩节的灯笼。你甚至难以想象莫霍克人和马希坎人曾经在此漫游过——是的，还有万帕诺亚格人、纳拉干塞特人、佩科特人、皮纳布斯高族印第安人、帕萨马科迪人、阿布纳基人、麦勒席族人、密克马克族人。[2] 他感觉整个大陆都被吞

---

[1] 这是飞镖术语，意思是说你瞄准一个特定的双倍区或三倍区，却打到了旁边的双倍区或三倍区。
[2] 这些都是早期生活在北美洲的印第安部落。

噬了、耗尽了、嚼碎了，现在你在美国一定会有此种感受。

前一天晚上他在米德尔敦稍作停留，下榻在一家最近刚开业的、名为开国元勋的机场酒店。他再一次费尽九牛二虎之力才让管理人员相信，他既不穷，也不疯，也没得病。其中一个麻烦似乎是他新近养成的对自己傻笑的毛病。他看起来也许就像早期的英国船员，因为得了坏血病而气喘吁吁，裤脚的卷边在小腿处晃荡。不管怎么说，他那铱质和钛质信用卡还是起到了作用。冲完澡之后，他第二次成功地打通了养老院的电话，确认了与岳母的约定。他效仿**五月花房间**的一位**童贞马利亚**，早早就在**清教徒休息室**吃了晚饭。杯盘旁边放着她给他的两本书：一本是出门路上看的，一本是回家路上看的。现在他正对着司汤达的《爱情》皱眉锁额呢，时而窃笑，时而沉思……回到房间，他给妮古拉打了当天的最后一通电话，尽管时候不早了，信号也不好（金钱计数器发出有节奏的铮铮声），她还是跟他聊了十五分钟，告诉他她为了迎接他归来都做了哪些准备。这让他的下一步行动变得复杂起来：他耽搁已久的自我检查，身体全裸，一只脚搭在镜子前面的写字台上。嗯哼，很糟糕。有可能还很严重呢。真是那种会让护士从产房仓皇逃走的景象。有几块很深的绿色疤痕，表面像是微风吹动的涟漪；但总体说来，他身上大都是如画的蓝色。蓝色，也许是环礁湖的蓝色吧。他朦胧睡去，暗暗思忖，倘若要把《麦克白》和《奥赛罗》的女主角互换位置又会如何呢。换上一个苏格兰的苔丝狄蒙娜，那就没有故事，没有情节，没有被杀的国王了。但若换上一个地中海的麦克白夫人，你或许还能收获一个更为离奇、更为血腥的故事呢，因为那种女人永远不会把卡西奥的关照看在眼里的，没准直接就奔伊阿古去了……

现在他搭车去新伦敦。那本《爱情》偎依在他的膝上，还有另外一本尚未开启的书，一本名为《多个太阳的光芒》的书。盖伊没在读书：他腹股沟的疼痛不知怎的与剧烈的眼球疼痛建立了联系。他不情愿地也斜着眼睛观看客车上的电视新闻，司机用同样的眼神打量着这位令人不安的乘客，时不时偷偷瞅几眼后视镜。总统已经做出了决定。他们要采取行动。他们已经决定给总统夫人做手术了。

基思·泰伦特那九十二秒的纪录片被两千七百五十万人看过了——在英国、在斯堪的纳维亚、在荷兰、在美洲的摇滚乡、在加拿大、在远东和澳大利亚。各地的飞镖迷们看完之后，它被以光速射入太空。

妮古拉·西克斯也看了，是坐在基思膝盖上看的。

锐意进取的基思·泰伦特是一位来自伦敦北肯辛顿的商人。

在狂乱的木琴独奏声中，基思狡黠地对着对讲机点了点头。他用大拇指和食指转动一支形似飞镖的圆珠笔。

在基思居住和工作的那栋优雅的西伦敦公寓，不断有电话从慕尼黑和洛杉矶打来。不论是做生意还是玩飞镖，基思都绝不退而求其次。基思的口号只有一个赢字。深得他信赖的女孩星期五妮基总是陪伴在侧，不时伸出援助之手。

身穿T恤和牛仔，戴着墨镜的助手妮基拿着几页纸出现在她的老板身后,在那些纸放到他的面前之前,基思谨慎地点了点头。她用一只手指着相关的地方,另一只手搭在他的肩上。现在是伊登德里侯爵的一个远景,接着基思那张情绪激昂的脸充满了整个屏幕。

大体说来,我是那种喜欢同兄弟们喝几杯来放松放松的人。现在。得到最好的——最好的——伦敦最好的酒吧的支持。

妮基正坐在他的身旁。他好像给她套上了紧箍咒似的。木琴独奏已经被夏威夷吉他所取代了。基思抽着烟,几乎就要落下泪来。

在飞镖方面,基思以冷静而漂亮的收尾著称。170分,167分,164分,161分。"160分。"(这就是基思,无情地冷静。)"158分。157分。156分。没错。155分。有些人对我的能力表示怀疑。周五过来,我要堵住这些批评家的嘴巴。"

基思和妮基漫步至停车场,手拉手、臂挽臂,一路摇来一路走。

身为单身汉,基思还没有要和妮基结婚的打算。但是有一点是肯定的。

鱼眼镜头向后扫视了一下骑士汽车,那车发出笨重的金属碰撞声,接着向弯曲的街道驶去。

基思·泰伦特前面的路还很长,很长。

"……但是基思,"妮古拉在插播广告时诧异地说,"你真让人吃惊。非常自然。电视镜头钟情于你,基思。"

基思点点头,神情相当严肃。

"我只是有点纳闷你妻子会怎么想。"

基思满怀敌意地看着她,仿佛不确定自己是否被耍了。妮古拉意识到基思在这一点上近乎精神错乱。而她竟然没有发现。事实上,他依然认为纪录短片只会在它的录制地上演:她的公寓,当然还有伊登德里侯爵。但是连基思都发现那种想法是站不住脚的;日渐加深的怀疑使得基思想用他唯一知道的方式去破坏温莎宫的那部电视机,那就是把它关掉,然后用脚去踹。最终他克制住了这种亵渎的行为,只是不停地跟凯丝解释说——尽管理智告诉他,电视短片只有在电视上才有意义——电视短片不在电视上。

"我还是要问,"她说,"现在谁才是你的后盾?谁才真正懂得你的飞镖?"

"闭嘴,"基思说,在某种意义上,他在死胡同街越来越有归宿感了。在一则商业广告刚刚结束,另一则广告没来得及播放之前,有个声音说道:

······让我们看一眼基思决赛的对手吧,金·特威姆娄会说出他为什么觉得这次比赛有点不一般。广告之后为您揭晓。

尽管基思从不打听对手的底细,他自然也是要跟紧事态的(每半小时打一次电话询问)。**杜歇尔麻雀大师**的第二场半决赛原本是在基思的老敌人奇克·珀切斯和一个来自托特里基的无名小卒马龙·弗里夫特之间进行的。但临时出了点状况,延后了。马龙外出一夜后,心脏病发作;他的健康状况目前还不确定。

妮古拉等着管风琴独奏响起来,然后说道:"那是谁,基思?"

"永远都不要打听对手的底细。压根就不重要。你玩的是飞镖，不是那个——狗杂种。"

……由于异常悲惨的马龙·弗里夫特事件。比赛只是走走过场。

屏幕上，大奇克一会在他的自助洗衣店里徘徊，一会身穿礼服、头戴大礼帽出现在赛场上，一会骑在马上，一会在某个衰败的运河边钓鱼。奇克来到体育馆，做扩胸运动，跳下水潭，浑身沐浴在日光下——奇克，大奇克，带着他的小马、女人和斗牛犬……接着是前世界冠军金·特威姆娄，穿着白鞋子，系着白腰带，容光焕发，说道："从平均水平来看，胜利属于大奇克，绝对的优势。基思取得的进步值得称赞。他一定特别期待那个大场面。但就目前的水平来看，他还不配给奇克倒烟灰缸呢……"

过了一会，基思用嘶哑的声音说道："好吧。"

"这个奇克是何许人也？"

他简要描述了一下他和老生意合伙人的纠纷。至于强奸奇克的妹妹和基思为此住院一事，这个小个子只是说："我们为那个女人打架，大个子输了。明晚我和他赛场相见。彻底决出谁是第一。"

"很好，基思。我们会赢的。现在我希望你欣赏一盒精彩的录像带，减减压。这一盒有点特别。一个万圣节的话题。我们晚了几天，但那是什么呢，基思？"

"恐怖故事？"

"在古历中,那是一年的最后一夜。那时所有的男巫女巫都出来活动了。"

基思拖着步子走进卧室时,盖伊乘坐的客车也驶进了养老院。车内的小电视屏幕上现在正显示总统妻子的子宫彩超图。总统的妻子,如此年轻,如此白皙……盖伊问司机是否在意靠边稍等片刻。司机在意,但还是靠边停了。盖伊弯着长长的身子,爬出了车。

他试图站起身来——但却失败了。司机极其厌恶地看着盖伊先是吃惊地呻吟,接着使劲地呻吟,最后歪歪扭扭地蹲坐在路边。经过第二次尝试和第二次失败之后,他向后退坐在一条木头长凳上。他手指叠放在手杖把上,轻轻支着下巴,在那里休息。这时他看见了那栋L形都铎风格的大厦,石板屋顶和铅条窗户,水塘好似扔在前面草坪上的一枚银币;同时也看清了摆在他面前的任务是何等艰巨。之前,那只是他奔向另外的某种东西——某种不可避免的东西——的绊脚石。但是现在它充斥了天空。而天空在坠落。

物理学感觉很怪,物理学感觉很强烈。重力正向他压将过来,但是如果盖伊往下按压,使足了劲按压手杖,接着,慢慢地,他就站了起来,站了起来。

盖伊直起身子的时候,基思正在斜倚着,在妮古拉的床上把自己弄得舒舒服服的:那是一个冗长的过程。她帮他垫好枕头,脱下靴子;基思还任由她从冰箱里给他拿来一罐新鲜的贮藏啤酒呢。现在他环顾四周,寻找纸巾,脸上一副不耐烦的表情。

"等等,亲爱的,"她说,"这样或许更有趣一些。"她拉开一个抽屉,开始翻找。"所有的好东西似乎都在洗手间里。包括录像带,基思。等等。"她转身回来,俯身上前,两个大拇指伸进裙子里。"用这个。先放在你头上,以备用时之需。你可以通过小孔观看。任何人戴上它或许看上去都会很滑稽,除了你,基思。"

当基思说"耶,对"时,那个黑面罩一时鼓了起来。

他戴着镶褶边的防毒面具,摊开四肢躺在被褥上。她把他丢在那里,而后复又以影像的形式出现。屏幕上,她披着黑披风,穿着长筒靴,戴着女巫的尖帽子慢悠悠地走进卧室。在她转过身子、黑披肩旋转起来的时候,你能看到,那里面简单的轮廓(腿、臀、胯、腰)让他那双爬行动物的眼睛闪烁着光芒,让他那个爬行动物的大脑燃起了欲火。魅力无限:护身符、菱面体、如愿骨、魔力戒指——魔法、巫术、妖法……

基思表现得很棒。

接着她披着黑披风,穿着长筒靴,戴着女巫的尖帽子慢悠悠地走进卧室。

基思表现得很棒。接着那个真人——巫师——走进了卧室。

事情会很顺利的。

当女总管或护工或死亡受让人告诉他,布罗德内夫人的病情已接近极晚期的时候,盖伊强忍着内心的欢乐。她不会明白他说的话了。也不能做出回应了。运气好的话,事情会很顺利的。当然,霍普讨厌妈妈,妈妈也讨厌霍普;盖伊已经有七八年没见过布罗德内夫人了。关于这个地方,她最后的避难所,他唯一知道的细节还是莉齐布无意间透露的。尽管从没有老太太从这里走出去过,每个老太太都必须能走进来:公司的规定。布罗德内夫人走了进来;她走不出去了。现在盖伊穿过一间又一间会客室:装饰各样的候客室。似乎没有其他的访客。

"普里西拉?"只剩他们两人的时候,他说。

他俯首去看。看什么呢?生命将尽之际那多少有点不太体面的挣扎:面对那个过程,你爱莫能助。他拉起这个人的手,在她身旁坐下。

"你记得我,是吗,"他开口说道,"盖伊?霍普的丈夫?你看起来很好。谢谢您接见我。呃——我带来了……我带来了好消息!大家都很好。霍普非常好。马默杜克,你的小外孙,也非常好。跟往常一样调皮,但是……"

他说话时,她看着他,或者说仿佛在看他。她的脸微微晃动;一双眼睛瞪得大大的,从没眨一下。普里西拉的手被他紧紧地攥住或勾住。

"莉齐布状态极佳。她最近胖了一些,但那不是什么大不了的事,对吧?不,大家都很好,他们都带来了问候。这很好,不是吗,好极了,我认为,一家人亲密无间,彼此相爱,"他说,当他意识到自己这么快就泪流满面的时候,停顿了一下,"他们,无论发生什么事,他们都互相保护。直到永远。"

突然她说话了。她只是说:"这都是——"

盖伊等待着。她没再说什么。"呃。我想我该走了。再见。谢谢您接见我。"

"一派胡言，"她说。

他等待着。"再见，普里西拉。"

妮古拉和基思一同坐在床上，抽烟。他们叭嗒叭嗒地抽烟。妮古拉吐烟时仰起下巴。她说:

"不要自责，基思。这事在每个人身上都会发生。"

"……哦，耶？呃，它之前从未在我身上发生过。绝对没有。"

"真的？从没有过？"

"绝对没有。我——做那样的事。呸。那事从未在我身上发生过。"

实际上，那事当然在基思身上发生过。那事平均每周要在基思身上发生五次。但也并不是特别频繁。如此一来，他觉得自己还有点抗议和生气的权利。为什么呢？或许是因为她那枯瘦的脚踝吧。所有这些交谈。又或许是因为，尽管她体态轻盈，但感觉却很笨重——就像汽车一样笨重，像那辆骑士汽车一样笨重。单单把她翻过身去就好比停一辆家具搬运车似的。

"我认为这事甚至都会发生，"她说，"在奇克·珀切斯身上。隔三岔五的。"

"就凭他对待女人的方式，他也该被关起来，"基思冷静地说。接着他想起奇克·珀切斯的确因为女人的事情和平日里的生意问题被关起来过,而且是经常。

"你是一个非常敏感的男人,基思。而且还是个让人难以置信的顽皮孩子,行事乖张。你应该表扬一下自己。"

基思皱皱眉。细细思量,他纳闷自己为何没有生更大的气呢。但涌上心头的却不是气愤,而是自怜。不是平常的那种看上去和听上去都像生气的自怜。是另外一种:更为高贵的自怜。"飞镖的压力,"他说。

"是的。而且从一种媒介转向另一种媒介也有些难度。这是整件事的真正症结所在。"

"耶。呃。"

她看到基思拿眼去瞅地板上自己的衣服,摊在那里:那匍匐在地的裤子,譬如说,就被踩得没个样子了。

"早点睡觉。养足精神,备战决赛。再看看克莱夫怎样了。"

"哦,基思。你走之前。"

她披上黑色晨衣,离开房间,几乎马上就回来了,端着一个银托盘:一个看上去极其昂贵的酒瓶和两个玻璃杯,还有某种装置,好似装有电子管的外国灯笼。

"这酒同这个世纪一样老了。尝尝看。这个,"她说,"实际上是刚出炉的,刚从德黑兰运来。我颇费一番功夫才搞到的。"

"耶,我也抽点大麻,"基思说,"时不时抽点。放松放松。"

"说来你也许会感兴趣,基思,'暗杀者'这个词源于

'大麻麻醉剂'。暗杀者——背信弃义、动用武力的杀手。过去他们在执行任务前会有人给他们抽这个。如果他们在行动中死了，他们事先已经被许以现世的天堂了。美酒、女人和歌曲，基思。毫无疑问还有大麻。"过了一会，她说："词源学就到此为止吧。我都开始有点像是个老师了。你为何不躺回去，让我研究一下这小弟弟的工作原理呢？"

盖伊再次与他新伦敦机场的情报员或联络员取得了联系。他被告知，如果他愿意，他可以搭乘出租飞机直接去纽瓦克。运气好的话，他也许能赶上早一班的协和客机，没准还能缩短半天的行程呢。情报员笑了笑，使劲眨了眨眼睛；一切皆有可能；他这可是极其昂贵的、享受最高特殊礼遇的旅行。此时，他付清了司机的车费，面对盖伊贸然给的大笔小费，司机的厌恶情绪还是未能改变。车外是温暖的黄昏，光线是那种南瓜的颜色，万圣节的颜色，预示着"不给糖果就捣蛋"的习俗即将上演。

在去贵宾休息室之前（飞机稍稍有些晚点），盖伊在机场大厅溜达，兴致勃勃地在身着便装的美国人中间穿梭。尽管据说现在人类的多样性已经不及往日了，那身高和肤色的戏剧性差异还是给他留下了深刻的印象。没错，你的确看到了统一性（同一个国家），所有人都披着灰白色长罩衣，穿着粉色衣服，带着竞技表演的那种玫瑰形饰物，就像那边的一家四口，他们组成了一个完美的家庭阵势，男人和女人，男孩和女孩，每个人脸上都挂着憧憬未来的拘谨的微笑……盖伊扔掉止痛药——那些胶囊和小袋。所到之处年轻的女人都善意地看着他。但是,当然,只有一个女人能真正给他止痛。有些人的眼神,儿童的眼神,让他不禁怀疑,他这整个探险经历,如此焦躁和冲动,如此高潮迭起,是否只是一种逃避呢,逃避二十世纪,逃避这个星球或者一方对另一方的暴行。

因为爱……但是大自然不是一直在追问你这样忙乱都是为哪般吗?当你看见老太太们那样聚在一起,以每小时五码的速度穿过走道,或者弓着背坐在候机厅的椅子上,脑袋因为愤怒和否认不住地颤抖,坚持说不,不,不的时候,你很难回避这个问题。想必她们在人生的某个阶段全都曾经被人爱过,有人为之掉过眼泪,有人恳求,有人膜拜,有人抚摸、亲吻、舔舐;现在却只剩下失望、悲伤和愤懑了。这写在了她们的嘴上、她们的唇上,就像宣判的刑期一样,刻下了深深的印记。她们脑中只留下那些挥之不去的记忆,冷冰冰的,在她们的茶壶脑袋里慢慢炖着,在她们年迈的头发底下慢慢炖着……不管女人想要的是什么东西,她们最终鲜有人能如愿的。

他走进贵宾休息室,那儿有免费咖啡和免费电话,他希望在那里读完《爱情》。

"现在,"她说,"现在停下。"她甚至都没听到电话响。"好吧,"基思欢快地说(带着那种说辅音时清嗓子的欢快)。他顺着她的身体往上爬,直到她感觉他坚硬的膝盖抵住她的肩膀为止。

"闭上眼睛,张开嘴巴。"

但是扮演妮古拉·西克斯的伊诺拉·盖——伊诺拉却闭上了嘴巴,睁开了眼睛……

"……喂?亲爱的?我正在想你呢,"她说,"还哭了一场,眼睛都哭瞎了。"

"岂有此理,"基思说。

"……没事。我吗?我想今晚我可能不怎么睡得着了,所以晚点时候一定再打来啊,如果你愿意的话。我只是因为想你才睡不着的。是的,你知道我有时会怀疑自己再也无法入睡了。"

基思靠在枕头上,一只手顺着她的喉咙往下摸,去拿那瓶白兰地。

"……来到我身边,亲爱的。来到我身边。以爱的速度。"

尘暴使得夜半时分的协和客机无法起飞。盖伊被迫从纽瓦克赶到纽约,花了一大笔钱在中央公园南边的古斯塔夫挨几个钟头。他睡不着。电视上放映什么房地产、摔跤、医疗广告、炉边购物、布道、最后的希望和拨打1—800之类的东西。在从城里去肯尼迪国际机场乘坐变更了路线的清晨航班时,他满脑子想的都是他在纽约一直在想的事情。他想:穷人哪里去了?穷人买东西的地方,穷人吃饭的地方:它们都哪里去了?

以爱的速度……当他以每小时五英里的速度在贵宾室徘徊时,他一直在脑中品味这句话。她真会说话,那个女孩。很可爱。以……的速度。是的,的确很可爱。

我想在这个时候透露理查德是盖伊的弟弟看起来像是蹩脚的一笔。但我只能重述我自己的诧异。那对我来说也是新闻。我可以随时回去修改。但现在还不是时候。还不是时候。永远都不是时候。只是永远都不是时候。

你原本用一根羽毛就可以把我击倒的。当然，如果任何人有兴趣用一根羽毛把我击倒的话，我将再也站不起来了。他们甚至连羽毛都不需要。我伸手去取一张白纸，结果胳膊撕开一个口子，就好像某个芽孢或胖蛆虫刚刚在红红的炉火里爆炸了一样。死亡让我想起了某件事情，某件我刚刚从中恢复并成功将之抛在脑后的事情，但是突然之间，我却开始了死亡的过程。人到中年：就是它。没错，它完全不成问题，只要你不要尝试任何鲁莽或剧烈的运动，譬如步行去买一品脱牛奶啦，或者按冲厕所手柄啦，或者踢掉你的鞋子啦，或者打呵欠啦，或者过度用力伸手去取维生素 E 啦，或者猛地下到草药浴缸里啦。那些事情全都避开。如同中年，如同我的梦境，死亡也蕴含着大量的信息。最终，你果真发现了时间的走向。时间之箭。时间发挥了作用！而且，还不止于此，你令人恐怖……

当中年到来，你总会认为自己快要死了。死亡也是一样。但是在这里，最终所有的相似性都不存在了。所有的相似性都不存在了。

十一月五日,上午九点半。

妮古拉已经在我这里待了三个多小时了。她在隔壁屋……我能听到她在踱步。幸运的是,她没要求我一心一意地陪着她。比方说,她就有让我写完第二十一章的气度。我不停地给她咖啡喝。她冲了个澡。后来,又泡了个澡;完了又要牙线。她不来回走动的时候,就坐在沙发上,穿着阿斯普雷的睡衣,甚至连烟都不抽:只是盯着窗户——盯着低矮的太阳,太阳现在已经到达至高点了,一整天都会保持这么低,直到月亮出来,横在太阳与人的视线之间。她时不时陷入恍惚,那样我就可以溜回书房写作了。但是她充满了整个公寓,她的气息充满了整个公寓,就像一种浓郁的香味,或者怒气。她再次打开电视,无疑是要找寻来自华盛顿、波恩或者特拉维夫的新闻,关于暴风雨、潮汐、月亮、太阳(天空在坠落)的新闻,不过是想从那边找到相关信息,一种可以印证此间情况的信息。事件以及可能的事件——这个世界必须知道。然而对我来说简单多了:电视本身就是我的关联物、牵线人、黑客、介质、侍从、卑鄙的狗仔。

我想,人是因为强迫症才非要穷根究底的。人总想要穷根究底。

马克·阿斯普雷的大罐子旁边堆着齐臀高的各样杂志。它们的共同点就是都刊登了一些与马克·阿斯普雷有关的东西:

一张侧影、一次采访、他能赚多少、他最爱的颜色、他跟谁睡觉。我越往下翻,杂志就越陈旧,马克也就越年轻(随着我翻阅次数的增多,效果也越发明显了)。直到昨晚,我发现自己透过泪眼去看马克·阿斯普雷和科妮莉亚·康斯坦丁并排刊登的照片,标题是:**他们是做了,还是没做**?她说他们没有。他说他们做了。

当然。马里厄斯·阿普尔比只是化名。真名是阿斯普雷。我知道:我甚至都不感到诧异。那几乎有点反高潮。其他还有什么能解释那熟悉的品味,那浓郁的甜妞味,以及我对《海盗水域》爱恨交织的情感呢?

再往下使劲翻,我发现了更多的早期报道:丑闻、指控。她控告了他;他庭外私了了;还是疑点重重。"那本书全是谎言,"科妮莉亚和她的律师如是说,"发生了就是发生了,"阿斯普雷坚持说。

我现在自然是站在科妮莉亚一边的。但是我有两点疑问。总共差不多有一打她的照片,包括一些穿着泳衣的照片,在身材上她也契合,除了两点细节。其一,很明显科妮莉亚胸部平平。其二是关于她的脸,或者毋宁说是她的表情,她的表情从没变过,那说明(书评家也有此感)她蠢得不可救药。

到底发生了什么事呢?我猜,如果你想得知真相,能问的人也就是老宽果了。

我还没来得及向妮古拉提及此事,忽听得她说:"我讨厌这里。""是的,这里某些气氛是浓了点。""庸俗不堪。还不光如此。这些长袍、这些小玩意、各种奖项和一切的一切。它们都是假的。""不。""看看那译文。冗繁而难解。是他找人打印的。""但他是,他是如此——""他只写了些蹩脚的剧本和装腔作势的新闻稿。该死的,要不你为何从没听说过他呢?"

我问:"那他为何这么做呢?"

"你觉得是为什么?为了欺骗容易上当的人呗。"

"嗨,"我说,"还请你多担待。"

令人遗憾、令人失望、令人完全不能接受的是,跟所有我曾遇见的将死之人一样,我也深受打嗝之苦,也要忍受其带来的尴尬。若要从我父亲的死、我兄弟的死、丹尼尔·哈特的死以及萨姆森·杨的死来判断,我或许可以得出结论说,死亡可真是件颇让人担惊受怕的事情……很高兴我不用再去黑十字晃悠了,我在那里经历了很多尴尬的时刻。那里没人认得我(每一天都像第一天),我不得不坐在一旁,行为"怪诞"。

婴儿哭了,婴儿又是啼哭,又是翻身,为了成为婴儿,奋力抗争着。她抗争的对象是一切永恒和不可行的事物。她使劲地放屁。啊哦。人们对放屁不满,或许因为它与人的弱点、跟做个婴儿、跟死亡密切相关吧。很显然,对她来说,对金来说,我也曾读到过类似的说法,乳房和生殖器——这些东西意味着生。而厕所、大便,则意味着死。但是她并没有天生的是非观念,婴儿不觉得任何东西恶心,难道我们不都是得有人使劲训练,才学会了讨厌自己的大便吗?

我是哈特小姐孩子的爸爸。也有可能谢里登·西克才是。("我想那是西克的。""不要那么叫他。""那是他的名字，不是吗？")她飞到英国。来到我的身旁。要不就是来打胎的。听到有人按门铃，我去回应，结果却是她……不管属于哪种情形，我都没有时间陪她。只有时间把它写下来。

小姐必须走。由于平衡的原因。由于空间的原因。她属于另一个版本。她更喜欢自己经营自己的生活。她不想要艺术模式。她就想平平安安的。在美国，在这个千年之末，平平安安的。

我仍相信爱有力量把爱人牵引过来，用线把她卷进来。你可以把线撒出半个星球那么长，它会把爱人牵引过来的。但我甚至都没尝试给她打过电话。爱在我身上失败了。被别的东西消耗殆尽了。

她在我的梦中还占有一席之地，仿佛梦是爱的力量的残留似的。这些关于小姐的梦很像小姐做的梦，条分缕析，又很实际——不像我做的那些关于原子弹嘶嘶作响的噩梦。我们总是这样对话。在科德角。我说："抱抱我。"她说："你的书怎样了？"我说："我会放弃的。我想放弃了。这是一本邪恶的书。我正在做一件邪恶的事情，小姐。"

然后她说："提防那个女孩。小心点。会出现一个意想不到的结局。不是基思。是另外一个人。"

今早六点半左右我给她开门时，她看上去明显形容枯槁，筋疲力尽——如此明显：像鬼一样，已经变成鬼了，仿佛那件事已经发生过,她在另一个世界与我会合一般。冲了几次澡,喝了几杯掺酒的咖啡之后,她开始告诉我:那个仇恨之夜。听到某处,才开始不久,我就停止做笔记,抬头说道:"真是太不能忍了。哦,我可怜的读者。你太无耻了,妮古拉。你太无耻了。"我问她究竟为何不在第一次失败后就把基思轰出去呢。那对主题来说也会更好的。而且还可与盖伊形成鲜明的对比。"那就意味着没人真正拥有过你了。""只有你。""这跟我没有任何关系……"

"你在担心盖伊,不是吗。你认为是他。你认为会是他,不是吗。不会的。我发誓。你爱他,不是吗。"

"我想是的。在某种程度上。他在美国一定给我打了二十个电话。他说我是他最好的朋友。我。大家的朋友都到哪里去了?大家的家人都哪里去了?凯丝的家人到哪里去了?她为什么不被姐妹和妈妈们团团围住呢?你可以好好休息,而我却整天忙得不可开交。我体力上都应付不过来。机场!我怎么能打到出租车呢?我受不了这些以疯狂的行为收尾的小说。'简?给琼打电话,告诉珍关于乔的事。杰夫——在杰克找到约翰之前找到吉姆。'这么找来找去的,讨厌极了。你如何能下笔写东西呢?我腿疼。希思罗机场!"

"放松。平静下来。一切都会迎刃而解。这就是你要做的。"

她帮我制定了时间表,听上去倒是不太坏。譬如,当她说我在九点和午夜之间有三个小时可以写作的时候,我与其说是困惑倒不如说是如释重负……我抬头看她。她刚又给我端来一杯咖啡，站在我的身旁，漫不经心地用左手指关节抚摸我的后脑勺。

"马克·阿斯普雷可能会出现，"我说，"我真希望你们之间没有未了的事情。"

"他明天才会来，"她说，"到时候我已经不在了。"

妮古拉朝外看去，看向窗外，看向这个世界。她纤细的脖子绷得紧紧的，她的眼中写满了愤怒，或者纯粹是自信。当时她的身上有一种最为打动我的气质：就好像她的每一边都被微小而聪明的敌人围住了一样。

刚刚才再一次进来。现在又得出去。

我写下这些话是为了让我的手不要发抖。因为除非我写下来，否则一切都没有意义。我不能去那里，当下这一秒不行。但是，我当然会去。我会去的。有一种义不容辞的责任促使我去。

电话响了，拿起听筒的瞬间我就感觉一阵可怕的风嗖嗖穿过电话线。我怎么能搞错成这个样子呢？我为何就没发觉呢？到处都有我没发觉的事情。

"凯丝，"我说，"发生了什么事？你在哪里？"

"在其他地方。婴儿——去，把婴儿抱来。我是个邪恶的女人，山姆。"

"你……不，你不是。"

"那是为什么？告诉我为什么？"

"只是被逼无奈。"

我挂上电话的时候,妮古拉从浴室里走出来,我说:

"你就穿那个?哦,我的上帝,看看我们。你知道最坏的情形是什么吗?关于你。关于这整件事?关于这个世界。关于死亡。事实是:它真的正在发生。"

第二十二章　恐怖日

这最初的三个事件——光、声音和撞击——几乎发生在转瞬之间。首先，眼睛睁开，看见摔倒的落地灯炽热的灯泡；其次，某个樱桃爆竹或者大爆竹腾空而起；接着是塞得满满当当的玻璃烟灰缸迅速坠地。这个烟灰缸已经在床上方的架子上晃悠好几个小时了：现在它被移位了——被日常生活中疯狂的物理现象移位了。它以正常的加速度下落——每秒秒 32 英尺；每平方秒 32 英尺。它弹至半空中。所以基思抓住了它。撞击，碾碎的烟头，一铲子烟灰——正巧落到嘴里。正巧落到嘴里。时值十一月五日。这天是恐怖日。

基思啐着，挣扎着，翻滚着下床来。她不见了踪影。哪儿去了呢？他的眼睛在眼眶里左转右转、上翻下翻，最后停留在那个恐怖时钟上。不。他透过一团干燥的恐怖尘埃破口大骂。他在狼藉一片的卧室里找出自己的衣服。坐下来穿衣服时，他把一个恐怖脚趾撞到床的铜柱子上了，蹭破了皮。他涕泪涟涟地抚慰着受伤的皮肤。镜中的基思开始穿衣服。一个劈裂的恐怖指甲不停地勾住衣服面料，面料都是合成的：是恐怖人制造的。基思映在墙上的影子直立起来，一股脑从房中冲出。他在走道里停下脚步，粗野地把那讨厌地夹在恐怖拉链里的一部分阴囊给拽出来。

他跟跟跄跄来至大街上。他向他的车走去——向那辆笨重的骑士汽车走去。建筑工人扬起的烟尘与黄沙在他面前形成一层橙色的薄雾，他的视线本身也模糊不清，好似沾满了死虫的挡风玻璃。在一个坑里，一个满是管道和电缆的坑里，一名建筑工疯狂地钻着孔，比上帝制造的声音还要响。就像我，我自己，昨夜，跟她。脚下的人行道因为恐怖砂砾发出噼噼啪啪的声音。那噼啪声一直蔓延至基思恐怖牙齿的牙根。

那辆车看起来很滑稽。基思把违规停车罚单揉成一团。接着他惊呆了。副驾那边的窗户被击碎了！基思的身子因为这突如其来的打击不停地抽动。他走过去，打开锁，拉开门——摸一摸碎玻璃的恐怖玻璃碴。焊接的汽车音响被撬开了，调节器被卸掉了，但是……基思从图书馆借来的飞镖磁带！还好：完好无损。他们还没卑鄙到那个程度。他注视了一会儿最近偷来的那个坏掉的防窃报警器。他想也没想，就弯下身子，用右手抹去车座上如宝石一般闪亮的恐怖玻璃碴。

新的灾难：他中指的指尖被恐怖玻璃碴给扎破了。感觉不到疼：只有精神上的痛苦。一滴胖胖的恐怖血现在从黄黄的皮肤上沁出。开始往下滴。在车内地板上他发现一张皱皱的美女画报，胡乱用它包好受伤的掷镖手指。仪表盘上的数字——是什么恐怖时间？——在低矮的阳光下模糊难辨，那太阳当然从未如此低过（他现在已经上路了），有公交车的车顶那么高，在如潮的车辆上方跳跃着。透过打开的车窗，呼啸而过的汽车听起来好似拳击手佯攻和猛攻时发出的尖叫和呼哧声。十点二十分了。他和奥文斯太太约定在九点十五分见面的。但总有那么多排队的车辆。他开车的时候，碎玻璃的微粒和玻璃灰的夸克好似恐怖光粒一样撩拨他的头皮。

他来到大西路上的那个棘手的岔路口：熟悉的恐怖点，有斑马线、公交车站以及跨越运河的拱桥，尽是复杂的通道。十五分钟过后，他还堵在那里呢。瞬间就能完美启动的恐怖汽车和恐怖货车依次击败了他那辆笨重的骑士汽车。不论什么时候有了空隙，对面仿佛就有一辆车猛扑过来或者迅速驶过去占位。要不就是正当基思准备缓缓前移时，地下车站果断地往他面前的十字路上发出一辆车来。基思用拳头捶打方向盘上的人造豹皮。后方，他感觉有越来越多的车辆滞留：它们在呻吟，在扭动……面前，他感觉低矮的太阳像审讯时用的台灯一样近距离照着。现在道路畅通了，但是正当基思发动汽车，上下颤动，想要前行时，又一批恐怖幽灵冲到斑马线上——恐怖幽灵匆匆掠过的面孔。

最后他用那只正在流血的手按着喇叭才得以前行。驶进何处了呢？驾驶就好比把交通法规拍成试验片或剧本，且不管过去情形如何，现在每转一个弯或每前进一弗隆都面临诸多难题，倒车初学者、骂骂咧咧的自行车手、东张西望的行人。到处挤满了并排停车者、追踪躲债者的私人侦探和负责解开轮夹锁的人员，道路变成了一本关于挖掘机、碎石路面铺路工、更换街灯工、画白线工、移动的图书馆、全副武装的兵员运输车、蒸汽压路机、推土机、坦克、挖沟机、排水沟清理器的童书。有相当长一段时间，他被堵在一辆落叶清扫车的后头。那车的后面伸出一根真空管子，吞食堆在路边的锥形枯叶。他看着那一吞食过程和弹跳的枯叶；性再次浮现在他的脑海，但却没有一席之地了。每一件他曾对女人做过的事情昨晚都跟她做了十遍。湿树叶像被鞭打一样跳起舞来。叶子飘落，花儿凋谢，树木如同老人的脸一样皱纹密布，摇着干枯的树枝，伦敦依然可以淹死在恐怖树叶中。

10：55，在市政大楼门口，他被好运撞了一下腰——抑或是驾驶的经验使然吧。后街上有并排停车的，有三排停车的，有在门外停车的，有在旁边停车的，有侧着停车的，有挨着停车的。但是跟往常一样，没人胆敢挡住古老的奶制品运输出口（基思知道那已经废弃不用了）——或者可以说，当他透过尘土飞扬的炫目后窗往外看时，那里仿佛如此。基思麻利地把车倒进去。然而今天是恐怖日。因此，有一辆恐怖自行车等在那里，靠在变速杆上，基思听见紧急的恐怖吱嘎声。更糟糕的是，当基思下来掀起汽车保险杠时，那个令人生畏的恐怖自行车的恐怖主人却出现了——他是属于那种男人，满脸胡须，身体庞大，体重超标，喜欢畅通无阻的道路，喜欢胯下的自行车。他把基思拎到骑士汽车的后备厢上，把他的头朝上面撞了一会儿，接着又骇人地举起戴着防护手套的恐怖拳头。基思呜咽着挣脱了，郑重其事地递上一张偷来的写着虚假地址的信用卡。他把车停在3英里开外的地方，涕泪涟涟地穿过冒着浓烟的拥堵车流和多得不可思议的恐怖人群，全速往回跑去。

盖伊·克林奇以两倍于音速的速度向伦敦进发，他是协和客机上的六名乘客之一。早一班的航班他以十分钟之差错过了，飞机起飞前他在肯尼迪机场的一个胶囊酒店挨过了三个小时,试图睡上一觉,后来飞机在飓风"露露"的正中心顺利而戏剧性地起飞了。现在他又到了另一个胶囊里,面前是冰冷而美丽的蓝色对流层。通过舷窗盖伊还能看到太阳和月亮,前者的光芒被处理过的塑料谨慎地过滤过了。因为这位观者的高度和速度,这两个天体看起来仿佛在以非天体的匆忙朝彼此移动。下面,这个旋转的星球在时空的曲线中向下滑落,身披淡黄色裘皮外衣,甚是无辜(尽管受到诸多中伤)。远处是虚空的广袤苍穹,虚空的太空。

两个迷人的、会说多国语言的空姐对他大献殷勤;他刚享受完一盘炒蛋和烟熏三文鱼;现在正在读那本《爱情》。尽管如此,盖伊还是感觉极度不适。一个空姐弯身给他续一杯极好的咖啡时(他猜是一种混合烤制的咖啡),发现小桌板歪得蹊跷:她就小心翼翼地用肘推了一下,接着,她整个肩膀突然重重地靠在上面。大约九十秒后,当盖伊再次睁开眼睛,他发现机舱男乘务员正关切地蹲在走道里,皱着眉头看他呢。那个空姐缩在后头,用食指指关节抵着牙齿。盖伊跟他们道了歉,最后他们走开了。但疼痛却没有走开。

《爱情》的最后一章名为"关于惨败":"'爱的王国充满了悲剧故事,'德赛维尼夫人[1]在提到她的儿子在著名的桑莫丝利手中的遭遇时,这样说道。蒙田在处理这一棘手问题时显得十分老道。"盖伊诧异地读完这一章,然后草草翻一翻长长的附录。看完《爱情》会是一种解脱:这本关于爱情的书总也

---

[1] Madame de Sevigne(1626—1696),法国作家,所写的《书简》为十七世纪法国古典主义散文的杰出代表。

不能减轻他无休止的疼痛。关于爱的官闱。想起最后一通电话以及他似乎唤醒了她身上的欢快色欲时，盖伊轻轻地笑了。"结婚的请求并不是维护爱情的合法手段。"毫无疑问，她会在楼梯一半处等着他的，脸上洋溢着那种光彩。"如果爱人死掉了，另外那人会守志两年。"他们接吻时，他会把两个手掌放在她的大腿后面，也许就放在她那条带纽扣的黑色羊绒裙下面，几乎把她整个抱起来。"太容易得到的爱很快就会失去魅力；阻力会提升它的价值。每个爱人见到所爱之人都会面色苍白。"他们穿过起居室时，她的喘息会甜蜜而火热（她的：一切都是她的）；也包括泪水，或许，甜蜜的泪水。"怀疑和猜忌会葬送爱情。"卧室里究竟发生了什么并不重要，在某种程度上，一个人还会担心对方失去个性呢（在昏头昏脑的狂喜以及相关状态下）；然而当她按照事先笑嘻嘻地承诺的那样跪下来给他脱裤子和内裤时，她的脸从那个角度看上去又是多么奇怪啊。"坠入爱河的人片刻也忘不了爱人的身影。"颜色那么深，靠得那么近！"没有什么能阻止一个女人同时被两个男人所爱……"

盖伊把《爱情》放在一边，拿起那本《多个太阳的光芒》。有那么一会，他依稀想起了基思，不知他在做什么呢；但是接着他的目光落在了妮古拉的题词上，之前他对此就有些不解：

> 你是座埋葬已往爱情的芳冢，
> 满挂着离去的爱人们的纪念物，

她们把我的馈赠尽向你呈献，

原属她们多人的爱现在为你独享：

我在你身上瞥见了我曾爱过的她们，

而你，她们的合体，则拥有我的全部。[1]

当然，这是莎士比亚的一首十四行诗（盖伊对莎翁的十四行诗还算了解）；一组完整的六行诗节。它是如何……啊，对了：你的心……你的心因为所有那些人而弥足珍贵……这是首颇让人费解的诗。是一个男人写给一个女人的。昔日的爱人不光"离去了"：她们死了。但是那个时候人要死得早些吧。希望我也能拥有一本。在那里爱统领一切，所有爱的可爱的部分。着实令人着迷。

"那就剩400英镑了，"奥文斯太太说，"赔偿鼻子。"

"鼻子？什么鼻子？压根没什么鼻子啊。"

"同一场事故，基思。"

"那是耳孔。"

"你总不能把耳朵打骨折吧，基思。我们正要谈到那一点呢。撕裂的耳朵。"

"咬的，"基思坚定地说，"咬的。"

"那倒是提醒了我：牙齿得赔12.5英镑。"

"12.5！啊……又涨了，是吗？"

"一颗白齿是7.5。这是颗门牙。犬齿是17.25。"

---

[1] 选自莎士比亚十四行组诗的第31首。

"天哪。我是说,我只是个体力劳动者。"

"法律认为这样是公正的,基思。"

"资本主义,不是吗,"基思说,"就是这样的吸血鬼。"他忍耐地叹了口气。

"然后还有撕开的舌头。"

基思现在举起一根食指,以示抗议。"提到这些,"他小心翼翼地说,"我,我还十三次住进医院呢。我的胸口受到了永久性伤害。我们却没听到任何说法。绝对没有。"

"是的,但你当时在做什么呢,基思?"

"努力做点小生意,以我自己的方式。摆脱贫穷的束缚。就是那样。继续。笑一笑。"

"这个撕开的舌头,基思。"

"天哪。"

最后基思同意每周支付 5 到 6.5 英镑。另外,为了表达诚意,他愿意承担四十八小时的社区服务。社区服务包括从非常老的老人那里偷一些零星物品,绝不像它听上去的那么糟糕。社区服务,在基思看来,被大大地贬损了。但是在这样的一天,一个人当然应该去关注他的飞镖。而不是在这里跟一个老嬉皮就什么恐怖鼻子、恐怖牙齿、恐怖耳朵讨价还价。

基思把车开到来复巷的车库。幸运的是,法克正巧当班。

"这缺德事是谁干的?"法克问,"修起来会很困难。不过你放心吧。"

基思感激地坐在后面房中的一个歪歪扭扭的汽车坐椅上休息。读撕得残缺不全的杂志:裸体女人。终于消停了一会。在他身旁的一个大纸箱里,一只个头甚至比纸箱还大的猫躺在那里气息奄奄。它被残忍地束缚住了,它挣扎着、打着喷嚏、叹着气。它开始抑扬顿挫地哭泣。基思对噪音,永无休止的、讨厌的噪音已经习以为常了。他一生中的大部分时光都是对着虐待狂似的分贝度过的。噪音,噪音——让人几乎难以承受的噪音。他对令人不快的亲近也习以为常了,还有那让人痛苦不已的近距离接触;但是那只秃猫非要打喷嚏喷湿他的裤腿吗?它在抑扬顿挫地哭泣。听上去几乎就像……书中的裸体女人。妮克绝不那样。否则她就表现出来了。他闭上眼睛,看到自己赤身裸体,以不可思议的暴力和速度来回抽插,就像有条不紊地进行航空准备一般。她躺在那里,只是 G 带上的一个 G 点。基思身穿重力防护服,正准备与重力展开较量……一种新的噪音,一种新的亲近,一种新的惊慌:基思瞪着那只恐怖猫。

"她跑掉了,是吗?修起来很困难,"法克说。

他们站在那里,细看骑士汽车扭曲的窗框,被击碎的玻璃,其上布满了指纹。

"不过你放心吧。"

"非常感谢。"

基思弯下身子,把手伸进口袋,与他的钱告别:一张恐怖票子接一张恐怖票子,没完没了。

基思驱车去黑十字吃早餐的时候,低矮的太阳好似一件扎人的毛衣轻贴在他胡子拉碴的脸上。拍背的动作、香烟的烟雾、贮藏啤酒和苏格兰煮蛋没能很好地结合起来。基思觉得,一个猪肉馅饼才是他真正想要的。那样你感觉双倍值得。莎士比亚晃悠过来,疯狂地揉搓基思的头发,至少持续一分钟之久。待他停下,基思低头看看吧台:现在一层缓缓落下的头皮屑为他的食物平添了几许作料,头皮屑还融入了贮藏啤酒的恐怖瓶嘴。就在那时,他的牙齿在嘴中的软骨里挑出一个惊人的脏东西。基思吃过很多猪肉馅饼,对脏东西并不陌生;但他从未遭遇过满嘴都是坏疽的情形。彭果没有停止他与另外一个人的对话,直接递给他一瓶放在吧台下面的绿色漱口水,基思起身去了男厕所。半个小时过后,当那把他折磨得够呛的呕吐消停时,酒吧里的每个人都松了口气,基思回来喝掉免费赠送的苏格兰威士忌,用好心的彭果从自己小报上撕下的一张报纸擦眼睛。基思审视猪肉馅饼的包装时,点了点头:保质期到下个千年呢。他又喝了几杯威士忌,才终有心情给兄弟们讲述他跟妮克度过的夜晚。他的胃里依然作呕,依然吵吵闹闹地说后悔吃了那块恐怖馅饼。

当一切开始变暗。

"看!"

透过彩色玻璃,他们,或者说他们当中的一些人,看见两个白球结合在一起,好似显微镜下不能解释的现象,月亮也开始像个小太阳那样燃烧起来。

"是日食……日食!……什么他妈的停电?……他妈的断电……是他妈的日食……把他妈的灯打开……日食,不是吗……是他妈的日食……"

基思惊恐地转过脸去。他左边有个飞镖手,拿着飞镖在模糊不清的投掷线前等待,脑袋垂下,如同殉道一般不耐烦。有人往柜台上扔了一枚硬币。它哐啷哐啷响个不停,如同一辆冰冷的车启动之前发出的声响。那枚硬币还在旋转、还在哐啷,越来越快,越来越紧迫。那就是昨晚的他,他自己,旋转到他世界的边界……瑟瑟发抖的莎士比亚站在十英尺开外的地方,脸夹在黑十字的双开门之间。在莎士比亚的计划中,今天是他带领他的选民去厄立特里亚国的日子:那个应许之地。但是,早上他环视黑十字的时候,发现那并不十分可能……外边,他已经感受到了寒冷、日食风、没了声响的鸽子。四百英里之外,一个二十五万英里长的锥形黑影正在以每小时两千英里的速度向他袭来。接着他预感到了天气的变化,就好比锋面或雷暴云砧来袭之前的那般,还伴随着道道闪电——但要更猛烈一些。接着一道阴影遮住了天空。日全食。莎士比亚哭了起来。他知道,当恐怖日变成恐怖夜,恐怖太阳变成恐怖月亮的时候,可怕的事情一定会发生的。

也是在空中(如果有人能找到她的话),维纳斯[1]骄傲地闪着金光,在突如其来的黑暗中显示了最美身姿,她是朱庇特的女儿,伏尔甘的妻子,马耳斯的情人,她再也没有比日全食袭来、地球一片黑暗的时候显得更加明亮了。

妮古拉·西克斯哪里去了?

没有人知道。

《多个太阳的光芒》原来是本战地回忆录:从这方面讲,

---

[1] 在天文学术语中,维纳斯是金星,朱庇特是木星,马耳斯是火星。

还相当精彩呢。盖伊吃完香槟烧野鸡，怯羞羞地接着喝红酒，他怀疑那酒在餐厅要卖大约最低周工资的三倍价钱。空军上校伦纳德·切希尔，荣获维多利亚十字勋章、功绩勋章、优异服务勋章、优异飞行十字勋章，本书的作者，天主教徒，显然是个好人，也是亲眼目睹广岛原子弹爆炸的两个英国人之一。

盖伊透过舷窗向外看去。"食既"，或者说日全食的第一阶段，发生在二十分钟之前。协和客机的飞行员是个日食狂热者和第一千零二俱乐部的会员，早先就宣布了他想一直待在向东移动的暗影里，直到飞机在爱尔兰降落。因此日全食持续的时间要比地上的三分钟长很多。日全食发生的时候，盖伊浑身紧绷起来，仿佛要与之撞击一般。抑或是他试图那样做。但是接着他意识到自己已经绷得不能再紧了。正如他的阴茎已经硬得不能再硬了一样。月亮把太阳完全遮住时，不可思议的是，日冕也同时向四周散发着令人难忘的火光。盖伊惊诧于这种完美的协调。当然，只有上帝的宠儿才有幸见到这种光，直直地，笔直地绵延九千英里。或许这就是行星上生命存在的必要条件吧：你的太阳必须与你的月亮相匹配。日冕开始赶超飞机了；当太阳的最前端再次冒出来时，飞行员又发话了，激动地让他的几个乘客好好欣赏生光的"钻石环"。是，是，是：就像一个绽放的爆竹。就像送给她的戒指，也许。天国的婚约。

飞机开始降落。盖伊拿起《多个太阳的光芒》。看到第四十六页的时候，他把书弄掉在地上了。他伸手去拿纸袋，在嘴前面展开。他等待着。或许存在某种解释呢。或许，毕竟这是某种相当纯洁的东西……

"伊诺拉·盖"是去广岛执行任务的那架飞机的名字。飞行员以自己妈妈的名字给飞机命名。他曾经是她的小男孩。

但**小男孩**却是那颗原子弹的名字。它在一百二十秒之内杀害了五万人。

基思站在她家的门廊上，眼泪汪汪地摩挲着他的一大串钥匙——基思的钥匙，他监狱看守的钥匙，黛碧、特里什、安娜莉丝的钥匙，家里的钥匙，车钥匙，仓库钥匙，车库钥匙。但是妮古拉的钥匙哪去了呢？他再次按下门铃；他再次尝试所有的钥匙。现在基思几近惶恐了，几近一种想要破口大骂的惶恐。他非常想见她，不是为了什么爱与恨的事情，让他惊讶的是，他再也不想跟任何人做那样的事了。不：他需要她，是因为她对他的信心，是因为她属于另一个世界，如果她说基思是真实的，那另一个世界也会这样说的。再等等吧。也许她就在某个公交车上呢？他的飞镖靴、他的飞镖裤、他的飞镖衬衫，他的——！他用手拍了拍他的恐怖胸膛。接着膝盖弯曲了一下，心中宽慰不少。并不是所有的东西都丢了。他的飞镖袋还在原来的地方，靠近心脏的口袋里。他又按了一次蜂鸣器；他又试了一次所有的钥匙。自始至终他都感觉背后有一双眼睛。今天，连死胡同街都人满为患，嘈杂无比：有种人口迁移的感觉。基思转过身。一名警察正在人行道上注视着他呢，周围尽是忙碌的人群，只有他站着不动。他还只是个孩子。穿着制服。他妈的警察。基思深信那个警察不会采取任何行动，否则在这里他会被处以私刑。但是现在他却走了过来，侧着肩膀，一副很感兴趣的样子——好吧——或许是看情形不是很妙,蓬头垢面的基思弯腰摩挲钥匙。就这样他演了一出精彩的哑剧,漫不经心地拍拍口袋,然后转身,摇了摇头。他晃悠悠地从上面下来,一副吊儿郎当的样子(威士忌和额外喝的色情酒酒劲上来了),跳进笨重的骑士汽车。基思发动汽车的时候,车子意外地弹跳了一下,差点没碰着一辆无人照看的婴儿车,后视镜中的那个恐怖条子的身影渐渐远去了。

基思朝温莎宫驶去,低矮的太阳顽皮地撩拨着他的鼻毛。妮克会出现的,到家再给她电话。况且,他也想看看克莱夫怎样了。收音机还能正常工作。他一边开车一边不耐烦地听着新闻,说什么危机解除了,总统妻子的状况好转了,代表团同时动身前往巴黎和布拉格(不是最高峰会:更像双峰),不禁在心中揣摩,是不是此事造成了拉德布罗克丛林那严重的拥堵呢。他把车并排停在大君酒品店的外面。在去电梯的路上,他一改往日的那种拳击手躲闪的步态,猛然蹦蹦跳跳起来,就像在冰冷大海中行走的人那样。他的右脚深深地陷进恐怖粪便里。幸运的是,电梯或多或少还能工作。随着他用拳头猛击,电梯一路下来了。但它并没向下行进多远。基思坐在地上,等了二十分钟,等着下一次电涌的到来,他用火柴杆去戳他脏兮兮的鞋底的细网格。值得庆幸的是:那只应该对这泡屎负责的狗儿现在应该已经死掉了。他满脑子想的都是恐怖狗和恐怖猫。他被塞在那个恐怖电梯中,战栗着上行。

在狭窄的走廊里,基思对那个通常都很顽固的锁发起了攻击。但今天是恐怖日。他低头看看那把扭曲的钥匙。门前擦鞋垫上放着四封恐怖信函:两个恐怖账单、一个恐怖传票、一个恐怖扣押令。基思受够了这些锁和这些钥匙了:他后退一步,猛地朝门上撞去。正常情况下,门会像浸泡的饼干一样轻松屈就的。但基思自己不时装上的那些装置显然还完好无损:那些他用来把地方官、坏账买者、购回债券协议的人员、被骗的恐怖骗子拒之门外的栅栏和支架。

"凯丝,"他轻声说。

他看着雾蒙蒙的玻璃,身子不由向后一缩。一个警告的身影走开了,而后又出现了,好似在教堂里瞥见的身影。

"我看见你了,"那个身影低语道。

"滚开,"基思花言巧语,"什么?什么时候?好了,亲爱的。"

"在电视上。"

"……那没什么的。只是为了上电视。尽是胡扯。为了上电视。"

"你告诉了这个世界,"她说,"在电视上。"

基思没有作答。

就连从希思罗机场出来的城市老出租都有自己独特的折磨人的方式。首先,颠簸和座位底下咕咕冒泡的水箱似乎加剧了盖伊腹股沟的疼痛,疼痛仿佛还随时有可能加强似的。但是还有更怪的事情呢。司机对待自己的出租车就如同一个农民对待自己的驴马一般,麻木而残忍。猛然加速时,它仿佛在呲牙咧嘴大呼气;接着又是嘶嘶急刹车。听一听司机把自己赖以生存的黑出租弄出各种不同的嘶嘶声,体会个中不同程度的愤怒与服从,也算是一种消遣了。

他付钱的时候,一个路过的孩子从车窗扔进一个跳爆竹,并且停下来观看它会给出租车的后座造成何样混乱——它在有限的空间内狂爆的情景。

"篝火之夜,"司机没精打采地说。

盖伊走在死胡同街上;他从机场给她打过电话,无人接听;他并没奢望她会在家。她也的确没在家。他打开前门,爬上楼梯。第二把钥匙打开了一个盖伊学生时代就很熟悉的味觉世界:铺道板和衣帽柜,烟鬼会去的卫生间。他看到了镖盘,以及印上字送给他、送给基思的白镴镂花大杯。透过狭窄的走道,他看到隔壁房中狼藉的床,枕头上打翻的烟灰缸和床单上的烟灰。地上散落着闪亮的异域风情的内衣。他还看见三个空白兰地酒瓶、水烟袋。椅上放着锦缎裤子和上面印有**基思·泰伦特——收尾大王——**字样的红色衬衫,仿佛做好了上学的准备似的。

再往里的一个房间里,他发现了一个信封,上面写着盖伊,不甚显眼地放在她拥挤的写字台上那一堆时尚杂志和飞镖杂志中间。便条上写道:"去看飞镖了。"另外还附有一张入场券或门票。电话响了。他等了一会,方才拿起电话。

"你他妈的跑到哪里去了?"一个盖伊非常熟悉的声音说道。

"……我是盖伊。"

"……哦,你好,老兄。我,呃,我有一些东西要去取。

她在家,是吗?"

"不,她不在。"

"知道她什么时候回来吗?"

"不,我不知道。"

"女人,"基思宽容地说,"你需要她们的时候,总是不在。你不需要的时候,又总是在。我不能,我不能去了——不。耶,哦,好。"

盖伊等待着。

"好了。那就回见吧,老兄。"他机械地补充道,"耶,呃,她说你会到场的。作为我真正的赞助人。帮忙筹资之类的。"

"当然。"

"为了飞镖。"

这么说,那边没有什么快乐可言了,基思想。他也不可能感觉太好。但就是这样,就是这样,现世的成功总是属于那种……人。当基思喝光色情酒,脱下衣服,缓缓走在冰冷的地上,在恐怖水池里恐怖地给自己洗澡的时候,车库里的镖盘在一旁看着。基思的生活方式。他带着怀疑的心态接通最近偷来的那个电水壶。它嗡嗡嗡响了几秒,基思心中充满了希望。但是接着那玩意扑哧一声,把烧焦的插头从恐怖插座里拔了出来。他在斑驳的镜子前就着温吞水刮胡子。然后又用更冷的果冻状洗发膏洗了他的恐怖头发。他穿上第三号飞镖手的衬衫,那是多么潮湿,多么褶皱啊。衬衫上写着:**基思·泰伦特**——

牵制大王。他用某种破旧的恐怖布条擦干头发。

突然一只橙色的蟑螂跑过，基思出于根深蒂固的都市习惯，温文尔雅地踩了一脚。尽管蟑螂那呆滞的、卷须状的身体在向内收缩，它还是提醒了基思，他没穿鞋，没穿袜子。就光是一只恐怖脚。基思猛地抬起那条腿，厌恶地哼了一声。如此说来，他还有厌恶的能力的；上去就一脚，并不意味着他完全麻木了。他抛给那只被踩个半死的蟑螂的眼神，别人没准还会误以为是惊骇的关切呢。那虫躺在那里，半仰着身子；各条细腿以不同的速度扑腾——但没有一条腿是人的速度。我，我自己，就在几小时前，基思想，还那么心灰意冷……他穿上左脚的鞋子。用刷子不满意地刷了几分钟后，又穿上右脚的鞋子。估计我能早早赶到那里。熟悉熟悉那儿的氛围。他站起身来。啊哟。你决定好好享受每一分钟。绝不错过。永远都不要打听……他拉上骗风服的拉链。放松，喝几杯。利用这次机会，用一下名人训练用的飞镖盘。大体还算镇定，托尼。很幸运，内德，我似乎对大场面应付自如。他出门时最后看了一眼那只微微抖动的恐怖蟑螂的充满仇恨的脸。

盖伊回过家了。

或者说他去过兰斯登克雷森特了。家中的钥匙还在他口袋里，但是出于礼貌——还有谨慎——他按了门铃。透过半截玻璃门和门上的钢花饰隐约可见一个骇人的身影。盖伊还以为那是多丽丝呢——一个不能爬楼梯的人。因为她膝盖有问题。那是一个对所有的楼梯都害怕和憎恨的人。

门开了。是莉齐布。他不禁瞪大眼睛。他不禁想起那天看见的氦气球,那个吃力地盘旋于四号航站楼上空的氦气球。

"这不是很美妙吗?这不是很美妙吗。"

她满心欢喜地说。听她这样说,盖伊清晰地看到了另一个莉齐布,那个他曾爱过一个月,那个他曾在摇摇晃晃的瓷器中间亲吻和抚摸过的莉齐布。那个莉齐布依然还在,深藏其间;现在可以安全现形了。

"一切又都恢复正常了。"

当然这对盖伊来说既不是指这里也不是指那里,因为她指的只是这个星球。"霍普怎么样?孩子怎么样?"

"你最好上楼看看。"

他朝楼上走去。在楼梯转弯处,他被走道里的一个侧影吓了一跳,就在卧室门口附近。那个等待的身影传递出某种警告的、仪式化的、牧师的意味。走到近前,他发现那是一个小男孩,全身穿盔戴甲。

"谁在那里?"一个声音问道,"宝贝?"

盖伊本来想来一个讨好的回答的。但却被小男孩抢了先。"一个男人,"他说。

"什么男人?"

"……爸爸。"

马默杜克颇有礼貌地站到一边,盖伊走了进去。小男孩跟在后头,然后默默地从爸爸身旁走过,来至床边,霍普正斜靠在她那一堆如同驳船的枕头上呢。

"人都哪去了?"盖伊问,因为这屋里一个服侍的人也没有，甚是诡异。

"都走了。不需要了。他现在变了。"

"发生了什么事？"

"来得很突然。你走后第二天。"

他们说话的时候，马默杜克在脱衣服，或者说自己解开扣子。他把剑、匕首、矛和盾有条不紊地放在椅子上。拿掉护胸甲。一个指头一个指头褪下金属护手。

"你呢？"盖伊说。

她的脸表达了，从时间和空间上来说，他要想回头必须走过的旅途。那是一个漫长的旅途。或许连地球都没大到足以容纳它……马默杜克逐一脱掉护胫，然后是小锁子甲拖鞋。接着，他那看上去很正宗的紧身衣也被一丝不苟地剥了下来。

"没穿尿布！"盖伊说。

马默杜克穿着内裤站在那里。内裤他也褪了下来。他爬到床上。"妈咪？"

"嗯，宝贝？"

"妈咪？不要爱爸爸。"

"我不会的。我当然不会。"

"好。"

"……再见，爸爸。"

盖伊走了出来，走进逐渐暗淡的黄昏之中。他看了看她留给他的入场券或门票，不知该如何打发时间。他弯腰背着包，站在花园的门口。他抬头仰望。空中已经点缀着丝丝烟花了，烟火细长的影子：它的傀儡战争。很快，在整个伦敦，将会有成千上万个人像在燃烧，在燃烧。

这很怪异：你把遮光板拉下来，它还是不——太阳还在那里，好比夏威夷。基思驱车去工作室，非常方便，就在老运河边翻修一新的仓库中间。到了那儿，他按照指示把车停在私家停车场。一个门卫从垃圾箱后面翻围栏过来，明明白白地告诉基思，别处停车去。基思拿出身份证明后，门卫又对着嗞嗞作响的对讲机讲个不停。基思听着拒绝声、恐怖嗞嗞声、恐怖抗议声以及没完没了的拒绝声。当最终有了空位，基思吸吸鼻子，理理夹克，毅然决然地用手掌把车门猛地推上。副驾那边的窗户向外炸开了。门卫果断地帮他拿来簸箕和恐怖笤帚。

名人训练用的镖盘？什么他妈的名人训练用的镖盘？他被人领着穿过餐厅，进入一个储藏室，其间刚好有一个镖盘。不可思议的是，即便是在这里，太阳还能找到他。太阳是由什么构成的呢？煤炭吗？氧乙炔吗？大木材吗？它是怎么回事？它为何不走开？它为何不出去？不：它继续把光汇聚在他那双疲惫而紧闭的眼睛上。他对着镖盘上的一个个圆圈眨眨眼睛，镖盘本身也像一个低矮的太阳，汇聚了他所有的希望与梦想。他在它恐怖光的照耀下垂下了脑袋。基思手拿紫色飞镖袋（它看上去多么旧，多么脏啊），走开一定的距离，转过去，吸鼻子，咳嗽，站直身子。太阳消失了。第一支飞镖飞过这个恐怖夜。

我完成最近的那项任务归来,发现门前擦鞋垫上有一张马克·阿斯普雷写的便条。派人送来的。从康诺酒店。现在稍等片刻……

亲爱的山姆:听说你不辞劳苦,一直读到了科妮莉亚·康斯坦丁事件的关键部分,甚是欣喜。她说《海盗水域》"全是谎言",此言不虚。压根就没有什么樱桃色环礁湖,没有狂犬,没有闪烁的星空下篝火边的垂泪。最重要的是没有马拉松式的引诱。实际上,事实是我第一天就发现了那个傻瓜有歇斯底里症,那是午饭后,在宾馆里——在那整整两周,我们几乎都没怎么出去。

难怪你会对她的"巨乳"产生怀疑。那也是我凭空编造的:唉,那同谄媚的宽臀一样没有真实性。你知道那类女人——臀部肥大但乳房干瘪。还那么愚蠢。有一种特殊的习惯——

接下来是三四百字最最下流的脏话。那封信这样结束道:

你不明白,是吗,我的笨蛋朋友?即便是嫉妒得要死。一个人写什么已经不再重要了。那样的年代已经过去了。真相已经不再重要了,也没人需要了。

"稍等片刻,"我说。妮古拉从浴室走了出来。我抬头看她。"天哪,你五十码都走不了。太怪异了。"

她的慧眼发现了那封信。她说:"你准备好听我讲讲我对他做的坏事了吗?没准会让你振奋起来呢。到这儿来。我想继续打理头发。实际上,那跟你的情况有点类似。他写了这本小说,"我尾随她走进卧室的时候,她说,"多年来他一直努力在写。他拿给我看。那是用手写在一个大练习本上的。有点意思。不是他平日里写的那种玩意。是发自肺腑的。"

"然后呢?"

"我把它毁了。我把他锁在卧室里,把书稿放入火里。一页接一页。还对他极尽嘲讽之能事。"

"嗨,不赖。"

她在观察我的眼球转动的方式。"别担心。我没毁掉你的书稿。"

"多谢。为何不呢?是什么让你改变了立场?"

"没那必要。"

"我不懂,妮古拉。"

"这就对了。你看起来很糟糕。有没有你能吃的药丸呢?"她叹了口气,说道,"跟我讲讲那孩子的事吧。"

疼痛通过各种相关的渠道蔓延开来,通过长长的纤维网,穿过触发区，沿着枝枝蔓蔓，穿过灌木丛……你想让它结束。结束！但是结果只有恐惧。这也许就是它的本质特征吧。起初的生理反应很微弱，也不令人心烦意乱，就像疼痛。

我进门的时候，感受到了婴儿的恐惧。下午三四点，天色突然暗淡下来，一片寂静，没有基思，没有凯丝：只有金，我脚边的厨房地上横七竖八地躺着些百吉面包圈。她好像没有受伤，只是浑身湿透了，正在哭——她也害怕。那就足够了，太过分了，绝不该这样。哦，我知道，当婴儿降临人间，我们都会匆忙跑过去，像老鼠一样穿过漆黑的隧道，去照顾她们，提前等在那里，把她们抱起，给她们安慰。就应该那样。永远应该那样。因为当我们不在的时候，她们的世界就开始倾斜了。四面的地平线都向上升起，直至挤走天空，形成四堵围墙。也许她们受得了疼痛。疼痛离得很近，她们知道它来自何方。但是恐惧不同。要确保她们远离恐惧。上帝啊，要是她们知道那意味着什么就好了。这就是为什么绝不能把她们这样单独丢下的原因。

抑或可以说她不完全是独自一人。我跪下去抱她的时候，听得一声警告的犬吠——是克莱夫，它直挺挺地坐在四间可笑的房间中央的四方地上，那地方跟它的块头同样大小。"没关系的，"我说，"我是好人。我爱她。我不坏。好狗狗。"你显然可以跟狗这么讲：狗是会相信的。它走上前来，叹了口气，纵身跳了半下，把前爪搭在水池上，寻找凯丝或者基思；从后面看去，它就像一个训练有素的枪手，准备就绪，膝盖弯曲，武器举起。孩子稍稍平静之后，我注意到桌上有一盒火柴和一根烟。这是凯丝给我的暗示。

因为我把一切都搞错了。生活总是把你逼向更加奇怪的境地。不能再伤害K了,基思曾经写过。只会拿孩子出气。然而K并不是金。K是凯丝。但基思无法停止。凯丝无法停止。

我只有一个办法。我给她穿上衣服。换尿布时,我没有发现新的伤疤,一点也不奇怪。这一次,凯丝克制住了自己的软弱。我留了一个便条和一个电话号码,当时当地我本想写,有些人让别人代为实施最最残忍的行为。他们让别人代劳。

接下来就是这一幕了。

孩子的脸蛋在我的肩上左摇右摆,我抱着她穿过大街——穿过一个突如其来的狂欢会:人的精力的突然迸发和发泄,有气球、钢鼓乐队、靠在窗台上的扩音器、翻个底朝天的酒吧。我们被困其间,在迅速扩大的人群中艰难前行。在那样的时刻,人人都想玩黑脸,都想身轻体健,吵闹捣乱;在他们闪亮的黑色的映衬下,白色的面孔羞答答地微笑着,耻于走进阳光里,压根不想被人瞧见。街道既像个幼稚的孩子,又像个醉汉。那里有个装模作样的警察,闲庭信步,听之任之。那里有个黑种女人,头戴警察帽跳舞。那里有一张孩子向上仰着的、陶醉的脸。

生命!就像我怀中的这个温暖的生命。但是突然之间可能会有太多、太多的生命,还会有各种急促的喘息声,各种不同的危险……在波托贝洛路一个拥堵的十字路口,生命从四面八方涌来,到处都是人头,就像一堆堆炮弹,人们突然恐慌起来，现在都用胳膊推搡，都想挤到边缘，然而却没有边缘，只有生命，更多的生命。我在一片尖叫声中把金举至头顶。人群开始倒向一边，我们都是其中的一个分子，（我想）只会有一种结局，你要么跌倒，要么踩踏，要么两者兼有。

然后一切都结束了，我们到了另一边。我从兰斯登克雷森特地下室的门进去。莉齐布可以做到的。她已经完全康复了。我说凯丝会打电话来的。我说我知道她会做该做的事情。我说我完全相信她。

"你进展不错，就还只剩一章了。在那一章里我已经把性命赌上了。""是的，你是那么说的。""我发誓，我就快抵达了。""我也没闲着啊。""穿上你的盛装。""这就对了。读读看吧。"

我等待着，同时观察她的额头。

"你把我写得很可笑。你怎敢这样？我以为我是悲剧性的。至少有一点吧。你笔下的我仿佛失控了一般。每一秒钟。"

"抱歉，"我说，"我并不那么看你。"

然后她说了什么我没太明白的话。我也不想让她重复。我开始准备离开。

"你觉得这衣服足够令人作呕吗？"她大声说，"我最好告诉你我去那儿的路上准备的事情。"

她告诉了我。"妮古拉。"

"你会惊讶地发现，说点脏话会起到多么有力的效果。如果使用得当的话。"

"我刚想到了。那就工作室见——就在这儿告别吧。"

"把我公寓的钥匙拿去。早点去,你会看到精彩的一幕。"

我在她冰冷的眼神中寻找挑战的意味。我冷冷地说:"你会在九点到十二点之间离开,对吗?我想象不出你如何做得到。"

"你的人生故事。走吧。吻你。"

"让我们停止吧。让我们住手吧……哦,穿上外套,妮古拉。那不会成功的。不会成功的。我要失败了,妮古拉。有些事情我没发觉。"

我要走了。

我回来了。

目前看来,妮古拉好像把我们所有人都弄糊涂了。

第二十三章　你要跟我回去

黑出租会开走，一去不回头，被谋杀者支付了车费，又给了司机一笔可观的小费。一身令人作呕的打扮（她怎么可能呢？），她会踢踏着高跟鞋从死胡同街下来。那辆笨重的小汽车会等在那里；它慢慢向她滑去时，车灯会打开。副驾车门打开时，车会停下来，发动机空转着。

他的脸会藏在黑暗之中，但是她会看见副驾窗框上的碎玻璃和他腿上准备好的汽车工具。

"进来。"

她会探身上前。"是你，"她会说，即刻认出是他，"一直就是你。"

"进来。"

她会爬进去……

一身令人作呕的打扮：她怎么可能呢？身穿白色瘦身吊带超短裙，腰部像是被烙了一般，最大程度地凸显第二性征，下身是如此紧绷，把个圆滚滚的屁股挤得鼓囊囊的，好似垫了尿布；双腿裸露着，脚穿鲜红色缎面鞋，鞋跟高得不可原谅，而其投在地上的影子就显得更高了（给人那样的暗示）！头发喷了闪亮的发胶，弄得凌乱无比。走进工作室时，她选了一面好砖墙，上面布满了伦敦的烟尘与湿气，她走过去，把屁股贴在上面。那裙子是男人做的，从各种意义上说都是男人做的，是那些为男人着想的男人做的。她想一直走到那边，试试自己的勇气，绷紧自己的乳房。

她贴着潮湿的砖墙扭屁股。当然，那里没有镜子，她也不能真去核对；不过接触起来可是感觉刚刚好的。

基思说："那酒吧在哪儿呢？"

"酒吧？什么酒吧？"托尼·德·陶顿诧异地看着基思。

"比赛场地。那个——"基思用掷镖手指打着响指——"**那个叽叽喳喳的麻雀。**"

"没有什么酒吧。你觉得我们还不够痛苦吗，基思。一周四个晚上把两百个马桶推进来又推进去。"托尼·德·陶顿一边这样说着，一边递给基思一杯低浓度啤酒，拉着他的胳膊把他带至窗前。"不，不，朋友。所有那些快乐的屠夫和面带微笑的老奶奶——那都是图书馆的玩意。我们使用切换镜头，后来再配上酒吧的声响。"

"常识，"基思说。他们正站在一个大洞口，到处都是隐性噪音。搬运工和修理工腋下夹着木板坚忍地走来走去。所有人都是制造噪音的能手。银卡纸发出乏味梦境的幽灵之光。墙上有个标识，写着基思此生见过的最令人伤心的话语：**禁止吸烟**。另外还有一面镜子，镜中的他身穿皱巴巴的红色衬衫，看上去甚是滑稽：电视上的基思。不过，还是有个吧台的，以及四五张可以坐的凳子。但是绝没有他视为飞镖命脉的烟雾与喧嚣。酒吧里蹲在脏兮兮的吊钩上骂着脏话的鹦鹉哪里去了？在圆桌下面梦魇般嚎叫的狗狗们哪里去了?

"看。奇克来了,"托尼·德·陶顿说,"你得学会欣赏他的风格。"

一辆米色劳斯莱斯停在了下面的停车场。两个男人慢悠悠地爬出车来。

"你的亲友团在哪儿呢,基思?"

"就快到了。跟他一起的那个人是谁?"

"朱利安·尼特。"

"朱利安·尼特:飞镖明星们的经纪人。史蒂夫·诺提斯的经纪人,达斯廷·琼斯的经纪人。"

"哦。他们说奇克已经签约了。"

妮克和奇克走不同的门,但却同时进来了,坦率而言,那对电视上的基思·泰伦特可是完美极了,现在这个阶段,他感觉需要一些支持——实际上,他觉得自己随时有可能死掉或者疯掉。她推开接待人员,有点迟疑地快速向他走去。他从未见她如此漂亮过。

"哦,我的基思。"

"你跑哪去了,丫头?"

"怎么回事?你把钥匙弄丢了吗?我见你的飞镖服还在椅子上。"

"你跑哪去了,丫头?"

她恳求地贴在他的身上。"我晚点再告诉你。去安排一些事情了。为了我们俩,基思。我们即将开始一段奇妙的旅程。"

"别聊了,你们两个,"内德·冯·牛顿(飞镖先生)好言劝道。"过来,友好点。"

他们加入到半圆形吧台边的众人之列。基思有些漫不经心地踱来踱去(他看到了奇克看妮克的眼神)。她拉着他的手——用一种羞答答的、心满意足的满含爱意的眼神注视着电视上的基思。

盖伊背对那栋楼站着,面前是一片破败的平地。混凝土广场,被细铁丝网一个一个隔开,每个铁丝网上空都有烟花在燃放,烘烤着穷人的马铃薯。月亮显然在下午的经历中被清洗一新了,月光赛过这些烟火;连火光都投下了阴影。

他转身之时,看见门口有个包着头巾的身影。他停下了脚步。

"他们都进去了,"那个身影说。

盖伊心想:是个女孩。他再走近一些。一个基思的女人。那个形容憔悴的金发女郎——

"基思,"特里什·舍特说,"还有……妮基。"她厌恶地叹了口气,"现在他们好像要结婚了。"

"我不这么认为。"

"是真的。电视上播出来了。"她探身向前,一只手搭在他的胳膊上。"就说我在等他。告诉基思。永远。我会一直等下去。"

盖伊赶到比赛场地时,在门口畏缩不前,好像可以在那里长久徘徊而又不被发现似的。起初他只是感到失望。他原本希望妮古拉会在的,结果却不在。妮古拉不在那里。他看到吧台四周的人群中有一个女孩，就在一个灯泡下面：看上去很像妮古拉。她就是妮古拉，几乎可以肯定。但她又不是盖伊认识的那个她。

他原本以为包着头巾的特里什丧失了形体，失却了性别特征，变成了一个它，而不是她——或者说没有人样。但是吧台边的那个没包头巾、脸对着光、实际上完全向这个世界敞开的女孩，比那个包头巾的女孩还更没人样。

妮古拉正极力张大嘴巴狂笑。这里的能量方程式大致可以表示为 $x = yz^2$，y 指的是单身女性的美丽程度，z 指的是在场男人的数量，x 指的是柏拉图式轮奸，这在一个可能的未来有可能会变成现实。值得一提的是，她身旁的男人只是皱眉和微笑，仿佛被她的颜色、她的声音和她贪婪的冒险给控制住了。当主人家的小女孩为客人表演翻筋斗的时候，客人的眼睛会看向何处呢？答案不言自明。但这可不是小女孩。她退着坐回凳子上的时候，猛地往回一缩，转而面向基思，就像一个人信心满满地请求宽恕一样；在妮古拉跟自己裙摆作斗争的滑稽行为中，你绝不可能置若罔闻。他们全部的注意力：她得到了。

基思自豪地看着她。奇克也看着她——奇克，奇克·珀切斯，高个头，细身板，举止从容，毛发浓密，声音低沉，而且还很危险，散发着粗汉子或者罪犯的气质，像一个演员，像一个明星，接受普通大众赋予他的角色。在他脸上你能看出他常跟女人求欢，对男人造成伤害，或者更有甚者，还害人性命。他的外表也很可笑，邪恶得可笑：他穿得像个女孩，他穿得像个少妇。他像女孩那样穿着轻快摆动的裤子,他的衬衫还饰有荷叶边,是那种少妇喜欢的荷叶边。但他可不是小女孩。他的性别不可能被弄错。奇克?在他橙色紧身裤的腰至大腿部分,那玩意很明显,而且还邪恶的可笑。对裙子垂涎三尺:那也是他为何在犯罪或者飞镖领域都还没有走到极致的原因。今夜,巡回演出是没指望了,他身旁也没有湿漉漉的T恤:只有坐在米色劳斯莱斯里的朱利安·尼特,朱利安看上去与真实身份相符,一个枯竭文化中的成功经纪人。

"过去的就过去吧,"基思在说,"让我们忘掉所有的不快,握手言和。够公平吧,哥们?"

"好吧,"奇克用低沉的声音说道,"跟我说说,基思。一个这样的女人跟你这样的小滑头是怎么搞到一起的?"

"奇克,"朱利安·尼特说。

"看到没?"基思说。

"我认为那样说很不公平,奇克,"妮古拉热心地说,"基思非常擅长飞镖。"

"好了,你们别聊了,"迈尔斯·费兹威廉边说边走上来,同时把耳机从耳朵上取下。"赛前采访。"

两位选手笨拙地从凳子上滑下来。

盖伊看到了自己的机会。但又是什么机会呢?首先,他似乎忘记如何走路了。

妮古拉看见他了:她微笑着,像动画中的木偶那样挥挥手。他穿过储藏室的时候,心中希望她还能变回他熟悉的那个女人；但她却越来越陌生了。陌生的微笑，陌生的眼睛。走到足够近时，他尝试性地说：

"你好。"

"安静，嗨！"

她噘嘴给他一个飞吻，可爱地把一根警告的食指按在唇上。

"很显然，"基思对着摄像机说，那摄像机如同折刀一般放在距离他脸一英尺的地方，"但愿技艺最佳者能赢。当我们赛场相见时。"他意识到对方还想让他多说几句。"所以，让我们希望，那个拥有，拥有最佳技艺的家伙，能胜过，那个……技艺欠佳的家伙。为了飞镖。在最后关头。"

妮古拉无声地鼓起掌来；然后把手停住，像是在祈祷。

"我很自信，迈尔斯，"奇克插话道，"必须的，有了那些平均成绩。还有——知道吗，基思和我回忆了一下往事。我知道他有这种可笑的习惯。临阵脱逃。在最后关头。坦率而言，我只希望不要太往一边倒。为了飞镖。"

"谢谢，伙计们。五分钟，耶？"

妮古拉晃晃一根手指，盖伊再走近些。"亲爱的，"她喘着热气说道，"别担心！——这只是一个梦。"

看到刚进门的那人，基思的心儿怦然跳动或者说震动：金·特威姆娄，前世界冠军，满面笑容，身穿镶有宝石的衬衫，脚穿白色鞋子。那人对基思来说就像一个神，尽管他长着一张橘皮色的脸。任凭他人去议论他身旁的那个滑稽的东西，那个助行架吧。对于一个三十八岁的人来说，他长了一头好发。只是我们有些人活得如此尽兴,火焰烧得如此明亮,以至于日子不是一年一年地流逝,而是像狗的岁月那样,一次减少六七年。

至于盖伊,基思看见了,但他闭上了眼睛,然后又面向别处睁开了眼睛。

朱利安·尼特正在跟另一个人讲话。

盖伊走过去时,妮古拉正极力张大嘴巴狂笑呢。

"你要跟我回去。"

他们都转过身来。

"你要跟我回去。"

他们都瞪大眼睛。他们都瞪大眼睛看着这无来由的丧门星。这个面色苍白、四处晃悠、满眼怒火的家伙。妮古拉的表情表明,尽管她总是试图看到事情有趣的一面,哦,在这种场合,她是真的很震惊。

盖伊抓住她的手腕,当她的凳子开始滑动时,她娴熟地尖叫了一声。现在基思在旁,随时准备干涉。

"好了。别惹人厌了。"

"你要跟我,"盖伊明明白白地说,仿佛怕她没听清或没理解似的,"回去。"

她看着他。她的上唇在牙齿上方颤动。"不,我不。回去做什么?谈论爱情和伊诺拉·盖吗?不,我不。我不会跟你回去。"

"没错,"基思对着盖伊的后脑勺说,"她会跟我回去。继续干昨晚那事。她会跟我回去。"

"不，我不。绝对不。不是吗。我不会跟你回去。"

他们都在等待。

"我要跟他回去，"她说着探过身去，把手放在奇克·珀切斯的阴茎上。

盖伊离开了，但基思哪儿也没去。

他们说后来会把声音加上的，那种无与伦比的酒吧喧嚣声、欢呼声、笑声、玻璃杯的破碎声，甚至还有电脑制作的飞镖接触镖盘的铮铮声。就这样，蜂鸣器嗞嗞响起来，搬运工停下来，修理工到处走动：每个噪音制造者都在制造各自的噪音。还有抽烟模拟器平稳的吐烟声，对着人潮涌动的投掷线喷发灰色的烟尘。笑声还在持续，但不是酒吧的笑声。那是朱利安·尼特、金·特威姆娄和妮古拉·西克斯的笑声。

"基思……？真可惜，没能遂你心愿，基思，"马尔科姆·麦克兰德里凯德说，"但这并不是世界末日。你说什么，多姆？"

"他们说他们不能用这个了。"

"好了，基思！免了你在伊登德里侯爵所受的窘迫。呃。那让大家都松了一口气。"

"他们说他们会用的。还以为他们有一场女子半决赛呢，但是却没有。"

"甜心。他们怎么安插进去呢？我们只有十分钟的时间。"

"他们准备插播一首酒吧歌曲或是什么的。一种快乐的社交聚会。还有抽奖什么的。"

"天哪。还不走,基思。也难怪你没发挥正常。有那么多麻烦。说说你的烦恼吧。基思?基思?擦干眼泪,老伙计。"

"他还好吗?"

"你认为呢?"

"有车在附近吗?"

"基思?"

但是基思重又振作了起来,走出了破碎的梦想,走出了对飞镖的遐想。他站起来,带着孩子气的直率说道:"我可以拿手指受伤为借口。但是今夜对我来说是个宝贵的经历。有助于我将来的准备。你的飞镖技艺如何才能成熟,马尔科姆,如果你不善于学习的话?"

"这才是正确的态度,基思。"

"因为她死了。相信我。你知道她是做什么的吗,马尔科姆?她是他妈的器官捐赠者。做了那样的事,还能活吗?绝对活不了。她成了历史,老兄。你听见我说的话了吗?"

"一字不落,基思。"

会被取下来用在……他绕着颤抖的螺旋梯。他的靴子每踩一步都比前一步声音更大,更刺耳。他的力量和身躯随着所有的负面因素一起变大。然后,他撞上了夜晚冰冷的空气,看见了月亮——在他看来,那月亮比正午的太阳还要红呢。

基思有气无力地朝那辆笨重的骑士汽车走去。

我必须回伦敦场地——但我现在当然无法如愿。那是如此遥远。还不是时候，不是时候，永远都不是时候。那是一段遥远的，遥远的……如果闭上眼睛，我就能看见那片纯净的天空，在奶绿色的公园上空飘荡。那些铁轨、那个斜坡、那些树木、那条小溪：我小时候曾跟弟弟在那里玩耍。很久以前了。

这里的人们，他们跟伦敦一样，跟伦敦的街道一样，任凭我怎么努力也不能赋予其任何形体，绝对不对称，完全倒向一边——远离很多东西，远离艺术。

还有这种可怕的疑虑。总之它不值得挽救了。事情不会有结果的。

现在出发吧，奔向最后一举。

第二十四章　最后期限

死胡同街上，那辆车在等候着。我也在等候着……

我在这里。我在里面了。这里是多么奇怪啊，如鱼一般的灰色，如猴一般的棕色，所有的表面都湿漉漉的，黏糊糊的，空气也不适宜呼吸。已经被毁掉了。也不值得挽救了。

那辆车停在死胡同街另一边。当午夜的钟声或丧钟敲响之际，我穿过马路，弯下身子，透过破碎的车窗向内看去，那车窗是很久之前我亲手打碎的。谋杀者转脸面向我。

"下车，盖伊。下车，盖伊。"

他在哭。但那又如何？现在我们都在哭，从这里开始。

那是盖伊。当然是他。历经一千年的战争与革命，思考与努力，以及历史，以及不朽的千禧年，以及你我承诺的结局，盖伊依然拥有那么多金钱和那么多力量。基思有气无力地穿过停车场的时候，盖伊带着他的那些力量等待着。他们摆好决战的架势。基思失败了。那天夜里，基思第二次尝到了失败的滋味：彻头彻尾的失败。他像个帐篷桩一样被敲入地下。他现在在哪里呢？在某个地方吧：也许正投入特里什·舍特那充满爱意的怀抱呢。

"看看她是怎么对我的。"

"下车，盖伊。"

"看看她是怎么对我的。"

我们达成交易。他走开时,显得犹豫不决,使劲晃悠一下脑袋,转过身来。

"天哪,山姆,不要为了我做这件事。"

"难道一直以来不是另外一个人吗?做这件事的人。"

"不要为了我做这件事。"

但是他继续向前走。

黑出租已经离开,一去不回头了。现在她踢踏着高跟鞋过来了,哭泣着,颤抖着,穿过烟花的余味。空中仍有烟花在绽放,爆震波渐渐平息了下去,只剩下关于爆炸、廉价烟花、渐弱的哨声和被焚人像的记忆。我能看见她脸上的疤痕。她若是再跟奇克多待一个小时,他没准能免掉我们所有的麻烦哩。他或许可以让我们免于承受这些该死的悲伤。我打开车灯,汽车缓缓向前滑行。车停下来,发动机空转着。我打开副驾车门,说道:

"进来。"

我的脸藏在黑暗之中。但她能看见我腿上的汽车工具。

"进来。"

她探身上前。"是你,"她说,即刻认出我来,"一直就是你……"

"进来。"

她爬进车来。

还有一两件事情要写。

那药丸很容易就下肚了。我还有大约一个小时。该说的全都说了。眼下我感到一种莫大的奢侈。我七岁时就知晓了生命的真相。我甚至还更早地就知晓了死亡的真相。我意识到，从那时起，我就没有，一次也没有，如此确信这个世界还会继续运转六十分钟。

她比我写得好。她的故事可行。我的不可行。真的再也没有什么好说的了。一直就是我：从最初她在黑十字用似曾相识的眼神向我这边看过来的那一刻起。她就知道她找到他了：她的谋杀者。我在想，她是否知道会有一个长队呢……"我找到他了。波托贝洛路，一个叫做黑十字的地方，我找到他了。"想象力没能帮到我。其他的一切亦然。我本该知道十字架有四个指向的。并非三个。

我刚才粗略瞄了一眼开头——谁曾想，稍作修饰，它就可以跟一个新的结尾相契合了呢。我看到了什么呢？第一章：谋杀者。"基思·泰伦特是个坏家伙……你甚至可以说他是那个最坏的家伙。"不。我是那个最坏的家伙。我是那个最坏、最后的禽兽。妮古拉毁了我的书。她一定体会到了蓄意破坏的快感。当然，我原本可以让盖伊上前，促成这一"出人意料"的结局的。但是她知道我不会。荣幸的是，她知道我并非那么不知变通。她知道我会发觉，压根就不值得去挽救这个邪恶的东西，这本我千方百计想写、完全照抄现实的邪恶之书。

我原本计划用古老的方式写出最后一章来的：他们现在在哪里呢？但那显得不甚妥当。不过，人生这本书我还是可以读出一点来的。苍白的盖伊会回家，手脚并用爬着回家，我们达成了交易。基思的命运当然更加不确定了——基思有一技之长，受过点教育。但是他会跟盖伊扯上关系的，通过那个孩子。我让盖伊发誓。要做该做的事情。最后他委我代为实施残忍的行为。而我委他代为行善、行使父亲的责任或者出钱抚养。这是我能做得最好的了。

还有妮古拉。坟墓里的妮古拉，穿着猩红色鞋子。可怜的妮古拉——她是如此冰冷。还算好办：就连这个也是她策划的。"我是如此冰冷，"她不停地说，"我是如此冰冷。"还有："拜托了。这样做没关系……没关系。"第一锤下去，她呻吟了一声，由衷地表示同意，就仿佛她终于开始感觉暖和了一样。

昨天，破晓之前，在她到来之前，我做了一个颇有预言性的梦。我知道那梦是预言性的，因为它现在应验了。昨天我梦见我吃掉了自己的牙齿。那正是谋杀者会有的感觉。我在艺术上和爱情上都失败了。我不知道我是否还有时间洗净手上所有的这些血迹。

卷尾

给马克·阿斯普雷的信

你回来,我恐怕,会看到一片狼藉的景象。我会躺在你的床上,希望还算干净利落,眼睛睁着,面向装满镜子的天花板,但是脸上会带着坚忍的微笑。平台上的汽车里,在一个床单下面,躺着另外一具尸体,那个可没这么安详。

书房的桌子上,你会发现一份完整的告白。那就是事情的始末。或许那也算是一首纪念你所认识的一位不幸女士的挽歌吧。但是我不能为它做任何辩护,也不在乎它何去何从。我死前没有留下遗嘱,也没有关系亲密的家人。就请你做我文学上的遗嘱执行人吧:把一切全部扔掉。若是有一位名叫哈特小姐的美国出版商问起来,请代我转达最后一个口信。转达我对她的爱意。

即便是不切实际的房客在信末也会为这样的狼藉道歉的——这般混乱,这般僭越,这些讨厌的指纹。我也道歉。你会看到一个活过的生命通常会留下的那些可怜印记。通常会有的那种混乱。抱歉我不能在旁帮你打理一切了。

附言:你若是能抽出一两个小时,或许你想看看我留在起居室桌子上的一个小东西呢：一篇简短的剧评。

再附言：你没有设计陷害我。对吧？

给金·泰伦特的信

我发现我想起了那位模范战争诗人[1]的诗句："我好像逃离了战场……"那首诗是死亡幻象或者感应（唉，很准：他的死期就在几天后），在那首诗中，诗人——他自己被迫与人冲突，他自己有个奇怪的相遇——遇见了来自彼岸世界的他的敌人，敌人的幽灵："我是你杀死的那个敌人，我的朋友：

在这黑暗中我认得你：因为你就是这样皱着眉头
昨日你将我刺透，把我杀死时就是这样皱着眉头。
我试图阻挡；但是我的双手无力而冰冷。
现在让我们睡去吧……"

从第三种意义上说，诗人自己就是个奇怪的冲突。他还年轻；年轻人本不该——年轻人还没到时候——懂得死亡的。但是他懂得。

我还不时想起印第安约瑟夫酋长（内兹佩尔塞人的首领）投降时发表的演说：他先是被控制住，而后在战场上被打败（然后被依照惯例剥夺了财产）：

---

[1] 这位诗人便是威尔弗雷德·欧文（1893—1918），他参加过第一次世界大战。文中的这些诗句选自他的那首《奇怪的相遇》。

我厌倦了征战……我想要一点时间去寻找我的孩子们,看看还能找到几个。也许我会在死人堆里找到他们……从现在太阳所在的地方,我将永远不复征战了。

即便是一个孩子也没有,我们也都想要一点时间来做此事,来寻找我们的孩子,看看还能找到几个。我把所有的手指都揉搓得汗津津的,带着讨好的心态,强打精神,又是高兴,又是恐惧,又是紧张,紧抓住某种希望不放:对你的希望。我希望你能跟你的妈妈在一起,希望你们两个人有所供养。我希望你的爸爸就在近旁——可以掌控。你的人生之初很是艰难。我希望,你今后的道路不再如此艰难。

两年前,我看到了任何人都不该看到的景象:我看到我的弟弟死掉了。从他脸上的表情,我就知道没有什么能挽救肉体的死亡。没有什么能挽救如此彻底的毁灭。孩子在父母死后依然活下去。艺术品在其创造者死后依然活下去。我在艺术上和爱情上都失败了。但是,我要求你在我死后依然活下去。

很显然,这一切从一开始就是完全无望的。我不明白它是如何发生的。从某种意义上讲,我利用了每一个人,甚至包括你。但我还是失败了……我内心安详,身体倦怠,没有疼痛。我有一种虚飘飘的感觉,就像一件造物。就好像是谁为了钱创造了我。但我并不在意。

黎明即将到来。今天,我想,太阳会开始升得高一些的。在它怒气冲冲地凝视这个星球之后。它猛烈地凝视,猛烈地发问。云复归了它昔日的颜色,昔日的英国颜色:半熟的煮鸡蛋的颜色，城市的手指将之剥开。

当然你还太小，不会记得。但谁又知道呢？如果爱是以光速行进的，那它就会有超乎寻常的力量。东西会在婴儿身上留下印记。的确如此。每样东西都在你身上留下了印记。地毯的纹理在你大腿上留下印记；我的指纹在你肩膀上留下印记；你的衣服也会在你身上留下忠实的印记。一双弹性袜子就能把你小腿的一部分变成罗马柱。更不用说伤害了，那就像某件家具的斜面，清晰地印在你敏感的额头上。

从某种程度上说，你还是个可怕的小精灵呢。如果我们一同出去，在公园的一块毯子上——无论何时你看着我的眼睛，你总会嘎嘎叫两声，提醒我即将发生的危险，让我时刻保持警惕。你是个可怕的小精灵。但恐怕我们都是可怕的小精灵啊。我们都是可怕的小精灵。不多说了。

如果你今后感觉有什么东西在你的背后，甚至在你并非独自一人的时候，譬如令人舒心的热，就像灯泡，就像太阳，试图照耀这个宇宙——那就是我。一直就是我。是我。是我。

Martin Amis
LONDON FIELDS
Copyright © 1989 by Martin Amis
Simplified Chinese edition copyright:
2024 SHANGHAI TRANSLATION PUBLISHING HOUSE(STPH)
All rights reserved.

图字:09-2013-385号

图书在版编目(CIP)数据

伦敦场地/(英)马丁·艾米斯(Matin Amis)著；
林红译.--上海：上海译文出版社,2024.6
（马丁·艾米斯作品）
书名原文：London Fields
ISBN 978-7-5327-9568-0

Ⅰ.①伦… Ⅱ.①马…②林… Ⅲ.①长篇小说-英国-现代 Ⅳ.①I561.45

中国国家版本馆 CIP 数据核字(2024)第 086156 号

伦敦场地
[英]马丁·艾米斯　著　林　红　译
责任编辑/徐　珏　装帧设计/董茹嘉

上海译文出版社有限公司出版、发行
网址：www.yiwen.com.cn
201101　上海市闵行区号景路 159 弄 B 座
南京爱德印刷有限公司印刷

开本 850×1168　1/32　印张 21.5　插页 6　字数 352,000
2024 年 6 月第 1 版　2024 年 6 月第 1 次印刷
印数：0,001—3,000 册

ISBN 978-7-5327-9568-0/I・5995
定价：98.00 元

本书中文简体字专有出版权归本社独家所有,非经本社同意不得转载、摘编或复制
如有质量问题,请与承印厂质量科联系调换。T:025-57928003